NA DIE NACHT

DE BOEKEN VAN KARIN SLAUGHTER

Nachtschade
Zoenoffer
Een lichte koude huivering
Onzichtbaar
Trouweloos
Triptiek
Onaantastbaar
Onbegrepen
Versplinterd
Genesis
Verbroken
Ongezien
Gevallen
Doorn in mijn vlees
Genadeloos
Stille zonde
Veroordeeld
Mooie meisjes
Verborgen
Laatste adem
Goede dochter
Gespleten/Pieces of Her
Laatste weduwe
Schoon goud (met Lee Child)
Verzwegen
Valse getuige
Puntgaaf
Gewetenloos
Na die nacht

ALLEEN ALS E-BOOK VERSCHENEN

Kwijt
Gepakt
Koud hart
Diep

KARIN SLAUGHTER

NA DIE NACHT

Vertaling Ineke Lenting

WILL TRENT THRILLER

HarperCollins

MIX
Paper | Supporting responsible forestry
FSC® C021394
FSC www.fsc.org

Voor het papieren boek is papier gebruikt dat onafhankelijk is gecertificeerd door FSC®
om verantwoord bosbeheer te waarborgen.
Kijk voor meer informatie op www.harpercollins.co.uk/green

HarperCollins is een imprint van Uitgeverij HarperCollins Holland, Amsterdam

Oorspronkelijke titel: *After That Night*

Omslagontwerp: Buro Blikgoed
Omslagbeeld: © Shutterstock / Vlas Telino Studio
Foto auteur: © Alison Rosa
Zetwerk: Mat-Zet B.V., Huizen
Druk: ScandBook UAB, Lithuania, met gebruik van 100% groene stroom

ISBN 978 94 027 1445 6 (paperback)
ISBN 978 94 027 1286 5 (gebonden)
ISBN 978 94 027 6862 6 (e-book)
NUR 305
Eerste druk juni 2023
Tweede druk maart 2024

Originele uitgave verschenen bij HarperCollins Publishers LLC, New York, U.S.A.
Deze uitgave is uitgegeven in samenwerking met HarperCollins Publishers LLC.
HarperCollins Holland is een divisie van Harlequin Enterprises ULC.

www.harpercollins.nl

Voor Liz

‘Spreek niet vanuit de wond, maar vanuit het litteken.’

Anoniem

Goedemorgen, Dani, wat was het een leuke avond laatst...
Het gebeurt niet vaak dat ik iemand tref die niet alleen intelligent is, maar ook mooi... een zeldzame combinatie.

???

Als je nog steeds vrijwilligerswerk wilt doen,
dan heb ik de contactinformatie voor de Stanhope-campagne.

Wie ben jij?

Grappig hoor! Ik weet dat ze op zoek zijn naar stemmenwervers.
Wil je nog steeds helpen?
Als je wilt, kan ik je oppikken op weg naar het campagnehoofdkwartier.

Sorry, maar volgens mij heb je de verkeerde te pakken.

Je woont toch aan Juniper Street, in dat Beauxarts-gebouw?

Nee, ik ben bij mijn vriend ingetrokken.

Heerlijk gevoel voor humor, Dani.
Ik wil heel graag meer tijd met je doorbrengen.
Ik weet dat je graag naar het park kijkt vanuit je hoekslaapkamer.
En misschien wil je me voorstellen aan Lord Pantaloons.

Wat weet jij van mijn kat?

Ik weet alles van je.

Heeft Jen je zitten opjutten? Ik vind het eng worden.

Ik denk steeds aan die moedervlek op je been
en dan wil ik die kussen.
…en kussen…

Jezus, wie ben jij?

Wil je het echt weten?

Dit is niet grappig. Wie de fuck ben je?

Er ligt pen en papier.
In de la naast je bed.
Maak maar een lijst van alles waar je bang voor bent.
Kijk maar bovenaan. Dat ben ik.

PROLOOG

Met de telefoon tegen haar oor gedrukt hield Sara Linton een coassistent in de gaten die een patiënt onderzocht met een diepe open wond aan de achterkant van zijn rechterarm. De dokter in wording Eldin Franklin had niet echt zijn dag. Hij had er nog maar twee uur op zitten van zijn dienst op de spoedeisende hulp, maar nu al had een door drugs aangetaste MMA-vechter hem naar het leven gestaan en was een rectaal onderzoek bij een dakloze vrouw totaal de mist in gegaan.

'Toch niet te geloven dat hij dat tegen me zei?' Tessa's woede knetterde door de telefoon.

Sara wist dat haar zus geen aanmoediging nodig had om over haar nieuwe echtgenoot te klagen.

Ondertussen hield ze Eldin in de gaten en huiverde toen ze hem lidocaine in een spuit zag optrekken alsof hij Jonas Salk was die het eerste poliovaccin testte. Hij had meer aandacht voor de flacon dan voor zijn patiënt.

'Hij is hopeloos,' vervolgde Tessa. 'Echt.'

Terwijl Sara haar telefoon naar haar andere oor verplaatste, maakte ze wat sussende geluiden. Ze pakte haar tablet en klikte door naar het dossier van Eldins patiënt. De wond was van ondergeschikt belang. De triageverpleegkundige had opgetekend dat de drieëndertigjarige man een versnelde hartslag had en een temperatuur van 38,3. Bovendien gaf hij blijk van ernstige acute agitatie in samenhang met verwardheid. Ook leed hij aan slapeloosheid.

Sara keek op van haar tablet. De patiënt bleef maar aan zijn borst en hals krabben, alsof er iets over zijn huid kroop. Zijn linkervoet schudde zo hevig dat het hele bed meeschudde. Dat de man alle symptomen vertoonde van ernstige alcoholonthouding was even onweerlegbaar als het feit dat de zon in het oosten zou opkomen.

Eldin pikte geen van de signalen op, wat niet geheel onverwacht was. De studie geneeskunde was zo opgezet dat je niet werd voorbereid op de echte wereld. Het eerste jaar leerde je hoe alle lichaamssystemen werkten. In het tweede jaar kreeg je inzicht in hoe het met die systemen mis kon gaan. Tegen het derde jaar mocht je patiënten zien, maar slechts onder streng en vaak nodeloos sadistisch toezicht. In het vierde jaar kreeg je een plek als coassistent toegewezen, wat ongeveer gelijkstond aan de ergst denkbare schoonheidswedstrijd, want je moest maar afwachten of je in een prestigieus, belangrijk ziekenhuis aan de slag kon of in het equivalent van een dierenartspraktijk in een afgelegen gat.

Eldin had een plek in de wacht gesleept in het Grady Memorial Hospital, het enige openbare ziekenhuis van Atlanta, met een van de drukste level 1-traumacentra van het land. Het was het eerste jaar van zijn coschappen, maar desondanks meende hij alles al gezien te hebben. Sara zag dat hij met zijn gedachten alweer elders was toen hij zich over de arm van de patiënt boog en de plaatselijke verdoving toediende. Waarschijnlijk dacht hij aan het avondeten of aan een meisje dat hij ging bellen, of misschien was hij de rente aan het berekenen van zijn vele studieleningen, die opgeteld ruwweg overeenkwamen met de prijs van een huis.

Sara ving de blik op van de hoofdverpleegkundige. Johna hield Eldin ook in de gaten, maar zoals iedere verpleegkundige sinds mensenheugenis liet ze het groentje door schade en schande wijs worden. Ze hoefde niet lang te wachten.

De patiënt klapte naar voren en opende zijn mond.

'Eldin!' riep Sara, maar ze was te laat.

Braaksel spoot als uit een brandweerslang over de rug van Eldins shirt.

Hij wankelde, was heel even in shock en begon toen te kokhalzen.

Sara bleef op haar stoel achter de verpleegpost zitten toen de patiënt zich weer ruggelings op het bed liet vallen, waarbij er heel even iets van opluchting over zijn gezicht trok. Johna nam Eldin apart en gaf hem de wind van voren alsof hij een peuter was. Sara kende zijn beschaamde blik maar al te goed. Ze was zelf coassistent in het Grady geweest. Ze had vergelijkbare preken over zich heen gekregen. Tijdens je studie vertelde niemand je dat je zo een echte dokter werd: door vernedering en kots.

'Sara?' vroeg Tessa. 'Luister je eigenlijk wel?'

'Ja. Sorry.' Sara probeerde haar aandacht weer op haar zus te richten. 'Wat zei je?'

'Ik vroeg me af hoe moeilijk het voor hem is om te zien dat de fucking vuilnisbak vol zit.' Tessa nam amper de tijd om te ademen. 'Ik werk ook de hele dag, maar moet ik dan het huis schoonmaken, de was opvouwen, eten koken en ook nog de vuilnis naar buiten brengen als ik thuiskom?'

Sara hield haar mond. Tessa's klachten waren geen van alle nieuw of verrassend. Lemuel Ward was een van de meest egocentrische klootzakken die ze ooit had ontmoet, wat veelzeggend was, want ze liep haar hele volwassen leven al in de medische wereld rond.

'Het lijkt wel of ik stiekem een rol in *The Handmaid's Tale* heb gekregen.'

'Bedoel je de serie of het boek?' Het kostte Sara moeite haar scherpe toon te matigen. 'Ik kan me namelijk geen scène herinneren waarin de vuilnis buiten werd gezet.'

'Zeg nou niet dat het daar niet mee begon.'

'Dokter Linton?' Kiki, van de facilitaire dienst, trommelde met haar vingers op de balie. 'Behandelkamer drie komt terug van röntgen.'

'Bedankt,' mimede Sara, terwijl ze op haar tablet naar de foto's zocht. De patiënt in behandelkamer drie was een negenendertigjarige schizofreen, die zich had laten opnemen onder de naam Deacon Sledgehammer en een zwelling ter grootte van een golfbal in zijn nek, een temperatuur van 38,8 en aanhoudende koude rillingen bleek te hebben. Hij had openlijk toegegeven dat hij al bijna zijn hele leven aan heroïne verslaafd was. Nadat de aderen in zijn armen, benen, voeten, borst en buik het hadden begeven, had hij zijn toevlucht genomen tot subcutane injecties, ook wel *skin popping* genoemd. Vervolgens was hij rechtstreeks in zijn halsaders gaan injecteren. De röntgenfoto's bevestigden Sara's vermoedens, hoewel het haar geen plezier deed dat ze gelijk had.

'Mijn tijd is even waardevol als die van hem,' zei Tessa. 'Het is gewoon idioot.'

Sara was het met haar eens, maar ze zei niets terwijl ze over de spoedeisende hulp liep. Gewoonlijk wemelde het hier 's avonds rond deze tijd van de schotwonden, steekwonden, auto-ongelukken, overdoses en een flink aantal hartaanvallen. Misschien kwam het door de regen of doordat de Braves tegen Tampa Bay speelden, maar het was heerlijk rustig op de afdeling. De meeste bedden waren leeg, en alleen het gezoem en het gepiep van apparaten vergezelde het geluid van incidentele gesprekken. Eigenlijk was Sara de kinderarts van dienst, maar ze viel in voor een andere arts zodat die de natuurkundetentoonstelling van zijn dochter kon bezoeken. In de afgelopen acht uur van haar twaalfurige dienst had ze niets ernstigers gezien dan Eldin die werd ondergekotst.

En eerlijk gezegd was dat vooral komisch geweest.

'Aan mama had ik natuurlijk ook niks,' vervolgde Tessa. 'Het enige wat ze zei was: "Een slecht huwelijk is ook een huwelijk." Wat bedoelde ze daarmee?'

Zonder de vraag te beantwoorden drukte Sara op de knop die de deuren opende. 'Tessie, je bent een halfjaar getrouwd. Als je nu niet gelukkig met hem bent –'

'Ik zei niet dat ik niet gelukkig ben,' wierp Tessa tegen, hoewel elk woord dat over haar lippen kwam van het tegendeel getuigde. 'Ik erger me gewoon.'

'Welkom in het huwelijk.' Sara liep naar de rij liften. 'Je probeert hem tien minuten lang aan het verstand te brengen dat je iets al honderd keer hebt gezegd in plaats van het gewoon opnieuw te zeggen.'

'En dat is je advies?'

'Ik heb juist mijn best gedaan om geen advies te geven,' benadrukte Sara. 'Hoor eens, ik vind het rot om te zeggen, maar je zoekt een manier om ermee om te gaan of anders niet.'

'Jij had met Jeffrey een manier gevonden om ermee om te gaan.'

In een reflex legde Sara haar hand op haar hart, maar de tijd had de scherpe kantjes van de pijn gesleten die ze meestal voelde als ze eraan herinnerd werd dat ze weduwe was. 'Ik scheidde van hem, weet je nog?'

'En daar was ik bij, weet je nog?' Tessa zweeg een tel om adem te halen. 'Jij vond een oplossing. Je trouwde voor de tweede keer met hem. Je was gelukkig.'

'Inderdaad,' beaamde Sara, maar Tessa's probleem was geen buitenechtelijke affaire of een overvolle vuilnisbak. Ze was met een man getrouwd die haar niet respecteerde. 'Niet dat ik je geen raad wil geven, maar er is geen algemene oplossing. Elke relatie is weer anders.'

'Ja, maar...'

Tessa's stem viel weg toen de liftdeuren openschoven. Het verre gepiep en gezoem van apparaten vervaagde. Het was alsof de lucht opeens elektrisch geladen was.

Special agent Will Trent stond achter in de lift. Hij keek op zijn telefoon, waardoor Sara de kans had hem stilletjes op te nemen. Lang en slank. Brede schouders. Zijn antracietkleurige, driedelige pak slaagde er niet in zijn atletische bouw te verhullen. Zijn lichtblonde haar was nat van de regen. Een litteken verdween zigzaggend in zijn linkerwenkbrauw. Een tweede litteken liep van zijn mond naar boven. Sara liet haar gedachten even spelen met de verrukkelijke vraag hoe dat litteken tegen haar lippen zou voelen.

Will keek op. Hij glimlachte naar Sara.

Ze glimlachte terug.

'Hallo?' klonk Tessa weer. 'Heb je gehoord wat –'

Sara beëindigde het gesprek en schoof de telefoon in haar zak.

Terwijl Will de lift uit stapte, liet ze in gedachten alle manieren de revue passeren waarop ze zichzelf toonbaar zou hebben gemaakt als deze ontmoeting niet onverwacht was geweest. Allereerst zou ze haar haar niet in een knot op haar hoofd hebben gedraaid, en natuurlijk zou ze beter haar best hebben gedaan om de ketchup te verwijderen die tijdens het eten over de boord van haar operatiepak was gedropen.

Will richtte zijn blik op de vlek. 'Zo te zien heb je –'

'Bloed,' zei Sara. 'Dat is bloed.'

'Weet je zeker dat het geen ketchup is?'

Ze schudde haar hoofd. 'Ik ben dokter, dus...'

'En ik ben rechercheur, dus...'

Ze hadden allebei een brede grijns op hun gezicht tegen de tijd dat Sara doorhad dat Faith Mitchell, Wills partner, niet alleen samen met hem in de lift was meegereisd, maar nu ook op slechts een halve meter afstand stond.

Faith zuchtte diep. 'Ik begin maar eens met die dinges van de dinges,' zei ze tegen Will.

Will stak zijn handen in zijn zakken, terwijl Faith naar de patiëntenkamers liep. Hij keek even naar de vloer, toen weer naar Sara en vervolgens richtte hij zijn blik op de gang. De stilte verdiepte zich tot een ongemakkelijk niveau, iets waar Will een bijzonder talent voor had. Hij was ongelooflijk onhandig. Wat ook niet hielp was dat Sara in zijn aanwezigheid vaak om woorden verlegen zat, wat gewoonlijk niets voor haar was.

Ze dwong zichzelf iets te zeggen. 'Dat is alweer even geleden.'

'Twee maanden.'

Sara was idioot blij dat hij wist hoeveel tijd er was verstreken. Ze wachtte op meer, maar uiteraard deed hij er weer het zwijgen toe.

'Wat kom je hier doen?' vroeg ze. 'Heeft het met een zaak te maken?'

'Ja.' Hij leek opgelucht nu ze zich op vertrouwd terrein bevonden. 'Een vent die de vingers van zijn buurman heeft afgehakt vanwege ruzie over een grasmaaier. De politie kwam erbij. Toen sprong hij in zijn auto en knalde recht tegen een telefoonpaal op.'

‘Een crimineel meesterbrein, zo te horen.’

Hij barstte in lachen uit, en Sara’s hart maakte een rare salto. Ze probeerde hem aan de praat te houden. ‘Dat lijkt me eerder een probleem voor de politie van Atlanta dan voor het Georgia Bureau of Investigation.’

‘De vingerafhakker werkt voor een drugsdealer die we al een tijdje te pakken proberen te krijgen. Hopelijk kunnen we hem overhalen zijn mond open te doen.’

‘Als je nou eens een stuk van zijn straf afhakt in ruil voor zijn getuigenis?’

Deze keer bleef zijn heerlijke lach uit. De grap viel zo dood als een afgeschoten konijn.

Will haalde zijn schouders op. ‘Dat is ook de bedoeling.’

Een blos kroop over Sara’s hals naar boven. Ze zocht wanhopig naar veiligere grond onder haar voeten. ‘Ik sta op een patiënt te wachten die van de röntgen komt. Meestal hang ik niet bij de liften rond.’

Hij knikte. Meer kon er niet af, en algauw sloeg het opgelaten gevoel weer toe. Hij wreef over zijn kaak en over het vage litteken dat via zijn scherpe kaaklijn in de boord van zijn overhemd verdween. De glans van zijn trouwring flitste op als een waarschuwingslampje. Hij zag haar naar de ring kijken en schoof zijn hand weer in zijn zak.

‘Goed.’ Sara moest hier een eind aan maken voor haar wangen vlam vatten. ‘Faith staat vast op je te wachten. Fijn om je weer te zien, agent Trent.’

‘Dokter Linton.’ Will knikte en liep weg.

Om hem niet smachtend na te kijken pakte Sara haar telefoon en stuurde een berichtje aan haar zus, waarin ze zich verontschuldigde omdat ze de verbinding zo abrupt had verbroken.

Twee maanden.

Will wist hoe hij contact met haar kon opnemen, maar dat had hij niet gedaan.

Anderzijds wist Sara ook hoe ze contact met hém kon opnemen, maar dat had ze evenmin gedaan.

In gedachten nam ze hun gesprekje weer door, waarbij ze het mislukte grapje oversloeg om te voorkomen dat haar wangen weer begonnen te gloeien. Ze wist niet of Will flirtte of alleen maar aardig deed of dat ze zelf dom was en aan wanhoop ten prooi was gevallen. Wel wist ze dat Will getrouwd was met een ex-rechercheur van het politiekorps van Atlanta, die de reputatie had een helse bitch te zijn en regelmatig langdurig van het toneel verdween. En ondanks dat alles droeg hij nog altijd zijn trouwring.

Zoals Sara's moeder zou zeggen: *een slecht huwelijk is ook een huwelijk.*

Gelukkig schoven de liftdeuren open voor haar gedachten nog verder met haar op de loop gingen.

'Ha, dokter.' Deacon Sledgehammer zat onderuitgezakt in zijn rolstoel, maar om Sara te plezieren deed hij een poging zijn rug te rechten. Hij droeg een patiëntenhemd en zwarte sokken. De linkerkant van zijn hals zag er pijnlijk rood en opgezwollen uit. Zijn armen, benen en voorhoofd waren bezaaid met ronde littekens van jaren skin popping. 'Weet u al wat er mis met me is?'

'Ja.' Sara nam de rolstoel over van de verpleeghulp en duwde Deacon de gang door, waarbij ze de neiging moest bedwingen om zich niet zoals de vrouw van Lot naar Will om te draaien. 'Er zitten twaalf afgebroken naalden in je hals. Een aantal ervan heeft zich tot een abces ontwikkeld. Daarom is je hals zo opgezwollen en gaat slikken zo moeilijk. Je hebt een zeer ernstige infectie.'

'Verdomme.' Deacon ademde schrapend uit. 'Zo te horen kan het m'n dood worden.'

'Zou kunnen.' Sara was niet van plan tegen hem te liegen. 'De naalden moeten operatief verwijderd worden en daarna moet je minstens een week hier blijven voor intraveneuze antibiotica. Je afkickverschijnselen moeten ook worden behandeld, maar niets van dat alles is gemakkelijk.'

'Shit,' mompelde hij. 'Komt u bij me kijken?'

'Zeker. Morgen ben ik vrij, maar zondag ben ik hier de hele dag.' Sara scande haar badge om de deuren te openen. Eindelijk mocht ze van zichzelf achteromkijken, naar Will. Hij bevond zich helemaal aan het eind van de gang. Ze keek hem na tot hij om de hoek verdween.

'Hij heeft me zijn sokken gegeven.'

Sara keerde zich weer naar Deacon toe.

'Vorige week toen ik bij het Capitool rondhing.' Deacon wees naar het paar dikke sokken aan zijn voeten. 'Het was allejezus koud. Die gast trok zijn sokken uit en gaf ze aan mij.'

Weer maakte Sara's hart dat vreemde saltootje. 'Wat aardig.'

'Die kutsmeris heeft er waarschijnlijk een afluisterapparaatje in verstopt.' Met zijn vinger op zijn lippen legde Deacon haar het zwijgen op. 'Voorzichtig met wat u zegt.'

'Begrepen.' Sara ging niet in debat met een schizofreen met een levensbedreigende infectie. Het feit dat ze kastanjebruin haar had en linkshandig was, had al tot een langdurige discussie geleid.

Ze manoeuvreerde de rolstoel behandelkamer drie in en hielp Deacon overbrengen naar het bed. Zijn broodmagere armen deden aan aanmaakhoutjes denken. Hij was ondervoed. Zijn haren zaten aan elkaar geklit van het vuil. Hij miste verschillende tanden. Hoewel hij nog geen veertig was, leek hij zestig en bewoog hij zich als een tachtigjarige. Ze wist niet of hij het einde van de winter zou halen. Als de heroïne hem niet de das omdeed, zou het weer of een nieuwe om zich heen grijpende infectie hem fataal worden.

'Ik weet wat u denkt.' Kreunend als een oude man liet Deacon zich achterover op het bed zakken. 'U wilt mijn familie bellen.'

'Wil je graag dat ik ze bel?'

'Nee. En er wordt ook niet naar maatschappelijk werk gebeld.' Deacon krabde aan zijn arm en sloeg zijn nagels in een rond litteken. 'Hoor eens, ik ben een waardeloze lamlul, oké?'

'Dat hoor je mij niet zeggen.'

'Tja, nou, u hebt me nog van mijn beste kant gezien.' Zijn stem haperde. Het begon tot hem door te dringen dat hij misschien de volgende ochtend niet zou halen. 'Geestelijk ben ik niet in orde, en dan is er nog mijn verslaving. Fuck, ik kan niet zonder dope en maak het anderen niet makkelijk.'

'Je hebt het slecht getroffen in het leven.' Sara's toon was afgemeten. 'Maar dat maakt je nog niet tot een slecht mens.'

'Da's waar, maar wat ik mijn familie heb aangedaan... die hebben me tien jaar geleden verstoten, het was toen juni, en dat kan ik ze niet kwalijk nemen. Ik heb ze zat redenen gegeven. Ik heb gelogen, gestolen, bedrogen, klappen uitgedeeld. Ik zei het toch: een regelrechte lamlul.'

Sara leunde met haar ellebogen op het bedhek. 'Wat kan ik voor je doen?'

'Als ik het niet red, wilt u dan mijn moeder bellen en het haar vertellen? Maar niet dat ze zich rot voelt of zo. Eerlijk gezegd denk ik dat het een opluchting zal zijn.'

Sara haalde een pen en een aantekenboekje uit haar zak. 'Schrijf haar naam en telefoonnummer maar op.'

'Zeg maar dat ik niet bang was.' Hij drukte zo hard met de pen op het papier dat Sara het hoorde krassen. Uit zijn ogen sijpelden tranen. 'Zeg maar dat ik haar niks verwijt en dat... Zeg maar dat ik van haar hield.'

'Ik hoop dat het zover niet komt, maar als het wel zo is, beloof ik dat ik haar zal bellen.'

'Maar niet eerder, oké? Want ze hoeft niet te weten dat ik nog leef.

Alleen als ik…' Zijn stem stierf weg. Zijn handen beefden toen hij het boekje en de pen teruggaf. 'U snapt het wel.'

'Ik snap het.' Even liet Sara haar hand op zijn schouder rusten. 'Ik ga nu chirurgie bellen. We brengen een centrale lijn in zodat ik je iets kan geven om de pijn weg te nemen.'

'Bedankt, dokter.'

Sara trok het gordijn achter zich dicht. Ze pakte de telefoon van de verpleegpost en verzocht chirurgie om een consult, waarna ze opdracht gaf voor de centrale lijn.

'Hoi.' Eldin had zich gedoucht en een schoon operatiepak aangetrokken. 'Ik heb mijn zuiplap per infuus een lading diazepam gegeven. Hij wacht nu op een bed.'

'Doe er maar multivitaminen en vijfhonderd milligram thiamine intraveneus bij ter voorkoming van –'

'Encefalopathie van Wernicke,' zei Eldin. 'Goed idee.'

Sara vond hem iets te zelfverzekerd klinken voor iemand die net een golf projectielbraaksel over zich heen had gekregen. Als zijn supervisor – al was het maar voor één avond – was het haar taak hem terecht te wijzen om te voorkomen dat het nog eens gebeurde.

'Het is geen idee, Eldin,' zei ze, 'maar een behandelprotocol ter voorkoming van toevallen en om de patiënt te kalmeren. Afkicken is de hel op aarde. Je patiënt lijdt, dat is duidelijk. Hij is geen zuiplap. Hij is een man van eenendertig die worstelt met een alcoholverslaving.'

Eldin keek opgelaten; zoveel fatsoen had hij nog wel. 'Oké. Je hebt gelijk.'

Sara was nog niet klaar. 'Heb je het verpleegrapport gelezen? De verpleegkundige heeft de voorgeschiedenis uitgebreid genoteerd. Hij zei dat hij vier tot vijf biertjes per dag drinkt. Heb je vorig jaar wellicht een vuistregel geleerd?'

'Dat je het aantal glazen dat de patiënt aangeeft altijd moet verdubbelen.'

'Klopt,' zei ze. 'Je patiënt zei ook dat hij probeerde te stoppen. Hij is drie dagen geleden cold turkey gegaan. Het staat allemaal in zijn dossier.'

Eldins blik veranderde van opgelaten in woedend. 'Waarom heeft Johna dat niet gezegd?'

'Waarom heb je haar aantekeningen niet gelezen? Waarom viel het je niet op dat je patiënt acute onthoudingsverschijnselen had, heftige griepsymptomen, en dat hij naar denkbeeldige mieren krabde die over zijn huid kropen?' Sara zag hem weer ten prooi vallen aan schaamte, wat voor hem pleitte. Hij erkende dat de schuld bij hem lag. 'Laat dit een les zijn, Eldin. De volgende keer behandel je je patiënt beter.'

'Je hebt gelijk. Het spijt me.' Eldin ademde diep in en blies de lucht zachtjes uit. 'Jezus, hoe krijg ik dat alles ooit onder de knie?'

Sara kon hem geen trap na geven. 'Weet je wat de arts onder wie ik werkte ooit zei? "Of je bent een verdomd goede dokter, óf een psychopaat die erin geslaagd is je slimste supervisor ooit een rad voor ogen te draaien.'

Eldin moest lachen. 'Mag ik iets vragen?'

'Zeker.'

'Jij hebt je coschappen toch hier gedaan?' Hij wachtte tot Sara een knikje gaf. 'Ik heb gehoord dat je op de nominatie stond voor een beurs bij Nygaard. Kinderhartchirurgie. Dat is niet niks. Waarom ben je vertrokken?'

Sara probeerde een antwoord te formuleren toen ze opnieuw iets voelde veranderen in de lucht. Deze keer was het niet de elektrische schok van toen ze Will Trent achter in de lift had zien staan. Dit was haar in al die jaren opgebouwde artsenintuïtie, die haar influisterde dat de nacht een andere wending ging nemen.

De deuren naar de ambulance-ingang vlogen open. Johna holde de gang door. 'Sara, een auto-ongeluk hier vlak voor de deur. Mercedes tegen ambulance. Het slachtoffer wordt nu uit de auto gehaald.'

Sara haastte zich naar de trauma-afdeling, met Eldin op haar hielen. Ze voelde de spanning bij hem stijgen, en daarom zei ze op kalme toon: 'Je doet precies wat ik zeg. En niet in de weg lopen.'

Ze schoot in een steriele operatiejas toen de ambulancemedewerkers naar binnen renden met de patiënt vastgesnoerd op een brancard. Ze waren allemaal drijfnat van de regen. Een van hen somde luidkeels de gegevens op. 'Dani Cooper, negentienjarige vrouw, verkeersongeval met bewustzijnsverlies, pijn op de borst, kortademig. Ze reed ongeveer vijftig toen ze recht tegen de ambulance op knalde. Buikwond lijkt oppervlakkig. Bloeddruk is 80/40, hartslag 108. Ademhaling klinkt links oppervlakkig, rechts onbelemmerd. Ze is alert en georiënteerd. Infuus in de rechterhand met fysiologische zoutoplossing.'

Opeens wemelde het op de trauma-afdeling van de mensen in wat een goed gechoreografeerd, maar wanordelijk ballet leek. Verpleegkundigen, anesthesioloog, röntgenlaborant, transcribeerder. Ieder had een eigen taak: infuus inbrengen, slagaderlijk bloed afnemen voor bloedgasanalyse, bloedgroep bepalen en kruisproef uitvoeren, kleren wegknippen, bloeddrukmanchet bevestigen, saturatie meten, zuurstof toedienen, en dan was er iemand die elke stap noteerde en ook wie hem gezet had.

Sara riep: 'Ik wil een volledig bloedonderzoek met leukocytendifferentiatie, röntgenfoto's van borst en buik en een tweede groot infuus voor bloed, mocht het nodig zijn. Breng een katheter in en laat een urineonderzoek en drugstest doen. Ik wil een CT-scan van haar nek en hoofd. Geef aan hartchirurgie door dat ze stand-by moeten zijn.'

De ambulancemedewerkers brachten de patiënte over op het bed. Het gezicht van de jonge vrouw was wit. Ze klappertandde, en haar ogen stonden verwilderd.

'Dani,' zei Sara. 'Ik ben dokter Linton. Ik ga voor je zorgen. Kun je me vertellen wat er gebeurd is?'

'A-A-Auto...' fluisterde Dani met moeite. 'Ik w-werd w-wakker in de...' Ze klappertandde zo hevig dat ze haar zin niet kon afmaken.

'Geeft niet. Waar doet het pijn? Kun je het aanwijzen?'

Sara keek toe, terwijl Dani haar hand naar de linkerbovenkant van haar buik bracht. Het ambulancepersoneel had al een gaasje op de oppervlakkige wond onder haar linkerborst aangebracht. Maar er was meer. Over Dani's romp liep een donkerrode striem waar iets, mogelijk het stuur, haar met kracht had geraakt. Sara plaatste haar stethoscoop op haar buik en luisterde vervolgens naar beide longen.

'Darmperistaltiek klinkt goed!' riep ze. 'Dani, kun je even diep inademen?'

Er klonk zwoegend gepiep.

'Pneumothorax aan linkerkant. Maak een thoraxdrain klaar. Ik wil een tray voor een thoracotomie.'

Dani probeerde met haar blik alle drukte te volgen. Kasten werden opengetrokken, trays werden gevuld: afdekdoeken, slangen, Betadine, steriele handschoenen, scalpel, lidocaïne.

'Rustig maar, Dani.' Sara boog zich over het meisje heen om haar aandacht af te leiden van de chaos. 'Kijk me eens aan. Je hebt een klaplong. We gaan een buis aanbrengen om –'

'Ik heb niet...' Dani vocht om lucht. Haar stem was nauwelijks hoorbaar boven het lawaai uit. 'Ik moest weg...'

'Oké.' Sara streek haar haar naar achteren en zocht naar tekenen van hoofdtrauma. Het had een oorzaak dat Dani op de plek van het ongeluk buiten bewustzijn was geraakt. 'Doet je hoofd pijn?'

'Ja... Het... Ik hoor steeds een galm en...'

'Oké.' Sara controleerde haar pupillen. Het meisje had duidelijk een hersenschudding. 'Kun je me vertellen, Dani, waar je de meeste pijn voelt?'

'H-Hij deed me pijn,' zei ze. 'Ik denk... Ik denk dat hij me verkracht heeft.'

Er ging een schok door Sara heen. De geluiden om hen heen vervaagden zodat ze alleen nog Dani's ingespannen stem hoorde.

'Hij heeft iets in mijn drankje gestopt...' Dani hoestte toen ze probeerde te slikken. 'Ik werd wakker en toen... toen lag hij boven op me... en toen zat ik in de auto, maar ik weet niet meer hoe... en...'

'Wie?' vroeg Sara. 'Wie heeft je verkracht?'

Het meisje begon te knipperen met haar ogen.

'Dani? Wakker blijven.' Sara legde haar hand om het gezicht van het meisje. Het bloed trok weg uit haar lippen. 'De thoraxdrain, nu.'

'Stop hem...' zei Dani. 'Stop hem... alsjeblieft.'

'Wie moet ik stoppen?' vroeg Sara. 'Dani? Dani?'

Dani keek Sara recht in haar ogen in een woordeloze smeekbede om het te begrijpen.

'Dani?'

Weer begon ze met haar ogen te knipperen. Toen vielen ze stil. Haar hoofd zakte opzij.

'Dani?' Sara drukte haar stethoscoop op Dani's borst. Niets. Het leven van het negentienjarige meisje gleed uit haar weg. Sara zette haar paniek van zich af. 'Het hart is gestopt,' zei ze tegen de anderen. 'We gaan reanimeren.'

De anesthesioloog pakte de beademingsballon en het beademingsmasker om lucht in de longen te blazen. Sara sloeg haar vingers in elkaar en legde haar handpalmen op Dani's borst. Reanimeren was een noodmaatregel waarbij handmatig bloed uit het hart naar de hersenen werd gestuwd, waarna ze hopelijk met een elektrische shock het hart weer op gang konden brengen. Sara drukte met haar volle gewicht op Dani's borst. Met een misselijkmakend gekraak begaven de ribben het.

'Shit!' Ze voelde dat haar emoties de overhand dreigden te krijgen en riep zichzelf tot de orde. 'Ze heeft een fladderthorax. We moeten een shock toedienen.'

Johna had de crashkar al gehaald. Sara hoorde hoe de defibrillator zich oplaadde toen de paddles op Dani's slappe lichaam werden gedrukt.

Ze hield haar handen omhoog, weg van het metalen bed.

'Bed los!' Johna drukte op de knoppen van de paddles.

Dani's lichaam schoot omhoog toen er driehonderd volt rechtstreeks door haar borstkas werd gejaagd. De monitor piepte. Ze wachtten allemaal eindeloze seconden om te zien of het hart weer opstartte, maar de lijn op de monitor werd vlak en het alarm begon te loeien.

'Nog een keer,' zei Sara.

Johna wachtte tot het apparaat opgeladen was. Weer een shock. Weer een piepje. Weer een vlakke lijn.

Sara nam alle mogelijkheden door. Geen reanimatie. Geen shock. Borst openbreken was ook geen optie, want er viel niets meer te breken. Een fladderthorax kon ontstaan als twee of meer opeenvolgende ribben op twee of meer plekken dusdanig gebroken waren dat de borstwand gedestabiliseerd raakte en de ademhaling werd verstoord.

Voor zover Sara het kon zien, waren Dani Coopers tweede, derde en vijfde rib op verschillende plekken gebroken ten gevolge van stomp trauma. De scherpe botten zweefden los in haar borstkas en konden in haar hart en longen snijden. De overlevingskans van het negentienjarige meisje was tot bijna nul gereduceerd.

Opeens werd Sara's hoofd gevuld met alle geluiden die ze had geblokkeerd terwijl ze met Dani bezig was. Het nutteloze gesis van zuurstof. Het schurende gekreun van de bloeddrukmanchet. Het geritsel van persoonlijke beschermingsmiddelen, terwijl ze allemaal in gedachten de afgenomen kansen berekenden.

Iemand zette het alarm uit.

'Oké.' Sara zei het puur tegen zichzelf. Ze had een plan. Ze pelde het gaasje van de rijtwond op Dani's linkerzij. Ze goot er Betadine in en liet die als een fontein overstromen. 'Eldin, wat kun je me over de ribbenboog vertellen?'

'Eh…' Eldin keek naar Sara's handen terwijl ze een schoon stel steriele handschoenen aantrok. 'De ribbenboog bestaat uit ribkraakbeen dat aan de voorkant naar het borstbeen loopt. De elfde en de twaalfde rib zweven.'

'Over het algemeen eindigen ze bij de midaxillaire lijn en binnen de spieren van de laterale wand. Klopt dat?'

'Dat klopt.'

Sara pakte een scalpel van de tray. Dat zette ze in de wond, waarbij ze voorzichtig door de vetlaag naar de buikspier sneed. Toen sneed ze door naar het middenrif, waarin ze een gat ter grootte van haar vuist maakte.

Ze keek Johna aan. Hoewel de verpleegkundige verbaasd haar mond had geopend, knikte ze. Als Dani ook maar een kansje op overleven had, dan was dit het.

Sara stak haar hand in het gat. De middenrifspier sloot zich zuigend om haar pols. Stukken rib streken langs haar knokkels als de staven van een xylofoon. De long was zo plat als een leeggelopen ballon. Maag en milt voelden glad en soepel. Met gesloten ogen concentreerde Sara zich op de anatomie, terwijl ze in Dani's borstkas reikte. Haar vingertoppen gleden langs het met bloed gevulde hartzakje. Voorzichtig sloeg ze haar hand om het orgaan. Ze keek naar de monitor en kneep.

De vlakke lijn maakte een sprongetje.

Weer kneep ze.

Weer dat sprongetje.

Sara bleef bloed door het hart pompen, boog en strekte haar vingers en duim en dwong het ritme in de normale cadans van het leven. Weer sloot ze haar ogen, terwijl ze luisterde of ze een piepje van de monitor hoorde. Ze voelde de routekaart van slagaderen alsof het een topografische tekening was. Rechterkransslagader, achterste dalende kransslagader, rechter marginale slagader, linker voorste dalende slagader, circumflex kransslagader.

Van alle organen in het lichaam wekte het hart de meeste emotie op. Je hart kon gebroken zijn of vol liefde of vreugde. Het kon een raar sprongetje maken als je je vlam in de lift zag. Je legde je hand op je hart om trouw te zweren. Je klopte op je hart ten teken van loyaliteit, eerlijkheid of respect. Een wreed iemand werd wel harteloos genoemd. Van een oprecht en menslievend iemand zei je dat die het hart op de goede plaats had. Als je iemand wilde steunen, droeg je diegene een warm hart toe. Toen Sara en Tessa klein waren, had Tessa vaak haar handen voor haar borst gekruist. Dan had ze Sara's kleren, een cd of een boek gepikt en zwoer ze dat ze het niet had gedaan: 'Met de hand op mijn hart.'

Sara wist niet of Dani Cooper zou sterven, maar ze zwoer op het hart van het meisje dat ze alles zou doen om de man die haar verkracht had te stoppen.

DRIE JAAR LATER

1

'Dokter Linton.' Maritza Aguilar, de advocaat van de familie van Dani Cooper, liep naar de getuigenbank. 'Kunt u ons vertellen wat er vervolgens gebeurde?'

Sara haalde diep adem en zei: 'Ik reed op de brancard mee naar de operatiekamer zodat ik handmatig Dani's hart kon laten pompen. Ik kreeg een operatiepak aan en toen namen de chirurgen het over.'

'En daarna?'

'Ik keek toe bij de operatie.' Sara knipperde met haar ogen. Ook na drie jaar zag ze Dani nog steeds op de operatietafel liggen. Ogen dichtgeplakt, een slang uit haar mond en haar borstkas wijdopen, met de witte ribsplinters als confetti door de holte verspreid. 'De chirurgen deden hun uiterste best, maar Dani was al te ver heen. Ze werd die nacht rond twee uur vijfenveertig dood verklaard.'

'Dank u.' Maritza liep terug naar de tafel met haar aantekeningen. Ze begon door de pagina's te bladeren. Haar collega boog zich naar haar toe en fluisterde iets. 'Edelachtbare, mag ik nog even?'

'Heel even dan,' zei rechter Elaina Tedeschi.

Het werd stil in de rechtszaal, op het geluid van wat juryleden na die gingen verzitten, en af en toe een kuch of een nies vanaf de halflege publieke tribune. Sara ademde weer diep in. Ze had er al drie uur in de getuigenbank op zitten. Het was vlak na de lunchpauze, en iedereen was moe. Niettemin hield ze haar rug recht en keek naar voren, met haar blik op de klok achter in de zaal.

Op de publieke tribune zat een journaliste op haar telefoon te tikken, maar Sara probeerde de vrouw te negeren. Ze was niet in staat naar Dani's ouders te kijken, want hun verdriet was bijna even verpletterend als hun hoop dat iets, wat dan ook, de zaak voor hen zou kunnen afsluiten. Naar de jury kon ze ook al niet kijken. Ze wilde met geen van hen oogcontact maken om geen verkeerde ideeën over te brengen. Het was warm en benauwd in de rechtszaal. Een proces verliep nooit zo snel en was nooit zo interessant als op tv. De medische feiten waren vaak complex en verwarrend. De jury moest zich kunnen concentreren en kunnen luisteren zonder zich af te vragen waarom ze hen zo vreemd had aangekeken.

Dit proces ging niet om Sara. Het ging om wat ze Dani Cooper beloofd had. De man die haar dit had aangedaan moest gestopt worden.

Haar blik gleed over Thomas Michael McAllister IV. De tweeëntwintigjarige jongen zat tussen zijn dure advocaten aan de tafel voor de verdediging. Zijn ouders, Mac en Britt McAllister, zaten recht achter hem op de tribune. Volgens de instructies van rechter Tedeschi moest Tommy worden aangeduid als 'gedaagde' in plaats van als 'verdachte', zodat het voor de jury duidelijk was dat dit een civiel proces was in plaats van een strafproces. Het was geen kwestie van gevangenisstraf tegenover vrijheid. Het ging veeleer om miljoenen dollars wegens aansprakelijkheid voor de dood van Daniella Cooper. Mac en Britt konden zo'n bedrag wel missen, maar er stond iets anders op het spel wat zelfs hun enorme rijkdom niet kon garanderen: de goede naam van hun zoon.

Tot nu toe hadden ze al het mogelijke gedaan om Tommy te beschermen, van het inhuren van een publiciteitsagent om het verhaal in de media te beïnvloeden tot het in de arm nemen van Douglas Fanning, een advocaat die bekendstond als De Haai vanwege zijn talent om getuigen te vermalen.

Het proces was nog maar twee dagen aan de gang, maar nu al was Fanning erin geslaagd om een deel van wat hij Tommy's 'jeugdige onbezonnenheid' noemde erbuiten te houden, alsof het heel normaal was om op je elfde te worden gearresteerd wegens het folteren van de hond van de buren, op je zestiende van verkrachting te worden beschuldigd en één uur voor je afstuderen te worden betrapt met een grootverpakking MDMA in je rugzak. Dat kreeg je dus voor elkaar met tweeënhalf duizend dollar per uur: een roofdier dat in een koorknaap werd veranderd.

In elk geval was Tommy erop gekleed: in plaats van het maatpak waarin hij het vorige jaar in een plaatselijke roddelrubriek stond afgebeeld, droeg hij nu een zwart confectiekostuum met een gedempt lichtblauwe stropdas en een niet al te glad gestreken wit Oxford-overhemd – en dat alles hoogstwaarschijnlijk uitgekozen door een juryconsulent, die maandenlang binnen een focusgroep had gezocht naar de gunstigste sleutelwoorden en strategieën, vervolgens nauw had samengewerkt met Douglas Fanning bij de selectie van de beste juryleden en die nu ergens in de buurt van het gerechtshof een schaduwjury had zitten die hetzelfde bewijs kreeg voorgeschoteld om de verdediging aan de juiste benadering te helpen.

Maar desondanks kon niets de arrogante stand van Tommy McAllisters kin verhullen. Hij had zijn hele leven op de beschutste plekken van Atlanta doorgebracht. Zijn overgrootvader, een chirurg, was niet alleen een pionier geweest op het gebied van gewrichtsvervangende technieken, maar ook medeoprichter van een belangrijk orthopedisch ziekenhuis in Atlanta. Tommy's grootvader was een gepensioneerde viersterrengeneraal, die het onderzoek naar infectieziekten had geleid bij de Centers for Disease Control. Mac was een van de meest gerespecteerde cardiologen van het land. Britt was opgeleid tot gynaecologe. Het was niet verrassend dat Tommy het familiebedrijf zou voortzetten. Hij stond op het punt aan het eerste jaar van de studie geneeskunde te beginnen, aan Emory University.

Hij was ook degene die Dani Cooper had gedrogeerd en verkracht.

Tenminste, daar was Sara van overtuigd.

Tommy had Dani Cooper bijna zijn hele leven gekend. Ze hadden op dezelfde particuliere scholen gezeten, ze waren lid geweest van dezelfde countryclub, ze hadden zich in dezelfde sociale kringen bewogen, en ten tijde van Dani's dood hadden ze dezelfde universitaire introductiecursus geneeskunde gevolgd. Op de avond van Dani's dood had Tommy volgens getuigen ruzie met haar gehad op een feestje van het studentencorps. De discussie was hoog opgelopen. Hij had Dani bij haar arm gegrepen. Ze had zich van hem losgerukt. Niemand wist wat er daarna was gebeurd, maar Dani had wel achter het stuur gezeten van Tommy's Mercedes Roadster van honderdvijftigduizend dollar toen ze bij het ziekenhuis tegen een geparkeerde ambulance op was geklapt. Tijdens de autopsie werd zijn sperma in haar lichaam aangetroffen. Tommy McAllister had geen alibi voor de uren tussen het moment waarop Dani het feest had verlaten en het tijdstip waarop ze bij het Grady was gearriveerd. En dezelfde Tommy McAllister was op de hoogte van de intieme details die in de bedreigende berichten stonden die Dani in de week voor haar dood had ontvangen.

Helaas kon de openbaar aanklager van Fulton County alleen handelen op grond van bewijs, niet van overtuiging. Een strafproces ging uit van schuld zonder gerede twijfel. Sara kon niet ontkennen dat er in dit geval sprake was van twijfel. Op het corpsfeestje waren ook andere jongemannen geweest die bevriend waren met Dani. Niemand kon Tommy's bewering tegenspreken dat de ruzie was opgelost. Niemand kon Tommy's bewering tegenspreken dat Dani had gevraagd of ze zijn Mercedes mocht lenen. Niemand kon zijn bewering tegenspreken dat zijn sperma in Dani's lichaam was aangetroffen omdat ze twee avonden voor haar dood seks hadden gehad, met wederzijds goedvinden. Niemand kon met honderd procent zekerheid beweren dat Tommy die avond samen met Dani het feestje had verlaten. Veel mensen op het feest waren op de hoogte geweest van de intieme details van Dani's leven. En belangrijker nog: niemand wist waar de wegwerptelefoon was waarmee de bedreigende berichten waren verstuurd.

Gelukkig was het vonnis in een civiel proces gebaseerd op een overdaad aan bewijs in plaats van op gerede twijfel. De Coopers hadden veel indirect bewijs tot hun beschikking. Het proces wegens dood door nalatigheid dat ze tegen Tommy McAllister hadden aangespannen ging uit van een schadevergoeding van twintig miljoen dollar. Het was gruwelijk veel geld, maar daar ging het hun niet om. Anders dan Mac en Britt had het hun al hun spaargeld gekost om hun zaak voor de rechter te brengen. De Coopers hadden elk aanbod tot een schikking afgewezen want het enige wat ze wilden, het enige wat ze nodig hadden om de tragische dood van hun dochter te kunnen bevatten, was dat iemand er publiekelijk verantwoordelijk voor werd gesteld.

Sara had hen gewaarschuwd dat ze het waarschijnlijk niet zouden winnen. Van Maritza hadden ze hetzelfde gehoord. Ze wisten allebei hoe het systeem werkte en dat het zelden uitviel ten gunste van de mensen die geen geld hadden. Het allerbelangrijkste was dat de hele zaak afhing van de vraag of de jury Sara een geloofwaardige getuige vond. Op de avond dat Dani Cooper was gestorven, was het een chaos geweest op de trauma-afdeling. Sara was de enige geweest die de jonge vrouw had horen zeggen dat ze gedrogeerd en verkracht was. Vanwege de aard van de zaak hield dat in dat Sara's persoonlijke leven onder een microscoop kwam te liggen. Om haar getuigenis te vernietigen moest haar karakter vernietigd worden. Alles wat ze ooit had gedaan, alles wat haar ooit was overkomen, zou ontleed, geanalyseerd en – wat Sara nog het diepst zou raken – bekritiseerd worden.

Ze wist niet wat haar het meest beangstigde: dat de duisterste aspecten van haar leven in een openbare rechtszaal belicht werden of dat ze haar belofte aan Dani moest verbreken.

'Dokter Linton.' Maritza was eindelijk zover. Ze liep terug naar de lessenaar, met een vel papier in haar handen, dat ze niet aan Sara liet zien. Ze drukte het tegen haar borst in een poging de spanning op te voeren.

De truc werkte.

Sara voelde dat de aandacht van de jury verscherpte toen Maritza het woord nam: 'Ik zou graag even terug willen gaan, als u het niet erg vindt. Iets willen doornemen wat eerder vandaag aan de orde is geweest.'

Sara knikte. 'Oké,' zei ze, ten behoeve van de griffier.

'Dank u.' Maritza draaide zich om en liep langs de jurybank. Vijf vrouwen, vier mannen, een voor Fulton County typerende mix van wit, zwart, Aziatisch en hispanic. Sara zag dat ze de advocaat met hun blik volgden; sommigen bestudeerden haar gezicht, terwijl anderen op het vel papier probeerden te kijken.

Maritza pakte haar notitieblok van de tafel en legde het op de lessenaar. Ze had haar pen in haar hand. Ze zette haar bril op en keek naar haar aantekeningen.

Hoewel geen Douglas Fanning, was ze een verdomd goede advocaat. Evenmin als Sara had Maritza een juryconsulent nodig om te weten hoe ze zich moest kleden. Ze hadden zich allebei als vrouw omhooggewerkt op een door mannen gedomineerd terrein, en of ze het nu leuk vonden of niet, ze wisten beiden dat hun uiterlijk belangrijker was voor een jury dan wat er over hun lippen kwam. Opgestoken haar om te laten zien dat er met hen niet te spotten viel. Lichte make-up ten teken dat ze nog steeds indruk wilden maken. Een bril als bewijs van intelligentie. Een geklede rok en bijpassend jasje om hun vrouwelijkheid te onderstrepen. Hakken niet hoger dan vijf centimeter om niet te uitsloverig over te komen.

Het was allemaal buitenkant.

Maritza keek naar Sara en zei: 'Vóór de lunch hebt u ons over uw opleiding en kwalificaties verteld, maar om het geheugen van de jury op te frissen: u bent zowel gespecialiseerd kinderarts als gespecialiseerd patholoog-anatoom, klopt dat?'

'Ja.'

'En op de avond dat Dani Cooper werd binnengebracht op de spoedeisende hulp werkte u voor het Grady Healthcare System als dienstdoend kinderarts, maar tegenwoordig, vandaag, bent u in dienst van het Georgia Bureau of Investigation als lijkschouwer, is dat correct?'

‘Formeel is mijn functie die van patholoog-anatoom.’ Nu keek Sara naar de jury. Ze waren de enigen in de zaal wier mening ertoe deed. ‘In op vier na alle districten van Georgia is lijkschouwer een gekozen functie waarvoor geen medische bevoegdheid nodig is. Als er vuil spel wordt vermoed, draagt de lijkschouwer het onderzoek doorgaans over aan het bureau van de patholoog-anatoom van het Georgia Bureau of Investigation. En dan komen mijn collega’s en ik in actie.’

‘Dank u voor uw uitleg,’ zei Maritza. ‘Tijdens uw eerste onderzoek van Dani Cooper, op de spoedeisende hulp, deed u naar uw mening toen een beroep op de uitgebreide ervaring die u op beide terreinen hebt opgedaan?’

Sara overwoog hoe ze haar antwoord het best kon formuleren. ‘Ik zou zeggen dat ik Dani eerst als arts en later als patholoog-anatoom heb onderzocht.’

‘Hebt u het obductierapport van Dani Cooper, reeds aangeduid als bewijsstuk 113-A, bestudeerd?’

‘Inderdaad.’

‘Wat bleek uit het toxicologisch onderzoek naar illegale middelen?’

‘Het bloed- en urineonderzoek gaven geen doorslaggevend resultaat.’

‘Verbaasde u dat?’

‘Nee,’ zei Sara. ‘In het ziekenhuis werden Dani meerdere middelen toegediend, waaronder Versed of midazolam, als preoperatieve spierontspanner. Bij toxicologisch onderzoek lijkt het medicijn chemisch op rohypnol.’

‘Eerder hebt u uitgelegd dat rohypnol ook gebruikt wordt als een zogenoemde verkrachtingsdrug, klopt dat?’

‘Ja.’

‘Hoe gemakkelijk zou het voor u als arts, of voor iemand die in een medische instelling werkt, zijn om een ampul rohypnol te stelen, mocht u daartoe geneigd zijn?’

‘Rohypnol is niet in een ziekenhuis aanwezig. De drug is niet goedgekeurd door de FDA voor gebruik in de Verenigde Staten. En een ampul Versed stelen is ongelooflijk riskant. Er zijn allerlei interne controles om diefstal en misbruik te voorkomen,’ zei Sara. ‘Op straat kun je echter makkelijk aan rohypnol komen, dus ik zou – hypothetisch – een drugsdealer opzoeken en het spul van hem kopen.’

‘Kunt u ons vertellen of er DNA-bewijs is aangetroffen tijdens de autopsie op Dani Cooper?’

‘Op een uitstrijkje van de voorwand van de vagina en de baarmoedermond is sperma gevonden. Het monster is naar het laboratorium van het GBI gestuurd om onderzocht te worden. Het lab heeft een DNA-profiel kunnen maken voor vergelijkend onderzoek.'

'Kunt u ons de laboratoriumuitslag laten weten?'

'Met wetenschappelijke zekerheid is vastgesteld dat het DNA overeenkomt met het monster dat bij Tommy McAllister is afgenomen.'

Weer zweeg Maritza even en deed ze alsof ze haar aantekeningen raadpleegde, om zo de jury de gelegenheid te geven de informatie te verwerken. Sara's blik ging naar Douglas Fanning. Met gebogen hoofd zat De Haai op zijn notitieblok te krabbelen, alsof niets van wat Sara zei er ook maar in de verste verte toe deed. Net zoals hij een halfjaar eerder tijdens haar verklaring onder ede had gedaan. Destijds had ze het opgevat als een truc om haar van haar à propos te brengen.

Nu besefte ze tot haar ergernis dat de truc nog werkte ook.

Maritza kuchte even en zei: 'Dokter Linton, is u die avond verder nog iets opgevallen wat een afwijkende indruk op u maakte?'

'Ik vernam dat Dani achter het stuur van de auto had gezeten, maar de rijtwond op haar romp zat hier, op haar linkerzij, iets onder haar ribben.' Sara wees de plek aan op haar eigen lichaam. 'Als je rijdt, loopt de veiligheidsgordel van je linkerschouder naar je rechterheup. Als de wond was veroorzaakt door de veiligheidsgordel, had hij op Dani's rechterzij moeten zitten, niet links.'

Maritza drong niet op een conclusie aan, maar ging over op het volgende puzzelstuk. 'U hebt bewijsstukken 108-A tot en met F bestudeerd, de opnamen die de bewakingscamera's die avond buiten het ziekenhuis hebben gemaakt. Daarop is te zien dat de Mercedes van de gedaagde recht tegen de ambulance op reed, klopt dat? Een zogenoemde frontale botsing?'

'Inderdaad.'

'Wat voor indruk kreeg u verder nog toen u de camerabeelden zag?' Maritza zag dat Fanning aanstalten maakte om bezwaar aan te tekenen en zei snel: 'Ik doel op indrukken die u heeft gevormd als deskundige die betrokken is geweest bij onderzoek naar auto-ongelukken.'

Fanning kwam weer tot rust.

Sara antwoordde: 'Het leek alsof de auto op weg was naar het parkeerterrein bij de spoedeisende hulp, maar dat de wielen op het laatste moment recht naar voren wezen en de snelheid afnam, waarop de auto een van de ambulances raakte die bij de ingang stonden geparkeerd.'

'Oké. Op de beelden kunt u de bestuurder niet via de voorruit zien, klopt dat?'

'Dat klopt.'

'En op de beelden is te zien dat Dani van de bestuurdersstoel van de Mercedes werd getrokken, klopt dat ook?'

'Ja.'

'U hebt eerder verklaard dat u het rapport over het ongeluk had gelezen zoals dat is opgesteld door brigadier Shanda London. Weet u nog hoe hard de auto reed toen hij tegen de ambulance opbotste?'

'Volgens de elektronische besturingsmodule had de auto ten tijde van de botsing een snelheid van zevenendertig kilometer per uur.'

'Gisterochtend heeft brigadier London ons over de module verteld, maar kunt u ons geheugen nog even opfrissen?'

'De elektronische besturingsmodule slaat alle data op, dus ook die in de seconden rond een botsing. Je kunt het nog het beste vergelijken met de zwarte doos in een vliegtuig, maar dan in je auto.'

'Stond er verder nog iets in de data van de module wat u opviel?'

'Twee dingen: bevestiging van de vaartvermindering die ik al gezien had op de bewakingsbeelden – de Mercedes ging van vierenvijftig naar zevenendertig kilometer per uur – en ook dat de auto niet afremde voor de botsing.'

'Edelachtbare?' Maritza liep met het papier naar de rechter. 'Kan ik verwijzen naar bewijsstuk 129-A?'

Rechter Tedeschi knikte. 'Ga uw gang.'

Eindelijk verwaardigde Fanning zich om op te kijken. Hij schoof zijn leesbril naar beneden. De glazen waren besmeurd. Terwijl alles in het werk was gesteld om Tommy McAllister op een jonge maar worstelende professional te laten lijken, moest Douglas er juist allesbehalve uitzien als de gladde advocaat van de superrijken die hij in werkelijkheid was. Zijn lange grijze haar was naar achteren gekamd en zat in een vlecht. Zijn pak was gekreukt en zijn das zat vol vlekken. Hij had zich een lijzig zuidelijk accent aangemeten, dat Sara niet meer had gehoord sinds de dood van haar grootmoeder. Vaak deed hij alsof hij moeizaam naar informatie zocht om te verhullen dat hij aan de rechtenfaculteit van de prestigieuze Duke University was afgestudeerd. Waar Sara en Maritza hun uiterste best hadden gedaan om een competente en professionele indruk te maken, kreeg Fanning beide kwaliteiten toebedeeld zonder dat het hem ook maar iets leek te boeien.

'Dokter Linton.' Eindelijk legde Maritza het papier op de overheadprojector. 'Herkent u dit bewijsstuk, geregistreerd als 129-A?'

Sara had zich al naar het scherm aan de muur toegekeerd, net als de rest van de aanwezigen. 'Dat is een kopie van het lichaamsdiagram dat ik heb gedownload van het internet om goede anatomische aantekeningen van mijn bevindingen te kunnen maken. Onderaan de pagina staat mijn handtekening, plus datum en tijdstip.'

'U hebt het formulier van het internet gedownload,' herhaalde Maritza haar woorden. 'Was het niet gemakkelijker geweest om foto's te maken?'

'Alle data die ik als medisch professional verzamel, vallen onder HIPAA, een federale wet betreffende de opslag en verspreiding van gevoelige informatie op het gebied van de gezondheidszorg. Mijn werktelefoon had geen camera, en ik kon niet instaan voor de beveiliging van mijn privételefoon.'

'Oké, dank u.' Maritza wees naar het scherm. 'Die kruisjes op de ribben, wat moeten die voorstellen?'

'De botbreuken die bijdroegen aan een zogenoemde fladderthorax.'

'U hebt die term vanochtend aan ons uitgelegd, en daarom vraag ik of in het geval van Dani de veiligheidsgordel eventueel verantwoordelijk kon zijn voor de fladderthorax?'

'Naar mijn mening niet. De auto reed niet hard genoeg voor dat soort letsel.'

'Wat heeft het letsel veroorzaakt?'

Fanning kwam weer in beweging. Hij liet duidelijk merken dat zijn aandacht nu op Sara was gericht. Met zijn pen had hij een schuin streepje op het notitieblok gezet. Te oordelen naar de geluiden die hij maakte wilde hij protesteren, maar Maritza was hem voor.

'Ik zal het anders formuleren.' Ze bleef Sara aankijken. 'Kunt u, dokter Linton, als ervaren patholoog-anatoom zeggen wat voor trauma's een fladderthorax kunnen veroorzaken?'

'Ik heb ooit een geval gehad waarbij de overledene van het dak van een kantoorgebouw van twee verdiepingen viel. Een tweede slachtoffer reed zijn pick-up met een vaart van zo'n honderdvijfenveertig kilometer per uur tegen een betonnen baanafscheiding. En een derde was een kind dat door een oppas dood was geslagen.'

Er ging een rilling door de rechtszaal.

'Dus het komt niet doordat ze met een vaart van zevenendertig kilometer per uur tegen de zijkant van een geparkeerde ambulance reed?' vervolgde Maritza.

'Naar mijn mening niet.'

Weer zette Fanning een streepje.

'Een eerdere getuige-deskundige zei dat de airbag van de Mercedes een halfjaar voor het ongeluk was teruggeroepen. Hij deed zijn werk, maar we kunnen niet achterhalen of dat op de juiste manier gebeurde. Maakt dat iets uit voor uw evaluatie?'

'Nee. Naar mijn mening...' Sara zag Fanning weer een streepje op zijn notitieblok zetten. 'Met die snelheid zou de klap waarmee Dani's borstkas tegen het stuur sloeg in geen enkele situatie zo'n zwaar letsel hebben veroorzaakt.'

'Was er in Dani's geval veel bloedverlies door die fladderthorax?'

'Ja, maar intern – in het lichaam. Aan de buitenkant was het enige zichtbare bloed afkomstig van de oppervlakkige rijtwond.'

'Dani had een klaplong. Had ze daardoor moeite met praten?'

'Ja, ze kreeg niet voldoende zuurstof. Ze kon alleen fluisteren.'

'Hecht u als arts op grond van Dani's ernstige medische situatie meer betekenis dan normaal aan het feit dat ze vertelde gedrogeerd en verkracht te zijn?'

'Ja,' antwoordde Sara. 'Als ik een patiënt heb die er erg slecht aan toe is, is zo iemand er vooral op gespitst om uit die situatie te komen. Dani wilde maar één ding: vertellen wat er met haar was gebeurd.'

Maritza richtte zich weer op het scherm, met het diagram van het lichaam. 'Wat is de betekenis van het kruisje op Dani's achterhoofd?'

'Het geeft stomp hoofdtrauma aan.'

'Kunt u aan de jury uitleggen wat u bedoelt met "stomp hoofdtrauma"?'

Sara wilde antwoorden, maar ze werd opeens door angst overmand. Fanning keek haar recht aan, en terwijl hij zijn pen vastklemde, namen zijn donkere kraaloogjes elk detail op. Ze vreesde zijn kruisverhoor al bijna even erg als hij zich er kennelijk op verheugde.

Maritza gaf haar een bijna onmerkbaar knikje. Ze wisten allebei wat er op het spel stond. Dit ging om Dani. Dit ging om Sara die haar belofte nakwam.

Op kalme toon zei ze tegen de jury: 'Een stomp hoofdtrauma verwijst naar een klap tegen het hoofd die niet door de schedel dringt en die een hersenschudding, een hersenkneuzing of beide tot gevolg heeft.'

'Wat had Dani Cooper?' vroeg Maritza.

'Een derdegraads hersenschudding.'

'Hoe kwam u tot die conclusie?'

'Post mortem trof ik op haar achterhoofd onder andere oedeem aan.'

'Wat is oedeem?'

'Vochtophoping in het weefsel of in de lichaamsholtes.' Tegen de jury zei Sara: 'Het komt neer op een zwelling. Je loopt een blessure op, bijvoorbeeld door je knie te stoten aan je bureau. Het lichaam stuurt er vocht op af alsof het wil zeggen: hé, voorzichtig met je knie terwijl ik die probeer te repareren.'

'Derdegraads.' Maritza probeerde Sara te helpen haar evenwicht te herwinnen. 'Wilt u dat uitleggen?'

'Hersenschudding kent vijf gradaties, oplopend in zwaarte. Een derdegraads hersenschudding wordt gekenmerkt door bewustzijnsverlies van minder dan een minuut. Er spelen ook andere factoren mee, zoals pupilreflex, hartslag, bloeddruk, ademhaling, spraakpatronen en reactie op vragen, en uiteraard dat oedeem.'

'Zou de hoofdsteun van de bestuurdersstoel de oorzaak kunnen zijn van Dani's derdegraads hersenschudding?'

'Naar mijn mening niet.' Sara zag Fanning weer een haal met zijn pen geven toen ze zich opnieuw tot de jury wendde. 'Doorgaans beschouwen we de hoofdsteun als iets wat comfort biedt tijdens het rijden, maar eigenlijk is hij ontworpen voor onze veiligheid. Als je betrokken bent bij een frontale botsing of van achteren wordt aangereden, schiet je hoofd naar voren en naar achteren. De hoofdsteun voorkomt ernstige whiplash, beschadiging van je ruggengraat of zelfs overlijden. Gezien de snelheid van de Mercedes kan de beschermende structuur in de hoofdsteun het trauma niet hebben veroorzaakt.'

'Bent u in de gelegenheid geweest in de Mercedes te kijken voor die werd weggesleept?'

'Ja.'

'Wat was uw eerste indruk?'

'Er zat geen bloed op de airbag.'

'Waarom is dat belangrijk?'

'Zoals eerder genoemd had Dani een oppervlakkige rijtwond op haar linkerzij waarvan het bloed door haar shirt drong. Als het letsel tijdens de botsing was ontstaan, had ik bloed op de airbag verwacht.'

Maritza zweeg even voor ze op het volgende puzzelstuk overging. Ze had nu de volle aandacht van de jury. De meesten waren aantekeningen aan het maken in hun spiraalschrift. 'Laten we eens stilstaan bij het woord "rijtwond". Dat heeft toch een speciale medische betekenis, dokter Linton?'

Fanning leunde achterover in zijn stoel. Hij had zijn leesbril afgezet, maar hield zijn pen in de aanslag. Hij wist dat hij Sara al eerder van haar stuk had gebracht. Hij deed een nieuwe poging.

Sara probeerde zich op de jury te concentreren. 'We classificeren een wond als rijtwond wanneer het spierweefsel, overig weefsel of de huid is opengesneden of -gescheurd. Vanuit forensisch oogpunt worden de wonden onderverdeeld in scheurwonden of rijtwonden, rekwonden, drukwonden en houwwonden.'

'Wat voor soort wond was die van Dani?'

'Een scheurwond, dat wil zeggen dat er voldoende stompe kracht werd uitgeoefend om de huid te scheuren.'

'En oppervlakkig wil zeggen?'

'Oppervlakkig betekent uiteraard niet diep,' antwoordde Sara. 'Dus er is wel bloed, maar hechten is niet nodig. Het bloed zou uiteindelijk stollen en de wond zou vanzelf helen.'

'Was er iets in de Mercedes wat de wond kon hebben veroorzaakt?'

'Ik heb het niet gevonden.'

'Hebt u het voertuig doorzocht?'

'Ja,' zei Sara. 'Er was iets met Dani's verwondingen wat ik niet snapte. Ik wilde een verklaring.'

'Hoelang duurde uw onderzoek van de auto?'

'Ik had ongeveer tien minuten voor de komst van de sleepwagen.'

'Twaalf minuten, volgens de bewakingsbeelden,' verduidelijkte Maritza. 'Wat hebt u in uw hoedanigheid van arts en patholoog-anatoom gezien dat op die plek tijdens een auto-ongeluk een oppervlakkige rijtwond zou kunnen veroorzaken?'

'Glasscherven, hoewel de ramen van de Mercedes nog intact waren. De veiligheidsgordel, maar nogmaals: Dani's wond zat links. Als bestuurder zou ze een wond aan de rechterkant hebben.' Sara zweeg even. Ze had een droge mond. Ze naderden het einde van Maritza's vragen. 'Ook kunnen er tijdens de botsing projectielen in het voertuig aanwezig zijn. Ik heb laptops gezien, plastic speelgoed, iPads, telefoons – alles met een harde rand kan een dergelijke wond veroorzaken als het bij een botsing door het voertuig vliegt.'

'Hebt u iets van dien aard in de auto aangetroffen?'

'Nee. Voor zover ik kon zien, lag er alleen een schoen in de auto, een zwarte instapsandaal, die klem zat onder de voorbank. Verder was het interieur helemaal leeg.'

‘We hebben eerder gehoord dat de auto naar de stoeprand werd verplaatst om de ambulancestandplaats vrij te maken. Weet u hoelang de auto daar zonder toezicht heeft gestaan?’

‘Hoelang weet ik niet precies, maar Dani heeft ongeveer drie uur op de operatietafel gelegen.’

‘Goed, laten we terugkeren naar uw schets.’ Maritza wees weer naar het scherm. ‘De ronde, rode vlekken die u hier op Dani’s achterkant hebt aangegeven. Kunt u uitleggen wat de betekenis ervan is?’

‘Naar mijn mening…’ Weer zag Sara Fanning iets afvinken op zijn notitieblok. ‘Dat lijken afdrukken van vingers die hard op de huid hebben gedrukt. Je kunt zien dat iemand de achterkant van haar linkerbeen en -bil heeft vastgegrepen.’

‘Hebt u gezien of iemand op de trauma-afdeling of in de operatiekamer haar op die plekken heeft vastgepakt?’

‘Nee.’

‘En het ambulancepersoneel toen ze uit de auto werd gehaald?’ vroeg Maritza ter verduidelijking. ‘Ik weet dat u niet buiten was toen Dani uit de auto werd verwijderd, maar zouden zij die afdrukken kunnen hebben veroorzaakt?’

‘De afdrukken die ik op Dani’s lichaam zag, waren niet recent. Te oordelen naar de kleur waren ze al enige uren oud.’

‘Waarop baseert u dat tijdsbestek?’

‘Een kneuzing ontstaat wanneer er bij letsel bloed in de huid lekt of in het weefsel onder de huid. In de loop van de tijd verliest het gelekte bloed zuurstof en begint van kleur te veranderen. Dat proces kan enkele uren tot een paar dagen duren. Je kunt dan blauw, paars en zelfs zwart zien. Dani’s kneuzingen waren rood. Naar mijn mening…’ Weer zag Sara Fannings pen bewegen. ‘…wijst die kleur erop dat de kneuzingen minstens een uur oud waren. En mogelijk ouder.’

‘U baseert zich hierbij op uw ervaring als arts?’

‘Als kinderarts,’ zei Sara. ‘Kinderen lopen om de haverklap builen en blauwe plekken op. En vaak is hun verslag van wat er misging niet al te betrouwbaar.’

Een van de juryleden gaf een bevestigend knikje. Ze was begin dertig, waarschijnlijk een moeder met een peuter thuis. De vrouw was Sara meteen al opgevallen. Ze had haar ‘De Notuliste’ genoemd omdat zij van alle juryleden de meeste aantekeningen maakte.

‘Dokter Linton.’ Met haar handen ineengeslagen leunde Maritza op de lessenaar. 'Laat ik het verloop van de gebeurtenissen eens op een rij zetten, als u het goed vindt. U hoorde dat Dani Cooper achter het stuur had gezeten?'

'Ja.'

'Maar de rijtwond op haar zij kan niet veroorzaakt zijn door de klap waarmee de auto de ambulance raakte?'

'Naar mijn mening niet.'

Fanning plaatste weer een vinkje.

'En de fladderthorax is naar uw mening niet veroorzaakt door de botsing van de auto met de ambulance?'

'Naar mijn mening niet, nee.'

Vinkje.

'En het stompe trauma op haar achterhoofd is niet veroorzaakt door de botsing van de auto met de ambulance?'

'Naar mijn mening niet.'

Vinkje.

'En de vingerafdrukken op Dani Coopers linkerdij en -bil zijn naar uw mening niet veroorzaakt door het ongeluk of de manier waarop ze in het ziekenhuis is behandeld?'

'Naar mijn mening niet.'

Vinkje.

'Hoe kunt u als patholoog-anatoom die honderden slachtoffers van auto-ongelukken onder ogen heeft gehad, als arts die honderden patiënten heeft behandeld die betrokken waren bij auto-ongelukken en als de arts die Dani Cooper heeft behandeld en bovendien de camerabeelden heeft gezien waarop het ongeluk is vastgelegd, al die feiten met elkaar in overeenstemming brengen?'

'Die zijn niet in overeenstemming te brengen,' zei Sara. 'Het letsel op Dani Coopers lichaam was niet het gevolg van het auto-ongeluk.'

Maritza schonk de jury weer enige tijd om de informatie te laten bezinken. 'Wilt u daarmee zeggen, dokter Linton, dat iemand Dani Cooper iets heeft aangedaan voor ze achter het stuur van die auto kroop?'

'Naar mijn professionele mening is Dani hard met een stomp voorwerp geslagen. Op de een of andere manier lukte het haar in de Mercedes te stappen. Ze reed naar het ziekenhuis, maar verloor het bewustzijn toen de auto afsloeg naar het parkeerterrein van de spoedeisende hulp. Haar lichaam verslapte. Haar handen gleden van het stuur. Haar voet liet het gaspedaal los. De auto reed tegen de ambulance op.' Sara keek de juryleden nu aan. 'Dani wist dat haar verwondingen levensbedreigend waren. Met haar laatste adem smeekte ze me om de man tegen te houden die haar dit had aangedaan.'

Het werd doodstil in de rechtszaal.

De juryleden keken op hun beurt Sara aan. De Notuliste liet haar kin op haar hand rusten, terwijl ze nadacht over de informatie.

Het enige geluid was het zachte klikje waarmee de wandklok aangaf dat er weer een uur was verstreken.

De stilte werd verbroken toen Douglas Fanning een diepe zucht slaakte. Hij pakte zijn leesbril en begon luid ritselend door zijn notitieblok te bladeren. Hij had alle gelegenheid gehad om bezwaar aan te tekenen tegen Sara's getuigenis, maar hij had gezwegen. Sara was niet zo naïef om te denken dat haar meesterlijke beheersing van het onderwerp hem het zwijgen had opgelegd. Fanning was ervan overtuigd dat zijn kruisverhoor zo ongenadig hard zou zijn dat elk woord dat over Sara's lippen was gekomen door de jury in twijfel zou worden getrokken.

'Dank u, dokter Linton.' Maritza keek naar de rechter. 'Ik heb voorlopig geen verdere vragen, edelachtbare.'

Tedeschi keek op de klok. Bij Sara voerde het verlangen om het volgende gedeelte zo snel mogelijk achter de rug te hebben strijd met de wens om het met nog een dag te rekken, maar de rechter reikte niet naar de hamer.

'Mr Fanning,' zei Tedeschi. 'Volgens de agenda hebben we nog ongeveer een uur de tijd. Wilt u het voor vandaag afronden en de zitting morgenochtend voortzetten?'

Douglas Fanning ging staan en streek zijn das glad over zijn ronde buik. 'Nee, dank u, edelachtbare. Dit zal niet lang duren.'

Langzaam ademde Sara uit, terwijl Fanning zijn spullen bij elkaar zocht. Haar hart bonkte in haar borstkas. Haar handen voelden klam. Als arts had ze geleerd om haar gevoelens in aparte vakjes onder te brengen. Je kon een patiënt niet helpen als je werd verteerd door paniek of verdriet. Nu ze zich moest meten met een man die erop uit was haar te vernederen en in verlegenheid te brengen, moest ze alles op alles zetten om zich staande te houden.

Fanning had geen enkele haast. Hij nam een grote slok water. Opnieuw probeerde hij Sara uit haar evenwicht te brengen. Ze was een heel goede getuige, de spil waarom de zaak Cooper draaide. Tommy's juryconsulent, de mediafiguur en vooral zijn ouders hadden tijdens strategiesessies ongetwijfeld besproken dat Fanning er vooral voor moest zorgen dat van Sara's geloofwaardigheid geen spaan heel bleef.

Waarschijnlijk had vooral Britt McAllister hem ruimschoots van munitie kunnen voorzien.

'Dokter Linton.' Met zichtbaar enthousiasme klemde Fanning de randen van de lessenaar vast. 'Weet u hoeveel keer in de afgelopen vijf minuten u de zinsnede "naar mijn mening" hebt gebruikt?'

Sara knikte, want ze had zijn vinkjes bijgehouden. 'Volgens mij twaalf keer.'

Fanning duwde zijn tong in zijn wang, maar ze zag de schittering in zijn ogen. Hij was niet geërgerd. Hij was opgetogen. Hij rook bloed.

'Dat klopt,' zei hij. 'Twaalf keer hebt u "naar mijn mening" gezegd. Want wat u ons zojuist verteld hebt – al dat giswerk over Dani die mishandeld was voordat ze in de auto stapte – is louter gebaseerd op uw mening, toch?'

Sara was zo verstandig er niet omheen te draaien. 'Ja.'

'We zitten hier dus met z'n allen in deze rechtszaal vanwege uw mening?'

Ze vouwde haar handen samen op haar schoot. 'Ik kan alleen voor mezelf spreken. Ik ben hier omdat ik verzocht werd te getuigen.'

'De omstandigheden rond Dani's tragische dood – daarover zei u dat er iets niet klopte, volgens uw mening.' Hij keek haar over zijn bril heen aan. 'Is dat juist?'

'Dat is juist.'

'U hebt de patholoog-anatoom van Fulton County verzocht om autopsie te verrichten op Dani Cooper, klopt dat?'

'U zou dokter Malawaki naar zijn denkproces moeten vragen.'

'Maar u hebt uw mening met hem gedeeld, toch?'

'Ja.'

'En u hebt uw mening ook gedeeld met brigadier Shanda London, de rechercheur verkeersongevallen van het Atlanta Police Department, is dat juist?'

'Ja.'

Fanning richtte zich weer op zijn notitieblok. Hij liet zijn vinger langs de kantlijn gaan alsof hij er zeker van wilde zijn dat hij geen enkel belangrijk punt oversloeg, maar dat alles diende slechts ter inleiding. 'Wanneer ontdekte u dat de Mercedes eigendom was van Tommy McAllister?'

'Dat hoorde ik van brigadier London.'

'Volgens de getuigenis van brigadier London reageerde u met de volgende opmerking: "Shit, ik heb met zijn vader gestudeerd." Klopt dat?'

'Ja.' Sara zoog een miniem teugje lucht op en zette zich schrap voor wat er volgde. 'Mac en ik hebben samen aan Emory University geneeskunde gestudeerd, en daarna zijn we allebei coassistent geweest in het Grady Hospital.'

'In die periode werkte Tommy's moeder, dokter Britt McAllister, ook in het Grady. Is dat juist?'

'Ja.' Sara voelde de knoop in haar maag straktrekken. 'Britt is ouder. Volgens mij liep ze vijf of zes jaar op ons voor.'

Sara zag Britt verstijven op haar stoel. Het leeftijdsverschil was altijd een gevoelig punt bij haar geweest. Net als het feit dat ze Mac toen hij nog student was had klemgezet door zwanger te worden van Tommy.

'Kennen jullie elkaar goed?' wilde Fanning weten. 'U en de McAllisters? Gaat u vriendschappelijk met elkaar om?'

'Ik heb hen al vijftien jaar niet gezien.'

'Was dat omdat u het Grady na uw coassistentschap verliet?'

'Ja.' Ze moest niet steeds slikken. Hij kwam steeds dichter bij zijn doel. 'Ik ben weer naar huis gegaan, naar mijn familie.'

'Daarover straks meer.' Fanning keek haar doordringend aan om haar reactie op zijn waarschuwing te peilen. 'Wees maar niet bang.'

Sara hield haar gezicht neutraal. Ze wachtte op zijn volgende vraag.

'Wat is in medische termen een beurs?'

'Na afronding van je coassistentschap kun je kiezen voor algemene geneeskunde of je kunt je gaan specialiseren op een bepaald gebied. Voor dat laatste krijg je een beurs voor een gespecialiseerde opleiding in de praktijk.'

'Is kinderhartchirurgie een dergelijke specialiteit?'

'Ja.'

'Tommy's vader, Mac,' vervolgde hij, 'was toch uw felste concurrent tijdens uw coassistentschap?'

'Coassistenten worden voortdurend tegen elkaar uitgespeeld. We waren allemaal elkaars felste concurrent.'

'Afgezien daarvan wedijverden Mac en u om een zeer prestigieuze beurs voor een opleiding tot kinderhartchirurg, klopt dat? De Nygaard-beurs?'

Ze vocht tegen de aandrang om haar keel te schrapen. 'U zou dokter Nygaard moeten vragen naar wie haar voorkeur uitging.'

'Maar Mac kreeg de beurs, en u ging, zoals u al zei, terug naar huis, toch? Terug naar South Georgia, waar u aan de slag ging in de praktijk van een kinderarts. Klopt dat?'

Sara drukte het gedeelte van haar ego de kop in dat hem wilde vertellen dat ze uiteindelijk de praktijk had overgenomen. 'Ja, dat klopt.'

'Wat is als arts – als patholoog-anatoom – naar uw mening prestigieuzer: kinderhartchirurg in Atlanta of in dienst van iemand anders in een kinderkliniek in South Georgia werken?'

Hij wilde haar in de verdediging dwingen. Dat gunde Sara hem niet. 'In de medische hiërarchie staat Mac zonder meer boven me. Hij behoort tot de topchirurgen van Atlanta.'

Fanning trok zijn wenkbrauw op. Atlanta was maar een deel van het verhaal. Mac behoorde al heel lang tot de top vijf van alle nationale classificaties. 'Toch moet dat een behoorlijke degradatie zijn geweest. Het ene moment nadert u de top van uw vakgebied, en het volgende moment houdt u zich bezig met oorpijntjes en loopneusjes.'

De rechter ging verzitten, ongetwijfeld in afwachting van een tegenwerping, maar Maritza had tegen Sara gezegd dat ze alleen bezwaar zou aantekenen als Sara haar met haar ogen verzocht om hulp.

Sara hield haar blik op Fanning gericht. Hij klemde de lessenaar weer vast, klaar om de genadeklap toe te dienen. Nu was het wachten op het moment dat hij toesloeg.

'Dokter Linton,' zei hij. 'U hebt een persoonlijk belang bij deze zaak, is het niet?'

Haar maag balde zich samen. 'Een jonge vrouw van negentien stierf. Dat trek ik me zeer persoonlijk aan.'

'Maar schuilt er niet meer achter?'

Sara ging het hem niet gemakkelijk maken. 'Elke arts geeft om zijn of haar patiënten, maar als je er een verliest, draag je die voor de rest van je leven in je hart mee. Ik heb Dani beloofd dat ik dit tot een goed einde zou brengen.'

' "Tot een goed einde brengen." ' Hij herhaalde de zinsnede met het vuur van een prediker. 'Van mijn dochters heb ik een frase geleerd – hashtag geloof vrouwen. Onderschrijft u die, dokter Linton? Gelooft u vrouwen?'

Sara proefde gal op haar tong. De klap kon nu elk moment komen. 'In het algemeen of bedoelt u specifiek?'

'Als u een misdaad onderzoekt waarbij er sprake is van seksueel geweld, gaat u er dan altijd van uit dat de vrouw de waarheid spreekt?'

'Als ik onderzoek pleeg, wil dat zeggen dat het slachtoffer is overleden, dus nee, ik ga er niet van uit dat het slachtoffer loog over het feit dat ze vermoord werd.'

Een van de juryleden lachte.

Het geluid klonk hard en schel in de holle zaal.

Het was afkomstig van De Notuliste, waarschijnlijk moeder van een peuter, de vrouw die de hele tijd scherp had opgelet, degene van wie Tommy's juryconsulent waarschijnlijk vermoedde dat ze als voorzitster zou worden gekozen wanneer de jury bijeenkwam om over de uitspraak te debatteren.

De vrouw schrok zichtbaar van haar lachsalvo. Ze sloeg haar hand voor haar mond en schonk de rechter een verontschuldigende blik. Vervolgens keek ze Sara aan en schudde verontschuldigend haar hoofd.

Sara reageerde niet, maar ademde langzaam uit. De lach had een verandering teweeggebracht. De strakke knoop was verslapt. Ze voelde het in haar hele lichaam.

Ook Fanning voelde het. Hij keek op zijn aantekeningen en streek met zijn tong langs zijn boventanden. 'Edelachtbare, mag ik nog even?'

'Snel alstublieft,' zei Tedeschi.

Fanning liep terug naar de tafel om met zijn collega te overleggen. Sara kon hen niet horen, maar ze wist wat ze zeiden. Betekende die lach dat De Notuliste aan Sara's kant stond? Als Fanning Sara op de korrel nam, zou de potentiële voorzitster zich dan tegen Tommy keren? Zou ze de jury daartoe ook overhalen? Liep hun zorgvuldig voorbereide processtrategie op een mislukking uit omdat een moeder van ergens in de dertig had gelachen?

Sara kon alleen maar afwachten.

Ze keek naar haar handen. Ze zag de glans van haar verlovingsring. De steen was van goedkoop groen glas, met een kras aan de zijkant. Ze had de oorspronkelijke zilveren ring moeten vervangen door eentje van witgoud omdat hij dof was geworden aan haar vinger. Het enige wat haar dierbaarder was dan de ring, was de man die hem haar had geschonken.

'Dokter Linton?' Douglas Fanning keerde terug naar de lessenaar.

Sara keek recht in zijn kraaloogjes. Ze liet alle spanning en angst varen. Op dat moment kon ze geen enkele invloed uitoefenen op de woorden die over zijn lippen zouden komen. Het enige wat ze in de hand had, was haar eigen reactie. Dat besef bracht opluchting, en glimlachend trok ze haar mondhoeken op.

'Ja?' zei ze.

'De, eh...' Fanning was de draad kwijt. Hij wierp een nerveuze blik achterom, naar zijn collega. Toen bladerde hij zijn aantekeningen door.

'Experts nemen toch afstand van het oude indelingssysteem van hersenschuddingen?'

'Dat is afhankelijk van het ziekenhuis, maar ten tijde van Dani's dood was dat het protocol.'

'Goed.' Hij zweeg even om zijn keel te schrapen. 'Derdegraads hersenschuddingen – gaan die gepaard met geheugenverlies? Amnesie?'

Ze opende haar mond. Voor het eerst kon ze ongehinderd inademen. 'Soms, maar het is meestal van tijdelijke aard.'

'En spraakproblemen?'

Weer ademde Sara in. Nu was Fanning zenuwachtig. Zelf was ze rustig. 'Soms, maar nogmaals, die zijn –'

'Van tijdelijke aard.' Het feit dat hij Sara's zin had afgemaakt, gaf duidelijk aan dat hij inbond. Hij wilde dit zo snel mogelijk afhandelen. Hij hield zich aan het script op zijn notitieblok. 'En hallucinaties? Komen die ook voor bij een derdegraads hersenschudding?'

'Zelden.' Het kostte Sara moeite om de triomf uit haar stem te bannen. 'Maar het is mogelijk.'

'Uw collega's, dokter Eldin Franklin en Johna Blackmon, de hoofdverpleegkundige op de trauma-afdeling, hebben allebei verklaard dat ze Dani die avond niets hebben horen zeggen. Verbaast u dat?'

'Nee. Zoals ik eerder al zei, had Dani een klaplong.' Weer zoog Sara een volle, zuiverende hap lucht op. 'Bovendien heeft iedereen op de trauma-afdeling een duidelijk omschreven rol. Ik had de leiding, en daarom was het aan mij om met de patiënte te communiceren. Eldin en Johna hadden ieder een eigen taak.'

Fanning wierp een blik op zijn notitieblok. 'Heeft Dani iets gezegd over de anonieme tekstberichten op haar telefoon?'

'Nee.'

Weer een blik. 'Iemand drogeren, geweld gebruiken, dat zijn zware misdrijven, toch?'

'Ja.'

Weer een blik. 'Heeft u aan uw collega's doorgegeven wat Dani tegen u heeft gezegd?'

'Nee,' zei Sara. 'Daar was geen tijd voor.'

'En op chirurgie? Heeft u het tegen een van de chirurgen of verpleegkundigen gezegd?'

'Nee.' Sara had het gevoel dat ze op de automatische piloot stond. 'Daar was geen tijd voor.'

‘Pas vijf uur later vertelde u het aan iemand, klopt dat? U vertelde brigadier London wat Dani had beweerd, maar pas nadat de brigadier u had verteld dat de auto eigendom was van de zoon van uw oude rivaal, dokter Mac McAllister. Klopt dat?’

‘Brigadier London was de eerste aan wie ik het vertelde, inderdaad.’

‘Zegt u eens…’ Fanning sloeg het blad om naar de rest van de vragenlijst. ‘Hoelang blijft sperma in de vagina na seks met wederzijds goedvinden?’

‘Ongeacht of de seks met wederzijds goedvinden plaatsvindt, kan geëjaculeerd sperma vijf tot zeven dagen in het voortplantingskanaal van de vrouw blijven zitten.’

‘Kunt u bewijzen op welke dag of op welk tijdstip het sperma werd gedeponeerd?’

‘Nee.’

‘Kunt u bewijzen – bijvoorbeeld door ons een wapen te tonen – dat er die avond iets gebruikt is om Dani mee te verwonden?’

‘Nee.’

‘Kunt u bewijzen wat de kneuzingen op haar linkerdij en -bil heeft veroorzaakt?’

‘Nee.’

‘Kunt u bewijzen dat Dani die avond niet uit vrije wil drugs heeft gebruikt?’

‘Nee.’

‘Kunt u bewijzen dat ze het feest verliet in gezelschap van Tommy McAllister?’

‘Nee.’

‘Kunt u bewijzen hoe ze achter het stuur van zijn Mercedes belandde?’

‘Nee.’

‘Kunt u bewijzen dat ze achter het stuur het bewustzijn verloor, voor ze tegen de ambulance op reed?’

‘Nee.’

‘Kunt u bewijzen dat Dani u vertelde dat ze die avond gedrogeerd en verkracht was?’

‘Nee.’

‘Dus er is feitelijk geen echt, verifieerbaar bewijs voor alles wat u beweert. Zo is het toch, dokter Linton?’ Fanning griste het notitieblok van de lessenaar. ‘Dat alles is alleen maar uw mening.’

Sara keek hem na toen hij terugliep naar de tafel. Ze wachtte terwijl hij plaatsnam. Zijn notitieblok en pen neerlegde. Zijn das gladstreek. Zijn colbert rechttrok. Opkeek naar de rechter. Sara hield haar adem in toen Fanning zijn mond weer opendeed.

'Ik ben klaar met deze getuige, edelachtbare,' zei hij tegen de rechter.

En het was voorbij.

Drie jaar hartzeer. Een halfjaar vol angst. Bijna vier uur lang getuigen.

Het was eindelijk voorbij.

Sara had gedacht dat ze zich opgetogen zou voelen, maar ze voelde alleen hoe afgestompt haar zintuigen waren. Ze hoorde dat de rechter haar bedankte voor haar verklaring, maar het geluid kwam vertraagd bij haar binnen. Het was alsof ze zich door water bewoog toen ze opstond, haar tas pakte en de getuigenbank verliet. Toen pas keek ze Maritza aan, die goedkeurend knikte. Dani's vader en moeder schonken haar ter bemoediging een gepijnigd lachje. Sara voelde de verslaggeefster naar haar kijken, terwijl ze als een razende iets op haar telefoon tikte. Ook Britt keek naar haar, maar niet uit nieuwsgierigheid. Ze klemde Macs arm vast. Hun vijandigheid had iets boosaardigs, was bijna tastbaar aanwezig in de rechtszaal. Sara voelde hun brandende haat tot de deuren zich achter haar sloten.

De gang was zo goed als leeg. Het was al laat. Bij de liften stond een groep wachtenden. Omdat Sara even geen mensen om zich heen verdroeg, liep ze de andere kant op, naar de toiletten. Ze passeerde de wastafels en ging het achterste hokje in. Daar ging ze op de wc zitten, nam haar hoofd in haar handen en liet haar tranen de vrije loop.

Voor Dani. Voor haar ouders.

En ten slotte, nu ze weg was uit het felle licht van de rechtszaal, weg van de verslaggeefster en Douglas Fanning en de jury en Britt-fucking-McAllister, huilde ze om zichzelf. Ze had het overleefd. Ze had al het mogelijke gedaan om zich aan haar belofte aan Dani te houden. Alle spanning en angst die haar hadden gekweld telkens als ze aan haar verklaring dacht, ebden langzaam weg. Ze keek naar de ring aan haar vinger en bedacht dat het leven altijd weer een manier vond om te herstellen.

De deur van het toilet vloog open.

Het klonk als een geweerschot.

Sara was meteen op haar hoede en hief haar hoofd. Ze zag een paar marineblauwe Manolo Blahniks zich een weg over de tegelvloer priemen. Bij een wastafel hielden ze halt. De kraan werd helemaal opengedraaid. Even klonk alleen het luide gegorgel van water dat rond het afvoerputje cirkelde, toen stootte de vrouw een zacht, klaaglijk gekreun uit.

‘O, god,’ fluisterde ze. ‘O-god-o-god-o-god.’

Haar knieën begaven het. Ze zakte op de vloer. Haar Hermès Kelly-tas van tienduizend dollar viel naast haar neer en de inhoud verspreidde zich over de tegels. Make-up, sleutels, portemonnee, tampons, kauwgom. Sara trok haar voeten op toen een Cartier-zonnebril onder de deur door vloog en tegen de onderkant van de pot sloeg. Ze herkende de bril. Die had aan de zijzak van de handtas gehangen die paste bij de schoenen die pasten bij het Versace-pakje dat werd gedragen door Britt McAllister.

‘God!’ riep Britt uit. Ze klapte dubbel en haar hoofd raakte bijna de vloer.

Sara hield haar voeten opgetrokken. Ze had meer dan genoeg redenen om een hekel aan Britt McAllister te hebben, maar de aanblik van een vrouw die letterlijk ineenkromp van verdriet schonk haar geen enkel genoegen. Het was te rauw, te persoonlijk. Het liefst wilde Sara verdwijnen. Toen keek ze neer op de zonnebril en was ze weer op haar hoede. Ze wachtte bijna een volle minuut, terwijl Britt haar tranen de vrije loop liet, hopend en biddend dat ze de zonnebril zou laten voor wat hij was en weg zou gaan.

Maar dat deed Britt niet.

Ze haalde haar neus op, ging rechtop zitten en probeerde rustig te worden. Opnieuw haalde ze haar neus op. Behalve de bril zou ze een tissue willen pakken om haar ogen te drogen, vermoedde Sara. Het slot op de deur rammelde toen Britt probeerde hem open te duwen.

Sara werd door misselijkheid bevangen.

‘Ha...’ Britts stem sloeg over. ‘Hallo?’

Er zat voor Sara niets anders op dan de zonnebril te pakken. Ze stond op van de wc en opende de deur.

Britt zat nog op haar knieën. Ze keek op naar Sara. Iets te traag drong het tot haar door hoe verrassend dit was. Britt was duidelijk onder invloed van een of ander middel. Ze zwaaide heen en weer. Haar pupillen waren speldenprikjes. Haar ogen stonden verdacht glazig. Sara zag een zilveren pillendoosje, dat onder de wastafel was opengevallen. In het midden van elk blauw pilletje was een v uitgestanst die aangaf dat het tien milligram valium bevatte. Het waren er meer dan tien, wel erg veel om in je tasje te bewaren.

Sara draaide de kraan dicht. Ze legde de zonnebril op de wastafel. Elke molecuul in haar lichaam wilde weg. Britt was nooit gemakkelijk in de omgang geweest. Ze was kleingeestig, achterbaks en vaak boosaardig, maar ze was ook een moeder wier zoon terechtstond. Of Tommy schuldig was of niet, hij was nog altijd haar kind.

Sara rolde wat toiletpapier af en gaf het aan Britt. 'Moet ik Mac halen?' vroeg ze.

'Nee, ik...' Britt sloeg haar hand voor haar mond om haar emoties te bedwingen. 'Alsjeblieft, Sara. Zeg alsjeblieft dat het niet te laat is.'

Sara hoorde de rauwe wanhoop achter het verzoek, maar die had het tegenovergestelde effect. Zat deze vrouw haar letterlijk op haar knieën te smeken om de rechtszaal weer in te gaan en te liegen? 'Ik heb mijn verklaring afgelegd. Ik heb de waarheid gesproken over wat er gebeurd is.'

'Dacht je dat ik dat niet weet?' riep Britt met gebalde vuisten. 'Ik weet dat je de waarheid hebt gesproken! Ik weet wat hij dat meisje heeft aangedaan!'

Sara was te verbijsterd om te reageren.

'Ik weet wie hij is.' Britt liet haar handen op haar schoot vallen. Ze wendde haar blik af en staarde naar de vloer. 'Ik leef al twintig jaar met deze angst. Ik weet maar al te goed wie hij is.'

Sara was als verlamd. Ze kon niet denken. Ze kon niet ademen.

Ik weet wat hij dat meisje heeft aangedaan.

'Hij stopt nu,' fluisterde Britt. 'Tommy is bang. Ik weet dat hij zal stoppen. Hij kan nog altijd een goed mens worden.'

Sara's hart bonkte in haar borstkas. Haar gedachten tuimelden over elkaar. Ze wist dat Tommy ervan beschuldigd was een ander meisje te hebben verkracht, twee jaar voor de dood van Dani.

Ik weet wie hij is.

Langzaam knielde Sara voor Britt neer. Pas toen de woorden over haar lippen kwamen, wist ze wat ze ging zeggen. 'Hoe weet je wat hij Dani heeft aangedaan?'

'Ik heb ze gehoord.'

'Je hebt ze gehoord?' Sara probeerde de ontzetting uit haar stem te weren. Dani had gered kunnen worden. 'Je hebt gehoord dat Dani werd –'

'Het is Tommy's schuld niet. Hij kan nog steeds veranderen.' Britt schudde haar hoofd. 'Hij kan hiervan leren. Hij is anders dan Mac.'

Sara werd overdonderd door wat ze hoorde. Ze kon de informatie nauwelijks verwerken. 'Was Mac er ook bij betrokken?'

'Mac is er altijd bij betrokken.' Britt klonk vlak, zakelijk. 'Ik kan de rest niet tegenhouden, maar ik kan mijn zoon wel redden.'

'De rest?' herhaalde Sara. 'Britt, wat bedoel je?'

Britt antwoordde niet, maar streek met haar handen langs haar ogen. Mascara werd uitgesmeerd op haar vingertoppen en over haar gezicht. Nu pas scheen ze haar spullen te zien, die her en der op de vloer lagen. Portemonnee. Lippenstift. Sleutels. Haar oogschaduwpalet was in stukken gebroken, waardoor de tegel was bedekt met een laagje aardetinten. Britt begon met haar vinger rondjes in het poeder te draaien. Sara keek bijna gebiologeerd toe, terwijl Britts woorden door haar hoofd ketsten.

Ik weet wie hij is. Ik leef al twintig jaar met deze angst.

Twintig jaar geleden was Tommy pas twee. Geen moeder die bang was dat haar peuter van twee tot een monster zou uitgroeien. Had ze het over Mac? Wat had Mac gedaan?

Mac is er altijd bij betrokken.

'Britt.' Sara probeerde haar stem niet te laten beven. 'Praat met me, alsjeblieft. Ik begrijp het niet. Heeft Tommy hulp gezocht bij Mac op de avond van Dani's dood?'

Britt antwoordde niet.

'Wie zijn "de rest"?' Sara hoorde zichzelf smeken, maar ze gaf er niet om. 'Je zei dat je de rest niet kon tegenhouden. Wie zijn die rest?'

Eindelijk keek Britt haar aan. Ze kneep haar ogen tot spleetjes in een poging ze te richten. 'Waar ben je mee bezig?'

Sara merkte de verandering in haar houding. De rede was door de valiumnevel gedrongen. Toch probeerde ze het opnieuw: 'Praat alsjeblieft met me. Zeg wat er met Dani is gebeurd.'

'Hoe moet ik...' Britt bracht haar hand naar haar gezicht. Ze keek de toiletruimte rond alsof ze nu pas besefte waar ze was. 'Had je je in dat hokje verstopt? Zat je op me te wachten?'

'Nee,' zei Sara. 'Britt, je hebt me zojuist verteld –'

'Ik heb je helemaal niks verteld.' Britt pakte haar sleutels, de lippenstift, en propte alles weer in haar tasje. Terwijl ze moeizaam overeind kwam, griste ze de zonnebril van de wastafel. 'Gezien je tragische verleden zou ik denken dat je de invaliden-wc zou mijden.'

Het was alsof Sara een klap in haar gezicht kreeg. Dit was de Britt McAllister die ze zich herinnerde: boos, vals, vol wrok.

Britt zei: 'Wat je ook gehoord denkt te hebben –'

'Ik weet wat ik gehoord heb.' Sara ging staan en liep het wc-hokje weer in. Ze griste haar tas van de stortbak, draaide zich om en wilde vertrekken.

Britt versperde haar de doorgang. 'Ik laat mijn kind niet door jou kapotmaken.'

'Dani Cooper was ook iemands kind.'

'Alsof jij weet wat het is om moeder te zijn.'

Elk grammetje wreedheid dat in die zin lag besloten, kwam keihard aan. Britt wist als geen ander waarom ze geen moeder was. Sara hield zich niet langer in. 'Je hebt het fantastisch gedaan met Tommy. Is dit de tweede of de derde keer dat hij van verkrachting beschuldigd wordt?'

'Nog geen spat veranderd, hè?' Britt legde haar hand tegen de muur, waardoor Sara geen kant op kon. 'Heilige Sara de loodgietersdochter, met je goedkope nepsieraden en je queeniehakjes, en dan hoog van de toren blazen alsof je goddomme alles weet.'

Het liefst had Sara haar weer tegen de grond gewerkt. 'Eén ding weet ik wel: ik duw je eigenhandig weg als je niet als de sodemieter aan de kant gaat.'

'Wat schuift dat werk bij het GBI, honderdduizend per jaar?' Britt snoof spottend. 'Mac zit dit kwartaal al boven de twee miljoen.'

'Wauw!' Sara legde al haar sarcasme in het woord. 'Feliciteer hem maar namens mij met het feit dat hij aan mijn tegenspoed verdient.'

'Denk je dat wat er vijftien jaar geleden met jou is gebeurd een kwestie van tegenspoed was?' Britt lachte. 'Gewoon vette pech?'

'Rot op met je vette pech.' Sara balde haar vuisten. Dit was bullshit. Britt speelde weer eens een psychotisch spelletje. 'Aan de kant.'

'Arme Heilige Sara. Zo briljant. Zo'n tragisch verlies. Vijftien jaar waarin je het niet wist, waarin je leed, alleen omdat je niet zag wat er pal voor je ogen gebeurde.'

Sara hield zich doof voor haar woorden. Ze moest hier weg voor ze zichzelf niet meer in de hand had. 'Ik zei dat je aan de kant –'

'Sara!' Britt siste als een slang. 'Je luistert niet naar me. Wat er met jou is gebeurd. Wat er met Dani is gebeurd. Het is allemaal met elkaar verbonden.'

Sara voelde haar lippen bewegen in een poging een reactie te formuleren, maar ze kreeg er geen woord uit.

'Herinner je je die *mixer* niet meer?'

Sara was haar stem kwijt, haar zintuigen, haar denkvermogen.

Weer lachte Britt. 'Stom kutwijf. Je weet helemaal niks.'

2

Faith Mitchell zat aan haar keukentafel door haar telefoon te scrollen. 'Jezus, wat een gek.'

'Wie bedoel je?' Aiden Van Zandt was aan het koken, maar keek even op.

'Lepelbek.' Faith had een bijnaam voor alle irritante moeders op de crèche van haar dochter. 'Ze zat zonet op Facebook op te scheppen dat ze coke heeft gesnoven op de reünie van haar middelbare school.'

Lachend pakte Aiden twee borden uit de kast. 'Ga je haar nu arresteren?'

'Jezus, nee zeg. Dan moet ik haar snackdagen overnemen.' Faith kopieerde een link naar de wet die Georgia hanteerde voor het bezit van verboden middelen en postte die zonder verder commentaar. Toen schoof ze haar telefoon over de tafel zodat Aiden het kon lezen. 'Dat zal d'r leren.'

Hij lachte, maar zei niettemin: 'Je moet haar niet zo hard aanpakken. Bij coke gaat het er juist om dat je iedereen wilt vertellen dat je coke snuift.'

Aiden was FBI-agent, maar hij werkte bij terrorismebestrijding, niet bij het drugsteam.

'Heb jij weleens coke gesnoven?'

'Ben je gek of zo?' Aiden zette grote ogen op achter zijn brillenglazen. 'En zeker niet meer toen Regina Morrow doodging nadat ze het voor het eerst had geprobeerd.'

'Heb je *Sweet Valley High* gelezen?'

'Op mijn dertiende. Mijn zus zei dat er seks in stond.' Hij zette het eten op tafel. 'Ik heb je toch verteld hoe vals ze altijd tegen me was?'

Faith keek naar de goedgevulde ravioli, die hij helemaal zelf had gemaakt van ingrediënten die hij zelf had betaald en had meegenomen naar haar huis. De geur was ongelooflijk. De saus was zo te zien van echte groente in plaats van spul uit een chemisch spuitapparaat.

'Sorry dat ik het zeg,' zei Aiden, 'maar volgens mij ben je aan het doordraaien.'

'Ik ben niet aan het doordraaien,' zei Faith ziedend. Ze hield niet van mannen met een bril. Ze datete niet met mannen die de boodschappen betaalden, die verse pasta kookten, een vaste baan hadden met een doortimmerd pensioenplan en die je niet hoefde te vertellen dat je water moest drinken. Ze ging uit met vreemdgangers, leugenaars, klootzakken en rednecks die nooit geld bij zich hadden om de rekening te betalen, maar wel duizend dollar uitgaven aan kaartjes voor de Georgia Bulldogs, ook al liepen ze een halfjaar achter op de alimentatie.

'Soms mag je best op anderen leunen,' zei hij.

'Oké, dokter Phil.' Faith pakte haar vork, maar Aiden bleef haar aankijken alsof hij meer verwachtte. 'Ik weet niet wat je gehoord hebt, maar met mij is er niks aan de hand.'

'Bureaudienst en toch niks aan de hand?'

'Ik heb bureaudienst omdat mijn partner op een uiterst geheime undercoverklus is gezet.' Faith haalde haar schouders op. 'Ik mag niet eens weten waar hij is.'

Aiden maakte met de slip van zijn overhemd zijn bril schoon. 'Je weet dat ik ben grootgebracht door een alleenstaande moeder die bij de politie werkte. Ik heb gezien hoe zwaar het is.'

'O, echt?' zei ze. 'Want mijn zoon is ook grootgebracht door een alleenstaande moeder die bij de politie werkt, en hij denkt nog steeds dat een magische wasfee de vieze vegen uit zijn onderbroeken bleekt.'

'Ik ben iets ouder dan Jeremy.'

'Veel scheelt het niet.' Faith zag hem lachen, maar het was waar. Ze had Jeremy gekregen toen ze vijftien was. Drie jaar geleden had ze haar studerende zoon, ondanks zo ongeveer alle vormen van geboortebeperking die er bestonden, een schattig zusje geschonken. 'Nog geen veertig en toch ben ik al tweeëntwintig jaar een alleenstaande moeder.'

'Uitgeput ben je op je betoverendst.'

Faith liet haar ogen zo ver naar achteren rollen dat ze haar hele kont kon zien. Toen nam ze een hap pasta en rolde weer met haar ogen, maar nu om een andere reden. 'Mijn god, van wie heb je dit geleerd?'

'Van mijn vader. Alle mannen in mijn familie koken.'

Faith kauwde vol overgave. Aidens vader was gestorven toen hij klein was. De laatste tijd liet hij af en toe doorschemeren dat hij erover wilde praten, maar Faith gaf er nooit gehoor aan want ze hadden geen relatie, en haar hart hoorde niet te breken bij de gedachte aan dat bebrilde jongetje naast de kist van zijn vader.

'Is het echt zo erg om iemand te hebben op wie je kunt terugvallen?' vroeg hij. 'Als je ergens hulp bij nodig hebt bijvoorbeeld? Of iemand om een gunst aan te vragen?'

'Aiden, ik ben heel erg op mezelf. Weet je nog dat ik tegen je tekeerging omdat je iets tegen mijn Google-klok zei?' Faith wist dat hij maar al te goed wist wat ze eigenlijk wilde zeggen. 'Hé, je probeert me aan de haak te slaan, hè? Het is gewoon een versiertruc.'

'Een halfjaar is wel erg lang om iemand te versieren.' Aiden nam een laatste slok bier. 'Je doet je uiterste best, je wilt het onderste uit de kan, maar dan krijg je het lid op de neus.'

'Gaat dit soms over seks? Je weet hoe ik over hygiëne denk.'

'Het gaat over het leven,' zei Aiden. 'Dat wil je ook tot op de bodem leegschrapen.'

Onwillekeurig moest Faith lachen. 'Bij ons schraapte mijn vader de pan altijd leeg.'

'Zie je wel?'

Verdere introspectie werd Faith bespaard toen haar telefoon pingde. Ze liet haar vork vallen. 'Je moet weg.'

'Wat?'

'Via de achterdeur.' Faith hees hem aan zijn arm omhoog. 'Jeremy komt eraan.'

'Hoe weet je –'

'Opschieten.' Met een ruk trok Faith de schuifdeur open. 'Ik wil niet dat mijn zoon mijn neukmaatje ziet in het huis waar hij is opgegroeid.'

'Seksvriendje klinkt beter.'

'Opzouten klinkt nog beter.' Faith griste zijn jasje van de rugleuning van zijn stoel en wierp het hem toe. 'Je auto staat op straat geparkeerd, toch?'

'Ja,' zei Aiden vanuit de deuropening. 'Krijg ik nog een kus?'

'Weg!' Ze duwde hem naar buiten en schoof de grendel dicht. Met een ruk trok ze de gordijnen over de rail. De koplampen van Jeremy's auto zetten de voorgevel in lichterlaaie toen hij de oprit op reed.

'Fuck!'

Faith duwde haar telefoon in haar achterzak. Ze stouwde de vuile potten en pannen in de kastjes, sopte de werkbladen en gooide keukengerei lukraak in de vaatwasser. Aidens bierflesje dumpte ze in de afvalbak en zijn bord met pasta verdween in de koelkast. Ze hoorde het schrapen van Jeremy's sleutel in het slot van de voordeur. Ze had nauwelijks tijd om een blik in het spiegeltje boven de gootsteen te werpen. Ze streek haar haar glad en hoopte met heel haar hart dat ze er niet uitzag als een prinses die net een nummertje had gemaakt en nu pasta zat te eten.

'Mam?' Met een luide knal sloeg Jeremy de deur dicht. Sloffend liep hij de gang door. 'Heb je mijn hoody gewassen?'

Faith stond met haar armen over elkaar tegen het aanrecht geleund. 'Wees eens iets duidelijker, vriend. Je hebt tienduizend hoody's.'

'Die witte.' Hij keek naar de tafel, naar haar zo goed als lege bord. 'Ben je bij Olive Garden geweest?'

'Uh-huh.'

'Waarom ligt het op een bord?' Zijn wantrouwen was niet ongegrond. 'Heb je ook soepstengels gehaald?'

Ze zette haar moederstem op. 'Jeremy, ik heb diabetes. Je weet dat ik voorzichtig moet zijn met koolhydraten.'

Hij trok de koelkast open en stak zijn hoofd naar binnen. 'Waarom heb je twee porties besteld?'

Jezus, had zij even een nieuwsgierig kind grootgebracht. 'Ik dacht dat je weleens langs zou kunnen komen.'

'Volg je me soms?' Hij haalde zijn telefoon uit zijn zak. 'Heb je met mijn Snap-instellingen geknoeid?'

'Dat je me dat durft te vragen. Natuurlijk niet.' Faith zou zijn telefoon met geen vinger aanraken. Ze had de tracker in de kofferbak van zijn auto verstopt. 'Misschien heb je je hoody in je kamer laten liggen.'

'Misschien.' Nog steeds met zijn blik op zijn telefoon liep Jeremy de gang weer in. 'Heb je die foto gezien die oma uit Las Vegas heeft gestuurd?'

Faith had haar moeder geblokkeerd omdat ze te veel emoji's stuurde. 'Die heeft de tijd van haar leven.'

'Ja.' Nog steeds in zijn telefoon verdiept begon Jeremy de trap op te klimmen. 'Ik heb vanochtend met Emma gefacetimed. Ze wilde me de Boo Bucket laten zien die ze van Victor had gekregen.'

Grijnzend volgde Faith hem naar boven. Ze vond het heerlijk dat haar ex tweeduizend dollar had uitgegeven om met hun kind en zijn nieuwe vriendin op herfstvakantie te gaan en dat Emma alleen maar geïnteresseerd was in het goedkope plastic emmertje van haar Happy Meal.

'Mam.' Jeremy was bovenaan de trap blijven staan en keek nu op Faith neer. Nog voor hij zijn mond opendeed, zag ze al dat iets hem dwarszat. 'Victors vriendin heeft filmpjes van Emma op Insta gepost. Vind je dat niet sick?'

'Of ik het sick vind dat een vrouw die ik nog nooit heb ontmoet filmpjes van mijn kind post die onbekenden, en misschien wel viespeuken, kunnen bekijken? En of ik het sick vind dat de vader van mijn kind de ballen niet heeft om tegen haar te zeggen dat ze die moet verwijderen omdat we hebben afgesproken nooit maar dan ook nooit foto's of filmpjes van ons kind op de socials te posten, waar viespeuken ze kunnen zien?' Faith haalde met een ruk haar schouder op. 'Tuurlijk.'

Jeremy keek opeens wat verlegen. 'Ik heb haar wachtwoord min of meer gekraakt.'

'Wat?'

'Van die nieuwe vriendin. Ze heet Delilah. En ze heeft een labradoodle die Doodle heet. Dus ik heb wat met bepaalde combinaties gerommeld en zo kwam ik in haar account.' Jeremy keek Faith even nerveus aan. 'Ik heb al haar filmpjes van Emma gewist.'

Faith was nog nooit zo trots op hem geweest. 'Dat is verboden, Jeremy.'

'Ja, zal wel.' Met lange passen liep hij naar zijn slaapkamer. 'Het is wel mijn kleine zusje.'

Faiths hart barstte bijna van liefde. In plaats van hem te volgen naar zijn kamer opende ze de deur van het washok op de overloop. Je was pas echt iets kwijt als je moeder het niet meer kon vinden. De inhoud van de wasmand puilde uit tot op de droger. Te oordelen naar de zweetlucht en het Tom Ford-geurtje waren het vooral Jeremy's spullen.

'Ah, fijn.' Jeremy reikte langs haar en groef de hoody op van helemaal onder uit de berg wasgoed. Hij rook eraan en trok hem op weg naar de trap over zijn hoofd. 'Tot later.'

'Even wachten, man.' Faith probeerde niet kleverig te klinken toen ze achter hem aan liep. 'Je hebt dit weekend toch dat etentje met de jongens van 3M?'

'Eh...' Hij was weer in zijn telefoon verdiept. 'Ja. Vrijdag.'

'Dat is niet niks, hè?' Faith had geleerd om alles als een vraag in te kleden. 'Straks ben je koud afgestudeerd aan Georgia Tech en heb je al een luizenbaantje te pakken, toch?'

'Ja.' Hij opende de voordeur. 'Ik zie je.'

Faith was aandoenlijk dankbaar toen hij zich omdraaide en een kus op haar wang drukte. Vanuit de deuropening keek ze hem na, terwijl hij naar zijn Kia liep. De verandalamp was uit. Het was snel donker geworden. Haar zoon was hooguit nog een vleugje Ombré Leather en zweet toen hij in zijn auto stapte. De motor sloeg aan. De koplampen kwamen flakkerend tot leven. Hij reed zo hard achteruit de straat op dat hij bijna de brievenbus raakte.

'Faith?'

'Fuck!' Ze sprong naar achteren, reikend naar de Glock die ze niet bij zich droeg.

'Sorry.' Sara was gehuld in schaduw. Het enige wat Faith zag, waren haar woeste krullen. 'Ik wilde onderweg even bellen, maar ik ben mijn telefoon vergeten.'

Faith probeerde haar hart weer tot bedaren te brengen. 'Waar staat je auto?'

'Ik ben komen lopen.'

'Vanaf je huis?' Faith kende de route, die vergeven was van junkies en daklozen. 'Ben je gek of zo?'

'Misschien.' Sara keerde zich naar de straat toe, waar een van de buren zijn hond uitliet. 'Iemand bood me twintig dollar voor een blowjob. Dat is toch een schijntje? Ik heb al mijn tanden nog.'

'Tanden zijn niet altijd een pluspunt.'

Faith deed de verandalamp aan. Wat ze zag, verbijsterde haar. Sara's kastanjebruine haar zat in de war. Haar kleren waren gekreukt. Faith wist dat ze die dag had moeten getuigen tijdens het proces van Dani Cooper. De hakken had ze kennelijk verwisseld voor sneakers, waarna ze zich naar Faiths huis had gesleept, ruim drie kilometer verderop. Haar ogen waren bloeddoorlopen. Ze had gehuild. En waarschijnlijk had ze ook al een paar glazen op, anders was ze wel achter het stuur van haar BMW gekropen in plaats van hepatitis te riskeren.

Faith wenkte haar naar binnen. 'Kom. Het is koud buiten.'

'Heb je drank in huis?'

'Nee, maar mijn moeder zit in Vegas en die heeft thuis een goed voorziene bar.'

'Doen we.'

Evelyn woonde maar drie straten verderop. Faith griste haar sleutels van het haakje en deed de deur op slot. Rillend in de koude avondlucht liep ze het betonnen trapje af, maar ze nam niet de moeite haar jasje nog even te halen. De kou had iets verkwikkends.

Sara stond op het trottoir te wachten. Ze was duidelijk gekomen om te praten, maar onder het lopen zweeg ze. Faith keek schuin omhoog naar de lucht. Geen sterren. De maan was een schilfer, dun als een nagelrandje. De straatlantaarns stonden zo ver uiteen dat ze elkaar slechts af en toe zagen. Niet dat het ertoe deed. Sara's blik was ondoorgrondelijk.

Faith besloot om haar de leiding te geven, zowel letterlijk als figuurlijk. Sara stak zo'n vijftien centimeter boven haar uit, en ze moest bijna huppelen om haar bij te houden. Ze haalden de man met de hond in. Dankzij Emma kende Faith haar buren via hun dieren. Deze man was het baasje van Rosco. De mensen van het gele huis waren de vrouwtjes van Tiger. De ouwe klootzak die zijn vuilnisbak altijd op straat liet staan, was de opa van Duffer.

Pas toen ze de hoek om waren, deed Sara haar mond open. 'Heb je Will nog gesproken?'

'Nee,' zei Faith. 'Weet jij waar hij is?'

'Ergens ten westen van Biloxi. Hij zei dat hij vannacht rond één uur thuis zou komen.'

Faith keek op haar horloge. Dat was pas over zes uur.

Sara snifte. Ze nam een tissue uit de zak van haar rok en veegde haar neus af.

Faith kon op de vingers van één hand het aantal keren tellen dat ze Sara had zien huilen. 'Loopt dat proces van Dani Cooper niet zo goed?'

'Ik weet het niet. De uitspraak, wat zal ik zeggen... Ik weet niet welke kant het op gaat. Misschien voelt de jury mee met Dani's ouders. Maar dan gaan de McAllisters in hoger beroep, en dat betekent dat het nog meer geld kost, dat ze nog langer moeten wachten.' Sara klonk niet hoopvol. 'Ik weet het niet.'

'Wat rot.' Faith zou wel meer willen zeggen, maar ze wist niet wat. Sara had haar gevraagd Dani Coopers dossier door te lezen, maar bij wijze van uitzondering was ze het eens geweest met een openbaar aanklager die van een aanklacht wilde afzien wegens gebrek aan degelijk bewijs. De gps in Tommy's Mercedes was niet ingeschakeld geweest, dus het was onmogelijk om de route van de auto in kaart te brengen. De villa van de McAllisters in Buckhead was voorzien van beveiligingscamera's, maar merkwaardig genoeg hadden de recorders het op de avond in kwestie laten afweten. Ook de gemeentelijke straatcamera's waren buiten werking geweest, maar dat was eerder te wijten aan geldgebrek dan aan opzet. Alleen het feit dat Sara zo'n integere getuige was, zorgde ervoor dat Dani's ouders nog een uiterst geringe kans maakten om de rechtszaak te winnen. Ze was de enige die Dani's laatste woorden had opgevangen. De hele zaak hing af van haar geloofwaardigheid. Volgens Faith zou dat best eens de doorslag kunnen geven.

'En jij?' Sara wreef over haar armen tegen de kou. 'Hoe bevalt bureaudienst?'

'O, je weet wel,' zei Faith, maar Sara had geen idee. Ze was nog nooit in haar leven op een zijspoor gezet. 'Amanda heeft me onder zoveel paperassen begraven dat ik niet eens meer weet hoe de zon voelt.'

'Heb je er spijt van dat je haar op stang hebt gejaagd?'

'Totaal niet.'

In plaats van te lachen zweeg Sara weer. Met haar armen om haar middel keek ze neer op het wegdek. Hun voeten hielden een gestaag tempo aan. In de verte blafte een hond.

Faith ademde een grote, zuiverende hap koude lucht in. Ze probeerde iets van de stress in haar lichaam los te laten. Op dit moment wist niemand waar ze was. Er was niemand die over hun relatie wilde praten of haar inbox liet overlopen met lachende emoji's of tegen haar tekeerging omdat het Totoro-dekentje in de wasmachine zat of tussen neus en lippen door opmerkte dat hij sectie 1030 van het federale wetboek van strafrecht, oftewel de wet uit 1986 op computerfraude en -misbruik, had overtreden.

Bij het huis van de baasjes van Pappi sloegen ze de hoek om. Verderop zag Faith de zachte gloed van de lamp op haar moeders veranda. Evelyns drankvoorraad was altijd van topkwaliteit. Faith was hard aan een borrel toe. Wel zou ze haar insulinepomp moeten controleren. Gelukkig had ze een arts binnen handbereik. Ze wilde van Sara weten wat ze moest doen, maar ze kreeg de tijd niet om de vraag te formuleren.

'Ik ben verkracht,' zei Sara.

Faith struikelde, maar ze wist zichzelf nog net op tijd op te vangen. Het was alsof ze een stomp in haar gezicht had gekregen. 'Wat?'

Sara herhaalde haar woorden niet. Ze keek Faith aandachtig aan om haar reactie te peilen. 'Sorry.'

'Ik...' Faiths ogen vulden zich met tranen. Sara was een van haar beste vriendinnen. De volgende maand zou ze Wills getuige zijn wanneer hij met Sara ging trouwen. Dit voelde als een fysieke klap. Wanhopig zocht ze naar de juiste respons, maar het enige wat ze kon bedenken, was: 'Wanneer?'

'Vijftien jaar geleden. In het Grady. Sorry dat ik het je nooit verteld heb.'

'Geeft... Geeft niet.' Faith probeerde haar tranen te bedwingen. Het ergste wat ze nu kon doen, was Sara het gevoel geven dat ze getroost moest worden. 'Weet Will het?'

'Het was een van de eerste dingen die ik hem verteld heb. We waren nog niet eens aan het daten. Ik gooide het er zomaar uit.' Sara begon weer te lopen, maar deze keer langzamer. 'Doordat ik het geheimhield, ging mijn eerste huwelijk naar de knoppen. Jeffrey had een bepaald beeld van me. Hij dacht dat ik heel sterk was. Ik wilde niet dat hij me als slachtoffer ging zien. Ga me alsjeblieft niet als slachtoffer zien.'

'Nee. Tuurlijk niet.' Faith veegde haar neus aan haar mouw af. 'Wat vreselijk,' was het enige wat ze kon bedenken.

'Stil maar,' zei Sara. 'Het is een afschuwelijk stempel om te dragen. Niet Sara de dokter of de patholoog-anatoom of de dochter of de zus of de vriendin of de collega, maar Sara het verkrachtingsslachtoffer.'

Faith begreep de woede in haar stem. Dit ging over het proces, over Sara's getuigenverklaring. Advocaten stonden niet bekend om hun discretie. Faith kon zich maar al te goed de triomfantelijke vreugde voorstellen waarmee Douglas Fanning op haar had ingehakt. Geen wonder dat ze naar een borrel snakte.

'Weet je, ik wil niet bepaald worden door een van de ergste dingen die me ooit zijn overkomen,' zei Sara.

Faith voelde haar blik, zo gespitst was ze op Faiths reactie. Ze besloot er niet omheen te draaien. 'Ik weet niet wat ik moet zeggen behalve dat ik het heel erg vind, maar dat is zo fucking nutteloos.'

Sara lachte droogjes. 'De meeste mensen willen weten of hij gepakt is.'

Dat zij het niet had gevraagd, zag Faith als teken van hoe geschokt ze was. 'En?'

'Ja. Hij was hoofdconciërge op de spoedafdeling. Er is een proces geweest. De transcriptie staat in de databank van justitie. Ik heb liever dat je die leest zodat ik je alle bloederige details niet hoef te vertellen.'

'Ik hoef het niet –'

'Doe het toch maar,' drong Sara aan. 'Ik vind het niet erg, omdat jij het bent. Hij kreeg acht jaar. Na zijn vrijlating verkrachtte hij nog twee vrouwen. Ik mocht tijdens hun proces niet getuigen. Volgens de rechter zou dat alleen maar tot vooroordeel leiden. Toch kreeg hij er nog vijf jaar bij. Hij is nu weer op vrije voeten, maar heeft nog wel voorwaardelijk vanwege een paar andere overtredingen.'

Faith was blij dat de klootzak onder toezicht stond, maar onwillekeurig las ze tussen de regels door. De man zou niet in het Grady hebben gewerkt als hij een strafblad had gehad. Acht jaar was een verdomd lange straf voor een eerste misdrijf. Gewoonlijk eindigde het met een mildere aanklacht en een voorwaardelijke straf. Dat betekende dat wat Sara was overkomen buitengewoon ernstig moest zijn geweest.

'Ik schaam me er niet voor,' zei Sara. 'Het was mijn schuld niet.'

Faith wist hoe zinloos het was om te zeggen dat ze gelijk had.

'Weet je, het is allemaal zo beladen. Niemand rekent het je aan als je auto kapotgaat, als je beroofd wordt of als je opa door een inbreker wordt neergeschoten, maar bij verkrachting verwachten mensen op de een of andere manier dat je iets doet of erover praat of... Ik weet het niet.' Sara schudde haar hoofd, alsof het een raadsel was dat ze al vijftien jaar lang probeerde op te lossen. 'Hoe moet ik klinken: woedend of nuchter of emotioneel of juist emotieloos?'

Daar had Faith geen antwoord op.

'Mensen hebben altijd een bepaald idee over een slachtoffer dat verkrachting heeft overleefd, over hoe zo iemand zich tot de wereld moet verhouden. Je wordt beoordeeld naar hoe ze denken dat zíj zouden handelen als het hun zou zijn overkomen, of naar hoe ze vinden dat jíj je dient te gedragen, en je kunt ze onmogelijk allemaal tevredenstellen. Waarom, vraag je je dan af. Waarom moet ik iemand, meestal een onbekende, ervan overtuigen dat ik deze traumatische aanval die mijn leven heeft veranderd niet heb verdiend? Of nog erger: waarom moet ik iemand ervan overtuigen dat ik het niet verzin, alleen om... Om wat? Om aandacht te krijgen? Of, o god, om ervoor te zorgen dat ze medelijden met je hebben en je tot een soort heilige verheffen, alsof je een beter mens bent omdat je geleden hebt? En moet ik mezelf slachtoffer of overlevende noemen? Want zelfs na vijftien jaar voel ik me soms nog slachtoffer. En op andere momenten denk ik: fuck ja, ik ben een overlevende. Ik ben er toch nog? Maar de woorden zijn zo politiek beladen, en het gaat niet meer over hoe je je voelt, maar over hoe alle anderen zich voelen. En uiteindelijk is het gemakkelijker er het zwijgen toe te doen en verder te leven en te hopen – te bidden – dat het niet ter sprake komt, zodat je er niet telkens opnieuw mee moet dealen.'

Het was misschien wat onsamenhangend, maar Faith begreep elk woord dat over haar lippen kwam. Ze had het gezien toen ze bij de politie werkte. Ze had het gezien als vrouw die midden in het leven stond. Ze voelde het op dat moment tot in haar ziel, want wat ze echt voelde, was zo verdomd zinloos. Ze wilde iets dóén, maar daar schoot Sara niets mee op.

'Hoe voelt het nu?' vroeg ze.

'Destijds was ik helemaal kapot. Ik kon me niet op mijn werk concentreren. Ik zorgde niet meer voor mezelf. De man met wie ik samenwoonde, trok het niet. Begrijpelijk. Daar had hij niet voor getekend.' Sara sloeg haar armen weer om haar middel, maar deze keer leek het alsof ze zichzelf wilde beschermen. 'Uiteindelijk reden mijn ouders naar Atlanta en namen me mee naar huis. Toen ging het pas echt bergafwaarts. Ik raakte in paniek als mijn moeder de kamer uit ging. Mijn zus kwam terug van de universiteit om te helpen met mijn verzorging. Mijn vader sliep op de vloer met een geweer naast zich, want anders kon ik niet slapen. God, wat was het een afschuwelijke tijd voor ze. Ik voel me nog steeds zo schuldig omdat ik ze dat heb aangedaan.'

Faith wist dat ze zelf met alle plezier een geweer zou hebben gericht op iedereen die haar gezin bedreigde. 'Hoe voelt het nu?'

'Ik probeer er niet aan te denken,' zei Sara. 'Want als ik dat doe, word ik woedend. Zo. Fucking. Woedend.'

Ze stonden onder een straatlantaarn. Faith zag de emotie op haar gezicht.

'Ik bleek zwanger te zijn.'

Het was alsof Faiths hart werd doorboord. Ze had zich altijd afgevraagd waarom Sara geen kinderen had.

'Ik was zeven weken zwanger. Het was een buitenbaarmoederlijke zwangerschap, en ik kende de symptomen, uiteraard kende ik de symptomen, maar ik negeerde de pijn en liet die steeds erger worden. Misschien vond ik ergens dat ik het verdiend had.'

Faith keek toe terwijl Sara de tissue weer pakte en haar neus snoot.

'Mijn eileider scheurde nog voor mijn tante me naar het ziekenhuis had gebracht. Door atonie van de baarmoeder kreeg ik een ongecontroleerde bloeding en... Daarom kan ik geen kinderen krijgen. Mijn baarmoeder moest verwijderd worden.'

Sara haalde haar schouders op alsof het niets voorstelde, maar Faith had gezien hoe dol ze was op kinderen. Die betekenden alles voor haar.

'Dat ik verkracht was... Ik had me erbij neergelegd dat dat naar buiten zou komen tijdens mijn getuigenverklaring bij Dani's proces. De informatie is voor iedereen toegankelijk. Die komt uiteindelijk toch wel naar buiten. Maar de zwangerschap en wat ik daardoor ben kwijtgeraakt, dat is iets persoonlijks. Het kwam niet aan de orde tijdens het proces tegen mijn verkrachter. Ik weigerde tegen hem te getuigen als het niet verzwegen werd. Maar ik heb me verzoend met het verlies. Dat moest wel. En hoewel het een tragedie is, wil ik niet als een tragische figuur worden weggezet. Dat ben ik niet.'

Ze keek Faith aan, alsof ze haar tartte om ertegen in te gaan.

'Hoe zou Douglas Fanning op legale wijze aan jouw medische informatie kunnen komen?' vroeg Faith. 'Ook al is het vijftien jaar geleden, er zijn wetten die –'

'Britt McAllister.' Sara spuwde haar naam uit. 'Zij was bevriend met de dienstdoende arts toen ik naar het Emory Hospital werd gebracht. Hij vertelde het haar. Britt bazuinde het toen rond.'

'Maar volgens de wet mag een arts niet...' Faith maakte haar zin niet af, want uiteindelijk deed het er niet toe.

'Ik leef al een halfjaar met deze verpletterende angst. Dat ik er in de rechtszaal openlijk over zou moeten praten – dat iedereen met mijn levensverhaal aan de haal kan gaan – bleef maar door mijn hoofd spoken. Hoe moest ik me gedragen? Wat moest ik zeggen? Hoe kan ik het ook maar beschrijven? Als vrouw? Als arts?' Sara's stem was vervuld van pijn. 'De meeste mensen weten niet eens wat een buitenbaarmoederlijke zwangerschap is. Het eitje bevindt zich letterlijk buiten de baarmoeder. Het heeft geen enkele levensvatbaarheid, maar de behandeling valt onder abortus, wat betekent dat Douglas Fanning tegen de jury kan zeggen dat ik abortus heb laten plegen. Het doet er niet toe dat ik anders was gestorven. Alles wat Fanning nodig had, was één jurylid dat zich tegen me keerde, en alles wat Dani's ouders hebben doorstaan – het verlies van hun dochter, het stranden van hun huwelijk, hun verdwenen spaargeld – zou voor niets zijn geweest.'

Faith klemde haar kaken op elkaar. Vaak haatte ze de wereld, maar nooit zo intens als nu.

'Ik heb de Coopers verteld wat er zou kunnen gebeuren. Ik wilde niet dat het rauw op hun dak viel, maar toch wilden ze me laten getuigen. Ze konden niet anders.' Sara beet op haar lip, vechtend tegen haar verdriet. 'Ik ben de enige die Dani gehoord heeft. Alleen ik kon haar verhaal vertellen. En Fanning, die vuile haai, hoefde me alleen maar af te schilderen als een verbitterde, onvruchtbare, hysterische babymoordenaar, die bij het minste of geringste over verkrachting begint te janken.'

Faith was nog nooit een advocaat tegengekomen die een ander niet het mes op de keel zette. Inwendig verweet ze zichzelf geen vrij te hebben genomen om het proces te kunnen bijwonen. 'Hoe heeft hij het aangekaart?'

'Hij heeft het niet aangekaart.' Sara klonk verbaasd, alsof ze het nog steeds niet kon geloven. 'Ik heb een halfjaar tegen paniekaanvallen gevochten, maar hij heeft er met geen woord over gerept.'

Faith fronste haar wenkbrauwen. 'Waarom niet?'

'Wellicht dacht hij aan de focusgroepen en de juryconsulenten. Ik ben een mondige, academisch opgeleide, witte heterovrouw met een artsenbul aan de muur en een verlovingsring aan haar vinger. Dat woog waarschijnlijk veel zwaarder dan het hoorde te doen.'

Faith had met eigen ogen gezien hoe mannen van minder kaliber zich lieten intimideren door Sara's intelligentie en zelfvertrouwen. Ze wist dat er meer kanten aan het verhaal zaten. 'Dat is toch mooi? De jury vond je sympathiek, dus die geloven ongetwijfeld dat je eerlijk bent over wat Dani heeft gezegd.'

'Zou kunnen,' moest Sara toegeven. 'Toch wist Fanning me nog te raken. Hij deed het voorkomen alsof ik wrok koester jegens Mac McAllister omdat hij de beurs kreeg die eerst aan mij was aangeboden. Wist je dat?'

Faith schudde haar hoofd. Ze had geen idee over wat voor beurs Sara het had.

'De dag voor ik werd verkracht, werd ik door dokter Nygaard gebeld. Ze zou het de volgende ochtend officieel aankondigen. Ik ging naar de maandelijkse mixer om het te vieren. Op de laatste vrijdag van de maand gingen alle coassistenten naar een bar in de buurt van het Grady. Tot die avond had ik me er altijd aan onttrokken. Ik ging zelden naar feestjes. Op de middelbare school sloeg ik een jaar over. Ik studeerde in drie jaar af. Ik had me ten doel gesteld om een zo goed mogelijke arts te worden, maar die avond even niet. Ik ging uit. Ik dronk één glas. Twee uur later klokte ik in bij het Grady voor mijn dienst, en toen...'

Sara hief haar handen.

'Ik was gedrogeerd. Ik weet niet wanneer, maar ongeveer twintig minuten na het begin van mijn dienst, toen ik met een patiënt zat te praten, voelde ik me opeens niet goed. Ik had daarvoor een cola gedronken in de artsenkamer. Misschien dat hij daar iets in had gedaan. Ik schonk de cola uit een fles in de koelkast met mijn naam erop.' Sara keek Faith aan. 'Hij was hoofdconciërge en had net de zitkamer schoongemaakt. Ook had hij alle sleutels. Het personeelstoilet zat op slot zodat ik het patiëntentoilet moest gebruiken. Slim hè? Zoals je een stuk van een doolhof afsluit om de muis de goede kant op te sturen.'

Faith zweeg en Sara sloeg haar blik neer. Ze had even tijd nodig om zich te herpakken.

'Er zat waarschuwingstape voor het gewone hokje, dus moest ik het gehandicaptenhokje gebruiken,' zei Sara. 'Hij was razendsnel. Hij had het helemaal uitgedacht. Nog voor ik kon gillen, had hij mijn mond al dichtgetapet. Ik probeerde me te verzetten, maar hij klikte me met handboeien aan de beugels vast.'

Faiths politiebrein kwam in actie. Wederrechtelijke vrijheidsberoving.

'Hij stak me. Met een jachtmes.'

Zwaar lichamelijk letsel.

'Het kartellemmet ging hier naar binnen.' Ze legde haar hand op haar linkerzij. 'Op dezelfde plek had Dani een oppervlakkige rijtwond. Op bijna dezelfde plek.'

Faith kende die plek. Ze had de autopsiefoto's van Dani Cooper gezien.

'De dag voor het gebeurde, had iemand het woord "kutwijf" op de zijkant van mijn auto gekrast.'

Faith kromp ineen bij het horen van dat walgelijke woord.

'Ik dacht dat Britt het had gedaan. Ze had de pest aan iedere vrouw die met Mac samenwerkte. Ze dacht dat we er allemaal op uit waren haar man van haar af te pakken. Ik acht haar heel goed in staat mijn auto onder handen te nemen.'

In elke fase van haar leven was Faith dat soort vrouwen tegengekomen. Maar daar ging het niet om in Sara's verhaal. 'Je ziet een patroon.'

'Ik zie een verbánd.' Sara legde een merkwaardige nadruk op het woord. 'Dani kreeg bedreigende berichten. Ik kreeg ook een bedreigend bericht. Dani was op een feestje. Ik was ook op een feestje. Dani was gedrogeerd. Ik was ook gedrogeerd. Dani werd verkracht. Ik werd ook verkracht. Dani raakte gewond aan haar linkerzij. Ik was ook gewond aan mijn linkerzij. Dani stierf in het Grady. Ik stierf bijna in het Grady.'

Faith liet in gedachten alle details de revue passeren. Ze zag wat Sara bedoelde, maar als politievrouw zag ze ook de kille, harde waarheid.

'Sara, niet om je woorden te ontkrachten, maar heel veel vrouwen worden gedrogeerd en verkracht. Elk jaar tienduizenden en misschien wel honderdduizenden vrouwen.' Ze bevonden zich nu buiten het licht van de straatlantaarns. Faith kon Sara's reactie niet peilen. 'Dat van die wond op haar zij, dat is wel een vreemd toeval.'

'Maar?'

'Kijk eens naar de cijfers. Elke twee minuten wordt er in Amerika een vrouw verkracht.' Faith had de schokkende cijfers opgezocht toen ze wist dat ze zwanger was van een meisje. 'Weet je wat het is met dat soort gasten? Ze zijn zo verdomd voorspelbaar. Ze houden zich allemaal aan hetzelfde scenario: stalken, lastigvallen, bedreigen, verkrachten. Wat er met jou is gebeurd... Ik heb er niet eens woorden voor en wil niets afdoen aan jouw ervaring. Maar het gebeurt heel vaak. Elke dag. Om de twee minuten.'

'Dus er is geen verband?' vroeg Sara. 'Het is gewoon pech?'

'De allervetste pech.'

'Dat dacht ik ook.' Sara bleef staan. Ze keerde zich naar Faith toe. 'Tot Britt McAllister zei dat het niet zo was.'

Hoi, Leighann! Heb je dat boek nog gevonden
over de protestantse Reformatie?

Watte?

Over Luther en Cajetanus op de Rijksdag van Augsburg, 1519?
Daar vroeg je vorige week naar in de bibliotheek.

Wie is dit?
Een bibliothecaris?

Wat een heerlijk gevoel voor humor!
Ik wist dat ik thuis nog een exemplaar had.
Zal ik het langs komen brengen?

Verkeerd # sorry

Ben je niet meer in de Reformatie geïnteresseerd?
Dat wordt dan geen 9,5 voor je proefschrift.

Heel grappig, ben jij dat Jake?
Klootzak.
Je had me lelijk te pakken, jongen.

Ik ben Jake niet. Die ging toch wandelen dit weekend?
Nog voor ze de auto hadden ingepakt, had hij het al uitgemaakt met Kendra.
Toen ging hij alleen.
Hebben we iets om te lachen wanneer ik het boek breng.
Je woont toch nog steeds in de Windsong Apartments?
#403-B?

Eh... niet echt nee, wie is dit?
Daar woon ik niet.
Ben vorige maand verhuisd.
Logeer nu bij mijn ouders.

Dat is grappig, Leighann.
Ik zou zweren dat ik je gisteravond door je slaapkamer zag lopen...
In dat dunne witte T-shirt en dat zijdezachte roze slipje...

Jezus, wie ben jij?
Mijn vader werkt bij de politie.
Ik ga hem nu bellen.

Wauw, dat is pas cool!
Weten ze bij Coca-Cola dat hun IT-manager twee banen heeft?

Nu stoppen dit is niet leuk.

Kon ik maar stoppen met aan je strakke T-shirt te denken.
Zoals je borsten erin uitkomen.
Aan dat ik ze wil kussen en mijn tanden in je tepels wil zetten.
...telkens weer...

Jezus, wie ben je?

Pak eens een handspiegel.
Er ligt er een in de la waarin je je make-up bewaart.
Zoek maar eens naar het zwarte rondje in je linkerknieholte.
Alsof iemand dat met een Sharpie heeft getekend.
Dat ben ik.

3

Will Trent zat achter in het volle trainingslokaal van het GBI en vocht tegen de slaap. De lampen waren uit. De ventilatieopeningen stootten een golf hitte uit. De monitor voor in het lokaal flakkerde. Faiths laptopscherm gloeide gestaag, terwijl ze de bedrijfswebsite van 3M bestudeerde.

Ze werden geacht te leren hoe ze met de geüpdatete software van het GBI moesten omgaan, maar de docent had het soort stem dat niet te onderscheiden was van het geknars van de compressor op een oude airco. Het ergste was dat hij de hele tijd met zijn handen zwaaide en zijn laserpen hanteerde als een Darth Vader aan de meth. Will had al een scenariootje bedacht waarin hij tijdelijk door de laser verblind werd zodat hij een geldig excuus had om op de bank in zijn kantoor te duiken en te slapen.

'Goed,' zei De Compressor. 'Als je naar sectie G kijkt, zie je dat die nauwelijks verschilt van de eerdere versie, genaamd D. Maar laat je niet beetnemen.'

Will gaf de strijd op. Hij sloot zijn ogen. Zijn kin zakte naar zijn borst. Voor zijn undercoverklus was hij veertien dagen lang vierentwintig uur per dag in touw geweest. Hij had die nacht en vroege ochtend bijna zes uur achtereen over onverlichte boerenwegen gereden. Thuis was hij opgewacht door een vrouw die hem vol overgave van zijn rust had beroofd en drie honden die eraan gewend waren geraakt aan zijn kant van het bed te slapen.

Zijn lichaam deed pijn. Het voelde alsof zijn schedel in een bankschroef zat. Hij was dronken van vermoeidheid.

Faith stootte hem aan voor zijn hoofd tegen het tafelblad sloeg.

Will tuurde naar het scherm, waarop een nieuwe afbeelding verscheen. Hij voelde iets scherps prikken in zijn ooghoek. Hij was met de verkeerde kant van een vuist in aanraking gekomen, wat hem een stuk vel had gekost. Hij had in zijn leven veel zwaardere maar minder irritante verwondingen opgelopen. Dit voelde als een akelige papiersnee, maar dan in zijn gezicht.

'Ook hebben we dit nieuwe gedeelte in het blauw,' vervolgde De Compressor. 'Voor wie goed oplet, zou het er bekend kunnen uitzien. Maar nogmaals: laat je niet beetnemen.'

Faith slaakte een diepe, hoorbare zucht.

Will keek even naar haar laptop. Ze had de hele tijd op haar toetsenbord zitten rammen, maar voor zover hij kon zien, had ze alleen maar met haar moeder geappt, prijzen vergeleken voor een driewieler, een bod gedaan op een glazen windorgel, op links geklikt naar de wereldwijde onderzoekslaboratoria van 3M en af en toe een interactieve kaart geraadpleegd die verbonden leek te zijn met een live-gps-tracker.

Hij keek weer op en probeerde de tekst op de afbeelding te lezen. De woorden klonterden samen en letters sprongen als vlooien in het rond. Zijn oogleden werden weer zwaar.

Opeens floepten de plafondlampen aan.

Will kneep zijn ogen samen tegen de stekende pijn op zijn netvliezen. Vervolgens tegen de papiersnee in zijn ooghoek.

De Compressor stootte een soort gekuch uit dat waarschijnlijk voor een lach moest doorgaan. 'Ik zie jullie terug na de pauze.'

'O god,' mompelde Faith. 'Komt er nog meer?'

'Dat laatste uur ging toch over formulier 503 dat werd vervangen door 1632?' vroeg Will voor de zekerheid.

'Ja.'

'En wat we vroeger in de groene map stopten gaat nu in de blauwe?'

'Klopt.'

'Dat is alles?'

'Dat is alles,' zei ze. 'De rest was een samenvatting van dezelfde shit waarmee we al werken sinds ik hier ben begonnen.'

Will keek op zijn horloge. De pauze duurde maar een kwartier. 'Heb je Sara vanochtend nog gesproken?'

'Yep.'

Will bestudeerde de zijkant van Faiths gezicht, want ze had haar blik afgewend en was opeens zeer geïnteresseerd in haar eBay-veiling.

'Hoe is het met haar?' vroeg hij.

'Met Sara?' Faith scrolde langzaam door de beschrijving die ze een halfuur eerder al had gelezen. 'Goed. Ze ziet er vandaag weer beeldschoon uit.'

Sara zag er elke dag beeldschoon uit, maar daar ging het nu niet om. Will werkte al bijna vijf jaar samen met Faith Mitchell. In die periode had hij haar leren kennen als een onmatige, volleerde leugenaar.

Maar nu had hij haar door.

Voor hij naar nadere bijzonderheden kon vragen, hoorde hij een scherpe knal, alsof iemand heel driftig popcorn stond te maken.

'Jullie tweeën!' riep adjunct-directeur Amanda Wagner vanuit de deuropening. Ze droeg een van haar donkerrode broekpakken, met daaronder een stel zwarte naaldhakken. Haar peper-en-zoutkleurige haar was zeer onlangs weer tot een helm geknipt. Ze wierp een blik op haar horloge, zichtbaar geërgerd omdat ze niet in de houding waren gesprongen bij het horen van haar vingerknip. 'Kom,' zei ze. 'Ik heb niet de hele dag.'

Kreunend kwam Will overeind. De tafel was niet gebouwd voor een man van bijna één meter negentig die probeerde te slapen. Tegen de tijd dat hij de deur had bereikt, liep hij te strompelen.

Amanda keek hem wantrouwend aan, alsof hij zichzelf met opzet verwond had. 'Wat is er met jou?'

Will weigerde te antwoorden.

'Zeg alsjeblieft dat er een gruwelijke moord is gepleegd,' zei Faith, 'zodat we het tweede deel van deze instructie kunnen overslaan.'

Amanda schonk haar een dodelijke blik. 'Doe je tegenwoordig moordzaken vanaf je bureau?'

Ook Faith gaf geen antwoord.

'Naar mijn kamer.' Met kwieke pas liep Amanda de gang door, waarbij haar punthakken als vampiertanden in het bedrijfstapijt zonken. Ze had haar telefoon in haar hand, want ze kon geen twee stappen zetten zonder de rest van haar heksenclub op de hoogte te brengen.

Will liet Faith voorgaan, want Amanda kon er niet tegen om in zijn schaduw te lopen. In Amanda's rappe tempo liepen ze naar het einde van de gang, waarna ze achter elkaar de trap af daalden. Will zag de hoofden vóór hem op en neer wippen, het ene peper-en-zout, het andere blond.

Eigenlijk had hij nieuwsgierig moeten zijn naar de reden waarom Amanda hen meenam naar haar kamer, maar hij voelde opeens de dringende behoefte om met Sara te praten. Iets had die nacht niet goed gevoeld. En die ochtend ook niet. Tegen de tijd dat hij onder de douche vandaan was gekomen, was ze al weg geweest. Geen zoen. Geen briefje.

Dat was niets voor haar. Na twee weken uit elkaar had ze weer moeten wennen, had Will eerst gedacht. Nu maakte hij zich zorgen omdat Faith geen moeite had gedaan om geloofwaardig over te komen, wat niets voor haar was.

Amanda was bij de deur blijven staan. Will stak zijn hand uit en hield de deur open, waarna hij achter hen aan de volgende gang in liep.

Die nacht had Sara hem verteld dat de rechtszaak redelijk goed was verlopen. Douglas Fanning had een paar punten gescoord, maar haar privéleven en de intieme details van haar verlies waren niet op de snijtafel gelegd. Nu Will hun gesprek in gedachten weer doornam, besefte hij dat Sara niet opgelucht had geklonken. Ze had zich ook niet opgelucht gedragen. Dat was vreemd. Sara had zich maandenlang zorgen gemaakt om het proces. Ze had slecht geslapen, was op vreemde tijden opgestaan om te lezen, hard te lopen of uit het raam te staren. Soms had ze behoefte gehad aan afleiding. Op andere momenten had ze alleen willen zijn.

Will had haar in alles haar gang laten gaan. Hij kende haar angst, had zelf het grootste deel van zijn leven met een vergelijkbare angst geleefd. Hij wilde evenmin dat anderen met bepaalde details uit zijn jeugd aan de haal gingen. Als je in een weeshuis was opgegroeid, liep je doorgaans niet te koop met de reden waarom je in een weeshuis was opgegroeid.

'Faith.' Nog steeds tikkend op haar telefoon liep Amanda haar kamer in. 'Wanneer zijn die rapporten klaar?'

Faith wierp Will een vertwijfelde blik toe. 'Ik ben halverwege –'

'Mail ze aan het eind van de dag allemaal aan me door.' Amanda dumpte haar telefoon op haar bureau en sloeg haar armen over elkaar. 'De dochter van Bernice is bevallen.'

Faith liet de koerende geluidjes horen die vrouwen altijd maken wanneer het over baby's gaat.

Will wachtte tot de geluidjes in een verwensing overgingen. Bernice Hodges stond aan het hoofd van het antifraudeteam van het GBI. Ze werkten samen met de federale overheid in de jacht op gezonde mensen die op illegale wijze arbeidsongeschiktheidsgeld incasseerden. Iemand zou voor Bernice moeten invallen, terwijl zij haar dochter hielp met de zorg.

'Fuck,' zei Faith. Eindelijk snapte ze de reden van het babynieuws. 'Wil je ons met een camera op pad sturen om een of andere domme oplichter te betrappen terwijl hij aan het crossfitten is?'

'Dat is precies mijn bedoeling,' zei Amanda. 'Heb je daar problemen mee?'

'Ja, reken maar dat ik daar...' Faith duwde haar vuist tegen haar mond om zichzelf het zwijgen op te leggen. Ze ademde diep in voor ze verderging. 'Vind je niet dat onze talenten beter tot hun recht komen bij dringendere zaken?'

'Vorig jaar heeft het antifraudeteam van het GBI de staat Georgia negentig miljoen dollar bespaard. Dat noem ik buitengewoon dringend.' Amanda's bureautelefoon ging. Ze deed haar gouden oorring uit en nam op. 'Naar de gang,' zei ze tegen Will en Faith nadat ze even geluisterd had.

Faith sleepte zich naar de deur. Ze keek op naar Will. 'Het gaat niet alleen om mij, hè? Wat een bullshit.'

Will was het met haar eens, maar hij had belangrijkere zaken aan zijn hoofd. 'Heb je met Sara gepraat toen ik weg was?'

Ineens had Faith wel erg veel belangstelling voor haar telefoon. 'Ja, hoezo?'

'Heeft ze het met jou nog over het proces gehad?'

'Alleen dat ze blij was dat het voorbij was.' Faith hield haar blik op haar telefoon gericht. Ze had een e-mail geopend, maar wekte niet de indruk die te lezen of te willen beantwoorden. Ze zei zelfs niets over hoe stom het bericht was.

Will hoorde Amanda met een klap de telefoon neerleggen.

'Faith!' riep ze. 'Bernice staat beneden op je te wachten. Ga de overdracht maar doen. Will, naar binnen, en doe de deur dicht.'

Faith was hem voor en sloeg de deur niet al te zachtzinnig dicht. De foto's aan Amanda's muren trilden.

Amanda negeerde Faiths irritatie en nam achter haar bureau plaats. Als een anaconda keek ze Will aan. 'Wat is er met je oog gebeurd?'

'Pinkring.'

'En de eigenaar van die ring?'

'Die moet het een tijdje zonder zijn hand doen.'

'Doe niet zo vaag.' Ze gebaarde naar een stoel. 'Ik heb geen tijd om je rapport te lezen. Neem de hoofdpunten eens met me door.'

Will deed er drie volle seconden over om zijn brein te laten omschakelen. Als deel van een onderzoeksmissie voor het team binnenlands terrorisme van de FBI had hij zich de voorgaande twee weken aan de periferie van een militie in Mississippi opgehouden. De klus was even afmattend als saai geweest. Of misschien had hij het punt in zijn leven bereikt waarop hij het niet meer zo leuk vond om niet regelmatig te douchen, te eten en te slapen.

‘Witte racisten,’ zei hij. ‘Zwaarbewapend. Slecht getraind. Ze haten de regering. Ze houden van tequila, maar niet van waar die vandaan komt. Wat militair rollenspel, hoewel ze geen van allen bij het leger zijn geweest. Zo kwam ik in botsing met die pinkring. Die gast was knetterstoned. Hij wilde me buiten westen slaan. Dat heeft-ie geweten. De meesten drinken te veel, blowen te veel en zitten de hele tijd te janken dat ze de pest aan hun vrouw hebben en hun vriendin willen wurgen.’

‘Merkwaardig dat je nooit een witte racist tegenkomt die ook feminist is.’ Amanda maakte een torentje van haar vingers. ‘Hoe is het met Faith?’

Hij deed alsof zijn neus bloedde. ‘Prima, voor zover ik weet.’

‘Echt?’ Amanda trapte er niet in, maar ze wist ongetwijfeld dat Will zijn partner nooit zou verlinken. Faith ging ervan uit dat ze bureaudienst had omdat ze iets te vaak een grote mond had gehad tegen Amanda. De waarheid was dat de laatste zaak waaraan ze gewerkt hadden haar behoorlijk had aangegrepen. Eerlijk gezegd had die Will ook aangegrepen. Hij vond het niet heel bezwaarlijk om een paar weken lang een camera uit het raampje van een busje te steken.

‘Je laat het me weten als Evelyn thuis moet komen,’ gebood Amanda.

Evelyn was Faiths moeder. Ook was ze Amanda’s voormalige partner en beste vriendin, wat Faiths leven er bepaald niet gemakkelijk op maakte.

Hij knikte. ‘Ze redt zich wel,’ zei hij niettemin.

‘Kun je dansen?’

Will was gewend aan de manier waarop Amanda plotseling van onderwerp veranderde, maar deze keer was het alsof ze een compleet nieuwe taal had bedacht.

‘Voor je bruiloft,’ zei ze. ‘Volgende maand.’

Will wreef over zijn kaak. Het werd een klein feestje in Sara’s appartement, niets bijzonders. Hooguit dertig mensen.

‘Wilbur.’ Amanda liep om haar bureau heen en ging naast hem zitten. Vaak vergat hij hoe klein ze was. Zoals ze daar op de rand van haar stoel zat, leek ze klein genoeg om in zijn zak te passen. Alleen was hij niet het soort man dat een levende schorpioen in zijn zak durfde te stoppen.

‘Ik weet dat je eerste huwelijk een schijnvertoning was,’ zei ze, ‘maar op een echte bruiloft moeten de bruid en de bruidegom met elkaar dansen.’

‘Theoretisch was het geen schijnvertoning. Het was een weddenschap.’

Amanda schonk hem een scherpe blik, alsof hij de enige was die een grapje maakte. ‘Sara’s familie is zeer traditioneel, dus waarschijnlijk danst ze eerst met haar vader, die haar dan aan jou overdraagt.’

Will schudde zijn hoofd. Hij had geen idee waar Amanda heen wilde.

Toen legde ze haar hand op zijn arm. 'Je moet nu beginnen met oefenen. Vergeet de muziek maar. Elk langzaam nummer heeft dezelfde maat. Zoek maar filmpjes op YouTube.'

'Ik...' Hij ging er bijna van stotteren. Ze meende het nog ook. 'Wat?'

'Oefenen, Wilbur.' Na een paar klopjes op zijn arm stond ze op en liep weer om haar bureau heen. 'Iedereen kijkt straks naar je. Sara's familie, haar ooms en tantes, haar neven en nichten, hun partners.'

Will kon zich vaag herinneren dat Sara had uitgelegd dat die en die een oudoom van vaderskant was en dat iemand anders een achternicht van haar moeder was, maar toen hadden de Atlanta Hawks met twaalf punten een comeback gemaakt en was zijn aandacht afgeleid van wat achteraf een zeer belangrijk gesprek bleek te zijn geweest.

'Je kunt altijd op les gaan,' zei Amanda.

Hij wilde niet weer 'Wat?' zeggen. 'Op les?'

'Als je uit een vliegtuig springt, mag je hopen dat je parachute het doet.' Ze nam haar bureautelefoon van de haak en toetste een nummer in. 'Wat doe je hier nog?'

Will stond op, ging haar kamer uit en trok de deur achter zich dicht. Hij liep naar het einde van de gang en betrad het trappenhuis, maar kreeg de kans niet om te laten bezinken wat hem net was overkomen, want Faith stond hem bovenaan de trap op te wachten.

'Wat heeft Amanda tegen je gezegd?' wilde ze weten.

'De...' Het duurde even voor Will zich had hernomen. 'Ze vroeg of ik mijn undercoverklus met haar wilde doornemen.'

'En?'

'En toen zei ze dat ik voor de bruiloft op dansles moest.'

'Geen slecht idee. Mocht het je interesseren: je getuige gaat dansen met elke vent onder de tachtig, terwijl haar volwassen zoon in de hoek zit te mokken.' Faith dacht kennelijk dat daarmee de kous af was. Ze begon de trap af te dalen. 'Die fraudeklus is typisch Amanda die me weer een lading stront door de strot douwt. Ik weet dat ik niet tegen haar tekeer had moeten gaan, maar zeg nou zelf. De laatste keer dat ze kwaad was op jou, werd je voor een week naar het vliegveld gestuurd. Dit gaat een maand duren.'

Will bracht het gesprek weer op belangrijkere zaken. 'We hadden het zonet over Sara.'

'O?' Faith nam het volgende bordes, maar hij had nog net de panische blik in haar ogen gezien. 'Waar ík me zorgen om maak, is dat mijn bazin me mijn werk niet laat doen.'

Will had nog niet over zorgen gerept, maar nu vroeg hij zich af of hij zich zorgen om Sara moest maken.

'Weet je hoe harteloos fraudeonderzoeken soms zijn?' ging Faith door. 'Ja, er zitten zeker stelende, luie klootzakken bij, maar sommige van die lui kunnen maar amper rondkomen. Dus stel dat ze net een goede dag hebben en lekker met hun kleinkinderen in de tuin gaan werken? En dan zou ik met een camera uit een struik tevoorschijn moeten springen om hun uitkering af te pakken?'

Lang geleden had Will al beseft dat Faith merkwaardige sympathieën koesterde voor lieden die de federale overheid naaiden. Het was de enige eigenschap die ze met de militiemannen uit Mississippi gemeen had.

'Misschien is het goed om weer met een rustige klus te beginnen,' zei hij voorzichtig. 'Goed voor mij, bedoel ik.'

'Goed voor jou?' Ze had haar hand al naar de deur uitgestoken, maar nu draaide ze zich met een ruk om en keek hem woedend aan. 'Jezus, wat bedoel je daarmee?'

Will besefte dat hij in een val was gelopen. Dat was de laatste tijd het probleem met Faith: ze raakte altijd al snel geïrriteerd, maar na hun laatste zaak ontstak ze om het minste of geringste in woede. Daarom had ze nu bureaudienst en moesten ze Bernice vervangen, terwijl het antifraudeteam heel goed in staat was om haar taken over te nemen.

Faith wachtte nog steeds op antwoord. 'Waarom is een kutklus goed voor jou, Will?'

'Je weet hoe het is om undercover te gaan.' Ze had nooit undercover gewerkt. 'Ik heb twee weken in de rimboe doorgebracht. Ik heb wat tijd nodig om mijn rechercheursrol weer op te pakken.'

'Meen je dat?' Haar stem had iets hards gekregen. 'Ik hoef niet bij het handje te worden genomen. En zeker niet door jou. Ik ben oké. Ik kan mijn fucking werk uitstekend aan.'

Will wist dat ze niet zo kwaad zou zijn als ze echt oké was. 'Laten we even een pauze inlassen.'

'Jij wilt mij vertellen dat ik een pauze moet inlassen? Ik hoef geen fucking pauze. Ik moet het werk doen waarvoor ik ben opgeleid.' Nu schreeuwde ze bijna. 'Ik heb mijn penning niet op een presenteerblaadje aangereikt gekregen zoals jij, Will. Ik heb me vanaf de straat opgewerkt. Ik heb midden in de nacht rondscheurende drugsdealers aangehouden die me voor mijn kop hadden kunnen schieten, en daarna ging ik naar huis om voor mijn kind te zorgen, en ik had nergens last van. Hoor je me? Ik had verdomme nergens last van, en ik heb nog steeds nergens last van.'

'Je hebt gelijk.' Ze was duidelijk op ruzie uit, maar dat kon ze vergeten. 'Ik weet het.'

'Je weet het? Je weet het?' Ze bleef maar zuigen. 'Weet je wie momenteel totaal geen behoefte heeft aan die neerbuigende shit van jou? Ik geef je een hint, rechercheur: haar naam rijmt op Maith.'

Verzoenend hief Will zijn handen.

'Rot toch op.' Faith rukte de deur open en stormde de gang in.

Hij liet de deur achter haar dichtslaan en keek haar door het raampje na. Ze bleef bij Bernice' kamer staan en ontspande met moeite haar vuisten voor ze naar binnen ging.

De eerste keer dat Faith tegenover hem zo over de rooie was gegaan, had Will zich zorgen gemaakt. Nu wist hij dat hij haar met rust moest laten. Als je in een tehuis was opgegroeid, had je geleerd dat mensen hun eigen problemen moesten oplossen. Die kon je niet van hen overnemen.

Wills kamer was een verdieping hoger, maar hij ging naar de begane grond. Hij duwde met zijn schouder de deur van de nooduitgang open en hield toen zijn hand voor zijn ogen tegen het plotselinge felle zonlicht. De wind sneed door de open ruimte tussen het hoofdgebouw en het onlangs uitgebreide mortuarium. Met neergeslagen blik volgde hij het pad. Voor het nieuwe gedeelte van het gebouw stonden twee busjes geparkeerd. Hij glipte door de open deur van een laadperron.

Het eerste wat hem trof, was de geur, die niet van de lijken afkomstig was maar van de chemicaliën waarmee ze schoongemaakt werden. Hij was twee weken weg geweest, en dat was niet lang, maar dit was een lucht die je het liefst zo snel mogelijk vergat. Zijn ogen prikten van de doordringende, zurige vloerwas toen hij de lange gang door liep naar het kantoor aan de achterkant. De ene muur hing vol foto's van plaatsen delict en zeer gedetailleerde bewijsstukken. De andere had ramen die zicht boden op de autopsiezaal. Een patholoog in opleiding hees zich naast een lichaam in een pak. De dode was een man. Hij had een schotwond aan het hoofd. Zijn schedel lag open.

Will hoorde Sara nog voor hij haar zag. Ze was aan het bellen. Haar kantoor was in het hoofdgebouw, maar meestal verwerkte ze haar autopsieaantekeningen in een voormalige voorraadkast. Tegen de muur stonden een bureau en een kantoorstoel. Ingeklemd in de hoek ernaast was een klapstoel.

Hij bleef in de deuropening staan, maar Sara had niet door dat hij er was. Haar GBI-telefoon stak onder een hoop losse aantekenblaadjes uit. Hij telde minstens drie pennen, want ze had de gewoonte ze altijd kwijt te raken. Haar privételefoon zat tussen haar schouder en oor geklemd en ondertussen tikte ze op haar laptop.

'Correct, maar op de foto die je me gestuurd hebt, lijkt het alsof ze een vierpuntsgreep gebruikt.' Sara ging met haar vinger langs haar handgeschreven aantekeningen om ze nog eens extra te vergelijken met het formulier op haar laptop. 'Nee, daar zou ik me geen zorgen om maken. Het is minder efficiënt, maar eigenlijk is ze een genie, dus wat maakt het uit?'

Will vermoedde dat Sara haar zus aan de lijn had. Tessa en haar dochter waren een maand eerder in Sara's gebouw komen wonen, maar ze belden elkaar nog minstens één keer en soms twee keer per dag. Vaak hadden ze het dan over hun moeder, die Sara gewoonlijk om de dag sprak, en Will had begrepen dat dat alles volkomen normaal was.

Hij klopte op de openstaande deur.

Sara draaide zich om en glimlachte toen ze hem zag. Ze pakte zijn hand. 'Tessie, ik moet ophangen.'

Pas toen ze het gesprek had beëindigd, boog hij zich voorover en kuste haar op haar wang. Ze rook een stuk lekkerder dan de rest van het gebouw.

Sara wees naar haar laptop. 'Heb je heel even?'

Will ging op de stoel naast haar bureau zitten, terwijl zij haar werk afmaakte. Hij draaide zich om zodat hij haar op kon nemen. Over één ding had Faith in elk geval niet gelogen. Sara was vandaag niet alleen beeldschoon, ze was ook verdomd sexy. Haar haar hing los om haar schouders. Haar make-up was donkerder dan normaal. In plaats van haar gebruikelijke operatiepak droeg ze een nauwsluitende groene jurk, waarin haar benen goed uitkwamen, en aan haar voeten had ze een paar schoenen dat meer had gekost dan Wills maandsalaris, iets wat hij alleen wist omdat hij per ongeluk het bonnetje had gezien, waarop hij het gevoel had gehad dat er een elektrische veeprikker tegen zijn ballen werd gehouden.

'Oké.' Sara sloot de laptop en keerde zich naar Will toe. 'Ik had net Tessa aan de lijn. Ze maakt zich zorgen over de manier waarop Isabelle haar potlood vasthoudt.'

Tessa's dochter was iets ouder dan die van Faith. 'Is dat belangrijk?'

'Ja, maar ook weer niet. Het is een afleidingsmanoeuvre. Lem doet weer eens moeilijk over de scheiding.' Ze nam haar bril af. 'Jij hoort nu toch bij die softwarecursus te zitten?'

Will zat precies op de plek waar hij hoorde te zitten. 'Gaan we samen dansen op onze bruiloft?'

Een glimlach brak door op Sara's gezicht. 'Wil je dat dan niet?'

Hij had zo'n vermoeden dat hij dat inmiddels wel wilde. 'Wat rijmt er op Maith?'

Sara fronste haar wenkbrauwen. 'Hoezo?'

'Iets wat Faith tegen me zei. ' "Haar naam rijmt op Maith." '

'Faith rijmt op Maith. Je dyslexie houdt niet van dat soort woordspelletjes.' Weer glimlachte Sara, maar nu begon ze aan haar verlovingsring te draaien. 'Orthografische verwerking stelt je in staat om in gedachten lettertekens voor je te zien; zo kun je dat soort rijm ontcijferen. Jouw brein gebruikt een ander hersengebied voor taalverwerking.'

Will bedacht dat hij zijn brein zou moeten inzetten om te verwerken wat er zich voor zijn ogen afspeelde. Er was duidelijk iets mis met Sara. Ze was aan het friemelen. Ze friemelde anders nooit. 'Heb je Tessa al over Dani's rechtszaak verteld?'

De glimlach vervaagde. Sara schudde haar hoofd. Ze had haar familie niets over Dani Cooper verteld, wat vreemd was en achteraf gezien een alarmbel bij hem had moeten doen rinkelen.

Sara zei: 'Misschien helpt het je om een rijmwoord beter in de context te plaatsen als ik je laat zien hoe het brein de informatie verwerkt.'

Tessa was goed in afleidingsmanoeuvres, maar Sara spande de kroon.

Hij keek toe terwijl ze een vel papier omsloeg en iets begon te tekenen wat vermoedelijk zijn hersenen moest voorstellen. Haar verlovingsring vormde een schril contrast met haar dure kleren. Een van de weinige dingen die Will van zijn moeder had geërfd, was haar verzameling nepsieraden. Ze was nog een tiener toen ze stierf en had als straatprostituee in Atlanta gewerkt. Ze had haar smaak nog niet ontwikkeld. Om de een of andere reden had Will het een goed idee gevonden om Sara ten huwelijk te vragen met een van zijn moeders ringen. Hij had die met het groene glazen steentje gekozen omdat de kleur bij haar ogen paste.

Sara behandelde de ring alsof er een diamant in zat.

'Dit gebied hier.' Ze tikte met haar pen op de tekening. 'Daar zit in een doorsneebrein –'

Will legde zijn hand op die van haar.

Met zijn voet duwde hij de deur dicht. 'Vertel eens over afgelopen nacht.'

'Hoezo?'

'Het ging er nogal ruw aan toe.'

'Daar vroeg ik toch om?'

Ze had een wenkbrauw opgetrokken. Bij wijze van uitdaging, maar misschien was het weer een afleidingsmanoeuvre. Sara was razend intelligent, soms in haar eigen nadeel. Will dacht weer aan de diepe angst die hem ervan had weerhouden haar mee uit te vragen toen ze elkaar pas kenden. Net als de keer erna. En de vijfde en zesde keer erna. Hij had zich steeds teruggetrokken in een ruimte die hij vertrouwde en die Sara zijn ongemakkelijke zwijgen noemde.

Nu zette hij zijn zwijgen strategisch in.

Sara gaf zich al snel gewonnen.

'Wil je beweren dat je het niet lekker vond?' Haar lach had niets plagerigs meer. 'Ik hoef alleen maar hard te niezen om je ongelijk te bewijzen.'

Nu glimlachte Will ook, maar hij bleef aandringen. 'Wat is er gisteren op die rechtszitting gebeurd?'

'Dat heb ik je verteld.' Sara trok haar hand weg. Ze leunde achterover op haar stoel. Opeens gaapte er een kloof tussen hen. 'Mijn verklaring kwam hard aan. Douglas Fanning raakte van slag. Morgen is het hof op reces. De rechter wil dat de advocaten een schikking overeenkomen, maar dat gaat niet gebeuren, want de Coopers willen geen geld. Ze willen de hele wereld laten weten dat Tommy McAllister haar dood heeft veroorzaakt.'

Will bestudeerde haar gezichtsuitdrukking. Haar pantser vertoonde geen enkel barstje. Ze liet een kant van zichzelf zien die alles onder controle had.

'Ik moest denken aan de laatste zaak waarbij we hebben samengewerkt.'

Sara perste haar lippen op elkaar. De laatste zaak was dezelfde die Faith alle symptomen van een posttraumatische stressstoornis had bezorgd.

'Een van de slachtoffers vertelde je dat ze nadat het gebeurd was, nadat ze verkracht was, geen seks meer met een man kon hebben als hij haar geen pijn deed. Weet je dat nog?'

Sara opende haar mond om te ademen, maar ze wendde haar blik niet af.

'De vrouw vroeg of je dat herkende,' zei Will. 'Toen zei je ja.'

'Soms,' verbeterde Sara hem. 'Ik zei dat ik dat sóms herkende.'

'Was vannacht een van die keren?'

'Jij zou me nooit pijn doen.'

'Wilde je dat?'

Sara ademde zachtjes in. Ze keek naar het plafond. Ze schudde haar hoofd, maar niet omdat ze het wilde ontkennen. Hij had haar dit eerder zien doen. Ze trok een schild om zich heen, verdrong haar gevoelens. Wat in veel situaties een fantastische truc was, maar niet deze keer.

'Die Sara de Superwoman die je nu laat zien, die mag je voor jezelf houden, maar voor mij hoef je die nooit tevoorschijn te halen.'

Eindelijk brak er iets in Sara, een heel klein beetje maar. Tranen welden op in haar ogen. Met haar vingertoppen probeerde ze ze tegen te houden. 'Ik heb het je gisteravond niet verteld omdat ik bang was dat je me zou dwingen te doen wat ik hoor te doen.'

Will schudde zijn hoofd, maar niet alleen omdat hij nooit zou proberen Sara iets te laten doen wat ze niet wilde. In al die jaren dat hij haar kende, was ze altijd tot het goede geneigd geweest.

'Ik wil het niet, Will. Ik wil mijn... mijn geestelijke gezondheid niet opofferen. Mijn zelfgevoel. Ik wil niet weer dat duister in duiken. Ik wil het mijn familie niet aandoen. Ik wil het jou niet aandoen.' Ze boog voorover, met haar handen tussen haar knieën geklemd. 'Ik weet niet of ik het zal overleven.'

Haar angst voelde als een ijzeren band die om zijn borstkas werd geklemd. 'Wat is er gebeurd?'

Sara legde haar hand op haar hart alsof ze het moest beschermen. 'Ik had een – hoe zal ik het noemen? – woordenwisseling. Gisteren met Britt. We waren op het toilet. Ik had mijn verklaring net afgerond. Ze kwam binnen en...'

Weer veegde ze langs haar ogen. De tranen lieten zich nu niet tegenhouden. Will stak zijn hand in zijn zak en bood haar zijn zakdoek aan. Sara hield zijn vingers een paar tellen vast. Toen ademde ze diep in, alsof ze op het punt stond naar de bodem van de zee te duiken.

'Britt bekende dat ze wist dat Tommy verantwoordelijk is voor de dood van Dani Cooper.'

Wills verbazing duurde niet lang. Hij begreep wat dit inhield. Sara was er kapot van geweest toen het strafproces tegen Tommy McAllister in een civiel proces was veranderd. Britt had Sara het strafproces op een dienblaadje aangereikt. 'Is ze bereid om een verklaring af te leggen? Hoe weet ze dat trouwens?'

'Nee, ze gaat niet getuigen. Toen ze het me vertelde, was ze zo stoned als een aap. En toen ze besefte dat ze haar mond voorbij had gepraat, werd ze weer de bitch die ze altijd is.'

Will bleef zich op Sara's oorspronkelijke angst concentreren. Ze was bang dat hij haar zou dwingen het goede te doen. Tot nu toe had ze niets verkeerds gedaan. 'Wat heeft Britt nog meer gezegd?'

'Dat ze hoopte dat Tommy zou stoppen door het proces. Dat hij nog steeds een goed mens zou kunnen worden.'

Will betwijfelde het. In het rapport van de privédetective had hij gelezen dat Tommy al eerder van verkrachting was beschuldigd. Hij wist ook dat verkrachting zelden eenmalig was.

'En verder?' vroeg hij.

Sara vouwde de zakdoek dubbel en depte met een schoon gedeelte onder haar ogen. Will wachtte tot ze het woord weer nam. Uit bittere ervaring wist hij dat Sara een vrijwel perfect geheugen had. Waarschijnlijk had ze het gesprek elke seconde sinds de woordenwisseling in gedachten weer doorgenomen.

'Ze...' Sara's stem stokte. 'Ze zei dat wat er vijftien jaar geleden met mij is gebeurd – toen ik verkracht werd – dat dat geen domme pech was.'

'Wat zou het anders kunnen zijn?'

'Ik weet het niet.' Sara liet haar tranen de vrije loop en legde zijn zakdoek op het bureau. 'Als het geen pech was, ligt het voor de hand dat het met voorbedachten rade gebeurde, toch? Maar hoe kan dat?'

Will moest het antwoord schuldig blijven, maar hij had eerder te maken gehad met vrouwen zoals Britt McAllister. Ze gebruikten hun verbittering als wapen tegen iedereen die ze tegenkwamen. Zijn ex-vrouw was ook zo geweest.

'Zou het kunnen dat ze je alleen maar zat op te naaien?'

'Misschien?' Sara haalde haar schouders op, maar eerder uit hoop. 'Ze verbond die zaken met elkaar, Will. Ze zei dat wat er met mij was gebeurd en dat wat er met Dani was gebeurd... dat die twee dingen met elkaar verbonden waren. Dat is het woord dat ze gebruikte: verbonden.'

Uit haar blik sprak zo'n intense nood dat hij wist dat dit de kern was. Al het andere had naar dit moment geleid. Dit was het snijpunt tussen goed en kwaad.

'Heeft ze ook gezegd hoe ze met elkaar verbonden waren?'

'Nee. Ze lachte me in mijn gezicht uit en liep weg, maar...' Sara nam weer een adempauze. 'Dani werd gestalkt. Ze werd bedreigd. Ze was op een feestje. Ze werd gedrogeerd. Ze werd verkracht. Ze had hier een snee, op haar linkerzij.'

Will keek toe terwijl Sara haar vingers vlak onder haar ribben legde. Hij had het litteken van het jachtmes wel duizend keer gezien. Zijn mond wist de kartelige vorm blindelings te vinden.

'Britt zei dat het geen toeval was. Dat zie jij toch ook?'

In een poging er een geheel van te smeden nam Will Sara's verhaal over de woordenwisseling op het toilet in gedachten weer door. Toen voegde hij er nog een stukje informatie aan toe dat hij over het hoofd had gezien. 'Heb je dat alles gisteravond aan Faith verteld?'

Even vlamde er wroeging op in haar ogen. 'Het spijt me. Ik had het eerst aan jou moeten vertellen.'

'Dat maakt niet uit.' Hij pakte haar handen en probeerde haar schuldgevoel weg te nemen. 'Wat vond Faith?'

Sara antwoordde niet onmiddellijk. Ze keek naar hun verstrengelde vingers. Met haar duim streelde ze de rug van zijn hand. 'Ze zei dat zoals Britt finaal in elkaar stortte, zoals ze daar op het toilet praktisch zat te bidden dat het proces Tommy zou stoppen, dat dat betekent dat er waarschijnlijk andere slachtoffers zijn, over wie we niets weten. En als er eerdere slachtoffers zijn, dan zijn er ook potentiële nieuwe slachtoffers. Britt hoopte dat de angst voor een proces hem zou tegenhouden, maar hij laat zich niet tegenhouden.'

Will wist dat Faith meer had gezegd. 'Dus zij ziet dat verband ook, hè? Britt heeft in angst geleefd dat Tommy in een soort Mac zal veranderen. Tommy is een verkrachter. Jij bent vijftien jaar geleden verkracht. Mac was een van je collega's. Zou Mac betrokken zijn geweest bij wat er met jou gebeurde?'

'Tegen die muur liepen Faith en ik telkens op. Ik kende de man die me had verkracht. Ik zag zijn gezicht terwijl hij bezig was. Over zijn identiteit heeft nooit enige twijfel bestaan. Daarna sloeg hij weer aan het verkrachten. Zoiets kom je in Macs verleden niet tegen. Hij was een arrogante lul, maar wel een met een vlekkeloze reputatie.'

'Wist Mac –'

'Ze kenden elkaar niet.' Sara zou de naam van haar verkrachter nooit uitspreken en wenste die ook nooit uit de mond van anderen te horen. 'Mac is zo'n eikel die met zijn vingers knipt naar obers. Geen denken aan dat hij bevriend zou zijn met een ziekenhuisconciërge. En al was dat het geval, dan hebben we het over het soort samenwerking waarbij je elkaar optimaal moet kunnen vertrouwen. De man die me verkrachtte, heeft acht jaar gezeten. Hij werd verdedigd door een sociaal advocaat. Hij heeft nog steeds voorwaardelijk.'

‘Spreek het krankzinnige gedeelte maar eens hardop uit,’ zei Will. ‘Hoe groot is de kans dat Mac de conciërge heeft omgekocht om jou te verkrachten zodat hij die beurs zou krijgen waarvoor jullie allebei in aanmerking kwamen? Of zou Britt hem omgekocht hebben?’

‘Hij is een serieverkrachter. Hij hoeft niet met geld overgehaald te worden.’

‘Ik zei toch dat het krankzinnig is?’ benadrukte Will. ‘Maar hoe groot is de kans?’

‘Waar is het geld gebleven?’ vroeg Sara zich af, en dat was een goede vraag. ‘Britt en Mac zijn multimiljonairs. De conciërge leeft nog steeds in armoe. Van zijn reclasseringsambtenaar weet ik dat hij in een halfweghuis woont, in een zijstraat van Lawrenceville Highway. Als hij het toen voor geld deed, kan ik me niet voorstellen dat hij Mac en Britt nu niet zou chanteren voor meer geld. Ze zouden hem genoeg geld kunnen geven om het land te kunnen verlaten. Hij mag dan een sadistische verkrachter zijn, dom is hij niet.’

Will wist dat het waar was wat ze zei. Hij was ook politieman. Hij zag maar één pad vooruit, hetzelfde pad dat Faith de vorige avond waarschijnlijk ook had gezien, het pad dat Sara duidelijk wilde mijden. ‘Als twee dingen met elkaar verbonden zijn, onderzoek je ze beide. Als we willen weten wat Tommy allemaal heeft uitgespookt, moeten we ook kijken naar wat er met jou is gebeurd. En als we ons werk goed doen en de link vinden waarover Britt het heeft, komt er een strafrechtelijke vervolging, en als er een strafrechtelijke vervolging komt –’

‘Zou ik tijdens een openbare zitting een verklaring moeten afleggen over alles wat me vijftien jaar geleden is overkomen.’

Nu kon Sara haar tranen niet meer tegenhouden. Ze had een angstige blik in haar ogen, wat Will nog het moeilijkst vond. Ze had meer dan tien jaar geprobeerd te verwerken wat er met haar in het Grady was gebeurd. Ze droeg nog steeds de littekens van die dag. De vorige nacht had hij ze nog gezien. Soms gaf de wereld je zo’n verdoofd gevoel dat pijn de enige emotie was die erdoorheen kon breken.

Hij knielde voor haar neer en nam haar gezicht in zijn handen. Hij keek haar recht in de ogen. ‘Er is hier geen sprake van goed of fout. Het gaat alleen om waar jij mee kunt leven. Zolang je maar weet dat ik altijd achter je sta.’

‘Dat weet ik.’ Weer ademde ze diep in, als voor een duik naar de bodem van de zee. Ze had haar besluit genomen. ‘Ik heb Dani beloofd dat ik alles in het werk zou stellen om Tommy te stoppen. Als dat betekent dat ik mijn leven bloot moet leggen tegenover onbekenden, dan zal ik dat doen. Ik zou niet met mezelf kunnen leven als ik haar in de steek laat.'

Er brak iets in Will, want het afgelopen halfjaar had hij gezien hoe Sara leed onder de hopeloze angst dat uitgerekend dit zou gebeuren. Hij veegde haar haar naar achteren en probeerde iets van de bezorgdheid van haar voorhoofd te strijken. 'Als we het nu eens informeel houden? Het hoeft nog helemaal niet officieel. Vanavond spreken we af met Faith en dan bedenken we hoe we dit het beste kunnen aanpakken. Oké?'

'Oké.'

Sara liet zich in zijn armen glijden. Will voelde haar beven toen ze zich aan hem vastklampte. Toch wist hij dat, nu de keuze was gemaakt, iets van wat haar kwelde was verdwenen.

'Is er verder nog iets?' vroeg hij.

'Ik moet jullie nog vertellen over de mixer van die vrijdagavond.'

VIJFTIEN JAAR GELEDEN

'Mixer?' Cathy Linton klonk verbaasd aan de andere kant van de lijn. 'Ik begrijp geloof ik niet helemaal wat je daarmee bedoelt.'

Sara liet haar hoofd op haar hand rusten. Ze had haar moeder gebeld om te vertellen dat ze de Nygaard-beurs zou krijgen, maar nu moest ze uitleggen hoe het studentenleven eruitzag. 'Het is een besloten borrel van een mannen- en een vrouwenvereniging, meestal in een verenigingshuis.'

'Maar jullie zijn geen van allen meer echte studenten.' Haar moeder was nog steeds verbaasd. 'En het is in een bar, dus waarom noem je het een mixer in plaats van een borrel?'

'Omdat ze zich hun leven lang het hoofd hebben gebroken over de vraag wie er wel en wie er niet mixt met hun speciale clubje. Het is een soort informele gemengde borrel, door studenten ook wel een mixer genoemd.'

'Dat mag dan zo zijn,' zei Cathy. 'Maar jij hebt die beurs, Sara. Als iemand recht heeft op een mixer om het te vieren, ben jij het.'

'Ik weet het niet, hoor.' Sara keek naar de stapel wetenschappelijke tijdschriften die ze nog moest doornemen. Haar pluizige witte kat was boven op de stapel in slaap gevallen. Apgars kop hing als een tweede staart over de rand. 'Ik heb nog een hele week nachtdienst.'

'Waarom begon je er dan over?'

Dat wist Sara niet meer, maar ze vermoedde dat ze haar ouders ervan wilde weerhouden naar Atlanta te rijden om het te vieren.

'Je kunt niet als een non leven,' zei Cathy. 'Je wordt nooit een goede arts als je niet eerst een goed mens wordt.'

Sara wist niet wat ze hoorde. 'Vind je dat ik als mens tekortschiet?'

'Wat ik wil zeggen,' begon Cathy op strenge toon, 'is dat ik op dit moment heel blij voor je ben, maar uiteindelijk bereik je een punt waarop die strakke greep van je op elk aspect van je leven je gaat opbreken. Er moet iets gebeuren. En dat kan iets goeds zijn of iets slechts, maar je zult er iets van leren. En dat is een grote kans. Door verandering ontdek je wie je echt bent.'

'Je hebt gelijk,' zei Sara, ook al was ze het helemaal niet met haar moeder eens.

Juist nu zou ze haar greep moeten verstevigen. Ze was van plan de beste chirurg te worden die dokter Nygaard ooit had opgeleid. De beste ziekenhuizen van het land zouden om haar vechten. Ze zou een bloeiende praktijk beginnen. Nog voor haar vijfendertigste zou ze trouwen en twee kinderen krijgen. Hopelijk zouden het meisjes zijn. Tegen die tijd zou Tessa minstens drie kinderen hebben. Ze zouden samen hun kinderen grootbrengen, bij elkaar in de buurt wonen, en alles zou volmaakt zijn.

Dat was het plan. Daar viel niet aan te tornen.

'Schat,' zei Cathy. 'Je zou inmiddels moeten weten dat je me niet stil krijgt door het met me eens te zijn.'

'Dat zou nog eens een grote verandering zijn.'

Cathy moest lachen. 'Ja, maar we zijn afgedwaald van mijn oorspronkelijke onderwerp, namelijk dat je alles even loslaat en de wereld in stapt. Je hebt die beurs te pakken. Gun jezelf één avond om uit te gaan en te feesten. Je zus doet niet anders.'

Haar zus werd op dat moment behandeld voor chlamydia. 'Mam, iedereen met wie ik werk is in deze wereld geboren. Met allerlei privileges waarvan ik niet eens wist dat ze bestonden.'

'Is dat zo erg?'

'Nee. Ik ben blij dat ik ervoor moest werken, maar ik ben me ook bewust van de offers die mijn familie heeft gebracht om me dit te laten bereiken.'

'Het was geen offer,' zei Cathy met klem, hoewel Sara's beide ouders zich kapot hadden gewerkt om ervoor te zorgen dat haar beroepskeuze niet werd beperkt door een torenhoge studieschuld. Zonder hun steun zou ze nooit voor die beurs zijn gegaan, laat staan dat ze hem had gekregen.

'Als je ons wilt terugbetalen,' benadrukte haar moeder, 'doe het dan door gelukkig te worden.'

'Ik bén gelukkig.' Sara besefte dat ze niet echt gelukkig klonk. Afwezig streelde ze de kat over zijn kop. Apgar rolde op zijn rug en viel bijna op de vloer. 'Sorry, mam. Ik moet vóór morgen nog een stuk of tien artikelen lezen. Ik ga volgende maand wel naar dat feestje. Naar die mixer. Of hoe ze het ook willen noemen. Oké?'

'Nee, het is niet oké, maar ik heb mijn mening gegeven. Net als jij. Het is tijdverspilling om er verder op door te gaan.' En daarmee was de kous af, naar Cathy's toon te oordelen. 'Wacht even. Papa komt net onder de douche vandaan. Hij wil je feliciteren.'

Sara pakte Apgar op en nam hem in haar armen. Ze hoorde hoe het snoer van de telefoon werd uitgerekt, van de keuken naar de zitkamer. Ze zag haar vader voor zich, hoe hij zich op zijn stoel installeerde, een warmteband om zijn rug bond en een ijszak om zijn knie, want hij had zich zijn hele leven door krappe kruipruimtes gewurmd en wc's ontstopt opdat zijn oudste dochter kinderhartchirurg kon worden en zijn jongste dochter vaste patiënt bij de gratis kliniek van het Bryn Mawr College.

'Hé snoes!' bulderde Eddie. 'Ik stond net onder de douche te zingen toen ik zeep in mijn mond kreeg, dus dat werd een echte soapopera.'

Sara rolde met haar ogen, maar ze moest onwillekeurig lachen. 'Wat vreselijk, pap.'

'Ik weet wel een betere,' waarschuwde hij, maar die bespaarde hij haar. 'Je hebt die beurs binnen, hè?'

Sara voelde een wezenloze grijns over haar gezicht kruipen. 'Ja, pap. Die heb ik binnen.'

'Ik heb er geen seconde aan getwijfeld,' zei hij. 'En jij?'

'Nooit,' loog Sara. Mac McAllister was een geduchte rivaal geweest. Hij bezat niet alleen de nodige vaardigheden, maar ook het zelfvertrouwen, wat nog zwaarder woog. Sara was zo gespannen geweest voor haar afspraak met dokter Nygaard dat ze vlak voor het gesprek had moeten overgeven.

'Schat, je weet niet half hoe trots ik op je ben,' zei Eddie. 'Ik weet dat je keihard gewerkt hebt, maar toch wil ik dat je iets voor me doet. Afgesproken?'

'Afgesproken.'

'Luister naar je moeder en ga naar dat fucking feestje.'

De telefoon knetterde toen het snoer bewoog. Hij had de hoorn weer aan Cathy gegeven. Sara zweeg afwachtend, hoewel ze wist wat er nu kwam. Haar ouders waren het vaak met elkaar oneens, maar ze zaten altijd op één lijn.

Ze hadden allebei de verbinding verbroken.

Sara legde de telefoon weer op de haak. Met Apgar in haar armen liep ze haar tweekamerstudio door, die ze zich alleen kon veroorloven omdat hij boven de garage van haar tante Bella was. Haar blik ging naar de keukenklok. Ze had nog vijf uur voor haar dienst begon. Als ze naar de mixer wilde, moest ze opschieten. Een glas wijn was na drie uur gemetaboliseerd. Ze voelde de medische tijdschriften roepen, als sirenen die haar naar de rotsen lokten. Dokter Nygaard sliep nooit. Ze was berucht vanwege haar gewoonte naar studies te vragen die zo nieuw waren dat de inkt amper droog was. Sara had al een artikel over minimale invasieve hartchirurgie door middel van minithoracotomie met perifere cannulatie op haar te-lezen-lijstje staan. Het team van dokter Nygaard was bezig patiënten te werven voor de nationale studie. Van Sara zou ze een meer dan oppervlakkig inzicht in de procedure verwachten.

Haar gedachten werden onderbroken door het geluid van een autoportier dat werd dichtgeslagen. Apgar wilde neergezet worden. Ze vulde de kattenkom met brokjes toen de deur opengingr.

'Heb je het gras gemaaid?' vroeg Mason James.

'Ja.' Sara zocht voortdurend naar manieren om haar tante Bella te bedanken. 'Twee dagen geleden.'

'Wat ben je toch een uniek schepsel.' Hij pakte haar bij haar armen en kuste haar. 'Al sla je me dood, ik zou niet weten waar de knop van een grasmaaier zit.'

Sara moest al lachen bij de gedachte dat hij het schuurtje überhaupt binnenging.

'Goedenavond, jongeman.' Mason boog zich voorover om Apgar te aaien. 'Wat ga je doen voor je dienst begint?'

Het duurde even voor Sara doorhad dat de vraag niet aan de kat was gericht. 'Van mijn moeder moet ik naar die mixer, maar –'

'Je schat van een moeder heeft gelijk. Ik zou het fantastisch vinden om mijn meisje aan mijn arm te hebben.' Weer kuste hij haar. 'Ik ga snel even douchen. De clan is vast in shock als je eindelijk je gezicht laat zien. En in iets anders dan een operatiepak.'

Sara keek hem na toen hij de slaapkamer in liep. De douche werd opengedraaid.

De clan.

Hij sprak het woord uit alsof hij een personage uit *The Great Gatsby* was. Wat hij eigenlijk ook was. Het was niet zonder reden dat haar zus hem Sara's amant noemde.

Mason James was geboren en getogen in New England. Zijn chique moeder had de uitstraling van droogijs. Zijn van emotie verstoken vader had een keten van centra voor acute zorg opgericht en was er toen met zijn maîtresse vandoor gegaan. Niet dat Mason veel tijd met zijn ouders had doorgebracht. Hij had op een kostschool in Connecticut gezeten en zijn bachelor aan New York University gehaald. Hij had voor de Emory School of Medicine gekozen omdat hij had gehoord dat de winters in Atlanta milder waren.

Eigenlijk leek alles in Masons leven in het teken van gemak te staan. Sara had hém voor ogen gehad toen ze tegen haar moeder had gezegd dat de mensen om haar heen in deze wereld geboren waren. Hij was een goede arts – anders zou Sara geen relatie met hem kunnen hebben – maar hij was ook het toonbeeld van een koploper. Mason zou altijd net hard genoeg werken om de anderen voor te blijven. En dat was het soort man dat Sara op dat moment nodig had. Hij mokte niet als zij het beter deed dan hij en werd niet jaloers als zij ergens voor geselecteerd werd. Hij was gemakkelijk in de omgang. De seks was goed. Hij zou nooit iets van haar eisen, en zij zou nooit met hem trouwen.

Sara zou haar hart niet kunnen schenken aan een man die niet wist hoe je een grasmaaier aanzwengelde.

Ze liep naar de kledingkast en doorzocht haar kleren. Er viel niet veel te kiezen. Mason had gelijk wat dat operatiepak betrof. Sara ging geen geld aan kleren verspillen als ze het ook kon uitgeven aan boeken en kattenvoer. Gelukkig ging de clan doorgaans voor simpel. Ze koos een zwarte legging met daarbij een lichtblauwe trui uit Masons kant van de kast en ging voor de spiegel staan. De trui was mooi, maar de boord was versleten. Bij de elleboog van een van de mouwen zat een gaatje. Zo zou ze totaal niet opvallen tussen de rest van de clan. Als ze één ding over stinkend rijke mensen had geleerd, was het dat ze zich in vuil konden wentelen en konden rondlopen met gaten in hun kleren omdat er maar één ding telde, namelijk dat ze stinkend rijk waren.

Mason kwam de kamer binnen. Naakt. Zijn haar was nog vochtig. Hij nam Sara bewonderend op. 'Ik zou een wijziging van het avondprogramma willen voorstellen.'

Sara nam er de tijd voor om ook zijn lijf te bewonderen. Ze had een hele reeks nachtdiensten achter de rug. Hij had gemazzeld met de ene dagdienst na de andere. Ze hadden al bijna drie weken geen seks gehad. 'Wat had je in gedachten?'

'Eerst heerlijk de liefde bedrijven, dan de mixer, dan weer heerlijk de liefde bedrijven, vervolgens ga jij aan het werk en gaan Apgar en ik als mannen onder elkaar aan de single malt en *The Mentalist.*'

Dan bleef er niet veel tijd over om heerlijk de liefde te bedrijven, en Sara was te druk in haar hoofd voor een snel nummertje om te kunnen ontspannen. 'Mijn dienst begint om elf uur. Als ik vanavond iets drink, moet dat binnen het komende uur gebeuren.'

'Ik zal tegen Apgar zeggen dat hij de videorecorder aanzet.' Op goed geluk trok hij wat kleren uit de kast en kleedde zich aan. 'Nygaard maakt morgen haar beslissing bekend. Is dat de reden dat je je voor het eerst op de vrijdagborrel vertoont?'

Sara perste haar lippen op elkaar.

'Heb je misschien al iets gehoord?' Hij was zijn jeans aan het dichtknopen, maar stopte halverwege. 'Nou?'

Ook daarom zag ze geen toekomst voor zich met Mason. Hij kon geen geheim bewaren. Mac McAllister hoorde niet vanaf de andere kant van een lawaaiige bar toegeschreeuwd te krijgen dat hij de beurs niet kreeg.

'Denk je dat ik dat geheim zou houden?' vroeg ze.

'Dat denk ik inderdaad.' Het leek hem niet te raken. Hij schoot in een sjofel oud overhemd en streek met zijn vingers door zijn haar. 'Hoe zie ik eruit? Kan het ermee door?'

Sara vond hem er goed genoeg uitzien om het avondprogramma te heroverwegen. Maar haar moeder had gelijk: ze moest vaker uit. En haar vader had het haar bevolen. En bovendien was het misschien fijn om iets te drinken in het gezelschap van volwassenen in plaats van zich te buigen over *The American Journal of Neonatal and Pediatric Cardiology.*

De telefoon ging.

Mason stond het dichtst bij het nachtkastje. Hij nam op. 'Hallo?'

Sara zag hem zijn vuist in de lucht steken. Een brede grijns verspreidde zich over zijn gezicht.

'Geweldig, ouwe jongen, we zijn al op weg.' Hij liet de telefoon weer op de haak vallen. Opgewonden zei hij: 'Je raadt nooit wie er vanavond komt.'

4

Will hoorde de spanning in Sara's stem toen ze hun over dat telefoontje vertelde. 'Mason zei dat Sloan Bauer op de mixer zou zijn.'

'Bauer.' Faith keek op van haar notitieboekje. 'Wil je dat even spellen?'

Sara spelde de naam.

Met zijn handen in zijn zakken leunde Will tegen het aanrecht. Ze waren in Faiths keuken. De metalen windvanger op haar terras tinkelde klaaglijk. Buiten was het koud en donker. De glazen schuifdeuren weerspiegelden de twee vrouwen aan de tafel. Faith stelde de vragen. Will liet haar de leiding nemen, want dat was hun gewoonte bij een ondervraging. Zijn taak was observeren en evalueren. Wat Sara betrof observeerde hij maar één ding, namelijk dat ze weer in Superwoman-modus was. Ze verried zichzelf alleen door de hele tijd afwezig aan haar verlovingsring te draaien.

'Waarom vond Mason het zo geweldig dat Sloan er ook zou zijn?' vroeg Faith.

'Hij mocht haar heel graag. Ze kwamen uit hetzelfde deel van het land. Ze kenden dezelfde mensen. Ze spraken dezelfde taal.' Sara haalde haar schouders op. 'Ze was eerder een vriendin van hem dan van mij, maar ik mocht haar ook.'

'Woonde ze niet in Atlanta?'

'Nee. Sloan kreeg na haar studie een plek aan Columbia University. Volgens mij was ze hier maar een week.' Sara schudde haar hoofd, bijna verontschuldigend. 'Het is moeilijk om alle bijzonderheden weer boven te halen. Na wat me was overkomen, is die hele mixer een tijdlang uit mijn geheugen verdwenen.'

'Maar er gebeurde wel iets op die borrel,' zei Faith. 'Dat hoorde je van Britt. Die vroeg: "Herinner je je de mixer niet meer?" '

Het was geen vraag. Sara was het gerechtsgebouw nog niet uit geweest of ze had elk woord opgeschreven dat over Britt McAllisters lippen was gekomen. Ze had een indexkaart aan beide kanten vol geschreven. Die lag naast Faiths notitieboekje op tafel.

Will wist dat er maar een paar details op het kaartje stonden die ertoe deden.

'Voor het onderzoek zijn er twee invalshoeken,' zei hij. 'De ene is via Tommy McAllister. De andere is via Sara. Welke aanwijzingen heeft Britt voor elk van die twee invalshoeken gegeven?'

'Nu wordt het ingewikkeld.' Faith keek naar haar koelkast, toen naar haar keukenkastjes, en zei: 'Eigenlijk moeten we een bewijsbord maken.'

Ze wachtte niet op instemming. Ze stond op en begon lades te doorzoeken. Die barstten allemaal van de kinderspullen en keukentroep. Ze pakte een schaar, markeerstiften, Hello Kitty-plakband, knutselpapier en magneetjes met stripfiguurtjes erop.

Wills hand was te groot voor de schaar. Hij gebruikte de rand van het werkblad om het knutselpapier in stroken te scheuren en sorteerde ze toen op kleur. Sara haalde foto's en Emma's krijttekeningen van de koelkast.

Faith trok de dop van een markeerstift. 'Sara?'

Met enige aarzeling pakte Sara de indexkaart. Will zag haar ogen heen en weer schieten toen ze zocht naar de relevante informatie.

Ze las hardop voor: 'De eerste is: "Ik weet wat hij dat meisje heeft aangedaan. Ik weet wie hij is." '

Faith begon met grote blokletters op een rode strook papier te schrijven. 'Ze had het dus over Tommy. Zet die maar aan de linkerkant. Dan gaat Mac naar rechts. Ik zal wat koppen bedenken zodat het overzichtelijk blijft.'

Ze wachtten tot Faith klaar was met schrijven. Ze gaf de stroken aan Sara. Will zag Sara's handen licht trillen toen ze die op de koelkast bevestigde.

Hij nam het van haar over en plaatste de magneetjes op de stroken, die Sara met de goede kant naar boven omhooghield. Will wist dat de langere naam Tommy moest zijn. Daaronder bevestigde hij Britts eerste aanwijzing.

'De volgende.' Sara hield de kaart in beide handen. ' "Ik leef al twintig jaar met deze angst," ' las ze voor.

'Gezien de tijd lijkt me dat iets voor Macs kant,' zei Faith.

Will wachtte tot ze klaar was met schrijven en plaatste de strook toen onder Macs naam.

' "Ik weet dat hij zal stoppen," ' las Sara op.

Will bevestigde de uitspraak aan Tommy's kant.

' "Ik heb ze gehoord." '

'Tommy?' vroeg Will.

'Voorlopig wel.' Sara ging door. 'Nog twee: "Mac is er altijd bij betrokken." En dan: "Ik kan de rest niet tegenhouden, maar ik kan mijn zoon wel redden." '

'Wie zijn die "rest"? En die "ze"? Zijn dat dezelfden? Ik heb "ze" gehoord. Ik kan "de rest" niet tegenhouden.'

Weer haalde Sara haar schouders op. 'Beide kunnen terugslaan op Mac.'

Will plaatste de laatste twee stroken aan Macs kant. Hij wachtte tot Sara het volgende zinnetje oplas.

'Dat is alles wat Tommy en Mac betreft. De rest ging over mij.'

'Er moet nog een rij bij,' zei Will tegen Faith. 'Noem die maar Het Verband.'

'Plak hem op de kast.' Faith koos een stuk roze papier, schreef de kop op en gaf de strook aan Will. Met het roze Hello Kitty-plakband bevestigde hij hem op de geverfde metalen keukenkast naast de koelkast.

Toen keek hij naar Sara.

Ze nam snel een hap lucht en las toen: ' "Vijftien jaar waarin je het niet wist, waarin je leed, alleen omdat je niet zag wat er pal voor je ogen gebeurde." '

'Dat hoort zonder meer bij Het Verband.' Faith gaf het papier aan Will. 'Dit verwijst toch naar de mixer?'

'Ja,' beaamde Sara.

Will ging met het plakband aan de slag, terwijl Sara de volgende zin oplas.

' "Wat er met jou is gebeurd. Wat er met Dani is gebeurd. Het is allemaal met elkaar verbonden." '

Will wachtte tot Faith de zinnen had opgeschreven. Van alles wat Britt had gezegd, was dit het belangrijkst. Hij omlijstte de papierstrook met roze plakband zodat hij er uitsprong tussen de rest.

'En dan is er nog die aanwijzing waar we het net al over hadden,' vervolgde Sara. 'Voor ze de deur uit liep vroeg Britt: ' "Herinner je je die mixer niet meer?" '

Faith en Will gingen weer aan de slag, terwijl Sara een stap terug deed en haar blik over de verschillende stukken informatie liet gaan. Will keek vanuit zijn ooghoek naar haar. Het Superwoman-masker gleed af. Haar handen trilden nog steeds.

Faith was geïnteresseerder in het bewijsbord. Ze deed niets liever dan data op elkaar afstemmen. 'Als Sara's identificatie van de conciërge niet honderd procent zeker was, zou ik zeggen dat de verkeerde man is veroordeeld.'

'Die is honderd procent zeker,' zei Sara. 'Ik heb zijn gezicht gezien. Ik kende hem. Geen twijfel mogelijk.'

'De mixer,' zei Will. 'Daar verwijst alles naar. Volgens Britt is er die avond iets gebeurd wat rechtstreeks met de aanval op jou te maken heeft, en die aanval is weer verbonden met de aanval op Dani Cooper.'

'Dus wat willen we daarmee zeggen?' vroeg Faith zich hardop af. 'Mac heeft Tommy verteld wat er met Sara was gebeurd en Tommy vond dat spannend en deed hetzelfde met Dani?'

Sara schudde haar hoofd. 'Ik kan me niet voorstellen dat ze aan de eettafel over dat soort dingen spraken. Toen ik van het toneel was verdwenen, hebben ze vast geen gedachte meer aan me gewijd.'

'Britt wel,' benadrukte Faith. 'Die hield een heel verhaal, daar op dat toilet. Ze weet wat je hebt doorstaan. Waarom je geen –'

Faith was zo verstandig om haar zin niet af te maken, maar Sara hoefde de woorden niet te horen. Ze deed alsof ze het bewijsbord bestudeerde. In het licht van de plafondlamp zag Will dat ze tranen in haar ogen had.

'We kunnen deze als twee verschillende zaken isoleren,' zei hij. 'De huidige bedreiging komt van Tommy. Hij heeft één en misschien twee keer eerder iemand verkracht. Britt heeft het mis als ze denkt dat hij zich door het proces laat tegenhouden. Hij is ermee weggekomen. Zijn ouders hoeven alleen nog maar een cheque uit te schrijven. Mogelijk is Tommy alweer op zoek naar nieuwe slachtoffers. We moeten ons op hem richten.'

Faith ging mee in Wills gedachtegang en zei tegen Sara: 'Vertel nog eens over degene die Tommy eerder heeft beschuldigd, op de middelbare school. Ik heb het rapport van de privédetective van de Coopers gelezen, maar waarom liep het onderzoek dood?'

'Mac en Britt betaalden om het te laten verdwijnen,' zei Sara. 'In het politieverslag wordt het slachtoffer als onbekend aangemerkt. De schooldossiers zijn niet openbaar. Als deel van de overeenkomst heeft het meisje een geheimhoudingsverklaring ondertekend. De detective kon zich de zaak nauwelijks meer herinneren. Hij kreeg niet eens de kans het slachtoffer te ondervragen. De familie werkte niet langer mee. Alleen doordat het op de rol stond, weten we dat er een schikking werd getroffen. Al het andere is verzegeld.'

'Fantastisch,' mompelde Faith. 'Dus zo werkt ons rechtssysteem.'

Sara sloeg haar armen over elkaar. Ze keek naar de strook roze knutselpapier. 'Niet te geloven dat ik Britt dat toilet uit heb laten lopen. Als ik de tegenwoordigheid van geest had gehad...'

'Het was niet zomaar iets,' zei Will. 'Je deed wat je kon.'

'Het bewijsbord maakt het niet veel duidelijker,' zei Faith. 'We zouden nog eens met Britt kunnen gaan praten. Dat ligt het meest voor de hand.'

'Die praat niet meer.' Sara bestudeerde de aantekeningen in een poging de oplossing te vinden. Ze wees naar Macs kant van de koelkast en vroeg: 'Wie zijn "ze"?'

'Twee mensen?' opperde Faith. 'Een groep?'

'Ik ben door één iemand aangevallen,' zei Sara. 'Uit de conclusies van de autopsie op Dani Cooper blijkt niet dat het een groepsverkrachting was.'

Will wist dat ze de vorige avond tegen dezelfde muur waren opgelopen. Ze hadden meer informatie nodig. 'Vertel eens over die mixer,' zei hij tegen Sara. 'Wat kun je je nog herinneren?'

Even sloot Sara haar ogen, alsof ze zich het tafereel weer voor de geest wilde halen. 'Het was een vrijdag, dus de bar was afgeladen vol. Wij waren met een groep van zo'n vijftien à twintig mensen. Er was een vaste clan, die elke maand naar de mixer ging. Zo werden ze ook genoemd: de clan. De rest werd "aanhang" genoemd. En dan had je mij. Ik was nog nooit op de mixer geweest, maar Mason had het er vaak over hoe wild het eraan toe ging. Soms kwam hij pas 's nachts om vier uur binnenvallen. Als de tent dichtging, trokken ze na afloop naar een andere bar. Hij was veel socialer dan ik.'

'Wacht eens even,' zei Faith. 'Hoe oud was Tommy toen zijn ouders tot vier uur 's nachts in bars rondhingen?'

'Een jaar of zes, zeven,' antwoordde Sara. 'Ze hadden een babysitter.'

'Dat is een keuze,' vond Faith. 'Ik nam pas nachthoestdrank toen Jeremy ging studeren.'

'Waar kende je die clan van?' vroeg Will. 'Van je werk of van je studie?'

'Van beide,' zei Sara. 'Maar Mason en ik gingen wel naar gezamenlijke etentjes. Soms brachten we het weekend door op de tennisbanen van Piedmont. Er was ook een softbalcompetitie. Ik was niet helemaal een muurbloempje, maar die mixer was altijd op vrijdagavond, en als ik een vrijdag voor mezelf had, wilde ik die niet in een bar doorbrengen waar iedereen zich klem zoop en vervelend werd.'

'Wie deed er vervelend?' vroeg Will.

Ze haalde haar schouders op. 'Gewoon, het soort vervelend dat samengaat met te veel drank. Er was niemand die er echt uitsprong. Het waren allemaal stevige drinkers. Het is heel saai als je de enige bent die niet straalbezopen is.'

Will kende die situatie maar al te goed. 'Hoe laat ging je naar de bar?'

'Rond halfzeven. Ik bleef ongeveer een uur. Ik was op z'n laatst om acht uur in het ziekenhuis. Mijn dienst begon om tien uur.'

Faith noteerde de tijdstippen in haar boekje. Ze verzamelde de paarse stroken en trok de dop weer van de markeerstift. 'Laten we eens wat namen opschrijven. Wie hoorden er allemaal bij de clan? Sloan, Britt, Mac, jij, Mason... Wie nog meer?'

Sara nam een hap lucht en zei: 'Chaz Penley. Blythe Creedy. Royce Ellison. Bing Forster. Prudence Stanley. Rosaline Stone. Cam Carmichael. En Richie... Zijn achternaam ben ik kwijt.'

'Rich misschien?' vroeg Faith al schrijvend. 'Want de helft van die namen klinkt alsof het stripfiguren zijn en de andere helft zou rechtstreeks uit een corpsballenfilm van John Hughes kunnen komen.'

Hoewel Sara een glimlach niet kon onderdrukken, zei ze: 'Zo lijkt het wel, maar het waren niet allemaal stereotypen. Rosaline deed vrijwilligerswerk bij een organisatie voor geboortebeperking. Chaz en ik werkten soms op onze vrije dagen in een daklozencentrum. Royce offerde zijn zomers op aan Artsen zonder Grenzen. Blythe was als begeleider actief bij de promotie van bètavakken voor meisjes op scholen in Atlanta.'

Will was niet geïnteresseerd in hun goede daden. Hij plakte de namen aan de andere kant van Het Verband. Op dat moment leek alles los zand, maar zijn intuïtie zei dat ze de goede richting te pakken hadden.

'Blijf eens bij die avond in de bar,' zei hij tegen Sara. 'Wat was Britt aan het doen?'

Sara schudde haar hoofd, maar niettemin zei ze: 'Toen ik er was, hing ze de hele tijd om Mac heen. Dat deed ze altijd. Als iemand met hem praatte – en al helemaal als het een vrouw was – mengde ze zich in het gesprek.'

'Was ze jaloers?'

'Ook dat, maar Britt is zo'n vrouw die zichzelf definieert aan de hand van het succes van haar man. Haar hele identiteit was met hem vervlochten. Vreemd eigenlijk, want ze was al een deskundig, praktiserend arts. Ze kreeg nota bene een baby toen ze nog studeerde, maar later was ze hoofd gynaecologie. Mac was nog assistent, maar Britt voegde zich altijd naar hem, ook als hij ongelijk had. Vooral als hij ongelijk had. Iedereen die het niet met hem eens was, kreeg de wind van voren.'

'Wat een heerlijk stel.' Faith tikte met haar pen op het werkblad. 'Wat deed jij die avond? Zat je aan een tafel? Stond je aan de bar?'

'Ik stond een tijd met allerlei mensen te praten. Toen ging ik in een hoekje achterin zitten, pal tegenover Mac en Britt, zo bleek. Dat was een van de redenen waarom ik vroeg wegging.' Sara sloeg haar handen ineen. 'Het was niet alleen vanwege Britt. Ik voelde me ongemakkelijk tegenover Mac omdat ik wist dat hij die beurs niet had gekregen. Dokter Nygaard zou het hem de volgende dag vertellen, voor ze de aankondiging openbaar maakte.'

'Vertel eens iets over Mac,' zei Faith. 'Hoe gedroeg hij zich die avond?'

'Neerbuigend, arrogant. Zoals gewoonlijk. Hij praatte wel met me, maar meer vanuit de hoogte. Hij zag me nooit echt als concurrent.'

'Maar jullie kwamen allebei in aanmerking voor die beurs,' merkte Will op.

'Inderdaad,' beaamde Sara. 'Maar Mac is al net als Tommy. Hij heeft altijd alles gekregen wat zijn hartje begeerde. Hij ging er vast van uit dat hij die beurs al op zak had.'

'Weet je nog wat je die avond hebt gedronken?' vroeg Faith.

'Eén glas witte wijn.' Sara keek weer naar haar handen. 'Ik hield de klok in de gaten. Ik kon het glas niet op tijd leegdrinken om weer helder te zijn voor mijn dienst, en daarom liet ik het op tafel staan.'

'Wie had dat glas voor je gehaald?'

'Mason. Hij had ook wat hapjes meegenomen. Die deelden we met de rest.'

'Ben je naar het toilet geweest tijdens het drinken van je wijn?' vroeg Faith. 'Of –'

'Mijn glas was niet gespiket,' onderbrak Sara haar. 'GHB, rohypnol, ketamine – die doen er allemaal een kwartier tot een halfuur over om hun volledige effect te bereiken. Ik heb geen van de symptomen gevoeld. Het begon pas toen ik al aan het werk was, vier uur later.'

Tikkend met haar pen bestudeerde Faith het bewijsbord.

Will probeerde contact met Sara te krijgen. Haar blik was weer op haar verlovingsring gericht. Met haar duim wreef ze over de kras op het glas.

Straks was de ring kapot nog voor hij de bijpassende trouwring aan haar vinger kon schuiven.

'Hoe ben je van de bar naar het ziekenhuis gegaan?' vroeg Faith.

Sara keek op. 'Lopend. Het was maar een paar straten verderop. Ik wilde mijn hoofd leegmaken.'

'Waarvan wilde je het leegmaken?'

'Ik voelde me wat neerslachtig na dat nieuws over de beurs. Als je heel hard naar een bepaald doel toewerkt, is het bijna deprimerend als je het bereikt hebt, want wat nu? Wat is het volgende doel?'

'Dat snap ik,' zei Faith, hoewel Will zag dat ze het helemaal niet snapte. 'Dus je hebt Mac McAllister niet verteld dat jij de beurs had gekregen?'

'Nee.'

'En Britt McAllister wist ook van niets?'

'Nee.'

'En Mason?'

'Nee.'

'En die andere mannen, Richie Rich en de clan.' Faith wees naar de lijst. 'Geen van hen wist het?'

'Niet van mij in elk geval.'

'Leek er die avond iets mis met een van hen?'

'Mij viel niks op.'

'En nu? Waar zijn ze? Wat doen ze?'

'Ik –'

'Hé...' Will sprak op zachte toon, maar gaf Faith met zijn blik te kennen dat ze het rustiger aan moest doen. Dit was geen verhoor. Het ging om Sara's leven. 'Laten we even pauze nemen.'

'Het gaat wel.' Sara wees naar de paarse stroken op de kast en liep de lijst door. 'Mason zit in de plastische chirurgie. Hij heeft een eigen praktijk geopend in Buckhead. Sloan is kinderhematoloog in het Children's Hospital in Connecticut. Van Mac zijn jullie op de hoogte. Britt is geen praktiserend arts meer. Chaz is ziekenhuisarts en werkt bij Atlanta Health. Van Bing weet ik alleen dat hij vreselijk irritant was.'

'Eng irritant?' vroeg Faith.

'Nerderig irritant, maar hij bedoelde het goed.' Schouderophalend ging Sara verder. 'Blythe en Royce zijn allebei kno-arts, allebei in Peachtree Corners. Ze trouwden nadat ik uit Atlanta was vertrokken. Een paar jaar later bedroog ze hem met Mason. Mason bedroog haar met iemand van wie ik de naam niet meer weet, maar dat is alweer twee vrouwen geleden.

Ros is gynaecoloog in Huntsville. Pru is borstspecialist in het MD Anderson Cancer Center. Cam werkte in het Bellevue in Manhattan. Hij is acht jaar geleden gestorven. Hij heeft zich van het leven beroofd.'

'Cameron?' Faith wachtte op Sara's knikje en schreef toen iets op. 'Wat voor soort arts was hij?'

'Traumachirurg. Het Bellevue is een traumacentrum level 1, dus niets was daar eenvoudig.'

'Verbaasde het je dat hij zelfmoord pleegde?'

'Het is triest, maar niet uitzonderlijk. Van alle beroepen ligt het zelfmoordcijfer bij artsen het hoogst. Het is moeilijk om hulp te krijgen. Afhankelijk van de staat moeten we ons om de twee à drie jaar opnieuw registreren. In de meeste staten moet je vertellen of je in die periode therapie of psychiatrische hulp hebt gehad. Als je liegt, kun je je bevoegdheid verliezen. Als je zegt dat je hulp hebt gehad, kun je je bevoegdheid ook verliezen.'

'Dat slaat nergens op,' vond Faith.

'Als er met mijn geestesgesteldheid iets mis is, zou dat tot de dood van een patiënt kunnen leiden. Of ik kan mezelf van alles voorschrijven, van prozac tot fentanyl. Maar je hebt gelijk, het hoort wel in balans te zijn.'

Faith keek naar de lijst. 'Richie Rich. Wat kun je je van hem herinneren?'

'Hij ging niet naar het Emory. Hij kwam van buiten de staat en kreeg een plek in het Grady. Hij droeg vlinderdasjes. Hij praatte te veel. Hij kleedde zich te goed.'

Faith keek verward. 'Hoe kun je je te goed kleden?'

'Het heeft iets met klasse te maken. Je kunt heel veel geld aan kleren uitgeven, maar ze moeten wel van het juiste soort zijn. Je auto moet van het juiste merk zijn. Dat geldt ook voor waar je woont, zelfs in welk deel van de straat. En waar je kinderen op school zitten en welke organisaties je steunt en van welke club je lid bent en...' Sara haalde haar schouders op. 'Daaraan zie je of iemand cool is of te hard zijn best doet. Het ideaal is voortdurend aan verandering onderhevig.'

'O,' zei Faith. 'Het is dus gewoon net een stel valse meiden.'

'Precies.'

Will had het gevoel dat ze de verkeerde kant op gingen. 'Je liep van de bar naar het ziekenhuis. Zou iemand je gevolgd zijn?'

'Wie dan?' vroeg Sara. 'De conciërge? En als dat zo was, wat dan nog? Ik weet nu dat hij me stalkte.'

De scherpe klank van haar stem ontging hem niet, maar hij moest blijven aandringen. 'Misschien had je hem iets zien doen in de bar. Had je gezien dat hij een ander slachtoffer uitkoos. Of zelfs drogeerde. Of je het echt gezien hebt, is niet belangrijk. Wel of hij dacht dat jij het had gezien.'

Sara schudde haar hoofd, maar hij wist niet of ze daarmee aangaf dat ze het niet wist of dat ze het niet opbracht erover te praten.

'En Mason?' vroeg Faith. 'Heeft het zin hem op te zoeken?'

'Nee,' zei Sara. 'Ik wil hem die avond niet nog eens laten beleven. En ik weet ook niet of hij daarvoor in is. Mason houdt er niet van als dingen lastig worden.'

Wills beeld van Mason James liep een nieuwe deuk op.

'Vertel eens over Britt,' zei Faith. 'Wat voor soort kreng is het? Wat is haar werkwijze?'

'Precies zoals het op het damestoilet ging,' zei Sara. 'Keiharde, boosaardige eerlijkheid. Ze verkondigde bijvoorbeeld dat Pru tijdens een visite was vernederd of dat Blythe een operatie had verknald of dat Cam een patiënt had verloren.'

'Hoe kwetste ze jou destijds?'

'Door iedereen er voortdurend aan te herinneren dat ik in armoede was opgegroeid.'

Will zag Faiths verbijsterde reactie.

Sara zag het ook. Ze werd vuurrood. 'Sorry, ik had moeten zeggen: in armoede volgens hun normen. Natuurlijk totaal niet in armoede in reële zin. Mijn ouders hebben Tess en mij een heel goed leven gegeven. We hebben ongelooflijk geboft, en we boffen nog steeds.'

Will mengde zich erin. 'Blijf nog even bij die avond. Je bent dus van de bar naar het ziekenhuis gelopen?'

'Ja.'

'Het was laat.' Will dacht er het zijne van dat Mason haar in haar eentje in het donker door de binnenstad van Atlanta had laten lopen, maar dit was niet het moment om daar iets van te zeggen. 'Heb je iemand op straat gezien?'

'Niet dat het me opviel. En toen ik in het ziekenhuis aankwam, heb ik ook niets ongebruikelijks gezien of gehoord, voor zover ik me herinner. Ik stapte de lift in en ging naar beneden, twee verdiepingen lager. Er is daar een salon met bedden en een tv. Er was niemand. Ik nam wat tijdschriften door en ging even slapen voor mijn dienst begon.'

'We moeten een kaart op het bewijsbord hebben.' Faith opende haar laptop. 'Het gebied rond het Grady is de afgelopen vijftien jaar behoorlijk veranderd. Zit die bar nog op dezelfde plek?'

'Die is een tijd geleden gesloopt. Het hele blok bestaat nu uit dure appartementen, en op de begane grond is een luxemarkt.' Sara nam tegenover Faith plaats. 'De eigenaar van de bar was afgestudeerd aan het Morehouse College. Ik weet zijn naam niet meer, maar hij was hepatoloog. Zo iemand gaat over lever, galblaas, alvleesklier en galwegen. Hoe dan ook, iedereen noemde die tent De-Liver's.'

Om de een of andere reden liet Faith een verbaasd lachje horen.

Sara keek Will aan.

Ze glimlachte.

Hij glimlachte terug.

'Oké, ik heb het geloof ik.' Faith draaide haar laptop om zodat ze de kaart konden zien. Ze wees naar de kruising van twee straten. 'Er zit een chique overdekte markt op de hoek van Arendelle en Loudermilk. Klopt dat?'

Sara knikte. 'De-Liver's zat in het midden van Arendelle. Ik geloof dat er aan de ene kant een schoenwinkel zat. Sneakers en sportkleren. Dat soort spul.'

Faith keek weer naar het bewijsbord. Ze had haar armen over elkaar geslagen. Zo te zien was ze een plan aan het uitwerken.

Ten slotte zei ze: 'Ik zou het onderzoek als volgt aanpakken. Ik zou beginnen met een omgekeerd eigendomsonderzoek. We achterhalen de naam van de bar, speuren de eigenaar op, nemen zijn loonlijst door om het voormalige personeel te vinden en gaan met ze praten om te zien of ze zich nog verdachte figuren kunnen herinneren van die avond of van een van de eerdere mixers. Vervolgens zou ik een algemeen onderzoek instellen naar misdaadrapporten uit dat gebied. Vonden er die avond of rond die tijd misschien nog meer aanrandingen plaats? Heeft iemand iets verdachts gezien? Werden er berovingspogingen gedaan die eigenlijk mislukte aanrandingen waren? Daarna zou ik een diepgaand achtergrondonderzoek doen naar Richie Rich en de clan om te zien wat voor smerige geheimpjes ze erop nahouden. En dan zou ik bij ze aankloppen en ze wat vragen stellen.'

Sara knikte. Ze keek hoopvol, en dat was nog het ergste.

Will weigerde Faith de boodschapper van het slechte nieuws te laten zijn.

'Daar kunnen we niet aan beginnen,' zei hij. 'Dat moet aan het GBI worden gevraagd, of het GBI moet op een onderzoek worden gezet. Atlanta heeft het meestal goed met ons voor, maar we hebben niet voldoende gerede aanleiding om het Atlanta Police Department te benaderen. Dat gaat geen zaak openen op grond van wat wij hebben.'

'Maar je opent geen zaak.' Sara keek op naar Will. 'Ik dacht dat we dit informeel konden doen.'

'Dit wás het informele gedeelte,' zei hij.

'Dat zaaknummer dat je gebruikt voor je autopsierapporten,' zei Faith tegen Sara, 'dat wordt door ons gegenereerd. We moeten ze gebruiken telkens als we een getuigenverklaring afnemen, met een verdachte praten, een rapport opslaan of inloggen op het portaal van het GBI. Anders kan alles wat ik heb beschreven als illegaal worden aangemerkt, als machtsmisbruik, machtsvertoon door de politie of... Ik weet zeker dat ik nog iets vergeet.'

'Onrechtmatig gebruik van politiemiddelen,' vulde Will haar aan.

Ze zwegen alle drie en probeerden een uitweg te bedenken.

'Ik kan het wel laten meeliften op een van mijn huidige zaaknummers,' zei Will. 'Dan hebben we minstens een week, en misschien langer, voor iemand het signaleert.'

'Nee.' Sara was onvermurwbaar. 'Geen sprake van.'

Will vroeg zich af hoe ze hem wilde tegenhouden.

'Wacht eens,' zei Faith. 'Britt is niet onze enige bron voor wat er die avond is gebeurd. We hebben geen gerede aanleiding nodig om met iemand te praten die voorwaardelijk heeft. We kunnen Jack Allen Wright een paar vragen stellen.'

Sara kromp ineen bij het horen van de naam van haar verkrachter.

'O, fuck,' zei Faith, die besefte wat ze had gedaan. 'Sara, ik –'

Sara stond zo snel op dat haar stoel over de vloer schraapte. Ze liep de keuken uit. Will hoorde de voordeur achter haar dichtslaan. Hij liep de gang in, maar niet om achter haar aan te gaan. Hij had tijd nodig om zich te herpakken en te voorkomen dat hij de vrouw die al vijf jaar zijn partner was volledig de vernieling in hielp.

'Het spijt me.' Faith was achter hem komen staan. Haar wroeging was tastbaar. 'Ik ga mijn verontschuldigingen aanbieden.'

'Wacht maar tot ze terugkomt.'

'Eigenlijk moet ik bij haar gaan kijken,' vond Faith. 'Of jij. Een van ons.'

'Wilde je vanochtend ook dat ik bij jou ging kijken?'

Ze antwoordde niet.

Will draaide zich om.

Faith was de keuken weer in gelopen. Ze liet zich op haar stoel zakken en trok haar laptop open. Ze begon te tikken.

Hoewel hij nog steeds woedend op haar was, wilde hij niet riskeren dat ze door een illegaal onderzoek haar penning en haar pensioen kwijtraakte.

'Gebruik mijn inlogcode maar,' zei hij.

'Ik ga jouw inlogcode niet gebruiken. Ik doe het via Google.' Ze keek naar hem op. 'De clan, dat zijn allemaal artsen die in ziekenhuizen werken. We kunnen in elk geval opzoeken waar ze zich bevinden. Noem er eens een op van de lijst.'

Will hoefde niet op de keukenkastjes te kijken. Aan zijn geheugen had hij genoeg. 'Dokter Sloan Bauer, kinderhematoloog, het Children's Hospital, Connecticut.'

Faith tikte de zoekopdracht in.

De ziekenhuispagina werd meteen geladen. Sloan was mager als een windhond, had lang blond haar, een scherpe neus en onnatuurlijk volle lippen. Haar goudomrande bril was te groot voor haar gezicht, maar hij vermoedde dat die bij haar stijl hoorde.

'Mason neukte Sloan Bauer achter Sara's rug, toch?' vroeg Faith.

'Yep.' Je begeleidde je vriendin niet laat op de avond naar haar werk als je vriendin van buiten de stad nog aan de bar zat. 'Chaz Penley. Ziekenhuisarts. Atlanta Health.'

Will keek over Faiths schouder, terwijl ze de gegevens intikte. Chaz Penley stond bovenaan de pagina, zonder meer de man die ze moesten hebben. Blond. Blauwe ogen. Waarschijnlijk had het hem vijftien jaar geleden niet aan gezelschap ontbroken, maar die dagen waren duidelijk voorbij.

'We weten geloof ik wel wat er met Rolf gebeurde nadat hij de Von Trapps had verlinkt,' zei Faith.

'Print de foto's eens uit.' Will keek toe terwijl ze door de vorige pagina's scrolde en op 'print' drukte. 'De volgende is Blythe Creedy. Kno. Peachtree Corners.'

Faith opende een nieuw tabblad. En nog een. Ze namen de rest van de clan door en printten van ieder een foto. Royce Ellison. Bing Forster. Prudence Stanley. Rosaline Stone. Mac McAllister. Professionele portretten met lange lijsten vol wapenfeiten en specialismen op websites van ziekenhuizen en op de gladde informatiepagina's van chique privépraktijken. Stuk voor stuk deden ze denken aan de nerds die in de brugklas altijd bij elkaar aan tafel zaten.

Niet dat Will veel tijd in de kantine had doorgebracht. Hij had meestal bij de rector op de kamer gezeten.

'Laten we Britt eens nemen,' zei Faith. 'Wedden dat ze typisch zo'n verwend nest uit Buckhead is?'

Britt was minder gemakkelijk te vinden dan de anderen. Ze stond niet op de website van een ziekenhuis of privépraktijk omdat ze niet meer als arts praktiseerde. Instagram, TikTok en Facebook leverden evenmin iets op, maar ze vonden haar op Twitter.

Britts profielfoto was een afbeelding van Mac met zijn arm om Tommy, in toga en met een baret op. De banner op de achtergrond was van een ondergaande zon boven een meer, met bergen in de verte.

'Doe er wat badkuipen bij en het wordt een advertentie voor erectieproblemen,' zei Faith.

Ze scrolde er zo snel doorheen dat Will er niets van oppikte, maar ze gaf wel een toelichting. 'Ze retweet heel veel medische dingen: artikelen, adviezen, andere artsen, moedershit. Veel origineels zit er niet bij.'

'Waarschijnlijk heeft ze haar account professioneel laten opschonen vóór Tommy's rechtszaak begon.'

'Waarschijnlijk.' Faith sloeg een advertentie over die op autoplay stond. 'Op de eerste procesdag tweette Britt: Heel trots op mijn Tommy omdat hij zo sterk is. Ik kan niet wachten tot we ons gewone leven weer kunnen oppakken. Ooit wordt hij een geweldige arts, net als DH.'

'Wie?'

'DH, *dickhead*, een mommyblogcode voor "mijn debiele echtgenoot".' Faith las door: 'Dag twee: niet te geloven hoe stoïcijns mijn Tommy is. Deze zogenaamde deskundigen hebben geen idee waarover ze het hebben. Wacht maar tot wij aan de beurt zijn!'

'Wat schrijft ze over gisteren, toen Sara moest getuigen?'

'Er zijn vandaag allerlei leugens verteld. De laatste keer dat ik het opzocht, was meineed nog onwettig. Mijn Tommy hoort daar helemaal niet te zijn, maar we zullen ons als gezin hiertegen verzetten. Wacht eens, er komt net een nieuwe binnen.' Faith klikte naar Britts meest recente tweet. 'De rechtbank onderbreekt de zitting voor een dag, daarna zijn wij aan de beurt. Eindelijk! Ik ga vanochtend een balletje slaan en dan koken voor mijn twee fantastische jongens.'

'Balletjes sla je op een tennisbaan,' zei Will. 'Kijk eens bij de Atlanta Women's Racquet Association.'

'Verdomd, je hebt gelijk. Ze is vast lid van de AWRA.' Faith zat al op de website. 'Al die vroegere supermoeders zijn superprestatiegericht. Als er geen tennis was, zouden ze al lang hun Range Rover van een klip hebben gereden.'

Will herkende het felgroene logo met de roze tennisracket in het midden. Atlanta was een echte tennisstad. Het embleem was in de hele stad te vinden. Faith ging naar een plattegrond van de stad en koos het team van Buckhead. De website stond vol groepsfoto's – vrouwen op de tennisbaan, vrouwen die lintjes en bekers hooghielden, vrouwen die wijn dronken – maar geen bijschriften met namen van al die gebotoxte koppen.

'Er moet toch iets zijn wat ze sponsoren: een liefdadigheidsinstelling of -evenement.'

'Liefdadigheid?' Faith twijfelde hoorbaar, maar ze scrolde door.

'Daar.' Will wees naar een kleurige kalkoen omringd door voedselblikken. 'Voedselinzameling voor Thanksgiving.'

'Waarom weet je zoveel over die lui?'

'Ik let op.'

'Je meent het.' Ze klikte op de kalkoen en kwam terecht op een nieuwe pagina met weer een hele verzameling foto's, maar nu van individuen. Faith klikte op een ervan. Met een triomfantelijk lachje zei ze: 'Dokter Britt McAllister, vrijwilligerscoördinator.'

Britt droeg een felroze tennisjurkje. In de ene hand had ze een tennisracket en in de andere een glas wijn. Haar voorhoofd leek onnatuurlijk stug. De huid rond haar ogen was te strak. Het was alsof het lachje om haar mond haar fysiek pijn deed.

'Zulk kwaad, daar helpt geen plastische chirurgie tegen,' zei Faith.

Will vond het treffend geformuleerd. Britt McAllister had een keiharde uitstraling. Haar botten waren te scherp, haar gelaatstrekken te krachtig. Ze leek te mager. Te vinnig. Te van alles en nog wat. Hij boog zich voorover om de foto beter te bekijken, maar het ging hem niet om haar gezicht. Hij wilde de achtergrond zien. Britt stond op een gravel tennisbaan. De openbare tennisbanen in Atlanta waren allemaal van beton. Op het gebouw achter haar stond een wazig teken.

Hij wees naar het goud-blauwe plakkaat en zei: 'Ze is lid van de Piedmont Hills Town and Country Club.'

Faith floot zachtjes. Piedmont Hills lag aan de Chattahoochee River en was omgeven door landhuizen van minstens tien miljoen. 'Hoe ben je daarachter gekomen?'

'Omdat ik –'

'Oplet. Oké. Die sukkels gaan allemaal op het bewijsbord.' Faith printte de foto van Britt.

Will liep de voorraadkast in, waar haar kleurenprinter stond weggestopt achter knutselspullen, groenteblikken, te veel boodschappentassen en een verzameling rollen verkreukeld inpakpapier.

Faith zei: 'Ik vind het ook rot voor jou. Wat ik gezegd heb. Ik weet dat Sara niet de enige was bij wie het verkeerd viel.'

Met een erkentelijk knikje legde Will de foto's op tafel. 'We missen nog twee mensen.'

'Mason James is plastisch chirurg in Buckhead.' Faith gaf weer een zoekopdracht aan haar laptop. Ze hapte naar adem toen de foto verscheen. 'Krijg nou wat.'

Will wreef over zijn kaak.

Mason stond tegen een sportwagen geleund, met zijn jasje over zijn schouder, als een model voor een Hugo Boss-advertentie. Zijn haar zat zo perfect dat hij het waarschijnlijk met lak op zijn plek had gespoten. Zijn stoppels waren te netjes om natuurlijk te kunnen zijn. Het ergste was nog de auto, een Maserati MC20 Coupé in *Rosso Vincente*, want zo heette rood als je een half miljoen aan een auto kon uitgeven.

'Mijn god,' mompelde Faith. 'Sorry man, maar jezus, door die gast ben ik weer helemaal puber.'

Will reikte naar beneden en drukte een paar toetsen in om de pagina te printen. 'En Cam Carmichael?'

'Cameron.' Ze had nog net het fatsoen om de tab met Masons foto te overschrijven. De nieuwe zoekopdracht leverde een nieuwsbericht op van een roddelwebsite.

Will herkende moeiteloos sommige woorden in de vette kop omdat hij ze regelmatig tijdens zijn werk tegenkwam. 'Hoe komt een arts van de spoedeisende hulp aan een Glock in New York City?'

Faith draaide zich om en keek hem aan. 'Heb je dat gelezen?'

'Ik ben niet achterlijk,' zei hij. 'Print dat stomme artikel nu maar.'

'Welk artikel?' Sara dook achter hem op. Ze legde haar hand op Wills schouder.

'Sara.' Faith stond op. 'Sorry dat ik zo onnadenkend ben geweest. Ik had niet –'

'Geeft niet,' onderbrak Sara haar, op een toon die het tegendeel aangaf, maar ook dat ze er verder niet op in wilde gaan. 'Ik wil niet dat jullie contact met hem opnemen, oké? Of dat zijn reclasseringsambtenaar wordt gebeld of iets dergelijks. Begrepen?'

'Begrepen,' zei Faith.

Sara kneep weer in Wills schouder, waarna ze de laptop pakte.

Ongevraagd begon ze het artikel hardop voor te lezen.

'Het lichaam van de vierendertigjarige arts Cameron Davis Carmichael, traumachirurg in het Bellevue Hospital, werd vanochtend gevonden nadat de zus van het slachtoffer het NYPD had gevraagd bij hem te gaan kijken in zijn appartement in Chelsea. Dokter Jeanene Carmichael-Brown uit Princeton, New Jersey, begon zich zorgen te maken toen ze al meer dan een week niets van haar broer had gehoord. Een collega uit het Bellevue, die anoniem wenst te blijven, beweerde dat Carmichael tot somberheid was vervallen nadat hij een patiënt had verloren en dat hij al een aantal dagen niet op het werk was verschenen. Volgens het bureau van de patholoog-anatoom overleed het slachtoffer aan een schotwond die hij zichzelf had toegebracht. Het gebruikte wapen was een Glock 19, die eerder in Fairfax, Virginia, als gestolen was opgegeven. Het NYPD meldt een toename van vuurwapengeweld in de wijk Kips Bay. Rechercheur Danny DuFonzo, die ter plekke was, zei dat Carmichael volgens de politie het illegale wapen van een patiënt had gekocht. Voor anonieme meldingen kan contact worden opgenomen met Crime Stoppers.'

'Hij verloor een patiënt,' zei Faith. 'Hij was depressief.'

Sara zette de laptop weer op tafel. Opnieuw legde ze haar hand op Wills schouder. Niet om aan te geven dat alles oké was. Ze klampte zich aan hem vast.

'Hoe ziet het plan eruit?' vroeg Will.

'Er is geen plan.' Sara had duidelijk nagedacht. 'Het ontbreekt ons aan gerede aanleiding om een zaak te openen. We weten niet wie Tommy's eerste slachtoffer was. Hoe we Britt ook benaderen, je wordt in het ergste geval ontslagen en je staat zonder meer bovenaan Amanda's zwarte lijst. Ik waardeer het dat jullie hiernaar kijken, maar de muur is nog geen centimeter opgeschoven. Sterker nog, hij is zo mogelijk nog dikker geworden.'

Faith keek verward. 'Bedoel je dat we het moeten afblazen?'

'Ja,' antwoordde Sara. 'Is er een andere optie?'

'We kunnen bij de clan langsgaan,' zei Faith. 'Dat kan geen kwaad. We kunnen nu met een creditcard online gaan en achtergrondonderzoek doen.'

'Met welk doel?' wilde Sara weten. 'Dan horen we misschien hoe Cam zelfmoord heeft gepleegd, dat Chaz een gokprobleem heeft of dat Pru een proces aan haar broek kreeg wegens een medische fout... Wat schieten we daarmee op?'

'Dan hebben we een pressiemiddel,' zei Faith. 'Mensen doen alles om hun geheimen te bewaren, of het nu een gokprobleem, een proces of wat dan ook betreft. Ze gaan met ons praten omdat ze bang zijn dat we anders over hen gaan praten.'

'Nee.' Sara klonk niet zozeer geërgerd als kwaad. 'Eigenlijk zou ik dit niet hoeven herhalen, Faith. Ik zei dat je het hierbij moest laten. We kunnen geen van allen iets doen.'

'We kunnen wél iets doen.' Faith sloeg dezelfde toon aan als Sara. 'Britt mag hier niet mee wegkomen. Ze weet iets. Ze heeft tegen je gezegd dat er een verband is tussen jouw verkrachting en de dood van Dani. Ik snap dat je het hier om persoonlijke redenen bij wilt laten, maar kan Dani je dan niets schelen?'

'Jezus, meen je dat nou?' Sara ontplofte zo ongeveer. Ze stak haar arm uit om te voorkomen dat Will tussenbeide kwam. 'Zeg dan hoe ik haar kan helpen! Zeg dan wat ik doen moet! Ik kan niks doen!'

'Er zijn manieren –'

'Wat voor manieren?' wilde Sara weten. 'Ik ga jouw bestaan en dat van Will niet op het spel zetten. Je hebt thuis een peuter, Faith! Je hebt je baan, je voorzieningen, je pensioen maar al te hard nodig. Er zijn door mij al genoeg mensen beschadigd. Ik wil niet nog meer mensen leed bezorgen.'

'Weet je wie wel wat leed kan gebruiken?' bitste Faith terug. 'Britt McAllister. We zouden met haar kunnen beginnen.'

'Hoe dan?' Sara was oprecht benieuwd naar het antwoord. 'Vertel eens hoe je met Britt wilt gaan praten zonder je leven kapot te maken?'

'We hebben een legitieme reden om actie te ondernemen na wat ze tegen jou heeft gezegd, daar op het damestoilet.'

'Oké, laten we daar voor het gemak eens van uitgaan. Maar als iemand niet wil, hoeft hij of zij niet met de politie te praten. Britt is rijker dan God en heeft een heel peloton advocaten om zich heen. Je komt nog niet eens voorbij het hek van haar huis. Ze zegt gewoon tegen de dienstmeid dat ze je niet binnen mag laten.'

'We kunnen haar volgen. We lokken haar in een hinderlaag. We overrompelen haar.'

'In het gerechtsgebouw? In de spa? In de yogastudio? Besef je wel hoe belachelijk dat klinkt? Ze lacht je in je gezicht uit en loopt weg.'

'Wat dacht je van haar countryclub? Ze is lid van Piedmont Hills.'

'Faith –'

'Nee.' Faith richtte haar vinger op Sara. 'Je hebt zelf gezegd dat Britt bezeten is van klasse. Die laat zich echt niet gaan waar haar eigen mensen bij zijn. Dan geneert ze zich. Daar kunnen we iets mee.'

'Weet je hoe exclusief die club is? Die zit vol rechters en politici. Daar kun je als smeris niet zomaar naar binnen wandelen en leden lastigvallen.'

'Ik vraag om een rondleiding.'

'Ze geven echt geen rondleidingen aan Jan en alleman!' riep Sara uit. 'Die club hoort bij de top tien van het land. Ze trekken je naam na. Je wordt gescreend op je nettowaarde, je connecties en tot wie je toegang hebt. Heb jij op dat gebied iets te bieden?'

Faith gaf het niet op. 'Er moet een andere manier zijn om daar binnen te komen.'

'Je moet lid zijn of een van de leden kennen. Anders kom je er niet in. Ken je misschien een lid, Faith? Ken jij iemand die tweehonderdvijftigduizend dollar heeft neergeteld om bij de club te mogen horen en maandelijks nog eens tweeduizend aan contributie betaalt?'

Will moest hier een eind aan maken.

'Ik wel,' zei hij.

5

Sara keek naar Wills wazige weerspiegeling op de achterkant van de liftdeuren. Hij was onuitstaanbaar zwijgzaam toen ze opstegen naar haar appartement. Haar keel was nog rauw, zo hard had ze gepraat tijdens de rit van drie kilometer vanaf Faiths huis. En dat terwijl ze het vreselijk vond om het soort vrouw te zijn dat te hard praatte. Ze vond het vreselijk dat Faith bereid was haar baan op het spel te zetten, dat Will bereid was zijn gemoedsrust op het spel te zetten, alleen vanwege een paar stomme rotopmerkingen die Britt McAllister op een damestoilet had gemaakt. Van alles wat Sara het afgelopen jaar had gevreesd, woog dit nog het zwaarst. Nu ze haar hart had gelucht over haar verkrachting, waren er bij de mensen om haar heen verse wonden geslagen.

'Liefste.' Ze probeerde haar stem in bedwang te houden. 'Je hebt gezegd dat je elk besluit van me zou steunen. Dit is mijn besluit. Ik wil niet dat je dit doet.'

Dat 'ik wil niet' leverde haar een snijdende blik op, waarna hij weer naar de deuren staarde.

Het liefst had ze hem vastgegrepen. Hem door elkaar geschud. Hem gesmeekt om het niet te doen. Er was vast wel een andere manier om Britt McAllister te pakken te krijgen.

Hij mocht in geen geval zijn tante Eliza om hulp vragen.

Will was niet in een kindertehuis opgegroeid omdat er geen andere opties waren. Toen zijn moeder stierf, had ze nog één levend familielid gehad, een broer die de onvoorstelbare rijkdom van generaties had geerfd. De man had moeiteloos particuliere adoptie voor Will kunnen regelen of nanny's kunnen inhuren of een kostschool kunnen betalen zonder dat de jongen hem ooit onder ogen hoefde te komen, maar zijn vrouw Eliza en hij hadden ervoor gekozen Will in een overheidstehuis te laten wegrotten.

Wat Sara betrof had die oom maar één keer in zijn leven iets fatsoenlijks gedaan, namelijk toen hij drie jaar geleden aan een hersenbloeding was gestorven. Volgens zijn in memoriam was dat gebeurd bij de derde hole van de Piedmont Hills Town and Country Club, waar zijn vrouw en hij al heel lang lid van waren. Als er enige rechtvaardigheid in de wereld bestond, zou Eliza zich spoedig bij hem voegen. Dan mochten ze samen branden in de hel, boven op hun stapels bloedgeld.

De lift had de bovenste verdieping bereikt. De deuren schoven open. Will deed een stap terug om Sara voor te laten gaan, maar in plaats van uit te stappen draaide ze zich om en keek hem aan.

'Alsjeblieft, Will. Het is de moeite niet waard. Denk maar niet dat Britt op magische wijze haar mond weer opendoet. De enige reden waarom ze dat toen wel deed, was omdat ze stoned en overstuur was en –'

De deuren schoven weer dicht. Will stak zijn arm uit om ze tegen te houden zodat Sara niet geraakt werd. Maar hij zei nog steeds geen woord. Ze wist dat hij daar de hele nacht zou blijven staan als ze niet in beweging kwam. Hij was zo verdomd koppig.

Er zat voor haar niets anders op dan de gang door te lopen naar haar appartement. Ze verwachtte de honden te horen aan de andere kant van de deur, maar toen ze haar sleutel in het slot stak, bleef het stil.

'Hé, jongens.' Tessa stond bij de gootsteen af te wassen. Ze had de babyfoon op het werkblad gezet voor het geval haar dochtertje wakker werd. 'Ik wilde net de honden uitlaten, maar –'

Will griste de riemen van de haak. Billy en Bob, Sara's twee windhonden, kwamen er al aan kuieren. Ze wachtten geduldig tot hij de riemen aan hun halsbanden had geklikt. Hij trok de vuilniszak uit de bak en snoerde de bovenkant dicht.

Eindelijk zei hij iets, maar niet tegen Sara. 'Betty.'

Het hondje bleef op haar satijnen kussen zitten. Will moest naar de bank lopen om haar op te pakken. Betty nestelde zich tegen zijn borst en likte zijn hals, wat enigszins afbreuk deed aan zijn stoïcijnse stilzwijgen. Met een spijtige blik op Sara pakte hij de vuilniszak. De chihuahua was een zwervertje en hij had het niet over zijn hart kunnen verkrijgen haar in het asiel achter te laten.

Tessa wachtte tot de deur zich achter hem had gesloten. 'Over ijzig gesproken.'

Sara was niet van plan haar zus bij deze ellende te betrekken. 'Waar ben je mee bezig? We hebben een vaatwasser.'

'Je kunt deze beter met de hand afwassen.'

Sara wist niet voor wie dat beter was, maar ze pakte een droogdoek om te helpen.

'Ik doe het wel,' zei Tessa. 'Houd me maar gezelschap.'

Aarzelend ging Sara zitten. Sinds Tessa in het gebouw was komen wonen, waren ze teruggevallen op een vertrouwd patroon, waarbij Tessa meer deed dan ze hoorde te doen. Als een man op weg was naar de top, regelde zijn vrouw de belangrijkste huishoudelijke aspecten van zijn leven. Een vrouw op weg naar de top kwam om in het vuil of was afhankelijk van haar familie.

Sara deed een nieuwe poging. 'Tess, je hoeft heus mijn troep niet op te ruimen.'

'Jij helpt mij met de huur.'

'Uit egoïsme.' Sara pakte de babyfoon. Ze hoorde een zacht ademen. 'Hoe is het met mijn kleine nichtje?'

'Jouw dierbare Isabelle heeft een stuk brood in haar neus gestopt omdat ze wilde weten hoe het smaakte.'

Sara lachte. 'Ze heeft gelijk. De epiglottis –'

'Ik heb niet om een anatomielesje gevraagd.'

Sara zette de babyfoon weer neer. Haar blik viel op haar verlovingsring, en weer kwam de spanning in volle hevigheid opzetten. Het moeilijkste, dat wat ze weigerde toe te geven, was dat ze het liefst zag dat Faith en Will Britt in de tang namen. Dat de vrouw zich klem gezet zou voelen. Dat ze zich bang en hulpeloos zou voelen, net zoals zij zich gevoeld had op het toilet. Maar om daarvoor gebruik te maken van Will, om hem te dwingen contact op te nemen met een vrouw die hem als vuil had weggezet, voelde als het toppunt van egoïsme.

Sara kon het niet.

'Wat is er?' vroeg Tessa. 'Je doet de laatste tijd zo geheimzinnig.'

'Ik ben gewoon moe.' Sara veranderde snel van onderwerp. 'En jij? Waarom sta je hier in het holst van de nacht mijn afwas te doen?'

Tessa had weinig aansporing nodig. 'Lem heeft gebeld.'

'O?' Zonder dat Sara een officieel verzoek hoefde in te dienen, begon Tessa aan een gedetailleerd verslag van het recentste gesprek met haar ex.

Er was niets nieuws of onverwachts bij. Sara leunde achterover op de barkruk en probeerde te luisteren, maar haar gedachten dwaalden telkens af naar het verleden.

Toen vijftien jaar geleden het nieuws naar buiten was gekomen dat Sara was verkracht, waren haar collega's in het ziekenhuis nergens te bekennen geweest. Sommigen hadden ontslag genomen, anderen hadden om overplaatsing gevraagd. Mason had zich door zijn lagere instincten laten leiden. Sara's tante Bella was gaan slapen met een geladen revolver naast haar bed. Haar overige ooms, tantes, neven en nichten hadden zich opdringerig of afstandelijk opgesteld, waren te nieuwsgierig geweest of hadden gedaan alsof er niets aan de hand was. Haar vader had nooit meer met dezelfde blik naar haar gekeken. Haar moeder had haar waakzaamheid nooit meer laten varen. Tess was het nooit meer helemaal te boven gekomen. Ze was veranderd nadat ze Sara had zien worstelen om zichzelf terug te vinden. Tessa had haar grote zus altijd als onwankelbaar beschouwd, degene die haar door dik en dun zou beschermen. Iedereen had zich kwetsbaarder en rauwer gevoeld vanwege zijn of haar band met Sara.

Daarom had ze haar familie niet over Dani Cooper verteld.

Daarom wilde ze Eliza de kans niet geven om Will te kwetsen.

'Dus ik vertelde het aan papa,' zei Tessa. 'En hij zei dat als ik besloot Lem te vermoorden, ik het met een tupperwaredeksel moest doen, want die dingen raken altijd kwijt.'

Sara lachte wat moeizaam. 'Eerst met mij praten voor je iets doet. Ik weet alles van moord.'

'Dat is zo.' Tessa liet het water uit de gootsteen lopen. 'Oké, en vertel nu maar eens over de spanning tussen jou en Will. Koudwatervrees?'

Sara schudde haar hoofd, want dat was het enige waar ze geen last van had.

'Voor wat het waard is, volgens mij is hij heel goed voor je,' zei Tessa. 'Hij is anders.'

Onmiddellijk schoot Sara in de verdediging. 'Zo anders is hij ook weer niet.'

'Ik heb het niet over hoe vreemd hij is. Ik vergelijk hem met al die andere kerels met wie jij iets gehad hebt.'

'Al die andere kerels?' herhaalde Sara, want afgezien van een paar slechte onenightstands wisten ze allebei dat Sara serieel monogaam was. 'Dat is een heel kort lijstje.'

'Precies.' Tessa vouwde de theedoek op. 'Steve was retesaai.'

'Schooljongens zijn nu eenmaal saai.'

'Niet de jongens die ik heb gekend. Of de meiden.' Ze liet de droogdoek op het werkblad vallen. 'Mason was een louche showtype. Het zou voor je leven niets hebben uitgemaakt of je wel of niet bij hem was gebleven.'

Sara was het stilzwijgend met haar eens. Mason kon je vergelijken met mayonaise, met het verschil dat ze mayonaise zou missen als die er niet was. 'Kun je iets sneller ter zake komen?'

'Will weet wie je bent. Bij hem ben je meer jezelf dan bij welke andere man ook met wie ik je ooit heb gezien.'

Sara's oogleden waren al rauw van alle tranen die ze had vergoten. Ze keek over Tessa's schouder naar de foto's op de koelkast. 'Het is een goede man.'

'Het is een bovenste beste man,' zei Tessa. 'Shit, dat is precies wat Salt-N-Pepa bedoelden. Hij brengt de vuilnis naar buiten zonder dat je het hoeft te vragen. Hij luistert naar je.'

Sara moest lachen, want op dat moment luisterde hij totaal niet naar haar.

'Ik ga maar eens.' Tessa liep om de bar heen. 'Vertel maar wat je echt dwarszit wanneer je eraan toe bent.'

Sara knikte. 'Oké.'

Tessa klikte de babyfoon aan haar jeans. Toen ze de deur opende om te vertrekken, reikte Will net naar de deurknop. Ze deden een snel dansje, terwijl Tessa zich om de windhonden heen manoeuvreerde. Sara hoorde hen zachtjes met elkaar praten. Will deed de deur dicht. Voorzichtig zette hij Betty terug op haar kussen. Ze keek naar hem toen hij door de kamer liep. Zijn kaak stond minder strak. Het wandelingetje had hem goedgedaan. Maar ze wist dat hij niet op andere gedachten was gekomen.

Will legde zijn telefoon vóór haar op de keukenbar.

Het scherm lichtte op. De achtergrond was een foto van Sara op zijn bank, met alle drie de honden uitgestrekt om haar heen. Ze wist nog wanneer de foto was genomen. Er was een wedstrijd van de Falcons op tv geweest. Ze hadden bij de lunch te veel gegeten. Het was zo'n typisch trage, sensuele dag geweest waarop je besefte dat je eigenlijk verliefd aan het worden was.

Ze probeerde een andere benadering. 'Waarom heb je Eliza's nummer?'

Het duurde even voor hij antwoordde. 'Van Amanda moest ik die in mijn contacten zetten. Ze zei dat ik ooit misschien vragen zou hebben.'

'Heb je ooit vragen gehad?'

'Van een leugenaar krijg je nooit de waarheid te horen.' Hij weigerde zich te laten afleiden. 'Britt McAllister is ons enige bruikbare aanknopingspunt. Morgenochtend is ze op de countryclub, tenzij ze loog op Twitter. Eliza is onze beste kans om daar binnen te komen.'

Sara moest een betere strategie bedenken. Ze had het met schreeuwen geprobeerd. Ze had het met smeken geprobeerd. Nu ging ze hem met logica om de oren slaan. 'Neem het eens met me door. Je haalt Eliza over om Faith en jou op haar gastenlijst te zetten. Jullie gaan naar de club. Leg eens uit hoe je Britt aan de praat wilt krijgen.'

'Faith en ik nemen haar even apart, en dan –'

'Dergelijke clubs hebben speciale mannen- en vrouwenafdelingen. Je valt daar vreselijk op.'

'Aan opvallen ben ik gewend.'

'Niet aan dat soort opvallen,' zei Sara. 'En hoe dol ik ook op Faith ben, ook zij valt op. Die heeft gruwelijk de pest aan dat soort lui en aan dergelijke clubs. Begrijpelijk, maar het is niet haar wereld, dat voordeel mist ze. Britt heeft dat voordeel wel. En reken maar dat ze er gebruik van maakt.'

'Dan laat ik jouw naam op de gastenlijst zetten,' zei Will. 'Jij kent Britt beter dan wij haar kennen. Jij weet hoe je haar aan moet pakken. En hoe je je daar moet gedragen.'

Sara was bijna sprakeloos. 'Ik ben geen rechercheur. En je vergeet dat ik gisteren op het toilet volledig kapotging. Ik liet haar totaal over me heen walsen.'

'Zij had het verrassingselement aan haar kant. Deze keer heb jij het.'

Sara begon haar hoofd te schudden, maar ergens sprak de gedachte van revanche haar wel aan. 'Dan zitten we nog steeds met een fundamenteel probleem. Ik weiger iets te doen als je daarvoor Eliza om een gunst moet vragen. Die wil er iets voor terug. Dat is het me niet waard. Zelfs niet als ik daardoor Britt te pakken krijg.'

'Maar als er een andere manier was, zou je het wel doen.'

Hij was zo verdomd slim. Nu had hij haar laten toegeven dat ze het wel wilde.

'Ik heb gezegd dat ik je zou steunen,' zei hij. 'Dit wil je. Ik steun je.'

'Liefste, alsjeblieft.' Sara was moegestreden. 'We draaien in cirkeltjes rond. Ik weet dat je moe bent. Ik ben moe. Laten we naar bed gaan. Er een nachtje over slapen.'

Hij deed niet eens alsof hij haar voorstel overwoog. 'Vertel eens over Mac. Jij zei dat hij op Tommy lijkt. In welk opzicht?'

Sara wist niet waar die vraag vandaan kwam, maar als ze tijd kon winnen door over de McAllister-mannen te praten, liet ze die kans niet schieten. 'Ik ken Tommy alleen van de rechtszaak. Hij komt over als een arrogante lul, net als zijn vader. Je ziet het zelfs aan hoe hij zijn kin schuin omhoogsteekt. Zo verdomd neerbuigend.'

'En toen je met Mac samenwerkte? Hoe was hij toen?'

'Is dit een verhoor?'

'Ik stel gewoon vragen.'

Hij nam haar een verhoor af.

'Mac was briljant,' zei ze. 'Een van de beste chirurgen die ik ooit heb gezien.'

'Dat is zijn werk. Hoe zit het met zijn persoonlijkheid?'

'Die twee zijn onlosmakelijk met elkaar verbonden. Het hart is een heel intiem orgaan. Als je het hart van een kind, een baby of een foetus aanraakt, is het alsof je het leven zelf aanraakt. Je moet zelfvertrouwen hebben, geduldig zijn, voorzichtig, gefocust.'

'Zoals jij met Dani.'

'Wat ik met Dani heb gedaan, is onmogelijk met een baby. Ze zijn veel kleiner, veel kwetsbaarder. Bedenk eens hoe klein Betty's hartje is.'

'Heel klein, als een pruim,' zei Will. 'Hoe repareer je dat?'

'Met je handen.'

Hij keek haar aan tot ze zich liet vermurwen.

'Het is bijna alsof je voor je ogen een wonder ziet gebeuren.' Sara schaamde zich omdat ze zich zo lichtvaardig uitliet over iets wat zo buitengewoon was. 'De eerste keer assisteerde ik dokter Nygaard tijdens een operatie op een baby van twee maanden met VSD – een ventriculseptumdefect. Dan zit er een gaatje in het schot tussen de twee onderste kamers van het hart, en het is ingewikkelder dan het nu klinkt. Wanneer je het borstbeen openbreekt, kom je bij het hart zelf, en het is verbijsterend zoals het daar in de borstkas ligt. Het is aan een bypass gekoppeld, dus het ligt volkomen stil. Je ziet hoe verbazingwekkend het is, als een kunstwerk. Toen liet dokter Nygaard mij de operatie overnemen, en de makkelijkste manier om het te beschrijven is door te zeggen dat het een combinatie is van het oplappen van een gipswand en het stoppen van een sok.'

Will keek verbaasd, waarschijnlijk omdat hij beide weleens deed.

'Je kunt het gaatje dichtmaken met een stukje kunststof, een patch, en zodra dat op zijn plek is genaaid, is het klaar. Je haalt het hart van de bypass. Soms moet je er even zachtjes in knijpen zodat het ritme weer wordt opgepakt. Een soort aanmoedigend kneepje. En dat is het. Je hebt dat kind de rest van zijn of haar leven geschonken.'

Will reikte haar zijn zakdoek aan.

Voor één keer vond Sara het niet erg dat ze moest huilen. Er was geen groter geschenk dan het leven van een kind. 'Als het hart eenmaal genezen is, kan zo'n kind rennen en spelen en plezier hebben en groot worden en trouwen en misschien eigen kinderen krijgen. Maar jíj zit in dat hart. Jij hebt dat alles mogelijk gemaakt. Het geeft je een ongelooflijk intieme band met het leven van iemand anders.'

'Oké,' zei Will. 'Je zegt dus dat Mac zorgvuldig is, oog heeft voor detail en... Wat nog meer?'

'Hij is ook een arrogante controlfreak.' Lachend veegde Sara langs haar ogen. 'Alle chirurgen zijn arrogante controlfreaks. Anders kunnen ze hun werk niet doen. Je kunt een goede chirurg zijn en tegelijkertijd een slecht mens. Mac kon zijn fouten nooit toegeven. Als iets verkeerd liep, weet hij het aan anderen. Hij had onbeschrijfelijke woedeaanvallen. Zijn grootste probleem waren ouders van patiëntjes. Hij kon niet met hen praten. Dan werd hij te technisch en verloor uit het oog dat ze na een tijdje niet meer geïnteresseerd zijn in de ejectiefractie en T-golven. Ze leggen het hart van hun kind letterlijk in jouw handen.'

'Ze willen dat je meeleeft.'

'Ja, maar ook dat je realistisch bent over wat ze kunnen verwachten. Mac weigerde eerlijk te zijn tegenover ouders. Soms kun je niet alles repareren. Je kunt alleen proberen het iets beter te maken. Mac kon dat soort gesprekken niet aan, vooral niet als de prognose slecht was. Ouders zijn zo kwetsbaar als hun kind ziek is. Ze storten in, klampen zich aan je vast, maken ruzie of schreeuwen of willen bidden.'

'En daar hield Mac niet van?'

'Hij haatte het. Hij noemde het "ouderdrama",' zei Sara. 'Ooit was ik erbij toen dokter Nygaard tegen hem tekeerging tijdens een M&M, een vergadering over morbiditeit en mortaliteit. Telkens wanneer een coassistent iets negatiefs meemaakt, zoals een sterfgeval, moet hij de casus voorleggen aan een kamer vol artsen. Die ondervragen je, analyseren je beslissingen en proberen erachter te komen of er iets is wat je beter had kunnen doen.'

'Dat klinkt nogal vernederend.'

'Het kan een marteling zijn, maar ook een veilige manier om te leren. Tenzij je Mac McAllister heet. Hij vond dat hij niets meer hoefde te leren. Hij werd razend als iemand vraagtekens bij zijn handelen zette. Britt trouwens ook. Ze leed aan een pathologische behoefte om hem te geloven, en Mac leed aan een pathologische behoefte om aanbeden te worden.'

'Was dat de reden dat jij de beurs kreeg in plaats van hij?'

Will was de enige aan wie Sara dit ooit zou vertellen. 'Dokter Nygaard bood mij die beurs aan omdat ik een betere chirurg was.'

Hij grijnsde. 'Je bent beter in bijna alles.'

Op dat moment had Sara niet het gevoel dat ze in wat dan ook goed was. Ze bracht haar hand naar Wills gezicht en raakte zachtjes het litteken aan dat door zijn wenkbrauw zigzagde. Het dunne litteken dat van zijn lippen naar boven liep tekende zich felroze af tegen zijn huid. Ze dacht aan de eerste keer dat ze hem had gekust. Haar knieën waren slap geworden. Zijn smaak had haar doen duizelen. Pas later had ze vernomen dat hij littekens op zijn gezicht en op zijn lichaam had doordat het zijn oom en tante had ontbroken aan het basisfatsoen om een weerloos kind beschutting te bieden.

'Je probeert me te beschermen,' zei Will. 'Stop daar eens mee.'

'Jij probeert mij te beschermen,' zei Sara. 'Wat is het verschil?'

'Tommy McAllister,' was zijn antwoord. 'Alles wat je me over Mac hebt verteld, dat hij arrogant en egoïstisch is, een leugenaar die de schuld op anderen afschuift, en dat het hem niet boeit wie hij daarmee raakt. Tommy is net zijn vader. Hij kwam ermee weg toen hij op school een meisje pakte, en twee jaar later joeg hij Dani de dood in. Dat hij Dani kapot heeft gemaakt, raakt hem ook al niet. Ook al verliest Tommy het proces, hij hoeft de cheque niet uit te schrijven. Denk je dat het klopt wat Britt zei? Dat die jongen zijn lesje heeft geleerd? Of denk je dat hij het weer gaat doen?'

Sara liet haar handen op haar schoot vallen. Diep vanbinnen kende Britt de waarheid. Net als Sara. Tommy zou het weer doen. Er zou weer een meisje beschadigd raken, en misschien de dood vinden. Weer zou een gezin ontredderd zijn. Vrienden, beminden, collega's, studiegenoten, docenten – ze zouden allemaal verstrikt raken in de gruwel van één enkele gewelddaad.

'Oké.' Sara gaf zich gewonnen. 'Zorg dat ik in die club kom.'

DE DOWNLOW

Het was zo lawaaiig in de pop-updansclub dat Leighann zichzelf amper kon horen denken. De bas dreunde in haar ribbenkast. Van alle kanten drongen mensen tegen haar aan. Handen werden in de lucht gestoken en hoofden in de nek geworpen, terwijl de muziek door de spelonkachtige ruimte daverde.

'Kom!' schreeuwde Jake in haar oor. Toen Leighann zich niet verroerde, sleepte hij haar mee in de pulserende menigte die de dansvloer in bezit had genomen.

Eén keer per maand dook de Downlow op in een pakhuis ergens in de stad. Niemand wist waar of wanneer, totdat er een bericht verscheen op hun telefoon. Het nieuwtje over het feest van vanavond had zich sneller dan syfilis over de campus verspreid. Het pakhuis zat stampvol bezwete, handtastelijke onbekenden, maar Leighann liet haar plezier niet door angst vergallen.

Er waren vier dagen verstreken sinds het laatste onheilspellende berichtje van de vent die ze inmiddels De Engerd noemde. Ze was het zat nog langer op Jakes bank te slapen. Ze kon zich niet de rest van haar leven verstoppen. Ze gunde De Engerd de overwinning niet.

'Deze kant op!' Jake danste als een babychimpansee, met zijn armen in de lucht, met stuiterende knieën en een maffe grijns op zijn gezicht. Leighann deed hem na en zette zich af van de vloer alsof ze op een trampoline stond. Ze keek omhoog, naar de lampen. Een discobal wierp kleuren alle kanten op. De muziek was zo luid dat ze de lucht bijna zag pulseren. Ze moest iets hebben om nog higher te worden en probeerde de molly uit

Jakes zak te peuteren. Haar vingertoppen streken langs de rand van het plastic zakje net toen hij weer wegwervelde.

'Jake!' riep ze, maar hij voerde zijn apendans alweer uit tegenover een meisje van wie hij alleen maar kon dromen. Leighann moest lachen om zijn woeste sprongen. Zijn jeans was zo wijd dat ze de spleet tussen zijn platte witte billen kon zien.

Snel haalde ze haar telefoon uit haar tasje om een foto te maken.

Ze verstijfde.

Er stond een melding op het scherm.

De Engerd had haar weer een bericht gestuurd.

De muziek stierf weg. Alles stierf weg. Ze moest met haar ogen knipperen om uit de trance te raken.

Ze zocht naar Jake, maar die was alweer met een ander meisje bezig. Er stonden tientallen mensen tussen hen in. Leighann keek weer op haar telefoon. Volgens de tijdsaanduiding was het bericht zes minuten geleden verzonden.

Met bezwete vingers veegde ze over het scherm.

Hoi Leighann! Ben je een beetje down in de Downlow?

Leighann liet haar blik over de menigte gaan. Ze keek op naar het balkon, naar de bar waarvoor zweterige studenten zich verdrongen, vier rijen dik. Niemand keek terug. Niemand schonk haar enige aandacht. Ze zocht weer naar Jake. Hij was nu nog verder weg. Het enige wat ze zag, waren zijn krullen terwijl hij op het ritme op en neer sprong.

Haar telefoon trilde. Een nieuw bericht.

Waarom dans je niet?

Leighanns arm schoot omhoog. Iemand was tegen haar opgebotst. Bijna had ze haar telefoon laten vallen. Weer werd er tegen haar aan geduwd. Ze wurmde zich de menigte uit en ging met haar rug tegen de muur staan. Het was alsof ze geen lucht meer kreeg. Weer trilde de telefoon. Een nieuw bericht.

Wat zie je er prachtig uit vanavond.

Haar ogen waren nog op het scherm gericht toen er een nieuw bericht verscheen.

Zoals altijd!

Het zweet op haar lichaam verkilde. Ze voelde haar hart kloppen. Ze was te dronken om er nu mee te dealen, maar toch dook er een herinnering op in haar brein. De handspiegel uit haar make-upla in de badkamer. Na de eerste enge berichtjes had ze alle jaloezieën in haar flat dichtgedaan, was op het bed gekropen en had zich in bochten gewrongen om de achterkant van haar knie te bekijken.

Zoals De Engerd al had geschreven, zat er een blauw rondje precies in het midden van haar linkerknieholte.

Weer zoemde haar telefoon.

Heb je geen zin om te dansen?

Leighann begon te huilen. Ze moest Jake vinden. Hij zou zeggen dat dat blauwe rondje achter haar knie een grap was. Dat ze dronken was geworden op een zwembadfeestje, een markeerstift had gepakt en het rondje zelf had getekend, of dat ze in slaap was gevallen en dat iemand anders die cirkel had getekend, of dat ze tijdens atletiek op de tribune had gezeten en dat een van haar teamgenoten het grappig had gevonden om haar van een merkteken te voorzien.

Maar Jake was er niet om haar met een smoesje gerust te stellen, en ze wist dat haar teamgenoten niet zo gestoord waren, dat niemand bij wijze van grap een stom rondje op haar lijf zou tekenen en dat ze zelfs met behulp van de spiegel nooit zelf die volmaakt ronde, precies in het midden geplaatste cirkel in haar linkerknieholte had kunnen tekenen, want alle bier en molly's in de wereld konden er geen spat aan veranderen dat ze daar fysiek niet toe in staat was, want ze was links.

Weer verscheen er een berichtje.

Wat zit je haar vanavond fantastisch.

Ze sloot haar ogen en drukte de rand van de telefoon tegen haar voorhoofd. In gedachten zag ze De Engerd in een hoek op de loer staan. Of misschien was hij op het balkon en keek hij naar beneden, hield hij haar in de gaten, kwam hij klaar als hij zag hoe bang ze was, genoot hij van elke seconde dat hij haar hele bestaan in zijn macht had.

Alle meisjes die Leighann gedurende haar leven had ontmoet, waren minstens tien keer in hun leven slachtoffer geweest van dit soort buitensporig wangedrag. Toen Beckey een smoothietent uit was gelopen, had ze ontdekt dat een of andere eikel haar banden had doorgesneden. Frieda's ex-vriendje had haar geslutshamed met een verzameling naaktfoto's die ze hem gestuurd had toen ze nog met elkaar dateten. Toen Denisha klein was, had de beste vriend van haar broer haar in haar slaap proberen te betasten, waarop haar broer woest op háár was geweest omdat ze het aan hun ouders had verteld.

En dan telde Leighann de onlinewereld nog niet mee, waar verkrachtingsdreigementen, seksistische beledigingen en ongevraagde dickpics elke site overspoelden die ze bezocht. Daarom checkte je mannen op de socials voor je met hen uitging. Daarom stuurde je je vriendinnen een berichtje voor en na een date. Daarom hield je je locatievoorzieningen ingeschakeld, had je altijd je pepperspray in je tas en sliep je op de bezwete, doorgerukte bank van een vriend... Het was nu eenmaal fucking eng om op deze wereld een vagina te hebben.

Leighann peinsde er niet over De Engerd te laten winnen.

Met fier geheven kin en een boze blik keek ze de afgeladen club rond, iedereen uitdagend om terug te kijken. Niemand had het lef. Ze voelde haar telefoon trillen toen er weer een bericht binnenkwam, maar ze was klaar met die hele shit. Iedereen wist dat je stalkers het best kon negeren. Zolang je je niet als slachtoffer opstelde, was je geen slachtoffer.

Leighann ontgrendelde haar telefoon. Ze blokkeerde het nummer en wiste de berichten. De telefoon ging haar tas weer in. Ze opende haar mond en stootte een luide, lange kreet uit. Zonder woorden, alleen geluid, en zo zwierde ze de menigte feestgangers weer in, op zoek naar een onbekende om mee te dansen.

Ze hoefde niet lang te zoeken. Al binnen een minuut viel haar blik op een knappe gozer. Hij was met een ander meisje aan het dansen, maar Leighann wist hem moeiteloos weg te lokken. Hij kon goed dansen. Zijn lichaam was een met de muziek. Hij was niet groot, maar wel fit en gespierd. Hij kwam steeds dichterbij. Algauw stond Leighann praktisch tegen hem aan te deinen, waarbij ze zich aan zijn sterke armen vastklampte. Hij was wat ouder, had een ongeschoren gezicht en droeg zijn honkbalpet opzijgedraaid. Ze voelde zijn stoppels langs haar wang schuren toen hij zich naar haar toe boog en iets in haar oor fluisterde.

'Laten we naar buiten gaan.'

Lachend wuifde Leighann het voorstel weg. Voor dat soort gretigheid was hij te knap. Ze liet haar handen over zijn rug glijden. Zijn shirt was klam van het zweet. Zwierende lijven drongen van alle kanten om hen heen. Voortdurend werd er tegen hen opgebotst waardoor ze nog dichter tegen elkaar aan werden geduwd, tot alle tussenruimte verdwenen was. Ondanks de stuwende bas begonnen ze langzaam te dansen en zwaaiden ze samen heen en weer. Hij keek op haar neer, met zware oogleden, want hij was stoned of geil of beide.

Hij deed een nieuwe poging. 'Wil je iets drinken?'

Ze schudde haar hoofd. Ze was al half dronken en bovendien was ze niet zo stom dat ze iets in haar drankje liet stoppen. De Engerd was nog steeds ergens in de buurt. Ze had Jake beloofd dat ze die avond met niemand anders naar huis ging.

'Kom op,' zei hij. 'Sta je me nu uit te dagen of hoe zit het?'

Leighann daagde hem maar al te graag uit. Ze likte over haar lippen om zijn aandacht naar haar mond te trekken. Hij snapte de hint en begon haar te kussen. Eerst heel lief, maar toen werd het menens. Hij legde zijn handen op haar heupen. Ze voelde haar lichaam reageren op zijn tong. De club begon te verdwijnen. Hoewel ze omringd waren door mensen, waren ze helemaal alleen. De kus werd steeds intenser. Ze ging op haar tenen staan toen hij haar kont vastgreep en tegen haar aan begon te wrijven.

Fuck, ze werd er helemaal geil van.

Hij schoof zijn hand onder de achterkant van haar shirt omhoog. Leighann wist dat hij keek tot hoever hij kon gaan. En inderdaad bewoog hij zijn hand en begon hij met zijn duim de zijkant van haar borst te strelen. Het voelde heerlijk. Toen gleed zijn hand naar de voorkant van haar bh. Ze wilde net zeggen dat hij wat moest dimmen toen ze een scherpe steek voelde.

Haar mond maakte zich los van de zijne.

Haar eerste gedachte was dat de knoop van zijn mouw per ongeluk over de onderkant van haar ribben had geschraapt, maar daarvoor was de pijn te fel en kende ze die te goed.

Een insectenbeet? Een bijensteek?

Een naald.

Leighann sloeg haar blik neer. Ze zag de spuit in zijn hand. Hij klapte het plastic hoesje weer over de naald, stopte de spuit in zijn zak, en toen was het alsof die er nooit was geweest.

De herinnering aan de pijn net onder haar ribben was er daarentegen wel, evenals de vloeibare warmte die door haar lichaam stroomde. En het gevoel in haar ziel dat er iets ergs was gebeurd, dat haar iets nog veel ergers te wachten stond.

De ruimte begon te tollen. Ze probeerde hem aan te kijken, zich zijn gezicht in te prenten. Hun blikken kruisten elkaar. Hij glimlachte toen de drug begon te werken. Wat ze voor lust had aangezien, was de fascinatie van een roofdier geweest. Hij sloeg zijn arm om haar middel. Met zijn andere hand drukte hij tegen haar schouderbladen. Hij omhelsde haar niet. Hij wilde haar opvangen wanneer ze het bewustzijn verloor. Alles wat Leighann had geleerd, alles waarvan ze zeker wist dat ze het zou doen als dit ooit gebeurde, schoot door haar heen.

Gillen! Rennen! Sla hem! Krab hem! Bijt hem! Klauw zijn ogen uit zijn kop! Schop hem in zijn kloten! Zwaai met je handen! Doe alsof je gek bent! Probeer aandacht te trekken! Onthou zijn gezicht! Zorg dat zijn DNA *onder je nagels zit! Probeer te kotsen! Pis in je broek! Schijt jezelf onder! Laat je op de vloer vallen!*

Niets van dat alles ging gebeuren.

Alle spieren in Leighanns lichaam gaven er in één keer de brui aan. Haar hoofd sloeg achterover. Haar ogen draaiden alle kanten op toen ze wanhopig naar Jake zocht. Ze had geen zeggenschap meer over haar bewegingen. Haar schedel was te zwaar. Haar zicht werd wazig. Haar oogleden trilden. Er klonk andere muziek. De nieuwe beat bonkte in haar borstkas. Ze zag handen naar het plafond reiken. Lichten opflitsen. De discobal bleef maar draaien.

Toen werd alles zwart.

6

Will stond in de receptie van de Piedmont Hills Town and Country Club. Voor hij de indrukwekkende voordeuren door liep, had hij alle ruis van de vorige avond uit zijn hoofd gebannen. Hij kon alleen undercover werken als hij zichzelf uit het verhaal verwijderde. De echte Will, de man die zich zorgen maakte om zijn verloofde, die bang was dat Sara op het punt van instorten stond, had hij diep in zijn achterhoofd weggestopt. Voorlopig, in het hier en nu, was hij het sukkelige verwende neefje van een vrouw die er een pervers genoegen in schepte om anderen te kwetsen.

Hij keek om zich heen, met de verveelde blik van iemand die alles toekwam. De ruimte zag er weelderig maar tegelijkertijd goedkoop uit. De antislipkleden onder de tapijten waren zo dik dat ze aan zijn schoenzolen zogen, maar de tapijten zelf waren versleten aan de randen. De zijden bekleding van de stoelen en banken had aan glans ingeboet. Gouden kettingen en kristallen dropen van de barokke lampen, maar verscheidene gloeilampen waren kapot. Het plafond was beschilderd met landelijke taferelen vol mollige schapen en melkmeisjes die er niet in geslaagd waren de schouderbandjes van hun bloesjes op hun plaats te houden, maar in de hoeken zat spinrag. Elk zichtbaar stuk muur ging schuil achter handgesneden mahoniehouten lambrisering. Gaten waren niet gerepareerd. Ingelegde spiegels camoufleerden sommige zwaarder beschadigde delen.

Waar Will ook keek, overal zag hij zijn eigen spiegelbeeld, en dat herinnerde hem weer aan wie hij geacht werd te zijn. Geen driedelig pak. Zijn haar was met gel in model gebracht. Hij had zich die ochtend niet geschoren. Hij droeg een kasjmieren polo met lange mouwen die hij met kerst van Sara had gekregen, en strakke jeans van Ferragamo, met het prijskaartje aan de achterkant weggestopt, want hij ging de broek tegen het einde van de dag terugbrengen. De Diesel-laarzen hield hij misschien, maar alleen omdat ze waren afgeprijsd.

Het enige voorwerp dat hem nog verbond met de echte Will was het horloge om zijn pols. Het was een ouderwetse Timex, zonder enige opsmuk en met een leren bandje dat afbladderde omdat Will elk grammetje vocht in zijn lijf had uitgezweet bij de militie in Mississippi. Hij keek hoe laat het was. Eliza had gezegd dat ze hem hier stipt om tien uur zou treffen.

Ze was al tien minuten te laat.

'Mr Trethewey?' Een slanke blondine kwam met uitgestoken hand op Will af. Ze had een dikke leren map bij zich. 'Ik ben Ava Godfrey, hoofd ledenbestand van de club. Sorry dat u moest wachten.'

Will schudde haar hand. Hij had geen idee waarom ze hem Trethewey noemde. Tegen de portier had hij gezegd dat hij Eliza's neef was, maar hij had zijn naam niet genoemd.

'Uw tante is in de salon.' Ava haalde een brochure uit de map. 'Ik heb een plattegrond van de club voor u meegenomen. Ik hoop dat u en uw gezin met plezier van de voorzieningen gebruik zullen maken zolang u in de stad bent. Als het zover is, zal ik u met alle genoegen van informatie over het lidmaatschap voorzien.'

Will deed alsof hij de met kleuren gecodeerde tekening bestudeerde, maar bij de ingang had hij de plattegrond al in zijn hoofd geprent. Het klopte wat Sara over de gescheiden afdelingen had gezegd. De kleedkamer van de dames was verderop, bij de tennisbanen, in het souterrain van het zogenoemde Racquet Pavilion. De voorzieningen voor de heren bevonden zich in het hoofdclubgebouw, vlak bij de drie restaurants en twee bars. Op de bovenste verdieping was de privésalon voor heren. Alsof de naam niet voldoende was, stond er bij wijze van waarschuwing in kleine lettertjes aan de onderkant dat dames niet werden toegelaten.

'Wilt u me volgen?' Zonder op antwoord te wachten liep Ava langs het bordje met HERENSALON. Om haar extreem hoge hakken ruimte te geven liep ze zijwaarts de trap op.

Will volgde haar op enige afstand, met half dichtgeknepen ogen tegen het zonlicht dat door de ramen van de eerste verdieping naar binnen viel. De salon bood een spectaculair uitzicht over het golfterrein. Helderblauwe lucht, glooiende heuvels, de slingerende Chattahoochee River, golfers die naast hun karretjes op hun beurt bij de tee stonden te wachten.

Aan het begin van hun relatie had Sara een poging gedaan hem te leren golfen. Destijds zou Will desnoods het vlooienspel hebben gespeeld, als hij maar alleen met haar kon zijn. Eigenlijk was er niks mis met de sport, vond hij, zolang je het soort man was dat vijf uur kon verlummelen door in een speelgoedautootje rond te rijden en af en toe met een stok tegen een wit balletje te meppen.

Hij keerde de ramen de rug toe. Ondanks het genadeloze zonlicht was de kamer donker en deprimerend. Tot overmaat van ramp hing er de stank die hij herkende uit zijn ellendige kindertijd: de lucht van oude sigaren, brandende sigaretten en gemorste drank. Alles was ervan doordrongen, van de lange bar aan de zijkant tot de leren banken en stoelen. Zelfs het plafond, dat donkerbruin was geschilderd om de nicotineaanslag te camoufleren, leek een bedompte rooklucht vast te houden.

Er bevond zich maar één iemand in de salon.

Eliza had zich pontificaal in een grote, halfronde zithoek achterin geïnstalleerd. Ze was veranderd sinds Will haar voor het laatst had gezien. Ze was altijd al slank geweest, maar nu leek ze uitgedroogd. Toen ze haar sigaret aftikte boven een asbak, zag Will haar vel als een vochtige lap van haar pols hangen. Haar gezicht, daarentegen, leek bij een ander lichaam te horen. Will had geen verstand van plastische chirurgie, maar degene die het mes in Eliza's gelaatstrekken had gezet om ze te herschikken, had knap werk verricht.

Haar gezicht zag er jonger uit dan het zijne.

Ava liep op de zithoek af. Ondertussen gaf ze een nogal onsamenhangende beschrijving van de club, maar Will haakte af, want hij moest zijn uiterste best doen om zijn undercoverpersonage overeind te houden nu elke spier in zijn lichaam hem rechtsomkeert wilde laten maken.

'Goedemorgen, *ma'am*.' Ava bleef voor het halfronde zitje staan. 'Hier zijn uw neef en de documenten.'

Eliza had hun gang door de salon gevolgd, maar op het laatste moment had ze haar blik neergeslagen, en nu rolde ze haar sigaret boven de volle asbak heen en weer. Voor haar op tafel zag hij een gouden aansteker, een glas met amberkleurige vloeistof en een gouden sigarettenhouder met inscriptie.

Ava legde de leren map op tafel. Het embleem van de club stond er in goudkleurig reliëf op afgebeeld. Eliza keek nog steeds niet op, ook niet toen Ava 'Alstublieft, ma'am' zei.

Will zag dat de jonge vrouw de hint begreep en keek haar na, terwijl ze zich naar de trap haastte. Toen hij zich weer omdraaide, hield Eliza haar blik nog steeds op de asbak gericht, alsof ze met het grootste genoegen haar sigaret tot het einde der tijden rond de glazen rand zou willen laten rollen.

'In de jaren negentig werd roken verboden in de openbare ruimtes,' zei ze, 'maar ik zei dat ik als roker lid was geworden en dat ik zou blijven roken.'

Will keek naar de bovenkant van haar hoofd. Ze droeg een pruik. Hij zag de gaatjes in haar nephuid.

'Dit is het compromis. Ik mag hier tot halfelf zitten.' Met een zwaai van haar hand wees ze om zich heen. 'Ik heb altijd beter met mannen kunnen opschieten. Vrouwen kunnen zo vervelend zijn met hun miezerige spelletjes.'

Will wist dat ze op dat moment zelf ook een miezerig spelletje speelde. Hij schoof op de bank, maar bewaarde enige afstand. Het was alsof het in die hoek opeens een aantal graden kouder werd. Hij hoorde de wind aan de grote ramen rammelen. Sigarettenrook trok een nevel om hen heen. Naar de asbak te oordelen zat ze daar al veel langer dan de tien minuten die hij beneden had verspild.

'Trethewey?' vroeg hij.

'Ik ging ervan uit dat je incognito wilde zijn. Je roepnaam is John. Vind je dat wat?' Ze bekeek Will niet zomaar. Ze nam elk detail in zich op. 'Is dat kasjmier?'

Will trok zijn arm met een ruk terug toen ze zijn mouw wilde aanraken.

'Rustig maar. Voor bijten reken ik dubbel tarief.' Ze bracht de sigaret weer naar haar lippen en keek hem door de kringelende rook heen aan. 'Noem je je Will of Wilbur?'

Will antwoordde niet. Hij zou hier niet lang genoeg blijven om haar een reden te geven zijn naam te noemen.

Ze blies de rook via haar neusgaten uit. 'Goed, neef, je bent dus politieman. Je wilt vast dat ik nog een politiebeambte aan mijn gastenlijst toevoeg. Naar wie doe je onderzoek hier op de club?'

Hij zweeg.

'Je hebt de boeven hier voor het uitkiezen,' zei ze. 'Congresleden, senatoren, rechters, praat me er niet van. Die spelen allemaal onder één hoedje, net gangsters. Je herkent ze aan hun kleuren. Louis Vuitton, Zegna, Prada. De Birkin Bitches hebben een hele gangsterpraktijk opgezet om te zien wie tijdens de vakanties het meeste geld bij elkaar kan scharrelen om de armen van eten te voorzien. Het is een schande dat ze niet gewoon eerlijk belasting betalen zodat de armen zelf hun eten kunnen kopen.'

Will was niet gekomen voor een schijt-op-de-rijken-preek. Hij reikte naar de leren map.

'Nog niet.' Eliza wachtte tot hij zijn hand had teruggetrokken. 'Je zei dat je me om een gunst wilde vragen. Ik wil jóú ook om een gunst vragen.'

Will had verwacht dat ze het hem moeilijk ging maken. Hij had niet verwacht dat hij telkens als hij naar haar keek misselijk zou worden. 'Wat wil je van me?'

'Dat je zwijgt.'

Wills zwijgen was doorgaans gratis. 'Als je bang bent dat ik anderen vertel waar je mijn moeder van kent –'

'Nee, dat boeit me niet. De helft van de vrouwen hier is hoer. Ik kreeg er tenminste nog voor betaald.' Met zorg drukte ze haar sigaret uit. 'Ik moet je iets vertellen.'

'Ik ben je biechtvader niet.'

'En maar goed ook,' zei Eliza. 'Ik kan geen kerk binnenlopen of het altaar vat vlam.'

Ze verwachtte een lach.

Die bleef uit.

'Je moet een halve minuut naar me luisteren, zonder me te onderbreken. Dan doe ik wat je gevraagd hebt.'

Hij keek uit het raam. Hij deed alsof hij erover nadacht, alsof het een opgave voor hem was om naar haar te luisteren, want ze dacht echt dat hij ook maar iets gaf om wat ze te zeggen had.

'En?' drong ze aan.

Hij deed zijn Timex af en legde het horloge plat op tafel. Hij wachtte tot de secondewijzer bij de twaalf was aangekomen en zei toen: 'Ga je gang.'

'Ik heb je al een geweldige dienst bewezen.'

Will zag de secondewijzer naar de één tikken. Ze verspilde tijd, rekte die al rokend uit.

'Ik heb je bij je oom weggehouden omdat ik dat aan je moeder verplicht was. Je zou niet de man zijn geweest die je nu bent als je in het huis van je oom had gewoond.'

Hij zag de wijzer langs de drie hobbelen, en toen langs de vier. Eliza hield zichzelf voor de gek, of anders speelde ze met hem. Will had zijn hele leven met beschadigde mensen te maken gehad. Sommigen kwamen er nooit overheen. Sommigen beschouwden hun pijn als een vrijbrief om anderen te beschadigen. Het recht van de slechtste. Zijn ex-vrouw was er een meesteres in. Eliza spande de kroon.

'Je moeder had er gegronde redenen voor om van huis weg te lopen,' zei ze. 'Het was er niet veilig. Er was nooit vrede. Zo belandde ze op straat. Zo kwam ze aan haar einde.'

Haar halve minuut was voorbij. Will leunde achterover op de bank. Hij keek uit het raam naar de hardblauwe lucht. 'Ze belandde op straat omdat ze door een psychopaat aan het werk werd gezet.'

'Niet alle psychopaten staan op straathoeken te loeren.' Eliza klapte de sigarettenhouder open. 'Ik moet je nog één ding vertellen.'

Will hoorde mannen lachen aan de bar. Er kwamen wat golfers binnendruppelen. Ze droegen schreeuwerige broeken en shirts. Sommigen staken sigaren op.

'Ik ga dood.' Eliza bestudeerde zijn gezicht, zoekend naar een reactie die hij haar niet gunde. 'Je hebt duidelijk aangegeven dat je niet op mijn geld uit bent.'

'Heb je er geluk mee kunnen kopen?'

'Nee, maar door het geld had ik wel minder om ongelukkig over te zijn.' Haar lachje had iets verontrustends. 'Ik denk dat ik het allemaal aan Antifa en Black Lives Matter nalaat.'

Bij Will was ze aan het verkeerde adres met haar grapjes.

'Zie je die vent daar?' Eliza knikte naar een van de mannen aan de bar. 'Voormalig Congreslid. Werd betrapt toen hij zijn worstvingers in het verkeerde broekje stak. Nu is hij lobbyist voor een techbedrijf. Verdient jaarlijks miljoenen.'

Will kon zich vaag iets uit het nieuws herinneren, maar hij had geen idee waarom ze de man had aangewezen.

'Die vette hufter naast hem,' zei Eliza. 'Docent rechten met een vaste aanstelling, die het n-woord in de mond nam. Vangt nog steeds zijn salaris, terwijl hij de hele dag loopt te golfen.'

Het enige wat Will verbaasde, was dat ze zelf het n-woord niet in de mond nam.

'En die andere, die knurft met dat vlinderstrikje,' vervolgde ze. 'Voormalig docent aan de medische faculteit. Praktiserend arts. Werd betrapt met zijn pik uit zijn broek toen hij bij een patiënte was. Kreeg een gouden handdruk en verdient nu een fortuin als consultant.'

Will ging met zijn rug naar de bar zitten. 'Waarom denk je dat die lui me ook maar íéts interesseren?'

'Je pleegt onderzoek naar iemand hier,' zei Eliza. 'Ik geef alleen maar aan dat je geen schijn van kans maakt. Ze hebben te veel geld, te veel macht, te veel invloed. Die draaien geen van allen ooit op voor de gevolgen van hun daden. Kijk maar naar je oom. Die kwam er ook mee weg.'

Zijn oom was een paar honderd meter van de plek waar ze nu zaten tegen de vlakte gegaan. 'Uiteindelijk verliezen ze.'

'Je kent de regels van dit spel, neef. Zelfs als ze verliezen, zijn ze nog aan de winnende hand.'

Will pakte de leren map.

'Neem nou Tommy McAllister.' Weer wachtte Eliza tot hij zijn hand terugtrok. 'Er wordt hier de hele tijd over rechtszaken geluld, maar Tommy's proces is het gesprek van de dag. Niet dat ze het er met mij over hebben. Ik ben die akelige ouwe heks in de hoek. Maar ik hoor wel dingen.'

Hij wachtte tot ze hem over die dingen ging vertellen.

'Arme Britt en Mac. En arme Tommy. De ouders van dat meisje zijn gewoon op geld uit. Als ze winnen, komt dat doordat de jury de één procent wil straffen. Tommy is het echte slachtoffer. Die inhalige smeerlappen proberen zijn leven te vernielen.'

Will schoof de map naar haar toe. 'We hebben een afspraak.'

Eliza duwde de map terug. 'Denk je dat mannen zoals Mac en Tommy McAllister ooit ergens de prijs voor betalen? Niet zoals je moeder ervoor betaald heeft. Niet zoals *wíj* ervoor betaald hebben.'

Will streek met zijn tong langs de binnenkant van zijn tanden.

'Mac is een god in de medische wereld. Smetteloze reputatie. Hij erfde een walgelijke hoop geld van zijn lieve ouwe pappie, die trouwens een eersteklas rokkenjager was. Ik zou je verhalen kunnen vertellen over wat er echt in deze kamer gebeurt. Caligula zou er nog van blozen.' De onaangestoken sigaret wipte tussen haar lippen op en neer. 'Degene met wie ik pas echt medelijden heb, is Britt.'

Will kon zijn verbazing niet verbergen.

'Laat ik je één ding vertellen, neef.' Ze nam de sigaret uit haar mond. 'Meisjes worden geboren met een gapend gat in hun hart. Ze hebben liefde en geborgenheid nodig. Ze willen gewaardeerd worden. Beschermd. Gekoesterd.'

Volgens Will had iedereen dat nodig. Vooral kinderen.

'En dan komen de pooiers om de hoek kijken,' zei Eliza. 'Die geven je het gevoel dat je bijzonder bent. Ze overrompelen je. Ze kopen spullen voor je. Ze zorgen dat je eten en kleren en een dak boven je hoofd hebt, en voor je het weet, heb je niks meer en gaan zij over je hele leven. Dan moet je van hen op je knieën. En dat doe je, want zij hebben alle macht.'

Hij keek toe terwijl ze de aansteker openklapte en het vlammetje naar haar sigaret bracht. Ze blies de rook via haar mondhoek uit, weg van Will.

'Ze worden erin geluisd,' zei ze. 'Zo'n pooier luist je erin, zorgt ervoor dat je alles opgeeft zodat je volkomen machteloos bent. Zo'n vent hoeft je alleen maar op een bepaalde manier aan te kijken. Je weet dat hij je later op je lazer geeft. Dat hij je alles kan afpakken. Dat hij je de straat op kan schoppen. Je berooid achter kan laten. Je hart kan breken. Het is afschuwelijk om voortdurend met dat soort angst te leven.'

Will hoefde de details niet te horen. Hij had de eerste achttien jaar van zijn leven met een dergelijke angst geleefd.

'Kijk maar eens naar de bar,' zei ze. 'Laat je niet voor de gek houden door die afgrijselijke kleren. De meesten zijn onschuldig, maar een paar van hen zijn regelrechte pooiers. Je ziet hoe de anderen op hen reageren. Eén blik en het zijn kruiperige honden. Ze kijken allemaal op naar de grote man.'

Will keek hun kant op en zag een stel corpulente dagdrinkers van middelbare leeftijd, die een even grote kans hadden als zijn oom om op de golfbaan aan een beroerte te bezwijken.

'Ze spelen de baas over hun vrouw, beledigen haar, vernederen haar, bedriegen haar, behandelen haar als een stuk stront. En de vrouwen slikken het allemaal. Ze maken zichzelf wijs dat ze van hun man houden, dat een scheiding slecht voor de kinderen zou zijn, maar in werkelijkheid zijn ze doodsbang. Ze willen niet arm zijn. Ze kunnen helemaal niet alleen zijn. Ik wist tenminste nog dat er een prijs voor me betaald was. Britt denkt nog steeds dat ze een keuze had.'

'Waar wil je naartoe?' vroeg Will. 'Britts zoon heeft een meisje van negentien verkracht en mishandeld, waarna ze aan haar verwondingen is overleden, maar dat moet ik laten gaan omdat zijn vader zijn moeder slecht behandelt?'

'Ik zeg alleen waar het op staat, neef.' Ze begon de asbak rond te draaien. 'Je moeder had een heel sterk rechtvaardigheidsgevoel. Voor een hoer was dat een bizarre trek, maar ze vond echt dat de wereld moest kloppen. Voel jij dat ook zo?'

Will deed zijn horloge weer om.

'Ze was dol op muziek. Wist je dat?'

Will had sommige posters van haar gezien. Aerosmith. The Cure. Bowie.

'Ze las ook graag,' zei Eliza. 'Vooral flodderboekjes. Van die liefdesromannetjes. Ze verslond van die erotische historische romans. Ze zat altijd met haar neus in een boek. Wanneer ze die niet in iemands kruis had gestoken.'

Hij wierp haar een woedende blik toe.

'Had ik haar maar kunnen redden. Had ik maar meer voor jou kunnen doen.'

Will trok zijn horlogebandje strak. 'Heb je iets goed te maken?'

'Ik?' Ze klonk beledigd. 'Goedmaken is voor watjes.'

Hij knikte naar de map. Wat hem betrof hoefde ze alleen maar het formulier in te vullen. 'Ik heb je meer dan een halve minuut gegeven.'

Eliza's knokige vingers kropen als spinnenpoten tevoorschijn toen ze de leren map opensloeg. Aan de binnenkant zat een goudkleurige pen vastgeklikt. Ze draaide aan de huls. 'Hoe heet die kennis die ik op de lijst moet zetten?'

Will haalde een papiertje uit zijn zak. Hij had Sara's naam van tevoren uitgetikt.

Eliza wierp een blik op de naam. 'Dat werkt niet. Ava is een nieuwsgierig krengetje. Die gaat haar opzoeken in de computer. Als we je vriendin nu eens Lucy Trethewey noemen. Is dat oké?'

Will antwoordde niet. 'Hoeft ze geen ID-bewijs te laten zien?'

'Niemand maalt hier om ID-bewijzen. Het is niet alsof je op de Democraten zou willen stemmen.' Met een zwier zette Eliza haar handtekening onderaan het formulier. 'Ik heb lidmaatschapsnummer dertien-twintignegen. Bestel aan de bar maar wat je wilt en zet het op mijn naam.'

Will keek naar haar toen ze over de andere kant van het zitje schoof. Wanneer ze bewoog, was haar broosheid nog zichtbaarder. Ze had duidelijk pijn. Staan kostte haar moeite. Toen ze naar achteren reikte om haar sigaretten en aansteker te pakken, vertrok ze haar gezicht. Nu pas zag Will de oude vrouw onder de onnatuurlijk strakke huid.

Hij gaf haar de leren map zodat ze niet nog eens hoefde te reiken.

Eliza drukte de map tegen haar borst, maar ze ging nog niet weg. 'Toen je moeder stierf, was haar laatste wens dat jij zou leven. Misschien ben jij wel de enige man die haar nooit heeft teleurgesteld.'

Will keek Eliza niet na. Ze had het briefje met daarop Sara's naam naast de asbak laten liggen. Hij vouwde het twee keer dubbel. Toen stopte hij het in zijn zak om te voorkomen dat het per ongeluk gevonden werd.

Hij kon de gedachte niet verdragen dat Sara hier zou rondlopen.

Hij vond het nog erger dat Eliza had ontdekt wat hij in zijn schild voerde.

De mannen aan de bar hadden zich in groepjes opgesplitst. Het handtastelijke Congreslid dat lobbyist was geworden bracht een toost uit op de racistische docent rechten. De voormalige docent aan de medische faculteit die zijn pik aan een studente had laten zien, friemelde aan het vlinderstrikje om zijn dikke nek. Hij was anders gekleed dan de rest. Het was moeilijk er de vinger op te leggen, maar zijn kleren waren bijna te mooi. Heel anders dan die van de man met wie hij in gesprek was. Zijn metgezel was groter, had een beginnende onderkin en de arrogante houding van een kinderhartchirurg.

Mac McAllister zag er precies zo uit als op zijn foto.

Will stond op. Hij probeerde een hap lucht te nemen die niet was vergeven van Eliza's gif en sigarettenrook, en ondertussen deed hij zijn best de echte Will uit zijn hoofd te verdrijven. Zijn undercovertalenten hadden hem in meer dan één riskante situatie het leven gered. Een zedendelinquent en een klootzak in een geruite golfbroek vormden nauwelijks een uitdaging. Terug in zijn rol van sneue neef stapte hij op de bar af.

'Richie?' riep hij naar de man met de vlinderstrik. 'Jezus, ben jij dat? Niet te geloven. Hoe groot is de kans?'

Richie draaide zich om. Uiteraard herkende hij Will niet. Hij opende zijn mond, maar Will gunde hem nog niet het woord.

'Wanneer heb ik jou voor het laatst gezien?' De dranklucht sloeg Will tegemoet toen hij Richies hand schudde en hem een stevige klap op zijn rug gaf. Het was nog geen elf uur 's ochtends, maar de man had al een paar glazen achter de knopen. 'Was dat op het feest van Royce en Blythe? Dat was toch vlak voor hij dat van Mason ontdekte? Jezus, die gast schuift hem ook overal in.'

'Eh…' Richie keek even naar Mac, maar zelfs perverse sukkels waren aan sociale normen gebonden. Grijnzend zei hij tegen Will: 'Dat moet die keer zijn geweest. Hoelang is dat geleden?'

'Niet lang genoeg voor Royce.' Will lachte, maar toen trok hij een verbaasd gezicht. 'Mac McAllister. Brengen jullie zonder mij de clan weer bij elkaar? Wanneer is de mixer?'

Mac schonk hem een strak krokodillenlachje. Hij was minder ongeremd dan Richie. Eigenlijk was alles aan hem strak aangedraaid. Hij stond op het punt Will te vragen wie hij in jezusnaam was.

Die kans gunde Will hem niet. 'Trouwens, zijn jullie onlangs nog bij die oude tent geweest? Hoe noemden we die ook alweer? Iets met Liver?'

'Liver Bar.' Met zijn blik op Will gericht nam Mac een slok.

Will schudde zijn hoofd. 'Dat klinkt verkeerd.'

'Het was De-Liver's,' merkte Richie op. 'We gaan al heel lang naar Andalusia's. Aan een zijstraat van Pharr Road. De clan is nog steeds bij elkaar, maar van de aanhang zijn we al sommigen kwijtgeraakt. Deze vrijdag hebben we een soort vader-zoonfeestje. Heb jij –'

'Wat was de echte naam?' onderbrak Mac hem. 'Van De-Liver's. Hoe heette die bar echt?'

'The Tenth,' zei Richie, hoewel de vraag duidelijk aan Will was gericht.

Mac slaagde er redelijk in zijn ergernis te verbergen. Hij zette zijn glas op de bar, vlak tegen de rand, en wierp Richie een waarschuwende blik toe.

Richie had niets in de gaten. 'De-Liver's is eeuwen geleden al gesloopt. Jammer dat-ie er niet meer is.'

'Waarschijnlijk de enige manier om de vloeren schoon te krijgen,' zei Will.

Ze lachten allemaal, maar Mac was nog steeds op zijn hoede. Weer probeerde hij Will te plaatsen. 'Ik heb je al een tijdje niet op de club gezien.'

'Ik had nooit weg moeten gaan. Richie, geen paniek, maar volgens mij zie ik de bodem van je glas.' Will stak zijn hand op naar de barkeeper. 'Geef je nog steeds les?' vroeg hij.

Richie wisselde een snelle blik met Mac. 'Heb je het dan niet gehoord?'

'Je bent echt lang weg geweest.' Mac praatte wat ontspannener nu het gesprek ten koste van een ander ging. 'Die arme kerel werd ge-MeToo'd.'

'Verdomd, ik kan erover meepraten.' Will dempte zijn stem. 'Daarom ben ik dus terug in Atlanta. Ik zal je de obscene details besparen. Laten we het er maar op houden dat de vrouw op een nieuwe start aandrong.'

'Bofkont. De mijne ging er met de helft van mijn geld vandoor.' Richie had zich door de barkeeper laten bijschenken. Hij sloeg de helft van het glas achterover voor hij het woord weer nam. 'Ik ben amper overeind gebleven.'

'Whisky, puur,' zei Will tegen de barkeeper. Hij zag hoe de man automatisch een dubbele inschonk. 'Ik heb over je zoon gehoord, Mac. Vreselijk om met zoiets te moeten dealen. Hoe zijn Britt en jij eronder?'

Mac verstrakte nog meer, maar zei niettemin: 'Je doet wat je moet doen.'

'Iedereen is op centen uit, als je het mij vraagt.' Will pakte zijn glas. De alcoholgeur stond hem tegen. 'Als zoiets met mijn zoon gebeurde, dan zou ik alles op alles zetten, net als jij.'

Mac hapte. Hij wilde weten wie Will was. 'Hoe oud is je zoon inmiddels?'

‘Eddie is tweeëntwintig.’ Will mixte de naam van Sara’s vader met bijzonderheden over de zoon van Faith. ‘Over een paar maanden studeert hij af aan Georgia Tech. 3M wil hem maar al te graag hebben. En Tommy, die studeert geneeskunde?’

Macs schouders ontspanden enigszins, maar het hield niet over. ‘Als hij heelhuids door zijn eerste examens komt.’

‘Hij is een zoon van zijn vader,’ zei Will. ‘Die komt er alleen maar sterker uit.’

‘Die kut-Sara Linton,’ lispelde Richie. ‘Je zou verwachten dat die bitch inmiddels haar bek heeft leren houden.’

‘Linton? Wat voert die in haar schild?’ Will bracht het whiskyglas naar zijn mond en deed alsof hij dronk, omdat hij anders Richies tanden in zijn achterhoofd zou rammen.

‘Mag geen naam hebben,’ zei Mac. ‘Die is alleen maar irritant.’

‘Zoals gewoonlijk.’ Richie priemde met zijn duim naar Mac. ‘Ze is altijd jaloers geweest op zijn talenten.’

Mac schudde de ijsklontjes in zijn glas heen en weer. ‘Ze heeft in elk geval een lange adem.’

‘Je hebt gezien wat er met Cam is gebeurd,’ zei Richie. ‘Waarom hij wel en zij niet?’

‘Rich,’ waarschuwde Mac, met een blik op Will.

Will stak zijn hand op, alsof hij de vredestichter speelde. ‘Het is oké.’

‘Het is niet oké,’ zei Richie. ‘Alle medelijden gaat naar Heilige Sara, terwijl Cam in zijn graf ligt te rotten? Ik weet het niet.’

Zachtjes zette Mac zijn glas weer op de bar. Hij zei niets, maar hij had iets over zich wat alle zuurstof uit de ruimte zoog. Eliza had gelijk toen ze hem met een pooier vergeleek. Mac had Richie een bepaalde blik toegeworpen, en Richie was meteen in zijn schulp gekropen.

‘Sorry,’ zei hij, terwijl hij nerveus zijn vlinderstrik rechttrok. ‘Ik heb iets te veel gedronken. Ik weet niet eens meer hoe je heet.’

Opeens spande Mac zich, als de pees van een jachtboog. Hij wachtte op het antwoord.

Will liet een daverende lach horen. Hij gaf Richie een klap op zijn rug. ‘Echt lachen met jou, man. Houden zo.’

7

Sara reed over de slingerende oprijlaan naar de Piedmont Hills Town and Country Club. De bewaker bij de poort had nauwelijks van zijn tablet opgekeken toen ze haar valse naam had genoemd. Ze zou wel helemaal in het plaatje passen. Haar BMW X5 week waarschijnlijk niet af van alle andere auto's die hier binnen kwamen rijden. Dat gold ook voor Wills Porsche 911 uit 1979, hoewel hij geen cheque had uitgeschreven voor de klassieke sportauto. Hij had hem van de grond af weer opgebouwd met niets dan zijn hersenen en zijn twee handen.

Ze nam de bocht om het hoofdgebouw, dat eruitzag als een Frans landhuis. De golfbaan lag aan de snelstromende Chattahoochee River. Voor een doordeweekse dag leek het er druk. Het weer was schitterend, alleen wat frisjes, met een zon die door een wolkeloze hemel priemde. Ze moest gas terugnemen voor een paar overstekende golfkarretjes. Een van de mannen tikte zijn pet aan.

De tennisbanen lagen op enige afstand van het hoofdgebouw. Hoe verder Sara zich van de eerste tee verwijderde, hoe minder karretjes ze tegenkwam. Ze onderdrukte haar nervositeit en sloeg de weg in naar het Racquet Pavilion. Haar handen aan het stuur voelden glibberig. Ze herinnerde zichzelf er nog eens aan waarom ze hier was.

Wat er met jou is gebeurd. Wat er met Dani is gebeurd. Het is allemaal met elkaar verbonden.

Ze ging Britt het vuur na aan de schenen leggen tot ze een verklaring had.

Bij het naderen van de tennisbanen hoorde ze het doffe getok van rackets tegen ballen. Wills Porsche stond weggestopt op een parkeerplek op een lichte helling in het terrein. Hij had hem aan de zijkant neergezet, vanwaar hij goed zicht had op de acht gravelbanen en op het Racquet Pavilion, met de dameskleedkamer in het souterrain. Vanaf zijn wat hogere positie kon hij al het komen en gaan scherp in de gaten houden, als een havik die op prooi loerde.

Tot vijf minuten geleden had hij geen spoor van Britt McAllister gezien.

Sara parkeerde links achter hem. Will stapte uit zijn auto. Ze beet op haar lip, want ze vond hem er afgrijselijk uitzien. De kasjmieren polo was mooi – die had ze vorig jaar zelf voor hem gekocht – maar de strakke jeans en het gelhaar hoorden bij een totaal ander soort man. Het ergste was dat hij zich die ochtend niet had geschoren, waardoor zijn gezicht nu ruig en stoppelig was.

Het portier ging open. 'Nog steeds geen spoor van haar te bekennen,' zei hij.

Sara's maag verkrampte toen Will in de BMW stapte. De man die haar had verkracht, had ook een stoppelbaard gehad. Bij de herinnering aan de ruwe haartjes die over haar gezicht hadden geschuurd werd ze nog steeds misselijk. In plaats van Will haar wang te bieden voor een kus, pakte ze zijn hand.

'Ik had net Faith aan de lijn, vanuit het fraudeteam,' zei hij. 'Ze heeft met het APD gebeld. Ze wil met de rechercheur praten die de verkrachtingsaanklacht tegen Tommy in behandeling nam, toen hij nog op school zat. Misschien kan ze de naam van het meisje uit hem loskrijgen.'

Het interesseerde Sara meer hoe het met Will ging. Over de telefoon had hij niets gezegd over zijn ontmoeting met Eliza. Ze keek naar hun handen. Hij hield die van haar nog steeds vast. Dat was waarschijnlijk het enige teken dat aangaf hoe moeilijk hij het had gevonden om met zijn tante in één ruimte te verblijven.

'Die naam die ik van jou bij de poort moest noemen. Wie is Lucy Tretheway?'

'Een van de schuilnamen van mijn moeder. Eliza had mij als John Tretheway opgegeven.' Will hield zijn blik op het gebouw gericht, maar ze voelde een geërgerd soort energie van hem uitgaan. 'Over namen gesproken: Richies achternaam is Dougal.'

Er klikte iets in Sara's hoofd. Nu kon ze zich de ziekenhuisarts met zijn vlinderstrik weer herinneren. 'Hoe ben je daarachter gekomen?'

'Van de barkeeper nadat Mac en Richie uit de herensalon waren vertrokken.'

Sara's mond viel open van verbazing. 'Heb je ze gezien?'

'Niet alleen gezien. Ik heb ze ook gesproken.'

Sara wist niet wat ze moest zeggen.

'Eliza had het zo geregeld. Daarom moest ik klokslag tien uur in de club met haar afspreken. Ze wist dat ik onderzoek deed naar Tommy McAllister.'

De list ging Sara's verstand te boven. 'Dat doe je pas sinds gisteravond. Hoe wist ze dat in godsnaam?'

Eindelijk keerde Will zich naar haar toe. Hij praatte liever over het raadsel dan over zijn gevoelens. 'Het is geen geheim dat ik met jou verloofd ben. Je hebt gisteren tijdens Tommy's rechtszitting een verklaring afgelegd. De hele club is van dat proces op de hoogte. Toen dook ik opeens uit het niets op en vroeg Eliza of ze me kon helpen een kennis de club binnen te krijgen. Ze weet dat ik rechercheur ben. De link is makkelijk gelegd als je goed oplet.'

Sara vroeg maar niet waarom Eliza goed had opgelet.

'Hoe heet zo'n lijst?' vroeg hij. 'Waarop je moet intekenen als je wilt golfen.'

'De teelijst.' Sara wist dat de informatie op de website kwam zodat elk clublid het kon zien. Zo wist je wie er speelde en welke slots nog open waren. 'Hoezo?'

'Eliza heeft ongetwijfeld op die teelijst gekeken en gezien wanneer Mac hier zou zijn. Die kerels zullen wel een vast patroon hebben. Eerst de bar. Dan ga je de baan op. Ze maakte er echt een spelletje van. Ze liet me zelfs tien minuten wachten voor het geval ze hun tijd verlummelden.'

Sara keek naar hem toen hij zich afwendde. Hij zocht weer naar Britt. Hoewel ze geen enkele emotie in zijn stem had bespeurd, voelde ze het schuldgevoel van de vorige avond weer opwellen. Dit was haar schuld. Vanwege haar had Will zich in Eliza's vuurlinie gewaagd.

Ze verstevigde haar greep op zijn hand. 'Zei je dat je met Mac en Richie hebt gesproken?'

'Heel kort,' was zijn antwoord. 'Mac is precies zoals je hem beschreef. Zoals Eliza hem beschreef. Het is een arrogante controlfreak. Het klopte wat je zei over hoe hij zijn hoofd houdt. Als die gast op mijn school had gezeten, zouden ze hem elke dag op zijn bek hebben geslagen.'

Aan zijn stem te horen zou Will hem het liefst nu ook op zijn bek slaan. 'Heeft hij nog iets gezegd over mijn getuigenverklaring tijdens Tommy's rechtszaak?'

'Dat deed Richie. Hij zei dat jij altijd jaloers bent geweest op Mac. En hij vroeg zich af waarom Cam dood was, terwijl jij nog leefde. Hij noemde je Heilige Sara.'

Wat had ze die bijnaam altijd gehaat. Vergeleken bij de clan was iedereen een heilige. 'Waarom bracht hij Cams zelfmoord met mij in verband? Was het volgens hem een of/of-kwestie? Zo van: of Cam maakt er een eind aan, of ik doe het?'

'Geen idee, maar vreemd was het wel.' Will keek Sara weer aan. 'Misschien nam Richie bewust een bepaalde houding aan. Hij weet wat Mac ervan vindt dat jij getuigd hebt.'

'Wat heeft hij nog meer gezegd?'

'Iets in de trant van: waarom ligt Cam weg te rotten in zijn graf, terwijl Sara met medelijden overladen wordt?'

Sara liet de informatie bezinken. Weer zo'n of/of-uitspraak. Maar Will zou weleens gelijk kunnen hebben wat die houding betrof. Ze kon zich niet veel van Richie Dougal herinneren, maar wel dat hij soms een slijmbal was. En waarschijnlijk liet Mac hem daarom nog steeds toe in zijn leven. Het was niet zonder reden dat Mac nog steeds getrouwd was met een vrouw die hem aanbad.

'Ik kan me moeilijk beledigd voelen als ik me niet eens Richies achternaam kon herinneren,' zei ze.

'Zo kun je het maar het beste bekijken.' Will wendde zich af en was nu weer de politieman. 'Hij was overigens dronken. Ik wist nog het een en ander uit hem te krijgen voor Mac hem de mond snoerde. Iets over de bar waar ze vroeger kwamen, en dat die in het echt The Tenth heette. De clan houdt nog steeds mixers, nu in een nieuwe bar genaamd Andalusia. Soms nemen ze hun zoons mee. Om het stokje door te geven, vermoed ik.'

Sara voelde zich onverklaarbaar verraden nu ze hoorde dat de mixer nog steeds werd gehouden. Om de een of andere reden was ze ervan uitgegaan dat wat er die avond in het Grady met haar was gebeurd de clan op een zinvolle manier had veranderd.

'Ze hadden geen van beiden een trouwring om,' zei hij.

Sara vond het vreemd dat uitgerekend zo'n detail hem was opgevallen. 'Die laten veel mannen thuis.'

'Deze man niet.' Will draaide zijn pols om en keek op zijn horloge. 'Denk je dat Britt van plan is veranderd?'

'Zou kunnen.'

Sara keek naar de tennisbanen, waarop het wemelde van de fanatieke, afgetrainde vrouwen. Stuk voor stuk sloegen ze de bal over het net als Steffi

Graf die het tegen Martina Navratilova opnam. Britt zou niet opvallen tussen de spelers – als ze zich al verwaardigde haar opwachting te maken.

Ze haalde eens diep adem toen ze bedacht dat ze straks tegenover Britt zou staan.

Tijdens haar opleiding tot chirurg maakte ze zich de avond voor een grote operatie altijd een voorstelling van de procedure. Soms bracht ze zelfs haar handen in de juiste positie om haar vingers te trainen in de kleine, nauwelijks waarneembare bewegingen waarmee iets hersteld werd. Er waren altijd verrassingen, maar om goed voorbereid te zijn kon je het best alvast een strategie uitwerken.

Nu bedacht Sara hoe ze Britt tegemoet zou treden. Het was niet haar bedoeling dat ze elkaar in de haren zouden vliegen. Ze wilde het op de vrouw af en eerlijk spelen, en ze hoopte dat Britt dat ook zou doen. Slechts één van hen hoefde zich zorgen te maken dat de andere vrouwen hen konden horen. Sara had het verrassingselement aan haar kant, maar dat zou niet lang duren. Ze had haar vele vragen tot drie teruggebracht. Wat was het verband tussen Sara's verkrachting van vijftien jaar geleden en die van Dani? Hoe pasten Mac en Tommy in het plaatje? Wie waren de 'rest' die Britt niet kon tegenhouden?

'Je zei dat de inhoud van Britts tasje over de toiletvloer vloog,' zei Will. 'Heb je haar *key fob* gezien? Stond er een logo op?'

Sara sloot haar ogen om de herinnering boven te halen. Ze had het logo niet herkend. 'Een zilveren cirkel met blauw? Een kruis misschien? Een kronkel?'

'Zat die aan een sleutelring?'

'Niet echt, nee,' zei Sara. 'Je zou Cartier verwachten of iets duurs, maar het was een goedkope blauwe plastic ring met wit vanbinnen. Die zat met een blauw nylon koordje aan de key fob vast.'

Will liet haar hand los om zijn telefoon uit zijn broekzak te halen. 'Hé, Siri,' zei hij. 'Laat me eens een Apple AirTag zien.'

Sara herkende het plaatje van de kleine tracker onmiddellijk. 'Dat is 'm.'

'Britt McAllister lijkt me een te grote controlfreak om haar sleutels regelmatig te verliezen.' Will schoof zijn telefoon weer in zijn zak. Opnieuw pakte hij Sara's hand. 'Ik vermoed dat ze in een Alfa Romeo Stelvio Quadrifoglio rijdt, in Misano-blauw.'

'Dat is wel heel specifiek.'

'Die kronkel die je op de key fob zag is een slang, de Biscione. Het kruis is het Kruis van Sint-Joris. Die stammen beide uit de middeleeuwen. Ze staan al sinds het begin van de vorige eeuw op het logo van de Alfa Romeo. Twee derde van de auto's op dit terrein zijn SUV's. De SUV van Alfa Romeo is de Stelvio. Het duurdere model is de Quadrifoglio. De kleur leid ik af van het plastic label.'

'Knap werk, Sherlock.' Sara had hem autotijdschriften zien bestuderen zoals zij zich verdiepte in *The American Journal of Forensic Medicine.* 'Als de inhoud van míjn tas over de vloer vloog, op welke auto zou je dan uitkomen?'

'Op een vuilniswagen.' Met een glimlach hervatte hij het surveilleren. Sara was niet de nette van hen tweeën. Dat hij haar niet vermoordde telkens als hij de badkamer binnenliep, mocht een wonder heten.

Sara ving wat luide gespreksflarden op toen een groep vrouwen de kleedkamer uit kwam en naar de auto's liep. Sommige sets op de banen werden gewisseld. Sara keek op Wills horloge. Er waren nauwelijks drie minuten verstreken. 'Is dit wat Faith en jij de hele dag doen? In een auto op mensen zitten wachten?'

'Meestal neemt ze iets lekkers mee.' Hij streelde met zijn duim over haar hand. 'Jij bent beter gezelschap.'

Met een glimlach leunde Sara achterover. Voor de ingang naar de kleedkamer liep een vrouw heen en weer, verwikkeld in een telefoongesprek. Ze wierp steeds haar hand in de lucht en was duidelijk met iemand aan het discussiëren.

'Echtgenoot probeert uit te leggen dat hij per ongeluk een chihuahua heeft geadopteerd,' zei Will.

Sara moest lachen. Ze vond het prachtig dat Will per ongeluk een chihuahua had geadopteerd. 'Ik denk eerder dat ze net ontdekt heeft dat hij vreemdgaat.'

'Je zou Mason kunnen bellen.'

De suggestie kwam zo onverwacht dat Sara niet goed wist hoe ze moest reageren. Was hij bang dat ze vreemdging met Mason of liep hij alle mogelijkheden na voor het geval Britt niet kwam opdagen?

Ze koos voor een neutrale vraag. 'Hoe kom je daar opeens bij?'

'Mason was op die mixer. Hij kent iedereen in de clan. Misschien heeft hij die avond iets gezien. Of herinnert hij zich iets. Hij is ook arts. Hij heeft vast een goed geheugen. En jullie waren destijds samen, dus zelfs een los detail kan bij hem zijn blijven hangen.'

'Zou je het vervelend vinden als ik met hem sprak?'

'Moet ik het vervelend vinden?'

Ze wachtte tot hij haar aankeek. 'Nee.'

Hij knikte. 'Ik weet niet hoe ik dit moet zeggen, maar ik vermoed dat Sloan Bauer –'

'Met Mason neukte toen we samenwoonden?' Sara had hem eindelijk weten te verrassen. 'Ergens wist ik het wel, maar ergens kon het me ook niet schelen. Ik ben nooit stapelgek op hem geweest. Ik had nooit het gevoel dat ik gek zou worden van verlangen als we in dezelfde ruimte waren en ik hem niet kon aanraken.'

Will keek neer op hun verstrengelde handen. Glimlachend richtte hij zijn aandacht weer op het Pavilion.

Sara wilde net iets klefs zeggen waarmee hij zich geen raad zou weten toen ze in de verte een metallic blauwe flits opving.

Een SUV draaide het parkeerterrein bij het Pavilion op. Op het voorste zijpaneel van de Alfa Romeo Stelvio zat een wit driehoekje met in het midden een groen klavertjevier, of *quadrifoglio*. Britt McAllister zat achter het stuur. Ze reed langzaam en zocht naar een parkeerplek dicht bij de tennisbanen.

Sara voelde het zuur in haar maag opborrelen. Ze had zichzelf wijsgemaakt dat ze hierop was voorbereid, maar opeens voelde ze zich er totaal niet klaar voor. Toch mocht ze de moed nu niet verliezen. Niet na alles wat Will op zich had genomen. Niet als ze dacht aan Tommy McAllister die zijn volgende slachtoffer stalkte. In haar handpalm bewaarde ze nog steeds de herinnering aan Dani Coopers hart, als een onzichtbare tattoo die de rest van haar leven bij haar zou blijven. Als ze dit niet voor zichzelf kon doen, dan moest ze het voor Dani doen.

'Alles oké?' vroeg Will.

'Yep.' Ze hadden de vorige avond enkele scenario's doorgenomen. Sara moest een manier bedenken om Britt in het nauw te drijven. Dat kon niet op het parkeerterrein naast haar auto, of op de tennisbaan, omringd door haar vriendinnen. De beste plek was dezelfde als eerst: het damestoilet.

Britt stapte uit, met in de ene hand haar telefoon en in de andere een gele Yeti-thermosfles. Ze droeg een tweedelig geel tennispakje, dat bestond uit een wijde top met lange mouwen en een zwierige rok tot op zo'n vijf centimeter boven haar knieën. Ze opende de achterklep van de SUV en haalde er een felgele leren rugzak uit die paste bij haar tenue. Toen zette ze een pet op die in kleur de andere geeltinten zo dicht naderde, dat Sara zich afvroeg of ze hem speciaal had laten verven.

'Mooie rugzak,' zei Will. 'Wat voor merk is dat?'

Sara keek hem onderzoekend aan. Hij had zich nog nooit voor merken geïnteresseerd. 'Hermès. Daar heeft ze minstens vijfduizend dollar voor neergeteld.'

'Dat goedkope plastic houdertje van de AirTag zit me dwars.' Hij wreef weer over zijn kaak. 'Die topdesigners maken ook houders. Kijk eens wat ze aanheeft. Die koopt haar accessoires niet bij de Dollar Store.'

Het was Sara niet opgevallen, maar nu zat het haar ook dwars.

'Eliza's lidmaatschapsnummer is dertien-twintig-negen, als je iets wilt bestellen,' zei Will.

'Ik sterf nog liever aan uitdroging dan dat ik ook maar een cent van haar geld uitgeef.'

Will lachte niet. Hij keek Sara aan met die aandachtige blik van hem. 'Het is nog niet te laat. Je kunt je nog altijd terugtrekken. We kunnen nu wegrijden. Dan gaan we ergens koffiedrinken.'

Will dronk geen koffie.

Na nog één keer in zijn hand te hebben geknepen stapte Sara uit.

De wind liet haar rok opwaaien toen ze het portier sloot. Op weg naar het Pavilion zag ze Britt naar de kleedruimte lopen. Sara bekeek zichzelf in een autoraampje. Haar haar hing in een losse vlecht op haar rug. Ze had zich licht opgemaakt. Sinds haar eerste date met Will had ze niet meer zoveel aandacht aan haar kleren besteed als die ochtend. Uiteindelijk had ze haar keuze laten vallen op een lila tennisjurkje met lange mouwen van Lululemon. Het zat strakker om haar buik dan wat Britt droeg, maar zoals Britt al had benadrukt, was Sara geen moeder. Zij had niet tweeëntwintig jaar geleden een kind gebaard en als gevolg daarvan nog steeds een babyrol van overtollig vel rond haar middel, die alle plastische chirurgie van de wereld niet kon wegwerken.

Sara liep langs de ijsberende vrouw die nog steeds over de telefoon aan het ruziën was. De vrouw keek op naar Sara en rolde met haar ogen, dus ze had ongetwijfeld haar man aan de lijn. Sara draaide afwezig aan haar verlovingsring. Ze wilde zichzelf moed inspreken, maar ze besefte dat het niet nodig was. Bij het naderen van de ingang naar de kleedkamer daalde er een merkwaardig soort rust op haar neer.

Voor zover ze wist, had Britt nooit hartsvriendinnen gehad. Ook zonder die onsympathieke kant van haar kon ze onaangenaam en lichtelijk irritant zijn. Popcultuur was haar vreemd. Ze las niet en volgde evenmin het nieuws. Ooit was ze een zeer goede arts geweest, maar ze had al jaren niet gepraktiseerd. Tennis bood haar een unieke gelegenheid om haar harde randen wat glad te strijken. Op de baan telde alleen je spel. Als je lid van een team was, waren de andere vrouwen van dat team je vriendinnen. De club bood Britt toegang tot een leven dat anders buiten haar bereik lag. Hier voelde ze zich vast veilig.

Sara stond op het punt daar een eind aan te maken.

Warme lucht waaide om haar heen toen ze het gebouw in liep. Er was een kleine salon met een paar tafels, een snackhoek en een apparaat dat wijn schonk als je je lidmaatschapsnummer invoerde. Aan de grootste tafel zaten vier vrouwen te bridgen. Ze waren wat ouder, en hun huid had na tientallen jaren in de zon de kleur van tabak aangenomen. Geen van hen keek naar de enorme tv aan de muur. Alleen Sara zag de tekst die onderaan het plaatselijke nieuws langsrolde.

Studente vermist uit dansclub sinds gisteravond... Politie vraagt om informatie...

Weer een dag. Weer een vermist meisje.

Sara liep via een stel dubbele deuren naar de grootste kleedkamer. Foto's van vrouwen in tennispakjes, vanaf halverwege de vorige eeuw. Onwillekeurig bedacht Sara dat sommige van die gelooide kaartspeelsters bij de vrouwen hoorden die op de zwart-witfoto's bekers en rackets boven hun hoofd hieven. Naast de toiletten hing een scorebord.

Britt McAllister stond als nummer negentien op de lijst met beste vrouwelijke tennissers.

Niet slecht voor haar leeftijd.

Sara ging schuin achter de deur staan zodat ze de rij wastafels kon zien. Geen Britt. Alle deuren van de toilethokjes stonden op een kier. Omdat het haar niet waarschijnlijk leek dat Britt onder de douche stond of lag te ontspannen in de hottub, de stoomkamer of de sauna, liep ze voorbij de deur naar de natte ruimte. Alleen de kleedruimte bleef nu over.

Ze telde twaalf hoefijzervormige vakken, elk met een bank in het midden. De kasten waren ruim en liepen van de vloer tot aan het plafond, wat helaas betekende dat Sara niet over de bovenkant kon kijken. Alles voelde weelderig, maar tegelijkertijd enigszins sleets. Donkere lambrisering, gouden lijsten, naamplaatjes in blauw reliëf, afgestemd op de clubkleuren. Miffy Buchanan. Peony Riley. Mrs Gordon Guthrie. Faith zou ervan gesmuld hebben.

'Laat me met rust, zei ik toch!'

Moeiteloos herkende Sara de stem van Britt McAllister.

Een jongere vrouw in een blauw tennisjurkje haastte zich uit het laatste hoefijzervormige vak. Ze liet haar hoofd hangen en maakte een onderdanige indruk. Zonder Sara ook maar een blik waardig te keuren liep ze langs haar.

Weer begon Sara's maag op te spelen. De spanning was terug. Met stramme knieën dwong ze zichzelf door te lopen. Ze was niet van plan terug te gaan naar haar auto en tegen Will te zeggen dat ze gefaald had.

Ze trof Britt op een bank aan. Met gebogen hoofd keek ze op haar telefoon. De kast vóór haar stond open, maar ze had haar tas en waterfles bij haar voeten gezet.

Hoewel ze Sara's aanwezigheid moest hebben gevoeld, keek ze niet op. 'Sorry, Ainsley, dat ik tegen je tekeerging. Maar ik moet even alleen zijn.'

Sara proefde iets van wanhoop in haar toon. Van alle scenario's waarop ze zich had voorbereid – een tartende Britt, een boze Britt, zelfs een gewelddadige Britt – was deze Britt de laatste die ze had verwacht.

Ze maakte een gebroken indruk.

Sara ging niet weer de rol van troosteres spelen. Ze ademde in en zei: 'Britt.'

Met een ruk hief Britt haar hoofd. Toen ze Sara zag, hapte ze naar lucht. Ze was te overrompeld om een schimpscheut paraat te hebben.

Sara sloeg haar armen over elkaar. 'Wat is dat verband, Britt? Hoe kan wat ik vijftien jaar geleden –'

Britt stond zo snel op dat ze bijna achterover van de bank viel. Ze schoof haar spullen in de kast en schopte de deur dicht. Toen keerde ze zich naar Sara toe. Ze opende haar mond, maar in plaats van iets te zeggen liep ze langs haar. Niet naar de uitgang, maar naar de natte ruimte.

Ze bleef pas staan toen ze bij de glazen deur was aangekomen. Voor ze naar binnen ging, draaide ze zich om en keek Sara aan.

Sara aarzelde even voor ze haar volgde. Britt straalde een gespannen soort energie uit. Deze keer leek ze niet high te zijn. Ze ging niet tekeer en sloeg Sara ook niet met beledigingen om de oren. Als Sara haar gedrag in één woord moest vangen, zou ze voor 'bang' kiezen.

Angst kon tot allerlei fouten leiden. Sara hield de glazen deur tegen voor hij dichtviel. Ze liet Britt voorgaan langs de douches. Een van de cabines was bezet. Sara stapte om een waterplas heen. Ze hoorde de hottub borrelen en het zachte gemurmel van pratende vrouwen. Britt keek door de glazen deur van de sauna. Twee vrouwen maakten er gebruik van. Ze opende de deur naar de stoomkamer. Een dichte nevel wolkte naar buiten. Britt griste een handdoek van het rek. Ze keek weer achterom naar Sara voor ze naar binnen ging.

Sara wilde ook een handdoek pakken, maar opnieuw aarzelde ze. Was het dom om Britt te volgen naar de enige ruimte waar ze niet afgeluisterd zouden worden? Was dit een list zodat Britt weer de overhand had?

Er was maar één manier om erachter te komen, en dat was door naar binnen te gaan.

De warme, vochtige lucht drukte zwaar op Sara's longen. Elk oppervlak was bedekt met iriserende tegels. Het licht van de plafondlampen reikte niet ver. Ze kon Britt nauwelijks zien toen die een handdoek op de hoek van de bank legde. Zelf liet ze haar handdoek dichter bij de deur neervallen. Ze bleef staan, terwijl Britt ging zitten.

'Ik... Een e-mail...' Britts stem haperde. 'Ik kreeg een e-mail.'

Door de nevel heen hoorde Sara een gedempte galm. Ze kwam wat dichterbij zodat ze Britts gezicht kon zien. Die zat met haar hoofd in haar handen. Ze beefde weer. Het was bijna dezelfde situatie als twee dagen eerder in de rechtszaal.

'Die kwam van... van onze...' Britt was zichtbaar aangeslagen. Stoom kringelde om haar heen toen ze opkeek naar Sara. 'De Coopers zijn op ons aanbod om te schikken ingegaan.'

Sara raakte met haar vingers de muur aan om haar evenwicht te bewaren. 'Je liegt.'

Britt loog niet. Tranen stroomden over haar gezicht, als condens over een glas koud water.

Sara hoefde haar tranen niet. Ze wilde antwoorden. 'Waarom zouden ze jullie geld aannemen?'

Britt schudde haar hoofd. Ze wilde het niet hardop zeggen.

'Zeg op,' zei Sara. 'Wat heb je met ze gedaan?'

'Ik heb niks gedaan!' Haar schelle stem weergalmde tot in de hoge hoeken. Ze sloeg een hand voor haar mond alsof ze zichzelf in wilde tomen. 'Het was een jongen met wie Dani op school had gedatet. Hij had een oude telefoon gevonden met foto's erop. Hij kwam ons om geld vragen. Ze willen altijd geld.'

Sara wist over wat voor foto's ze het had. Toen ze nog als kinderarts werkte, had ze elk meisje dat bij haar over de drempel kwam gewaarschuwd dat ze geen naaktfoto's van zichzelf moest versturen. Slechts een enkeling luisterde.

'Hoe erg zijn die foto's?' vroeg ze.

Britt keek haar bevreemd aan, want je vroeg alleen om geld als het om vreselijke foto's ging. 'Close-ups waarop ze in haar borsten knijpt. Of haar schaamlippen spreidt. Op de meeste zie je haar gezicht. Ze heeft haar ogen gesloten, en –'

Sara hoefde de rest niet te horen. Britt had de foto's gezien. Mac. Hun advocaten. Tommy. Wie nog meer?

Britt zei: 'Ik betwijfel of de rechter die foto's als bewijsmateriaal zou toelaten, maar dat soort dingen belandt altijd online.'

Sara liet zich op de bank zakken. Ze had gedacht dat haar hart niet in nog meer stukken kon breken voor Dani's ouders, maar Britt had een manier gevonden om het te verbrijzelen. 'Zeg alsjeblieft dat de Coopers ze niet hebben gezien.'

'De foto's zijn naar hun advocaat gestuurd.'

'Hebben ze ze gezien?'

Britt zweeg, wat betekende dat Dani's ouders hun dochter twee keer op haar allerkwetsbaarst hadden gezien: toen ze haar op de autopsietafel hadden zien liggen en toen Douglas Fanning hun de naaktfoto's had gestuurd.

'Je hebt gedreigd de foto's naar buiten te brengen,' zei Sara. 'Daarom stemden ze in met een schikking.'

Door de flarden stoom heen tuurde Britt naar Sara. 'Denk je echt dat Mac met mij overlegt voor hij iets doet?'

'Wil je me vertellen dat je hem anders had tegengehouden?'

'Ik kan hem niet tegenhouden. Mac doet wat hij wil. Ik heb niks in te brengen.'

'Is dat je excuus? Arme Britt in haar vergulde kooi?' Sara was niet vergeten waarom ze hier was. Nu kwam het erop aan. 'Wat is dat verband? Hoe kan wat er vijftien jaar geleden met mij is gebeurd iets met Dani te maken hebben?'

'Heilige Sara schiet weer eens te hulp,' mompelde Britt.

'Hou je mond.' Sara had het helemaal gehad met haar jankerige zelfmedelijden. 'Je hebt gezegd dat je wilde dat Tommy stopte. Zeg op, hoe kan ik hem stoppen?'

'Waag het niet mijn zoon iets aan te doen.'

Sara dacht aan wat ze net op de salon-tv had gezien. 'Er wordt weer een meisje vermist. Een studente.'

'Tommy was gisteravond thuis. Hij heeft daar niets mee te maken.'

'Maar je hebt het op het nieuws gezien. Jij was ook bang dat het Tommy was. Hij gaat niet stoppen, Britt. Zeker nu niet.'

Britt reageerde niet.

'En Mac? Was hij gisteravond ook thuis?'

Haar lach had iets bitters. 'Mac kan hem al jaren niet overeind krijgen. Hij zuigt vaker aan zijn inhalator dan aan mij. Het verbaast me dat mijn vagina niet is dichtgegroeid.'

'Britt.' Er was geen redelijk gesprek met haar te voeren. Ze was zo onvoorspelbaar. 'Wat is er vijftien jaar geleden gebeurd? Wat heb ik gemist?'

Ze weigerde te antwoorden.

'Alsjeblieft,' smeekte Sara. 'Je hoeft me niet alles te vertellen. Geef me alleen een aanwijzing. Een naam. Iets waarmee ik verder kan. Iets wat me helpt om het uit te zoeken.'

Britt hield haar hoofd schuin naar achteren. Er lag een vochtig waas over haar huid, een mengeling van zweet en tranen. Ze dacht erover na. En toen nam ze een besluit. Ze schudde haar hoofd. 'Ik kan je niet helpen.'

Sara zocht wanhopig naar een manier om erdoorheen te breken. Het enige wat ze had, was Wills gesprek met Mac en Richie. Dat of/of. Richie was er twee keer over begonnen.

Waarom ligt Cam weg te rotten in zijn graf, terwijl Sara met medelijden overladen wordt?

'Heeft het iets met Cam te maken?' vroeg ze.

Britt draaide haar hoofd naar Sara toe. Haar lippen weken uiteen, maar net als eerst krabbelde ze terug. 'Laat het rusten, Sara. Cam is dood. Je hoeft niet op zijn graf te dansen.'

Sara vroeg maar niet naar Dani Coopers graf. 'Wat is er met Cam gebeurd?'

'Hij plooide zijn lippen om de loop van een pistool en haalde de trekker over.' Britt keek hoe ze reageerde. 'Dat ben je vast weleens tegengekomen in jouw soort werk.'

'Zeg me wat ik over het hoofd zie.'

Met een diepe zucht kwam Britt overeind. 'Ik ben al laat voor mijn wedstrijd.'

'Britt, godverdomme. Hoe zul je je voelen als Tommy weer iemand te grazen neemt?'

'Dat doet hij niet.'

'Je weet dat hij het wel doet.' Het kostte Sara moeite om niet te schreeuwen. 'Wat is er tijdens die mixer gebeurd? Ik weet dat Cam erbij was. Wat deed hij?'

Britt zweeg weer even, maar deze keer gaf ze een klein beetje prijs. 'Hij hing óf met zijn kop boven een fles óf boven het toilet.'

Sara voelde een herinnering kriebelen in haar achterhoofd. 'Was hij dronken?'

'Hij lag op de fucking vloer. In dat opzicht was je hem altijd de baas. Hij had gewoon de ballen niet voor de spoedeisende hulp.'

'Waarom was hij –'

'Hij had een patiënt verloren.'

Sara knikte onwillekeurig. Ze herinnerde zich dat Cam de bar rondging, zich aan mensen vastklampte en hun smeekte om te luisteren. 'Hij was kapot. Hij dronk aan één stuk door. Mason moest hem zijn autosleutels afpakken.'

'Jammer dat Mason hem geen Glock gaf. Dat had ons bijna tien jaar van zijn gejank bespaard.' Britt griste de handdoek van de bank en wilde vertrekken.

Sara versperde haar de weg.

Britt leek niet onder de indruk. Ze keek eerder strijdlustig. 'Pak je me nu terug voor wat er in de rechtszaal is gebeurd?'

Sara wist dat ze niet van vrouw tot vrouw met Britt kon redeneren, maar ze kon wel als arts met haar praten. 'Dani scoorde 515 punten op het toelatingsexamen voor de geneeskundestudie.'

Britt was oprecht geschokt. Zelfs medische studenten hadden moeite om zo'n hoge score te halen. Sara betwijfelde of Tommy het even goed had gedaan.

'Dani hield de afscheidsrede op haar middelbare school. Haar toespraak ging over het verbeteren van gezondheidsresultaten bij minderheidsgroepen. Ze was zeer geïnteresseerd in organische scheikunde. Ze deed vrijwilligerswerk in het gezondheidscentrum voor vrouwen. Ze wilde gynaecologe worden.' Sara zag hoe haar woorden Britt raakten. Die herinnerden haar aan haar eigen pad naar de geneeskunde. 'Dani reed die avond naar het Grady omdat ze wist dat ze hulp nodig had. Het leven gleed uit haar weg. Ze wist precies wat er aan de hand was. Ik moest haar beloven dat ik hem zou tegenhouden, Britt. Je moet me daarmee helpen. Vertel hoe het een met het ander verbonden is.'

Britt klemde haar kaken zo stevig opeen dat Sara haar kiezen bijna hoorde knarsen.

Terwijl ze elkaar zwijgend aankeken, gevangen in een impasse, ging de deur open. Stoom dwarrelde omhoog tegen de plotselinge stroom koude lucht. Een vrouw in badpak stond te wachten tot ze naar binnen kon. Ze keek bevreemd, waarschijnlijk omdat ze niet verwachtte Britt en Sara volledig gekleed in de stoomkamer aan te treffen.

‘Darcy!’ zei Britt gemaakt vrolijk. ‘Kijk toch eens. Het is nauwelijks te zien dat je pas een kind hebt gekregen.’

Een glimlach kroop over Darcy’s gezicht. ‘Ze haalt eindelijk haar mijlpalen. Reuze bedankt dat je er met mij over wilde praten. Zander en ik maakten ons vreselijk ongerust.’

‘Geen dank. Waar zijn mijn manieren gebleven?’ Britt keerde zich naar Sara toe. ‘Darcy, dit is Merit Barrowe. We werkten vroeger samen in het Grady.’

‘Merit.’ Darcy schudde Sara’s hand. ‘Wat een mooie naam.’

Sara verbeterde haar niet. Daarvoor werd ze te zeer afgeleid door een haarscherpe herinnering aan de mixer van die vrijdagavond. Cam was walgelijk dronken geweest, had zijn woorden half ingeslikt en mensen gesmeekt om naar hem te luisteren. Hij had Sara klem weten te zetten bij de bar. Zijn adem had naar whisky en sigaretten gestonken. Hij sproeide speeksel om zich heen. Cam dronk meestal te veel, maar deze keer was het anders. Hij slikte allerlei middelen in een poging de pijn te verdoven. Hij had met Sara willen praten over wat er twee weken daarvoor op de spoedeisende hulp was voorgevallen. Ze hadden allebei nachtdienst gehad toen het noodlot toesloeg.

Cam had een patiënt verloren.

Ze was twintig geweest. Zwakke pols. Veranderd bewustzijn. De vrouw was plotseling in elkaar gezakt op het patiëntentoilet. Haar toevallen waren zo hevig geweest dat ze met enorme kracht tegen de toiletpot had geschopt. Het geluid van porselein dat in tweeën brak had als een geweerschot over de afdeling gegalmd. De schop was hard genoeg geweest om de enkel van de vrouw te breken.

Sara had zich twee behandelkamers verderop bevonden toen het gebeurde. Ze wist niet meer waarvoor haar patiënt werd behandeld, maar ze kon zich nog wel de bijzonderheden herinneren over de dood van Cams patiënte, zoals die in de morbiditeits- en mortaliteitsbespreking naar voren waren gekomen.

Gedrogeerd. Vastgebonden. Mogelijk verkracht.

Ze heette Merit Barrowe.

8

Martin Barrowe had Prime Craft Coffee in Atlanta's West Side voorgesteld als ontmoetingsplek om over de dood van zijn zus te praten. Will kende het gebied goed. Hij had zijn tienerjaren grotendeels doorgebracht in de plaatselijke bedrijfspanden, waar hij in de metaalbewerking had gewerkt en in dienst was geweest bij een bedrijf dat tentoonstellingsmateriaal voor handelsbeurzen bouwde. Die bedrijven bestonden al lang niet meer. De timmer- en machinewerkplaatsen waren gesloopt en vervangen door allerlei multifunctionele projecten. Bovenin dure appartementen, en beneden nog duurdere woonwinkels, restaurants en kledingzaken.

Wat zijn kleren betrof paste Will naadloos tussen de professionals in het chique cafeetje. Hij droeg de plichtmatige witte oordoppen, ook al was hij de enige die niet over een laptop zat gebogen. Met zijn ogen volgde hij de tekstregels op zijn telefoon, terwijl hij luisterde naar de AI in zijn tekstnaar-spraakapp, die het vijftien jaar oude rechercherapport voorlas over de dood van Merit Alexandria Barrowe.

...ouders de twintigjarige overledene hadden geïdentificeerd op de afdeling van de patholoog-anatoom van Fulton County. Zie beëdigde verklaring. Eerste indruk: vermoedelijke overdosis. De vrouw beweerde verkracht te zijn; bevindingen niet doorslaggevend. Zie rapport patholoog-anatoom. De vrouw is het laatst gezien op een feest op de campus van Georgia State University. Zie getuigenverklaringen. Bewakingscamera's tussen feestlocatie en het Grady Hospital waren buiten werking. De vrouw ging het Grady binnen via ingang aan west-

kant en hield een beveiliger aan. Zie getuigenverklaring Alvarez, Hector. Alvarez begeleidde de vrouw naar de SEH. De vrouw leek onder invloed: sprak binnensmonds en was niet in staat om zelfstandig te lopen. De vrouw beweerde verkracht te zijn, maar was onduidelijk over de details. Na opname op de SEH vroeg de vrouw of ze naar het toilet mocht. Op het toilet kreeg ze een toeval, met als gevolg een gebroken rechterenkel. Zie incidentenrapport ziekenhuis. Doodsoorzaak: vermoedelijke post-hypoxische epilepsieaanval/SUDEP; nog onzeker in afwachting van toxicologisch rapport.

Will zette de spraakapp op pauze.

Sara had uitgelegd dat SUDEP plotseling en onverwacht overlijden aan epilepsie betekende. Barrowe had te lang niet geademd tijdens een epileptische aanval. In feite was ze gestikt.

Volgens het rapport van de patholoog-anatoom leed Merit Barrowe volgens haar ziektegeschiedenis niet aan epilepsie, wat erop wees dat drugsvergiftiging tot de aanval had geleid. Will had op zaken gezeten waar cocaïne, meth, MDMA en in één geval te langdurig blowen een aanval hadden veroorzaakt. Die drugs zouden waarschijnlijk allemaal beschikbaar zijn geweest op een campusfeestje.

Hij scrolde naar beneden en liet de app het autopsierapport voorlezen. Hij werd er niet veel wijzer van. De patholoog had voor een zogenoemde gedeeltelijke obductie gekozen, wat betekende dat hij het lichaam niet had geopend. In plaats daarvan was er een extern onderzoek uitgevoerd: röntgen, foto's en een lichaamsdiagram.

Will zette de app weer op pauze. Hij keek naar het diagram. De gebroken enkel en de buil op het hoofd konden worden toegeschreven aan de toeval. Links zat geen kneuzing of steekwond die Merit aan Sara en Dani Cooper zou koppelen. Het enige wat de patholoog over haar linkerzij had opgemerkt, was dat er acht centimeter onder de middellijn van de oksel een tattoo zat, tussen de vierde en de vijfde rib. De lengte stond genoteerd als 7,62 centimeter. De breedte werd niet vermeld. Evenmin was vermeld of de tattoo uit woorden, symbolen of een stripfiguur bestond. Er stond alleen een verzameling kruisjes op het lichaamsdiagram, en een licht gebogen streep, als de mond van een maniakale clown.

Hij tikte op zijn telefoon en klikte terug door de hoofdmap, die alle officiële politiebestanden over Merit Barrowe bevatte. Hij opende de scan van haar overlijdensverklaring. Inmiddels waren alle overheidsdocumenten gedigitaliseerd, maar vijftien jaar geleden werd er nog met typemachines en gewone pennen gewerkt. De app kon de getypte documenten goed lezen, maar de handgeschreven verslagen gaven wat problemen. Wat het enigszins goedmaakte, was dat degene die met inkt delen van het formulier had ingevuld dat in blokletters had gedaan.

Merit Alexandria Barrowe. Zwart haar. Groene ogen. Twintig jaar. Doodsoorzaak: overdosis. Het formulier bood drie keuzes: ongeluk, moord of zelfmoord. Ze waren geen van alle aangekruist. Het gedeelte met de kop 'korte toelichting doodsoorzaak' was opengelaten.

De app kon geen handtekeningen lezen, maar gelukkig was de naam van de arts uitgetypt. Het verbaasde Will niet dat dokter Cameron Carmichael Merits dood met zijn handtekening had bezegeld. Cam was Merits behandelend arts toen ze stierf, dus het viel onder zijn verantwoordelijkheid om de officiële papieren in te vullen. Dat er een kruisje ontbrak bij 'ongeluk, moord of zelfmoord' was niet ongebruikelijk. Evenmin als de afwezigheid van een 'korte toelichting' in het rechthoekige vak. Cam was niet belast met het onderzoek naar de omstandigheden rond de overdosis. Dat was een taak voor de politie. De patholoog was degene die het vakje aankruiste en de verklaring opstelde.

Uit het feit dat de hoofdrechercheur niet om een volledige autopsie had verzocht, kon Will veel herleiden over hoe de man de zaak beschouwde. Het was duidelijk dat hij niet aan kwade opzet had gedacht, ook al hadden twee getuigen, namelijk Cam en de beveiliger, verklaard dat Merit het over verkrachting had gehad. Het was al even duidelijk dat de patholoog-anatoom geen kritiek had gehad op de beoordeling. Dat was interessant, maar net als de overlijdensverklaring niet verbazingwekkend.

Het bureau van de patholoog-anatoom in Fulton County had het vorige jaar drieduizend gevallen behandeld. Zoals de meeste medische instellingen kampte het met personeelstekort, waren de medewerkers afgemat en bezweek iedereen bijna onder de achterstand in behandelde zaken. Vijftien jaar geleden, ten tijde van Merit Barrowes dood, was de situatie niet veel rooskleuriger geweest. De economie had op het randje van de afgrond gebalanceerd. Overheden sneden in budgets. Soldaten keerden terug van veelvuldige detacheringen in Afghanistan en Irak. Iedereen was prikkelbaar, de stress was torenhoog, en het aantal geweldsmisdrijven rees de pan uit.

Will zocht naar de autopsiefoto's, maar vond er slechts één. De scan was in kleur, hoewel de foto er verbleekt uitzag. Merit Barrowe lag op een roestvrijstalen brancard. Ze was tot aan haar hals bedekt met een wit laken. Haar korte haar was naar achteren gekamd, en haar ogen waren gesloten. Ze leek erg jong en erg eenzaam daar op die koude metalen tafel.

Hij nam er de tijd voor om haar gezicht te bestuderen. Als je in je werk veel met de dood in aanraking kwam, vergat je algauw de schok die één overlijden teweeg kon brengen. Merits ouders hadden van haar gehouden. Merits broer had van haar gehouden. Ze had vrienden en vriendinnen gehad, misschien vriendjes, en slechts twintig korte jaren op aarde doorgebracht voordat alles haar ontnomen werd.

Will richtte zich weer op het autopsierapport, maar nu zonder de app. Het waren standaardformulieren, dus hij kon zonder moeite de plek met de toxicologische gegevens vinden. De woorden 'in afwachting van' waren ook vertrouwd. Als de resultaten van het toxicologisch onderzoek in het Grady Hospital of in het pathologisch laboratorium van Fulton County al waren ontvangen, had niemand de moeite genomen ze bij Barrowes dossier te voegen. De rechercheur die de zaak had onderzocht, had er ook geen gevolg aan gegeven.

Normaal zou Will de rechercheur hebben opgespoord, maar toevallig wist hij dat Eugene Edgerton negen jaar geleden aan alvleesklierkanker was gestorven.

Het was dezelfde rechercheur die Sara's verkrachtingszaak had behandeld.

'Heb je dat shitrapport gelezen?' Faith ging tegenover hem zitten met twee grote bekers en het humeur van een gifslang. ' "De vrouw beweerde verkracht te zijn." '

Will nam de beker met slagroom erop, in de veronderstelling dat de warme chocolademelk voor hem was bedoeld. 'Wat zie ik over het hoofd?'

'De vrouw?' herhaalde Faith. 'Merit had een naam. Je hebt het in een rapport alleen over "de vrouw" als je een idioot of een incel bent.'

Will roerde de slagroom door zijn chocolademelk. Hij had Faith al verteld dat Eugene Edgerton beide zaken had onderzocht. 'In Sara's geval arresteerde Edgerton iemand.'

'Niet beledigend bedoeld, maar Sara is een witte arts uit een goed milieu. Edgerton heeft Sara niet één keer als "de vrouw" aangeduid in zijn rapport. Hij heeft ook nooit gezegd dat ze "beweerde" verkracht te zijn.'

'Je hebt het nu over het verschil tussen een levende getuige en een dode,' zei Will. 'Het rapport van de patholoog-anatoom gaf geen uitsluitsel. Barrowe vertoonde bepaalde kneuzingen en blauwe plekken die ook het gevolg van seks met wederzijdse instemming hadden kunnen zijn. Er werd geen sperma aangetroffen.'

'O, shit, wil je me vertellen dat de verkrachter een condoom heeft omgedaan?' Faith verwachtte geen antwoord. 'Ik ben er dus honderd procent zeker van dat Edgerton niet geloofde dat Merit Barrowe verkracht was. En daarom ging hij niet achter een verdachte aan, vroeg hij ook niet om een volledige autopsie en zag hij geen verband met Sara's zaak, wat betekende dat Jack Allen Wright maar acht jaar in de gevangenis heeft gezeten, terwijl hij ook twintig jaar had kunnen krijgen.'

Will zag min of meer wat ze bedoelde, maar hij was het niet helemaal met haar gedachtegang eens. 'Weten we waar Wright zich bevond op de avond dat Merit Barrowe het Grady binnenliep?'

'Ik heb wat telefoontjes met het APD gepleegd, maar die klootzakken bellen niet terug.' Ze keek nog geïrriteerder dan anders. 'Zelfs Leo Donnelly belt me niet terug over hoe het zit met die studente die gisteravond uit de Downlow is verdwenen. Die sneue zak is bijna tien jaar mijn partner geweest, maar hij vindt het te veel moeite om de telefoon op te nemen.'

Ze wisten allebei waarom haar telefoontjes niet werden beantwoord. Will had onderzoek gepleegd naar sommige zeer hooggeplaatste functionarissen bij het Atlanta Police Department. Een van hen was met pensioen. Een aantal anderen zat momenteel in de gevangenis. In plaats van dat ze Will dankbaar waren omdat hij had geholpen de bezem door de tent te halen, kon hij bij wijze van spreken tachtig keer midden in het hoofdkwartier van het APD worden neergestoken zonder dat ook maar één smeris in het gebouw iets had gezien.

Faith was zijn partner. Alles aan haar stonk naar hem.

'Hoe heet die vermiste studente?' vroeg hij.

'Leighann Park. Ik krijg het bijna niet over mijn lippen, maar ze had geluk dat ze verdween op een dag dat er weinig nieuws was. Volgens de berichtgeving op tv ging ze gisteravond met een vriend naar een club. Hij is vanochtend geïnterviewd. Hij zei tegen de verslaggever dat Leighann helemaal flipte omdat ze van die enge berichtjes kreeg.'

'Bedreigingen?'

'Dat zei hij niet, maar...' Faith haalde haar schouders op. 'Vrijwel altijd als een vrouw een elektronisch apparaat aanraakt, krijgt ze een dickpic of een eng bericht. Moeilijk te zeggen wanneer het om een echte bedreiging gaat en wanneer het onzin is.'

Will hoopte dat het onzin was. 'Ga eens terug naar de autopsie op Merit

Barrowe. Ze had geen blauwe plekken of wonden op haar linkerzij. Hoger op haar ribben had ze een tattoo, maar de patholoog vond die niet belangrijk genoeg om er melding van te maken.'

'Omdat Edgerton zei dat het een overdosis was en dat hij er geen tijd aan hoefde te verspillen, want hij geloofde "de vrouw" niet die tegen twee mensen had gezegd dat ze verkracht was.'

Will nam een paar slokken chocolademelk om haar even te laten doormopperen. 'Is het niet vreemd dat Edgerton op beide zaken zat?'

'Neu.' Faith nam het deksel van haar theebeker en blies op de hete vloeistof. 'Er zat twee weken tussen. Hij was beide avonden dienstdoend hoofdrechercheur.'

Will was bekend met de wisseling van diensten. Je had een maand lang hetzelfde rooster. Hij ging naar de kalender op zijn telefoon en scrolde vijftien jaar terug. 'Merit Barrowe kwam op een vrijdagavond het ziekenhuis binnen. Ze stierf die nacht.'

Faith stopte halverwege een slok. 'Net als Dani Cooper.'

Voor het volgende had geen van beiden een kalender nodig, maar toch zei Will: 'Net als Sara, alleen bleef zij leven.'

'Fuck.' Faith zette de beker neer. 'Vrijdagse mixer, vrijdagse verkrachting?'

'De mixer was één keer per maand, op de laatste vrijdag.'

'Oké, maar daarmee hebben we toch gerede aanleiding om het APD te vragen Sara's zaak te heropenen?'

'Het is een heel dun lijntje.' Will dacht alleen aan Amanda. Die zou razend op hen zijn omdat het fraudeonderzoek daarmee in het gedrang kwam. Misschien liep het op een schorsing uit. Of nog erger: ze kon weigeren hun de aanwijzingen te laten natrekken. 'Cam schreef op de overlijdensverklaring dat Merit Barrowe was gestorven aan een overdosis. De patholoog noemde de doodsoorzaak onbeslist in afwachting van de toxicologische uitslag. Dat toxrapport is nooit geregistreerd. Theoretisch betekent het dat de zaak nog open is, maar in dat geval zou Atlanta ons om hulp moeten vragen, en Atlanta –'

'Beantwoordt mijn telefoontjes niet.' Faith diepte haar aantekenboekje op uit haar tas. 'Ik heb eens nagedacht over wat Britt tegen Sara heeft gezegd. Of eigenlijk wat ze niet heeft gezegd. Waarom doet die bitch alsof ze een of ander vul-zelf-maar-in-verhaal vertelt? Waarom kan ze niet gewoon zeggen hoe het zit?'

'Niemand wil het slechte nieuws vertellen, en al helemaal niet als het om je eigen kind gaat,' zei Will. 'Jeremy is een goede jongen, maar stel dat hij dat niet was? Zou je hem dan beschermen?'

'Verkeerd getimede vraag.' Ze sloeg een leeg blad open in haar boekje. 'Hij heeft me nog niet teruggeappt over wat hij aantrekt naar dat diner van 3M. Ik weet niet wat er speelt, maar ik heb geen tijd om hem eens stevig aan te pakken, rund dat hij is.'

Will nam weer een paar slokken chocolademelk, terwijl zij naar de lege bladzij in haar boekje staarde. Ze dacht aan Jeremy.

'Britt?' drong hij aan.

'Oké.' Faith begon te schrijven. 'Britt vertelde Sara dat Cam straalbezopen was op de avond van de mixer. Dat hij overstuur was vanwege de dood van Merit Barrowe. Dat hij gewoon de ballen niet had voor spoedeisende geneeskunde. Dat hij erover bleef janken tegen iedereen die het maar wilde horen.'

'Kende Cam Merit Barrowe voor ze in het ziekenhuis belandde?' De vraag lag voor de hand.

'Het zou mooi zijn geweest als rechercheur Incel hem had verhoord,' zei Faith. 'Zoals ik het zie, heeft hij de zaak nauwelijks onderzocht.'

Will was het met haar eens. Edgerton had maar drie getuigenverklaringen afgenomen. De ene verklaring kwam van Alvarez, de beveiliger in het Grady. De andere twee waren van studenten aan Georgia State University, die Merit eerder die dag op college hadden gezien. Hij had niemand opgespoord die die avond op het feest was geweest. Niets in zijn aantekeningen wees er ook maar op dat hij een poging had gedaan.

Faith keek op haar telefoon. 'Martin zei dat hij een berichtje zou sturen als hij hier arriveerde. Hij is al vijf minuten te laat. Dit is zo'n dag dat je bij mij niet met dat soort irritant ge-eikel aan moet komen.'

Will pakte zijn telefoon er ook bij. Hij scrolde naar een foto die hij op de countryclub had gemaakt. 'Ik heb even naar Britts auto gekeken toen ze in de kleedkamer was. Dit zat onder de achterste wielkast aan de bestuurderskant.'

Faith keek iets te lang naar de foto. 'Is dat een gps-tracker?'

Will zag zijn eigen verwarring weerspiegeld in Faiths blik. Hij was zo geschokt geweest toen hij de kleine, gemagnetiseerde tracker op Britts auto had aangetroffen dat hij de foto op Google Lens had gescand om zeker te weten wat het doel van het apparaatje was.

'Als Britt bang is dat haar auto wordt gestolen, zou ze dan niet eerder LoJack hebben geïnstalleerd?'

'Die heeft ze niet nodig. Er is een app genaamd Alfa Connect die de locatie van de auto aangeeft op een realtimekaart.'

'Je weet veel te veel over auto's,' zei Faith. 'Waarom zou Britt McAllister een tracker hebben op een auto die ze toch al kan volgen?'

'Waarom heeft een vrouw met een waterfles van veertig dollar in een bijpassende kleur een Apple AirTag die met een goedkoop plastic koordje aan haar key fob vastzit?'

'Omdat degene die haar volgt, wil dat ze weet dat ze gevolgd wordt,' zei Faith. 'Wat voor psychopaat volgt er nou een auto?'

Will zei maar niets over de trackingpagina die hij op haar laptop had gezien. Hij durfde er wat om te verwedden dat Jeremy al even nauwlettend in de gaten werd gehouden als Britt.

'Vast de echtgenoot, denk je ook niet?' vroeg ze.

'Volgens Sara is Mac een controlfreak. Aan de bar met Richie zat hij de hele tijd met zijn glas te schuiven, zodat het precies tegen de rand stond. Dwangneurotisch.' Will legde zijn telefoon op tafel en bedwong de neiging om hem evenwijdig aan de rand te leggen. 'Mijn tante vertelde me iets interessants, namelijk dat Mac net een pooier is en Britt gekocht en betaald is. Alle macht die ze heeft, is rechtstreeks van Mac afkomstig, en die macht gebruikt ze om anderen te kwetsen. Soms zijn slachtoffers de ergste beulen.'

Faith kreeg een rare blik in haar ogen. 'Ga je me nu vertellen over een tante uit je verre verleden over wie ik tot gisteravond nooit iets heb gehoord?'

'Ga je me nu vertellen dat je van je laatste zaak PTSS hebt gekregen en dat ik daarom gisteren kon oprotten?'

Opeens was ze verdiept in haar aantekenboekje. 'Daar wilde ik mijn excuses voor aanbieden.'

Will keek naar de bovenkant van haar hoofd. Hij vermoedde dat hij het daarmee zou moeten doen. Terwijl hij weer een slok chocolademelk nam, keek hij de zaal rond. Sommige gasten keken terug, maar bij wijze van uitzondering gold hun nieuwsgierigheid niet Will. Faith had haar GBI-tenue aan: een kakibroek en een marineblauwe polo met het GBI-logo op de borstzak en haar Glock op haar heup. Vooral het wapen kon op afkeuring rekenen. Iedereen had de pest aan de politie, tot ze die nodig hadden.

'Amanda zou een rolberoerte krijgen als ze wist waar we mee bezig zijn.' Zich niet bewust van de blikken die ze kreeg, bladerde Faith door haar boekje. 'Ik kan hier geen wijs uit worden. We moeten het weer op ons bewijsbord zetten.'

'Het is maar een bewijsbord. Nu het verband nog. We weten niet waarom Richie over Cam begon. We weten niet wat Britt eigenlijk aan Sara probeerde te vertellen. We weten nog steeds niet wat het verband is tussen de twee verkrachtingen. Of drie, als je Merit Barrowe ook meetelt.'

'We weten dat Cam er iets mee te maken heeft, en dat is al meer dan we gisteravond wisten,' zei Faith. 'Denk je dat Sara iets uit Mason loskrijgt?'

Will haalde zijn schouders op en deed alsof de naam Mason niet schuurde. Op de countryclub had hij zelf aan Sara gevraagd om haar vroegere vriend te bellen. Mason had meteen ingestemd met een afspraak in zijn kliniek. Will had geen idee wat het gesprek zou opleveren, maar hij wist dat Sara het moest proberen. Niemand van deze lui liet het achterste van zijn tong zien. Ze konden alleen hopen dat Mason iets zei wat Sara's geheugen zou opfrissen.

'Vind je dat erg?' vroeg Faith. 'Dat Sara met haar buitengewoon aantrekkelijke, sexy ex-vriendje gaat praten?'

Weer haalde Will zijn schouders op. Sara mocht dan naar Masons kliniek gaan, uiteindelijk zou ze naar huis en Wills bed terugkeren.

'Wat heb je over Martin Barrowe ontdekt?' vroeg hij.

'Advocaat. Houdt van pitbulls. Fan van de Braves. Fan van de Hawks. Werkt in de sociale advocatuur. Noemt zichzelf een strijder voor maatschappelijk recht. Ook fan van Taylor Swift, maar wie niet?' Faith tikte op haar telefoon. Ze liet Will een foto zien. 'Knappe vent.'

Will herkende het gezicht onmiddellijk.

Martin Barrowe was een van de professionals die aan hun tafeltjes over een laptop zaten gebogen.

'Hij zit hier al zo'n tien minuten,' zei Will. 'Daar in de hoek.'

Faith was zo verstandig om zich niet om te draaien. 'Ik ben hier niet echt incognito. Ik heb vijftien centimeter grote GBI-letters in neongeel op de rug van mijn shirt staan.'

'Advocaten houden niet van smerissen.'

'Advocaten zijn smeerlappen die verkrachters en moordenaars helpen vrijuit te gaan.' Faith had haar telefoon in haar handen. Will wist dat ze met behulp van de frontcamera achter zich keek. 'Wat voert hij in zijn schild? Denk je dat hij ons in de maling neemt?'

Martin had zijn laptop gesloten. Hij had zijn handen samengevouwen en zijn hoofd gebogen. Zijn ogen waren dicht. Will had Sara's moeder vaak hetzelfde zien doen.

'Volgens mij is hij aan het bidden,' zei hij tegen Faith.

Met een diepe zucht legde ze haar telefoon weer neer. 'Misschien moet degene die er niet als een smeris uitziet en die geen hekel heeft aan advocaten hem vragen of hij bij ons komt zitten.'

Will vond het een goed idee. Net toen hij opstond, begon Martin Barrowe zijn spullen in een rugzak van honkballeer te stoppen. De man wierp een blik op de deur, maar toen zag hij Will als een meerkat boven de volgepakte ruimte uittorenen. Even was er een afweegmoment waarop Martin koos tussen weggaan of blijven.

Blijven won.

Hij hees de rugzak over zijn schouder en baande zich een weg naar de voorkant van het restaurant. Het klopte dat Martin een knappe vent was. Jasje-dasje. Gemillimeterd haar. Een dun snorretje, maar geen irritante *soul patch*. Will schatte hem rond de dertig. Hij vertoonde een opvallende gelijkenis met de autopsiefoto van Merit Barrowe, hoewel de daaropvolgende vijftien jaren zijn gelaatstrekken een zekere hardheid hadden verleend. Verdriet tekende zich vaak af in het gezicht.

'Mr Barrowe?' Will toonde zijn legitimatiebewijs, want hij miste een duidelijk identificatieteken. 'Ik ben special agent Will Trent. Dit is mijn partner, special agent Faith Mitchell. Fijn dat je met ons wilde afspreken.'

Martin hield zijn rugzak over zijn schouder. Hij ging niet zitten. 'Jullie moeten weten dat mijn ouders zijn gestorven zonder dat ze de waarheid hebben vernomen over wat er met mijn zus is gebeurd. Als jullie ook maar in de verste verte op die waardeloze, luie zakkenwasser lijken die vijftien jaar geleden Merits dood heeft onderzocht, dan is dit wat mij betreft tijdverspilling.'

Faith zette al haar stekels op toen hij Edgerton een veeg uit de pan gaf. Will hief zijn hand om een reactie in de kiem te smoren. Zijn hele volwassen leven had hij gewijd aan een beroep waarbij broederschap en trouw hoog in het vaandel stonden, maar hij had langs de harde weg ontdekt dat het dunne blauwe lijntje zich niet uitstrekte naar agenten die afweken van de norm.

'Je hebt gelijk,' zei hij tegen Martin. 'Rechercheur Edgerton heeft de zaak van je zus verkeerd aangepakt.'

Bij die woorden kromp Faith in elkaar, ook al had ze vijf minuten eerder over hetzelfde zitten mopperen. Haar moeder had bij de politie gewerkt. Evelyn had samen met Amanda carrière gemaakt, en Amanda had Faith geholpen met haar overplaatsing naar het GBI. Faith zat zo stevig binnen het lijntje dat ze praktisch blauw omlijst was.

Martin Barrowe reageerde heel anders. Eerst was hij gespannen geweest, maar nu leek zijn houding iets losser te worden. 'Hoezo heeft hij de zaak verkeerd aangepakt?'

Will dacht aan wat Sara hem de vorige avond had verteld over de kracht van eerlijkheid. 'Hoor eens, man, ik zal er niet omheen draaien. Het ergste wat ik nu zou kunnen doen is je valse hoop geven. Maar we zoeken een aanleiding om de zaak van je zus te heropenen. We denken dat die verband zou kunnen houden met een paar andere zaken. We willen de mogelijkheden met je bespreken en kijken of er iets in zit.'

Martin verplaatste zijn rugzak naar zijn andere schouder. Er zat veel meer in dan zijn MacBook Air van nog geen anderhalve kilo. De riemen spanden tegen het rode honkbalstiksel. 'En als dat niet zo is?'

'Dan hebben we voor niets oude wonden opengereten,' gaf Will toe. 'Dat is heel goed mogelijk. Ook is het mogelijk dat we iets vinden, maar er niets mee kunnen. Jij bent advocaat. Je kent het verschil tussen denken dat iemand schuldig is en het bewijzen.'

'En ik moet er dus op vertrouwen dat twee smérissen het goed aanpakken?'

Zelfs Will hoorde de draai die Martin aan het woord gaf, alsof hij het uitspuwde. Hij haalde zijn schouders op. 'Dat hoop ik, maar ik kan het je niet kwalijk nemen als het niet lukt.'

Martin antwoordde niet onmiddellijk. Hij keek via de grote ramen aan de voorkant van het restaurant naar de passerende auto's.

Will nam weer aan tafel plaats. Hij dronk het laatste restje chocolademelk op. Faith had haar notitieboekje voor zich liggen, maar ze had haar pen neergelegd.

Martin nam een besluit. De rugzak kwam met een zware plof op de vloer terecht. Hij trok een stoel naar achteren en ging zitten, met ongeveer dertig centimeter tussen zijn lichaam en de tafel. Hij keek eerst Faith aan, toen Will, en zei: 'Laat maar horen wat jullie hebben.'

Faith nam het over. 'We weten dat je zus die avond op een feest op Georgia State was.'

'Jullie zitten nu al fout,' zei Martin. 'Merit was samen met een vriendin aan het studeren. Ze rookten wat wiet en dronken een paar biertjes, maar het was geen feest. En het was niet op Georgia State. Merit studeerde aan Georgia State University, maar op dat moment was ze aan het studeren in een van die appartementen in het centrum voor medische studenten aan het Morehouse College, die hun coschappen in het Grady liepen.'

Faith was aantekeningen aan het maken, maar nu keek ze op. 'Morehouse is voor mannelijke studenten. Datete Merit met een student?'

'Ze datete met een meisje dat een broer op het Morehouse had. Merits studentenhuis was in University Village aan North Avenue, dus het was gemakkelijker om op de kamer van die broer af te spreken.'

'Wacht eens even,' zei Faith. 'Was je zus lesbisch?'

'Ja.'

Will wist waar Faith op dat moment aan dacht. In het autopsierapport van Merit Barrowe werd melding gemaakt van kneuzingen en blauwe plekken die volgens de patholoog waarschijnlijk het gevolg waren van seks met wederzijdse instemming.

'Heb je tegen rechercheur Edgerton gezegd dat je zus lesbisch was?' vroeg Faith.

'Dat hebben we allemaal gezegd,' antwoordde Martin. 'Ik was bij mijn vader en moeder toen de grote rechercheur Edgerton ons verzocht plaats te nemen in onze woonkamer. Hij zei dat we wellicht zouden horen dat Merit verkracht was, maar dat we dat niet moesten geloven. Mijn moeder zei meteen dat Merit lesbisch was. Daar hebben mijn ouders nooit problemen mee gehad. Maar Edgerton wel. Hij begon ons de les te lezen over jonge meisjes die niet weten wat ze willen, en hij vond het vreselijk om ons de waarheid te vertellen, maar Merit bedroog haar vriendin met een man, en daarom had ze gelogen en beweerd dat ze verkracht was.'

Faith had met recht een gigantisch 'Nou, wat zei ik?' kunnen claimen, maar ze keek furieus nu haar vermoedens bevestigd werden. 'Heeft hij de naam genoemd van de man met wie je zus zogenaamd vreemdging?'

'Nee. Hij zei dat hij de privacy van die vent wilde beschermen. Dat hij het leven van de jongeman niet kapot wilde maken.' Martin sloeg zijn armen over elkaar. 'Jullie hebben Edgertons rapport gelezen. "De vrouw" dit en "de vrouw" dat. Die klootzak had niet eens het fatsoen om Merits naam voluit op te schrijven.'

Nu hoorde Will het.

'De broer van die vriendin, hoe heette die?' vroeg Faith.

'Hij was het niet,' zei Martin. 'Hij was die week op het Howard. Daar had hij het eerste deel van zijn studie gedaan, en hij was teruggegaan voor zijn mentoraat.'

'Ik vraag het niet omdat ik denk dat hij dat nepvriendje was dat Edgerton had verzonnen,' zei Faith. 'Ik vraag het omdat Merit voor het laatst in zijn flat is gezien.'

'Laten we hem "Mijn Vriend" noemen,' zei Martin. 'Je vindt zijn naam niet terug in de getuigenverklaringen, evenmin als de naam van Merits vriendin. Edgerton heeft geen van beiden ooit gesproken.'

'Volgde die vriend van je een opleiding in het Grady?' vroeg Will.

'Hij was daar coassistent,' gaf Martin toe.

Will wist dat het niet moeilijk zou zijn de hand te leggen op een lijst met coassistenten van het Morehouse College van vijftien jaar geleden, maar wat hem vooral interesseerde was de reden waarom Martin de man probeerde te beschermen.

Faith had het ook door. 'Ik snap dat je liever niet hebt dat een stel agenten bij je vriend aanklopt,' zei ze. 'Maar we moeten met hem praten.'

'En wat wil je hem dan vragen?'

'Bijvoorbeeld met wie hij samenwerkte,' zei Faith. 'Heeft zijn zus hem ooit bezocht in het Grady, samen met Merit? Hebben ze met iemand daar gepraat? Hoe heetten die mensen?'

'Naar wat voor namen zijn jullie op zoek?'

Faith wisselde een blik met Will. Hij haalde zijn schouders op, want ze hadden niets te verliezen.

'Het zijn allemaal artsen,' zei ze, en ze bladerde terug door haar notitieboekje om Sara's lijst op te zoeken. 'Chaz Penley. Blythe Creedy. Royce Ellison. Bing Forster. Prudence Stanley. Rosaline Stone. Cam Carmichael. Sara Linton. Mason James. Richie Dougal.'

Will bestudeerde het gezicht van de man, maar hij gaf niets prijs.

'Zijn dat jullie verdachten?' vroeg Martin.

'Dat weten we niet,' antwoordde Faith. 'Ze werkten vijftien jaar geleden in het Grady. Ik speel open kaart met je. Dat is alle informatie die we hebben.'

Martin had zijn armen nog steeds over elkaar. Hij keek weer uit het raam. Weer moest hij een besluit nemen. Hij wist niet of hij hen kon vertrouwen.

Het verbaasde Will toen hij dat uiteindelijk toch deed.

'Kennen jullie die ene vrouw, dokter Sara Linton?' vroeg Martin. 'Twee weken na de dood van Merit werd ze verkracht. Edgerton zat op beide zaken. Maar hij loste er slechts één op.'

'Dokter Linton wist de dader te identificeren,' zei Faith. 'De verkrachter werkte in het ziekenhuis. Ze herkende zijn gezicht, wist hoe hij heette.'

Nu maakte Martins strijdbare houding plaats voor verbazing. 'Hebben jullie al naar de zaak van dokter Linton gekeken?'

‘We kijken naar alles,’ zei Faith. ‘Heb jij het met Edgerton gehad over een mogelijk verband tussen de twee zaken?’

Martin lachte snuivend. ‘Ik was een jongen van zestien die rouwde om zijn dode zus. Die man zag me nauwelijks staan. En zoals hij mijn vader en moeder behandelde... Ik zal nooit het gebrek aan respect, de minachting vergeten waarmee hij hun tegemoet trad. Ik weet dat die klootzak dood is. Als ik de moeite zou willen nemen zijn graf op te zoeken, zou ik erop pissen.’

Will probeerde zijn vijandigheid wat in te tomen. ‘Zo te horen heb je het politierapport van rechercheur Edgerton gelezen.’

Martin zweeg. Hij boog zich voorover en begon in zijn rugzak te zoeken. Hij haalde er een dikke stapel mappen uit en benoemde ze telkens als hij er een op tafel liet vallen. ‘Eerste aanklacht. Edgertons rapport. Getuigenverklaringen. Autopsierapport. Toxicologisch verslag. Overlijdensverklaring.’

Faith sloeg aan bij de woorden ‘toxicologisch verslag’. Ze pakte de uitdraai en liep met haar vinger de tekst door. Bovenaan het blad stond het kruis van Grady Healthcare, wat betekende dat het document afkomstig was van het ziekenhuislaboratorium. Voor Merit stierf, was er op de spoedeisende hulp bloed bij haar afgenomen.

Faith las voor: ‘Positief op marihuana, alcohol en benzodiazepinen.’

‘Merit gebruikte nooit medicijnen,’ zei Martin. ‘En al deed ze dat wel, Mijn Vriend heeft het toxicologisch verslag aan me uitgelegd. Hij zei dat het gehalte aan benzo’s dat in Merits bloed werd aangetroffen zo hoog was, dat ze het bewustzijn zou hebben verloren nog voor ze al die pillen had doorgeslikt.’

‘Hoe moest ze ze anders binnenkrijgen?’ vroeg Faith.

‘Zeg het maar.’

‘De patholoog heeft geen naaldsporen gevonden.’

‘Hoe goed heeft hij gekeken?’

Will sloot zich af voor het gehakketak. Hij trok het autopsierapport naar zich toe en sloeg de map open. Het was lang geleden dat hij voor het laatst gefaxte pagina’s had gezien. De letters op het thermische papier waren zo vaag dat de woorden bijna een grijze brij vormden. De koppen met het telefoonnummer vanwaar de fax was verstuurd, waren niet veel meer dan wat stippen. Op de laatste twee cijfers na was de datum bijna volledig verdwenen. De fax was van vijftien jaar geleden.

Hij bladerde door naar de laatste pagina’s. De foto’s van het uitwendig onderzoek hadden de tand des tijds evenmin goed doorstaan. Ze waren zo licht dat het potloodtekeningen hadden kunnen zijn. De tattoo onder Merits linkerarm tekende zich wit af tegen de zwarte lijnen van haar ribben.

'Had je zus een tattoo?' vroeg Will.

'Volgens het autopsierapport wel, maar ik was haar kleine broertje. Dat soort dingen deelde ze niet met me. En al helemaal niet met mijn moeder.' Er verscheen een droevig lachje op Martins gezicht. 'Dat ze lesbisch was, was tot daaraan toe, maar het lichaam ontheiligen dat je van de Heer had gekregen? Geen denken aan.'

'Heeft rechercheur Edgerton het toxicologisch verslag gelezen?' wilde Faith weten.

'Ik heb het hem zelf laten zien,' zei Martin. 'Hij zei dat Merit een feestbeest was geweest en het uit de hand had laten lopen. Die gast had een bepaalde theorie in zijn kop waarvan hij niet af te brengen was, ook al bedolf ik hem onder de feiten. Typisch zo'n smeris die dacht dat hij slimmer was dan wie ook.'

Faith negeerde de schimpscheut, terwijl ze tikkend met haar pen haar aantekeningen doornam. 'Weet je misschien of je zus bedreigende berichten ontving rond de tijd dat ze stierf?'

'Daar heeft ze het nooit over gehad, maar zoals ik al zei, ik was haar kleine broertje.' Hij haalde zijn schouders op. 'We waren hecht, maar als ze was blijven leven, zouden we nog veel hechter zijn geweest. Merit zou nu kinderen hebben gehad. Ik zal nooit weten hoe het is om oom te zijn. Mijn ouders zijn gestorven zonder een kleinkind om van te houden.'

Faith wachtte een momentje. 'Had Merit een telefoon?'

'Ze had een iPhone. Die waren destijds idioot duur. Ze kreeg hem van haar ouders omdat ze het hele jaar hoge cijfers had gehaald. Ik had haar nog nooit zo opgewonden gezien. Ik was stikjaloers.' Martin zweeg even, liet zich meeslepen door de herinnering. 'Hoe dan ook, die kun je na al die tijd waarschijnlijk niet eens meer opladen.'

'Heb je er vijftien jaar geleden niet naar gekeken?'

Martin schudde zijn hoofd. 'Ik wist het wachtwoord niet, maar het leek ook niet zo belangrijk. Destijds zat ons hele leven nog niet in een telefoon. Merit schreef haar contacten nog op in een echt adresboekje.'

'Heb je haar adresboekje nog?'

Weer haalde Martin zijn schouders op. 'Misschien kan ik het vinden.'

De gedachte liet Will niet los dat de man een wel erg zware rugzak had. Martin was er behoorlijk snel in geslaagd al Merits dossiers te achterhalen.

Will vermoedde dat hij zowel de iPhone als het adresboekje in die rugzak had zitten.

Ook vermoedde hij dat Martin nog meer dingen achterhield.

'Barrowe,' zei hij. 'Ik ga een hypothese aan je voorleggen, maar je hoeft niet te reageren als je niet wilt.'

Weer dat snuivende lachje, want waarschijnlijk kende Martin elke politietactiek uit het boekje.

Het ging Will niet om tactiek. Het ging hem om de wet. 'Georgia heeft een wet openbaarheid van bestuur die overheidsdocumenten beschikbaar stelt voor het publiek. Maar de wet vermeldt ook dat alle politierapporten verzegeld blijven zolang een onderzoek nog loopt. En dat is het geval met het onderzoek naar de dood van je zus. Theoretisch is die zaak nooit gesloten. Merits doodsoorzaak staat beschreven als onbeslist. Toch heb jij kopieën van alle verslagen.'

Martin hield zijn lippen stijf op elkaar, maar hij wierp een nerveuze blik op Faith, die door de mappen grasduinde.

'En dan nog iets,' vervolgde Will. 'Sommige van die papieren zijn gefaxt. Vijftien jaar geleden werd de fax alleen nog gebruikt door overheidsinstanties en medische professionals. Tot mijn schande moet ik bekennen dat wij de fax nog gebruiken, maar het papier is niet meer thermisch sinds we erachter kwamen dat het vervaagt.'

Will gaf hem de tijd om zijn woorden te laten bezinken.

'Wat is je hypothese?' vroeg Martin.

'Mijn hypothese is dat je deze informatie langs illegale weg hebt verkregen. Maar je bent advocaat, dus je weet dat de verjaringstermijn verstreken is. Daaruit concludeer ik dat je bang bent dat je iemand anders in de problemen brengt. Niet juridisch, maar misschien met de medische raad. Zolang je maar weet dat het me niet boeit of die persoon in de problemen komt.' Will leunde naar voren om de afstand te verkleinen die Martin tussen hen tweeën had gecreëerd. 'Ik wil weten waarom deze informatie met jou is gedeeld en wat je verder nog hebt ontdekt.'

'Het was niet Mijn Vriend,' zei Martin. 'Ik heb hem om het toxicologisch rapport gevraagd, maar je hebt gelijk: hij wilde zijn bevoegdheid niet op het spel zetten.'

'Oké,' zei Will. 'Hoe kwam een jongen van zestien aan al deze informatie?'

Martin sloeg zijn armen weer over elkaar. Zijn terughoudendheid maakte plaats voor trots. 'Cameron Carmichael.'

Faiths hoofd draaide zich als een geschuttorentje. 'Zit je me in de zeik te nemen?'

'Hoe dan?' vroeg Will.

Martin ademde in, hield de lucht een paar tellen vast en ademde toen langzaam weer uit. 'Ik heb een grote familie, van wie velen in een andere staat of in het buitenland wonen. Ze konden niet allemaal naar Merits uitvaart komen. Een maand na haar crematie hielden we een herdenkingsdienst. Er zaten zo'n honderd mensen in onze kerk. Allemaal naaste familie. En Cameron Carmichael.'

'Cam kwam naar de herdenkingsdienst?' vroeg Faith. 'Was hij uitgenodigd?'

'Tuurlijk niet,' zei Martin. 'We wisten niet eens hoe hij heette. We hoorden van Edgerton dat ze dood was. Het is nooit bij ons opgekomen om met de arts te praten die haar had behandeld. We waren kapot. Je hebt geen idee wat een dergelijk verdriet doet met een gezin. Het is een wond die nooit heelt.'

Faith sloeg een nieuwe bladzijde in haar boekje open. 'Begin maar bij het begin.'

'Ik was met een van mijn tantes aan het praten toen ik opeens een of andere vent hoorde schreeuwen.' Martin klonk nu afgemeten. Het was duidelijk dat de herinnering hem nog steeds aangreep. 'Cam klampte iedereen aan die hij te pakken kon krijgen, jankend als een klein kind, en maar roepend wat een fucking tragedie het was. Van dat "fucking" begon mijn bloed te koken. Dat woord gebruik je niet waar mijn moeder bij is. Echt niet.'

'Stapte je op Cam af?' vroeg Faith.

'Reken maar,' zei Martin. 'Het was rond de middag, maar Cam was al volslagen lam. Toen ik zei dat Merit mijn zus was, hield hij het helemaal niet meer. Hij greep me vast alsof hij aan het verdrinken was. Hij smeekte me om hem te vergeven. Ik moest hem mee naar buiten slepen om te voorkomen dat mijn ouders nog meer van streek raakten.'

Will pikte een paar dingen op uit het verhaal. Een ervan had betrekking op Cam. Het andere op een jongen van zestien die al een mannenrol op zich moest nemen.

Hij keek Faith vragend aan. Ze knikte hem toe, waarop hij het overnam.

'Hoe stelde Cam zich voor?' vroeg Will.

'Hij zei meteen dat hij Merits behandelend arts was geweest. Dat hij de signalen had gemist dat ze een overdosis had genomen. Dat het zijn schuld was dat ze dood was.'

'Dat waren Cams woorden?' vroeg Will. 'Dat het zijn schuld was dat ze dood was?'

'Dat waren letterlijk zijn woorden.' Martin liet zijn handen op tafel rusten. Van zijn defensieve houding was niets meer over. 'Weet je, ik zal alles eerlijk vertellen, oké? Mijn oom Felix heeft altijd een fles in zijn dashboardkastje. Old Man Bourbon. Ik ging de kerk weer in, pikte zijn sleutels mee en pakte de whisky. Cam wilde roken, dus gingen we in zijn Honda zitten, een ouwe rammelkast. En we dronken die hele fles leeg.'

'Jij dronk niet zoveel,' vermoedde Will. 'Je hielp Cam nog dronkener te worden.'

'Reken maar,' zei Martin. 'Cam vertelde me wat er die avond gebeurd was. Merit kwam de spoedeisende hulp binnen. Ze was doodsbang. Ze zei tegen Cam dat ze verkracht was. Ze had nog nooit seks met een man gehad. Op haar benen zat opgedroogd bloed. Aan de hand van de blauwe plekken kon hij zien dat het een paar uur voor ze in het ziekenhuis belandde gebeurd was.'

Weer keek Will Faith even aan. Bijtend op haar lip schreef ze elk woord op. Nu wisten ze waarom Edgerton Cams getuigenverklaring niet in het dossier had opgenomen. Als bevestigend bewijs kon niets tippen aan de conclusie van een ter plekke aanwezige arts dat het een verkrachting betrof.

'Cam zei dat Merit op het randje van hysterisch was geweest,' vervolgde Martin. 'Ze kon zich niets van de verkrachting herinneren, maar ze wist dat het gebeurd was. Het laatste wat ze zich herinnerde, was dat ze die middag om vier uur de collegezaal uit was gelopen. Ze kon zich niet herinneren dat ze haar vriendin nog had gezien. Ze kon zich niet herinneren dat ze in de flat van Mijn Vriend was geweest.'

Faith sloeg weer een blad om. Ze bleef maar schrijven.

'Cam wilde de politie bellen. Merit vond het niet goed. Ze maakte zich zorgen om mijn ouders, snap je? Ze wist dat ze er kapot van zouden zijn als ze erachter kwamen. Toen stelde Cam voor een verkrachtingstest te doen voor het geval Merit toch een aanklacht wilde indienen. Ook dat wilde ze niet. En toen zei ze dat ze naar het toilet moest. Omdat hij wist dat ze zich zou gaan wassen, smeekte hij haar nogmaals om die verkrachtingstest te laten afnemen. Hij zou het zo voorzichtig mogelijk doen, maar weer zei ze nee. Dus begeleidde hij haar naar het toilet. Ze liep naar binnen. Hij ging bij een andere patiënt kijken. Jullie weten wat er vervolgens gebeurde.'

Dat wisten ze inderdaad. Merit Barrowe was gestorven in het damestoilet.

'Weet je of Cam iets van dat alles aan Edgerton heeft verteld?' vroeg Will.

'Cam schreef het allemaal op, alsof het een getuigenverklaring was. Edgerton weigerde die aan te nemen. Hij zei tegen Cam dat Merit had gelogen. Dat de patholoog-anatoom geen enkel teken van verkrachting had gevonden. Dat Cam alleen maar de familie strafte als hij er een toestand van maakte, want wat Edgerton betrof was de zaak gesloten.'

'Heb jij die getuigenverklaring misschien?' vroeg Faith.

Weer stak hij zijn hand in zijn rugzak. En weer wist Will zeker dat hij nog steeds iets achterhield.

Faith had haar pen neergelegd. Ze las nu Cams verklaring.

Will vroeg: 'Cam was degene die het toxicologisch rapport van het ziekenhuislaboratorium ontving?'

'Ja.'

Will bladerde de dossiers op tafel door op zoek naar de officiële overlijdensverklaring van Merit Barrowe. Hij wees naar de handtekening. 'Cam heeft haar overlijdensverklaring opgesteld. Als doodsoorzaak noteerde hij een overdosis, maar hij schreef er niet bij of het een ongeluk, zelfmoord of moord was. Het vak voor nadere toelichting liet hij leeg. Als hij iets vermoedde, had hij dat daar moeten noteren. Dan zou de patholoog-anatoom in elk geval een volledige autopsie hebben uitgevoerd.'

Martin reikte weer naar zijn bodemloze rugzak. Hij haalde een nieuwe map tevoorschijn, die hij boven op de andere dossiers legde. Will herkende het officiële logo van het college voor gezondheidszaken en bevolkingsstatistiek van Georgia. Martin liet hun de overlijdensverklaring van zijn zus zien. Dit was geen fax of kopie. Er zat een blauwe rand om het document. Het was met een blauwe balpen beschreven. De typemachine had gaatjes in het papier geslagen. Het originele formulier hoorde opgeslagen te zijn in de documentenkluis, niet in de rugzak van een rouwend familielid.

'Zie je het verschil?' vroeg Martin.

Faith draaide beide documenten naar zich toe. Bijna onmiddellijk schudde ze haar hoofd.

'Op de oorspronkelijke verklaring, bij "korte toelichting bij doodsoorzaak", schreef Cam: "Verdacht. Niet-accidentele overdosis. Verkrachting." Als je de verklaring in Merits dossier bekijkt, blijkt datzelfde vak leeg te zijn.' Tegen Will zei ze: 'Edgerton heeft vast Wite-Out of iets dergelijks gebruikt om te verhullen wat Cam had geschreven. Toen maakte hij een fotokopie en stopte die in Merits dossier.'

'Nee,' zei Martin. 'Edgerton ging terug naar het ziekenhuis en liet Cam een nieuwe overlijdensverklaring opstellen, waarna hij het nepexemplaar bij Merits officiële dossier voegde. Cam kreeg het origineel terug van het ziekenhuis. Het was nog niet gearchiveerd. Dat heb je nu voor je liggen. Op de echte overlijdensverklaring van mijn zus, opgesteld in de nacht dat ze stierf, staat dat ze onder verdachte omstandigheden is gestorven.'

Faith leunde achterover op haar stoel. Ze keek Martin aan. 'Je vertelt ons dat Cameron Carmichael dronken op de herdenkingsdienst van je zus verscheen. Vervolgens zat jij, een jongen van zestien, samen met Cam in zijn Honda whisky te drinken. Op de een of andere manier kreeg je hem zover dat hij alles opbiechtte, niet alleen over de dood van je zus, maar ook het feit dat hij een officieel formulier had gewijzigd, wat niet alleen een strafbare overtreding is, maar hem ook zijn bevoegdheid had kunnen kosten?'

Nu zij het had uitgetekend, zag Will het gigantische gat in het verhaal. 'Cam had deze hele papierwinkel niet bij zich toen hij naar de herdenkingsdienst kwam. Wat heb je gedaan? Zijn auto doorzocht?'

'Ik heb hem naar huis gebracht.' Martin haalde zijn schouders op. 'Ik zeg niet dat ik bij hem thuis heb rondgesnuffeld, maar hypothetisch gezien was de kans groot dat hij deze dossiers wellicht ergens in een afgesloten koffertje op de bovenste plank van zijn kleerkast had liggen.'

'Jezus christus,' zei Faith. 'Respect.'

Will dacht aan Martins rugzak. 'Dat is niet het enige wat je hebt gevonden, hè?'

Martin keek weer naar buiten. 'Hypothetisch?'

'Zeker,' zei Will.

'Misschien heb ik zijn laptop meegenomen.'

Eindelijk was er een verklaring voor de zware rugzak. Hij had Cams laptop ook bij zich.

'Op zeker moment moet Cam hebben uitgevogeld dat je al zijn spullen had gestolen,' zei Faith.

'Daar heeft-ie twee dagen over gedaan, maar inderdaad. Hij kwam bij me aankloppen. Ging als een vuile hond tegen me tekeer. Godzijdank waren mijn ouders niet thuis.' Martin knikte naar de dossiers. 'Ik had alles al gelezen wat er in dat koffertje zat. Je begrijpt dat ik een paar vragen had.'

'Heeft hij ze beantwoord?'

'Die gast was net de schurk aan het eind van een Batman-filmpje,' zei Martin. 'Hij vertelde alles. Vroeg niet eens zijn spullen terug. Hij biechtte de hele zaak op en liep toen de deur uit. Ik heb nog een paar keer geprobeerd hem te bellen, maar uiteindelijk heeft hij een ander nummer genomen. Ik heb geen idee waar hij nu is.'

Will concludeerde dat Martin onbekend was met het feit dat Cameron Carmichael zich acht jaar geleden van het leven had beroofd. Ook stelde hij vast dat Martin de man blijkbaar verachtte, maar dat hij hem nog steeds beschermde. De verjaringstermijn deed er niet toe. Cams baan zou op het spel hebben gestaan als al die ethische overtredingen aan het licht waren gekomen.

'Wat stond er op Cams laptop?' wilde Faith weten.

'Veel bestanden waren met een wachtwoord beveiligd. Ik ben geen computermannetje. Ik kende ook geen computermannetjes. En ik kon de politie niet om hulp vragen. Toen niet en nu niet. Edgerton is dood, maar het APD zal hem nog steeds uit de wind houden. Zo zijn jullie nou eenmaal.'

Will wreef over zijn kaak, terwijl hij over de nieuwste feiten nadacht. Er was iets mis met de timing. 'Die bekentenis van de Batman-schurk. Heeft Cam verteld waarom hij die valse overlijdensverklaring opstelde?'

'Er hing hem een aanklacht wegens rijden onder invloed boven het hoofd. Hij zou zijn registratie tijdelijk kwijt zijn, wat betekende dat hij kon fluiten naar zijn baan. Edgerton bood aan de overtreding te wissen als Cam het formulier aanpaste.'

'Waarom wilde Edgerton dat het aangepast werd?'

'Cam had geen idee, maar hij was als de dood voor Edgerton. Het was een grote vent met een opvliegend karakter.' Martin schudde zijn hoofd toen hij eraan terugdacht. 'Cam was zo bang dat hij de stad uit ging. Hij had al een baan in het noorden gevonden. Op de dag dat hij van Edgerton die overlijdensverklaring moest wijzigen, is hij meteen gaan zoeken. Wat was die gast bang. Hij wilde zo ver mogelijk weg uit Atlanta.'

'Laten we nog eens naar de timing kijken,' zei Will. 'De herdenkingsdienst voor je zus was een maand na haar dood. Diezelfde dag kreeg je deze documenten in handen, samen met Cams laptop. Twee dagen later staat Cam bij je op de stoep en zegt dat hij al een nieuwe baan heeft en dat hij de stad uit gaat. Hij liet zijn laptop en al zijn papieren bij jou achter en sindsdien heb je niets meer van hem gezien of gehoord. Heb ik dat goed?'

Martin knikte. 'Dat heb je goed.'

Faith tikte met haar pen op de tafel. Ze keek naar de tijdlijn. Ze had het tussen haakjes gezet, maar Will zag de overduidelijke vraag. Ergens was

Martin Barrowe al even erg als Britt McAllister: hij liet aanwijzingen voor hun neus bungelen om te zien of ze zouden happen.

'Toen Cam als een Batman-schurk bekende,' zei Will, 'vertelde hij toen ook hoeveel tijd er was verstreken tussen de dood van je zus en het moment waarop Edgerton hem onder dwang haar overlijdensverklaring liet wijzigen?'

'Ja, en nog wel heel specifiek,' zei Martin. 'Precies twee weken en een dag nadat mijn zus was overleden, ging Edgerton terug naar Cam.'

Het was alsof er een vuist in Wills keel werd geramd. 'Twee weken en een dag?'

'Ja,' zei Martin. 'De dag nadat dokter Sara Linton was verkracht.'

9

Zoals te verwachten viel, was de wachtkamer van het James Center for Cosmetic Surgery elegant en modern. Zwartleren stoelen, een bank van donkerpaars fluweel en uit de Bose-speaker op het koffiemeubel van onbewerkt hout, met daarin een roestvrijstalen espressoapparaat, klonk zachtjes Daft Punk. De matzwarte kopjes stonden op een koppenwarmer. Zelfs de roerstaafjes waren van stevig, imposant metaal.

Sara had altijd al gedacht dat Mason in de plastische chirurgie zou belanden. Zijn flirterige, geruststellende charme was precies wat je bij dat soort werk nodig had, en er gingen astronomische bedragen in om. Niet dat ze het Mason kwalijk nam dat hij voor het geld ging. Geneeskunde was een roeping, maar als je aan de roep gehoor gaf, hing daar een prijskaartje aan. Ruwweg vierentwintig jaar van je leven bracht je in de schoolbanken door, vervolgens werkte je jaren tegen een hongerloon, en ten slotte moest je kiezen waarin je je wilde specialiseren, een besluit dat zwaar werd beïnvloed door het feit dat je verzoop in zo'n half miljoen dollar aan studieschuld. Geen beter systeem om nieuwe artsen de kant van zeer gespecialiseerde, zeer winstgevende terreinen op te sturen in plaats van naar waar hulp echt nodig was, zoals een huisartsenpraktijk, waar mensen advies kregen over gezond eten en lichaamsbeweging zodat je nooit bij een van de specialisten terechtkwam.

Sara stond op van haar stoel. Om niet te gaan ijsberen deed ze alsof ze een reusachtige collage bestudeerde die naast de deur naar de behandelkamers hing. Gezichten, lichaamsdelen, tanden. Ze werd te zeer door haar gedachten in beslag genomen om zich een mening te vormen, maar ze was ervan overtuigd dat Mason urenlang over de visie van de kunstenaar had gediscussieerd met de peperdure handelaar die hem het werk had verkocht. Als er één ding was dat Mason graag deed, was het praten. Waarschijnlijk was dat de reden dat hij haar liet wachten.

Ze keek op haar horloge.

Will en Faith hadden op datzelfde moment een afspraak met de broer van Merit Barrowe. Het feit op zich had de gespannen knoop in Sara's maag al iets losser gemaakt. Tommy was er wel erg gemakkelijk van afgekomen tijdens het proces over Dani Cooper. Je hoefde geen rechercheur te zijn om te weten dat hij een manier zou vinden om opnieuw iemand te verkrachten. Britt had op haar manier hulp geboden, maar ze was er op haar manier ook in geslaagd om de zaak te vertroebelen. De dood van Merit Barrowe hield verband met de verkrachting van Sara, die weer verband hield met de dood van Dani Cooper, en tot op zekere hoogte voerden ze allemaal terug naar Cam Carmichael.

Helaas waren de beste informatiebronnen allebei dood. Cam door zelfmoord, Eugene Edgerton door alvleesklierkanker.

'Mijn god, je ziet er nog steeds verrukkelijk uit.'

Toen Sara zich omdraaide, zag ze Mason James in de deuropening staan, met een jongensachtige grijns op zijn gezicht. Hij deed geen enkele moeite de keurende blik te verhullen waarmee hij Sara's lichaam monsterde. De man zelf zag er al even glad uit als zijn praktijk, met dat modieus warrige haar, zijn maatkleren en dat zorgvuldig vormgegeven schemerbaardje. Hij leek een iets minder geslaagde versie van Wills countryclubpersonage.

Voor ze een beleefde manier kon bedenken om hem tegen te houden, had hij haar al op haar wang gekust.

Sara klemde haar kiezen op elkaar toen ze de ruwe stoppels over haar gezicht voelde schrapen.

Het leek Mason niet op te vallen. 'Je kunt je niet voorstellen hoe opgetogen ik was toen je belde.'

Zijn blik dwaalde steeds af naar haar decolleté. Sara had haar tennisrokje verruild voor een diep uitgesneden zwarte jurk met ceintuur, waarvan ze nu pas besefte dat die weleens de verkeerde boodschap kon afgeven. Ze had Mason niet verteld waarom ze hem na al die jaren weer wilde zien.

Anderzijds had hij ook niet op uitleg aangedrongen.

'Zullen we naar een wat rustigere plek gaan?' vroeg ze.

'Ik zou het liefst ergens iets met je gaan drinken, maar over een halfuur heb ik een patiënt. Spoedgeval. Moet Botox en filler voor haar man terugkomt uit Singapore.' Mason hield de deur open. 'Geen zorgen, mijn spreekkamer is geluiddicht. Je wilt niet dat er geheimen uitlekken.'

Sara vroeg maar niet op wat voor geheimen hij doelde. Ze voelde zijn hand tegen haar onderrug toen ze naar binnen liep. Achter de balie waar betalingen werden verwerkt, zat een beeldschone jonge blondine. Ze zag discreet verlichte vitrines met dure lotions en drankjes. De muren hingen vol foto's van vrouwen en een enkele man die voor en na hun operatie hadden geposeerd. Het verbaasde Sara niet om tussen de facelifts en kinimplantaten foto's van kinderen aan te treffen. Mason investeerde zijn tijd kosteloos in het herstellen van hazenlippen en gespleten gehemeltes in gebieden waar medische zorg een schaars goed was. Tessa had gelijk als ze zei dat hij poenerig en louche was, maar het helpen van kinderen in nood maakte veel goed.

Met zachte hand stuurde hij Sara naar zijn spreekkamer in de hoek. Zonlicht stroomde door de wandbrede ramen naar binnen. Nog meer leer, fluweel, hout en staal. Nog meer foto's, maar deze waren intiemer. Mason met een tienermeisje in voetbaltenue. Mason en een jonger meisje te paard, ergens in de bergen.

'Hoeveel kinderen heb je?' vroeg ze.

'Een heel elftal, te oordelen naar mijn maandelijkse alimentatieafdracht.' Zijn blik werd zachter toen hij naar de foto's keek. 'Poppy is negen, Bess is elf.'

Bij het zien van zijn twee mooie dochters voelde Sara een wrang verdriet opkomen.

'Goed.' Mason wees naar de zithoek. 'Zullen we?'

Sara koos de fauteuil. Mason nam plaats op de bank, die zo laag was dat zijn knieën bijna zijn borst raakten. Het leek hem niet te storen. Naar voren leunend vroeg hij: 'Nu moet je me eens vertellen waarom je die prachtige jurk speciaal voor mij hebt uitgekozen.'

Sara had letterlijk het eerste het beste kledingstuk dat niet vuil was uit haar kast getrokken. 'Ik had door de telefoon eerlijker moeten zijn over de reden waarom ik je wil spreken.'

'Heilige Sara die met een smoesje komt aanzetten?' Hij blies lucht tussen zijn lippen door. 'Vertel eens, wanneer hebben we elkaar voor het laatst gezien?'

'Mijn zus lag in het ziekenhuis,' zei ze. 'Je begon gelijk weer met me te flirten.'

'Vond je dat leuk?'

Het had Sara niet hoeven verbazen dat hij niet was ingegaan op de reden waarom Tessa in het ziekenhuis had gelegen. 'Het is alweer lang geleden.'

'Niet te lang,' zei hij. 'Ik vraag me vaak af wat er gebeurd zou zijn als we er samen uit waren gekomen.'

Sara keek nadrukkelijk naar zijn trouwring. 'Voor zover ik weet, ben je inmiddels minstens drie keer getrouwd.'

'Maar als jij de eerste Mrs James was geweest, had ik misschien geen behoefte gehad aan anderen.' Hij schonk haar een begerige lach. 'Toen we gingen samenwonen, wilde ik je ten huwelijk vragen. Ik zou voor je op mijn knie zijn gegaan. En ik zou een echte diamant voor je hebben gekocht.'

Sara voelde zijn blik branden op haar verlovingsring.

Langzaam keek Mason weer op naar haar gezicht. 'Weet je, ik zit hier uren per dag in deze spreekkamer aan vrouwen uit te leggen op hoeveel manieren ik hen mooier kan maken, maar als ik naar jou kijk, zie ik niet één ding dat ik zou kunnen verbeteren.'

Sara moest hier een eind aan maken. 'Mason.'

'Ja, ja.' Hij deed het met een lachje af, alsof hij een grapje had gemaakt. 'Mag ik uit die interessante ring aan je vinger opmaken dat je niet bent gekomen om onze gepassioneerde seksuele relatie nieuw leven in te blazen?'

Sara wist zich er nog net van te weerhouden de ring te bedekken. Het was onverdraaglijk dat hij er de draak mee stak. 'Ik ben verloofd. Met een special agent van het GBI.'

'Aha. Je gaat dus weer met een smeris trouwen.' Opnieuw schonk hij haar die grijns, maar nu met een scherp randje. 'Je hebt altijd al gegeild op mannen die met hun pik weten te zwaaien. Hoe noemen ze jouw soort vrouw? Politiehoer?'

Zijn bijtende toon stond Sara niet aan. 'Penningpoezen.'

'En die zwaaiende pik?'

'Als-ie zo groot is, hoef je er niet mee te zwaaien.'

Lachend wierp Mason zijn hoofd in zijn nek. 'God, wat heb ik dat gemist, dat ranzige gevoel voor humor van je. Wil je echt niet stiekem iets regelen? Ik weet zeker dat je je gaat vervelen.'

Het enige wat Sara zeker wist, was dat Will zich dood zou schamen als hij dit gesprek kon horen. 'Ik ben gekomen om ergens over te praten, Mason.'

‘O, dat klinkt serieus.’ Iets te nadrukkelijk nam hij een luisterhouding aan. ‘Ga door, alsjeblieft.’

Sara haalde diep adem. ‘Ik wil je wat vragen over de vrijdagse mixer.’

Masons kin ging iets omhoog. ‘Wordt die nog steeds gehouden? Ik heb de clan niet meer gezien sinds we allemaal uit het Grady vertrokken.’

Hij sloeg nu een andere toon aan, merkte Sara. Mason had het altijd moeilijk gevonden om over onaangename dingen te praten. ‘Ik bedoel een specifieke vrijdagse mixer. Die waar we allemaal bij aanwezig waren op de avond dat ik verkracht werd.’

Mason leunde achterover. Hij legde zijn arm over de rugleuning van de bank en keek uit het raam. Ze zag de fijne rimpeltjes bij zijn ogen, zijn kaaklijn die iets verslapte. Het was alsof hij bij het woord ‘verkracht’ in één klap ouder was geworden. Sara werd er weer eens aan herinnerd dat ze niet de enige was die onder de aanval had geleden.

Ze wist niet wat ze moest zeggen. ‘Sorry.’

Het kostte hem zichtbaar moeite om zijn charme weer in de strijd te werpen. ‘Wat is er met dat beestje gebeurd? Met die pluizige witte kat van je?’

‘Apgar,’ zei Sara. ‘Hij heeft de zestien nog gehaald, toen hielden zijn nieren het voor gezien.’

‘Schitterende kerel. Die was niet vies van een single malt.’ De rimpeltjes rond zijn ogen werden dieper toen hij glimlachte. ‘Hij was toch vernoemd naar Virginia Apgar? De vrouw die de Apgar-score uitvond?’

‘Ja.’ Sara liet hem kletsen. ‘In het asiel zeiden ze dat hij een meisje was. Ik checkte het pas toen ik hem al een naam had gegeven.’

‘Ja, nu weet ik het weer.’ Masons lach was nog steeds wat gespannen. ‘Die ouwe Apgar mag van geluk spreken dat hij tijdig de pijp is uitgegaan. De wereld heeft het niet meer zo op witte mannen. Wat een rottijd.’

‘Samen met de hele federale overheid en de federale rechterlijke macht de baas spelen over vrouwenlichamen is niet genoeg?’

‘Kom op,’ zei hij. ‘Je weet dat het tij gekeerd is. Nog even en we worden allemaal gecastreerd, net als die arme Apgar.’

Met gekeuvel had Sara geen moeite, maar van zelfmedelijden moest ze niets hebben. ‘Ik moet echt met je praten over wat er gebeurd is, Mason.’

Hij wendde zijn blik weer af. ‘Ik ben niet bepaald trots op hoe ik me rond die tijd heb gedragen.’

‘Als je bang bent dat ik met verwijten aankom, dan kun je gerust zijn. Iedereen reageert anders op trauma.’

'Nu laat je me er te gemakkelijk mee wegkomen. Ik had meer kunnen doen.' Opeens was hij ernstig. 'Je kwam er zeker achter dat ik iets met Sloan was begonnen nadat we uit elkaar waren gegaan?'

Sara liet dat 'nadat we uit elkaar waren gegaan' passeren. 'Ik hoorde iets in die richting.'

'De clan hield wel van een lekkere roddel,' zei hij, alsof Sara het niet zelf had kunnen bedenken. 'Het overkwam Sloan ook, weet je dat?'

Het werd Sara zwaar te moede. 'Werd Sloan ook verkracht?'

'Tijdens haar eerste jaar op de universiteit. Tijdens de eerste week nog wel. Ze had een date met een medestudent. Ze dronk het een en ander. Die schoft drong zich aan haar op.'

'Heeft ze een aanklacht ingediend of –'

'Nee, ze wilde er geen toestand van maken. En die man mocht na zijn eerste jaar vertrekken, dus ze hoefde hem nooit meer te zien.'

'Weet je hoe hij heette?'

'Dat heeft ze me nooit verteld.' Mason streek over de mouw van zijn shirt. 'Ze wilde het allemaal achter zich laten zodat ze verder kon met haar leven. Geen slecht idee trouwens. Ze is er alleen maar sterker uit gekomen.'

Sara beet op haar lip. Ze had geen behoefte aan Sloan Bauer als lichtend voorbeeld van hoe je een verkrachting te boven kwam. Weer haalde ze diep adem om rustig te worden. Toen zei ze: 'Na haar studie kreeg Sloan een assistentschap in een andere staat. Is ze daarom de stad uit gegaan?'

'Geen idee. Maar wat voor woord is nu gangbaar? Triggeren?' Hij maakte een onverschillig gebaar. 'Wat er met jou gebeurde, triggerde iets bij haar. Ze had het heel zwaar.'

Sara kon zich niet langer inhouden. 'Wat vreselijk voor Sloan dat ze met mijn verkrachting moest dealen. Gelukkig had ze jou.'

'Doe niet zo verbitterd, schat. Je bent altijd sterker geweest dan zij. Jij had je familie. Zij had alleen mijn saaie persoontje.' Mason leunde weer naar voren. 'Mag ik heel voorzichtig een voorstel doen?'

Sara zweeg afwachtend.

'Waarom zou je het verleden weer oprakelen? Dat kan nergens goed voor zijn. Je moet dit laten rusten.'

Mason James hoefde haar niet te vertellen wat ze moest doen. 'Kun je je ook maar iets van die avond herinneren? Wat dan ook?'

'Ik ben naar honderden mixers geweest, en waarschijnlijk naar twee keer zoveel feestjes. Ze lopen allemaal in elkaar over.'

'Sloan was er ook bij,' zei Sara. 'Weet je nog dat je een telefoontje kreeg voor we naar die mixer gingen? Je was opgetogen toen je hoorde dat ze weer in de stad was.'

'Destijds was ze niet meer dan een goede vriendin.'

Sara kon geen beleefde manier bedenken om te zeggen dat het haar geen moer interesseerde. 'Cam was die avond ladderzat. Nog erger dan anders. Je moest hem zijn sleutels afpakken.'

'O?' zei Mason. 'Wat ridderlijk van me.'

'Hij had twee weken eerder een patiënt verloren. Ze heette Merit Barrowe. Weet je dat nog?'

'Sorry, schat. Ik zei toch dat ik me niks kan herinneren.'

'Maar Cam –'

'Was altijd dronken. Hij liep de deur plat bij de AA tot de dag dat hij er een eind aan maakte. Zijn hele flat lag vol lege flessen.'

Sara zag dat zijn blik zich vulde met spijt. Hij had meer gezegd dan hij van plan was geweest.

'Heb je contact gehouden met Cam?' vroeg ze.

Mason zweeg terwijl hij een manier probeerde te bedenken om op zijn woorden terug te komen. Sara kon zich deze kant van hem weer goed herinneren. Berekenend, achterbaks. Het was niet zonder reden dat ze pas na afloop had ontdekt dat hij was vreemdgegaan met Sloan.

'Weet je,' zei hij, 'volgens mij heb ik dat alles opgepikt tijdens de herdenkingsbijeenkomst voor Cam. Die hebben we hier gehouden, met de clan. Richie sprak de herdenkingsrede uit. Hij was altijd al onze archivaris. Hij vertelde wat verhalen en zo. Best wel ontroerend.'

Sara werd bijna misselijk, zo verraden voelde ze zich. Twee minuten geleden had Mason haar recht in haar gezicht gezegd dat hij de clan niet meer had gezien sinds ze het Grady hadden verlaten. Cam was acht jaar geleden gestorven. Waarover loog Mason nog meer?

'Arme Cam,' verzuchtte hij. 'Hij had altijd al aanleg voor depressie. Het verbaasde me eigenlijk niks dat hij zichzelf uiteindelijk van kant maakte.'

Sara ademde weer haperend in. 'Wat erg dat ik die herdenkingsbijeenkomst heb gemist.'

'Je zou het vreselijk hebben gevonden. Alleen maar gezuip en herinneringen ophalen.' Mason boog zich weer op zijn ellebogen naar voren. 'Schat, waarom stel je al die vragen? Is er iets gebeurd?'

Sara vocht tegen de neiging om meer afstand te scheppen. Toen ze samenwoonden, had Mason vaak gelogen over onbeduidende dingen. Hij had verhalen mooier gemaakt en zijn misstappen verhuld. Dit was anders. Hij loog om zichzelf of iemand anders te beschermen.

'Heb je nog steeds contact met Richie?' vroeg ze.

Het antwoord liet even op zich wachten. 'Niet echt. Hoezo?'

'Wat je net over hem zei. Dat hij de archivaris van de groep was. Ik denk dat híj zich die avond zeker kan herinneren.'

Mason keek betrapt. 'Laat het maar rusten. Dat is beter.'

Sara was de tel kwijt van het aantal keren dat hij haar had proberen te waarschuwen.

'Maakt niet uit,' zei ze. 'Ik vind online wel een nummer.'

'Nee,' zei Mason, op een luide toon die hij onmiddellijk probeerde te temperen. 'Natuurlijk heb ik zijn nummer. Zal ik het aan je sturen?'

Sara keek toe terwijl hij zijn telefoon uit zijn zak viste. Zonlicht viel op het schermpje. Een zweetdruppel gleed over de zijkant van zijn gezicht naar beneden.

Mason staarde naar de telefoon en keek toen Sara aan. 'Zal ik het voor je opschrijven?'

Sara draaide zich om toen Mason naar zijn bureau liep om pen en papier te pakken. Hij had haar nummer. Hij had Richies contactgegevens moeiteloos vanaf zijn telefoon met haar kunnen delen. Wat stond erop dat zij niet mocht zien?

'Nu je toch bezig bent, zou je de namen willen opschrijven van iedereen die je je kunt herinneren?' vroeg ze. 'Niet alleen van die avond, maar van elke willekeurige avond.'

'Je kent de clan.' Hij klonk gespannen. 'Ze waren er allemaal.'

'Maar de aanhang?' vroeg ze. 'Er was een Nathan en een Curt en –'

'Heywood en Don.' Hij drukte zo hard op de pen dat ze die op het glas van zijn bureau hoorde krassen. 'Anna en Jenni.'

De namen klonken niet bekend. Ze keek toe terwijl hij op haar stoel af stapte. Hij vouwde het papier dubbel en gaf het aan haar. 'Ik moet me nu voorbereiden op mijn volgende patiënt. Die heeft neuslippenplooien waar je een vinger in kunt kwijtraken.'

Het was het signaal dat ze moest vertrekken, maar Sara negeerde het. Ze was niet van plan de namen pas te lezen als ze weer in haar auto zat. Ze wilde Mason tegenover zich hebben voor het geval ze vragen had.

Ze opende het dubbelgevouwen briefje en keek naar de vreemde namen onder het telefoonnummer van Richie. Ze ging ervan uit dat dit een kinderachtige poging van Mason was om grappig te doen.

Heywood Jablome. Don Keydik. Anna Falaxis. Jenni Taleya.

Ze keek op naar Mason.

Weer die grijns, maar nu met een zekere spanning. Ze moest weg. Hij wist dat hij te veel had gezegd.

Sara dacht aan iets wat Will over zijn tante Eliza had verteld. Een leugenaar zal nooit de waarheid spreken. Ze vouwde het briefje op en schoof het in haar tas. Toen stond ze op om te vertrekken.

Mason wachtte tot ze bijna bij de deur was. 'Trouwens, ik herinner me opeens een van de namen.'

Sara reikte naar de deurknop. 'Ik heb geen tijd voor je grapjes.'

'John Trethewey,' zei hij.

Het was alsof er een mes in Sara's borst werd gestoken. Het was de schuilnaam die Eliza aan Will had gegeven in de club. Dat Mason daar nu mee kwam aanzetten, betekende dat hij de afgelopen paar uur met Mac of met Richie had gesproken. Wisten ze dat ze een afspraak met Mason had? Werkten ze allemaal op de een of andere manier samen? Waren Mac, Richie en Mason de 'rest' waarover Britt het had gehad?

'Zegt die naam je iets?' vroeg Mason.

'Trethewey?' Sara probeerde haar emoties te bedwingen toen ze zich langzaam omdraaide. 'Hoe ziet hij eruit?'

'Lang, slungelig, rossig blond haar. Nogal intimiderend. Niet echt aantrekkelijk, eerlijk gezegd.' Ze keken elkaar onderzoekend aan.

Sara knikte, maar met moeite. 'Hij deed toch ortho?'

'Wil je beweren dat je je hem kunt herinneren?'

'Het verbaast me niet dat jij het niet meer weet.' Sara voelde de dringende behoefte om Wills alias te beschermen. 'John was altijd met me aan het flirten. Je ondernam er nooit iets tegen.'

'Wat had ik volgens jou moeten doen? Hem op zijn bek slaan?'

'Allereerst had je ervoor kunnen zorgen dat een of andere ortho-neanderthaler niet telkens naar mijn kont greep als hij bij me in de buurt was.'

Masons grijns was terug. Hij was erin gestonken. 'Daar zeg je wat.'

'Daarom werkte het niet tussen ons, Mason. Je neemt nooit iets serieus.'

'En die smeris van je met zijn grote pik, die je een ring uit een kauwgomballenautomaat heeft gegeven... Neemt hij je wel serieus?'

'Hij mag me nemen zoals hij wil.'

GETUIGENVERKLARING VAN DOKTER CAMERON CARMICHAEL, BEHANDELEND ARTS VAN MERIT ALEXANDRIA BARROWE, OP DE SPOEDEISENDE HULP

Mijn naam is dokter Cameron Davis Carmichael. Ik was een van de vier dienstdoende arts-assistenten op de spoedeisende hulp van het Grady Hospital toen Merit Barrowe werd binnengebracht door een beveiliger genaamd Hector Alvarez. Rond 23.30 uur werd triage op Merit toegepast. Ik zag haar pas op de afdeling toen het al bijna middernacht was. Het eerste wat me opviel, was dat ze erg overstuur was. Ze huilde aan één stuk door. Bijna ontroostbaar. VOOR ZOVER IK ME HERINNER vertelde Merit me dat het laatste wat ze nog wist, was dat ze bij het college Amerikaanse literatuur zat in Sparks Hall, onderdeel van Georgia State University. Het volgende moment was het donker en werd ze op straat wakker, letterlijk met haar gezicht in de goot. Haar hele lichaam deed pijn. Ze dacht dat ze misschien door een auto was aangereden. Ze ging met moeite zitten, maar voelde zich meteen duizelig. Ze moest overgeven. Ze zag een witte, krijtachtige substantie in haar braaksel. Toen het braken stopte, werd ze zich bewust van een kloppende pijn diep in haar onderbuik. Ze beschreef de pijn als heviger dan tijdens haar zwaarste menstruatie. Ze zei dat ze met heel haar lichaam wist dat ze door een man was verkracht, hoewel ze nooit seks had gehad met een man. Toen kwamen de herinneringen in flitsen terug: een hand die haar mond bedekte, haar enkels en polsen die op de een of andere manier uit elkaar werden gehouden. Het was heel donker. Ze hoorde alleen zijn zware ademhaling. Ze proefde tabak op zijn hand. Zijn adem rook zoet, naar hoestsiroop. De man kroop op haar. Ze herinnerde zich een heel scherpe pijn, volgens mij van haar maagdenvlies dat scheurde. Dat was alles wat ze nog van de verkrachting wist. Op de SEH stond ze alleen een uitwendig onderzoek toe. Ik zag meteen dat er opgedroogd bloed en opgedroogd sperma aan de binnenkant van haar bovenbenen kleefden. Ik zag ook blauwe plekken, die minstens twee uur oud waren. Ook op haar enkels en polsen zaten blauwe plekken. Tevens wijs ik erop dat ze een zwarte bh droeg, jeans met afgeknipte pijpen (tot halverwege haar bovenbenen, niet superkort) en een T-shirt van GSU. Verder had ze witte sokken aan, maar slechts één sneaker. Ik vroeg of ik de politie mocht bellen. Ze zei nee, want ze was heel bang dat haar ouders zouden ontdekken wat er gebeurd was. Die mochten het niet weten, vooral haar vader niet. Ze was bang dat hij iets zou ondernemen, wat begrijpelijk is. Ik heb twee keer aangeboden een verkrachtingstest af te nemen, maar beide keren weigerde ze. Toen zei ze dat ze naar het toilet wilde. Ik waarschuwde haar nog dat ze geen forensisch bewijs moest verwijderen, maar ze zei dat het haar niet kon schelen. Ik liet haar beloven dat ik in elk geval haar kleren bij me mocht houden. Die zou ik dan bewaren voor het geval ze ze toch als bewijsmateriaal wilde gebruiken. Dat vonden we allebei een goede afspraak. Ik gaf haar een schoon operatiepak, dat ze aantrok, en toen bracht ik haar naar het damestoilet. Ik werd naar een andere patiënt geroepen. Ik was nog niet weg of het alarm ging af. Merit had een grand mal epileptische aanval, die meer dan vijf minuten duurde. Ik had de leiding over het traumateam dat probeerde haar te reanimeren. Om ongeveer 0.43 uur verklaarde ik haar overleden. Afgaande op wat Merit had gezegd over de krijtachtige witte substantie in haar braaksel, de black-out en het geheugenverlies, geloof ik dat ze gedrogeerd is. Afgaande op de blauwe plekken rond haar enkels en polsen geloof ik dat ze vastgebonden is. Afgaande op haar verklaring, haar herinneringen, de kneuzingen op haar bovenbenen, het opgedroogde bloed en sperma geloof ik dat ze verkracht is. Ik zweer dat deze verklaring correct is en naar mijn beste weten is opgesteld.

Cameron Carmichael, MD

10

Faith keek naar de datum en het tijdstip onder Cams handtekening op zijn getuigenverklaring. Hij had zijn waarnemingen binnen een uur na de dood van Merit Barrowe op schrift gesteld. Toen was hij achter Eugene Edgertons rug om aan een schaduwonderzoek begonnen. Hij had gegevens en bijzonderheden verzameld omdat hij aan zijn water voelde dat er iets niet klopte. Dat alles was bewonderenswaardig tot je bij het punt belandde waarop Cam was gezwicht voor chantage, een lading dampende stront op de schoot van een rouwende jongen van zestien had gedumpt en vervolgens de stad was ontvlucht.

Faith had nooit gedacht dat ze nog eens medelijden zou hebben met een advocaat.

Ze keek naar al het papierwerk dat over haar keukentafel verspreid lag. De eerste aanklacht. Edgertons verslag. Getuigenverklaringen. Autopsierapport. Toxicologisch rapport. Overlijdensakte.

Van Martin hadden ze overal kopieën van mogen maken, maar Wills superieure overredingskracht was nodig geweest om het adresboek en de iPhone van zijn zus en Cams laptop van hem los te krijgen.

Gelukkig had Martin de oplader van de laptop bij zich gehad. Helaas had hij geen snoertje voor het eerste model iPhone. Faith had het ook niet, maar ze had er een gevonden bij de Best Buy op tien minuten rijden van haar huis. Jeremy was het nu voor haar aan het ophalen. Ze ging ook proberen of ze haar zoons illegale hackerstalent kon inzetten om het wachtwoord van de iPhone te kraken en de beveiligde bestanden op Cams laptop te openen.

Tenminste, als Jeremy zich verwaardigde om zijn gezicht te laten zien.

Faith keek op het ovenklokje. Hij was al een kwartier te laat.

In elk geval was ze er op eigen kracht achter gekomen dat het adresboekje een doodlopend spoor was. Ze had elke notitie doorgelezen zonder op iets te stuiten wat argwaan wekte. Geen duidelijke codes. Geen gespecificeerde wachtwoorden. Niets wat wees naar de man die Merits dood op zijn geweten had.

Merit Barrowe was twintig geweest toen ze stierf. Te oordelen naar het kinderlijke gekrabbel afgewisseld met een zelfverzekerder handschrift dateerde het adresboekje hoogstwaarschijnlijk uit haar tienerjaren. Op het omslag waren Snoopy en Woodstock aan het dansen. Binnenin had Merit iedereen bij zijn of haar voornaam ingeschreven, sommigen met de kamernummers van hun studentenflat, en de meesten met telefoonnummers waarvan de kengetallen ontbraken. Echt hartverscheurend was de notitie voor haar familie: papa en mama.

Faith mocht niet blijven hangen bij de gruwelijke vraag hoe het zou voelen om een kind te verliezen. Ze keek naar het bewijsbord en liet haar blik over de rode, paarse en roze stroken knutselpapier gaan die haar koelkast en twee keukenkastjes bedekten. De stroken van Mac en Tommy, met Britts uitspraken. Het Verband met nog meer uitspraken van Britt, maar zonder enig verband. De foto's van de clan.

Op het keukenblad lag een streng rood garen die ze in haar moeders breimand had gevonden. Het bandje eromheen was nog intact, want Will had gelijk. Het was niet meer dan een bewijsbord. Ze konden het een nog niet via draden met het ander verbinden. Het enige wat Faith zeker wist, was dat haar dochter over vier dagen thuiskwam. Als Emma zag dat haar knutselpapier in repen was gescheurd, dat haar Hello Kitty-plakband was gebruikt en dat haar tekeningen van de koelkast waren gehaald, zou ze zo'n vulkanische woede-uitbarsting krijgen dat er een stel hobbits zou opduiken om wat ringen naar haar te gooien.

Faiths blik bleef lukraak rusten op de rode uitspraken die Britt op het toilet van de rechtbank had gedaan.

Ik heb twintig jaar met deze angst geleefd... Ik heb ze gehoord... Mac is er altijd bij betrokken... Ik kan de rest niet tegenhouden, maar ik kan mijn zoon wel redden... Herinner je je die mixer niet meer?

Ze keek weer op de klok. Jeremy was er nog steeds niet. Will en Sara kwamen zeker op tijd. Ze verwachtte hen over vijf minuten. Faith pakte haar privételefoon en toetste Aidens nummer in.

Zonder hallo te zeggen vroeg hij: 'Wil je nog eens vertellen waarom ik van jou een voorwaardelijk vrijgelaten zedendelinquent moet lastigvallen?'

Faith bloosde van schaamte, wat niets voor haar was. Ze had Sara beloofd dat ze Jack Allen Wright met rust zou laten. En dat had ze gedaan. Aiden was degene die checkte of de conciërge die Sara Linton had verkracht zich aan de regels hield.

'Je zei dat ik je om een gunst mocht vragen,' zei ze. 'Dit is die gunst.'

'Herinner me er nog eens aan dat ik deze relatie niet zo belangrijk moet vinden.'

'Nou je het zegt.'

Aiden bromde iets, maar ze hoorde hem door zijn notitieboekje bladeren. 'Drie jaar geleden droeg Jack Allen Wright nog steeds een enkelband als deel van zijn voorwaardelijke vrijlating. Volgens zijn gegevens was hij thuis, op zijn werk of op een groepstherapiesessie. Daar week hij niet van af. Vorig jaar is hij van de elektronische monitor gehaald.'

Faith was slechts vaag teleurgesteld. De verkrachting van Dani Cooper van drie jaar geleden was tot op de bodem onderzocht. Als er ook maar de geringste mogelijkheid bestond dat Jack Allen Wright erbij betrokken was, zou die haai van een advocaat die voor de McAllisters werkte Sara's verkrachter hebben ingepakt, met een knalrode strik eromheen.

En Britt McAllister zou niet allerlei cryptische woordspelletjes hebben gespeeld op diverse damestoiletten in Atlanta.

'En nu?' vroeg Faith. 'Heeft hij nog iets op zijn strafblad?'

'Wright werkt volledig mee. Zijn reclasseringsbeambte heeft hem vanochtend nog gesproken.'

'Met hem gesproken of alleen maar een blik op hem geworpen?'

'Een blik, eerlijk gezegd,' zei Aiden. 'Wright werkt bij zo'n bedrijf dat je bestookt met mailtjes en belt om te vragen of je je huis wilt verkopen.'

Voor een serieverkrachter vond Faith dat een wel erg relaxed voorgeborchte van de hel. 'Zeg tegen die beambte dat hij hem onverwacht op drugs test. En dat hij zijn huis overhoop moet halen. Alles om hem ergens op te betrappen. Die gast moet weer achter de tralies.'

'Rustig aan, dame. Ik heb die man al zover dat hij Wright zo ongeveer voor de volgende Unabomber aanziet.'

Faith fronste haar wenkbrauwen. 'Waarom dat?'

'Misschien omdat ik deel uitmaak van de speciale FBI-eenheid tegen binnenlands terrorisme in het zuidoosten?' luidde zijn retorische vraag. 'Wat zijn we aan het doen, Faith?'

Ze liet haar blik op de foto's van de clan rusten. 'Ik wil dat je een paar namen voor me natrekt.'

'Eens even denken. Eerst vraag ik jou waarom ik me op zeer schimmig juridisch terrein moet begeven, en dan vraag je mij om me nog dieper op nog schimmigere terreinen te begeven?'

Faith wist als geen ander dat je niet een beetje zwanger kon zijn. 'Ja, dat is precies wat ik van je vraag. Nog meer schimmige zaken. Doe je het voor me of niet?'

Het bleef zo lang stil dat Faith er al spijt van begon te krijgen dat ze deze relatie naar de knoppen had geholpen. In de panische seconden die volgden, besefte ze dat ze de relatie inderdaad als een relatie had beschouwd.

'Jij werkte vroeger toch voor het Atlanta Police Department?' vroeg Aiden.

'Klopt.'

'Loopt daar niet een of andere rechercheur of straatagent rond die vindt dat hij voldoende gekwalificeerde immuniteit heeft om je te kunnen helpen?'

Faith was klaar met smeken. 'Wil je echt het lid op de neus?'

Weer bleef het even stil. 'Stuur me de namen maar.'

Dankbetuigingen werden Faith bespaard toen Aiden abrupt de verbinding verbrak.

Ze had geen tijd om dat alles te laten bezinken. Ze tikte de namen in van de mensen op de foto's op het bewijsbord en zorgde ervoor dat het bericht naar Aidens privételefoon ging in plaats van naar zijn officiële FBI-mobiel, want het klopte dat ze zich op zeer schimmig terrein begaven. Als Faith één ding had geleerd in al die duizend jaar dat ze onderzoek deed naar idioten, was het dat je nooit je werktelefoon moest gebruiken als je de wet overtrad.

Ze stuurde het bericht naar Aiden en swipete toen over het scherm om de gps-tracker te checken die ze in Jeremy's auto had verstopt. Op weg naar haar huis was hij langs de Dunkin Donuts gegaan. Haar maag rammelde. Ze stuurde hem een bondig berichtje.

Waar zit je? Ik kan niet verder.
DD. Ook iets?

Dat was de reden dat ze haar zoons gangen moest nagaan. Zijn berichten waren onmogelijk te ontcijferen zonder informatie over waar hij uithing.

Faith tikte haar bestelling in toen het licht van een stel felle koplampen tegen de ramen aan de voorkant spatte. Ze liep de gang door en opende de voordeur.

Sara en Will stapten uit zijn Porsche.

'Jeremy is aan de late kant,' zei Faith. 'Ik heb gevraagd of hij wat donuts meeneemt.'

'Heb je –' begon Will.

'Ja, ik zei dat hij ook warme chocolademelk moest meenemen.'

Bij de verandatrap liet Will Sara voorgaan. Ze kneep even in Faiths arm toen ze het huis binnenging. Ze keek gespannen, en voor de zoveelste keer besefte Faith hoe moeilijk dit alles voor haar moest zijn. En ook voor Will, die Sara zo nauwlettend in de gaten hield dat Faith zich onder andere omstandigheden zou afvragen of ze een contactverbod moest aanvragen.

Ze volgde hen naar de keuken en had er te laat spijt van dat ze de restanten van haar diepvriesmaaltijd niet had opgeruimd. Ze dumpte de plastic bak in de afvalemmer en stopte de vork in de vaatwasser.

'Heeft Amanda nog contact met jullie opgenomen?' vroeg ze.

'Nee.' Sara bestudeerde het bewijsbord. Zij werkte ook voor Amanda, maar hun relatie was van een totaal andere orde. 'Waarom zou ze?'

Faith ving Wills blik. Sara had een vrije dag genomen om bij Britt en Mason langs te gaan, terwijl Will en Faith zich door het fraudeteam hadden laten dekken. Het was veelzeggend dat de enige eerlijke persoon in de keuken degene was zonder aanhoudingsbevoegdheid.

Will wees naar de dossiers die over de keukentafel verspreid lagen. 'Iets gevonden?'

'Niet echt.' Faith veegde haar handen af aan de keukendoek. 'Het lijkt veel, maar als er op basis van Cams papieren een zaak gemaakt kon worden, had Martin dat jaren geleden al gedaan.'

Will bladerde door het Snoopy-adresboekje.

Faith deed al lang geen poging meer om erachter te komen wat hij al dan niet kon lezen. 'Geen achternamen,' zei ze. 'De nummers zijn waarschijnlijk te oud om van nut te kunnen zijn, en zonder volmacht kunnen we ze niet natrekken. Als de naam van Merits vriendin er al in staat, heb ik geen idee wie het is.'

'De zoveelste speld in een hooiberg,' zei Will.

'We hebben alleen maar hooi.' Sara bestudeerde nog steeds het bewijsbord. 'We zitten nog met dezelfde vragen als gisteravond. Wie zijn die "rest" die Britt niet kan tegenhouden? En hoe zijn ze in godsnaam verbonden met wat er met mij is gebeurd?'

'Een van die "rest" zou Mason kunnen zijn,' merkte Faith op.

Sara schudde haar hoofd. 'Dat geloof ik niet.'

Faith hield haar mond, maar het memootje was duidelijk niet tot de rest van haar gezicht doorgedrongen.

'Mason zou Mac en Richie uit de wind kunnen houden omdat hij nu eenmaal vindt dat vrienden dat voor elkaar doen,' zei Sara. 'Voor hem is alles een stom spelletje. Hij staat er nooit bij stil wat het voor anderen betekent.'

Faith knikte, niet omdat ze het met Sara eens was, maar omdat het gemakkelijker was om het te laten rusten.

'Dit is zo fucking irritant.' Met haar handen in haar zij keek Sara naar de lijsten. 'We weten nog steeds niet over welk verband Britt het had. Bedoelt ze dat de conciërge ons alle drie heeft verkracht – eerst Merit, toen twee weken later mij, en vijftien jaar later Dani?'

Faith voelde Wills blik een gat in haar schedel branden. Hij was er kennelijk van uitgegaan dat zij een manier zou vinden om informatie over Jack Allen Wright los te krijgen. Nu kon ze alleen even kort met haar hoofd schudden, terwijl ze tegen Sara zei: 'Je kunt Merit Barrowe wegstrepen. Op die eerste dag in het gerechtsgebouw zei Britt dat er een verband was tussen jou en Dani. De conciërge past niet in Dani's plaatje. Hij staat erbuiten.'

'Dat geldt ook voor Sara,' benadrukte Will. 'Merit en Dani studeerden allebei nog toen ze stierven. Merit kreeg een toeval door die overdosis. Dani overleed aan verwondingen na stomp trauma.'

'Ik was een paar jaar ouder dan zij beiden,' zei Sara. 'Ik werd met een mes gestoken. Ik heb zijn gezicht gezien. Ik kan me elk detail nog herinneren. De drug die zowel Dani als Merit kreeg was bedoeld om hun herinneringen te wissen. Ze konden geen van beiden hun belager identificeren. Ze werden allebei wakker op een onbekende plek. Ik zat met handboeien aan de stangen van het toilet geketend. De conciërge zorgde ervoor dat ik wist wie hij was. Dat maakte deel uit van zijn machtsspel.'

'Ik vind dat we het hardop moeten uitspreken,' zei Faith. 'Mac, Richie, misschien Cam Carmichael, misschien de conciërge, misschien-maar-niet-echt Mason James. Misschien Royce en Chaz en Bing. Ze zouden allemaal betrokken kunnen zijn bij een of andere verkrachtersclub, toch?'

Sara perste haar lippen op elkaar. Ze reageerde niet op Faiths woorden, maar dat hoefde ook niet. Vanaf het moment dat ze de keuken binnen was gelopen, had ze zich op het bewijsbord gericht. Sinds ze in het gerechtsgebouw tegenover Britt had gestaan, was er geen uur verstreken waarin ze niet in gedachten elk detail de revue had laten passeren. Vanaf het begin had ze beseft dat de mensen met wie ze vijftien jaar geleden had samengewerkt, de mensen met wie ze soms had gegeten, met wie ze softbal en tennis had gespeeld, allemaal tot op zekere hoogte medeplichtig zouden kunnen zijn aan het ergste wat haar ooit was overkomen.

Will pikte Sara's beklemming onmiddellijk op. Hij draaide zich met een ruk om en zei: 'Laten we het bewijsbord eens bijwerken.'

Faith zag dat Sara iets ontspande. Ze haalde een nieuw systeemkaartje uit haar tas. 'Dat met Britt... Het enige wat er eigenlijk toe doet, is dat ze Cam heeft genoemd en dat ze de naam Merit Barrowe heeft laten vallen.'

'En de schikking,' zei Faith. 'Weten we zeker dat de compromitterende foto's van Dani inderdaad van de telefoon van een oud vriendje afkomstig zijn?'

'Dat kunnen we op geen enkele manier achterhalen,' zei Will. 'Het eindresultaat is hetzelfde. Tommy is ermee weggekomen.'

Sara keek op van het kaartje. 'Wat moet het vreselijk zijn voor Dani's ouders om te weten dat er compromitterende foto's zijn. Ze kunnen nog steeds gelekt worden. Al het geld van de wereld kan die angst niet wegnemen.'

Faith moest een huivering onderdrukken. Ze was verdomd blij dat er tijdens haar puberteit geen mobiele telefoons waren geweest. Je kon er gif op innemen dat ze iets stoms zou hebben gedaan. Ze hield zielsveel van haar zoon, maar Jeremy was het levende bewijs van hoe roekeloos een meisje van vijftien kon zijn.

'En verder?' Will knikte naar het kaartje in Sara's hand. 'Hoe zit het met Mason?'

'Hij heeft weinig gezegd wat de moeite van het herhalen waard is, maar hij liegt in elk geval over het feit dat hij geen contact meer heeft met de clan. Ik neem aan dat hij me Richies gegevens niet wilde sturen omdat ik niet mocht zien waar Richie werkt. Hij vroeg naar John Trethewey, wat betekent dat Mac of Richie hem gebeld heeft nadat ze vanochtend op de countryclub met jou hadden gepraat.'

Faith bespeurde een barstje in haar redenering. 'Zou het misschien andersom kunnen zijn? Mason belde Mac en Richie omdat jij contact met hem had opgenomen en hij wilde weten of zij wisten waarom? En dat hij toen van Mac en/of Richie te horen kreeg dat ze John Trethewey waren tegengekomen op de club?'

'Het is mogelijk,' zei Sara schouderophalend.

'Waar werkt Richie?' vroeg Will.

Faith zette haar laptop aan. De vorige avond had ze geen van de tabbladen gesloten. 'Hij is consultant bij een bedrijf genaamd CMM&A.'

Will ging achter haar staan. Hij wees naar het logo, met de letters CM-M&A binnen een zwarte cirkel. 'Betekent dat iets?'

Faith schudde haar hoofd toen ze de pagina doornam. 'Niet voor zover ik het zie. Hoewel: Cam, Mason en Mac? Of is dat te gemakkelijk?'

'Is Richie klinisch consultant of een ander soort consultant?' vroeg Sara.

Faith las de missieverklaring voor. ' "We zijn gespecialiseerd in hulp aan artsen bij het faciliteren van de overgang naar financieel partnerschap dat beantwoordt aan hun eenentwintigste-eeuwse behoeften." '

'O,' zei Sara. 'Dus M&A betekent waarschijnlijk "*mergers and acquisitions*". Richie helpt ziekenhuizen met het plunderen van artsenpraktijken.'

'Vertaal eens,' zei Faith.

'Ziekenhuizen vechten om patiënten, dus als ze een bestaande artsenpraktijk opkopen, betekent dat dat ze al het laboratoriumwerk, de scandiensten, chirurgische ondersteuning en verwijzingen binnen het netwerk krijgen. In ruil daarvoor hoeven de artsen zich niet druk te maken om papierwerk, facturen of het beheer van elektronische patiëntendossiers.' Weer haalde Sara haar schouders op. 'Het geld is niet verkeerd, maar uiteindelijk ben je het zoveelste tandje in het raderwerk van een gigantisch gezondheidssysteem. Je werkschema wordt ingedeeld in perioden van een kwartier, je moet je aan bepaalde criteria houden en je patiënten worden geconfronteerd met voortdurende prijswijzigingen. En als je probeert weer zelfstandig te worden, ben je gebonden aan een gruwelijk concurrentiebeding, waardoor je met je nieuwc praktijk op een enorme achterstand staat.'

Faith kreeg maar de helft mee van wat ze zei, maar Will leek het te snappen.

'Spelen hedgefondsen daar ook een rol in?' vroeg hij.

'Die zijn nog erger dan ziekenhuizen. Die verwachten snelle winst, dus hun patiënten worden uitgeknepen, wat betekent dat verzekeringspremies omhooggaan, wat betekent dat de zorg eronder lijdt, wat betekent dat we er uiteindelijk allemaal voor moeten betalen.'

Dat gedeelte snapte Faith. Ze had ooit anderhalf jaar moeten overwerken omdat Jeremy iets stoms had gedaan op een skateboard en zijn sleutelbeen had gebroken. Het beste wat Will ooit voor haar had gedaan, was een gratis kinderarts in haar leven brengen.

'Oké,' zei Will. 'Dus Richie is een overnamespecialist. En wat nog meer?'

Sara draaide haar systeemkaartje om. Ze keek Will aan. 'Toen Mason naar John Trethewey vroeg, heb ik gezegd dat je orthopeed was.'

'Orthopeed?' zei Will.

'Dat kan van nut zijn als je ze nog eens undercover ziet. Een arts zal het met een orthopeed nooit over medische zaken hebben.'

'Dat zijn toch ook artsen?' vroeg Faith verbaasd.

'Ja, maar...' Sara keek wat opgelaten. 'Ze kunnen heel goed botten doorzagen en schroeven aanbrengen, maar als er een ernstige complicatie is, heb je iemand nodig die interne geneeskunde begrijpt. En weet wat boven en onder is op een ecg.'

Will knikte. 'Alsof je een timmerman vraagt om je computer te repareren.'

Sara keek weer naar hem op, met die glimlach die alleen voor Will was bestemd. 'Precies.'

Faith gunde hun het momentje. Ze was het gewend om de sidekick te spelen in hun romantische komedie.

Ze trok de stapel geel knutselpapier naar zich toe en begon aan een nieuwe lijst, ditmaal met als kop 'Merit Barrowe'. 'Wat weten we over Merit?'

'Dat we een dagvaarding nodig hebben om bij de personeelsbestanden van het Grady te komen,' zei Will.

Faith reikte hem de nieuwe strook aan en keek toe terwijl hij hem rechts van de foto's van de clan plakte.

'Die coassistent van het Morehouse College,' zei hij. 'Die Martin als Mijn Vriend aanduidde. Die zou ons naar Merits vriendin kunnen voeren. Misschien dat de vriendin zich bijzonderheden herinnert van voor de verkrachting. Misschien was er een medestudent die vervelend deed. Misschien kreeg ze briefjes of berichtjes.'

'Momenteel zit een dagvaarding er niet in.' Faith richtte zich tot Sara. 'Wat vind je van Cam? Hij zat er helemaal doorheen na het verlies van Merit. Is dat normaal voor een arts?'

'Ja en nee,' antwoordde Sara. 'Cam had al eerder patiënten verloren. Wij allemaal. Het Grady krijgt altijd de allerzwaarste gevallen binnen. Soms voel je het verlies scherper dan anders. Ik had dat met Dani.'

'Maar je kwam niet ladderzat haar herdenkingsdienst verstoren,' zei Faith.

'Nee, maar ik ging wel met de patholoog en de politie praten, en ik zeurde de openbaar aanklager net zo lang aan zijn kop tot hij me beleefd verzocht op te rotten.'

'Snap ik,' zei Faith. 'Maar Eugene Edgerton? Waarom liet hij het onderzoek stuklopen?'

'Hij was corrupt.' Will had er geen enkele moeite mee om op een slechte smeris af te geven. 'Hij liet die zaak doodbloeden omdat hij niet competent was, of omdat hij was omgekocht.'

Het klamme zweet brak Faith uit. Het waren woorden die beter niet hardop uitgesproken konden worden. 'Wie heeft hem omgekocht?'

'Goeie vraag,' zei Will. 'Schrijf maar op.'

Faith pakte een nieuwe strook geel papier. Al schrijvend zei ze: 'Sara, jij bent de enige die Edgerton ooit heeft ontmoet. Wat was hij voor iemand?'

'We hebben elkaar één keer telefonisch gesproken, en ik heb hem twee keer ontmoet. De eerste keer toen hij me ondervroeg in het ziekenhuis. De tweede keer waren we in de rechtszaal toen het vonnis werd uitgesproken.' Het was duidelijk dat ze de herinneringen met tegenzin naar boven haalde. 'Tijdens de eerste ondervraging leek hij kwaad om wat er gebeurd was. Niet dat hij meelevend was; ik was vooral opgelucht omdat hij het serieus nam.'

'De handboeien moesten doorgesneden worden en het mes moest chirurgisch worden verwijderd. Zelfs een slechte smeris zou dat serieus nemen,' zei Faith.

Sara keek naar haar handen.

'Sorry,' zei Faith. 'Dat had ik niet moeten –'

'Geeft niet. Je zegt gewoon wat er gebeurd is.' Met een strak lachje keek Sara weer op. 'Edgerton was de eerste die ik sprak na die aanval. Ik kwam net uit de operatiekamer. Ik bleef maar doorgaan over wat ik anders had kunnen doen. Ik had aardig tegen hem gedaan. Niet tegen Edgerton, maar tegen de conciërge. Daar voelde ik me vreselijk schuldig over. Was ik te aardig geweest? Had ik een verkeerde indruk gewekt? Had ik hem in verleiding gebracht?'

Sara draaide aan haar verlovingsring. Ze was een ander iemand wanneer ze over die avond in het Grady sprak. Al haar zelfvertrouwen verdampte. 'En dan nog iets,' vervolgde ze. 'Wat Cam in zijn getuigenverklaring over Merit schreef, dat ze bang was dat haar ouders erachter kwamen. Dat was waarschijnlijk ook mijn grootste angst. Ik voelde me erg schuldig omdat ik dit in hun leven had gebracht. Ik had thuis moeten blijven om te studeren. Ik had naar Mercer University kunnen gaan in plaats van naar Emory. Dat soort dingen. Maar wat ik me van rechercheur Edgerton herinner, is dat hij me een geschenk gaf. Hij zei dat het op elk moment en overal had kunnen gebeuren en dat ik moest stoppen met zelfverwijt en de schuld moest neerleggen bij de man die me had verkracht.'

Will verroerde zich niet, maar iets aan de plotselinge spanning in zijn lijf maakte Faith alert. Sara stopte het gedraai aan haar ring. Ze keken allebei over Faiths schouder.

'Hoi, Jeremy,' zei Sara.

Faiths hart zwol van bezorgdheid toen ze zich omdraaide.

Daar stond Jeremy, met een doos donuts en een bekerhouder. Hij keek geschokt, wat niet vreemd was. Faiths zoon had een klik met Sara, vanaf het moment dat ze hen aan elkaar had voorgesteld. Het waren twee nerds, die cryptische grapjes maakten over wetenschap en dol waren op universiteitsfootball en wiskundeproblemen. En nu had Jeremy Sara iets horen zeggen wat hem tot in zijn kern had geraakt.

Faith stond op. Ze gaf de donuts en drankjes aan Will en sleepte Jeremy mee naar de zitkamer.

'Het is oké,' zei ze, haar gebruikelijke mantra wanneer er iets onvoorstelbaars was gebeurd. 'Alles ik oké.'

'Mam, is...' Jeremy's stem sloeg over. Zijn ogen glinsterden in het zachte licht van de lamp naast de bank. 'Is ze...'

'Het is oké,' herhaalde Faith. Haar hart brak, zowel voor haar zoon als voor haar vriendin. Ze zag nu in het echt gebeuren waar Sara het allerbangst voor was als ze over haar verkrachting sprak. Jeremy zag haar opeens anders. Ze was tante Sara niet meer. Ze was nu tante Sara Die Verkracht Was.

'Wat ze net zei over...' Jeremy zweeg weer. 'Gaat het wel goed met haar?'

'Ja, vent. Het gaat goed met haar. Je moet even naar me luisteren.' Faith klemde zijn armen vast alsof ze zo iets van haar eigen kracht aan hem kon overdragen. 'Tante Sara en oom Will zijn hier in verband met een zaak. We hebben je hulp nodig om een oude laptop en telefoon te kraken. Kun je dat?'

'Maar wat ze net zei over –'

'Dat zijn jouw zaken niet, oké? Doe nou maar gewoon alsof je niks gehoord hebt.'

'Faith.' Sara stond naast de bank. De glimlach op haar gezicht was zo geforceerd dat het pijn deed. 'Jeremy, ik ben vijftien jaar geleden verkracht. De man is opgepakt en gestraft. Het gaat nu goed met me, maar soms is het nog steeds moeilijk om erover te praten. Vooral nu. We proberen een verband te ontdekken met twee andere verkrachtingszaken.'

Het kostte Jeremy zichtbaar moeite om zijn emoties in toom te houden. 'Is een van hen die studente uit de Downlow die vermist wordt?'

Zoals gewoonlijk stond Faith op het punt tegen hem te liegen, maar om de een of andere reden kon ze het nu niet. 'Op dit moment weten we nog niets. Daarom hebben we je hulp nodig. Kun jij een vijftien jaar oude telefoon en laptop hacken?'

Zijn blik schoot naar Sara en toen weer naar zijn moeder. Hij was het nieuws nog aan het verwerken.

'Hé, vent.' Faith streek zijn haar achter zijn oren. 'Denk je dat je ons kunt helpen?'

Zijn adamsappel wipte op en neer toen hij slikte. 'Ik kan het proberen,' zei hij.

'Dat is mooi, jongen. Bedankt.'

Ze volgden Sara naar de keuken, en Jeremy protesteerde niet toen Faith haar arm door die van hem schoof. Will was nog steeds op zijn hoede. De ruimte voelde krap nu ze met zijn vieren waren. Sara ging niet zitten. Ze leunde tegen Will, die zijn arm om haar middel sloeg. Toen Jeremy het bewijsbord zag, maakte zijn onbehagen even plaats voor nieuwsgierigheid. Faith probeerde ernaar te kijken als moeder in plaats van als rechercheur. Hij had al veel te verwerken gekregen. Stond er iets alarmerends of engs op, of iets wat te expliciet was?

De moeder was het eens met de rechercheur. Het was gewoon een bewijsbord.

Uiteindelijk maakte Jeremy zijn blik ervan los. Hij keek naar de laptop en de telefoon, die op het keukenblad lagen. Will schoof de doos met donuts aan de kant. Van de tien had hij er al drie op. Hij hield Jeremy de doos voor.

Die schudde zijn hoofd. Sinds ze de keuken binnen waren gekomen, had hij geen woord meer gezegd.

'Heb je het telefoonsnoertje bij je?' vroeg Faith.

Jeremy liet zijn rugzak van zijn schouders glijden en ritste een van de zakken open om het snoertje te pakken. Hij was te stil. Hij was nog steeds in shock, en Faith, die al bij herhaling had gezegd dat alles oké was, kon niets bemoedigends meer bedenken. Net toen ze wilde zeggen dat het niet hoefde, dat hij maar naar de film moest gaan of iets met zijn vriendin moest doen, hoorde ze Sara diep inademen.

'Jeremy.' Sara pakte de oeroude telefoon van Merit Barrowe. 'Ik ben benieuwd wat er gebeurt als je dit ding aanzet. Zou het geen contact proberen te maken met het netwerk?'

'Zou ik niet weten.' Jeremy wikkelde het snoertje los, maar meed Sara's blik. Hij had geen idee hoe hij met de situatie moest omgaan. 'Ik kan de protocollen opzoeken.'

Will had de spanning opgepikt, maar de bron ontging hem. 'Waar ben je bang voor?' vroeg hij aan Sara.

'Als de telefoon zich probeert te melden, kan de simkaart vergrendeld raken. Dan kunnen we niet meer bij de informatie. Zo is het toch, Jer?'

'Ja.' Jeremy stak de USB in de oplader. 'Bij deze oudere telefoons is de sim ingebouwd. Ik kan de behuizing openmaken, maar daarvoor mis ik het geschikte gereedschap. Als ik het probeer te forceren, kan ik iets beschadigen.'

'Vanaf waar wordt het signaal verzonden?' vroeg Sara. 'Vanaf de voor- of achterkant?'

Jeremy koppelde de telefoon aan het snoertje. 'De antenne is ingebouwd aan de achterkant. De geleiding gaat via de metalen behuizing.'

Kennelijk wist Sara het antwoord al, maar ze bleef Jeremy naar de oplossing sturen. 'Kun je het signaal ook blokkeren?'

'Misschien.' Hij keek nog steeds naar de telefoon in plaats van naar Sara. 'Je zou bijvoorbeeld een dode zone kunnen opzoeken. Of we rijden een eind het land op.'

'Dat lijkt me nogal vergezocht,' zei Sara. 'Is er geen makkelijkere manier om de elektrische stroom van externe en interne elektromagnetische velden te laten verdwijnen?'

Eindelijk keek Jeremy op. Hij grijnsde. 'Een kooi van Faraday.'

Sara lachte terug. 'Het proberen waard.'

Jeremy trok lades open en schoof ze weer dicht. Faith had geen idee waarnaar hij op zoek was, maar ze was blij dat Sara een manier had gevonden om haar zoon op zijn gemak te stellen. Tegelijkertijd bloedde haar hart voor Sara, die iets wat zo zwaar moest zijn zo goed oppakte.

'Het wachtwoord heeft vier cijfers.' Jeremy rolde een vel aluminiumfolie af. Hij begon de telefoon erin te wikkelen, waarbij hij een soort zoeker creëerde voor het glazen scherm. 'Ik moet wat persoonlijke informatie hebben over de eigenaar van de telefoon. We hebben maar een paar pogingen voor de zaak op slot gaat. Meestal kiezen mensen een wachtwoord dat ze gemakkelijk kunnen onthouden. Bijvoorbeeld verjaardagen, jubilea, dat soort zaken.'

Faith wist niet goed wat ze met hem kon delen. Ze had haar zoon nooit aan dit leven willen blootstellen. Ze koos voor het Snoopy-boekje van Merit. 'Ze heette Merit Barrowe. Dit was van haar.'

Jeremy keek alsof ze hem zojuist een archeologisch artefact had overhandigd. Hij bladerde het boekje door. 'O, dat zijn contacten.'

'De laptop was van een arts genaamd Cameron Carmichael,' zei ze. 'Sommige bestanden zijn met een wachtwoord beveiligd. Ik heb niet veel persoonlijke informatie over hem. Zal ik zijn geboortedatum proberen te achterhalen?'

'Die hebben we waarschijnlijk niet nodig.' Jeremy draaide de Dell-laptop naar zich toe om de specificaties te bekijken. 'Deze gebruikt gewone DES-encryptie. Ik kan een programma downloaden dat een *brute force attack* uitvoert. Daarmee zou je hem kunnen kraken.'

Faith ging ervan uit dat hij wist wat hij deed. 'Kun je met brute kracht ook de telefoon open krijgen?'

'Dat kan alleen de NSA. Zelfs de oudere modellen zijn behoorlijk goed beveiligd.' Jeremy tikte op het scherm. Er verscheen niets, zelfs niet het lege rode batterijtje. 'We moeten een paar minuten wachten om te zien of hij een lading kan vasthouden. Als dat niet zo is, kan ik hem resetten door de aan-uitknop en de homeknop in te drukken.'

'En als dat niet werkt?'

'Het is een harde schijf. Ik kan hem proberen te booten via mijn MacBook.' Hij haalde de computer uit zijn rugzak. 'Is er iets illegaals bij?'

Faith zei hetzelfde wat haar moeder altijd tegen haar had gezegd. 'Niets is illegaal als je moeder zegt dat het moet.'

Jeremy had dat vaker gehoord. 'Ik ga op zoek naar de hacksoftware. Misschien heb ik je creditcard nodig om wat crypto te kopen.'

Niets van dat alles klonk goed. Toch pakte Faith haar portemonnee. Ze legde haar Visa-kaart naast hem op het werkblad, hoewel ze wist dat hij het nummer uit zijn hoofd kende. Ze wilde zeggen dat hij een andere werkplek moest opzoeken, maar ze hield zich net op tijd in. Ze wilde niet dat haar zoon een gesprek meekreeg over een veelvoud aan seksuele geweldplegingen, maar ze wilde hem ook niet voor schut zetten door hem naar zijn kamer te sturen.

Ze keek Will en Sara aan. 'Wat nu?'

Will moest eerst de complete donut doorslikken die hij in zijn mond had gepropt. 'Tijdlijn.'

Faith had het antwoord kunnen raden. Will was een groot fan van tijdlijnen.

'Op vrijdagavond komt Merit de spoedeisende hulp binnen,' zei ze. 'Zaterdagochtend is ze dood.'

Vanuit haar ooghoek zag ze Jeremy opkijken van zijn MacBook.

Sara had het ook gezien. 'We weten dat Merit nog op college is gezien,' zei ze. 'Daarna ging ze naar het flatgebouw voor de coassistenten van het Morehouse. Toen dook ze op in het Grady. Kunnen we de route misschien in kaart brengen, Faith?'

Faith liet zich niet door Sara bij de hand nemen zoals die dat met Jeremy had gedaan. Ze opende haar laptop en klikte op het tabblad met een plattegrond van het gebied rond het Grady. Ze draaide het scherm naar Sara en Will toe. Jeremy wierp een blik over zijn schouder, maar Faith had ervoor gezorgd dat de laptop zich buiten zijn blikveld bevond.

'Hier.' Sara wees naar een gebouw. 'Ik weet bijna zeker dat die Morehouse-flat hier stond.'

Faith zette een speld op de plek. Toen liep ze met haar vinger de drie locaties langs. 'Sparks Hall, het Grady en de Morehouse-flat. Allemaal op loopafstand van elkaar. Ze vormen feitelijk een driehoek.'

'Het midden van de hypotenusa.' Sara tikte op de lijn vanuit de hoek van negentig graden. 'Daar zat De-Liver's.'

'Volgens Richie heette die kroeg in het echt The Tenth.'

'Nu weet ik het weer,' zei Sara. '*The Talented Tenth*, dat komt uit een essay van Henry Lyman Morehouse.'

Will schoof de donuts naar Jeremy en wachtte tot hij er een had gekozen. 'In welk politiedistrict ligt die driehoek, Faith?'

'In het vijfde.' Faith stak haar hand in haar tas om haar notitieboekje te pakken. 'Als ik ooit word teruggebeld door het APD kan ik erachter komen wie daar vijftien jaar geleden straatdienst had. Misschien kan hij zich nog iets herinneren.'

'Denk je dat ze hun aantekenkaarten bewaren?' vroeg Will.

'Hangt ervan af.' Faith had haar eigen kaarten wel bewaard. Er stonden aantekeningen op die een agent tijdens de dienst maakte om incidenten te kunnen natrekken die niet voor een officieel politieverslag in aanmerking kwamen. Ze waren handig als je telkens weer dezelfde mensen tegenkwam die telkens weer dezelfde stommiteiten begingen. Dat was zo ongeveer een samenvatting van het leven van een straatagent. 'Dit is nu zo'n moment dat ik Amanda er graag bij zou willen hebben. Die zou het APD de stuipen op het lijf jagen.'

'Laten we teruggaan naar het tijdpad,' zei Will.

Faith tikte met haar vinger op de map met de getuigenverklaringen. 'Twee studiegenoten zagen Merit Barrowe die middag om een uur of vijf Sparks Hall uit lopen. We kunnen ervan uitgaan dat ze vandaar te voet naar de Morehouse-flat ging. Laat ze eens vier uur met haar vriendin hebben zitten studeren. Cam noteerde dat er om 23.15 uur triage werd toegepast op Merit. Rond middernacht zag hij haar pas als patiënt. Als het rekensommetje klopt, duurde die verkrachting ongeveer twee uur.'

Sara wilde duidelijk niet te lang bij het rekensommetje stilstaan. Ze pakte een van de drie getuigenverklaringen die Eugene Edgerton nog had vastgelegd en somde de relevante details op.

'Hector Alvarez, de beveiliger, zei dat Merit Barrowe rond 23.00 uur via de westelijke ingang het ziekenhuis kwam binnenstrompelen. Ze kon amper overeind blijven en sprak onduidelijk. Hij haalde een rolstoel en hielp haar plaatsnemen. Toen, letterlijk volgens de verklaring van Alvarez: "Miss Barrowe zei dat ze verkracht was. Ze huilde. Ze zei dat ze nog nooit omgang met een man had gehad, waaruit ik opmaakte dat ze nog maagd was toen het gebeurde. Haar lichaam deed pijn, zei ze, en ook dat het diep vanbinnen pijn deed. Ik zag blauwe plekken op haar polsen en lager zat ook hier en daar bloed. Ze droeg een short, daardoor kon ik het zien. Ik zei dat de verpleging haar ouders zou bellen, en toen raakte ze helemaal overstuur. Ze wilde niet dat iemand het aan haar ouders vertelde. Ze zat vooral over haar vader in, en dat snap ik, want ik ben zelf vader. Als dat met een van mijn meiden gebeurde, zou ik niet rusten voor ik die vent te pakken had." '

Er viel een stilte. Jeremy had het ook gemerkt, want hij ramde minder hard op de toetsen.

'Merit weigerde een aanklacht in te dienen of een verkrachtingstest te laten afnemen,' zei Faith. 'Cam gaf haar wat kleren. Ze ging het toilet binnen en kwam er niet meer uit. Niet levend tenminste.'

Sara liet haar blik over Cams verklaring gaan. 'Wat Cam als een grand mal epileptische aanval bestempelde, wordt tegenwoordig een tonisch-clonisch insult genoemd. Er zijn twee fasen: eerst de tonische, waarin de patiënt het bewustzijn verliest. De spieren verstijven, zodat de patiënt omvalt als die staat. Het is een ongelooflijke klap voor het hele systeem. Soms wordt er onbeheersbaar geschreeuwd, of de darmen en de blaas lopen leeg. Die fase duurt vijftien tot twintig seconden. Dan treedt de clonische fase in, die gekenmerkt wordt door ritmische spasmen. De spieren spannen en ontspannen, spannen en ontspannen. Die fase duurt langer, gewoonlijk twee minuten of korter. Bij Merit duurde de tonisch-clonische aanval meer dan vijf minuten. In die tijd kregen haar hersenen geen zuurstof. Theoretisch heeft dat tot haar dood geleid, maar er waren bijkomende factoren, afgaande op de eerste overlijdensakte.'

'Hoe zit het met Cams lijst van Merits kleren?' vroeg Will.

Sara zocht het autopsierapport op en maakte een vergelijking. 'Merits onderbroek staat niet op de lijst. Ze miste ook een linkerschoen. Een Air Jordan Flight 23 White/Black/Zest.'

'Die ontbrekende schoen komt overeen met wat Cam zei.' Faith schreef de nieuwe gegevens op twee verschillende gele stroken.

'Wacht eens even,' zei Sara. 'Dani was blootsvoets toen ze op de trauma-afdeling werd binnengebracht. De inventarislijst van de Mercedes vermeldde een zwarte instapsandaal met plateauhak van Stella McCartney. Alleen de rechter, geen linker. Ik ging ervan uit dat ze de tweede schoen was verloren tussen de auto en de spoedeisende hulp.'

'Is dat een verband?' vroeg Will.

Sara haalde haar schouders op. 'Heel veel mensen verliezen schoenen op spoed. En als we dit naar mij doortrekken: ik had beide schoenen nog.'

'Oké.' Faith pakte een nieuwe gele strook. 'Toch moet het op het bewijsbord.'

Will begon de stroken vast te plakken. Tegen Sara zei hij: 'Hou dat autopsierapport er nog even bij. De patholoog heeft haar niet geopend. Vind je dat niet vreemd?'

Sara keek bedenkelijk, maar evenmin als politieagenten vielen artsen elkaar graag af. 'Ze bevond zich in een ziekenhuis, dus er was iemand bij haar toen ze stierf, en bovendien zijn er voldoende monsters genomen en getest. Dan is het eigenlijk ter beoordeling van de patholoog-anatoom.'

'Maar?' vroeg Will.

'Het is moeilijk om achteraf kritiek te leveren op een andere arts, vooral omdat ik het lichaam niet heb gezien en niet weet wat rechercheur Edgerton tegen hem heeft gezegd. Als patholoog-anatoom heb ik doorgaans als regel dat een verder gezonde twintigjarige vrouw die plotseling overlijdt aan een tonisch-clonisch insult een volledige autopsie verdient, ook al is het in een medische omgeving gebeurd. Maar het budget van de staatspatholoog is hoger dan dat van de patholoog van Fulton County, die chronisch over te weinig fondsen beschikt. En ik heb Amanda die me steunt. Ik krijg niet veel kritiek achteraf.'

Faith zou hebben gelachen als iemand anders had gezegd dat Amanda een hele steun was, maar het was een feit dat ze altijd achter hen stond. Ook al was het soms met het mes in de aanslag. 'En dat ding op Merits zij, die tattoo?'

'Ik geef toe dat het slordig is om niet nauwkeurig vast te leggen wat er op het lichaam werd aangetroffen. Normaal schrijf je het op of maak je een ruwe schets van de tattoo. Kruisjes geven doorgaans wonden, rijtwonden en littekens aan.' Sara bladerde door de gefaxte pagina's met de autopsiefoto's en schudde haar hoofd bij het zien van de vage afbeeldingen. 'Hadden we maar betere foto's. Kunnen we op de een of andere manier bij het originele dossier komen?'

'De scan die ik je heb laten zien, is van het originele dossier,' zei Will. 'Al het andere zal al jaren geleden door de shredder zijn gegaan. De enige duidelijke foto die we hebben is die van Merit op de snijtafel.'

Sara bladerde door naar de handtekening onder het rapport. 'Ik ken die arts niet, maar al zou ik hem kennen, dan is het ook weer niet zo dat ik hem zou kunnen vragen of hij vijftien jaar geleden door een smeris werd omgekocht of werd gedwongen om zijn aantekeningen te wijzigen. Of zou kunnen vragen of hij wil uitleggen waarom hij het toxicologierapport niet heeft bijgewerkt. Dat verbaast me nog het meest. Zelfs vóór de staat de GAVERS-software invoerde die alle overlijdensaktes elektronisch registreert, waren de procedures al gestandaardiseerd. Als patholoog-anatoom heb je alleen lopende zaken in bezit. Zodra jouw taak erop zit, stuur je de originelen naar de openbaar aanklager of naar het staatsarchief.'

'Valt je verder nog iets op?' vroeg Will.

Sara schudde haar hoofd en richtte zich weer op de getuigenverklaring van Cam.

'Wat vind je van de blauwe plekken op Merits dijbenen en de kneuzingen in en rond haar vagina?' Blijkbaar vond Will het geen probleem dat Faiths zoon zich op een halve meter afstand bevond. 'De patholoog concludeerde dat ze overeenkwamen met geslachtsgemeenschap met wederzijdse instemming, maar Merit was lesbisch.'

Schouderophalend zei Sara: 'Ook van lesbische seks kun je kneuzingen en blauwe plekken krijgen.'

Jeremy's hoofd schoot bijna van zijn nek.

Faith schonk hem een blik die een ijsberg kon laten versplinteren.

Sara zag het en gaf een draai aan het gesprek. 'Laten we nog eens naar Cams verklaring kijken. Die stelde hij een uur nadat Merit overleden was verklaard op, dus we mogen ervan uitgaan dat die accuraat is. Volgens zijn verklaring zei Merit dat een hand haar mond bedekte. Dat haar enkels en polsen op de een of andere manier uit elkaar werden gehouden. Het was heel donker. Ze hoorde alleen zijn zware ademhaling. Ze proefde tabak op zijn hand. Zijn adem rook zoet, naar hoestsiroop. De man kroop op haar. Ze herinnerde zich een heel scherpe pijn.'

'Cam rookte,' zei Faith.

'Bijna de hele clan rookte aan de bar,' zei Sara. 'Ik weet niet meer goed wie, maar Cam in elk geval. Mason nooit, voor wat het waard is.'

'En zijn adem die naar hoestsiroop rook?' vroeg Faith. 'Komt je dat bekend voor?'

Sara schudde haar hoofd. 'Zou Merit het hebben verward met alcohol, met een of andere likeur?'

'Ze heeft het niet geproefd,' zei Faith, 'dus dat betekent dat hij haar niet op haar mond heeft gekust.'

Sara wendde haar blik weer af. Faith besefte dat ze onbedoeld een gevoelige snaar had geraakt. De conciërge had haar ongetwijfeld gekust tijdens de verkrachting. Faith bedwong de neiging haar eigen mond af te vegen. Ze kon zich niet voorstellen hoe moeilijk het moest zijn om te leven met dat soort in je zintuigen verankerde herinneringen.

'Moeten we het nog over Sloan hebben?' vroeg Will.

'Moeten we het over Sloan hebben,' herhaalde Sara, niet zozeer als vraag, maar meer als uitspraak. 'Faith, wat vertelde je me twee avonden geleden? Dat een vrouw die verkracht wordt geen statistische afwijking is. Het gebeurt namelijk talloze keren per dag. Het feit dat Sloan ook is verkracht, zou toeval kunnen zijn.'

'Ze was destijds eerstejaarsstudente geneeskunde,' zei Will. 'Dan zit ze qua leeftijd dichter bij Merit Barrowe en Dani Cooper.'

Met haar armen over elkaar leunde Sara achterover. 'Als je Mason moet geloven, kende Sloan haar belager. Ze hadden een date. Hij verkrachtte haar. Ze deed geen aangifte. De man haalde zijn eerste jaar niet, dus ze liet het allemaal achter zich en ging verder met haar leven.'

Bij Faith gingen nu alle haren overeind staan. 'Zei hij dat, dat ze verderging met haar leven? Alsof het niks voorstelde?'

'Iedereen gaat er anders mee om,' zei Sara. 'Er is geen goede of verkeerde manier. Misschien zijn er vrouwen die het onbeduidend vinden.'

'Misschien zijn er vrouwen die op een dag op Mars rondlopen.'

'Heb je Sloans telefoonnummer?' vroeg Will aan Sara. 'Zou ze met je willen praten?'

'Ik heb het niet, maar ik kom er wel achter.' Sara keek naar de kroonluchter boven de tafel. Dit was niet haar gebruikelijke gereserveerdheid. Ze dacht over iets na. 'Ik probeer me in haar te verplaatsen. Hoe zou ik het vinden om benaderd te worden over een verkrachting van bijna twintig jaar geleden? Een telefoontje voelt niet goed.'

'We kunnen op één dag op en neer vliegen,' stelde Will voor. 'Vanaf Atlanta is Connecticut zo'n twee uur vliegen.'

'Ik wil haar niet overvallen. Dat voelt ook verkeerd.' Sara liet haar kin op haar hand rusten. 'Alleen al de gedachte aan eindeloos heen en weer bellen of wachten tot het weekend – ik hou dit niet veel langer vol. Het heeft ons leven te veel op zijn kop gezet. En wie weet wat Tommy doet nu zijn proces is afgerond. Zijn eigen moeder is doodsbang dat hij weer iemand iets aandoet. En dan nog dat meisje op het nieuws... Dat we allemaal bang zijn voor het ergste scenario zegt genoeg over wat er op het spel staat.'

Faith keek weer even naar Jeremy. Zoals gewoonlijk stond hij over de telefoon gebogen. Toen ze nog eens goed keek, besefte ze dat hij niet met zijn eigen telefoon bezig was. Het omhulsel van aluminiumfolie zei genoeg.

'Hé, vent,' zei ze. 'Zit je in Merits telefoon?'

'Haar wachtwoord bestond uit de laatste vier cijfers van het telefoonnummer van haar vader en moeder.' Hij klonk anders dan anders, wat betekende dat hij meer had gezien dan Faith goed voor hem achtte.

Voorzichtig pakte ze de telefoon van hem af. Voor ze kon vragen of alles goed was, had Jeremy zijn aandacht verplaatst naar Cams laptopbestanden. Zijn kaak stond strak. Het liefst zou Faith het toetsenbord met haar handen bedekken, maar ze wist dat het niet zou helpen. Ze keek naar Merits telefoon. Ze zag tientallen tekstballonnetjes, elk met één regel tekst.

Faith ging weer aan tafel zitten en scrolde terug naar het begin. Ze kuchte en zei toen: 'Het eerste contact was tien dagen voor Merit stierf. Hij schreef: Hallo, Merit. Weet je al hoe laat de bibliotheek op zaterdag dichtgaat? Ze schreef terug: Ja, dank je. Waarop hij schreef: Ik wil je heel graag weer eens zien. Het liefst in dat strakke blauwe T-shirt. Zij schreef: Wie ben je? En hij schreef: Woon je nog steeds in unit 1629 in University Village?

Zij: Wie ben je? Je maakt me bang. En hij schreef...'

Faiths keel snoerde dicht bij de volgende woorden. Ze had snel vooruit gelezen en besefte opeens dat haar dierbare dochtertje... dat Emma op een dag uiteindelijk, onvermijdelijk, ook dit soort verontrustende, ongewenste aandacht kon verwachten.

Ze dwong zichzelf door te lezen. 'Hij schreef: Wie wil je dag opfleuren door je te vertellen hoe mooi je bent? Wie droomt veel meer over jou dan goed voor hem is? Wie is nog iets beschadigder dan alle anderen? Wie verdient het genoegen van jouw gezelschap niet? Wie zal een teleurstelling voor je zijn als je ontdekt wie hij is?'

Faith keek op van de telefoon. Zelfs na vijftien jaar waren de berichtjes nog steeds buitengewoon verontrustend. 'Daarna reageerde Merit niet meer. Twee dagen later stierf ze.'

'Jezus,' fluisterde Sara. 'Ze doen me denken aan de dreigende berichtjes die Dani ontving voor ze stierf.'

Faith had het dossier van de zaak Dani Cooper gelezen, maar dossiers lezen was haar dagelijks werk. 'Weet je nog wat erin stond?'

'Ik kan ze je laten lezen, maar ze waren wat meer toegespitst, als een volwassen versie van wat Merit ontving. Hij schreef dat ze een moedervlek op haar been had. Hij wist waar ze woonde, in welk appartement, en hij wist hoe haar kat heette.' Sara bracht haar hand naar haar hals. 'De laatste twee regels waren het ergst. Hij schreef: Maak maar een lijst van alles waar je bang voor bent. Kijk maar bovenaan. Dat ben ik.'

'Dat ben ik.' Faith scrolde terug door Merits telefoon. 'Wie wil je dag opfleuren? Wie droomt over jou? Wie is nog beschadigder? Wie verdient je gezelschap niet? Wie zal een teleurstelling voor je zijn?'

'Dat ben ik,' zei Sara.

De drie woorden voelden loodzwaar in de krappe ruimte. Faith dacht weer aan haar kinderen, dat haar grootste zorg wat Jeremy betrof was dat hij verliefd zou worden op een meisje dat zijn hart zou breken, en dat haar grootste angst wat Emma betrof was dat ze verliefd zou worden op een man die haar botten zou breken.

Of erger.

'Mam?' Jeremy had Cams Dell-laptop naar haar toe gedraaid zodat ze op het scherm kon kijken. Hij had de oude Yahoo-browser geopend. 'Ik heb zijn geschiedenis bekeken.'

Faith zag de foutmelding op de pagina.

12163 – GEEN INTERNETVERBINDING

Jeremy zei: 'De Dell heeft geen wifikaart, maar ik heb het webadres handmatig op mijn MacBook ingevoerd en toen kwam ik op deze chatgroep.'

'Wat?' Faith stond zo snel op dat ze tegen de tafel stootte. 'Zeg alsjeblieft dat je een proxy hebt gebruikt om je IP-adres te verbergen zodat er straks geen fucking overvalteam de deur inbeukt.'

'Ik ben via Tor gegaan, maar dat boeit niemand.' Hij klikte zijn mail open. 'Het e-mailadres van de beheerder van de site was van AOL. Ik heb een test gestuurd via een fake Gmail-account en dat werd gebouncet. Wat betekent dat de login niet gereset kan worden. Het is een spookpagina.'

Faith liet niet merken hoe diep ze onder de indruk was. 'Ga door.'

'Die pagina is zestien jaar geleden aangemaakt,' zei Jeremy. 'De laatste keer dat de administrator bij de logs probeerde te komen, was acht jaar geleden.'

'Cam stierf acht jaar geleden,' zei Will.

'Voor zestien jaar aan chats was er niet veel activiteit,' vervolgde Jeremy. 'Er werd misschien vier keer per jaar ingelogd. Wie die administrator ook was, hij probeerde alle chattranscripties te wissen, maar hij verwijderde ze niet uit de back-upmap, dus ik kon ze weer herstellen.'

'Laat zien,' zei Faith.

Jeremy klikte op de rechtermuisknop om de HTML-broncode te tonen.

Faith was geen programmeur, maar ze wist genoeg om een vraag te kunnen stellen. 'Wat zijn die bestanden?'

'Filmpjes,' zei Jeremy. 'De administrator heeft die ook verwijderd, maar de back-upmap kon niet zoveel data opslaan. Ze raakten beschadigd.'

'Kun je zien hoelang die filmpjes duurden? De bron? De locatie?'

'Iemand anders misschien?' Jeremy leek te twijfelen. 'Ik wil er niet mee klooien, want dan verknal ik het misschien.'

'Laat mij eens.' Faith duwde hem zachtjes opzij zodat ze de chatlogs kon lezen. Ter verduidelijking zei ze tegen Will: 'De pagina werd aangemaakt met behulp van een WordPress-template voor een chatgroep. Je post iets en een paar minuten of uren of dagen later post iemand anders iets terug.'

'Net als bij Reddit,' zei Will.

'Precies, maar dan besloten, alleen mensen die door de moderator zijn goedgekeurd kunnen posten, en zonder een login kan niemand meelezen.' Faith scrolde door de pagina. 'Er zijn in totaal achtendertig pagina's met berichten. Geen onderwerpregels. Er zijn geen gebruikersnamen. Voor zover ik kan zien, gebruikten ze getallen, van 001 tot en met 007.'

Will gebaarde naar de foto's van de clan. 'Zeven getallen. Zeven mannen. Waar hebben ze het over?'

Normaal zou Faith bij de eerste pagina beginnen, maar vanwege Cams zelfmoord begon ze bij de laatste, van acht jaar geleden, één dag na Cams zelfmoord. Ze had zijn naam al snel gevonden.

Ze las voor: '007 schreef: Hebben jullie gehoord dat Cam zich voor zijn kop heeft geschoten? De politie belde me. Mijn nummer stond in zijn telefoon. 003 antwoordt: Stomme lafbek. Hopelijk staat mijn naam niet in zijn telefoon. Dan zeg ik wel tegen de smerissen dat ze de tering kunnen krijgen. 007 antwoordt: Zolang die fucking politie je maar niet op je werk belt. De vrouwen bleven erover doorgaan. Dan komt 002 erin: Iemand moet naar NY om zijn troep op te ruimen. 003 weer: Volgens mij heeft hij een zus, maar die heeft al even zwaar de pest aan hem als iedereen. Waarom heeft hij het niet eerder gedaan? Zeven jaar geleden bijvoorbeeld? 004 laat zich horen: Rustig, mannen. Wat is het probleem? 007: Lees dan vanaf het begin idioot. Cam heeft zich voor zijn kop geschoten. De politie belde om te vragen of ik iets wist. 004: Arme kerel, die had al nooit veel zin in het leven. 002: Eigenlijk moeten we hiermee offline gaan. 007: Iemand moet kijken of Sloan rustig blijft. 004: Sloan blijft altijd rustig. 003: Zolang ze maar niet met de politie praat. 004: Ik ben weg mannen tot aan de brunch. 003: Wat moeten we nou in jezusnaam doen? 007: Onze bek houden. Niemand weet iets. Dus als we onze lippen stijf op elkaar houden, zal niemand ooit iets weten. 003: En als ze met HS gaan praten? Waar hangt die eigenlijk uit? 007: Stikkend in pis en kots in South Georgia. 003: Precies waar ze thuishoort. 002: HÉ, EIKELS, HAAL DEZE SHIT OFFLINE.'

'HS ben ik.' Sara stond achter Faith en las mee over haar schouder. 'Heilige Sara in South Georgia. 004 is Mason. Zo klinkt hij. De lafaard.'

'In totaal hebben we vier deelnemers,' zei Will. 'Wie zijn de overige drie?'

'Geen idee,' zei Sara. 'Ik vraag het aan Sloan wanneer ik haar morgen spreek.'

11

Terwijl Sara de ontbijtborden in de vaatwasser zette, dacht ze aan Sloan Bauer. Tijdens hun studie geneeskunde was Sloan vergeleken met de rest ongelooflijk prestatiegericht geweest, en dat in een gezelschap dat bekendstond om zijn streberigheid. In allerlei opzichten was Sara blij geweest toen de vrouw een assistentschap in een andere staat kreeg aangeboden, alleen al om de ruimte die daardoor ontstond. Sloan was messcherp, had een duister gevoel voor humor, en voordat ze Sara's vriendje had geneukt, had ze best wel een leuk mens geleken.

Zelfs als Sara dat vreemdgaan in aanmerking nam, voelde het niet goed om in een vliegtuig te stappen om Sloan tijdens haar werk te verrassen. Toch was dat precies wat ze ging doen. Niet dat ze haar klinische rooster in de war zou schoppen. Will had voorgesteld om Sloans social media te checken voor Sara een vlucht naar Hartford boekte. Volgens Sloans Instagram-account hield ze die dag een lezing in New York City, op een congres voor kinderhematologie en -oncologie. Het voelde net iets minder erg om Sloan bij haar collega's weg te halen dan bij doodzieke kinderen.

Helaas had Sara geen betere opties. Van Britt had ze niets meer te verwachten. De politie- en autopsieverslagen rond de zaak-Merit Barrowe hadden alleen maar meer vragen opgeworpen. Het was Faith niet gelukt het vijftien jaar oude nummer te achterhalen vanwaar de bedreigende berichten naar Merits telefoon waren verstuurd. De met een wachtwoord beveiligde bestanden op Cams laptop gingen Jeremy's hackerstalenten te boven. De chatwebsite leek het enige haalbare spoor, en in die berichten werd zowel van Sloan als van Sara melding gemaakt.

Stikkend in pis en kots in South Georgia.

Toen Faith de woorden hardop had voorgelezen, was het alsof Sara een klap in haar gezicht had gekregen. Ze ging ervan uit dat Faith en Jeremy ze als een verwijzing naar haar werk als kinderarts hadden opgevat. Alleen Will wist beter.

Vijftien jaar geleden was Sara zo misselijk geworden van de drug die de conciërge haar stiekem had toegediend dat ze het toilet amper had gehaald. Tijdens de verkrachting was de misselijkheid niet afgenomen. Ook daarna niet. Toen het begon, had ze een volle blaas gehad. Sara wist nog goed hoe ze aan de wc-stangen had gehangen, hoe handboeien haar armen uit elkaar hadden getrokken en hoe haar blote knieën tegen de tegels hadden gedrukt. Ze wist nog hoe haar maag was verkrampt terwijl ze had gekokhalsd en hoe ze haar ogen stijf dicht had geknepen toen braaksel en urine over de vloer spetterden.

Het mes was tot aan het heft in haar zij gestoten. Ze had niet overeind kunnen komen. Of haar stem kunnen verheffen. Of om hulp kunnen schreeuwen. Ze was drijfnat geweest van haar eigen vocht. Pas na bijna tien minuten had een verpleegkundige haar gevonden. Vervolgens was een tweede verpleegkundige binnen komen stormen. Gevolgd door artsen. Door ambulancemedewerkers. Door agenten. Brandweerlieden.

Iedereen had gezien hoe ze bijna gestikt was in pis en kots.

Sara haalde diep adem, hield de lucht vijf tellen vast en ademde toen vijf tellen lang uit, waarna ze de cyclus herhaalde tot ze niet meer het gevoel had dat haar hart zou barsten in haar borstkas. De ademhalingsoefening was een soort hartcoherentie. Bij het inademen neemt de hartslag iets toe en bij het uitademen weer iets af; bij een goede timing had dat theoretisch een kalmerende werking op het parasympathische zenuwstelsel, het centrale zenuwstelsel en de hersenen.

Ze had de oefening geleerd van niemand minder dan haar moeders predikant. Hoewel Sara vanaf haar eerste dag op de zondagsschool in aanvaring was gekomen met dominee Bart, had hij haar goed genoeg gekend om uit te leggen hoe het systeem werkte. Ze moest het Bart nageven dat hij het pre-Bötzingercomplex in haar hersenstam had weten aan te spreken, vooral doordat hij zijn stem had moeten verheffen om zich verstaanbaar te maken door de gesloten deur van haar kinderslaapkamer. Destijds was Sara nog aan het herstellen van haar ectopische zwangerschap en was ze in shock geweest door het verschrikkelijke verlies van de toekomst die ze zo zorgvuldig in kaart had gebracht. Bart had dag in dag uit urenlang op de gang gezeten, tot ze eindelijk in staat was geweest hem onder ogen te komen.

Dat Bart een man was, was misschien nog het angstaanjagendst. In de maanden na de verkrachting was Sara niet in staat geweest alleen te zijn met een andere man dan haar vader. Van daten was geen sprake. Als verkrachting je één ding leerde, was het dat vertrouwen en intimiteit twee kanten van dezelfde medaille waren. Sara had uren online gezeten en talloze berichten gelezen van lotgenoten over de strijd die ze hadden moeten leveren om weer een fysieke band aan te kunnen gaan. Ze noemden het hun genezing, alsof verkrachting een ziekte was. En misschien was het dat ook, maar niemand had de volmaakte remedie. Sommige vrouwen kozen voor het celibaat. Anderen neukten alles wat bewoog. Weer anderen ploeterden zich door de seks heen alsof het een hindernis was die overwonnen moest worden. Er waren er ook bij die erin berustten dat ze nooit zouden herstellen. Sara had zich bijna bij die laatste categorie geschaard. Er waren jaren verstreken voor ze zich weer op haar gemak voelde in het gezelschap van een man. Dat ze haar eerste echtgenoot had gevonden, en dat ze uiteindelijk Will had gevonden, voelde als een wonder.

Niet dat ze dat ooit aan dominee Bart zou toegeven.

Of aan de medische raad. Het kon haar als arts haar carrière kosten als ze een bevoegd psycholoog bezocht, maar zoals met elk facet van het Amerikaanse leven was er een uitzondering waar het godsdienst betrof.

Sara stopte een tablet in de vaatwasser en zette hem aan. Toen ze overeind kwam, viel haar blik op de tv in de woonkamer. Nadat Will was vertrokken, had ze het geluid uitgezet, maar ze las de tekstregels.

...wordt al achtenveertig uur vermist. De politie doet een dringend verzoek aan iedereen die over informatie beschikt om zich te melden. Park, studente aan Emory University, is het laatst gezien...

Sara wendde haar blik af.

Op haar telefoon las ze dat haar vlucht naar New York op tijd zou vertrekken. Ze was erin geslaagd de laatste stoel te boeken op de shuttle van 8.15 uur. Dan kon ze net na Sloans lezing op het congres aankomen. Ze was niet zo dom om te proberen haar voor die tijd te spreken. Haar retourvlucht vertrok om 17.15 uur, maar ze kon proberen stand-by een van de eerdere te pakken, want er vertrok er elk uur een naar Atlanta.

Tenminste, dat was het plan. Sara had geen idee hoe Sloan zou reageren nadat ze elkaar vijftien jaar niet hadden gezien. In elk geval zou Sara uit haar reactie kunnen opmaken of Mason haar gebeld had om ervoor te zorgen dat ze allemaal op één lijn zaten.

Sara keek op de klok. Parkeren bij het vliegveld was een nachtmerrie. Ze moest al bijna weg. Snel stuurde ze een berichtje aan haar zus. Ben de hele dag bezet. Bel je later vanavond.

Ze wachtte tot Tessa een hartje had teruggestuurd.

Even voelde ze een steek van schuld omdat ze had gelogen. Ze had Tessa niet over Dani Cooper verteld. Ze had haar niet over Britt of Merit of überhaupt over die hele zaak verteld. Ze had zichzelf wijsgemaakt dat ze op die manier haar familie beschermde, maar in werkelijkheid beschermde ze zichzelf. Ze hield van haar zus. Tessa was haar beste vriendin. Maar er waren bepaalde dingen die ze nooit zou begrijpen.

Een van de meest traumatiserende nawerkingen van een verkrachting was dat er maar één andere persoon op aarde was die precies wist wat je had doorstaan, en dat was het monster dat je had verkracht. Tijdens de verkrachting raakte het slachtoffer in paniek, de vecht-of-vluchtreactie veroorzaakte een golf van adrenaline, de ziel raakte vervuld van doodsangst en het lichaam verstijfde door shock. De man raakte niet in paniek. Hij had de macht in handen, want bij verkrachting ging het om macht. Hij was degene die zich elke beweging inprentte die je maakte, elk geluid en elke gelaatsuitdrukking, want anders dan jij wilde hij zich de details kunnen herinneren. Een van de twee had er een leven voor nodig om het te vergeten. De ander zou een leven lang genot ontlenen aan de herinnering.

Sara keek weer naar de tv. Het weerbericht werd getoond, maar onderaan het scherm zag ze de tekst langsrollen.

Leighann Park is het laatst gezien bij pop-upnachtclub de Downlow in Westside Atlanta. Het APD verzoekt iedereen die die avond iets gezien heeft zich te melden.

Sara pakte de afstandsbediening van het keukenblad en zette de tv uit. Op haar werktelefoon toetste ze Amanda's nummer in.

Amanda nam op. 'Dokter Linton.' Ze was veel formeler tegenover Sara dan tegenover Will en Faith, waarschijnlijk omdat Sara niet bang voor haar was. 'Wat kan ik deze ochtend voor je betekenen?'

'Ik wil nog graag een dag voor mezelf. Ik heb mijn zaken bijgewerkt. Ik heb Charlie al gevraagd of hij voor me wil invallen, dus het zou geen probleem hoeven zijn.'

Het bleef even stil. 'Ik neem aan dat het met de bruiloft te maken heeft.'

Sara fronste haar voorhoofd. Het lastige met Amanda was dat ze een merkwaardig gecompliceerde relatie met Will had, waarmee Sara nog niet goed had leren omgaan. Het had geen zin tegen haar te zeggen dat een dag voor jezelf zo heette omdat het inderdaad een dag voor jezelf was.

'Ja,' loog ze. 'Er zijn nog wat details die ik op het laatste moment in orde moet maken.'

'Ben je tevreden met je jurk?' vroeg Amanda. 'Je moeder en je zus zijn vast mee geweest toen je ging passen. Heb je voor een traditionele stijl gekozen?'

'O... nee. Ik draag geen traditionele trouwjurk.' Sara had even tijd nodig om om te schakelen. Gewoonlijk vuurde Amanda vragen op haar af over autopsie-uitslagen en schema's. 'Dat zou wat overdreven zijn als je bedenkt dat het niet mijn eerste keer is.'

'Maar wel de laatste keer, neem ik aan.' Amanda zweeg even. 'Hoe ziet je jurk eruit? Waar heb je hem gekocht?'

Weer moest Sara omschakelen. Amanda deed niet aan koetjes en kalfjes, laat staan aan beleefde conversatie. 'Het is een halflange jurk van tule en kant met een A-lijn. Gebroken wit. Met een prinsessenhals. Carolina Herrera.'

'Halflang staat je goed,' zei Amanda. 'En je hebt de ideale schouders voor een prinsessenlijn. Ik denk dat je moeder wel parels heeft, maar als dat niet zo is, mag je de mijne lenen.'

'Parels?' Sara, die geen debutante was geweest, had nog nooit parels gedragen.

'Die heeft mijn moeder van mijn grootmoeder geërfd, en daarna gingen ze naar mij. Mijn overgrootvader was een Vlaamse juwelier die profiteerde van de rage in parelkettingen, geïnspireerd op de Rode Kruis-parels ter herdenking van de wapenstilstand van 1918.'

'Wat bijzonder.' Sara schudde haar hoofd. Het was het bizarste gesprek dat ze de laatste tijd had gevoerd. 'Wat een verhaal.'

'Dan heb je in elk geval iets geleends. Het heeft geen haast. Besluit maar wanneer je ze ziet. Ik neem ze morgen mee naar het werk.' Amanda leek zich te bedenken. 'Tenzij je nóg een dag voor jezelf nodig hebt, dokter Linton.'

'Nee, dank je. Tot morgen.' Sara beëindigde het gesprek. Ze drukte de rand van de telefoon tegen haar kin. Ze wist niet wat het schokkendst was: dat Amanda het over prinsessenlijnen had of dat ze een familie-erfstuk aanbood.

De deur ging open. Will liep de flat in, terwijl hij een laatste hap nam van het kaneelbroodje dat hij bij een tankstation had gekocht. Bij wijze van groet hieven Sara's windhonden slechts hun kop, maar Betty sprong op van haar kussen en terwijl hij Sara's sleutels op het keukenblad legde, dartelde ze rond zijn benen. Hij bukte zich en drukte het hondje tegen zijn borst zodat ze de suiker van zijn vingers kon likken.

Er was zoveel mis met de hele manier waarop hij binnenkwam dat Sara op haar tong moest bijten. Alleen zijn eindeloze getrain voorkwam dat zijn alvleesklier op een stuk Zwitserse kaas ging lijken.

Hij kuste haar op haar wang toen hij de keuken binnenstapte. 'Je tank zit vol. Ik heb je ruitenwisservloeistof ook bijgevuld. Had je niet door dat het oranje lampje brandde?'

Het was Sara opgevallen dat als zij dat soort dingen negeerde, Will ze voor haar regelde. 'Ik had net een heel raar gesprek met Amanda. Ze vroeg naar de bruiloft.'

'Daar had ze het laatst ook al over.' Will zette Betty op de vloer en waste zijn handen boven de gootsteen. 'Ze zei dat je na de plechtigheid met je vader ging dansen en dat hij je dan aan mij zou geven.'

'Geven? Als een zak oude kleren?'

Will droogde zijn handen. Toen streek hij het vest van zijn driedelige pak glad. Hij had die blik in zijn ogen waarmee hij altijd aangaf dat hij over iets had nagedacht wat Sara niet leuk ging vinden. 'Je zou je gesprek met Sloan Bauer moeten opnemen.'

Sara wist dat Will vaak verhoren opnam, maar hij had daar een goede reden voor, en zij niet. 'In Georgia is dat toegestaan, maar hoe zit het met New York?'

'Daar mag het ook. Het is legaal zolang een van beide partijen weet dat het gesprek wordt opgenomen.' Hij pakte een cola uit de koelkast omdat hij die ochtend nog te weinig suiker had binnengekregen. 'In Connecticut is toestemming van een van beide partijen nodig, tenzij het om een telefoongesprek gaat, dan moeten beide partijen op de hoogte zijn. In Pennsylvania geldt het voor beide partijen in alle gevallen, dus als je toevallig een staatsgrens oversteekt, moet je uitkijken.'

Sara wist dat hij geen grapje maakte, want hij had duidelijk onderzoek gepleegd. 'Ga je me nu van afluisterapparatuur voorzien, net als in een gangsterfilm?'

Hij draaide de dop van de fles. 'Het is een app op je telefoon. Die gebruik ik zelf ook. Er zit AI op die het gesprek kan transcriberen.'

Sara begon zich wat ongemakkelijk te voelen. Het was al erg genoeg dat ze Sloan Bauer straks opwachtte. Stiekem het gesprek met de vrouw opnemen voelde als een ethisch vergrijp. Omdat ze wist dat Will het niet met haar eens zou zijn, gaf ze een draai aan het gesprek. 'Wat moet ik haar vragen?'

'Heb je daar niet de halve nacht over liggen nadenken?'

Ze gaf een rukje aan zijn vest. 'Vertel eens wat ik de andere helft heb gedaan.'

Will zette zijn cola neer. Hij sloeg zijn armen over elkaar en leunde tegen het werkblad. Ooit, aan het begin van hun relatie, had ze hem gemakkelijk kunnen afleiden. Die tijd was voorbij.

'Misschien wil Sloan niet met me praten,' zei ze.

'Misschien,' beaamde Will. 'Maar wat als ze wel wil?'

Sara zuchtte hoorbaar, want hij had gelijk wat die andere helft van de nacht betrof. Haar hoofd had pingpong gespeeld met de vraag hoe de ontmoeting met Sloan zou verlopen. 'Ze heeft nooit met Britt kunnen opschieten. Ik weet bijna zeker dat ze elkaar niet konden uitstaan. En wat Britt tegen me gezegd heeft... Beide keren ging het over dingen die me persoonlijk raakten vanwege mijn band met Dani Cooper. En vanwege wat me vijftien jaar geleden is overkomen. Ik weet niet of Sloan dezelfde urgentie zal voelen.'

'Ben je bang dat ze je gestoord zal vinden?'

'Ik weet niet waar ik bang voor ben,' zei Sara. 'Aan de ene kant denk ik er goed aan te doen om daarheen te vliegen, maar aan de andere kant vind ik het ongelooflijk wreed. Ik heb nog eens op Sloans Insta gekeken. Ze is getrouwd en heeft een kind. Wat als het geen gelul van Mason was, zoals gewoonlijk? Wat als Sloan er echt in geslaagd is haar leven weer op te pakken? Wat als ik zomaar opduik en zeg: "Hé, ik heb gehoord dat je ook verkracht bent" en dat ze dan helemaal instort?'

'Zoals Britt met jou heeft gedaan.'

'Dus dan moet ik maar hetzelfde met haar doen?'

'Nee,' zei hij. 'Je kunt de vlucht ook annuleren. Dan bedenken we een andere manier.'

Sara's blik ging naar de tv. Het zwarte scherm staarde terug. Een jonge vrouw werd nu al ruim vierentwintig uur vermist. Ze was heel aantrekkelijk en had een actief socialmedia-account, waardoor het nieuws over haar verdwijning zich snel had verspreid.

'Ik moet steeds aan Tommy McAllister denken,' zei ze. 'Ik heb gezien wat hij met Dani heeft gedaan. Hij verkrachtte haar niet alleen. Hij drogeerde haar. Hij sloeg haar halfdood. Ik heb haar hart letterlijk in mijn handen gehad. Ik voelde de stukken van haar gebroken ribben tegen mijn vingers.'

Will had het nieuws ook gevolgd. 'Volgens Britt was Tommy thuis op de avond dat Leighann Park verdween.'

'Al struikelde ze over de waarheid, dan nog zou Britt die ontkennen,' zei Sara. 'En ze antwoordde niet toen ik vroeg waar Mac die avond was. Ze zei dat hij impotent was.'

'Impotent over het algemeen of alleen bij haar?'

'Ik heb niet op uitleg aangedrongen, maar god, zou jij dat mens willen neuken?'

Will schudde zijn hoofd. 'Geef daar zelf maar antwoord op. Wat wil je aan Sloan vragen?'

Eindelijk liet Sara zich vermurwen. 'Ik wil de naam weten van de man die haar verkracht heeft.'

'Denk je dat hij bij de clan hoort?'

Sara haalde haar schouders op. 'Wie weet,' zei ze.

'Sloan zei tegen Mason dat die vent moest stoppen met zijn studie.'

'Je kunt Mason niet altijd geloven.' Het was Sara de vorige avond opgevallen dat Wills kaak verstrakte telkens als Masons naam viel. 'Misschien heeft Sloan tegen hem gelogen over de bijzonderheden, want ze wist dat Mason niet van ingewikkelde toestanden houdt. Ik zei toch dat hij een slapjanus is.'

Will liet zich duidelijk niet vermurwen. Maar het was al even duidelijk dat hij er niet over wilde praten. 'Wat wil je Sloan verder nog vragen?'

Net als met Britt de vorige ochtend had Sara een hele vragenlijst uit haar hoofd geleerd. 'Britt had iets meegekregen van wat er tijdens de mixer was gebeurd. Zou Sloan het hebben meegekregen?'

'Zou Sloan, die zelf ook was verkracht, een belangrijk detail voor zich houden als het ging om een andere vrouw die was verkracht?'

'Je moet echt niet denken dat die vrouwen elkaar allemaal steunen. Zelfs vrouwen die verkracht zijn, kunnen heel harteloos zijn tegenover andere vrouwen die verkracht zijn.'

'Oké.' Will hoefde geen nadere uitleg. Hij had in kindertehuizen genoeg harteloosheid meegemaakt. 'En verder?'

Ze vervolgde haar lijst. 'Zou Sloan nog weten of ze die avond of zelfs die week iets gehoord heeft? Of dat Cam haar iets verteld heeft? Ook als ze het destijds niet belangrijk vond, is het misschien blijven hangen. Als ik die vraag stel, valt er misschien iets op zijn plaats. Of misschien komen er oude herinneringen boven als ze mij ziet en eindigt het ermee dat ze ligt te kronkelen op de vloer.'

Will keek nu wat milder. 'Ik wil je iets vragen: als jij op social media zat, dan zou je foto's van ons samen plaatsen, toch? En van de honden en van je familie. Vanbuiten zouden we een gelukkige indruk maken.'

'Maar we zíjn gelukkig!' Ze legde haar hand tegen zijn wang. 'Ik aanbid je. Met heel mijn hart.'

Hij draaide haar hand om en kuste de binnenkant. Hij liet hem niet los. 'Een gesprek met Sloan is vast heel anders dan een gesprek met Britt. Gespannener. Ingewikkelder. Met een ander soort emotie.'

Sara begreep wat hij zei. Bij Britt was ze op haar hoede geweest, omdat ze van het ergste was uitgegaan. Met Sloan lag het anders. Die was zelf verkracht. Ze had Sara's verkrachting zijdelings meegemaakt. Ze deelden een voorgeschiedenis waar ze geen van beiden om gevraagd hadden. Ze wisten hoe ze elkaar konden raken op manieren waarvan Britt niet eens kon dromen.

'Als je het gesprek opneemt, doe je dat niet voor mij,' zei Will. 'Je doet het om je op dat moment op Sloans woorden te kunnen concentreren in plaats van dat je alles probeert te onthouden dat over haar lippen komt. Later kun je het wissen als je wilt. Ik probeer alleen wat van de stress weg te nemen. De afgelopen paar dagen hebben hun tol geëist.'

'Ook van jou.' Ze streek zijn haar naar achteren. 'Ik vind het erg dat ik je hierin heb meegesleept.'

'En ik vind het erg dat Mason je niet wil helpen.' Weer verstrakte zijn kaak. 'Zelfs als hij er niet direct bij betrokken is, weet hij dat er iets speelt, en hij kiest ervoor de andere kant op te kijken.'

'Zit over hem maar niet in. Hij weet dat ik bezet ben.'

'Ik zit niet over hem in.' Wills kaak vertelde een ander verhaal. 'Heeft hij grapjes gemaakt over je ring?'

'Hij maakte grapjes over mij, dat ik op uniformen geilde.' Sara streelde de zijkant van zijn gezicht. 'En ik heb gezegd dat je een gigantische pik hebt, waar ik nooit genoeg van zal krijgen.'

Er speelde een lachje om zijn lippen. 'Heilige Sara. Die altijd de waarheid spreekt.'

Ook Sara glimlachte, want hij had geen idee. Na een vluchtige kus op zijn mond zei ze: 'Download die opnameapp maar. En laat zien hoe die werkt.'

Will pakte haar privételefoon van het werkblad. Sara keek naar zijn handen toen hij haar wachtwoord intikte om de app te kunnen installeren. Drie jaar geleden had ze hem in haar dagdromen gekust, maar ze was pas echt voor de bijl gegaan toen hij voor het eerst haar hand had gepakt. Hij had met zijn duim over haar vingers gestreeld, waarop het bloed naar haar wangen was gestegen en ze snel naar het toilet had gemoeten om koud water tegen haar gezicht te spetteren. Het was een hele toer geweest om de rest van haar dienst af te maken.

'Als je wilt, kan ik met je meegaan naar New York. Dan slenter ik daar een beetje rond. Er is vast wel een park in de buurt.'

'Nee, dit kan ik zelf.'

'Dat weet ik.' Hij keek even op van de telefoon. 'Maar als je me nodig hebt, ben ik er voor je.'

Opeens werd Sara door emotie overmand. Dit was het wonder van haar herstel. Met elke vezel van haar wezen vertrouwde ze erop dat Will er altijd voor haar zou zijn.

Zoals gewoonlijk had hij het meteen door. 'Gaat het?'

Sara knikte. 'Wordt de transcriptie door die app in de cloud bewaard?'

'Ik heb hem geback-upt naar je Google Drive, dus als je alles wilt wissen, moet je daar ook kijken.' Hij reikte haar de telefoon aan. 'Ik heb de zijknop geprogrammeerd. Twee keer drukken om de opname te starten.'

Sara drukte twee keer. Het dunne rode streepje begon te lopen, als een slecht ecg. 'En als ik wil stoppen?'

Hij legde zijn hand op haar hand en drukte weer twee keer op de knop. Toen liet hij zijn vingers zachtjes over haar arm glijden. Ze voelde haar huid reageren. Hij boog zich voorover, bracht zijn gezicht tot vlak bij dat van haar. Sara's hart maakte die vertrouwde buiteling toen zijn lippen langs haar lippen streken. Het litteken boven zijn mond voelde nog steeds even opwindend als ze zich ooit had voorgesteld.

Zijn handen gleden naar haar heupen. 'Wanneer moet je weg?'

Ze keek op zijn horloge. Ze had nog tien minuten. 'Ik heb nog net tijd om afscheid van je te nemen.'

'En hoe ga je dat doen?'

'Met mijn mond.'

Will kuste haar, diep en sensueel. Ze begon zijn broek los te knopen. Hij trok de spelden uit haar haar. Bij een harde klop op de deur verstijfden ze allebei.

'Ik ga je zus vermoorden,' zei hij.

'Blijf staan. Ik poeier haar wel af.'

Sara probeerde te bedenken hoe ze zo snel mogelijk van Tessa af kon komen zonder dat het gênant werd voor Will. Ze opende de deur.

Maar het was niet Tessa die had aangeklopt.

In de gang stond een breekbare oude vrouw. Haar designerkleding kon haar uitgemergelde, skeletachtige lijf niet verhullen. Haar rug was zo krom als die van een Halloween-kat. Ze stond te zwaaien op haar benen. Ze rookte niet, maar er hing een mentholnevel om haar heen. Haar lange, gebleekte haar zag er al net zo nep uit als de strakke huid die om haar schedel spande.

Nog voor het tot haar brein was doorgedrongen, wist Sara's lichaam al wie ze voor zich had. Een zweetdruppel gleed over haar hals naar beneden. 'Eliza,' zei ze.

De waterige ogen van de vrouw richtten zich op Sara's ring. 'Dat was haar lievelingssieraad. Ze droeg hem altijd.'

Sara legde haar hand op de ring.

'Ze was kapot van die kras. Hij was aan de rand van een autoportier blijven haken.' Met haar knokige vingers gebaarde Eliza naar de ring. 'Ze ging het op een dealtje gooien met een juwelier om de kras te laten verwijderen. Daar moet je eens naar laten kijken. Hoe je die kras kunt laten verwijderen, maar dan zonder dealtje. Je moeder zou dat glas gerepareerd willen zien.'

Dat laatste was aan Will gericht. Hij stond achter Sara. Ze voelde de hitte van hem af slaan, een soort kokende woede. Ze stak haar hand naar achteren, maar die pakte hij niet.

Eliza knikte bijna onmerkbaar. 'Neef.'

'Wat kom jij hier doen?' In zijn stem klonk een zacht gegrom door, dat Sara's nekharen overeind deed staan. 'Hoe weet je waar ik woon?'

Eliza wilde antwoorden, maar werd plotseling gegrepen door een rochelende hoest. Smakkend met haar lippen slikte ze het slijm weer in waarmee haar mond zich had gevuld. 'Vier straten verderop heb je een eigen huis,' zei ze. 'Daar brengen jullie je weekenden door, maar door de week wonen jullie hier.'

'Moet ik ervan opkijken dat je een privédetective hebt ingeschakeld om mijn leven door te lichten?' vroeg hij.

'Je moet familie altijd in het vizier houden.'

'Ik heb geen familie,' zei Will. 'Wat doe je hier?'

'Jij hebt mij bezocht. Ik vond dat ik je maar eens een tegenbezoek moest brengen.'

Will begon de deur te sluiten.

'Iemand op de club probeert contact met je op te nemen,' zei Eliza.

Will hield de deur net op tijd tegen.

Eliza lachte als een heks, haar tanden onnatuurlijk recht en blinkend in haar doodshoofd. 'Iemand die heel graag wil praten.'

'Wie dan?' vroeg Will.

Eliza antwoordde niet. 'Vraag je me niet binnen?'

Sara keek naar Will. Zijn gezicht stond hard, als uit graniet gehouwen. Woordloos smeekte ze hem niet op Eliza's verzoek in te gaan.

Het drong nauwelijks tot hem door. Hij hield de deur open en liet de duivel binnen.

Het was alsof de lucht in het appartement verdichtte toen Eliza over de drempel stapte. Haar hakken schraapten als kattenklauwen over de hardhouten vloer. Ze hees haar zware tas over haar schouder. Telkens als ze uitademde, klonk er een vochtig gerasp uit haar longen. Het zonlicht was haar niet gunstig gezind. Haar uitgeteerde lichaam deed Sara vermoeden dat ze leed aan een agressieve vorm van kanker. Gezien het gerasp en de sigarettenstank zaten haar longen waarschijnlijk vol tumoren. Als er een God bestond, hadden die tumoren zich een weg naar haar botten gevreten.

'Jezus, wat is dat?' Eliza keek vol walging naar Betty.

Sara pakte het hondje op voor Will het kon doen. Ze klakte met haar tong naar de windhonden en sloot ze alle drie op in de grote provisiekast naast de keuken. Toen ze zich weer omdraaide, was de spanning alleen maar toegenomen.

Eliza keek door de kamerhoge ramen, als een toerist die het uitzicht bewonderde.

Will nam Eliza woedend op. Hij balde zijn vuisten en ontspande ze weer. Zijn lichaam vibreerde praktisch van woede.

'Je hebt je rondleiding gehad,' zei Sara tegen Eliza. 'Wie zoekt er contact met Will?'

Eliza wendde zich af van de skyline van Atlanta en richtte haar blik op Sara. 'Je hebt dezelfde groene ogen als zij.'

Sara voelde de plotselinge, onverwachte pijn die door Will heen schoot. Hij had nooit een foto van zijn moeder gezien. De enige documenten die getuigden van haar bestaan, waren een geboorteakte en een verbleekt autopsierapport.

'Groen was haar lievelingskleur.' Eliza stootte weer een ziekelijke rochelhoest uit. 'Ze was lang, net als jij. Grappig, het schijnt te kloppen dat jongens met hun moeder trouwen.'

'Niet met haar praten.' Will klonk als een dier dat elk moment kon toeslaan. 'Wie heeft je gevraagd contact met me te zoeken?'

Eliza stak haar hand in haar tas, maar ze haalde er geen visitekaartje of briefje uit. Ze hield een dikke stapel papier omhoog. 'Dit is jouw kopie van een trust die ik heb opgericht. Je zult moeten wachten tot ik dood ben, maar maak je geen zorgen, dat duurt niet lang meer.'

Nog voor ze was uitgesproken, schudde Will zijn hoofd al. 'Ik hoef jouw geld niet, zei ik toch?'

'Ik geef het ook niet aan jou. De trust is ten behoeve van kinderen die de pleegzorg verlaten. Een spaarpotje om de arme bloedjes op weg te helpen naar een opleiding, een technische hogeschool of bedenk het zelf maar.'

'Ik bedenk niks,' zei Will. 'Dat geld van jou heeft niks met mij te maken.'

'Helaas is dat wel het geval. Je staat als een van de bewindvoerders geregistreerd.' Met een klap liet Eliza de documenten op de salontafel vallen. Tegen Sara zei ze: 'Jij bent de andere bewindvoerder. Je hebt duidelijk meer verstand van geld dan hij.'

Het kostte Sara moeite om haar mond te houden. Ze zag de vetgedrukte letters bovenaan de pagina: HET WILBUR EN SARA TRENT-FONDS.

'Ik ging ervan uit dat je zijn naam zou aannemen,' zei Eliza.

Sara beet zo hard op haar tong dat ze bloed proefde. Het was aan Amanda te danken dat Will überhaupt een naam had. Hij had in de boeken gestaan als 'Naamloze Jongensbaby', tot zij zich ermee was gaan bemoeien.

'Hoe dan ook.' Eliza sloot haar tas. 'Je kunt er alles over lezen in de documenten.'

'Steek die maar in je reet,' zei Will. 'Ik doe het niet. Wij doen het niet.'

'Dan blijft het geld op de bank en maakt het alleen maar meer geld. Ik kan het niet meenemen en zeg nou zelf: ik zal ook nooit weten wat jullie uiteindelijk gaan doen, dus je naait mij of je naait je collega-wezen. Mij maakt het echt niks uit.' Eliza richtte zich weer tot Sara. 'Ik ben blij dat hij iemand gevonden heeft.'

Sara kon zich niet langer inhouden. 'Ik hoop dat die kanker in je longen uitzaait naar je hersenen.'

'Je wens is al in vervulling gegaan.' Ondanks dit nieuwtje glimlachte Eliza. 'Goed gedaan, neef. Deze hier is een blijvertje.'

Will zette dreigend een stap in haar richting. 'Je mag via de deur vertrekken, of anders gooi ik je het raam uit.'

'Mijn lijf breekt nog eerder dan het glas.'

'Daag me niet uit.'

Sara had automatisch een stap terug gedaan. Ze had geen idee hoe dit zou aflopen.

Eliza verbrak de impasse met een blaffende lach. Weer verdween haar hand in haar tas. Ze overhandigde Will een opgevouwen papier. 'Zoals ik al zei, deze persoon wil erg graag met je praten. Het klinkt nogal dringend.'

Will vouwde het papier open en wachtte lang genoeg om de indruk te wekken dat hij de woorden kon lezen, waarna hij het in zijn zak stopte. Hij knikte naar de trustpapieren. 'Neem je troep mee en wegwezen. Snel een beetje.'

'Met mijn osteoporose? Ik dacht het niet.' Ze wilde vertrekken, maar wierp nog een laatste blik op Sara's ring. Haar gezichtsuitdrukking veranderde. Ze kreeg iets droevigs over zich. 'Echt, het brak haar hart toen er een kras op het glas kwam. Repareer hem voor haar. Doe je dat?'

Wat Sara betrof kon ze een antwoord vergeten.

Eliza hees haar tas weer over haar knokige schouder. Na een knikje naar Will slofte ze pijnlijk traag naar de voordeur. Haar evenwicht was naar de knoppen. De tumoren in haar hoofd drukten waarschijnlijk tegen hersenzenuwen. Ze hield haar hand zijwaarts, een nutteloos contragewicht voor een zinkend schip. Toen ze bij de deur was aangekomen, misten haar artritische vingers de knop. Ze deed een tweede poging. De deur ging open. Ze keek niet achterom. Het was lang geleden dat Eliza een theatrale exit had kunnen maken. Het enige wat ze in haar kielzog achterliet, waren de muffe stank van sigaretten en de withete woede van Will.

De deur was amper in het slot gevallen toen hij keihard 'Fuck!' riep. Hij gaf zo'n harde trap tegen de salontafel dat die tegen de muur stuksloeg. Papieren vlogen alle kanten op, tijdschriften, de trustdocumenten.

Sara's hart klopte in haar keel.

'Godverdomme!' Hij ramde zijn vuist tegen de muur en sloeg een gat in de gipsplaat. De rug van zijn hand was ontveld, en bloed sijpelde over zijn knokkels.

'Will –'

'Fuck!' Hij probeerde de pijn uit zijn hand te schudden. 'Fuck!'

Sara keek toe terwijl hij de kamer op en neer liep. Haar hart ging tekeer. De honden waren aan het janken en krabden aan de deur van de provisiekast.

Ze wilde naar ze toe gaan, maar Will was haar voor. Hij smeet de deur open. De honden kwamen niet naar buiten stuiven. Billy en Bob slopen de keuken in, met hun kop gebogen en hun ogen nerveus op Will gericht. Betty begon te piepen. Ze wilde niet uit de donkere kast komen.

Hun angst bracht hem uiteindelijk weer bij zinnen. De hardheid trok langzaam weg uit zijn gezicht. Hij zag de kapotte tafel. Het gat in de muur. Hij kon Sara amper aankijken. Hij knielde voor de honden neer en maakte sussende geluiden, terwijl hij ze over hun besnorde koppen streelde. De windhonden leunden tegen hem aan. Betty stopte eindelijk met piepen en liet zich op haar zij vallen zodat hij over haar buikje kon wrijven.

Het hondje verdween half onder Wills hand. Sara vergat vaak hoe groot hij was. Will had de neiging zijn schouders te laten hangen. Hij hield niet van aandacht. Hij luisterde liever dan dat hij sprak. Hij raakte zijn ongegronde schaamte over zijn dyslexie maar niet kwijt. Zijn wanordelijke jeugd had hem een verlangen naar rust en vrede bezorgd. Hij was al zijn hele leven op zoek naar veiligheid.

Eliza had dat alles in luttele minuten kapotgemaakt.

'Dat had niet mogen gebeuren,' zei hij tegen Sara. 'Het spijt me.'

Ze klopte op haar borst om haar hart tot bedaren te brengen. 'Geeft niet.'

'Het geeft wel.' Will stond op, met Betty als een baby in zijn armen. De windhonden weken niet van zijn zij toen hij haar voorzichtig weer op haar kussen zette. Hij wachtte tot eerst Billy en toen Bob op de bank was gesprongen. Hij krabde ze achter hun oren en zei: 'Ik heb me door haar laten raken. Dat spijt me.'

Sara perste haar lippen op elkaar. Hij bleef zich maar verontschuldigen, terwijl het eigenlijk haar schuld was. Zij had Eliza in zijn leven gebracht. Hij was de vorige ochtend alleen maar naar de club gegaan om Sara te helpen.

'Zal ik even naar je hand kijken?' vroeg ze.

'Nee.' Met een van pijn vertrokken gezicht boog en strekte hij zijn vingers. 'Gaat het?'

'Ja.' Sara veegde haar tranen weg. De plotselinge uitbarsting had haar geschokt. Ze vond het vreselijk om Will zo aangeslagen te zien. 'En met jou?'

'Ik kan de boel wel weer aan elkaar lijmen.' Hij doelde op de salontafel. 'En dit weekend zal ik de muur bijwerken.'

'Ik vind het niet erg.'

Will pakte zijn zakdoek en veegde het bloed van zijn hand. De mouw van zijn colbert zat vol donkerrode vlekken. Hij was van streek en al even onrustig als zij.

'Laat me eens naar je hand kijken.' Sara wachtte tot hij bij haar kwam. Voorzichtig onderzocht ze de schade aan zijn mooie hand. Het vijfde middelhandsbeentje had de klap tegen de muur opgevangen. Ze kon niet zien of er iets gebroken was. Het bloed bleef maar stromen. Hij moest gehecht worden en aan de antibiotica. 'Ik wil dat dit afgelopen is. Dit alles. Ik ga mijn vlucht annuleren. Er zijn belangrijkere dingen in ons leven.'

'Eliza heeft niets te maken met wat we aan het onderzoeken zijn.'

'Ze heeft gezorgd dat ze er nu deel van uitmaakt,' zei Sara. 'Ze heeft een privédetective ingeschakeld. Je wordt gevolgd. Ze kent de persoon op de club die met jou in contact wil komen. Ze zou iets kunnen doen, Will. Ze zou zomaar –'

'Kijk me eens aan.' Will nam haar gezicht in zijn handen. 'Toen we elkaar pas kenden, heb ik gezegd dat ik nooit opgeef. We mogen haar niet laten winnen.'

'Kijk wat er zojuist is gebeurd.' Sara probeerde haar stem niet te laten overslaan. 'Het gaat er niet om of zij wint. Het gaat erom of wij verliezen.'

'Ben ik jou verloren?'

'Natuurlijk niet. Je zult me nooit verliezen. Dat mag je me nooit meer vragen.'

'Dan moet je luisteren naar wat ik zeg.' Met zijn duim veegde hij haar tranen weg. 'Eliza wil ons leven verzieken. Ze heeft achttien jaar van mijn leven gekregen. Ik geef haar geen dag meer. En jij al helemaal niet. Mee eens?'

'Will –'

'Mee eens?'

Zijn blik was zo behoeftig dat Sara's hart fysiek pijn deed. Ze wist wat hij deed, want zij maakte zich aan hetzelfde schuldig. Vijftien jaar geleden was diep ademhalen niet het enige redmiddel dat dominee Bart haar door haar gesloten slaapkamerdeur had aangereikt. Kom je bed uit. Ga je douchen. Kleed je aan. Ga het huis uit. Ga naar je werk. Ga aan de slag. Laat ontkenning de messcherpe randjes van je geheugen halen. Laat het verstrijken van de tijd wat afstand voor je scheppen. En als je dan eenmaal in staat was om het gebeurde onder ogen te zien, zouden de wonden minder diep voelen.

Sara knikte. 'Mee eens.'

Opgelucht ademde Will langzaam uit. Hij viste Eliza's opgevouwen briefje uit zijn zak. Op het witte papier zaten bloedvlekken. Op alles wat hij aanraakte, liet hij roestkleurige vingerafdrukken achter.

Met vaste hand vouwde Sara het papier open. De naam stond in schuinschrift, duidelijk de krabbel van een arts, met een telefoonnummer dat afweek van het nummer dat Mason haar de vorige dag had gegeven.

'Richie Dougal,' zei ze. 'Er staat: *op zoek naar je*.'

'Hij is niet op zoek naar mij,' zei Will. 'Hij is op zoek naar John Trethewey.'

BUITEN DE WINDSONG APARTMENTS – MIDTOWN ATLANTA

Ze hadden een kat die officieel Pepper heette, maar zoals elke kat had hij verschillende bijnamen. Mr Frisk. Bubbly-boy. En toen hij ouder werd Flabby.

Hij was wispelturig, ging overdag van het ene gezinslid naar het andere, maar elke avond zocht hij zijn plek op aan het voeteneind van Leighanns bed. Toen hij op leeftijd raakte, begon hij heel hard te snurken. Soms werd Leighann wakker van zijn geronk. Soms droomde hij dat hij achter eekhoorns of konijnen aan zat en dan voelde ze hem met zijn klauwtjes tegen haar been trappen als hij ze in zijn slaap achtervolgde.

Leighann stak haar hand naar beneden om hem te aaien, maar Flabby was er niet. Ze probeerde zich om te draaien in haar bed. Een pijnscheut trok over haar gezicht. Er zat een korstachtig laagje op haar gesloten ogen. Ze reikte naar haar gezicht om het weg te vegen. Haar vingertoppen waren korrelig. Ze knipperde een aantal keren met haar ogen.

Kleine groene spikkeltjes dwarrelden door haar gezichtsveld. Haar oogleden gingen niet helemaal open. Ze wilde weer slapen. Ze wilde dat Flabby zich tegen haar aan nestelde. Ze had het koud. Haar huid tintelde. Ze moest plassen. Een ijzig briesje streek over haar zenuwen.

Dit klopte niet.

Leighann slaakte een diepe zucht, alsof ze terugkeerde uit het dodenrijk. De groene spikkels waren blaadjes in uiteenlopende tinten smaragd. Ze zag takken, twijgen, en een baan licht die van boven kwam. Ze bracht haar vingers naar haar mond. Haar lip was gebarsten. Hij bloedde.

Ze kon niet rechtop zitten. Ze moest op haar kont en ellebogen over de grond schuiven om onder de rij dichte struiken uit te komen. Arborvitae. Leighann kende de naam alleen omdat haar moeder hem had genoemd toen ze haar had helpen verhuizen naar haar eerste flatje.

Moet je die prachtige heg eens zien, schat. Die heet arborvitae.

De zon brak plotseling door, en het licht sneed in haar ogen. Haar hersenen bonkten in haar schedel, op de maat van haar hart. Ze hoorde vogels zingen. Autogeluiden. Leighann kromp in elkaar en schermde met haar hand de genadeloze zon af.

Vóór haar verrees haar flatgebouw. Een lange rij auto's stond voor het stoplicht te wachten. Het was de ochtendspits. Dat zag ze aan de bestuurders. Sommige dronken koffie. Een vrouw bracht eyeliner aan terwijl ze wachtte tot het licht op groen sprong.

Wat was er in godsnaam aan de hand?

Leighann keek naar haar benen. Stroompjes bloed trokken strepen over haar huid. Omdat ze onder de heg was gekropen? Op de grond had gelegen? Ze kon zich niet herinneren hoe ze daar terecht was gekomen. Ze was bij Jake geweest. Daar had ze zich schuilgehouden. Voor De Engerd. Ze had op de bank geslapen. Jake had gezegd dat ze samen met hem naar de club moest gaan. Ze had wel zin in een feestje gehad, maar toch had hij moeten smeken. Toen waren ze naar de nieuwe plek voor de Downlow gereden. En toen...

Leighann nam haar hoofd in haar handen. Het gebonk hield aan. Ze zocht naar haar tasje en vond het onder de heg. Snel controleerde ze de inhoud, vooral uit gewoonte. Ze nam altijd alleen het hoogstnoodzakelijke mee als ze uitging: rijbewijs, creditcard, een briefje van vijf en eentje van twintig, lippenstift, handlotion, tampon, telefoon. Het enige wat ontbrak, was het condoom voor noodgevallen.

Haar hart stond stil. Ze schoof haar hand tussen haar benen.

Ze had geen onderbroek aan.

Leighann sloot haar ogen. Braaksel vulde haar mond.

Wat had ze in godsnaam gedaan?

Plotseling getoeter explodeerde in haar hoofd. Ze krabbelde overeind. Ze was blootsvoets. Ze pakte haar rechterschoen, kon de linker niet vinden, maar dat was niet erg. Ze moest naar binnen. Dennennaalden drongen in haar blote voetzolen. Langs de binnenkant van haar bovenbenen sijpelde warm vocht. Ze trok aan de zoom van haar korte rok. Ze droeg haar feestjurk, een strakke mini met bisschopsmouwen en een diepe hals. Ze werd overspoeld door zelfverwijt.

Wat dacht je dat er zou gebeuren waarom droeg je die jurk waarom heb je met hem gepraat waarom heb je met hem gedanst waarom vertrouwde je hem waarom waarom...

Ze drukte haar vingers tegen haar oogleden.

Hem.

De herinnering vervloog alweer. Een discobal draaide rond. Een bas dreunde door de speakers. Bezwete lijven op de dansvloer. Zijn gezicht. Waarom kon ze zich zijn gezicht niet herinneren?

Ze hoorde een autoportier opengaan. Een man stapte in een blauwe Kia. Het was duidelijk dat hij haar had gezien, maar het was al even duidelijk dat hij haar met opzet negeerde.

Wat had je dan verwacht?

Met haar tas en schoen in haar handen geklemd liep Leighann over het gras. Het asfalt op het parkeerterrein voelde koud aan haar voeten. Ze zag haar Toyota RAV-4 op zijn vaste plek staan. In plaats van haar gebouw via de hal binnen te gaan liep ze eromheen. De deur naar het trappenhuis stond altijd open. Ze liep de vestibule in en ging met haar rug tegen de muur staan. Haar lichaam rilde van de kou. Of misschien kwam het door de herinnering.

Jake met zijn handen in de lucht. Op en neer springend op de maat van de muziek. Meiden om hem heen. Zich verdringende lichamen. Flitsende lichten. De lippen van een onbekende die langs haar oor streken – wil je iets drinken?

Haar keel voelde rauw toen ze slikte. Haar kaak deed pijn. Braaksel drong haar mond weer in. Deze keer kon ze het niet tegenhouden. Ze boog zich voorover en kokhalsde zo hevig dat de tranen in haar ogen sprongen. Gal spatte over het ruwe beton. Ze voelde het warme vocht als speldenprikjes tegen haar blote benen slaan. Ze klemde de leuning vast om niet dubbel te klappen.

Leighann dwong zichzelf weer rechtop. Ze plaatste haar voet op de eerste tree. Het licht van de plafondlampen flakkerde tegen de donkere betonblokken van de muur. Opeens schrok haar lichaam op van de pijn. Haar borsten waren gevoelig. De spieren in haar onderrug en benen voelden alsof ze net een marathon had gelopen. Het ergste was de diepe pijn vanbinnen. Erger dan krampen. Erger dan een ruige nacht.

Ze moest zich douchen. Het was alsof haar huid van haar botten kroop.

Leighann klemde zich vast aan de leuning en hees zichzelf de trap op. Haar flat was op de tweede verdieping. Het voelde alsof ze de Everest beklom. De traptreden sneden als scheermessen in haar blote voeten. Er droop nog steeds vocht langs haar benen. Ze wilde niet kijken. Ze kon niet kijken.

De deur was zo zwaar dat ze haar hele gewicht ertegenaan moest werpen om hem te openen. Leighann strompelde de gang door. Ze keek nog steeds niet naar beneden, maar ze wist dat ze een spoor van bloed achterliet. Ze schreeuwde het bijna uit toen ze bij de deur van haar flat aankwam. Ze toetste de code in op het elektronische slot.

'Leighann!' Haar moeder sprong op van de bank. 'Waar ben je geweest?'

Leighann kromp ineen, zo luid klonk haar moeders stem. Ze liet haar tas en schoen op de vloer vallen. 'Mam... ik moet...'

'We zijn doodongerust geweest!' jammerde haar moeder. Snikkend rende ze de kamer door. Ze sloot Leighann in haar armen. 'Waar ben je geweest?'

'Mam, ik...' Leighann sloeg haar hand voor haar mond. Ze moest weer overgeven. Ze wrong zich los uit haar moeders omhelzing en rende naar de badkamer. Ze deed net op tijd de deur op slot. Voor de toiletpot viel ze op haar knieën. Ze kokhalsde weer. Het was alsof er een mes in haar buik werd gestoken. Haar darmen verkrampten. Pis druppelde langs haar benen.

'Leighann!' Haar moeder bonsde op de deur. 'Alsjeblieft! Doe open! Liefje! Waar ben je geweest? Wat is er gebeurd?'

'Ik ben oké!' schreeuwde ze. 'Laat me met rust!'

'Nee!' riep haar moeder terug. 'Praat met me! Alsjeblieft!'

Leighann klemde haar hoofd tussen haar handen. Haar hersenen galmden in haar schedel. Er zaten takjes in haar haar. Blaadjes. Klontjes aarde. Haar huid voelde dik en smerig. Ze reikte omhoog, naar de douche, en tastte naar de douchekraan om hem aan te zetten. Een stoot water ruiste tegen de tegels.

'Wat ben je aan het doen, Leigh?' Haar moeder huilde en roffelde hard met haar vingers op de deur. 'Alsjeblieft, schat. Laat me binnen. Je moet me binnenlaten.'

Leighann vermeed in de spiegel op het medicijnkastje te kijken toen ze zichzelf overeind hees. Ze schoof de strakke jurk over haar heupen en langs haar benen naar beneden. Haar dijen zaten onder de zwarte en blauwe plekjes. Het vocht dat uit haar sijpelde, was bloed. Urine. Nog iets. Ze reikte naar haar anus. Toen ze naar haar vingers keek, zaten ze vol bloed en poep.

Weer kokhalsde ze, maar er zat niets meer in haar maag.

'Leighann?' Haar moeders stem klonk gesmoord. Ze smeekte. 'Wat is er gebeurd, schat? Wat is er gebeurd?'

Discobal. Dansen. Gedreun. Warme adem in haar oor – plaag je me of hoe zit dat?

'Liefje, ik weet dat het moeilijk is, maar...' Haar moeders stem stokte. 'Je mag je nu niet douchen, oké? Spoel het niet af.'

Het.

Bloed. Pis. Stront. Speeksel. Sperma.

Bewijs.

Haar moeder wist het, dus haar vader wist het ook, dus...

Leighann kneep haar ogen dicht. Duisternis omhulde haar. De pijn begon weg te ebben. Haar lichaam werd gevoelloos. Haar brein vulde zich met een nevel van stilte. Ze werd overmand door het verlangen om te vervagen, om niet meer zichzelf te zijn, om een verdwijnende vrouw te worden. Gewichtloosheid nam het over. Haar armen voelden alsof ze zweefde. Haar voeten wilden zich losmaken van de vloer.

Zijn mond zo dichtbij – laten we hier weggaan.

Nee.

Leighann dwong haar ogen open. Ze keerde terug naar haar lichaam. Haar longen zogen lucht op. Haar voeten absorbeerden de kou van de vloer, en de stoom van de douche drong door in haar huid. Ze stond naakt midden in de badkamer. Het water ruiste nog steeds. Haar moeder smeekte haar nog steeds om binnengelaten te worden. Aan de achterkant van de deur zat een passpiegel. Leighann wilde zichzelf niet zien, maar ze móést zichzelf zien. Ze moest zeker weten dat ze nog bestond.

Langzaam draaide ze zich om.

Ze keek naar haar naakte lichaam in de spiegel.

Ze begon te gillen.

12

Faith was zo verstandig om niet in het keukenspiegeltje te kijken toen ze de ontbijtspullen opruimde. Ze had wallen onder haar ogen. De vorige avond had ze urenlang alle berichten uitgeplozen op de website van de chatgroep die Jeremy op Cams laptop had gevonden. Daarna had ze alles uitgeprint en nog eens gelezen. Daarna had ze aantekeningen gemaakt. Daarna was ze zittend op de bank in slaap gevallen. Ze was zo uitgeput geweest dat ze die ochtend het fornuis had aangezet en tien minuten lang lucht had gekookt voor ze besefte dat de pocheerpan nog op het aanrecht stond.

Zoals met alles in deze zaak die geen zaak was, had ze te veel bewijzen waaraan geen touw viel vast te knopen. Ze verlangde naar alles wat ze zo vanzelfsprekend vond bij een officieel onderzoek, en niet alleen naar de mogelijkheid om iemand te dagvaarden. Het GBI had een compleet back-office vol agenten die de hele dag ineengedoken voor hun computers zaten om bestanden te kraken. Cam had op zijn laptop zes pdf-bestanden die met een wachtwoord waren beveiligd. En dan had je ook nog de corrupte videobestanden van de chatwebsite. Wie kon zeggen wat er verder op de harde schijf stond? Of op Merits iPhone?

Het ergste, dat wat Faith alleen in uiterste wanhoop zou toegeven, was dat ze Amanda's vermogen om door de shit heen te kijken verschrikkelijk miste.

En shit hadden ze in overvloed.

Voor elk klein detail dat ze de vorige avond had gevonden, doken er weer tien vragen op, met als belangrijkste de vraag wie er nog steeds betaalde voor het hosten van de chatwebsite. Aan de AOL-mail hoefden ze geen tijd meer te verspillen, maar iemand had zijn creditcard getrokken voor GoDaddy om de site zestien jaar lang in de lucht te houden. Was dat een vergissing? Liftte die vernieuwing mee met een hele verzameling andere geregistreerde domeinen? Het was onmogelijk om erachter te komen, want Whois, de site waarmee de identiteit van website-eigenaren achterhaald kon worden, meldde dat het om een privéregistratie ging.

Weer een situatie waarbij een dagvaarding heel handig zou zijn.

Faith keek naar haar keukentafel. De dossiers die Martin Barrowe achterover had gedrukt, vormden een nette stapel naast de chattranscripties en de overige troep die ze de vorige avond en in de vroege uurtjes had uitgeprint in de hoop dat iets, wat dan ook, duidelijk zou worden.

Maar duidelijkheid was nog ver te zoeken.

Ze keek naar het bewijsbord. Er was nog steeds geen touw aan vast te knopen.

Faith had er een nieuw stel kastjes aan toegevoegd. De stroken knutselpapier waren nu blauw. Als kop had ze voor VERKRACHTERSCLUB gekozen, want zo noemde ze de chatwebsite, hoewel de domeinnaam officieel CMMCRBR.com luidde.

Chaz, Mac, Mason, Cam, Royce, Bing, Richie?

Zeven mannen. Zeven gebruikersnamen. Zeven nummers, van 001 tot en met 007.

Faith had een profiel gegenereerd voor vier van de nummers, die overeenkwamen met de nummers die in de laatste chats over Cam waren opgedoken.

002, 003, 004, 007.

Als het klopte wat Sara zei, was 004 Mason James. Als Faith afging op wat ze over de laffe klootzak had gehoord, klopte het profiel. 004 was degene die altijd lachte om grove grappen, er een paar van zichzelf aan toevoegde en zichzelf uit het gesprek verwijderde als het uit de hand dreigde te lopen.

007 en 003 waren duidelijk bevriend in het gewone leven. Ze wisselden altijd sarcastische opmerkingen uit. 003: Verschiet je kruit maar op de golfbaan, domme lul. 007: Over domme lullen gesproken, hoe zit het met je seksleven?

In aanmerking genomen dat 007 vanwege James Bond de coolste schuilnaam was, zou Richie Dougal 003 kunnen zijn. Met een vlinderstrik was je allesbehalve cool.

Wat Mac McAllister betrof, met zijn persoonlijkheid hoorde hij zonder meer in het hokje 002. Zijn berichten waren het behoedzaamst en het bazigst: HÉ, EIKELS, HAAL DIT EENS OFFLINE.

007 bleef een onbekende factor.

Faith bekeek de foto's van de clan. De enige levende verdachten die nog waren overgebleven waren Chaz Penley, Royce Ellison en Bing Forster. Een ziekenhuisarts, een kno-arts en een nefroloog oftewel een nierspecialist. Als je van hun posts uitging, waren het allemaal eikels, maar een van hen was een regelrechte klootzak. Tot groot vermaak van de andere mannen had hij het voortdurend over zijn seksuele veroveringen, over de grootte van zijn penis, of een vrouw 'geil als boter', 'een blok ijs', 'strak' of 'los' of 'zo klem als een boa constrictor' was geweest, of dat zijn pik voelde alsof hij 'een koeienbel aan het luiden was'. Zelfs de vrouwen die hij kennelijk wel leuk vond, kwamen er niet al te best van af: ze waren 'behoeftige bitches', 'hysterische hoeren', 'zo gek als een deur' of 'slettebakken'.

Hij noemde nooit namen, maar één keer haalde hij uit naar een van de vrouwen van de clan.

> 007: Heeft iemand gehoord wat Pru vanavond zei? Het had niet veel gescheeld of ik had mijn pik in haar keel geramd. 003: Bang dat dat potloodje van je niet groot genoeg is om haar de mond te snoeren? 004: Kom op, heren, volgens mij maakte Pru een grapje. 007: Die moet eens flink geneukt worden om wat te ontdooien. 002: Beginnen jullie nou weer? 004: Zonder mij. Ik taai af. 007: Wat zou ik die gleuf van haar graag kapotbeuken. Zodat ze als de Rode Zee in tweeën splijt. 003: Bloed is een glijmiddel, Meester. 007: Mag ik je eraan herinneren dat urine niet steriel is. 003: Ai.

Faith zag in die opmerking over urine een verwijzing naar Bing Forster, hoewel ze betwijfelde of je een nierspecialist moest zijn om verstand van urine te hebben. De Pru die genoemd werd, moest Prudence Stanley zijn, een borstkankerspecialist in South Carolina. Interessant was dat Blythe Creedy nooit genoemd werd, hoewel ze getrouwd was geweest met Royce Ellison en hem had bedrogen met Mason James – ook zo'n detail dat de chats niet gehaald had. Rosaline Stone, de gynaecologe uit Alabama, bleef eveneens ongenoemd. Sloan Bauer dook één keer op, samen met Heilige Sara. Beide vrouwen werden genoemd toen de kerngroep in paniek raakte over de mogelijke nawerking van Cams zelfmoord.

007: Iemand moet checken of Sloan rustig blijft. 003: Zolang ze maar niet met de politie praat. 003: En als ze met HS gaan praten? Waar hangt die eigenlijk uit? 007: Stikkend in de pis en kots in South Georgia. 003: Precies waar ze thuishoort.

Faith keek weer naar het bewijsbord en liet haar blik over de onvolledige blauwe stroken gaan: 001, 005, 006. Ze had nog niet definitief namen aan de nummers kunnen koppelen, maar ze had wel vermoedens. Een van hen moest Cam Carmichael zijn. Faith dacht dat hij 006 was, de man die het minst had gepost. Hoewel de site zestien jaar oud was, waren de leden maar acht jaar actief geweest. In het begin had 006 zich vaak gemeld, doorgaans om over patiënten te klagen, meestal vrouwen, maar na anderhalf jaar was hij van het toneel verdwenen. Nadat Merit Barrowe en Sara Linton verkracht waren.

Zodat 001 en 005 overbleven.

Hun berichten zouden zo in een handboek *Hoe kweek je weerzin bij vrouwen* kunnen staan. Hun eerste opmerkingen waren verschenen op de allereerste pagina van de achtendertig pagina's met chattranscripties.

005: Wijven moeten eerlijk zijn over wat ze van mannen willen, namelijk geld en veiligheid. Zolang ik voor die twee dingen zorg, zou ik alles moeten kunnen doen wat ik wil. 001: Oké, maar het is wel jouw geld. 005: Ja, als ze bij me weggaat, krijgt ze natuurlijk niks. Niet eens haar kleren, waarvoor ik betaald heb. 001: Ze zullen wel weer zeggen dat we vrouwenhaters zijn, maar we haten alleen arrogante kutwijven.

Al Faiths zintuigen waren gaan jeuken toen ze voor het eerst het woord 'kutwijf' had gelezen. Twee dagen voor Sara was verkracht, was hetzelfde walgelijke scheldwoord in de lak op de zijkant van haar auto gekrast. Vervolgens was ze in de chats zo vaak op hetzelfde woord gestuit, dat ze had beseft dat het door veelvuldig gebruik vrijwel alle betekenis was kwijtgeraakt.

Ze moest aan haar dagen als straatagent denken, toen ze zo vaak voor 'hoer' was uitgescholden dat ze er uiteindelijk zelfs op was gaan reageren.

Ze stapelde de papieren op en legde ze op tafel. Weer verlangde ze hevig naar de datamiddelen van het GBI. Met behulp daarvan zouden ze kunnen worden geanalyseerd en doorzocht op identificatiecodes, en wat nog belangrijker was: bepaald woordgebruik zou geïsoleerd kunnen worden om het te vergelijken met de enge, bedreigende berichten die naar de iPhone van Merit Barrowe waren gestuurd.

Faith zocht de uitdraai van de screenshot op. Ze las de teksten nog eens.

Wie wil je dag opfleuren door je te vertellen hoe mooi je bent? Wie droomt veel meer over jou dan goed voor hem is? Wie is nog iets beschadigder dan alle anderen? Wie verdient het genoegen van jouw gezelschap niet? Wie zal een teleurstelling voor je zijn als je ontdekt wie hij is?

Onwillekeurig trok er een huivering door haar heen. Het bericht was slim opgesteld, met die ingebouwde ambiguïteit. Het kon van een verliefd persoon afkomstig zijn of van iemand die geobsedeerd en daardoor gevaarlijk was.

Faith had lang genoeg bij de politie gewerkt om te weten hoe een smeris het zou lezen, vooral vijftien jaar geleden. Achteraf gezien waren de waarschuwingstekens onmiskenbaar, maar waarschuwingstekens werden aan de lopende band verstuurd. Doodsbedreigingen, dreigen met verkrachting, met bommen... Er werd met woorden gesmeten alsof ze niets betekenden. Meestal ging het om domme sukkels die stoom moesten afblazen. Soms was het menens. Het was bijna onmogelijk om het verschil vast te stellen, vooral als je nog tien andere meldingen op je radio had.

Ze legde de screenshot van Merits telefoon weer op de stapel en keek naar de tekstballonnen. Had Eugene Edgerton ze gezien? Wist hij dat Merit Barrowe gestalkt was? Hij was duidelijk met een resultaat in zijn achterhoofd aan de zaak begonnen. Will had het de vorige avond benoemd. Edgerton was slecht, corrupt of beide. Hij was ook al jaren dood, maar zijn bankgegevens moesten nog ergens zijn. Als iemand Edgerton had betaald om de zaak te laten verdwijnen, was er een papieren spoor.

Ook dat zou een prachtige aanleiding voor een dagvaarding zijn geweest.

Haar privételefoon klonk. Faith hoopte met heel haar hart dat het APD eindelijk terugbelde, maar het was Aiden. Ze negeerde het feit dat ze het in een heel klein, donker hoekje van haar gedachten, dat niets met het onderzoek te maken had, heel fijn vond om zijn naam te zien.

'Goedemorgen,' zei hij. 'Ik heb die schimmige zaken van je gedaan.'

Faith keek naar de foto's van de clan. Ze was niet vergeten dat ze Aiden had gevraagd om heimelijk hun achtergrond na te trekken. 'En?'

'Allerlei grijstinten,' zei hij. 'Chaz Penley kreeg zestien jaar geleden in Atlanta een veroordeling wegens rijden onder invloed. Werd gepakt vanwege roekeloos rijgedrag. Hij bekende schuld en moest een cursus agressietraining volgen. Royce Ellison vroeg vier jaar geleden zijn faillissement aan, maar kennelijk is hij er niet slechter van geworden. Bing Forster is schoon. Richie Dougal heeft vorig jaar een schikking getroffen wegens ongewenste intimiteiten, maar daar kan ik uiteraard niet bij komen. Mason James is schoon, maar die verzuipt in het geld. Net als Mac McAllister.'

'Penley.' Faith sloeg aan op het tijdstip en de veroordeling. Vijftien jaar geleden had Edgerton ervoor gezorgd dat Cams aanklacht wegens rijden onder invloed gewist werd. Misschien had Penley een jaar eerder een vergelijkbare deal gesloten. 'Kun je een kopie van het zaakdossier voor me regelen?'

'Kun je zelf geen kopie regelen?'

Faith hield haar lippen op elkaar.

'Oké,' zei Aiden. 'Dougal is een interessant geval. Hij werd ontslagen vanwege die ongewenste intimiteiten, maar hij is er niet op achteruitgegaan. Hij wist er zelfs voordeel uit te halen.'

Faith voelde dat er meer achter zat. 'En?'

'Hij werkt voor een bedrijf, CMM&A, dat bemiddelt tussen ziekenhuizen en hedgefondsen die medische praktijken willen opkopen. Er gaat veel geld in om. Ik heb naar dat bedrijf gezocht, maar kon er niks over vinden. Hun website levert ook niks op, alleen wat vaag geklets en een telefoonnummer. Geen kantoor. Hun adres is een postbus.'

Faith had ongeveer hetzelfde ontdekt. 'Bedankt voor het zoeken. Dat waardeer ik zeer.'

Hij reageerde niet, wat ongewoon was. Aiden liet niet graag stiltes vallen. Faith ging aan de keukentafel zitten. Ze liet haar hoofd op haar hand rusten. Hij ging het uitmaken. Niet dat er veel viel uit te maken. Ze had al het mogelijke gedaan om hem af te stoten. Waarom had hij zich laten afstoten?

'Eén ding moet je over me weten, oké?' zei hij. 'Ik ben de allerirritantste beagle die je ooit bent tegengekomen.'

Ze keek op. 'Wat?'

'Ik ben een beagle,' herhaalde hij. 'Als iemand iets voor mij probeert te verbergen, zal ik het vinden. En tot die tijd blijf ik blaffen.'

Dat was Aidens manier om te zeggen dat hij zijn uiterste best had gedaan tijdens zijn onderzoek naar de schimmige zaken. Faith had zich nog nooit zo tot hem aangetrokken gevoeld als op dat moment. 'Wat heb je ontdekt?'

'Dat bedrijf, CMM&A. Het wordt afgeschermd door een stel besloten vennootschappen, maar de drie bestuursleden staan allemaal op jouw lijst.' Aiden had de dramatische stilte die hij liet vallen verdiend. 'Charles "Chaz" Penley, Thomas "Mac" McAllister en Mason James.'

'Hm,' zei Faith.

'Dat is alles wat ik krijg, een hm?' Aiden klonk teleurgesteld, en ook daar had hij recht op. 'Ik dacht dat je onder de indruk zou zijn van mijn krankzinnige talenten.'

'Dat ben ik ook,' zei Faith. 'Alleen schiet ik niks op met de wetenschap dat deze rijke witte jongens een andere rijke witte jongen uit de penarie hebben geholpen en dat ze allemaal rijker worden.'

'En als ik je nou eens vertel dat ik bij hun kantoor ben langsgegaan?'

Hij was weer heel sexy. 'En?'

'Dat zit in een gebouw genaamd The Triple Nickel, aan 555 Warren Drive. Bij Buford Highway, in de buurt van het vliegveld. In de lobby staat een bureau, verder zijn er een paar stoelen, en aan de achterkant loopt een steeg. Overal tralies. Camera's bij de in- en uitgang, evenals op het parkeerterrein en in de steeg. De zaak is vergrendeld. Ik heb een praatje gemaakt met de buren, van de nagelstudio, en die zeiden dat ze nooit iemand naar binnen of naar buiten zien gaan. En dat ik niet aan mijn nagelriemen moet peuteren.'

Faith haalde haar schouders op, maar ze moest wel iets zeggen over zijn initiatief, dat haar weer wat moeite had bespaard. 'Bedankt dat je het hebt nagetrokken, maar ik schiet er nog steeds niks mee op.'

'Hm,' zei hij op zijn beurt. 'Is het bij je opgekomen dat als je zou zeggen waar je naartoe wil, ik je zou kunnen helpen om er te komen?'

De gedachte was inderdaad nooit bij haar opgekomen.

'Okidoki,' zei hij. 'Misschien ben je wat blijer met mijn laatste schimmige stukje. Ik kreeg van de reclasseringsbeambte van Jack Allen Wright toestemming om een verrassingsonderzoek bij hem te doen. De gast had pornoblaadjes onder zijn matras.'

Nu had Faith echt iets te vieren. In Georgia kreeg een voorwaardelijk vrijgelaten zedendelinquent een aantal voorwaarden opgelegd, waaronder het verbod op het kopen of bezitten van pornografisch of seksueel expliciet materiaal. Als je betrapt werd, werd je voorwaardelijke invrijheidstelling herroepen en verdween je weer achter de tralies.

Ze had maar één vraag: 'Blaadjes?'

'Je raakt makkelijker een vies blaadje kwijt dan dat je een harde schijf wist.'

Faith bedacht iets. 'Had Wright een computer?'

'Ja. Geen porno, maar het zal je niet verbazen dat hij fan is van incelsites.'

Faith had bijna de hele avond berichten zitten lezen die van een incelsite afkomstig konden zijn. 'Wat weet je over incels?'

'Ze zijn onvrijwillig celibaat. De beweging werd opgericht in de jaren negentig door een Canadese student, die een website maakte voor eenzame, sociaal onhandige, doorgaans maagdelijke anonieme leden, genaamd Alana's Involuntary Celibacy Project.'

'Alana?' zei Faith. 'Een vrouw?'

'Ja, is het niet bizar? Een vrouw bedacht iets aardigs om mensen te helpen, en een stel mannen hielp het naar de kloten.'

'Nou, dat zou voor het eerst zijn.' Faith legde het sarcasme er dik bovenop. 'Dat is echt verknipt.'

'Verknipt? Dat is een hele scharenfabriek,' zei hij. 'De huidige incelbeweging is de drijvende kracht achter de online seksistische mannenbeweging. Grotendeels wit en grotendeels jong, allemaal vervuld van haat, misogynie, zelfmedelijden, zelfafkeer en het gevoel recht op seks te hebben. Verder zijn ze bezeten van geweld tegen vrouwen, en daar komt dan het verplichte nummertje racisme nog bij.'

'Waarom weet je er zoveel over?'

'Omdat ze af en toe mensen vermoorden. En gewoonlijk is hun eerste slachtoffer, zo niet al hun slachtoffers, van het vrouwelijke geslacht.' Aiden zweeg even. 'Hé, heb ik je ooit verteld dat ik deel uitmaak van de FBI-eenheid tegen binnenlands terrorisme in het zuidoosten van het land?'

Faith glimlachte. 'Echt waar?'

'Ja, meestal kicken meiden daarop. Ze vinden me supersexy.'

Onwillekeurig lachte ze.

'Ik wil vanavond wel langskomen en je mijn penning laten zien.'

Faiths werktelefoon ging.

'Ik stuur je een berichtje wanneer ik op weg naar huis ben,' zei ze tegen Aiden.

Haar werktelefoon zat ergens diep in de voederzak die voor haar tas moest doorgaan. Faith moest graven voor ze hem vond. Toen ze op het schermpje keek, verscheen er een frons op haar voorhoofd. Ze tikte erop.

'Leo, jezus. Ik heb je wel negentig keer gebeld.'

'Denk je dat ik geen eigen leven heb?'

'Ik weet dat je dat niet hebt,' beet ze terug. 'Ik ben tien jaar lang je partner geweest. Ben je sindsdien veranderd?'

'Daar werk ik aan,' zei hij. 'Het is een heel proces.'

Faith keek op het ovenklokje. Nog even en ze moest zich bij het fraudeteam melden. 'Heb je mijn berichten wel beluisterd?'

'Daarom bel ik. Je bent toch op zoek naar Leighann Park?'

Faith drukte haar hand op het werkblad. Nu besefte ze dat ze de hele tijd met een angstig gevoel had rondgelopen, vanaf het moment dat ze over het vermiste meisje had gehoord. Weer een vermoorde studente. Weer een ouder zonder kind. Weer een vrouw wier naam vergeten zou worden zodra er een nieuwe vrouw werd vermist.

'Waar hebben jullie haar gevonden?' vroeg ze.

'Hier,' zei Leo. 'Ze kwam zonet het bureau binnenlopen.'

Faith was zo vertrouwd met het geluid van schreeuwende arrestanten dat het kabaal nauwelijks tot haar doordrong. Leo had Will en haar op een metalen bank tegenover de arrestantenbalie laten plaatsnemen. De bank was een marteling, en dat was ook de bedoeling. De zitting was niet breed genoeg. Het metaal was zo koud dat Faith het tot in haar darmen voelde. Om de meter was er een haak voor handboeien, want hier zaten gewoonlijk arrestanten te wachten tot ze geregistreerd werden. Het was Faith niet ontgaan dat Leo hen niet had meegenomen naar de net iets comfortabeler recherchekamer. Het was aan de norse man naast haar te danken dat ze geen van beiden op een warm welkom konden rekenen.

Even keek ze Will van opzij aan. Hij zat onderuitgezakt, met zijn rug tegen de muur, anders zou ze niet hoger dan zijn schouder hebben kunnen kijken. Ze kon hem niet peilen, maar voelde wel dat er iets mis was. Doorgaans was Will niet spraakzaam, maar vanochtend al helemaal niet. Zijn handen rustten op zijn schoot, terwijl hij recht voor zich uit zat te kijken. Zijn linkerhand was tot aan zijn pink verbonden. Toen Faith ernaar had gevraagd, had hij niet verteld hoe hij de wond had opgelopen. Hij had naar zijn hand gekeken, toen naar haar, en ten slotte had hij gevraagd of ze iets uit de chattranscripties had kunnen opmaken.

Faith hield het niet langer uit op de bank. Slaapgebrek, bezorgdheid, ergernis... Dat alles bij elkaar maakte haar zo gespannen als een speedfreak. Ze stond op. Er zat een toetsenpaneel naast de deur die naar achteren voerde. Ze wist haar code van vier jaar geleden nog en toetste die in. Toen wachtte ze. Het rode lampje flitste drie keer. De deur zoemde niet open.

'Dit kan weleens het ene tijdverlies boven op het andere worden,' zei ze tegen Will. 'We hebben geen idee of Tommy McAllister hier iets mee te maken had. Of Mac. Of een van die andere eikels van de Verkrachtersclub.'

Will zei niets, maar trok een wenkbrauw op bij het horen van de naam.

'Er wacht echt werk op ons.' Ze keek op haar horloge. 'Het fraudeteam kan ons niet blijven dekken. Op zeker moment komt Amanda erachter. We geven Leo nog vijf minuten en dan gaan we pleite.'

Will bleef de ruimte in staren.

Al ijsberend concentreerde Faith zich op de enige puzzel die ze misschien kon oplossen. Er was een korte lijst met dingen waar Will ongelukkig van werd, met onderaan de automaat die geen kaneelbroodjes meer had en bovenaan alles waar Sara ongelukkig van werd. Faith wist dat Sara op dat moment in een vliegtuig zat. Het was niet te voorspellen hoe het verrassingsbezoek aan Sloan Bauer zou verlopen. Ze konden alleen maar hopen dat de vrouw zich nog iets wist te herinneren van die ellendige mixer.

'Heeft Sara de dreigberichten aan je doorgestuurd die Dani Cooper kreeg voor ze stierf?' vroeg Will.

'Ze heeft ze door de advocaat laten doorsturen. Mijn eerste indruk is dat het om een wat oudere vent gaat, want hij gebruikte interpunctie. Of hij probeert ouder over te komen.' Faith was blij dat ze iets te doen had. Ze haalde haar privételefoon uit haar tas. 'Hij begint min of meer neutraal. Dan volgt al die persoonlijke shit, over wat ze aan het doen is, waar ze woont, hoe haar kat heet. Ze vraagt steeds wie hij is. Hij blijft de spanning opvoeren. Je kunt rustig stellen dat hij kickt op doodsbange vrouwen.'

Will zweeg afwachtend.

Faith keek op haar telefoon en las hardop: ' "Ik denk steeds aan die moedervlek op je been en dan wil ik die kussen... en kussen..." '

'Had Dani een moedervlek op haar been?' vroeg Will.

'Die wordt genoemd in het autopsierapport. Aan de binnenkant van haar rechterdijbeen, heel hoog, dicht bij haar bikinilijn, een paar centimeter verwijderd van een klein litteken van een wondje dat ze wellicht heeft opgelopen toen ze klein was. Als ze shorts droeg, zou je het waarschijnlijk niet kunnen zien. In een badpak misschien?'

Will gaf met een knikje aan dat ze moest doorgaan.

'Dani reageerde als volgt: "Het is niet grappig. Wie de fuck ben je?" '

Faith scrolde naar beneden. 'Hij antwoordde: "Er ligt pen en papier in de la naast je bed. Maak maar een lijst van alles waar je bang voor bent. Kijk maar bovenaan. Dat ben ik." '

' "Kijk maar bovenaan. Dat ben ik." ' Will wreef over zijn kaak. Zijn pink wees naar buiten, alsof hij de draak stak met theedrinkende Britten. 'Lagen er pen en papier in de la?'

'Geen idee, waarschijnlijk wel.'

'Hij had toegang tot haar flat. Die doorzocht hij wanneer ze niet thuis was.'

Faith wist waar dit heen ging. Jack Allen Wright was conciërge geweest. Het was voorstelbaar dat hij in een appartementengebouw werkte.

'Wright zat in de gevangenis toen Dani stierf,' zei ze. 'Sindsdien werkt hij in een callcenter, waar hij elke dag in- en uitklokt. Je zult wel blij zijn te horen dat hij gisteren de regels van zijn voorwaardelijke invrijheidstelling heeft overtreden. Hij zit in de cel in Dekalb County tot hij gehoord wordt. Ik stel me zo voor dat zijn reclasseringsbeambte ervoor zal pleiten hem terug te sturen naar de echte gevangenis.'

'Je hebt Sara beloofd dat je niets zou doen,' zei Will.

'Hebben we niet vastgesteld dat ik een vreselijke leugenaar ben?'

Will keek haar aan.

'Oké, een vreselijk mens dat verbazend goed kan liegen.' Ze zweeg even. 'Maar je bent blij dat hij vastzit, toch?'

Will knikte. 'Wat heb je verder nog ontdekt?' vroeg hij.

'Richies baas, dat bedrijf in mergers en acquisitie. De eigenaren hebben zichzelf weggemoffeld achter een verzameling juridische constructies, maar het bedrijf is van Chaz Penley, Mac McAllister en Mason James.'

Will keek verbaasd, maar niet vanwege de informatie. Hij wist dat Faith niet over de middelen beschikte om zo diep te graven. 'Richie vroeg mijn tante of ze een afspraak met mij wilde regelen. Ik heb een lunchafspraak met hem in de club.'

Faiths kaak viel bijna op de vloer. 'En dat kon je me niet even vertellen tijdens de pijnlijke stilte van de afgelopen tien minuten?'

'Was die pijnlijk?'

Faith haalde haar schouders op. Ze was het gewend. Ze liet haar telefoon weer in haar tas vallen. 'Wat denk je dat Richie wil?'

'Ik heb geen idee.' Will legde zijn hand op de bank, maar toen bedacht hij zich. Hij keek naar zijn gewonde pink en probeerde hem heen en weer te bewegen.

'Ga je me nog vertellen hoe je daaraan komt?' vroeg ze.

'Ga je me over je PTSS vertellen?'

'Ga je me over je tante vertellen?'

'Ga je me vertellen wie jouw schaduwonderzoek doet?'

Faith had haar laatste 'ga je me vertellen' opgebruikt. 'Theoretisch is het óns schaduwonderzoek.'

'Moet ik reageren of wil jij steeds het woord?'

'Het tweede.' Faith begon weer te ijsberen. 'Ik zeg het met tegenzin, maar ik wou dat we Amanda's brein konden aftappen. We zitten er te dicht bovenop. We zien het totaalplaatje niet.'

'Bijvoorbeeld?'

Eén naam lag Faith voor op de tong. 'Edgerton. Hij liet de zaak van Merit Barrowe verdwijnen. Was dat omdat hij niet wilde dat iemand die linkte aan Sara, twee weken later?'

'Volgens de tijdlijn van Martin Barrowe klopte hij een dag nadat Sara was verkracht bij Cam aan,' zei Will. 'Edgerton dwong Cam om Merits overlijdensakte te wijzigen zodat er niets verdachts in stond. Dat lijkt me geen toeval.'

'En dat brengt ons weer bij Britt. Ze zei tegen Sara dat er een verband bestond tussen wat er op de mixer gebeurde en wat er met Sara gebeurde. Cam vormt het middelpunt. Hij moet iets gezegd hebben op die mixer.'

'Misschien kan Sloan Bauer voor opheldering zorgen.' Will klonk niet erg hoopvol. 'Kan jouw schaduwonderzoeker misschien een poging doen om die versleutelde bestanden op Cams laptop open te breken?'

Faith schudde haar hoofd. Er liep maar een dun lijntje tussen schimmig en crimineel, en ze ging Aiden niet vragen over dat lijntje te stappen. Nog niet, in elk geval. 'Wat ik echt wil weten, is wat er op die corrupte video's op de website staat.'

'Dat kon je niet opmaken uit de chats?'

'Nee. Porno ligt voor de hand, maar in geen van de chats werd naar de filmpjes verwezen.'

'Zolang er internet is, staat er al porno op,' zei Will. 'Vertel eens over die chattranscripties. Heb je aanwijzingen ontdekt?'

'Nee. Het was vooral 007 die zat op te scheppen over al die stomme wijven bij wie hij zijn pik in de keel ramde.' Ze zag Will opkijken. 'Ik citeer hem. Dat zijn niet mijn woorden.'

'Hoe reageerde de rest van de groep?'

'Die zat hem lekker op te jutten. Precies het soort gelul dat je zou verwachten.'

'En 004?'

Hij doelde op Mason James. 'Als je het mij vraagt, is hij al even erg als de rest. Misschien nog erger. Hij leest hun smeerlapperij, lacht er soms om, maar als het echt ranzig wordt, taait hij af.'

'Hij mist de ballen om ze erop aan te spreken,' zei Will.

'Precies.' Met haar armen over elkaar leunde Faith tegen de muur. 'Een paar jaar geleden hoorde ik een van Jeremy's vrienden rotdingen zeggen over een meisje, en wat was ik trots toen Jer tegen die vent zei dat hij zijn bek moest houden. Waarom is dat zo moeilijk? Mijn zoon was negentien. Die gasten zijn volwassen mannen.'

'Als je bij een groep hoort, is het moeilijk om de enige te zijn die het oneens is met wat de rest doet. Niks doen is makkelijker als je geen gedoe wilt. Anders sta je helemaal alleen.' Will haalde zijn schouders op. 'En ze kunnen zich tegen je keren. Mensen die rottige dingen doen, willen daar liever niet op gewezen worden. Als je ze confronteert met hun bullshit, zullen ze je kapot proberen te maken.'

Faith had de indruk dat ze het niet meer over Mason James hadden. Toen ze Will voor het eerst ontmoette, had iemand VUILE RAT op de ene kant van zijn auto gespoten en FUCKER op de andere. Niemand ging er onderzoek naar doen, want de onderzoekers waren zelf schuldig. Ze hadden het aan Will te danken dat ze naar een harde metalen bank bij de arrestantenbalie waren verwezen in plaats van naar harde plastic stoelen in de recherchekamer.

Faith keek weer op haar horloge. 'Hoe laat landt Sara's vliegtuig?'

'Om 10.30 uur.' Ook hij keek op zijn horloge. 'Vandaar neemt ze de trein naar het congres waar Sloan een van de sprekers is. Het is aan Times Square, dus makkelijk te vinden. Ze belt me op de terugrit naar het vliegveld.'

'Dan word jij waarschijnlijk nog opgehouden door Richie Dougal, de nieuwe beste vriend van John Trethewey.'

'Waarschijnlijk.'

Ze draaiden zich allebei om toen de deur openzoemde.

'Mitchell.' Sinds het einde van hun samenwerking was Leo Donnelly dikker geworden, met nog kleinere kraaloogjes. 'Ben je hier nog steeds?'

'Zoals je ziet,' zei ze. 'Waarom laat je ons zo allejezus lang wachten?'

'Snap je het woord "gunst" in de zin van dat het APD je bij wijze van gúnst deelgenoot maakt van ons onderzoek?' Leo wierp een blik op Will alsof hij zojuist een zwerende wond op diens balzak had gezien. 'En dat nog wel met die Lurch daar.'

Nog steeds onderuitgezakt op de metalen bank keerde Will zich naar hem toe. 'Heb jij een rechercheur van district vijf gekend, een zekere Eugene Edgerton?'

Leo keek beledigd. 'Wat ben je van plan? Ga je zijn lijk opgraven om het te ondervragen?'

'Volgens mij is hij gecremeerd,' zei Will.

'Teringlijer die je bent,' zei Leo. 'Edgerton was een goeie politieman. Hij had zijn gebreken, maar hij zorgde er wel voor dat de klus geklaard werd.'

'Je hebt hem dus gekend?'

Leo deed zijn mond open en toen weer dicht.

'En wat weet je van Merit Barrowe?' vroeg Will. 'Twintig, studeerde aan Georgia State. Vijftien jaar geleden gestorven.'

'Deze vent hier, hè...' zei Leo tegen Faith.

'En straatagenten uit district vijf van rond dezelfde periode?' vervolgde Will. 'Heb je nog namen?'

'Zeg eens tegen die rat van je dat hij niet zo tegen me moet piepen,' zei Leo tegen Faith. 'Het hele team heeft de kaas op hun brood al verstopt zodat hij die niet kan stelen.'

Will stond op. Hij torende boven Leo uit. Hij was jonger en fitter en had mislukking niet als een natte scheet om zich heen hangen.

'Leighann Park,' zei Will. 'Wat is er gebeurd?'

Het vet op Leo's nek vouwde dubbel als een dekbed toen hij naar Will opkeek. 'Allemaal kabaal om niks. Haar moeder is producer bij WSB Radio. Die heeft wat contacten aangeboord toen haar dochtertje niet thuiskwam na een avondje stappen.'

Dat verklaarde waarom de zaak zo snel het nieuws had gehaald. 'Wat is er volgens Leighann gebeurd?' vroeg Faith.

'Vanochtend werd ze wakker in de struiken naast haar flatgebouw. Ze weet niet hoe ze daar beland is. Ze ging douchen, knapte zichzelf op en reed met haar mammie naar het bureau. Als je het mij vraagt, heeft ze te heftig gefeest. Ze ging helemaal door het lint toen ze besefte dat mammie de politie had gebeld. Wilde haar toelage niet kwijt en bedacht een verhaal om zichzelf uit de nesten te werken.'

Faith moest op het puntje van haar tong bijten om hem niet op zijn smoel te slaan. 'Leighann werd zesendertig uur vermist. Ze meldde zich vanochtend vrijwillig op een politiebureau. Kwam ze alleen maar even dag zeggen? Of wilde ze aangifte doen van een echte misdaad, zoals ontvoering en verkrachting?'

'Wat weet je het weer goed,' zei Leo. 'Ik heb een makkelijk testje voor dat soort meiden. Dan kom ik de kamer binnen en zijn ze opgelucht als ze me zien, wat betekent dat er iets ergs is gebeurd. Park keek niet opgelucht.'

Faith kon haar oren niet geloven. 'Wat moet dat in godsnaam voorstellen?'

'Ik ben een forse kerel met een wapen aan mijn riem. Als er iets ergs met haar was gebeurd, zou ze opgelucht moeten zijn om me te zien, want ze weet dan dat ze veilig is.'

Zoiets stoms had Faith in weken niet gehoord. 'Is het ooit bij je opgekomen dat een vrouw bang kan zijn als ze je ziet omdat de man die haar verkrachtte ook een forse kerel met een wapen was?'

'Dat mokkel is alleen maar bang dat haar mammie haar zakgeld inhoudt,' benadrukte hij. 'Je zou eens moeten zien wat ze aanheeft. Alsof ze klaar is voor het volgende feestje.'

'Help me eens herinneren, Donnelly,' zei Will. 'Wat trok jij aan nadat je verkracht was?'

Leo schonk hem een valse blik.

Faith hield bepaald niet snel haar mond, maar voor de verandering wilde ze het weleens proberen. Will volgde haar voorbeeld, hoewel het hem geen moeite kostte. Ze wisten allebei dat Leo gelijk had, dat dit een gunst was. Als ze de zaak lieten escaleren, kon het bij zijn bazen terechtkomen, wat betekende dat het bij Amanda terecht kon komen, wat betekende dat Will en Faith van geluk zouden mogen spreken als ze bij de supermarkt winkelwagens mochten verzamelen voor tien dollar per uur.

Leo verbrak als eerste de stilte en pruttelde lucht tussen zijn vochtige lippen door. 'Gaan we nog met haar praten of hoe zit dat?'

'Wie is "we"?' wilde Faith weten. 'Jij en wie nog meer? Zit er een muis in je zak?'

Weer dat gepruttel, maar uiteindelijk toetste hij de deurcode in.

De kreten uit de arrestantencellen stierven weg toen ze dieper het gebouw in liepen. In het voorbijgaan keek Faith even in de recherchekamer. Ze had tien jaar van haar leven doorgebracht aan de tafel naast de lift. Ze zag op elk individueel gezicht dezelfde twee uitdrukkingen elkaar naadloos opvolgen. Een glimlach van herkenning voor haar, brandende haat voor Will. Het was alsof je een goocheltruc zag waarbij het verlangen naar een ritueel offer voor de magie zorgde.

Voor de deur van de verhoorkamer bleef Leo staan. Er hing een BEZET-bordje. 'Ga je nog dank je wel zeggen voor ik op mag rotten?'

'Dank je wel,' zei Faith. 'En rot op.'

Leo salueerde en liep toen terug naar de recherchekamer.

'We moeten blanco naar binnen,' zei Will tegen Faith.

Faith dacht hetzelfde. Ze mochten Leighann Park niet als slechts een mogelijk aanknopingspunt beschouwen. Ze was een jonge vrouw wier leven in de loop van zesendertig uur totaal veranderd was. Statistisch was er vijf procent kans dat Leo gelijk had wat haar motieven betrof. Dan bleef er vijfennegentig procent kans over dat ze ontvoerd en verkracht was. Of dat iets met de McAllisters, de Verkrachtersclub of de dood van Merit Barrowe en Dani Cooper te maken had, deed er niet toe. Ze was een slachtoffer aan wie recht moest worden gedaan. Of in elk geval iets wat voor recht doorging.

Will klopte op de deur voor hij die opende. Hij liet Faith voorgaan.

Leighann Park zat alleen aan de tafel. Haar handen lagen ineengeslagen voor haar. Ze was opgeschrokken toen de deur openging. Dikke mascara omkranste haar ogen zodat ze net een wasbeer leek. Haar lippen glansden van de Candy Pink Lipgloss. Contouring gaf haar wangen iets hols. Blauwe oogschaduw omrandde haar oogleden. Ze had haar haar getoupeerd. Haar strakke witte bloes stond open zodat haar decolleté en haar zwarte kanten bh zichtbaar waren. Faith zag haar mooi gevormde blote benen onder de tafel. Haar strakke zwarte rok zat tot halverwege haar bovenbenen. Haar hakken van tien centimeter stonden op de vloer. Ze had haar benen niet over elkaar geslagen, maar hield ze een eindje uit elkaar. Zelfs in de schaduw van de tafel kon Faith een lukraak patroon van blauwe plekken op haar bovenbeen zien, alsof iemand zijn vingers in inkt had gedoopt en ze toen tegen haar huid had gedrukt.

Faith haalde haar identificatie tevoorschijn. 'Ik ben special agent Faith Mitchell van het GBI. Dit is mijn collega, Will Trent. Vind je het goed als ik ga zitten?'

De jonge vrouw antwoordde niet. Ze griste Faiths ID-pasje uit haar handen en bestudeerde de foto aandachtig. Met haar vinger volgde ze Faiths naam.

Faith keek naar het getoupeerde haar. Het klopte wat Leo had gezegd: Leighann zag eruit alsof ze weer op weg was naar de club. Maar het was tien uur 's ochtends. Er was geen club open. Mannen gingen er vaak van uit dat vrouwen zich alleen mooi kleedden om mannen te verleiden, terwijl vrouwen er soms gewoon voor zichzelf sexy wilden uitzien. Het was een soort pantser tegen de wereld.

De trek om Leighanns mond, haar stugge houding... Uit alles sprak dat ze dat pantser nodig had.

Leighann gaf Faith haar pasje terug. Ze wierp een nerveuze blik op Will. 'Waar is Lulhannes?'

Faith gaf haar stilzwijgend punten voor de bijnaam. 'Rechercheur Donnelly werd weggeroepen. Als je het niet erg vindt, wil ik graag met je praten over wat er gebeurd is.'

'Prima.' Leighann leunde achterover, met haar armen over elkaar. Haar vijandigheid was tastbaar. 'Ik heb Lulhannes ook al verteld wat er gebeurd is. Ik was in de club. Daarna ging mijn geheugen pleite. Letterlijk. Ik werd wakker onder een heg. Moet je het echt nog eens horen?'

Faith wees naar de stoel. 'Mag ik zitten, of heb je liever dat ik blijf staan?'

'Wat is dat voor shit: "Mag ik zitten?" ' Leighann keek weer naar Will. 'Waarom zegt hij niks?'

'We nemen je een zogenoemd trauma-geïnformeerd verhoor af,' zei Will. 'Met als doel vertrouwen op te bouwen tussen ons drieën zodat je je voldoende op je gemak voelt om ons over je ervaring te vertellen.'

'Nou, dat werkt dan van geen kant,' zei ze. 'Jezus, mens, ga zitten! Hoe groot ben jij?'

Dat laatste was aan Will gericht. 'Eén meter achtentachtig,' zei hij.

'Kut, je lijkt Hodor wel. Ik bedoel, niet zo lelijk als hij, maar groot en... Kut. Jezus, je denkt toch niet dat ik met je flirt, hè? Ik heb gewoon even tijd nodig.'

Faith ging op de stoel tegenover Leighann zitten, terwijl de jonge vrouw verwoed tranen uit haar ogen wreef. Het was niet de eerste keer dat Faith tegenover een slachtoffer van seksueel geweld zat. Ze had geleerd zich te harden tegen hun verhalen, maar deze keer was anders. Leighann klonk vijandig en woedend, en Faith vroeg zich af of ze zelf ook zo zou klinken als haar iets vreselijks was overkomen.

'Lulhannes zei dat mijn moeder niet mee naar binnen mocht,' zei Leighann.

'Zou je het prettiger vinden als je moeder erbij is?' vroeg Faith.

'Jezus, nee. Die is al...' Leighann zweeg. Met opeengeklemde kaken probeerde ze haar tranen terug te dringen. 'Wat willen jullie van me horen?'

'Waarmee zou je willen beginnen?'

'Met dat ik bijvoorbeeld bijna twee dagen van mijn fucking leven kwijt ben?' zei ze. 'Ik bedoel, shit. Ik kan me niks herinneren van wat er gebeurd is, alleen wat flitsen en zo. En nee, ik kan me zijn gezicht ook niet herinneren. Hij was wit, maar wat dan nog? Iedereen is wit. Hij is wit.'

Bij die laatste zin had ze boos naar Will gebaard. Faith wist niet of ze hem de kamer uit wilde hebben of dat hij kon blijven zodat ze haar gelijk kon bewijzen.

'Ik weet niet wat voor kleur haar of ogen hij had,' vervolgde Leighann. 'Ik weet niet of hij groot of klein was. Niet dat hij zo groot was als deze gast hier.'

'Ik wil wel weggaan als je dat liever hebt,' bood Will aan.

'Als ik dat liever heb? Wat is dit, het woke politiebureau?' Leighann wreef met haar vuist in haar ogen. Mascara werd over haar wangen uitgesmeerd. 'Ik was aan het drinken. Ik gebruikte geen drugs, maar wilde wel. Dan zou ik molly genomen hebben. Dat wilde ik. En ik was heel sletterig gekleed. Net als nu. Zie je wat ik aanheb? Dit lijkt veel op wat ik die avond aanhad, alleen heb ik die klotejurk al in de wasmachine gestopt. Mijn moeder zei nog dat ik dat niet moest doen, maar ik heb het toch gedaan.'

'Je jurk?' vroeg Faith. 'En verder nog iets?'

'Ik had geen ondergoed aan, als je dat bedoelt.' Weer streek ze langs haar ogen. 'Wel een bh, maar geen onderbroek. Dat had ik wel aangetrokken voor ik naar de club ging, maar... Fuck, ik weet het niet. En mijn schoen is weg. Mijn ene schoen.'

Faith probeerde haar stem in bedwang te houden. Zowel Merit Barrowe als Dani Cooper had een linkerschoen gemist. 'Weet je of het de rechter- of de linkerschoen is die je mist?'

'De linker, en het was een Marc Jacobs van zeshonderd dollar, blauwfluwelen veterschoen met vierkante hak. Dezelfde kleur als mijn jurk.' Met de rug van haar hand veegde ze haar neus af. 'Ik heb de jurk heet gewassen, wat dus teringstom was.'

'Geeft niet,' zei Faith. 'Soms halen we nog steeds sporen van kleren nadat ze gewassen zijn. We kunnen ze ophalen wanneer het jou uitkomt.'

'Wanneer het mij uitkomt?' zei ze.

'Jij mag het zeggen.'

'Ik mag het zeggen?' Haar woede ontvlamde. Ze sloeg met haar handen op de tafel. 'Ik heb alles fout gedaan, oké? Ik heb me gedoucht. Ik heb die troep uit me geboend. Ik heb met dat douchegeval in elk gat gespoten dat ik heb. Ik kon niet... Ik voelde me smerig, snap je? Ik móést mezelf schoonmaken. En ik kotste mijn ingewanden er zowat uit. Ik piste mezelf onder.

Er kwam bloed uit mijn kont. Het voelde alsof iemand daar een mes in had geramd. Toch heb ik op handen en knieën de hele badkamer schoongemaakt. Ik heb bleekmiddel gebruikt, ook weer zo'n stomme fout. Ik heb al het bewijs weggepoetst. Wat voor stomme kutdebiel doet zoiets?'

'Er is geen goed of fout –' probeerde Faith.

'Bitch, denk je dat ik nooit een aflevering van *Dateline* heb gezien?' Leighann beukte met haar vuist op tafel. Ze was razend. 'Ik heb mijn eigen plaats delict schoongeboend. Jezus, wat mankeert me?'

Faith dacht aan iets wat Sara hun had verteld over haar ondervraging door Eugene Edgerton. De man had in elk geval één ding goed gedaan. 'Leighann, over wat je op dit moment voelt. Die woede. Die verwijten. Richt die razernij niet op jezelf, maar op waar die thuishoort: de man die je verkracht heeft.'

Leighann keek verbaasd. Toen ontzet. Ze sloeg haar hand voor haar gezicht en begon te huilen.

Het was het woord 'verkracht'. Geen vrouw die dat woord wilde horen.

'Leighann, het is oké,' zei Faith. 'Je bent nu veilig.'

Leighann probeerde zich te herpakken. Ze snifte. Ze veegde weer langs haar ogen. 'Hoort dat bij het traumagesprek? Zeggen dat het niet mijn schuld is?'

Faith zei: 'Het is iets wat ik tegen mijn eigen dochter zou zeggen als ik in deze kamer tegenover haar zou zitten. Het is jouw schuld niet. Je hebt niks verkeerd gedaan. Je hebt alle recht om naar een club te gaan, om te drinken en te dansen en plezier te hebben. Die vent die jou te pakken had... Hij is het monster. Jij niet.'

Weer veegde Leighann langs haar ogen. Zwarte strepen verspreidden zich over haar gezicht. 'Ik dacht altijd dat ik slimmer zou zijn. Ik bén ook slim. Ik doe geen stomme dingen. Maar ik heb wel al die stomme dingen gedaan.'

Faith stak haar hand in haar tas en haalde er een pakje tissues uit. Ze legde het op tafel.

Leighann trok er een paar uit, maar ze gebruikte ze niet. 'Ik krijg steeds van die flitsen, net als dat geflikker in een oude film. Ik zie de club, en dan zie ik dit – een soort deken. Van wit bont, net een schapenvacht of zoiets? Maar ik weet het niet.'

Faith zag Wills hand in zijn zak verdwijnen om zijn opnameapp aan te zetten.

'Zou je iets meer over die schapenvachtdeken willen vertellen?' vroeg ze.

'Misschien was het een vloerkleed? Ik lag er met mijn gezicht in. Dat weet ik nog, het zat in mijn neus. De haren of de schapenvacht of hoe je het ook noemt.' Leighann veegde haar neus af. 'Ik rook iets.'

'Kun je dat beschrijven?'

'Het was zoetig? Zoiets als Mountain Dew met kersensmaak?'

Faith klemde haar kaken op elkaar om de vrouw geen woorden in de mond te leggen. Merit Barrowe had tegen Cam gezegd dat de adem van haar belager naar hoestdrank had geroken. 'Kun je je verder nog iets over die geur herinneren?'

Leighann schudde haar hoofd. 'Vraag maar iets anders.'

'Wat dacht je? Weet je nog wat je dacht toen het gebeurde?'

'Wanneer precies?' vroeg ze. 'Het waren twee dagen. Fuck, mens, weet je hoe vaak zo'n gast een vrouw kan neuken in twee dagen? Want ik weet het niet. Ik kan me er geen fuck van herinneren.'

Faith keek toe terwijl ze een tissue uit elkaar plukte.

'Ik vergat steeds hoe ik moest ademen,' zei Leighann. 'Dan sliep ik bijvoorbeeld, en als ik wakker werd, dacht ik dat ik stikte, maar dat kwam omdat mijn hersenen niet meer aan mijn longen doorgaven hoe ze moesten ademen.'

Faith bedwong de neiging om haar aantekenboekje te pakken. Ze wilde de draad van het verhaal niet verbreken.

'Mijn armen en benen… Ik kon ze niet bewegen. Ik had er geen macht over, bedoel ik. Ze bewogen wel. Ik voelde ze bewegen, maar meer alsof ik sliep, maar ik was ook een soort ledenpop. Hij bleef aan me trekken. Voor een bepaalde pose, denk je?' Ze bracht haar hand naar haar voorhoofd. 'Wat nog meer? Help me eens herinneren.'

'Kon je iets horen terwijl het gebeurde?'

Ze schudde haar hoofd, maar zei wel: 'Een soort gespin? Ik weet het niet. Niet van een kat, maar een elektronisch soort gespin. *Zzzzt. Zzzzt.* Fuck, wat was dat?'

Faith kon het geluid niet plaatsen, maar ze wilde de vaart erin houden. 'En je gevoelens terwijl het gebeurde? Waar zat je met je emoties?'

'Mijn gevoelens?' Haar vijandigheid leek op te laaien, maar doofde even snel weer uit. 'Ik was niet bang.'

Faith zag een schok van angst door het meisje trekken. 'Weet je nog, er is geen goed of fout.'

'Maar ik snap het niet. Toen het gebeurde, waarom was ik niet bang? Ik had doodsbang moeten zijn, maar was ik verdoofd of zo? Of van de wereld? Niet alleen in mijn hoofd, maar ook in mijn lichaam? Het voelde alsof ik aan het verdwijnen was. Ik had een soort witte ruis in mijn hoofd, en mijn armen en benen... Ik dacht dat ze losraakten van mijn lichaam. Ik snap het niet. Keek ik toe terwijl het gebeurde? Is het me echt overkomen?'

Het viel Faith op dat Leighann haar hand naar haar linkerzij had gebracht. Haar handpalm drukte tegen haar onderste rib. 'Leighann, kun je vertellen waarom je hand daar ligt?'

Ze keek naar beneden. Ze draaide haar hand om, alsof het antwoord op haar handpalm stond geschreven. Toen keek ze Faith aan. 'Hij heeft me gedrogeerd. Daar ging de naald naar binnen. Precies op deze plek.'

'Hoe vaak?'

'Weet ik niet.' Ze drukte weer met haar hand tegen haar zij. 'In elk geval in de club. Ik voelde iets steken, maar het was eerder een scherpe prik. En later... Ik herinner me dat het later weer gebeurde, maar niet hoe vaak of waar ik was of wat er echt gebeurde. Is mijn geheugen daarom zo naar de kloten? Heeft hij me gedrogeerd?'

Eigenlijk mocht Faith geen conclusies trekken, maar ze kon zich niet inhouden. 'Zo klinkt het wel.'

'Het kan wel kloppen,' zei Leighann. 'Want... Want ik kon me niets herinneren. Maar als hij me drogeerde, me telkens een injectie gaf, dan zou dat wel kloppen. Dat ik niet bang was, bedoel ik. Dus zou het xanax kunnen zijn, of valium of iets dergelijks?'

Faith voelde dat Leighann zich terugtrok, alsof niets er meer toe deed nu ze een verklaring had voor haar geheugenverlies. Ze vroeg: 'Leighann, voor je in de club was... Is er daarvoor iets gebeurd waarover je ons kunt vertellen?'

Ze wreef haar lippen over elkaar. Ze hield duidelijk iets achter.

Faith moest voorkomen dat ze weer dichtklapte. 'Als je wilt, kunnen we er op een ander moment over praten. Jij hebt het hier voor het zeggen.'

Leighann knikte, maar ze vroeg niet of ze weg mocht. 'Ik sliep bij Jake op de bank. Ik vond het eng om thuis te zijn.'

'Waarom?'

'Die berichten,' zei Leighann. 'Heeft Lulhannes daar niks over gezegd?'

Faith ging Leo Donnelly vermoorden. 'Kun je me ze laten zien?'

'Nee, ik heb ze gewist. Ik weet niet waarom, maar ik heb ze gewist.' Ze streek met haar vingers door haar haar. 'Ook weer zoiets stoms. Ik zag het in die stomme ogen van Lulhannes toen ik het vertelde, zo van "jij stomme trut". En die reactie was terecht. Ik weet niet waarom ik ze gewist heb. Het voelde alsof ik het heft weer in handen nam, snap je? Zo van: "Fuck you, klootzak, ik wis je shit." '

'Kun je je nog iets herinneren van die berichten?'

'Hij wist dingen,' zei Leighann. 'Hij wist dat ik in de bibliotheek op zoek was naar een boek over de protestantse reformatie. En hij wist waar ik woonde, zelfs het nummer van mijn flat. Hij zei iets over wat ik aanhad, zoals de kleur van mijn onderbroek, maar dan ranzig, hij had het over mijn slipje. En hij wist waar mijn vader werkt en –'

Leighann sloeg haar hand voor haar mond en kneep haar ogen dicht. Tranen sijpelden naar buiten.

Faith keek even naar Will. Hij observeerde Leighann. Ze wisten allebei dat het meisje kwetsbaar was. Zelfs een klein duwtje kon te veel zijn. Ze konden alleen maar wachten.

Het duurde bijna een volle minuut voor Leighann weer kon praten. Ze rukte nog meer tissues uit het pakje. Ze depte haar ogen. Ze nam snel een hap lucht. 'Hij zei dat ik de spiegel uit mijn make-upla moest pakken. Hij wist dus dat die daarin lag. Daar bewaar ik hem. En hij zei dat ik naar mijn linkerknieholte moest kijken. Dat daar een rondje zat. En ik keek. Ik deed wat hij zei. Ik pakte de spiegel en draaide rond op mijn bed. Er was een rondje getekend in mijn knieholte, precies in het midden, een volmaakt rondje.'

Faith haalde haar notitieboekje uit haar tas. Ze sloeg het op bij een nieuw blad, klikte haar pen open en legde beide voor Leighann neer. 'Teken het eens voor me.'

Leighann pakte de pen met haar linkerhand. Ze tekende een rondje ter grootte van een munt van tien cent. Toen vulde ze het zorgvuldig op zonder buiten de lijn te gaan.

'Was het zo groot?' vroeg Faith.

'Misschien iets kleiner? Maar het was perfect, helemaal rond, alsof hij een pen om iets heen had getrokken. En het zat precies in het midden.' Leighann schudde haar hoofd. 'Ik weet het niet. Ik had er een foto van moeten maken, maar ik heb erop staan boenen tot het vervaagde. Ik flipte als een gek, en Jake... die zei dat iemand waarschijnlijk een grap met me had uitgehaald. Een paar avonden voor ik het zag, waren we met z'n allen dronken geworden. Weet je, het is stom, maar zou een van mijn vrienden het getekend hebben?'

'En Jake?' vroeg Faith. 'Kan hij het getekend hebben?'

'Nu klink je al net als Lulhannes. Hij zei dat ik met Jake neukte en dat mijn moeder niet mocht weten dat ik geen maagd meer ben.' Ze wierp haar handen in de lucht. 'Laatste nieuws: mijn moeder weet dat ik geen maagd meer ben. Ze heeft er zelf voor gezorgd dat ik een spiraaltje kreeg toen ik vijftien was. Ze hield mijn hand vast terwijl er een naald in mijn gleuf werd gestoken.'

Faith probeerde het zo voorzichtig mogelijk aan te pakken. 'Hoelang ken je Jake al?'

'Twee jaar. Doet dat ertoe?'

'Ik weet dat je bevriend bent met Jake, maar –'

'Niks maar, mens. Jake heeft me dit niet aangedaan. Hij was samen met mij in de club. Ik zag hem letterlijk met mijn eigen ogen met een of andere chick dansen terwijl ik berichtjes van De Engerd ontving.'

'De Engerd?'

'Zo noemden we hem.'

'Heeft Jake die berichtjes ook gezien?'

'Ja, maar je luistert niet naar wat ik zeg. Ik kreeg berichtjes van De Engerd, terwijl ik naar Jake op de dansvloer keek. Daardoor weet ik dat hij het niet was.'

'Oké.'

'Zit me niet te oké'en alsof ik gestoord ben,' zei ze. 'De Engerd heeft me berichten gestuurd. Hij heeft me dit aangedaan. Het is een en dezelfde vent.'

'Ik snap het.'

'Dat is je geraden ook. En waag het niet achter Jake aan te gaan, stelletje eikels. Zo worden ongewapende mannen door smerissen in hun rug geschoten.'

Faith probeerde haar weer bij het onderwerp te halen. 'Kunnen we nog even doorgaan over die berichtjes? Heeft De Engerd verder nog iets gezegd wat volgens jou belangrijk is?'

'Ja, ik vroeg hem steeds wie hij in godsnaam was, en hij zei dat ik naar dat rondje moest kijken. Dat ben ik.'

' "Dat ben ik"?' In een flits zag Faith de transcriptie van de bedreigende berichten die Dani Cooper had ontvangen. 'Dat waren zijn exacte woorden? "Dat ben ik"?'

'Nee, het was...' Haar stem stokte weer. Ze drukte met haar vingers op haar oogleden. Haar woede maakte plaats voor ontreddering. Ze begon te snikken. Ze legde haar voorhoofd op het tafelblad en plooide haar handen om haar gezicht.

Faith had het gevoel dat een bankschroef haar hart in de klem nam. Emma deed soms hetzelfde aan de keukentafel.

'Kun je…' fluisterde Leighann. 'Kun je ervoor zorgen dat hij weggaat? Alsjeblieft, zorg dat hij weggaat. Hij moet weg. Alsjeblieft.'

Will liet zijn telefoon in Faiths tas vallen toen hij naar de deur liep. Hij trok hem zachtjes achter zich dicht. Faith kon de klik nauwelijks horen.

'Leighann,' zei ze. 'Hij is weg. Rustig maar. Je bent veilig.'

Ze lag nog steeds met haar voorhoofd op tafel en met haar handen om haar gezicht. Tranen vielen op het metalen blad. Zonder iets te zeggen stak Leighann haar hand uit.

Faith pakte hem vast. Ze voelde het meisje beven.

'Sorry,' fluisterde Leighann. 'Ik werd bang.'

'Rustig maar, schat.' Faith hield haar hand stevig vast. 'Wil je stoppen? Ik kan je moeder wel halen. Ik kan je ook naar huis brengen. We hoeven dit niet te doen.'

'Maar het moet,' zei ze. 'Ik weet dat het moet.'

'Je hoeft alleen maar voor jezelf te zorgen,' zei Faith. 'Dat is het enige wat ertoe doet.'

Leighann verstevigde haar greep. 'Ik raakte het maar niet kwijt. Ik deed zo mijn best, maar het ging maar niet weg.'

'Wat ging niet weg?' Faith zweeg afwachtend, maar er kwam geen antwoord. Ze hield zichzelf voor dat ze niet moest aandringen, dat ze Leighann de leiding moest geven. Afwachtend telde ze in gedachten de seconden af, biddend dat het meisje door zou gaan.

Langzaam ging Leighann rechtop zitten. Haar vingers gleden uit Faiths greep.

Het gezicht van de jonge vrouw stond nu vastberaden. Ze sprak niet. Ze boog haar hoofd. Met trillende handen peuterde ze aan de parelmoeren knoopjes van haar strakke witte bloes. Toen de stof uiteenging, zag Faith blauwe plekken, tandafdrukken en gebarsten bloedvaatjes, die rode stipjes op haar huid hadden achtergelaten.

Leighann trok de bloes over haar schouders. Haar zwarte kanten push-up-bh was van transparante zijde. Haar tepelhoven waren donkere cirkels onder de doorzichtige stof. De sluiting zat aan de voorkant. Haar vingers trilden nog steeds toen ze de haakjes losmaakte. Met haar duim en vingers hield ze de bh dicht.

'Dit heeft hij me als bericht gestuurd.'

Faith keek toe terwijl ze de bh van haar linkerborst trok.

Er stonden drie woorden om het rondje van haar tepel.

Dat ben ik.

13

'Dat ben ik,' herhaalde Sara. Wills telefoontje had haar uit Sloans presentatie gehaald. Ze keek op naar het hoge glazen atrium van het Marriott Marquis aan Times Square. Ze zag de drie woorden voor zich: *dat ben ik*. Aanwijzend voornaamwoord, gezegde, onderwerp. Het onderwerp was het antwoord op de vragen die vijftien jaar geleden aan Merit Barrowe waren gesteld. Wie wil je dag opfleuren? Wie droomt over jou? Wie is nog beschadigder? Wie verdient je gezelschap niet? Wie zal een teleurstelling voor je zijn als je ontdekt wie hij is?

Dat ben ik.

'Heb je de foto van Leighanns borst gezien?' vroeg ze aan Will.

'Het zijn er drie. Eén van voren, een van heel dichtbij en een van opzij,' zei hij. 'Faith heeft ze aan me beschreven. Van Leighann mocht ik ze niet zien, wat begrijpelijk is. En ik weet ook niet wat ik had kunnen bijdragen.'

Sara wist dat Wills dyslexie hem soms zicht bood op aanwijzingen die anderen misten. Ze wist ook dat hij er soms ten onrechte van uitging dat hij door zijn dyslexie op achterstand stond.

'Leighann zei dat ze zichzelf schoon had geboend onder de douche,' zei Sara. 'Weet je waarmee die woorden geschreven zijn?'

'Met een permanent marker met kogelpunt, zwarte inkt,' zei hij. 'Misschien een Sharpie. Ze had blijkbaar zo hard geboend dat het ging bloeden.'

Sara sloot haar ogen toen ze zich Leighanns paniek probeerde voor te stellen. Ze wist hoe het was als je besefte dat je lichaam niet meer alleen van jou was. 'Ontsmettingsalcohol zou beter zijn geweest.'

'Ik zal zorgen dat Faith het aan haar doorgeeft,' zei Will. 'Ze heeft Donnelly zo ver dat hij de zaak onderbrengt bij zedendelicten. Ze nemen het nu serieus. Ze zijn met Leighanns vriend gaan praten, met Jake Calley. Hij bevestigde dat hij de berichten heeft gelezen. Het APD heeft de technische jongens op haar telefoon gezet om te zien of ze de back-ups kunnen vinden.'

'Hebben ze haar schoen en haar jurk naar het lab gestuurd?'

'Voor zover ik weet wel. Faith heeft een beschrijving van beide.'

'Waren er naaldsporen van de injecties?'

'Daarvoor moeten we het lichamelijk onderzoek afwachten.'

'En dat mechanische gesnor dat Leighann hoorde?' vroeg Sara. 'Kunnen we daar iets mee?'

'Ik stuur je de opname van haar ondervraging zodat je die in het vliegtuig kunt beluisteren. Het is moeilijk er de vinger op te leggen. Veel apparaten maken zo'n soort geluid. Het zou een compressor kunnen zijn, een radiator, ruis uit een radio, een ruisapparaat?'

'Ik moet aan de tattoo denken die genoemd werd bij de autopsie op Merit Barrowe,' zei Sara. 'Misschien was dat ook permanent marker in plaats van een tattoo. Misschien schreef hij "Dat ben ik" op haar zij.'

'Misschien,' zei Will. 'Maar bij Dani heb je niet zoiets gezien.'

'Nee,' bevestigde Sara.

'En een wit schapenvachtkleedje?' vroeg Will. 'Leighann herinnerde zich dat ze met haar gezicht in een kleed lag.'

'Dani was niet lang genoeg bij bewustzijn om in detail te kunnen treden.'

Sara knipperde met haar ogen en was weer terug in het Grady, kneep weer leven in Dani's hart. 'Ook zonder schapenvacht komen veel details uit de aanval op Leighann overeen met die op Dani Cooper en Merit Barrowe,' zei ze. 'De bedreigende berichten. De drogering en ontvoering. Het geheugenverlies. De zoete geur van zijn adem. En wat er op Leighanns borst staat geschreven, komt overeen met de laatste woorden van de berichten aan Dani. Net als de ontbrekende onderbroek en de ontbrekende linkerschoenen. Dat is geen giswerk. Dat zijn duidelijke verbanden.'

'Inderdaad. En we hebben het allemaal aan het APD voorgelegd, maar van Merit Barrowe willen ze niks weten. Als Eugene Edgerton inderdaad corrupt was, zouden veel van zijn oude zaken weer geopend worden. Tel daar die malafide patholoog bij op en dan praat je algauw over honderden veroordelingen die herzien moeten worden.' Hij klonk eerder geërgerd dan kwaad. Will wist als geen ander hoe intriges een onderzoek konden belemmeren. 'De zaak-Dani is ook verboden terrein. Ze zijn doodsbang voor de McAllisters met hun advocaten en hun geld. Dat snap ik wel. Niemand wil aangeklaagd worden.'

'Wil dat zeggen dat ze Leighann geen foto's van Tommy McAllister laten zien?'

'Denk je echt dat Faith dat niet stiekem heeft gedaan?' vroeg hij. 'Leighanns geheugen is gewist. Ze herkende hem niet.'

'Sommige symptomen die ze beschreef, wijzen op rohypnol: geheugenverlies, desoriëntatie, ademdepressie. Maar zesendertig uur is wel erg lang om buiten bewustzijn te zijn. Het zou me niet verbazen als er ook ketamine in het spel was. Die heeft een meer hallucinogene werking, maar verhoogt de hartslag en de bloeddruk. Het luistert nauw als je iemand buiten westen maar wel in leven wilt houden.'

'Dus je zou medische kennis moeten hebben?'

'Naar mijn mening wel.' Sara keek naar een groep artsen die zich bij de koffiebar ophield. Het congres over kinderhematologie en -oncologie was in volle gang. In de hoofdzaal presenteerde Sloan haar paper – *Exploring the Genesis of Sex Differences in Pain Management in Pediatric Hematological Cases*. Het onderzoek was boeiend geweest en ook een welkome afleiding. Sara was zelfs aantekeningen gaan maken.

'Faith wil dat we Amanda op de hoogte brengen van wat we aan het doen zijn,' zei Will.

Sara perste haar lippen op elkaar. Amanda op de hoogte brengen betekende dat ze het hele verhaal te horen kreeg en dat betekende dat weer iemand wist wat er vijftien jaar geleden gebeurd was. De ironie van het feit dat ze Sloan Bauer ging confronteren met uitgerekend dat wat ze zelf vreesde, ontging haar niet.

'De pers gaat zich er ongetwijfeld op storten,' zei Will. 'Leighanns moeder zal ervoor zorgen dat de politie de druk voelt. Het zal heel veel aandacht trekken. Misschien melden zich getuigen uit die dansclub.'

'Zijn er geen bewakingsbeelden?'

'Het was een pop-upclub in een pakhuis dat op de nominatie staat voor de sloop. Er waren twee beveiligers. Geen camera's. Geen extra personeel. Je kon alleen met een creditcard betalen, dus er is in elk geval een manier om eventuele getuigen op te sporen.'

'Dat is mooi.'

Zoals gewoonlijk merkte Will dat er iets mis was. 'Gaat het wel goed?'

'Heb je me twee uur geleden niet een venijnig berichtje gestuurd met de boodschap dat ik niet meer mocht vragen of het goed met je ging?'

'Dat is iets anders,' zei hij. 'Ik weet dat het goed met me gaat.'

Onwillekeurig glimlachte ze.

'Ik ben langs de bouwmarkt gegaan en heb een reparatiekit voor de muur gekocht,' zei Will. 'Ik denk dat ik de tweede laag erop heb voor je vliegtuig geland is.'

'Dat is je geraden ook,' grapte ze. Maar toen werd ze weer ernstig. 'Het spijt me dat ik Eliza weer in je leven heb gebracht.'

'Die is nooit in mijn leven geweest, en dat is ze nog steeds niet,' corrigeerde hij haar. 'Was je bang dat ik haar uit het raam zou gooien?'

'Ergens wel, maar alleen omdat ze waarschijnlijk gelijk had toen ze zei dat haar lijf nog eerder zou breken dan het glas. Het zou moeilijk worden om die kneuzingen te verklaren tegenover de patholoog van Fulton County.'

Hij lachte.

'Zal ik je die trustdocumenten voorlezen?'

In plaats van haar aanbod af te wijzen vroeg hij: 'Weet je nog steeds niet of je met Sloan gaat praten?'

Sara dwong zichzelf niet meer aan haar ring te draaien. 'Mijn moeder zegt altijd: *wees voorzichtig met het najagen van geesten, want je zou weleens demonen kunnen treffen.*'

'Je kunt altijd een eerdere vlucht pakken.'

Sara waardeerde het dat hij haar de kans bood om zich terug te trekken. 'Dat zou sowieso kunnen. Sloan hoeft niet met me te praten. Ik weet niet of ik het in haar plaats zou doen.'

'Jij zou het zeker doen als je daarmee iemand kon helpen. En uit wat je me over Sloan hebt verteld, maak ik op dat zij ook mensen wil helpen.'

'Misschien.' Sara zag een paar artsen uit de hoofdzaal komen. Sloans presentatie was afgelopen. 'Sorry dat ik vanochtend geen afscheid van je heb kunnen nemen.'

'Je kunt het goedmaken als ik je vanavond mag verwelkomen.'

'En als we dat afscheid en welkom nu eens combineren?'

'Afgesproken.'

Sara beëindigde het gesprek. Ze ademde diep in om haar zenuwen te bedwingen. Het was niet alleen het vooruitzicht dat ze met Sloan ging praten. Ze was nog steeds aangeslagen door Eliza's schokkende bezoek, Wills nog schokkender uitbarsting en het feit dat ze drie hechtingen op zijn knokkel had aangebracht terwijl ze gespannen op een taxi wachtte die haar naar de luchthaven moest vervoeren, waarna ze als een gek door de terminal had gerend en enkele tellen voor de deur dichtging haar gate had bereikt.

De dubbele gin-tonic die ze voor het opstijgen achterover had geslagen, was niet een van haar betere beslissingen geweest. Ze had een tweede overwogen, maar zoals iedere arts vreesde ze het moment waarop de stem van de piloot door de luidsprekers klonk met de vraag of iemand kon helpen met een medisch noodgeval.

In plaats van de vlucht te gebruiken om haar geest te scherpen of zich een delirium te drinken had ze uiteindelijk naar de playlist geluisterd die Will voor de reis had samengesteld. Alabama Shakes. Luscious Jackson. P!nk. Er viel iets te zeggen voor een man die een playlist voor je samenstelde met nummers die je mooi vond in plaats van je zijn lievelingsmuziek op te dringen. Sara zou twee uur aan B-kanten van Bruce Springsteen niet hebben overleefd.

Haar gedachten werden onderbroken door plotselinge gespreksflarden. De hoofdzaal begon leeg te lopen. Sara stond op en draaide de badge om haar hals met de voorkant naar binnen. Ze had haar GBI-legitimatie aan een felgeel koord met HEM-ONC NYC geklikt, dat ze op de vloer van het damestoilet had gevonden. Eén ding had ze in de loop van de jaren geleerd, namelijk dat je met een badgekoord overal binnenkwam.

Ze liet haar blik langs de rij bij de koffiebar gaan om zichzelf ervan te verzekeren dat ze Sloan niet over het hoofd had gezien. Alleen al aan de kleding kon ze de generaties vrouwen in de geneeskunde van elkaar onderscheiden. De oudere vrouwen droegen scherp gesneden broekpakken in zwart, marineblauw of rood, met daaronder hoge hakken. De vrouwen van haar eigen leeftijd vertoonden zich in kleurige bloezen, boven een marineblauwe of zwarte rok, en ze droegen schoenen met lage hakken. De groentjes onder de artsen hadden kleren aan waarin ze zich het prettigst voelden: prachtige soepele jurken, nauwsluitende bloezen, of zelfs jeans en sneakers. 2017 was het eerste jaar geweest dat meer vrouwen dan mannen aan de studie geneeskunde waren begonnen. Sara vermoedde dat het oude advies aan vrouwelijke artsen hun bespaard was gebleven, namelijk om zich ingetogen te kleden als ze door hun patiënten serieus genomen wilden worden.

Sloan Bauer had dat advies nog wel gekregen, maar ze droeg veel meer accessoires dan de bekrompen gedragslijn voorschreef. Oorringen, armanden, een gouden medaillon om haar hals. Haar trouwring was onverwacht bescheiden: een smalle gouden ring die niet om aandacht schreeuwde, zoals het geval was geweest met de gigantische steen aan Britt McAllisters vinger.

Sara zag hoe Sloan zich met de rij liet meevoeren naar het sissende espressoapparaat. Er kwamen steeds mensen naar haar toe om haar iets te vragen of commentaar te leveren op haar presentatie. Sloan had haar sporen verdiend. Ze had het indrukwekkendste cv van de hele clan, inclusief Mac. Ze was haar studie begonnen aan het Boston College en was afgestudeerd aan Emory University, was coassistent geweest in het NYU Langone Medical Center, had haar specialisatie in de hematologie voltooid aan Johns Hopkins en was nu hoofd van de afdeling kinderhematologie in het Children's Hospital in Connecticut. Het congres was een enorme opsteker voor haar, een hoogtepunt in een ongelooflijk indrukwekkende carrière.

En dat verklaarde de knoop in Sara's maag. Het gevoel dat dit fout was, was niet alleen teruggekeerd, maar ondergroef nu ook haar voornemen. Ze wendde zich af van Sloan en keek over haar schouder naar de liften. Het atrium was op de zevende verdieping. Ze kon haar vlucht nog wijzigen, dan was ze voor de avondspits terug in Atlanta. Will had gezegd dat ze ook een andere manier konden bedenken.

'Sara Linton?'

De knoop in Sara's maag trok nog strakker. Er zat niets anders op dan zich weer om te draaien.

'Ik dacht al dat jij het was.' Met een brede grijns stapte Sloan op haar af. 'Mijn god, je bent geen spat veranderd.'

'Je deed het fantastisch daarnet.' Sara knikte naar de congreszaal. 'De complicaties door onderbehandelde pijn bij sikkelcel, dat was een echte eyeopener.'

'O...' Sloan wuifde het compliment weg, maar Sara zag dat ze er blij mee was. 'Wat doe jij in New York? Shit, je overweegt toch niet om hiernaartoe te verhuizen? Dat soort concurrentie trek ik niet.'

'Nee, ik zit nog altijd in Atlanta.' Sara sloeg haar handen in elkaar. Ze kon zich nog terugtrekken. Er waren jaren verstreken sinds Sloan geneeskunde had gestudeerd. Als ze ook maar iets op Sara leek, dan was wat haar op Emory was overkomen, de pijn van het seksuele geweld, iets wat ze met inzet van al haar krachten achter zich had gelaten.

'Sara?' Sloan keek haar vragend aan. 'Je gaat me niet vertellen dat je hier puur voor de lol bent. Zelfs ík zou niet in mijn vakantie naar een medisch congres gaan.'

'Nee, ik...' Sara vond met moeite haar stem terug. Dat ze hiernaartoe was gereisd had allerlei mensen emotioneel diep geraakt. En ze had Dani Cooper beloofd dat ze niet op zou geven. 'Ik wil met je praten over wat er in het Grady met me is gebeurd. En over wat er op Emory met jou is gebeurd.'

De hartelijke uitdrukking op Sloans gezicht veranderde zo snel dat het was alsof er een deur werd dichtgeslagen. 'Wat bedoel je?'

Sara was zich ervan bewust dat ze zich in een openbare ruimte bevonden. Ze dempte haar stem. 'Mason vertelde me dat –'

'De lul,' zei Sloan, allesbehalve fluisterend. Ze ving de nieuwsgierige blikken uit de koffierij op en wenkte Sara mee, weg van de drukte.

Bij de hoge ramen bleef ze staan. Een gierende kou kwam van het glas af. Ze gaf Sara geen kans om het uit te leggen. 'Dit is de verkeerde plek voor die bullshit.'

'Ik weet het. Het spijt me.'

Sloan schudde haar hoofd. Ze was duidelijk woedend. 'Ik doe het niet. Je kunt vertrekken. Ik ben weg.'

De moed zonk Sara in de schoenen toen ze Sloan nakeek. Ze kon het haar niet kwalijk nemen. Vanaf het begin had ze geweten dat ze iets ongelooflijk rottigs ging doen. Sloan was naar de liften gelopen. Haar volgen voelde als een tweede belediging. Terwijl ze naar de trap zocht, schoot haar blik de ruimte door.

'Wat heeft hij gezegd?' Sloan was teruggekomen, nog even laaiend. 'Is het een of andere stomme grap die hij op cocktailparty's vertelt? "Jullie geloven het niet, heren, maar ik heb twee meiden geneukt die allebei waren..." '

Sara vocht tegen haar eigen verdriet toen Sloan stopte net voor het woord over haar lippen kwam.

Verkracht.

Sara zei: 'Ik weet niet wat Mason doet op feestjes, maar ik acht hem er wel toe in staat. Ik ben alleen met hem gaan praten omdat Britt –'

'Britt? Waarom praat je nog steeds met die valse teringlijers?' wilde Sloan weten. 'Het zijn nooit je vrienden geweest, Sara. Ze lachten je achter je rug om uit. Ze noemden je –'

'Heilige Sara,' zei ze. 'Ik weet het.'

Sloan sloeg haar armen over elkaar. Ze deed een zichtbare poging om haar kalmte te herwinnen. 'Wat moet dit voorstellen? Wat hoop je te bereiken? Wil je me in verlegenheid brengen? Is dit een soort wraak omdat ik Mason van je heb afgepakt?'

'Natuurlijk niet. Er viel niets af te pakken.' Van Sara's vastberadenheid was weinig meer over. Ze moest hier weg. 'Sloan, ik bied mijn excuses aan. Je hebt gelijk: ik had niet moeten komen. Ik ga nu weg. Je research is verbluffend. Daar zijn patiënten echt mee geholpen. Je hebt heel veel om trots op te zijn. Sorry dat ik dit hoogtepunt heb verstoord.'

Nu was Sara degene die wegliep. Draaiend aan haar ring zocht ze naar een verlicht uitgangsbordje. Het hotel was gigantisch en had twee verschillende vleugels die met de voorkant op twee verschillende straten uitkwamen. Sara voelde zich verloren, uit haar doen. Zelfverwijt overspoelde haar toen ze uiteindelijk het zoeken naar de trap staakte en naar de minaretvormige liftschacht liep.

Waarom had ze deze stomme reis ondernomen? Wat had ze gedacht dat er ging gebeuren?

Met trillende handen probeerde ze het stomme liftpaneel uit. Er was geen knop voor naar boven of naar beneden. Je moest de gewenste verdieping op het paneel invoeren. Ze zocht naar de lobby toen een hand langs haar reikte en het nummer van de dertigste verdieping intoetste. De gouden armband om Sloans pols sloeg tegen het bordje op het moment dat ze haar hand terugtrok.

'Oké.' Sloan wierp haar volle koffiebeker in de afvalbak. 'We maken dit af op mijn kamer.'

Sara kon het niet. Ze zag tranen in Sloans ogen. Nog even en de met zorg aangebrachte make-up ging uitlopen. Ze had de hoofdzaal gekregen om haar paper te presenteren, het publiek had geboeid geluisterd, haar onderzoek was fascinerend geweest... Ze zou haar triomf nu moeten vieren in plaats van Sara mee te nemen naar haar hotelkamer om over iets te praten wat ze waarschijnlijk bijna twintig jaar lang had proberen te vergeten.

'Sloan,' zei Sara. 'Ik ga weg. Je hoeft niet –'

Met een luide galm kwam de lift tot stilstand. Sloan voegde zich bij de groep mensen die de kooi binnendromden. Sara volgde aarzelend. Ze werd tegen bezwete toeristen in donsjassen aan geduwd, die op weg waren naar het restaurant op de bovenste verdieping. Ze probeerde Sloans blik te vangen, maar Sloan had zich van haar afgewend.

Er klonk nerveus gegiechel toen de cabine met een slinger in beweging kwam. De betonnen kern van de liftschacht liep door het midden van het gebouw, als een duizelingwekkend hoog atrium van de lobby naar het restaurant op de bovenste verdieping. Langs elke verdieping liep een witte betonnen galerij. Vanuit de glazen liftkooi zag Sara de deuren van de hotelkamers langszoeven. Het gebouw deed haar aan een zwaarbeveiligde gevangenis denken. Weer probeerde ze Sloans blik te vangen, maar Sloan keek op haar telefoon alsof ze een bloedmonster onder een microscoop bestudeerde.

De lift stopte uiteindelijk op de dertigste verdieping. Sara wachtte tot Sloan zich uit het achterste gedeelte had gewurmd. Haar gezicht was van staal. Ze had haar kaken op elkaar geklemd. Met grote stappen liep ze door het liftportaal, waarna ze links afsloeg, de lange galerij op. Sara volgde haar op enige afstand. Ze zag Sloan stilstaan voor een van de kamers. Ze hield haar hand in haar tas alsof ze nog steeds niet goed wist of ze hiermee moest doorgaan. Uiteindelijk haalde ze haar sleutelkaartje tevoorschijn en opende de deur.

Vanuit de hal zag Sara dat de suite een zitkamer naast de slaapkamer had. Vandaar had je onbelemmerd uitzicht op de Hudson, waar de Intrepid lag afgemeerd. Op de salontafel stond champagne te koelen in een ijsemmer. Er waren bloemen. In chocolade gedoopte aardbeien.

Sloan wenkte haar de kamer in. 'Het is mijn trouwdag,' zei ze. 'Mijn man komt aan het eind van de dag. We wilden er een romantisch avondje in de stad van maken.'

Sara begreep de impliciete boodschap: dat alles was nu verpest. 'Wat je op dit moment ook voor slechts van me denkt: ik denk hetzelfde.'

'Moet ik dat als troost opvatten?'

'Nee, maar het is wel de waarheid.'

Sloan liet haar tas op de vloer vallen. Terwijl ze de slaapkamer in liep, zei ze: 'Schenk me maar iets in uit de minibar. Ik moet naar het toilet.'

Sara keek maar niet op haar horloge toen ze het koelkastje opende en vier miniflesjes Bombay Sapphire en een Fever Tree uitkoos. Ze had die dag meer gedronken dan anders in maanden. Will had zijn hele jeugd de geur van alcohol geassocieerd met onbeschrijfelijk geweld, zoals Sara de afgelopen vijftien jaar had gehuiverd bij de gedachte aan een mannenbaard die over haar gezicht schraapte. Ze probeerden allebei elkaars grenzen te respecteren. Op dat moment werden ze gescheiden door ruwweg dertienhonderd kilometer. Een duidelijkere grens was niet nodig.

Ze schonk in toen Sloan terugkeerde uit de badkamer.

Ze maakte een wankele indruk. Ze had overgegeven, dat was duidelijk. Toch pakte ze een van de glazen. Ze nam een flinke slok en liet die door haar mond spoelen voor ze hem doorslikte. 'Moet jij ook nog steeds overgeven als je eraan denkt?'

Sara knikte. 'Ja.'

'Ga zitten.' Sloan plofte op de stoel.

Sara nam op de bank plaats. Ze had haar telefoon in haar zak en overwoog de recorderapp aan te zetten, maar bracht het niet op. 'Het spijt me,' was het enige wat ze kon zeggen.

'Dat weet ik. Dat hoef je nu niet meer te zeggen.' Sloan sloeg de inhoud van haar glas achterover. Ze reikte naar de koelkast en pakte een nieuw miniflesje gin. 'Wat ik beneden zei... Ik weet dat je hier niet in een opwelling bent gekomen. En ik weet dat je hier niet bent vanwege Mason.'

'Zoals je zijn gebral over verkrachting tijdens cocktailparty's nadeed, was helemaal raak.'

'Wat is het toch een lamlendige eikel.' Nu dronk ze de gin rechtstreeks uit het flesje. Het was in twee slokken leeg. Vervolgens keek ze naar de champagne die stond te koelen in de emmer. 'Mijn man heeft ergens gelezen dat je champagne moet drinken wanneer je verdrietig bent, want daar word je weer blij van.'

'Je kunt het altijd proberen,' zei Sara schouderophalend.

Sloan pakte de fles en begon aan de folie te peuteren. 'Ik had milder voor je moeten zijn toen het gebeurde.'

'Nadat ik verkracht was?' Er ging een schok door Sara heen toen de vraag er zo moeiteloos uit glipte. 'Meestal doe ik mijn uiterste best om dat woord te vermijden.'

'We zijn allebei lid van de ergst denkbare club.' Sloan schoot de kurk uit de fles en ving hem op in haar hand. 'Je kunt makkelijker over verkrachting praten met iemand die het ook heeft meegemaakt. Je hoeft niks uit te leggen of je zorgen te maken om de gevoelens of reacties van de ander, of... Geef eens aan.'

Sara leegde de rest van haar glas zodat Sloan het kon volschenken met champagne. 'Wanneer verwacht je je man?'

'Hij moet eerst onze dochter van voetbaltraining halen, daarna pakt hij de trein.' Sloan vulde beide glazen tot aan de rand. 'Hij weet het, maar zij niet. Ik zeg steeds tegen mezelf dat ik er een goed moment voor moet uitkiezen, maar het punt is dat ik niet weet of ik wel wil dat ze het weet. Of wil dealen met het feit dat zij het weet, wat weer een heel ander soort last is.'

Sara wist het ook niet. 'Hoe oud is ze?'

'Ze is op zo'n leeftijd dat ze beseft dat ik het stomste kutwijf ben dat ooit op aarde heeft rondgelopen.'

'Dertien?'

Sloan knikte en nam een slokje. 'Molly is het enige goede dat ik ooit aan een onenightstand heb overgehouden. Ik haat het als vrouwen over hun kinderen praten alsof het magische wezens zijn, maar zij heeft me er echt doorheen geholpen.'

Sara nam een slokje champagne, ook al was die te zoet.

'Fuck, sorry. Ik weet dat je geen –'

'Geeft niet. Ik heb vijftien jaar de tijd gehad om eraan gewend te raken.' Ze haalde haar schouders op. 'En nu ben ik op een leeftijd dat het er niet meer toe doet.'

'Mij neem je niet in de maling, Sara. Je bent niet te oud en je bent er niet aan gewend,' zei Sloan. 'Ik ken je niet goed, maar zoveel weet ik wel.'

Als ze hieraan begonnen, besefte Sara, kon ze maar het beste een behaaglijke houding aannemen. Met haar glas in haar hand nestelde ze zich op de bank en zei: 'Mijn verloofde heeft een hondje dat hij uit het asiel heeft gered. En ik hou van haar... Het is een hond, natuurlijk hou ik van haar. Maar soms, als ik hem heel lief en geduldig met haar zie omgaan, voel ik een leegte vanbinnen en vraag ik me af waar ik het recht vandaan haal om hem het vaderschap te onthouden.'

'Zou hij graag vader willen zijn?'

'Hij zegt van niet, maar...' Sara was niet van plan Wills gevoelens met iemand anders te delen. Hij had meer dan eens gezegd dat hij te veel vreselijke dingen wist die een kind konden overkomen om er onbekommerd eentje op de wereld te zetten.

Maar toch.

'Weet je wat ik haat?' zei Sloan. 'Echt, ik haat van alles en nog wat, maar ik haat het vooral als mensen zeggen: "Alles gebeurt met een reden." Ik bedoel, serieus? Wat is die reden dan?'

Sara schudde haar hoofd, want ze had ook geen idee. 'Ik hou van: "De tijd heelt alle wonden." '

'Helaas weet de tijd niet te voorkomen dat je je ingewanden uitkotst in een Marriott.'

Sara hief proostend haar glas.

Sloan proostte terug. ' "Je bent er in elk geval sterker uitgekomen." Ook zo'n fijne.'

'Yep, een van mijn favorieten. Verkrachting als onderdeel van je karakterontwikkeling.'

Weer proostten ze.

'Mijn favoriete vraag,' zei Sloan. ' "Heb je nee gezegd?" '

'Het klinkt misschien idioot, maar het is moeilijk praten door ducttape.'
'Sorry, maar het is pas verkrachting als hij je luid en duidelijk nee hoort zeggen.'
Sara lachte. 'En wat vind je van deze: "Heb je je verzet?" '
'Die staat bij mij op nummer één,' zei Sloan. 'Iedereen denkt altijd dat het makkelijk is om een vent een schop in zijn ballen te geven, maar vind ze maar eens.'
' "En gillen? Heb je dat geprobeerd?" '
'Tuurlijk, da's een makkie. Vooral als je stembanden verlamd zijn.'
' "Wat had je daar trouwens te zoeken?" '
' "Wat had je aan?" '
' "Heb je de verkeerde signalen afgegeven?" '
Sloan lachte. ' "Als het mij was overkomen, had ik zijn ogen uitgekrabd." '
'Ja, maar ik had handboeien om.'
'Mijn polsen zaten aan het bed vastgebonden.'
Sara wist dat het spelletje was afgelopen.
Sloan bracht het glas naar haar mond, maar ze dronk niet. 'Misschien had ik hem moeten bijten, zijn oor een Mike Tysontje moeten geven. Zijn neus. Zijn gezicht. Zeg het maar. Maar dat deed ik niet. Ik lag daar alleen maar te wachten tot het voorbij was.'
Sara keek toe terwijl Sloan het glas tussen haar handen liet rollen.
'Ik ging uit vrije wil met hem uit. We waren officieel aan het daten. Ik had te veel gedronken. Wij allebei.' Sloan zette haar lege glas op tafel. 'Weet je, als je dronken achter het stuur van een auto kruipt en iemand doodrijdt, zeggen ze echt niet tegen je: o, je zou nooit iemand gedood hebben als je nuchter was geweest. Je kunt gewoon geen moordenaar zijn. God zij met je.'
'Nee,' zei Sara. 'Echt niet.'
Sloan legde haar hoofd tegen de rugleuning van de stoel en keek naar het plafond. 'Als ik niet verkracht was, zou ik mijn man niet hebben ontmoet. Dan was ik in Atlanta gebleven. Dan was ik waarschijnlijk de eerste of tweede Mrs Mason James geweest.'
Sara zweeg afwachtend.
'Hij heet Paul,' zei ze. 'Ik weet dat het eigenlijk niet hoort dat een vrouw van haar man houdt, maar ik hou echt van hem. Hij steunt me. Hij luistert naar me. En hij doet iets wat heel verbazingwekkend is. Soms zijn we aan het praten en dan zegt hij: "Je hebt gelijk." '

'Dat doet die van mij ook.' Sara voelde een glimlach opkomen bij de gedachte aan Will. 'Ik heb die vrouwen nooit begrepen die liever gedoogd dan bemind worden.'

'Dan praat je over mij en mijn eerste echtgenoot.' Sloan ging rechtop zitten. Ze schonk weer champagne in haar glas. 'En over mijn tweede. En over mijn bijna-derde. Ik heb geen idee waarom ik telkens weer met ze trouwde. Ik moest een heel bataljon kikkers neuken voor ik Paul ontmoette.'

'Nadat het gebeurd was, dacht ik dat ik nooit meer een kikker zou neuken.'

Sloan lachte wrang. 'Mason belde me toen zijn oudste dochter was geboren. Hij wilde zijn excuses aanbieden. Hij zei dat hij het eindelijk snapte, nu hij vader was geworden.'

Sara's ogen rolden bijna uit hun kassen. Het was een internetgrap: mannen met dochters, die opeens beseften dat verkrachting, seksuele intimidatie en seksueel geweld eigenlijk fout waren. 'Mij heeft hij nooit zijn excuses aangeboden.'

'Het was ook geen echt excuus. Hij zei dat hij zijn excuses wílde aanbieden. Niet dat hij het gedaan heeft.' Ze kuchte even en deed Mason weer na. ' "Eén ding, Sloany, het is zo ontroerend om dat meisje van me in de ogen te kijken. Mijn hele borst vult zich met het gevoel dat ik haar wil beschermen. Ik besef nu dat wat jou is overkomen best erg was." '

Sara probeerde de verbittering uit haar lach te weren. 'Als je ooit de geneeskunde vaarwel zegt, kun je altijd nog als Masons stem-stand-in aan de slag.'

'Tja.' Sloan kreeg iets terughoudends. Ze vroeg zich nog steeds af of ze hiertoe in staat was. Ten slotte keek ze Sara aan. 'Ik ben nog niet helemaal afgesloten van het roddelcircuit. Ik weet dat de zoon van Mac en Britt terechtstaat voor verkrachting.'

'Was je verbaasd?'

'Ik ben nooit verbaasd als iemand verkracht is.'

Dat gold ook voor Sara. 'Gisterochtend is er een schikking getroffen. Hij is ermee weggekomen.'

'Dat is meestal het geval.' Sloan liet haar hoofd weer achterovervallen en staarde naar het plafond. 'Nog voor je beneden je mond had opengedaan, zei mijn intuïtie dat Britt de reden was dat je hier opdook.'

'Hoezo?'

'Het is zo'n vals kreng. Jij had het op haar zoon gemunt. Zij was op vergelding uit.' Sloan keek Sara weer aan. 'Ik heb nooit bewust iets voor je achtergehouden. Zolang je dat maar weet.'

Opnieuw dacht Sara aan de recordingapp. Haar telefoon zat nog steeds in haar zak. Ze liet hem daar zitten. 'Oké,' zei ze.

'Het was behoorlijk mis met me na wat er gebeurd was. Dat snap je.'

'Zeker.'

'Ik zocht een assistentschap buiten de staat om bij hem uit de buurt te zijn.'

'Mason zei dat die vent met zijn studie moest stoppen.'

'Nee.' Sloan schudde haar hoofd. 'Hij liep nog steeds in het Emory rond. Ik zag hem elke dag, tijdens mijn hele studie. We liepen samen visites. Het was een trage, afmattende marteling om te doen alsof ik om zijn grappen moest lachen, om niet mijn longen uit mijn lijf te schreeuwen.'

Sara beet op haar lip om maar niet naar de naam van de man te vragen. Ze moest het Sloan op haar eigen tempo laten doen.

'Nadat ik was verkracht, begon ik het pas echt op een zuipen te zetten.' Ze maakte een handgebaar naar de bijna lege champagnefles. 'Vroeger was dat mijn ontbijt.'

'Sloan –'

'Waag het niet om medelijden met me te hebben,' waarschuwde ze. 'Ik meen het.'

Sara knikte, hoewel haar schuldgevoel nu opspeelde. Haar ergste angst, namelijk dat ze Sloan onderuit zou halen, kwam uit waar ze bij zat.

Sloan zei: 'Ik wilde contact met je zoeken toen je verkracht was. Mason zei dat ik je met rust moest laten. Waarschijnlijk had hij gelijk. Ik neukte hem immers achter jouw rug, toch? Maar ik had een soort fantasietje dat ik je – hoe zal ik het zeggen? – je verkrachtingsmentor kon zijn.'

Ze glimlachten allebei. Iedereen wilde iets doen. Niemand wist precies wat.

'Wat heeft Britt je verteld?' vroeg Sloan.

'Dat mijn verkrachting verband hield met iets wat op de avond van de mixer was gebeurd.'

Sloan keek oprecht verbaasd. 'Zei ze ook wat dat verband was?'

Sara deed haar mond al open, maar Sloan beantwoordde haar eigen vraag.

'Dat zou Britt je nooit vertellen. Ze is zo'n vuile manipulator. Ze doet alsof ze heel feministisch is, maar ze kan alleen maar sterk zijn als iemand anders zwak is. Je weet dat Mac haar mishandelde, hè?'

Sara voelde iets op zijn plek vallen. Ze had het altijd wat verontrustend gevonden dat Britt nooit bij Mac was weggegaan, maar nu zag ze dat Mac het zo gewild had. 'Emotioneel?'

'En fysiek,' zei Sloan. 'Zijn die blauwe plekken je nooit opgevallen?'

Er was heel veel dat Sara nooit was opgevallen. 'Zoveel tijd heb ik ook weer niet met haar doorgebracht.'

'Ze stopte als arts nadat ze een hernia kreeg, ter hoogte van C-6. Ik weet niet precies wat er gebeurd is, maar ik denk dat Mac haar van de trap heeft geduwd. De timing klopte. Britt bracht het geld binnen, terwijl Mac zich door zijn opleiding worstelde, maar zodra hij zich gespecialiseerd had, zorgde hij ervoor dat Britt thuisbleef. Niet dat ook maar iemand medelijden met haar had.' Sloan lachte droogjes. 'Ze is een slecht slachtoffer, snap je?'

Sara snapte het. Mensen waren eindeloos begaan met vrouwen die tot het goede soort slachtoffer behoorden – sympathiek, stoïcijns, lichtelijk tragisch. Britt was te boos, te wreed om een ander soort gevoel op te roepen dan dat het karma was, dat ze haar verdiende loon had gekregen.

Maar ze was hier niet gekomen om zich over de vraag te buigen of Britt McAllister medelijden verdiende. Ze haalde diep adem en vroeg: 'Kun je me vertellen wat je nog weet van die mixer? Of van iets anders wat rond die tijd gebeurde?'

Sloan was terughoudend, wat begrijpelijk was, maar ze overwon zichzelf. 'Cam was dronken. Hij slikte zijn woorden in. Hij ging naar het toilet om over te geven, kwam terug en dronk nog meer. Het verschilde niet veel van wat hij normaal tijdens het weekend deed, maar deze keer was het opvallend heftiger. Bingen en braken, zogezegd.'

Sara knikte. 'Dat herinner ik me ook.'

'Ik bleef Mason maar vragen om iets te doen. Ik wilde dat hij ervoor zorgde dat hij vertrok.'

'Mason nam hem zijn autosleutels af.'

'Wat een held,' zei Sloan. 'Cam was overstuur omdat hij een patiënt had verloren.'

'Merit Barrowe,' vulde Sara aan. 'Twee weken voor de mixer was ze op spoed binnengebracht. Ze was gedrogeerd en verkracht. Ze kreeg een tonisch-clonische aanval op het toilet. En stierf.'

'Ik ben haar naam nooit vergeten,' zei Sloan. 'Cam was kwaad vanwege haar dood. Hij vertelde me dat de politie niet eens moeite had gedaan om te onderzoeken wat er was gebeurd. De politieman die de leiding had was een lul. Cam zei tegen hem dat het meisje was gedrogeerd en verkracht, maar die vent geloofde hem niet of het boeide hem niet.'

Sara wachtte tot ze doorging.

'Cam was paperassen en dossiers en dat soort zaken aan het verzamelen om te bewijzen dat Merit verkracht en vermoord was. Op het manische af, echt. Hij wilde me het bewijs laten zien. Hij bleef maar vragen of ik met hem meeging naar zijn appartement. Ik zei: "Geen denken aan." ' Sloan keek Sara recht in haar ogen. 'Dat ging me geen tweede keer overkomen, snap je?'

Sara liet haar glas bijna vallen. 'Was Cam de man die je had verkracht?'

Sloan keek haar onderzoekend aan. 'Heeft Mason je dat niet verteld?'

Sara kon alleen maar haar hoofd schudden.

'Dat verbaast me. Hij is een grotere roddeltante dan mijn dochter van dertien. Aan de andere kant is het misschien niet zo vreemd. Hij beschermt de hele clan. Dat is hun gedragscode.' Sloan leunde naar voren en pakte de champagnefles. Toen bedacht ze zich en liet zich weer achterover zakken. 'De eerste week van de studie. Cam vroeg me mee uit. Hij was niet mijn type. Pafferig, wat sukkelig, een alcoholistische kettingroker. Toch vond ik het spannend. Je weet hoe het is. Je verlaagt je normen naar ongeacht welk warm lijf in je rooster past.'

Sara was nog steeds geschokt door het nieuws. Ze knikte moeizaam zodat Sloan door zou gaan.

'Ik kocht een nieuwe jurk. Laag uitgesneden, dat snap je. Leren laarzen tot aan mijn dijen. Hij nam me mee naar Everybody's Pizza. Bestaat die tent nog?'

Sara schudde haar hoofd. 'Die is een paar jaar geleden gesloten.'

'We dronken heel veel bier.' Sloan staarde naar de champagnefles. 'Hij vroeg me mee naar zijn flat. Ik had het naar mijn zin. Dat zit me nog steeds dwars. Als je door Cams bullshit heen brak, was hij grappig en kwam hij aandoenlijk serieus over. We liepen terug naar zijn flat. Ik weet nog dat ik iets voelde tintelen toen hij mijn hand pakte.'

Sara keek toe terwijl Sloan aan haar trouwring draaide.

'We lagen te vrijen op de bank. Ik vond het lekker. Ik besefte dat ik nog eens met hem uit wilde, en omdat ze nooit terugbellen als je het op de eerste date al doet...' Sloan haalde diep adem. 'Ik zei dat ik naar huis ging. Hij begon me weer te kussen, zei dat ik moest blijven slapen, dat hij iets voor me voelde. En ik geloofde hem. Dus ging ik mee naar zijn slaapkamer.'

Sloan kwam overeind. Ze begon de kamer op en neer te lopen, met haar handen in haar zij.

'Zijn flat was heel netjes. Dat viel nog het meest op. Ik ben met broers opgegroeid. Die laten overal troep slingeren, gooien hun kleren op de vloer, maar Cam niet. Hij had zijn dekbed zelfs teruggeslagen, zoals je dat in een hotel ziet. Ik maakte een grapje, dat hij vast verwachtte dat ik zou zwichten voor zijn charmes.' Ze was bij het raam blijven staan en keek naar buiten, naar de rivier. Haar hele houding was veranderd. Ze probeerde te praten over wat er gebeurd was zonder terug te keren naar dat duistere oord. 'We begonnen weer te kussen. Het werd nogal broeierig en hijgerig. En toen hield hij mijn handen vast boven mijn hoofd. Hij hield ze zo stevig vast dat ik me niet kon bewegen. Daar moet ik niks van hebben, toen niet en nu helemaal niet. Ik zei dat hij me los moest laten. Maar hij verstevigde zijn greep. Ik probeerde me los te wurmen, maar...'

Sara zag dat Sloan haar rechterhand naar haar linkerpols bracht. Haar stem klonk zacht in de grote kamer.

'Zijn gezicht veranderde totaal. Alsof je een masker zag wegglijden. Het ene moment was hij die aardige, charmante jongen, het volgende moment had hij een verwrongen gezicht, net een monster. Hij schopte mijn benen uit elkaar. Met zijn hele gewicht hield hij me op mijn plek. Ik kreeg amper lucht. Hij was minstens twintig kilo zwaarder dan ik.'

Sloan keerde zich naar Sara toe en ging met haar rug tegen het raam staan.

'Raar, maar in het begin raakte ik niet in paniek. Wel flitste er een beeld voor mijn ogen van toen ik de slaapkamer binnenkwam en hij het licht aandeed. Ik zag een lang, zwart zijden koord aan het hoofdeinde van het bed hangen. Aan het uiteinde zat een lus, met een soort slipsteek. Dus dat dacht ik toen hij me vastbond: jij stomme idioot, waarom heb je dat stomme koord niet gezien?'

Sara perste haar lippen op elkaar. Ze wist hoe zinloos het was om te zeggen dat het niet Sloans schuld was.

'Hij probeerde me de hele tijd... Ik kan het niet kussen noemen. Hij ramde zijn tong in mijn keel. Alsof hij, weet ik het, mijn gezicht neukte. Mijn kaak deed pijn. Onze tanden sloegen de hele tijd tegen elkaar. Deed die vent van jou dat ook?'

Sara knikte.

'Fijne herinnering om de rest van je leven met je mee te dragen, hè?' Sloan raakte haar hals aan. 'Paul was de eerste man die ik kon kussen zonder aan de smaak van Cams smerige amoxicilline te denken. Weet je nog dat hij dat spul als een waterflesje bij zich droeg? Hij dronk het tegen zijn puistjes.'

Sara was dat detail vergeten, maar nu wist ze weer hoe Cam het antibioticum recht uit de fles had opgeslurpt. Het had een misselijk zoet luchtje, net hoestsiroop.

'Ik heb in elk geval nee gezegd. Telkens als ik probeerde te gillen, stak hij zijn tong weer in mijn mond. Hij beet me, krabde me. Hij rukte zelfs de haren uit mijn hoofd.' Sloans hand ging naar haar achterhoofd. 'Hij verkrachtte me. Geen condoom, nog bedankt. Hij knipperde nauwelijks met zijn ogen. Hij bleef maar grommen als een varken, beukte zo hard op me in dat mijn hoofd steeds tegen het hoofdeinde sloeg. Niet dat hij het lang volhield, wat misschien wel een zegen was. Hij rukte zich af op mijn gezicht. Toen maakte hij mijn polsen los. En bedankte me. Dat geloof je toch niet? "Bedankt. Daar was ik aan toe." Toen ging hij naar buiten om een sigaret te roken.'

Nerveus wreef Sloan in haar handen.

'Ik wist niet wat ik moest doen, behalve de troep van me afvegen en me aankleden.' Ze trok een schouder op. 'Ik was in shock. Verdoofd. Ik moest daar weg voor hij terugkwam voor een tweede ronde. Hij stond op de stoep voor zijn flatgebouw toen ik wegging. Hij kuste me op mijn mond en ik liet het toe. Ik zei niks. Ik duwde hem niet weg. Het enige wat ik kon bedenken, was dat ik mijn bloed moest laten testen. Uiteraard was ik bang dat ik iets van hem had opgelopen. Of dat ik zwanger was. Of allebei. Maar ik zei "Tot ziens" en toen zei hij: "Ik vond het een leuke avond. Ik bel je morgen." '

Sara kon de verwijten bijna horen die door Sloans hoofd raasden. Waarschijnlijk waren ze een echo van die van haar. Na al die jaren draaiden alle varianten op 'ik had moeten' nog steeds rond in haar hoofd, alsof er op de een of andere manier een magisch woord was geweest, een magische handeling waarmee ze hem had kunnen tegenhouden.

Sloan veegde haar tranen af. 'Ik dacht altijd van mezelf dat ik sterk was. Cam maakte dat beeld kapot. Eigenlijk was het moord, want ik ben nooit meer de oude geweest nadat hij me had verkracht. Ik heb me nooit meer helemaal veilig gevoeld. Ik ben nooit meer in staat geweest iemand helemaal te vertrouwen. Zelfs mijn man, degene die ik op de hele wereld het meest vertrouw, vertrouw ik maar voor negenennegentig procent. Dat ene procent is voor altijd verdwenen.'

Sara begreep het als geen ander.

'Ik mocht van mezelf niet toegeven dat ik verkracht was,' vervolgde Sloan. 'Pas na een week accepteerde ik wat er gebeurd was, maar toen was er te veel tijd verstreken. Dat zeggen ze toch altijd? Waarom heb je zo lang gewacht voor je naar de politie ging? En wat had ik dan tegen de politie moeten zeggen? We waren samen dronken geworden. Ik was met hem naar zijn flat gegaan met de duidelijke bedoeling me door hem te laten neuken. Ik bedacht me. Toch dwong hij me. We praten over bijna twintig jaar geleden. Onmogelijk dat ook maar iemand me zou hebben geloofd.'

Sara wist dat er met het verstrijken van de tijd niet veel was veranderd. Het ging altijd over 'en toen zei hij/en toen zei zij', alsof het woord van een vrouw hetzelfde gewicht had als dat van een man.

'Een dag later belde hij me zowaar. Hij vroeg me mee uit. Ik raakte in paniek. Ik zei dat ik al andere plannen had. Een paar dagen later belde hij weer. Hij vroeg me weer mee uit. Ik bleef maar met smoezen komen: dat ik naar de bibliotheek moest, dat ik moest studeren, dat ik een verjaardag had of een familieverplichting. Hij wist van geen ophouden. Ik zei bijna ja om ervan af te zijn.'

Sara wist dat ze niet overdreef.

'Meer dan een maand liet ik het gebeuren. Toen begon hij tijdens college met me te flirten. Mensen plaagden me ermee dat hij smoorverliefd was. Op een dag volgde hij me naar mijn flat, en toen ontplofte ik. Ik schreeuwde: "Waarom zou ik met je uitgaan nadat je me verkracht hebt?" '

Ze veegde haar tranen af.

'Hij keek ontzet. Of zo gedroeg hij zich tenminste. Hij begon te huilen. En toen werd ik pas echt link. Al die tijd had ik geen traan gelaten. En die vuile verkrachter stond daar op straat als een baby te janken en verwachtte ook nog dat ik hem troostte?'

Sara voelde haar eigen woede nagalmen in Sloans stem.

'Hij bleef maar zeggen dat het een misverstand was. Hij dacht dat ik op hem viel. Hij vond me heel leuk. Hij was ervan uitgegaan dat ik het wilde. Ik was toch met hem meegegaan? Ik had hem gekust. Ik was hem gevolgd naar zijn slaapkamer. Dat ik de hele tijd nee had gezegd, dat ik had geprobeerd te gillen, dat ik had gevochten om weg te komen omdat het voelde alsof hij met schuurpapier in mijn binnenste bezig was... Van dat alles kon hij zich niets herinneren. Hij had te veel gedronken.'

Sloan ging weer op de stoel zitten. Ze keek naar de champagnefles, die ze kennelijk het liefst wilde leegdrinken.

'Achteraf gezien ben ik ergens blij dat hij me had vastgebonden, snap je? Anders voelt het nogal slap.'

Hoewel Sara meende te weten wat Sloan bedoelde, vroeg ze: 'Slap?'

'Al die andere dingen kun je nog wegredeneren, maar niet dat iemand tegen haar wil wordt vastgebonden. Het is niet half zo duidelijk als wat er met jou gebeurde, maar je kunt er wel wat mee.'

Sara knikte. Er bestond een merkwaardig soort hiërarchie onder slachtoffers van verkrachting. Van Sara vond men dat ze geluk had gehad. Er was overduidelijk sprake geweest van een misdaad. Sara was een witte arts uit een goed milieu, ze had een prima reputatie en kreeg veel steun van haar familie. De rechercheur was meelevend geweest, de openbaar aanklager onwrikbaar, en de jury had de zaak in zekere zin recht gedaan.

Minder dan één procent van alle verkrachtingen leidde tot gevangenisstraf.

'Zo dreef ik hem in de hoek,' zei Sloan. 'Toen ik hem erop aansprak, had hij overal een excuus voor, maar toen vroeg ik: "Als jij dacht dat ik het wilde, waarom moest je me dan vastbinden?" '

'Wat zei hij daarop?'

'Niets. Hij was totaal verbijsterd. Ik zag het aan zijn gezicht. Hij wist echt het verschil niet tussen seks en verkrachting.' Sloan begon weer over haar polsen te wrijven. 'Ik wilde weglopen, maar hij kwam me achterna. Hij vroeg steeds: "Heb ik je verkracht? Heb ik je echt verkracht?" Het ging zover dat ik op zeker moment zei dat ik de politie ging bellen als hij me niet met rust liet. Ik was niet van plan hem gerust te stellen. Hij verwachtte dat ik zou zorgen dat het allemaal weer goed kwam. En daarom ben ik dus uit Atlanta weggegaan. Dat ik verkracht was, daar kon ik min of meer mee leven. Maar niet met het feit dat Cam deed alsof híj het slachtoffer was.'

Sara zag haar een poging doen het van zich af te zetten, maar ze was duidelijk nog steeds woedend.

'Dat is het. Dat is er gebeurd.' Sloan sloeg haar handen in elkaar. 'Nadat ik uit het Emory was vertrokken, heb ik Cam nog een paar keer ontmoet, maar nooit alleen. Ik ging stiekem naar Atlanta om Mason te zien, en als hij me dan mee uit eten nam of iets dergelijks, was Cam daar toevallig ook. Ik kan er niet bij dat het zo lang heeft geduurd voor ik voor mezelf kon opkomen. Wat was ik godvergeten dom.'

'Waarom ben je uiteindelijk weggegaan?'

'Door jou,' zei Sloan. 'Je weet niet half hoe vals ze waren als het over jou ging. Ik heb er nooit aan meegedaan, maar ik heb je ook niet verdedigd, en dat voelt nog veel erger.'

Sara verweet haar niets. 'Vals op welke manier, weet je dat nog? Zeiden ze iets specifieks?'

'Niet echt, nee. En destijds dronk ik heel veel. Ik kan het me niet herinneren.'

'Kun je me iets over de mixer vertellen?'

'Cam liet me niet met rust. Ik smeekte Mason om er iets aan te doen, maar hij was ervan overtuigd dat we het "misverstand" wel konden oplossen.'

Dat was typisch Mason. 'Eerder zei je toch dat Cam je wilde laten weten dat hij onderzoek deed naar de dood van Merit Barrowe?'

'Ja. Dat gebruikte hij als iets waarmee hij zijn schuld kon afkopen. En dan begon hij weer te snikken en zei hij dat hij altijd van me had gehouden.'

Sara voelde de alcohol ronddraaien in haar maag. 'Dat zei hij, dat hij van je hield?'

'Ja.' Ze knikte bedachtzaam, verzonken in haar herinneringen. 'Het is niet te beschrijven hoe walgelijk ik dat vond. Hij bleef maar doorgaan over zijn kruistocht om Merit recht te doen, alsof het ene tegen het andere kon worden weggestreept. Maar dat kan niet. Dat je je één keer in je leven van je goede kant laat zien, neemt niet weg dat je de rest van je leven een vuile verkrachter bent. Vooral niet als je het niet eens wilt toegeven.'

'Mocht het een troost zijn: Cams kruistocht duurde amper twee weken,' verklaarde Sara. 'Hij stopte met zijn onderzoek naar Merits verkrachting toen de verantwoordelijke rechercheur aanbood om een aanklacht wegens rijden onder invloed te laten verdwijnen.'

'Weet je zeker dat het alleen wegens rijden onder invloed was?'

Sara voelde weer een puzzelstuk op zijn plek vallen. 'Je denkt dat je niet de eerste vrouw was die door Cam werd verkracht.'

'Het koord zat al aan het hoofdeinde vast toen ik daar binnenkwam,' zei Sloan. 'Zoals hij me greep, me op het bed rolde en vastbond, dat moet hij geoefend hebben.'

Sara had hetzelfde gedacht over de man die háár had verkracht. Voor een eerste keer was hij te snel, wist hij te goed wat hij deed. 'Heeft Cam ooit iets opgeschreven, of je briefjes of berichten gestuurd?'

'Hoezo?'

Sara besefte dat ze zelf geen antwoord op de vraag had, maar toch zei ze: 'Merit Barrowe ontving bedreigende berichten. Dani Cooper, het meisje dat door Mac en Britts zoon verkracht zou zijn, ontving dreigende berichten. Er is een zekere overeenkomst met wat er met mij is gebeurd.'

'Cam is dood.'

'Dat weet ik.'

Sloan leunde naar voren, met haar ellebogen op haar knieën. 'Cam belde me voor hij zich van kant maakte.'

'Wanneer precies?' vroeg Sara.

'Vlak voor hij de trekker overhaalde, volgens de politie.' Ze kneep haar handen samen. 'Mijn nummer was het laatste dat hij gebeld had. De rechercheurs kwamen naar mijn werk. Volgens mij verwachtten ze dat ik in tranen zou uitbarsten, maar ik heb nog nooit in mijn leven zo hard gelachen. De opluchting stroomde als helium door mijn hersenen. Ik had zelfs het gevoel dat ik losraakte van de vloer. Tot op dat moment had ik niet beseft wat een last ik met me meezeulde door de wetenschap dat Cam Carmichael nog ergens rondliep.'

Sara verlangde hevig naar een vergelijkbare opluchting. 'Wat zei Cam door de telefoon?'

'Dezelfde bullshit als eerst, dat hij verliefd op me was, dat hij met me wilde trouwen en meer van dat gelul. Toen bood hij zijn verontschuldigingen aan. Hij zei dat hij me wilde laten weten dat hij zichzelf nooit had vergeven. Oké, mooi. Hij hoorde zichzelf ook niet te vergeven. Het had niet veel gescheeld of hij had me kapotgemaakt.' Sloan sloeg haar armen weer over elkaar. 'Toen zei hij dat hij een doos naar mijn werk had gestuurd. Hij zei: "Doe er maar mee wat jou goeddunkt." '

Sara was naar de rand van de bank geschoven. 'Wat zat er in die doos?'

'Een USB-stick.'

Sara's mond viel open van verbazing. Cams laptop. De beveiligde bestanden. De corrupte links van de chatwebsite. Hij had data in zijn kielzog achtergelaten.

'Ik heb nooit naar de inhoud gekeken. Sorry, maar ik dacht...' Haar halsspieren spanden zich toen ze vocht tegen haar emoties. 'Cam was dood. Als ik naar die USB-stick keek, zo dacht ik, en als er iets vreselijks op stond, schonk ik hem een nieuwe manier om me pijn te blijven doen.'

Daar kon Sara niets tegen inbrengen. 'Gaf Cam je enig idee wat er op die USB-stick stond?'

'Nee, sorry.'

Sara bedacht dat Sloan nog geen antwoord had gegeven op haar eerdere vraag. 'Liet hij een brief na?'

'Ja.'

'Wat stond erin?'

'Persoonlijke dingen. Over die avond.' Sloan moest zich even herpakken. Ze keek weer naar het plafond. 'Hij schreef dat hij altijd van me had gehouden. En dat hij wilde dat het anders was gelopen. En dat ik een prachtmens was en dat hij wist dat ik zou doen wat goed was.'

'En wat is goed?'

Even sloot Sloan haar ogen. 'Weet je zeker dat je dit wilt?'

Voor het eerst kreeg Sara het gevoel dat Sloan iets achterhield. In gedachten nam ze de laatste paar minuten van hun gesprek nog eens door. Sloan had gezegd dat Cam haar een doos had gestuurd. Een acht jaar oude USB-stick was ongeveer half zo breed als een visitekaartje en iets dikker dan een smartphone.

'Ik begrijp je vraag geloof ik niet,' zei ze. 'Wat zou ik zeker moeten weten?'

'Je kunt het nooit meer terugdraaien,' zei Sloan. 'Het is dezelfde keuze die ik had met die USB-stick. Ga je hem bekijken, neem je het risico dat je weer geraakt wordt, maar nu op een nieuwe manier, of ga je verder met je leven?'

Sara zag het niet als een keuze. 'Nu klink je net als Mason.'

'Er valt iets voor te zeggen om verder te gaan met je leven.'

'Jij hebt makkelijk praten. Cam is dood.'

Sloan leunde achterover. 'Niets is makkelijk.'

'Je had gelijk. Ik ben hier niet in een opwelling naartoe gevlogen. Denk je dat ik niet heb nagedacht over de tol die dit van me eist? Of van mijn vrienden? Of van de man met wie ik ga trouwen?' Sara kon alleen nog smeken. 'Alsjeblieft, Sloan. Wat heeft Cam je nog meer gestuurd?'

Sloan haalde diep adem en hield de lucht een paar tellen vast. In plaats van te antwoorden pakte ze haar tas van de vloer. Ze nam haar telefoon eruit en toetste een nummer in. Toen hield ze het apparaat tegen haar oor en wachtte tot er werd opgenomen.

'Paul, er ligt een gripzak in de onderste la van mijn zwarte archiefkast in het souterrain. Die moet je meenemen als je naar de stad komt.' Ze zweeg even. 'Ja, die bedoel ik.'

Sara wachtte tot Sloan het gesprek had beëindigd.

'Wat zit er in die zak?' vroeg ze.

'De onderbroek van Merit Barrowe.'

14

Will stond te wachten bij de ingang van de Riverside Dining Room, onderdeel van de countryclub, die volgens de prospectus een indrukwekkend uitzicht bood over de Chattahoochee River. Er zaten vooral mannen aan de ronde tafels, de meesten in *business casual*, sommigen in golftenue, en een enkeling in pak en das. Advocaten, artsen, bankiers en trustfondprofiteurs. Will stond niet bepaald te popelen om weer in zijn John Trethewey-rol te duiken. Schurk of dief ging hem veel gemakkelijker af. Ook dan moest je je laten gelden, maar in de wetenschap dat je iedereen op zijn bek kon slaan in plaats van dat je mensen kon afkopen.

Het verschil was niet bepaald subtiel.

In elk geval kleedden schurken zich wat relaxter. Na het gesprek met Leighann Park was Will bij het winkelcentrum langsgegaan om de sukkelige kleren van eerst terug te brengen en wat nieuws te kopen. Deze keer was de strakke jeans van een of andere Italiaanse ontwerper. Met moeite zette hij de gedachte van zich af dat het leek alsof hij een kruisbeschermer droeg. De Diesel-schoenen behoorden nu kennelijk tot zijn vaste garderobe. Wat zijn shirt betrof was hij voor een model gegaan dat leek op de kasjmieren polo die Sara voor hem had uitgekozen. De prijs was schokkend geweest. Will had een zweetafdruk op de pinautomaat achtergelaten nadat hij zijn betaalpas erin had geschoven.

Achter hem ging de deur open. Will draaide zich om. Mannen in opzichtige golfbroeken. Geen Richie, hoewel ze vijf minuten geleden hadden afgesproken. Will vermoedde dat het typisch iets voor rijke mensen was om anderen te laten wachten. Hij liet zijn blik weer door het restaurant gaan en zocht naar de hostess. Hij zag alleen serveersters druk heen en weer lopen. Als een van hen hem al had zien staan, had ze het niet wereldkundig gemaakt. Ze haastten zich zwijgend over het tapijt met zijn schreeuwende patroon. De pluizige crèmebruine krullen waren bedoeld om de vlekken te verhullen, maar er viel niets te verhelpen aan de rodewijnvlek die de indruk wekte dat er in de hoek bloed was vergoten. Als Will één ding duidelijk werd over dure countryclubs, was het dat ze minder goed onderhouden waren dan de gemiddelde Holiday Inn.

Hij wreef over het litteken op zijn wang. De stoppels prikten. Hij zou zich moeten scheren voor Sara thuiskwam. Ook zou hij met een hogedrukspuit de troep uit zijn haar moeten spoelen. Hij keek op zijn horloge. Hij ging ervan uit dat Sloan met Sara had willen praten. Ergens had hij verwacht dat ze hem tien minuten na hun laatste gesprek terug zou bellen om te zeggen dat het mislukt was. Maar hij wist ook dat Sara als geen ander mensen kon overhalen.

Zijn telefoon zoemde. Will zag een bericht van Faith. Ze had hem een duimpje gestuurd. Deze middag werkte ze bij het fraudeteam. Op zeker moment zou Amanda erachter komen wat ze uitspookten. In veel gevallen kon je beter om vergeving vragen dan om toestemming. Amanda wilde het liefst met geen van beide geconfronteerd worden, had de ervaring geleerd.

'Mr Trethewey?' De hostess was eindelijk verschenen. Ze was slank, heel jong en gekleed in een zwarte rok met witte bloes, net als in een Holiday Inn.

'Deze kant op, alstublieft,' zei ze.

Terwijl Will haar door het restaurant volgde, prentte hij zichzelf nog eens in wat hij hier kwam doen. Door zijn gehechte hand, het nog niet geheelde sneetje bij zijn ooghoek na de botsing met de pinkring van de militieman en de prijskaartjes die hij onder zijn kleren had verstopt, voelde elke stap als een langzame marteling. Hij probeerde het allemaal van zich af te zetten en schoot in de rol van John Trethewey. Op de vlucht voor een MeToo-aanklacht. Vader van een norse zoon genaamd Eddie, van wie de levensloop opvallend veel leek op die van Jeremy, de zoon van Faith. Echtgenoot van een gedesillusioneerde vrouw. Een klootzak die een nieuwe start wilde maken.

De hostess liet hem niet aan een van de ronde tafels plaatsnemen, maar opende een deur achter in de zaal. Naast de deur hing een gouden plaat, hoewel Will geen moeite deed die te ontcijferen. Hij was nieuwsgieriger naar de mannen in het privégedeelte van het restaurant.

Richie Dougal had een paar vrienden meegenomen.

Aan de vierkante tafel zat Mac McAllister. Chaz Penley zat naast hem.

'John.' Richie stond op om Wills hand te schudden. 'Je kent –'

'Chaz,' zei Will. Hij had de foto van de man op Faiths bewijsbord gezien. Blond. Blauwe ogen. Verlopen. Ze had een grap over hem gemaakt, dat hij de Von Trapps aan de nazi's had uitgeleverd. 'Ik herkende je nauwelijks. Het sporten schiet er de laatste tijd zeker bij in?'

'Je bent nog steeds dezelfde lul, Trethewey.' Grijnzend gaf Chaz Will een ferme handdruk. 'Waar heb je uitgehangen?'

'Overal en nergens.' Will ging tegenover Mac zitten. Hij legde zijn telefoon met het scherm naar beneden op tafel en vergat niet de knop van de opnameapp in te drukken. Uit het niets verscheen een serveerster, die een glas drank voor hem neerzette. Ze begon zijn waterglas te vullen. De andere mannen negeerden haar, en Will volgde hun voorbeeld.

'Ik zat in Texas,' zei hij. 'Wat een achterlijke boel daar. De ene dag heb je geen elektriciteit en de volgende dag moet je al je water koken. Het hele land gaat naar de kloten.'

'Absoluut,' zei Richie. 'Je zou de kuilen in het wegdek bij mij in de straat eens moeten zien.'

'Wat is er met je hand gebeurd?' vroeg Chaz.

Will keek naar het verband. Sara had hem het jargon bijgebracht. 'Op een haartje na een boksersfractuur. Gelukkig kan ik nog een injectiespuit hanteren.'

Chaz keek Mac even aan, een stilzwijgend teken dat Will de vraag niet echt had beantwoord.

'Heren, kan ik verder nog van dienst zijn?' vroeg de serveerster.

Richie bleef haar negeren en zei tegen Will: 'We zijn zo vrij geweest om steak te bestellen. Vind je dat oké?'

'Heb jij niet liever een salade?' vroeg Will aan Chaz.

De anderen lachten, maar Chaz' stugge houding gaf aan dat de klap was aangekomen.

Met een knik stuurde Mac de serveerster weg. Ze haastte zich het zaaltje uit en deed de deur achter zich dicht.

'Lekkere tieten heeft die chick,' zei Chaz.

'Echt wel.' Richie sloeg zijn scotch achterover. Voor hem op tafel stond een tweede glas te wachten. 'John, fijn dat je op zo'n korte termijn kon komen. Het spijt me alleen dat we dit niet op de golfbaan konden doen. Heb je hier weleens gespeeld?'

'Zelden. Ik hou meer van tennis, basketbal. Iets waarvan je hartslag omhooggaat.'

'Weer zo'n ortho-uitslover,' zei Chaz, maar de anderen reageerden niet.

Will zweeg om de mislukte grap nog wat na te laten sputteren. Op zijn dooie gemak rolde hij zijn servet uit en legde het op zijn schoot. Het was niet moeilijk om te achterhalen hoe de verhoudingen lagen tussen de drie mannen. Mac was de baas. Sinds Will de kamer binnen was gekomen, had hij nog geen woord gezegd. Richie was net een labrador; hij wilde het iedereen naar de zin maken en kletste over koetjes en kalfjes. Chaz gedroeg zich wat gerichter en was op informatie uit. Hij was duidelijk hoger in rang. Maar het was al even duidelijk dat Mac het prachtig vond als hij in de maling werd genomen.

'Oké,' zei Will. 'Ik zeg nooit nee tegen een gratis steak, maar waarom ben ik hier?'

Mac zweeg nog steeds, terwijl Richie en Chaz grijnsden als een stel krokodillen.

'We wilden je verwelkomen nu je terug bent in Atlanta,' zei Richie.

'Ik wist niet dat Eliza nog levende verwanten had,' voegde Chaz eraan toe.

'Het kan nooit kwaad om met een rijke tante aan te pappen,' zei Will schouderophalend.

'Ze is al zo goed als dood,' zei Chaz.

Will leunde afwachtend achterover.

Richie begon aan zijn tweede glas.

Eindelijk nam Mac het woord. 'Wat is er met je hand gebeurd?'

Will keek weer naar het verband. 'Ik onttrok me niet op tijd aan een ontvlambare situatie.'

Chaz liet een pruttellachje horen. Will wist dat de man zestien jaar geleden een cursus woedebeheersing had moeten volgen in ruil voor strafvermindering na een aanklacht wegens rijden onder invloed. De zin kwam regelrecht uit *Hoe krijg ik mijn woede onder controle 101*.

'Vrouw? Kind?' vroeg Mac.

Will nam een slok water, alsof hij zijn irritatie de kop in moest drukken. 'Eddie is iets jonger dan Tommy. Je weet hoe ze zijn. Dan gaan ze denken dat ze het tegen hun pa kunnen opnemen. Oerdriften. Je moet ze op hun nummer zetten.'

De drie mannen wisselden weer een blik. Ze keken niet afkeurend. Eerder berekenend.

Will zette zijn glas neer. 'Over zoons gesproken, ik hoorde dat Tommy er bijna aan moest geloven tijdens dat proces.'

Mac keek Will een paar tellen aan voor hij antwoord gaf. 'Daarvoor moest ik dus wel een cheque van twee miljoen uitschrijven.'

'Bedrag van niks om te voorkomen dat Britt zich de ogen uit haar kop jankt om de reputatie van haar lieve schatje.'

Mac kon een glimlach niet onderdrukken. 'Wat je zegt.'

Will schoof zijn scotch naar Richie. 'Ik zit aan de percocet voor mijn hand. Ga je gang.'

Richie pakte het glas als een beer die zijn poot in de honing doopt.

'Ik heb naar je gezocht op de socials, Trethewey,' zei Chaz. 'Je bent onvindbaar.'

'Mooi,' zei Will. 'Dat heeft me een smak geld gekost.'

'Wat is er in Texas gebeurd?' wilde Mac weten.

Will schonk hem een ijzige blik. 'Vanwaar die nieuwsgierigheid?'

'Gewoon, een beetje kletsen,' zei Mac. 'We zijn allemaal vrienden.'

'Is dat zo?' Will wierp het servet weer op tafel. 'Jullie hebben heel veel moeite gedaan om me hier te krijgen. Ik geef toe dat ik nieuwsgierig was, maar dit begint verdomme op een ondervraging te lijken.'

'Rustig maar.' Mac wapperde verzoenend met zijn handen zodat Will zou blijven zitten. 'Sorry voor het derdegraadsverhoor. Maar we hebben je al een hele tijd niet meer gezien.'

'Vertel mij wat,' zei Will. 'Ik moest godbetert tijdens een congres over Cam horen. Het zou aardig zijn geweest als ik was uitgenodigd voor de herdenkingsbijeenkomst. Per slot van rekening heeft hij me bij de clan geïntroduceerd.'

Richie keek argwanend.

'Heeft Cam je geïntroduceerd?' vroeg Mac. 'Dat kan ik me helemaal niet herinneren.'

'Er is wel meer wat je je niet kunt herinneren,' zei Will. 'Ik weet dat ik er altijd maar een beetje bij hing, maar wie heeft die baan in het Bellevue voor hem geregeld? Geen woord van dank van jullie hufters omdat ik hem de stad uit wist te krijgen. Weten jullie wel hoe rampzalig het zou zijn geweest als hij hier was gebleven?'

'Excuses,' mompelde Richie. 'Zware tijden.'

Openlijk vijandig tikte Will met zijn hand op tafel. 'Ik moest ervoor zorgen dat ik met mijn gezin tweeënhalfduizend kilometer uit de buurt bleef van Cams grote bek. Wat een klotezooi.'

Niemand zei iets.

'Dus wat moet dit voorstellen?' vroeg Will. 'Proberen jullie er allemaal achter te komen of ik jullie geheim heb bewaard? Denk je dat ik me nog in Atlanta zou vertonen als ik dat niet had gedaan?'

Het zwijgen verdiepte zich. Will wist niet of hij te ver was gegaan. Het enige wat hij hoorde, was het geluid van messen en vorken op aardewerk uit het restaurant. Zonder een spier te vertrekken keek hij hen een voor een aan. Ze keken allemaal terug, lieten hun blik over zijn gezicht gaan alsof ze zijn gedachten konden lezen.

Wat wist hij? Wat wilde hij? Wat had Cam hem verteld?

'Nee,' zei Richie ten slotte. 'Over jou maken we ons geen zorgen.'

Will zag dat ze zich alle drie behoorlijk veel zorgen maakten.

'Hoe ben je Cam weer tegengekomen?' wilde Mac weten.

Will kreunde. 'Kom op zeg! Wat Cam me heeft verteld, is met Cam het graf in gegaan, voor zover het mij betreft. Ik heb op dit moment wel iets anders aan mijn hoofd dan een of andere sneue zuiplap die niet tegen een ruig spelletje kon.'

Mac keek Will nog steeds strak aan. De kilte die hij uitstraalde, was niet eerder zo duidelijk overgekomen. Will dacht aan Sara toen ze de intense vreugde beschreef bij de eerste keer dat ze een levend hart had gezien. Mac McAllister had in zijn hele leven niet één keer vol vreugde naar iets gekeken.

'Goed.' Will tikte weer op de tafel. 'Wat willen jullie van me? Was dit alles?'

Voor iemand antwoord kon geven, ging de deur open. Twee serveersters kwamen binnen met hun lunch. Steak met gegarneerde gepofte aardappelen. Nog meer scotch. Glazen icetea. Onder een pijnlijke stilte werd het eten en drinken geserveerd. Lege glazen werden weggehaald. De vrouwen trokken zich terug alsof ze een troonzaal verlieten.

Chaz en Richie pakten hun bestek en begonnen te eten. Alleen Mac en Will maakten geen aanstalten.

'Wat zijn je plannen nu je in Atlanta bent, John?' vroeg Mac.

Will haalde zijn schouders op. 'Werk zoeken. Mijn gezin onderhouden. Wat anders?'

Chaz stak smakkend zijn vork in zijn mond en vroeg: 'Helpt Eliza je daar niet mee?'

'Dank je feestelijk. Denk je dat ik bij die ouwe heks onder de plak wil zitten?' Opeens dacht Will aan iets wat Faith had opgepikt van de website van de chatgroep. 'Als je het mij vraagt, wordt het tijd dat iemand zijn pik in haar mond ramt zodat ze d'r bek houdt.'

Richie lachte blaffend, wat niet verwonderlijk was. Maar toen begon Chaz te lachen. En Mac lachte ook al. Hij leunde zelfs voorover, klemde zich aan de tafel vast alsof hij anders over de vloer zou rollen. Ze lachten allemaal zo hard dat Will wel mee móést doen.

'Jezus christus.' Chaz sloeg met zijn hand op tafel. 'Die zit.'

'Cam heeft je er dus echt bij gehaald, hè?' vroeg Mac.

Nog steeds grijnzend vroeg Will zich af wat er zojuist was gebeurd, maar hij wist wel dat hij de verdorvenheid die als een rivier door deze rijke, bevoorrechte mannen stroomde heel dicht genaderd was.

Richie hief zijn glas. 'Op Cam.'

'Op Cam,' zei Chaz.

Ook Mac hief zijn glas. 'De grote Meester.'

'Voordat die eikel het benauwd kreeg.' Richie sloeg zijn glas achterover.

Will deed mee, maar in gedachten zocht hij verwoed naar een manier om het woord 'meester' weer ter sprake te brengen. Wat bedoelden ze toen ze zeiden dat Cam het benauwd had gekregen? Had het iets met Merit Barrowe te maken? Will wist niet hoe hij die vraag aan de orde kon stellen. Voorlopig moest hij tevreden zijn. Ze waren nu allemaal ontspannen. Het verhoor van John Trethewey was voorbij. Hij wist niet wat de aanleiding was geweest voor het plotselinge vertrouwen, maar hij wist wel dat hij het niet op de spits moest drijven. Hij pakte zijn mes en vork en probeerde met zijn gewonde hand zo goed mogelijk de steak aan te snijden.

Mac at nu ook. 'Zei je niet dat je zoon bijna is afgestudeerd aan Tech?'

'Als hij eindelijk zijn verstand gaat gebruiken.' Will nam een hap steak en probeerde niet te kokhalzen. Het vlees was merkwaardig gekruid en zat vol zenen. In het weeshuis had hij beter te eten gekregen. 'Eddie doet iets met polymeren. Eerlijk gezegd ben ik alleen geïnteresseerd in het geld waarmee de headhunters over de brug komen.'

'3M, hè?' Richie had de vorige ochtend ook goed opgelet. 'Niet slecht.'

'Hij wil de wereld zien.' Will had zo goed naar Faith geluisterd dat hij inmiddels een lezing over het bedrijf kon geven. 'Ze hebben een hoofdkantoor in Sydney. Het is niet verkeerd om wat afstand te scheppen. Zo wordt hij een man.'

'En het geld is goed?' Chaz likte zijn vork af, waarbij zijn tong als die van een reptiel naar buiten schoot.

'Goed genoeg om hem naar Sydney te laten gaan.' Met grote tegenzin slikte Will het vlees door. Hij nam een hap aardappel in de veronderstelling dat niemand gepofte aardappel kon verknallen. Hij had het mis. 'Zijn moeder gaat ook bij hem op bezoek. Heb ik minstens een maand rust.'

'Dat heb je allemaal mooi voor elkaar,' zei Mac.

'Hopelijk komt die etterbak het sollicitatiegesprek door.'

'En hoe zit het –' begon Richie.

Op dat moment klonk er een geluid als van een jankende hond. Will voelde John Trethewey wegglijden. Het geluid deed hem denken aan de honden die ochtend, toen hij door het lint was gegaan vanwege Eliza. Hij keek de tafel rond, maar niemand had iets aan hem gemerkt. Niemand had zelfs maar aandacht voor hem. De drie mannen keken elkaar aan als een groepje schooljongens dat net had ontdekt dat er zoiets als porno bestond.

Weer klonk dat gejank. Het kwam van Macs kant van de tafel.

'Laat je het hem zien?' vroeg Richie.

Chaz peuterde een stukje vlees tussen zijn tanden uit. 'Laat het hem maar zien.'

'Wat moet ik zien?' vroeg Will.

Mac haalde zijn iPhone uit de zak van zijn colbert. Het gejank hield aan tot hij het scherm ontgrendelde. Hij tikte op iets en gaf de telefoon aan Richie.

Will hield zijn lippen op elkaar toen Richie zijn stoel dichterbij schoof. Hij liet Will het scherm zien. Er waren vier panelen, elk met een afbeelding van het interieur van een huis. Will vermoedde dat de app was verbonden met een beveiligingssysteem, maar de camera's bevonden zich in privévertrekken: een slaapkamer, een badkamer, een woonkamer en een keuken.

Dit moest het huis van de McAllisters zijn, de villa met het hek en al het personeel. Het waren vorstelijke vertrekken, in een gedempt witte stijl als in een tijdschrift voor binnenhuisarchitectuur. De lens had een bubbeleffect, wat betekende dat het om verborgen camera's ging, wat betekende dat Mac op het randje van de wet balanceerde. In Georgia was het verboden om opnamen te maken van iemand in een privéomgeving zonder dat de betreffende persoon daarvoor toestemming had gegeven.

Will dacht aan de gps op Britts auto en aan de AirTag aan haar sleutelbos. Ze wist dat Mac haar gangen naging. Ongetwijfeld was ze ook op de hoogte van de camera's.

'Moet je kijken.' Richie tikte op een van de onderste panelen om in te zoomen op de keuken. Het geluid stond zo hard mogelijk. Will hoorde stromend water. De camera zat boven de gootsteen en was naar beneden gericht, recht op Britt McAllister.

Haar gezicht was uitdrukkingloos, bijna té leeg. Will dacht aan alle valium die Sara op de vloer van het toilet in het gerechtsgebouw had gezien. Britt had duidelijk iets geslikt. Met dikke oogleden en een slappe mond stond ze met de hand de afwas te doen. Ze droeg een nauwsluitende zwarte onderjurk, als een verveelde huisvrouw in een pornofilm. En ze baadde in het zweet. Het satijn plakte aan haar huid. Haar haar hing sluik naar beneden. Met een droogdoek bette ze haar gezicht.

'Mac heeft een uur geleden de verwarming hoog gezet.' Chaz veegde het eten weg dat uit zijn mond was gevallen. Hij keek bijna opgetogen. 'De telefoon geeft een seintje wanneer ze in het zicht van de camera's is.'

'Kan ze geen raam opendoen?' vroeg Will.

'Alleen als Mac de paniekknop van het alarm indrukt.' Richie lachte. 'Hij gaat over het licht, de jaloezieën, de sloten.'

'En het personeel dan?'

'Dat komt twee keer per week,' zei Mac. 'Britt werkt niet. Die heeft alle tijd van de wereld om het huishouden te doen.'

Will plakte een valse grijns op zijn gezicht, niet te onderscheiden van die van Mac. Eliza had het al gezegd: Mac was net een pooier, en zoals elke pooier op aarde wilde hij totale controle.

'Laat hem eens zien hoe het werkt, Rich,' zei Chaz.

Richie keek naar Mac voor toestemming.

Mac knikte.

'Hier.' Richie wees naar het icoontje van een muzieknoot onderaan het scherm. 'Tik maar.'

Will keek weer naar Mac. Zijn kin stak iets omhoog. Hij had weer die zelfingenomen blik in zijn ogen, net als toen Will Richie had afgezeken, net als toen Will Chaz een steek onder water had gegeven vanwege zijn gewicht. Wat er ook speelde in de clan, Mac zat als een spin in het web. Voor hem was er geen groter genot dan anderen te zien lijden.

'Toe maar,' zei Mac. 'Tik maar op die noot onderaan.'

Will tikte.

Plotseling klonk er oorverdovende muziek. Will kromp in elkaar. De reactie in het huis zelf was nog uitgesprokener. Bij het plotselinge gesnerp van deathmetal sprong Britt naar achteren en slaakte een ijselijke gil. De muziek knalde uit het microfoontje van de iPhone en dreunde tegelijkertijd de keuken door. Britt sloeg haar handen tegen haar oren. Schreeuwend liet ze zich op de vloer vallen en dook tegen de kastjes in elkaar, met haar mond wijdopen van angst.

Will voelde dat Mac naar hem keek om zijn reactie te peilen. Hij dwong zijn mond tot een verwrongen lach, die bij benadering Macs zelfingenomenheid, zijn glibberigheid en het walgelijke plezier dat hij putte uit het leed dat hij zijn vrouw aandeed moest weerspiegelen.

Op het scherm zat Britt met haar hoofd tussen haar knieën. Haar schouders schokten. Ze deed haar best niet te hyperventileren.

Richie wilde de telefoon terugpakken. Will sloeg zijn hand om de pols van de man. Hij tikte op de muzieknoot en de deathmetal stopte. Hij staarde naar het schermpje en liet zijn ogen wazig worden om Britts langzaam wegebbende angst niet te hoeven zien. Tegen het geluid viel niets te doen. Britt huilde zo hard dat ze hikte telkens als ze op adem probeerde te komen.

Will likte over zijn lippen en wierp een blik op Mac. Toen keek hij weer naar de telefoon. 'Hoelang blijft ze daar zo zitten?'

'Niet lang,' zei Mac. 'Tien minuten, hooguit een kwartier.'

Tien minuten, hooguit een kwartier.

Will had zelf weleens een dergelijke paniekaanval gehad, maar toen was hij nog een kind geweest. Tien minuten. Een kwartier. Zelfs één minuut gaf je al het gevoel dat je doodging. Hoe vaak zou Mac zijn vrouw dit hebben aangedaan? Hoeveel mannen hadden gelachen om haar leed?

Britt hapte nu naar lucht in een poging weer kalm te worden. Will keek naar de andere icoontjes onderaan het scherm. Een thermometer. Een hangslot. Een auto.

'Ga je ook over de sloten?' vroeg hij.

'Ik ga over alles,' zei Mac. 'Inclusief haar auto.'

'Die klootzak schakelde op de 285 haar motor uit. Ze reed honderddertig,' zei Richie. 'Toen heeft ze zich letterlijk ondergescheten.'

'Ze wilde de auto niet meer in vanwege de stank.' Grinnikend vouwde Chaz de schil van een gepofte aardappel dubbel en schoof die in zijn mond. 'De volgende dag ging die trut naar de dealer en betaalde cash voor een nieuwe.'

'Macs cash,' zei Richie.

Het kostte Will moeite om zijn grijns vast te houden. 'Weet ze niet hoe ze dat geklier van jou moet stoppen?' vroeg hij aan Mac.

'Je kent vrouwen toch?' zei Mac. 'Die hebben niks met techniek.'

'Ze wil niet dat hij stopt,' zei Richie. 'Ze vindt het lekker.'

Will keek weer naar Britt op het schermpje. Nog steeds in een poging weer kalm te worden klemde ze zich vast aan het aanrechtblad. Als ze het al lekker vond, kon ze dat heel goed verbergen.

'Ze pakt hem wel terug met de Amex,' zei Chaz. 'Hoe duur was dat tasje de laatste keer, Mac? Honderdduizend?'

'Honderdtien,' zei Mac.

'Dat was het wel waard.'

Will schoof de telefoon weer naar Richie, maar hij moest zich inhouden om de tafel niet om te keren en deze teringlijers een voor een verrot te slaan. 'Ik voel met je mee, man. Die van mij heeft na Texas al haar creditcards leeggetrokken.'

'Háár creditcards?' vroeg Richie.

Will lachte als een man die niet eens de helft van het salaris verdiende dat zijn toekomstige echtgenote binnenbracht. 'Daar zeg je wat.'

'Hoe is het je gelukt om haar bij je te houden na je...' Richie maakte een handgebaar.

Will wachtte tot hij zijn zin had afgemaakt.

Richie keek wat ongemakkelijk. 'Je zei dat je een MeToo-kwestie aan de hand had gehad.'

'Waar ging dat over?' wilde Chaz weten.

Will sloeg weer een vijandige toon aan. 'Het ging over mijn pik. Wil je hem zien?'

'Nee, nee, nee.' Chaz stak zijn handen op. 'Ik wilde alleen weten of het goed is afgelopen. Heb je een geheimhoudingsclausule geregeld, alles netjes afgetimmerd?'

'Zie ik eruit alsof ik in de bak zit, domme klojo?'

Richie lachte wat moeizaam. 'Was het zo erg?' vroeg hij niettemin.

Will antwoordde niet, maar nam een slok thee.

'En je vrouw?' vroeg Mac.

Will haalde zijn schouders op. 'Echtelijk privilege. Ze kon niet getuigen.'

'In Texas trouw je automatisch in gemeenschap van goederen. Ze zou de helft hebben gekregen als ze was weggegaan.'

'Niet met het separate contract dat wij daarnaast nog hebben laten opstellen,' zei Will. 'Dat is één ding dat ik van Eliza heb geleerd. Je moet een vrouw nooit over je geld laten gaan.'

'Erf je van haar?' vroeg Mac. 'Ben je daarom weer in de stad?'

'Reken maar.' Will had geen idee welke kant het op ging met al die vragen, maar nu ging hij terugduwen. 'Tenzij ze wil sterven in het ergste verpleeghuis dat ik kan vinden.'

'Ik heb mijn schoonmoeder op zo'n plek geparkeerd,' zei Chaz. 'Het stonk er naar pis. De enige keer dat ik daar ben geweest, moest ik bijna kotsen.'

Mac lachte meesmuilend. 'Sommige vrouwen vragen erom in hun eigen pis te stikken.'

Weer barstten ze in een daverende lachbui uit.

Van alles waarom ze hadden gelachen, vond Will dit nog het pijnlijkst. Dit ging over Sara. Het bloed steeg naar zijn hoofd. Zijn spieren spanden zich. Hij voelde een scherpe pijn toen zijn hand zich automatisch tot een vuist balde. Hij kon deze mannen niet doodslaan, want dan was het gedaan met zijn dekmantel. Maar hij kon hen wel aan de praat houden, want met elk woord dat over hun lippen kwam, waren ze een stap dichter bij een gevangeniscel.

'Over pis gesproken,' zei Will. 'Ik had er een mooi bedrag voor overgehad om Lintons gezicht te kunnen zien toen ze over Tommy's schikking hoorde.'

'Shit,' zei Mac. 'Daar had ik wel een extra duizendje voor overgehad.'

'Anders ik wel,' zei Chaz. 'Laten we hopen dat het daarmee is afgelopen.'

'Dat mag Heilige Sara hopen,' vond Richie. 'Tenzij ze weer vastgeketend in een toilethokje wil zitten.'

Opnieuw klonk dat bulderende gelach. Weer dwong Will zichzelf om mee te doen, maar hij had zijn vuist nu zo stevig gebald dat hij het bloed tussen de hechtingen door voelde sijpelen.

'Waarom ben je eigenlijk naar Atlanta teruggekeerd?' vroeg Chaz. 'Je moet andere opties hebben gehad.'

Will proefde bloed in zijn mond. Hij had op de binnenkant van zijn wang gebeten. 'Eddie studeerde al aan Tech. Het vrouwtje wilde bij hem in de buurt zijn. Ik moest haar wel iets geven.'

'Je moet haar eens aanpakken,' raadde Mac hem aan. 'Je weet dat ze toch niet bij je weggaat. Waarom zou je er niet wat lol aan beleven?'

Will dwong zichzelf te knikken. 'Misschien kun je me in contact brengen met je beveiligingsbedrijf.'

Mac trok een wenkbrauw op. 'Dat soort risico zou ik niet nemen. Het was een vader-en-zoonproject.'

Het had Will niet hoeven verbazen. Hij had het autopsierapport van Dani Cooper ingezien. Tommy was de spreekwoordelijke appel die niet ver van de boom was gevallen.

'Heb jij kinderen?' vroeg Will aan Chaz.

'Chuck, iets jonger dan Tommy, maar ze hebben altijd goed met elkaar kunnen opschieten,' zei Chaz. Toen vroeg hij aan Richie: 'Hoe zit het met Megan? Is ze nog langs geweest?'

'Alleen om mijn geld,' zei Richie. 'Jullie mogen in je handen knijpen omdat jullie zonen hebben. Ik ben een groot voorstander van vrouwenrechten, maar ze zijn veel te ver gegaan.'

'Vertel mij wat.' Chaz keek de hele tijd naar Will. 'Je zei dat je nog steeds een injectiespuit kunt hanteren. Zit je niet in de chirurgie?'

Will nam een slok thee om de bloedsmaak weg te spoelen. Hij dwong zichzelf weer in de rol van John Trethewey en lepelde op wat Sara er bij hem had ingestampt. 'Ik rommel wat in plasmabehandeling, stamcellen, wat cortison, tramadol. Zonder verzekering. Schoon in het handje. En wat extra als ik er een mobiele anesthesioloog bij haal, want dat willen ze allemaal. Zoiets loopt goed.'

'We doen dat ook veel in Atlanta,' zei Chaz. 'Vooral via de privépraktijken, maar steeds meer ziekenhuizen doen mee. Zeer lucratief, zoals je al zegt.'

Will hield zijn glas in zijn hand. 'Willen jullie soms wat bijklussen in ortho?'

'We zijn investeerders,' zei Mac. 'We zijn op zoek naar praktijken die snel omgekat moeten worden. We lokaliseren nieuwe inkomstenbronnen en zorgen ervoor dat bestaande diensten meer geld opleveren door exclusievere zorg te bieden.'

'Ook in ortho?' Dat was dus de reden waarom ze John Trethewey voor de lunch hadden uitgenodigd. Daarom stelden ze zulke gerichte vragen. Ze wilden er zeker van zijn dat zijn MeToo-kwestie in Texas was afgehandeld, want ze roken een kans om meer geld te verdienen.

'Er valt niet veel te verdienen aan schoenen en spalken.'

'Daar komt dus het lidmaatschapsgeld om de hoek kijken,' zei Richie. 'Chaz?'

Chaz nam het over met een verhaal over cliënten met een hoge nettowaarde en de eindeloze stroom babyboomers op zoek naar magische middelen om zich jonger te voelen. Will trok een geïnteresseerd gezicht en probeerde te negeren dat het bloed door zijn oren bonkte. Hij was de tel kwijt van het aantal keren dat hij undercover had gewerkt. Hij was in elkaar geslagen, ooit was er een pistool in zijn mond geduwd, hij was gevisiteerd om te zien of hij afluisterapparatuur bij zich droeg en één keer was zijn hand er bijna afgehakt, maar nog nooit had hij zo sterk de behoefte gevoeld om zijn ware gezicht te tonen. Als hij ermee weg zou kunnen komen, zou hij deze gestoorde fuckers een voor een door het hoofd hebben geschoten.

'We beseffen dat het nogal veel is,' zei Chaz. 'Neem er de tijd voor.'

'Maar ook weer niet te veel tijd,' zei Mac.

'We weten dat je erover na moet denken,' voegde Richie eraan toe.

'Waar moet ik over nadenken?' vroeg Will. 'Het is veel geblaat maar weinig wol.'

'Het idee is,' zei Mac, 'dat we jou op een van die praktijken zetten. Jij bent onze man ter plaatse. Je leert de organisatie kennen. En je laat ons weten waar we het mes in moeten zetten.'

Met moeite ontspande Will zijn handen. Een van de hechtingen was losgeschoten. Er was bloed op zijn Italiaanse jeans gedropen. 'Net als een spion?'

'Niet nét als een spion, maar áls een spion,' zei Richie. 'We willen onze winst maximaliseren. Jij gaat daar aan de slag en zegt waar we moeten snoeien en waar we een tandje bij moeten zetten. Je doet niet aan langetermijndenken. Het gaat om het hier en nu: wat kunnen we op dit moment doen om zo'n tent er op papier goed uit te laten zien?'

'Of die na de verkoop naar de kloten gaat boeit ons niet,' zei Chaz. 'Dat is niet ons probleem.'

'Wat hou ik eraan over?' vroeg Will. 'Eigenlijk vragen jullie me voor twee klussen.'

'Je wordt gecompenseerd,' zei Mac. 'Wat vind je van twee procent van de verkoopsom?'

Will moest lachen. 'Twee procent, dat meen je niet. En wat doe ik nadat jullie de zaak verkocht hebben?'

'Dan ga je naar de volgende,' zei Chaz. 'En dan krijg je weer twee procent. Je zou niet de eerste zijn. We hebben een model ontdekt dat voor alle partijen zeer succesvol is.'

Will schudde zijn hoofd. 'Twee procent is een lachertje. Ik wil harde cijfers zien. En vergeet mijn tante niet. Haar advocaten lusten jullie rauw als jullie me belazeren.'

Mac leek onder de indruk. 'We zijn hier allemaal om geld te verdienen. We zorgen voor onze mensen.'

'Ik ben niet een van jullie mensen,' zei Will. 'Ik zou serieus mee willen doen. Ik vind dat ik dat verdiend heb. En niet alleen vanwege Cam. Zestien jaar geleden vond ik het prima om van buitenaf toe te kijken. Nu niet meer.'

Weer bleef het lang stil. Hij had een zenuw geraakt.

'Je bent die beproeving in Texas weer goed te boven gekomen, toch?' vroeg Mac.

Will leunde achterover. 'Inderdaad. Die heeft me sterker gemaakt. Slimmer.'

'O?'

'Hebben jullie online ook maar iets over mij of over die zaak kunnen vinden?' vroeg Will. 'Ik ben onzichtbaar, want ik weet wat ik doe.'

'Het klopt wat hij zegt,' zei Chaz. 'Onze mensen konden niks vinden.'

Will pakte nu de ruimte om er harder tegenaan te gaan. 'Ik ben lang genoeg een brave jongen geweest. Nu mag ik ook weleens wat lol hebben.'

Mac lachte snuivend. 'Het is me nogal een vraag.'

'Ik vraag nergens om,' zei Will. 'Ik neem.'

Chaz en Richie balanceerden praktisch op het randje van hun stoel.

Will hield zijn blik op Mac gericht, want Mac McAllister had het hier voor het zeggen.

'We moeten in gesprek blijven,' zei Mac. 'Waarom kom je vrijdag niet naar de mixer? Neem Eddie maar mee. Dan kan hij met Tommy kennismaken. Chaz neemt Chuck mee.'

'Hoe heet jouw dochter?' vroeg Will aan Richie. 'Maggie?'

'Megan komt niet.' Richie had zich niet eerder zo duidelijk uitgelaten. Hij was een waardeloze vader, maar hij voelde wel de behoefte om zijn dochter te beschermen. 'Ze maakt hier geen deel van uit.'

'En terecht,' zei Chaz, alsof het zo was afgesproken.

'En?' vroeg Mac. 'Zien we jou en Eddie vrijdag op de mixer?'

Will keek hen een voor een aan: Mac met zijn arrogant vooruitgeschoven kin, Richie met zijn vochtige dronkenmansogen, Chaz met zijn natte reptielenmond. Ze hadden open kaart met hem gespeeld, maar het was nog niet genoeg. Hij moest hun laten zien dat hij te vertrouwen was. Hij stond nog steeds van buitenaf naar hun verdorvenheid te kijken. Als hij een zaak tegen hen wilde beginnen, moest hij die vanbinnen zien.

'Ja, hoor,' zei Will.

Nu moest hij alleen nog een zoon zien te vinden.

15

'Zoon van me.' Faith greep Jeremy bij zijn schouders en draaide hem weg van het bewijsbord in de keuken. 'Goed luisteren als ik zeg dat dit je niks aangaat.'

Jeremy probeerde weg te kijken. 'Het ging me wel iets aan toen je mijn hulp nodig had.'

'Nee, helemaal niet.' Faith pakte een doos koekjes uit de voorraadkast om hem af te leiden. 'Ik had je hulp nodig met de computer en de telefoon, en dat heb je fantastisch gedaan.'

'Ik heb er niet veel van gebakken.' Hij maakte de doos koekjes open. 'Als je me meer tijd geeft, kan ik die beveiligde bestanden kraken.'

'Het enige wat je met je tijd moet doen is nadenken over wat je aantrekt naar dat etentje met 3M morgenavond.' Ze probeerde zijn bos haar glad te strijken. 'Zal ik het even snel bijknippen?'

Hij sloeg haar handen weg. 'Mam.'

'Ik wil alleen maar helpen. Die kerels uit het bedrijfsleven zijn nogal rigide. Met dat aanbiddelijke warrige haar van je en je hoody en jeans ga je het echt niet maken.'

'Wat weet jij nou van kerels uit het bedrijfsleven?'

'Ik heb er meer dan genoeg gearresteerd.' Faith klopte hem op zijn schouder. 'Kom op, vent. Ik moet hier werken. Opzouten.'

Jeremy verroerde zich nog steeds niet. 'Ik heb nog een halfuur voor mijn afspraak met Trevor en Phoenix. Ik wou even lekker bankhangen.'

Normaal zou Faith het als een geschenk hebben beschouwd dat haar zoon nog een tijdje onder haar dak wilde verblijven, maar nu wilde ze hem niet in de buurt van de keuken hebben. 'Oké, maar alleen tot Will en Sara er zijn. Ik wil je hierbuiten houden, begrepen?'

'Ja.' Jeremy nam de koekjes mee en liep met grote stappen de keuken uit.

Faith telde tot twintig en stak toen haar hoofd om de hoek. Hij lag op de bank in wat ze De Houding noemde: met zijn ruggengraat in een boog, zijn oren weggestopt onder een Beats-koptelefoon, zijn kousenvoeten op de rand van de salontafel en de Xbox-controller in zijn handen. In theorie waren het Faiths Beats-koptelefoon en Faiths Xbox-controller, maar daar draaide het moederschap nu eenmaal om: niets was ooit helemaal van jou.

Ze keerde zich weer naar de keuken toe. Snel stuurde ze Aiden een berichtje om te zeggen dat hij het eten vanavond tegoed hield. Toen onderdrukte ze het zeer concrete gevoel van teleurstelling, want Faith was niet het soort vrouw dat het erg vond om in haar eentje in bed te liggen snurken, toch?

Ze keek naar het bewijsbord, waaraan de draden nog ontbraken, maar alleen omdat ze het aanbrengen van verbanden aan Will overliet. Er moesten twee verschillende zaken met elkaar verbonden worden:

Eén: Dani Cooper had een bericht ontvangen met de woorden 'Dat ben ik'. Dezelfde woorden stonden op de linkerborst van Leighann Park.

Twee: Merit Barrowe, Dani Cooper en Leighann Park misten alle drie een linkerschoen.

Faith had foto's uitgeprint van Merits Air Jordan Flight 23 White/Black/Zest, van Dani's zwarte Stella McCartney-instapsandaal met plateauhak en van Leighanns blauwfluwelen veterschoen met vierkante hak van Marc Jacobs.

Het enige wat Faith zeker wist, was dat deze jonge vrouwen meer geld voor schoenen hadden dan zij op die leeftijd voor eten had gehad.

Met enige moeite maakte ze zich los van het binnenkort met draden doorkruiste bewijsbord. In gedachten stelde ze een lijst op van het werk dat ze de afgelopen twee uur had verricht. De stapels prints op tafel waren netjes geordend: chatroomtranscripties van de Verkrachtersclub, de bestanden die Martin Barrowe van Cam Carmichael had gestolen, een kopie van Leighann Parks getuigenverklaring, het zaakdossier, tekstberichten en het autopsierapport van Dani Cooper, een USB-stick met de audio-opname die Will van het gesprek met Leighann had gemaakt, kopieën van de drie foto's vanuit drie verschillende invalshoeken die zij van de woorden op Leighanns borst had gemaakt.

Huiverend schoof ze de foto's dieper de stapel in voor het geval Jeremy weer binnenkwam.

Cams laptop lag nog steeds op het werkblad. De beveiligde bestanden moesten geopend worden. Misschien konden de dataprocessoren van het GBI de corrupte videobestanden van de chatwebsite herstellen. Misschien vonden ze verborgen informatie op de oude iPhone van Merit Barrowe.

Misschien.

Het belangrijkste was Faiths lopende verlanglijst met dagvaardingen: GoDaddy's archief om erachter te komen van wie de website van de Verkrachtersclub was, Grady's personeelslijsten van vijftien jaar geleden, Morehouse' lijst met coassistenten uit dezelfde periode, Eugene Edgertons bankgegevens, bankgegevens van de patholoog-anatoom die Merits autopsie had verknald, telefoonnummers van Merits iPhone.

Alles lag klaar om aan Amanda voor te leggen. Ze moesten alleen nog uitvinden hoe ze hun zaak zouden presenteren zonder dat Amanda hen als een wild zwijn aan stukken reet.

Faith ging weer bij Jeremy kijken. Hij had nog steeds haar koptelefoon op, terwijl hij *Grand Theft Auto* speelde. Ze wist zeker dat hij het geluid zo hard had staan dat zijn trommelvliezen konden scheuren, maar ze wilde het risico niet lopen dat haar zoon iets zou horen wat niet voor zijn oren bestemd was. Ze zette het geluid van haar laptop zacht en ging aan tafel zitten.

Haar spiraalschriftje en pen lagen al klaar. Ze opende haar mail. Daar vond ze de opname die Will op de countryclub had gemaakt van zijn lunch met Mac, Richie en Chaz. Hij had haar gewaarschuwd voor de ergste fragmenten, maar Faith had het gevoel dat die waarschuwing het niet minder erg zou maken.

Ze drukte op play.

Er klonk het zachte getinkel van bestek tegen borden, geroezemoes van gesprekken. Wat gedempt geklik toen Will zijn telefoon op tafel legde. Zijn stem kwam bijna fluisterend uit haar laptop.

Ik zat in Texas. Wat een achterlijke boel daar. De ene dag heb je geen elektriciteit en de volgende dag moet je al je water koken. Het hele land gaat naar de kloten.

Faith kromp ineen bij het horen van zijn toon. Will kon schrikbarend goed een man nadoen die in een countryclub thuishoorde. Ze sloot haar ogen en probeerde zich de situatie voor te stellen, maar het enige wat ze voor haar geestesoog opriep was de dinerscène in *Titanic*, toen Jack de verheven lucht van de eerste klas mocht inademen.

Ze schudde haar hoofd om het beeld te verdrijven en concentreerde zich op de stemmen van de mannen. Ze kletsten nog steeds over koetjes en kalfjes: Will die zijn hand had bezeerd, Chaz die moest afvallen, de tieten van de serveerster. Faith nam haar hoofd in haar handen terwijl ze probeerde vast te stellen wie wie was. Richie Dougal, Chaz Penley, Mac McAllister. Hun foto's zaten op haar keukenkast, maar ze klonken geen van allen zoals ze zich hen had voorgesteld. Richie had een wat nasale stem. Die van Chaz ging de hoogte in. Mac sprak op zachte toon, maar hij was duidelijk het soort man dat eraan gewend was dat anderen aan zijn lippen hingen. Hij nam zelden het woord, maar als hij het deed, was het met chirurgische precisie.

Wat is er met je hand gebeurd? Wat is er in Texas gebeurd? Heeft Cam je geïntroduceerd? Dat kan ik me helemaal niet herinneren.

Faith had al snel door dat Mac het leuk vond als Will de andere mannen in de zeik nam. Als ze haar kinderen raad gaf over hoe ze met een pestkop moesten omgaan, zei ze altijd dat ze zo iemand de andere wang moesten toekeren. In het geval van Will was ze blij dat hij zelf ook klappen uitdeelde. Hij had Cam al aan het begin ter sprake gebracht, om aan te geven dat hij op de hoogte was van hoe het onderzoek naar Merit Barrowe was afgelopen. Hij ging zelfs met de eer strijken omdat hij Cam uit Atlanta had weggehaald. En toen liet hij zich iets ontvallen wat Faith hem had gevoerd uit de chattranscripties van de Verkrachtersclub. Hij had het over zijn tante. Of eigenlijk over de tante van John Trethewey.

Als je het mij vraagt, wordt het tijd dat iemand zijn pik in haar mond ramt.

Faiths maag keerde om toen ze het lachsalvo hoorde. Terwijl de mannen bleven lachen, keek zij weer naar hun foto's. Een ziekenhuisarts, een cardiothoracaal chirurg, een nefroloog. Ze leken allemaal zo normaal, het soort man dat je blind zou vertrouwen.

Ze wendde haar hoofd af.

De lunchopname liep door. Faith proefde een verandering van toon. Ze voelden zich inmiddels meer op hun gemak bij John Trethewey. Ze toonden openlijker wie ze waren. De lompe grap over hoe hij zijn tante de mond zou snoeren had Will toegang verschaft tot de club. Ze luisterde terwijl de mannen op Cam Carmichael toostten alsof hij een soort Viking was, op weg naar het Walhalla.

Richie: Op Cam.

Chaz: Cam.

Mac: De grote Meester.

Richie: Voordat die eikel het benauwd kreeg.

'Shit.' Faith zette de opname stil.

Ze doorzocht de pagina's met transcripties van de Verkrachtersclub tot ze had gevonden wat ze zocht. 007, 004, 003 en 002 hadden het over een opmerking die Prudence Stanley had gemaakt tijdens een van hun vele etentjes.

007: Die moet eens flink geneukt worden om wat te ontdooien. 002: Beginnen jullie nou weer? 004: Zonder mij. Ik taai af. 007: Wat zou ik die gleuf van haar graag kapotbeuken. Zodat ze als de Rode Zee in tweeën splijt. 003: Bloed is een glijmiddel, Meester.

Faith had te veel vampierfilms gezien. Ze had dat 'Meester' over het hoofd gezien omdat het woord zo dicht bij 'bloed' stond en ze niet had beseft dat het misschien iets meer inhield. Het werd ook met een hoofdletter geschreven, wat betekende dat het als aanspreektitel was gebruikt. Dat het twee keer voorkwam, dat het gebruikt werd als verwijzing naar Cam, was een levensgroot waarschuwingsteken.

Ze keek achterom naar Jeremy voor ze weer op play drukte. Waar de vier mannen eerder ongedwongen met elkaar waren omgegaan, werd het gesprek nu iets gespannener. Will begon meer vragen te beantwoorden, vooral over zijn vrouw en zoon. Ze wist niet wat ze verontrustender vond: Will die klonk als een klootzak of Will die Jeremy's cv leende voor een denkbeeldige zoon genaamd Eddie.

Bij het geluid van een jankende hond balde haar maag zich tot een vuist.

Will had haar voorbereid op Macs elektronische martelmethode voor Britt, maar nu ze die ook hoorde, was het pas echt gruwelijk. Ze had al eens over deze vorm van huiselijk geweld gelezen. Samenleven met een geweldpleger was ondraaglijk, maar Mac die via het internet der dingen middelen inzette om Britt in de gaten te houden en macht over haar uit te oefenen, tilde sadisme naar een veel hoger niveau. De deathmetalmuziek had een nazistische bijklank. Faith drukte het volume zo veel mogelijk omlaag om het geluid van Britts doodsbange gegil wat te dempen. Ze weigerde zich een voorstelling te maken van de vrouw die ineengedoken op de vloer zat. Ze weigerde Britt McAllister als slachtoffer te zien, vooral omdat Britt zelf de gewoonte had andere vrouwen tot slachtoffer te maken.

Tegen de tijd dat het voorbij was, baadde Faith in het zweet. Ze herinnerde zich een detail uit de rechtszaak van Dani Cooper: op de avond dat

Dani stierf, had de server die opnamen maakte van het beveiligingssysteem van de McAllisters eruit gelegen. Er was geen filmmateriaal van Dani die bij het huis aankwam of die wegreed in Tommy's Mercedes. Faith vroeg zich af of er opnamen waren van wat er ín het huis was gebeurd.

Ze voegde een aantekening toe aan haar lange lijst van dingen die nagetrokken moesten worden als deze non-zaak een zaak werd. Toen draaide ze het volume weer omhoog en luisterde naar het verdere verloop van het gesprek. Het was onthutsend hoe deze mannen met geld smeten alsof het snoepgoed was. Faith had altijd gedacht dat rijke mensen niet over geld spraken, maar ze vermoedde dat ze dat onderwerp alleen meden in het gezelschap van arme mensen. Ze was bijna aan het einde van de opname aangekomen toen ze een vreemde klik hoorde. Ze draaide het volume weer iets omhoog en spoelde tien seconden terug om nog eens te luisteren.

Chaz: Ik heb mijn schoonmoeder op zo'n plek geparkeerd.

Will: Ik had er een mooi bedrag voor overgehad om Lintons gezicht te kunnen zien toen ze over Tommy's schikking hoorde.

Weer spoelde Faith een eindje terug. Er klonk een duidelijke klik, een subtiele verandering in het achtergrondgeluid, tussen de woorden van Chaz en die van Will. Ze fronste haar voorhoofd. Waarom zou hij de opname bewerkt hebben? Dat had hij nog nooit gedaan.

Sara.

Chaz had ongetwijfeld iets over Sara gezegd wat Faith van Will niet mocht horen.

Ze vocht tegen haar aangeboren nieuwsgierigheid. Aiden was niet de enige irritante beagle die als een gek blafte op zoek naar een aanwijzing. Faith haatte het als mensen dingen probeerden te verbergen. Het was een van de eigenschappen die van haar een goede smeris maakten, maar ook een bemoeial van een moeder. Ze moest nu kiezen of ze het hierbij zou laten. Als Will iets persoonlijks over Sara wilde verbergen, dan moest hij daar een goede reden voor hebben. Bovendien had Faith Sara al verraden door achter Jack Allen Wright aan te gaan.

Toch liet het besluit een nare smaak bij haar achter.

Faith luisterde naar de rest van de opname, maar het ging verder niet meer over Sara of Cam of over iets anders wat niets te maken had met de reden dat ze John Trethewey voor de lunch hadden uitgenodigd. Ze luisterde geduldig naar hun agressieve verkooppraatjes waarmee ze hem wilden werven als spion in een van hun praktijken. Ze was onder de indruk van de sluwheid waarmee Will de zaak wist om te draaien. Hij kon verbijsterend goed in de huid van een ander glippen. Faith had geen idee hoe hij dat deed. Zelf kon ze liegen als de beste, maar ze hield het nooit lang vol.

De opname stopte nadat ze bijzonderheden aan hem hadden doorgegeven over de mixer op vrijdag. *Business casual. Wij betalen de drank. Een deel van de aanhang komt ook. Davie, Mark, Jackson, Benjamin, Layla, Kevin, en zelfs die gestoorde Blythe laat haar gezicht misschien zien. En neem Eddie mee. Hij moet echt met de jongens kennismaken.*

Faith bekeek haar aantekeningen.

Meester.

Ze bladerde terug, op zoek naar de profielen die ze voor de anonieme chatleden had opgesteld. 001: Royce? 002: Mac? 003: Richie? 004: Mason. 005: Chaz? 006: Cam. 007: Bing?

Ze probeerde zich op de vraagtekens te concentreren. Die ochtend was ze vrij zeker geweest van haar giswerk, maar nadat ze naar Wills opname had geluisterd, heroverwoog ze de lijst. Nu leek Mac eerder het 007-type. Aan de andere kant had ze niet de indruk dat hij vuile handen wilde maken. Hij had zijn eigen zoon betrokken bij het stalken en pesten van Britt. Ze werd misselijk bij de gedachte dat hij de installatie van het camerasysteem een vader-en-zoonproject had genoemd.

Wat haar nog het meest dwarszat, was dat hondengejank.

Ergens vroeg Faith zich af waarom Britt niet wegging, ook al wist ze dat het niet zo eenvoudig was. Huiselijk geweld was een van de ingewikkeldste misdrijven: deels geweld, deels dwingend, controlerend gedrag, deels hersenspoeling, deels wederrechtelijke vrijheidsberoving. Of het slachtoffer nu in een villa woonde of in een sociale huurwoning, er waren uiteenlopende redenen om te blijven. Isolatie, schaamte, gêne, ontkenning, de angst om de kinderen te verliezen, om dakloos te worden, en de zeer concrete angst voor geweld, want voor een slachtoffer werd het pas echt gevaarlijk als ze haar belager probeerde te verlaten. Het was nogal gemakkelijk om tegen iemand te zeggen dat ze de deur achter zich dicht moest trekken als je zelf nooit zo vaak met je hoofd tegen een deur was gesmeten dat je er een schedelbasisfractuur aan had overgehouden.

Dat was een van de vele redenen waarom Faith haar geld nooit door een man zou laten beheren.

'Mam!' riep Jeremy. 'Will is er!'

Toen Faith zich omdraaide, kwam Will de keuken al binnen. Hij was alleen.

'Waar is Sara?' vroeg ze.

'Nog onderweg. Ze moest wachten tot Sloans man was gearriveerd.' Will leek ongewoon opgefokt. 'Cam heeft Sloan verkracht, tijdens hun studie.'

'Fuck,' fluisterde Faith. Ze stond op om weer bij Jeremy te kijken. Hij had De Houding weer aangenomen, met de koptelefoon op zijn hoofd. 'Hoe dan?' vroeg ze aan Will. 'Wat gebeurde er, bedoel ik?'

'Daterape. Cam probeerde haar op het verkeerde been te zetten en deed alsof het een misverstand was. Hij verwoestte haar leven. En ging zelf lekker door met het zijne.' Will ging aan tafel zitten, wat vreemd was. Doorgaans bleef hij op de achtergrond hangen. Alleen als Amanda erbij was, ging hij zitten. 'Vlak voor Cam zichzelf een kogel door zijn kop joeg, stuurde hij Sloan een doos met een USB-stick, een brief en de onderbroek die Merit Barrowe aanhad op de avond dat ze stierf.'

Faith liet zich op haar stoel zakken. 'Fuck.'

'De USB-stick en de brief zijn verdwenen. Die heeft Sloan weggegooid.' Hoewel Will zijn schouders ophaalde, wist hij hoe waardevol die voorwerpen geweest zouden zijn. 'Sara heeft de onderbroek. Van veiligstellen is natuurlijk geen sprake geweest. Ze hebben acht jaar lang in een gripzakje in een dossierkast in Sloans souterrain gelegen.'

Faith probeerde de plotselinge stroom aan informatie te verwerken. 'Maar als er DNA op die onderbroek zit en we dat kunnen koppelen aan iemand van de Verkrachtersclub –'

'De Verkrachtersclub?'

Faith kromp ineen toen hij het woord zo nadrukkelijk uitsprak. Hardop klonk het ongelooflijk banaal. Ze stond op, liep naar het bewijsbord en haalde het betreffende kopje weg, waarbij ze Onze-Lieve-Heer bedankte dat Sara het woord VERKRACHTERSCLUB in vette letters niet had gezien. 'We moeten de sequentie vaststellen van eventueel DNA op de onderbroek. Vervolgens moeten we bedenken hoe we DNA-monsters van de mogelijke verdachten te pakken krijgen. Ze staan geen van allen in ons systeem. Daardoor zijn ze er ook al die jaren mee weggekomen.'

'Morgen kunnen we DNA verzamelen, dan is die mixer,' zei Will. 'We zetten onze eigen mensen in de bediening zodat ze hun glazen mee kunnen nemen.'

'Dat gaat een smak geld kosten. Ik denk niet dat Amanda daar blij mee is.'

Will haalde zijn schouders op. Amanda zou hoe dan ook niet blij zijn.

'Sloan was niet op de hoogte van de chatwebsite,' zei hij. 'Ze is al vijftien jaar niet meer in Atlanta geweest. Een paar maanden na Sara's verkrachting heeft ze alle banden met Mason verbroken.'

'Een paar maanden?'

'Trauma heeft op iedereen weer een andere uitwerking.'

'Dat brengt ons op Britt,' zei Faith. 'Ik zei net tegen mezelf dat het nooit makkelijk is om uit een gewelddadige relatie weg te lopen.'

'Angst voor het onbekende is een sterke factor,' zei Will. 'Als je maar vaak genoeg in elkaar wordt geslagen, weet je niet meer hoe je moet leven zonder in elkaar geslagen te worden.'

Faith wist dat hij uit ervaring sprak. Zijn ex was het soort vrouw dat zo vaak in de hoek was getrapt dat ze niet meer wist hoe ze zich bij een goede man moest gedragen.

'Heb je nog geen draad gespannen?' Hij keek naar de foto's op tafel van de drie verschillende damesschoenen. 'We hebben twee verbanden, de schoenen en "Dat ben ik".'

'Ik dacht dat jíj het allemaal met elkaar wilde verbinden.'

Will hield zijn gewonde hand omhoog ten teken dat hij daartoe niet in staat was. 'Heb je nog iets uit die lunchopnamen gehaald?'

'Dat Mac Cam de grote Meester noemde.'

' "Voordat die eikel het benauwd kreeg," ' citeerde Will Richie. 'En verder?'

Faith dacht aan het deel van de opname dat Will had verwijderd, maar ze zei: 'Ze klinken als monsters. Stuk voor stuk.'

'Omdat het monsters zijn.' Hij liet zijn gewonde hand rusten op het enige deel van de tafel dat niet onder papieren schuilging. Bloed was door het verband gesijpeld. Zijn vingers waren opgezwollen. Faith wist dat ze hem geen Advil hoefde aan te bieden, want Wills standaardreactie op pijn was stoïcijnse aanvaarding.

'Ben je zover dat dit aan Amanda kan worden aangeboden?' vroeg hij.

'Ja.' Faiths maag speelde op telkens als ze aan Amanda's reactie dacht. 'Ik heb alles al gescand. Als we morgenochtend nog leven, zal ik het uploaden naar de server.'

'Laten we het nog eens doornemen. Het grote plaatje. Wat hebben we allemaal?'

'Merit Barrowe, Dani Cooper, Leighann Park.' Met haar armen over elkaar leunde Faith achterover. 'Het APD wil niks van Merit of Dani weten, maar ze doen wel onderzoek naar die aanval op Leighann. Ze houden niks achter. De pers heeft zich erop gestort. De leiding zit erbovenop. Ik heb met de rechercheur zedendelicten gesproken. Ene Adam Humphrey. Ik heb ooit met hem samengewerkt. Een frettenkop, maar hij neemt deze shit heel serieus. Die gaat het niet verknallen, zoals Donnelly heeft gedaan. Hij wil heel graag laten zien hoe je zo'n verkrachtingsonderzoek aanpakt.'

'Vertrouwt Leighann hem?'

'Daar werkt Adam aan, maar het gaat hem wel lukken. Het zal in elk geval niet aan zijn lengte liggen. Hij is kleiner dan ik.' Faith kon niet meer blijven zitten. Ze verzamelde de schoenenfoto's en begon ze op de kastjes te plakken. 'Hoe is het met Sara?'

'Niet zo best,' zei Will, maar hij zag er zelf ook niet al te best uit. Op de opname had Faith hem over zijn tante Eliza horen praten. Ze had geen idee wat voor soort relatie ze hadden, maar dat ze stervende was, moest hem toch aangrijpen.

Wat Faith nu ging zeggen, zou zijn leven er ook niet makkelijker op maken.

'Ik heb eens naar alle vier de zaken gekeken in een poging overeenkomsten te vinden. Merit, Dani, Leighann, Sara.'

Will knikte. 'Sara's geval past niet bij de overige drie. De modus operandi is anders. De conciërge is gepakt. Hij was niet voorzichtig genoeg. Hij handelde in zijn eentje.'

Faith haalde drie stukken draad van haar moeders streng rood garen. Uiteraard was ze het met hem eens, maar ze moest de theorie testen. 'Volgens Britt was er een verband.'

'Dat verband is Edgerton.'

Faith draaide zich om. Hij klonk uitermate zeker van zichzelf.

'Kijk eens naar de tijdlijn,' zei hij, want Will wilde altijd naar de tijdlijn kijken. 'Ga eens vijftien jaar terug. Merit Barrowe wordt ontvoerd, gedrogeerd en verkracht. Het lukt haar nog net het Grady te bereiken, maar ze sterft. Een overdosis waardoor ze een toeval krijgt. Behalve haar familie lijkt het niemand te interesseren. Edgerton doet niet eens onderzoek. Cam rommelt wat aan en doet een eigen soort onderzoek, maar Edgerton weet hem tegen te houden. Met als resultaat dat de hele zaak in rook oplost.'

Faith knikte ten teken dat hij door moest gaan.

'Twee weken later wordt Sara verkracht. Die zaak trekt veel aandacht, heel anders dan bij Merit. Het komt in de krant. Er wordt veel ruchtbaarheid aan gegeven. Het Grady is erbij betrokken omdat Sara daar werkt. Emory is erbij betrokken omdat Sara daar gestudeerd heeft. De leiding van het APD houdt alles scherp in de gaten. Het is onmogelijk om Sara's zaak te laten verdwijnen.'

Nu nam Faith het verhaal over. 'De dag nadat Sara was verkracht, ging Edgerton naar Cam. Hij kocht Cam om, zodat hij stopte met zijn eigen onderzoek.'

'Oké, maar nu houden we Eugene Edgerton er even helemaal buiten,' zei Will. 'Het scenario is als volgt: jij bent de dienstdoende rechercheur van district vijf. Jij krijgt Merits zaak toegewezen. Twee weken later krijg je Sara's zaak. Je bent een goede smeris. Je wilt je werk naar behoren doen. Hoe pak je het aan?'

'Dan werk ik aan beide zaken,' zei Faith. 'Twee verkrachtingen binnen twee weken, allebei in de buurt van of in het Grady Hospital. Een van de slachtoffers is een studente. Het andere is arts. Dan komt de speciale eenheid om de hoek kijken. Straatagenten helpen met buurtonderzoek. Andere rechercheurs gaan aan de slag met bewakingscamera's, halen er eerdere zaken bij en verzamelen politieaantekeningen. Ik ondervraag Merits vriendin, haar docenten, de coassistent van het Morehouse. Ik zoek naar overlappingen met Sara: getuigen, omstanders, collega's, locaties, gebeurtenissen, roosters. Ik probeer te ontdekken of bepaalde namen in beide zaken opduiken.'

'Oké,' zei Will. 'Nu doe je alsof je Eugene Edgerton bent en geld hebt gekregen om de verkrachting en dood van Merit Barrowe onder het tapijt te vegen. Dat doe je. Dan wordt Sara verkracht.'

'Ik raak in paniek,' zei Faith. 'Al die aandacht rondom Sara genereert straks ook aandacht voor Merit. Ik moet zorgen dat Merits zaak als een overdosis wordt geregistreerd zodat ze niet opduikt als er naar vergelijkbare geweldplegingen in dat gebied wordt gezocht. Ik dwing Cam om het overlijdenscertificaat te wijzigen. Ik zorg ervoor dat de patholoog-anatoom geen vragen stelt. Ik laat de leiding weten dat de twee zaken niet met elkaar verbonden zijn: die van Merit was een overdosis; het was een tragedie, maar ze was een studente en dan heb je dat soort dingen. Ondertussen werk ik keihard aan Sara's zaak. Binnen vier uur heb ik de conciërge achter de tralies. Ik voer de openbaar aanklager alle stukken die nodig zijn voor een waterdichte zaak. Wright gaat naar de gevangenis. Sara gaat terug naar haar ouderlijk huis. En ik ben de held.'

'En?' vroeg Will.

Faith zweeg terwijl ze het in gedachten probeerde uit te werken. Ze zag het nog steeds niet.

'Het verband is dat er geen verband is,' zei Will. 'Daar zorgde Eugene Edgerton wel voor. Hij hield Merits zaak overal buiten. Hij loog over de omstandigheden rond haar dood zodat er geen aanleiding leek te zijn voor een groter onderzoek. Hij beschermde de man die Merit had verkracht en haar dood had veroorzaakt.'

'Fuck,' zei Faith, kennelijk haar standaardreactie die avond. 'Als Sara niet verkracht was, zouden we Merit Barrowes naam niet eens kennen.'

'Als Britt McAllister haar mond had gehouden, zouden we Merit Barrowes naam evenmin kennen. Degene die Edgerton heeft omgekocht, heeft waar voor zijn geld gekregen.' Wills stem had een rauwe klank. Hij keek op zijn horloge. Hij dacht aan Sara. 'Voor wat het waard is: Sloan dacht niet dat ze Cams eerste slachtoffer was. Ze leek er redelijk van overtuigd dat Cam al eerder had verkracht.'

'Meestal is dat ook zo.' Faith legde het rode garen weg en ging weer aan tafel zitten. 'We gaan er toch van uit dat Merit werd verkracht door iemand van de Verkrachtersclub?'

Will knikte. 'De berichten die Merit vijftien jaar geleden kreeg, waren identiek aan de berichten die naar Dani en Leighann werden gestuurd. We weten dat Dani en Leighann met elkaar verbonden waren door de woorden "Dat ben ik".'

'Oké, dus wist Cam vijftien jaar geleden dat Merit slachtoffer was geworden van de Verkrachtersclub?' Faith wreef over haar gezicht. 'Zullen we het maar over de Club hebben?'

Weer knikte Will. 'Volgens Sara wist Cam dat iemand uit de Club verantwoordelijk was voor wat er met Merit was gebeurd. Verkrachting en geweld zijn geen ongewone zaken op de spoedeisende hulp van het Grady. Merit was niet het eerste slachtoffer dat Cam behandelde, maar wel degene die hem het meest raakte. Opeens ging er een knop bij hem om. Hij zag dat het fout was wat de Club deed, wat hij deed.'

Het kostte Faith moeite de man ook maar enig krediet te geven. 'Cam wist ongetwijfeld dat als hij Edgerton op de Club afstuurde, hij zelf ook gearresteerd zou worden. Geen denken aan dat ze met zijn allen ten onder zouden gaan zonder Cam mee te slepen.'

'Zuiplappen staan niet bekend als strategische planners,' zei Will. 'En denk eens na. De man was nog een twintiger, maar hij had al een aanklacht wegens rijden onder invloed aan zijn broek. Hij was een hardcore-alcoholicus. Iets zat hem vreselijk dwars. Hij wist dat het fout was wat hij deed. Hij zocht vergeving in de fles. Hij zag Merit als zijn enige kans op redding, maar Edgerton hapte niet. Ik ben niet van de school die gelooft dat misdadigers gepakt willen worden, maar Cam Carmichael wilde gepakt worden.'

'Tja, ik zal hem gedenken in mijn gebeden.' Hoewel Faith wist dat Wills ex ook met een drugs- en alcoholverslaving had gekampt, was ze nog steeds niet bereid milder over Cam te denken. 'Hij had ons allemaal een groot plezier kunnen doen door dat wapen eerder tegen zijn hoofd te zetten.'

'Precies wat Britt tegen Sara zei.'

'Jezus.' Faith trok wit weg bij die vergelijking. 'Laten we het eens hebben over wat er met Leighann Park is gebeurd.'

Will zweeg.

'Iemand tekende een rondje in haar linkerknieholte,' zei Faith. 'Ze is linkshandig, maar ik heb het geprobeerd met mijn rechterhand in mijn rechterknieholte. God weet dat ik minder soepel ben dan een twintigjarige, maar mijn rondje leek nergens naar. En dat binnen de lijntjes kleuren kun je helemaal vergeten. Leighann zei dat het rondje precies in het midden van haar knieholte zat en dat het bijna volmaakt rond was. Dat kan ze nooit zelf hebben gedaan.'

'Heeft die vriend het gezien? Jake Calley?'

'Ja. Hij wilde er een foto van maken, maar dat weigerde ze. Zoals te begrijpen valt, was ze totaal van de kaart.'

Will wreef over zijn kaak. 'Iemand heeft dat rondje getekend. Iemand wist dat Leighann op zoek was naar een boek in de bibliotheek. Iemand stuurde haar een bericht. Iemand doorzocht haar flat. Iemand wist dat er een spiegel in haar la lag.'

' "Dat ben ik," ' citeerde Faith.

'En Dani Cooper?'

Faith nam de lijst door. 'Iemand wist dat ze als vrijwilliger voor een politieke campagne wilde werken. Iemand wist dat ze een moedervlek op haar dijbeen had. Iemand wist dat ze pen en papier in de la van haar nachtkastje had liggen.'

'Wat zou jij doen als iemand je dat soort berichten stuurde?'

'Het spoor terug volgen en...' Hij bedoelde als ze een normaal iemand was, besefte Faith. 'Ik weet het niet. Ik zou in elk geval in alle staten zijn. Dat zijn persoonlijke, intieme bijzonderheden. Waar ga je met zoiets naartoe?'

'Maar zou je erop ingaan? Want daar gaat het om. De vrouwen antwoordden. Ze hadden hem kunnen blokkeren, maar dat deden ze niet. Is het een soort spam en stuurt de verkrachter berichten alle kanten op in de hoop dat iemand zal toehappen? Of is het eerder doelgericht, in de zin dat de verkrachter zorgvuldig te werk gaat en er alle tijd voor neemt de vrouwen uit te zoeken van wie hij denkt dat ze hoogstwaarschijnlijk zullen reageren.'

Faith schudde haar hoofd. 'Als de verkrachter de slachtoffers kent, dan kent het slachtoffer de verkrachter ook. Leighann herkende de man in de club niet. Voor zover we weten heeft Merit de naam niet genoemd van de man die haar ontvoerde. Dani heeft tegenover Sara ook geen naam genoemd.'

'Je hebt die opname met Richie, Mac en Chaz gehoord. Ze klonken als een team, vind je niet? Alsof ze ieder een rol hadden, of ze nou die bedrijfsspionage pitchten of erachter probeerden te komen wat ik over Cam wist. Ze speelden elkaar telkens de bal toe.'

Faith knikte, want godzijdank begonnen de dingen opeens te kloppen. 'Ze werken als team. Een van hen stuurt de berichtjes. Een ander doorzoekt de flat. Een van hen luistert gesprekken af. Weer een ander houdt de boel in de gaten.'

'En eentje verkracht het slachtoffer.'

Faith pakte de stapel transcripties van de chatgroep. '007 schept op over alle vrouwen met wie hij seks heeft. De anderen hitsen hem op. Misschien had hij het niet over veroveringen. Misschien beschreef hij verkrachtingen.'

Will wachtte tot ze verderging.

Faith las voor: '007: Eén ding, jongens, die dame van gisteravond had een heel strak gleufje. Ik moest haar openwrikken alsof het een blik sardientjes was. 003: Moest je je zakmes gebruiken? 002: Viel ze in slaap?'

Will zweeg terwijl Faith naar een nieuw fragment zocht.

'Dit is vier maanden later,' zei ze. '007: Waarom maken blondines zoveel lawaai? 004: Ik hou wel van lekker wat geschreeuw. 003: Misschien gilde ze omdat je een pik ter grootte van een Pontiac hebt. 002: Matchbox of Hot Wheels? 007: Ze hield in elk geval van diep en hard. 004: Heren, ik heb het gevoel dat dit niet iets voor mij is.'

'Mason.' Wills kaak stond strak. 'Ze lassen een pauze in tussen de verkrachtingen. Zei je gisteravond niet dat er meestal een gat van vier maanden zit tussen de berichten? Dat komt dus neer op minstens drie vrouwen per jaar over een periode van zestien jaar.'

'Achtenveertig slachtoffers. Jezus.' Zwijgend nam Faith nog wat passages door. Nu ze een theorie hadden ontwikkeld over de werkwijze van de Club zag ze alles in een volkomen nieuw licht.

Ze begon weer voor te lezen: '007: Ik wist niet hoe snel ik bij dat krijsende kreng weg moest komen. 002: Gaan we dit serieus nog eens doen? 003: Ik ben gek op meiden met dikke tieten. 007: Net infuuszakken. 003: Alsof je in een ballon of in een zakje bonen knijpt? 007: Alsof ik in een fietshoorn kneep, aan haar getoeter te horen.'

'Als 007 de verkrachter is, hoe weet 003 dan hoe groot de borsten van de vrouw zijn?' vroeg Will.

Faith keek op Cams laptop. 'Die corrupte bestanden waren filmpjes.'

'Van cameratoezicht?

'Dat zou kunnen als ze elkaar afwisselen. Het is ook heel slim, want als een van die gasten gepakt wordt, heeft de rest niks te vrezen. Zo'n aanklacht stelt niets voor. Met een goede advocaat kun je die laten verdwijnen.'

'En ze kunnen zich goede advocaten veroorloven,' zei Will. 'Ze zijn het gewend problemen af te kopen. Kijk maar naar Tommy's proces. De Coopers kozen voor een schikking omdat Macs detectives die oude foto's te pakken kregen die Dani naar haar vriendje had gestuurd. Dat soort onderzoek kost geld.'

Faith snuffelde wat rond op zoek naar de screenshots van de berichten die naar Dani waren gestuurd voor ze stierf.

Ze las: 'Ik weet dat je graag naar het park kijkt vanuit je hoekslaapkamer.'

'Dat weet hij omdat hij haar in de gaten heeft gehouden,' zei Will. 'En Leighann?'

Faith zocht Leighanns getuigenverklaring op. Ze las: ' "In een van de berichten schreef De Engerd dat hij me door mijn slaapkamer had zien lopen in een wit T-shirt en roze slipje, en ik raakte helemaal in paniek, want dat had ik de vorige avond aangehad, en ik liep toen door mijn slaapkamer heen en weer omdat ik aan het bellen was, dus hij moet me door de ramen heen gezien hebben, want ik was vergeten de jaloezieën dicht te doen." '

Faith legde de verklaring weg. Ze keek naar de stapel documenten, naar haar notitieboekje dat bijna vol was, naar de laptop, de telefoon, de bergen gegevens. 'Wat is die ene vraag die Amanda gaat stellen waarop we het antwoord schuldig moeten blijven?'

'Waar is de zaak?' zei Will. 'Het APD gaat over Leighann. Niemand heeft ons gevraagd iets te onderzoeken. Waar komt het GBI in het spel?'

'Ze zal ons in de zaak-Leighann moeten wurmen,' zei Faith. 'Amanda kan vast wel deze of gene om een gunst vragen. Ze kan als geen ander mensen naar haar pijpen laten dansen.'

Will keek weer op zijn horloge. Waarschijnlijk bleef hij kijken tot Sara geland was. Toen zei hij: 'Ze nemen hun zoons dus mee naar de Club. Tommy en Chuck. En ik vermoed dat ze van John Trethewey verwachten dat hij Eddie auditie laat doen.'

Dat had Faith ook al bedacht. 'Leighann zei dat het een aantrekkelijke vent was die haar op de club had gedrogeerd. Dan kan ze het onmogelijk over Chaz, Mac of Richie hebben gehad. Het zijn stuk voor stuk vette, lompe viezeriken van rond de vijftig. En bedenk eens wat ze doen: op de uitkijk staan, zoeken, afluisteren. Om zo dicht bij die jonge meiden te komen, hadden ze er appetijtelijk moeten uitzien. Een ouwe zak zou opvallen.'

'Weer een goede vraag. Hoe kiezen ze hun slachtoffers?'

'Tja...' Faith haalde haar schouders op. 'Die jongeren zetten elke seconde van hun leven online. En dan heb je nog datingapps, privéberichten, Snapchat. Dagvaarding, dagvaarding, dagvaarding.'

Zwijgend bestudeerde Will het bewijsbord. 'Mac lijkt de leiding te hebben, toch?'

'Ja.'

'Dus dan is het logisch dat hij de slachtoffers uitkiest.'

'Als Dani op de een of andere manier een band met Mac had, zou dat in Tommy's proces aan het licht zijn gekomen.'

'Ze was bevriend met zijn zoon,' zei Will. 'Dan hoefden ze niet verder te kijken.'

Faith bedacht iets. 'Dat bedrijf van hen. CMM&A. De C staat waarschijnlijk voor Chaz. De M is Mac. We gaan ervan uit dat M en A op mergers en acquisities slaan, maar stel dat de M op Mason slaat en de A iemand is die we niet kennen?'

Will keek haar aan. Ze had hem duidelijk recht in zijn dyslexie geraakt, maar dat ging hij haar niet vertellen.

Faith formuleerde het anders: 'Deze gasten zetten overal hun initialen op: op het adres van de chatwebsite, de naam van het bedrijf. Er is één initiaal waar geen naam bij past. Die naam zou met een A moeten beginnen.'

'Zou het een tweede naam kunnen zijn?' vroeg hij.

'Misschien?' Faith maakte een aantekening op haar lijst met dingen die officieel nagetrokken moesten worden. Een huisdier, een familielid van lang geleden, een schoolvriendinnetje. Het dataverwerkingsteam van het GBI was ongelooflijk goed in het vinden van merkwaardige stukjes persoonlijke informatie. 'We kunnen het Sara vragen wanneer ze geland is.'

'Laat haar eerst maar een nachtje slapen,' zei Will. 'Ze wil het voortouw nemen als we morgenochtend met Amanda gaan praten. Ze probeert de schuld op zich te nemen.'

'Heeft ze Amanda weleens ontmoet?' vroeg Faith. 'Die vreet schuldbekentenissen. Ze kan er geen genoeg van krijgen.'

'Als er iemand gestraft wordt, ben jij het. Ik ben later aan de beurt. Ik moet naar die mixer. Jij bent vervangbaar.'

Faith voelde haar maag weer opspelen. Amanda was niet alleen haar baas, maar ook de beste vriendin van haar moeder. Ze was de peetmoeder van Jeremy en Emma. Die noemden haar tante Mandy, net als Faith en haar oudere broer altijd hadden gedaan, want ze hoorde bij de familie.

Niets van dat alles zou Amanda ervan weerhouden om Faith gedurende de rest van haar onzalige politiecarrière op achtergrondonderzoek naar loterij- en drankvergunningen te zetten.

'Er moet een zware surveillance op die mixer aanwezig zijn,' zei Will. 'Bediening om DNA te verzamelen. Een paar van onze eigen mensen op de achtergrond. En misschien kan die man van de FBI aan wie ik was uitgeleend voor de militieklus in Mississippi een steentje bijdragen. Hij staat nog bij me in het krijt.'

Opeens steeg het bloed Faith naar de wangen. 'Wie is dat?'

'Van,' zei Will. 'Vorig jaar heb je samen met hem op die zaak gezeten.'

Aiden Van Zandt.

'Die eikel met de bril?'

Hij keek haar onderzoekend aan.

'Je weet dat ik mannen met bril niet vertrouw. Waarom kunnen ze niet gewoon zien?' Faith tikte haar laptop wakker. Ze moest hem snel op een ander onderwerp brengen. 'Hoe heet die tent waar jullie afgesproken hebben?'

'Andalusia. Het is een restaurant bij Pharr Road. Aan de ene kant is een bar. Zo'n plek waar mensen na het werk naartoe gaan.'

Ze begon een zoekopdracht te tikken. Haar vingers waren klam van het zweet. Will hield haar nog steeds nauwlettend in de gaten.

Hij zei: 'Hipsters, bankiers, advocaten. Van die Buckhead-types. Misschien moeten we het APD vragen om een jongen die voor mijn zoon kan doorgaan.'

Faith likte haar lippen. Ze knipperde te veel met haar ogen. Alles jeukte. Ze was een schoolvoorbeeld van iemand die zichzelf verraadt. 'Wordt nog een hele klus om een smeris te vinden die er niet als een smeris uitziet.'

'Ik doe het wel.'

Faith draaide zich met een ruk om. Jeremy stond in de deuropening van de keuken. Haar koptelefoon bungelde om zijn hals, want hij had de hele tijd meegeluisterd.

'Dan speel ik voor Eddie,' zei hij.

De preek over afluisteren kwam later wel, bedacht Faith. 'Je hebt twintig minuten geleden met je vrienden afgesproken.'

'Ik heb gezegd dat ik het niet redde.' Jeremy legde de koptelefoon op het keukenblad. 'Ik doe het wel. Ik kan doen alsof ik Wills zoon ben.'

Faith probeerde niet met haar ogen te rollen. 'Geen sprake van.'

'Mam, denk nou eens na. Geen smeris die weet hoe hij als een Tech-student moet praten. Of hoe hij er als een Tech-student moet uitzien. Tommy en Chuck hebben dat al op kilometers afstand door.'

Will stond op. 'Ik ga de honden maar eens uitlaten voor Sara thuiskomt.'

'Mam, ik –' zei Jeremy.

Faith legde hem met een woedende blik het zwijgen op. Ze wachtte tot ze de voordeur achter Will hoorde dichtslaan.

'Oké,' zei ze. 'Ten eerste zeg je geen Tommy en Chuck alsof je hier deel van bent, want dat ben je niet, en ten tweede ga je morgenavond als de donder naar dat etentje met 3M, dus daarmee is de zaak afgedaan, Inspector Gadget.'

Jeremy keek wat ongemakkelijk. Hij lachte niet en beantwoordde haar plagerij evenmin. Het was hem menens. 'Ik heb 3M afgezegd.'

Faith was bijna te verbijsterd om te reageren. 'Je hebt wat?'

'Ik heb het afgezegd. Ik wil niet bij 3M werken.'

Ze had even tijd nodig om op adem te komen.

Faith zat midden in een gruwelijk meervoudig verkrachtingsonderzoek, en haar zoon had uitgerekend dit moment uitgekozen om een handgranaat in zijn volmaakt uitgestippelde leventje te werpen. Er zat niet genoeg zuurstof in het vertrek om haar longen te vullen. Ze stond van tafel op om hem in zijn ogen te kunnen kijken.

'Oké,' zei ze. 'Je hebt meer kansen. Dupont is prima. Of Dow.'

'Ik weet dat ik meer kansen heb.'

'Mooi.' Ze probeerde de spanning uit haar stem te weren. Vanaf het eerste moment dat ze hem in haar armen had gehad, was ze doodsbang geweest om werkloos te worden. 'Over twee maanden studeer je af aan Georgia Tech. Dan heb je de banen voor het kiezen.'

'Ja, over kiezen gesproken.' Jeremy had nog steeds die wat ongemakkelijke blik in zijn ogen. 'Ik had zo gedacht dat ik misschien wel bij de politie wil. Bonnen uitschrijven en zo. Voor het APD gaan werken, net als jij en oma.'

Faith begon te lachen. Ze kon niet meer stoppen. Ze lachte zo hard dat ze dubbelklapte. Ze klonk als een blaffende zeehond. Die vervolgens stikte in een inktvis. En weer opnieuw begon te blaffen. Terwijl ze de tranen uit haar ogen wiste, stond ze op. 'O, jongen, vertel dat ook eens aan je grootmoeder wanneer ze terug is uit Vegas. Die komt niet meer bij.'

Jeremy keek onbewogen. 'Ik zei net dat ik bij het Atlanta Police Department wil werken. Waarom moet je lachen?'

'Omdat het een grap is.' Weer begon Faith te lachen. Nu ging hij te ver. 'Je bent straks afgestudeerd in chemische technologie aan een van de meest vooraanstaande openbare onderwijsinstellingen van het land. Je gaat op een kantoor werken, in pak en das.'

'Oom Will draagt een driedelig pak naar het werk.'

'Omdat oom Will een halvegare is,' zei Faith. 'Waarom neem je hem als voorbeeld? Je echte oom mag dan een klootzak zijn, hij is wel arts.'

'Wie moet ik anders als voorbeeld nemen?' wilde Jeremy weten. 'Victor was de enige man die ik kende, maar jij moest zo nodig een baby met hem maken.'

'Ho, dat was niet gepland,' zei Faith. 'En vertel me nou niet dat je grootvader er niet altijd voor je was als je 's middags thuiskwam uit school. Hij ging met je naar wetenschapskamp en muziekkamp en –'

'Oké, mam, ik heb het gehoord. Ja, opa was er voor me. Ik mis hem nog elke dag. Maar je moet naar me luisteren.' Jeremy keek haar recht in de ogen, wat het meest angstaanjagende was van het hele gesprek. 'Ik zeg dit niet zomaar, snap je? Ik heb er heel lang over nagedacht.'

Het was alsof er met een sloophamer tegen Faiths buik werd gebeukt. Hij meende het. Hij kon het onmogelijk menen. 'Jij gaat níét bij de politie.'

'Je bent zelf bij de politie. Oma was bij de politie. Tante Mandy is bij de politie.' Woedend priemde Jeremy met zijn vinger in haar richting. 'Wat wil je nou eigenlijk zeggen, mam? Vind je me niet stoer genoeg? Denk je dat ik het niet trek?'

'Wat ik wil zeggen is dat je mijn kind bent!' riep Faith uit. Natuurlijk trok hij het niet. Hij had nog steeds zijn babyvet. Hij had nog van die hamsterwangen. 'Je kunt met je leven doen wat je wilt, Jeremy – alles. Je hele prachtige leven ligt nog voor je. Je hebt kansen waarvan ik alleen maar heb kunnen dromen.'

'Dus ik moet mijn dromen opgeven om die van jou te realiseren?'

'Dromen?' Het woord kronkelde door haar brein. Weer had ze tijd nodig om op adem te komen. Ze beefde over haar hele lichaam. Het voelde alsof ze een hartaanval kreeg. Het kostte haar moeite om haar stem in bedwang te houden.

'Nu moet je eens goed luisteren.' Ze greep hem bij zijn armen en had hem het liefst door elkaar geschud. 'Je wilt bonnen uitschrijven? Dat gaat dus zo: je houdt iemand aan omdat hij te hard rijdt, terwijl je niet weet of hij je neerschiet, neersteekt of –'

'Ik weet wat voor werk het is.'

'Dat weet je niet, schat. Het is... Het is gevaarlijk. Het is te gevaarlijk.'

'Oma en jij zeiden altijd dat het niet gevaarlijk was.'

'We logen!' riep ze uit. 'We hebben al die tijd tegen je gelogen!'

'Fantastisch, mam. Je wordt bedankt.' Hij wilde weglopen, maar draaide zich weer om. 'Ik ben volwassen. Ik heb geen toestemming van mijn moeder meer nodig.'

'Je bent niet volwassen!' Faith kon het niet geloven. 'Wil je echt weten wat voor werk het is? Nou?'

'Denk je dat je me de waarheid kunt vertellen?'

'Reken maar. Het is klotewerk,' zei ze. 'Het is zwaar, je maakt lange dagen voor een waardeloos loon en je ziet mensen wanneer ze er het ergst aan toe zijn. Ze schieten elkaar overhoop om een paar sokken, of ze slaan hun vrouw dood of ze wurgen hun kinderen, en als je dan thuiskomt, is het enige wat je denkt dat je je fucking wapen in de kluis moet stoppen voor je in de verleiding komt het te gebruiken.'

Jeremy keek verbijsterd. Ze zag hem slikken.

Ze had te veel gezegd. Het was allemaal te veel.

Weer slikte hij. 'Is dat echt hoe je je voelt?'

Faith mocht nu niet terugkrabbelen. 'Soms.'

Hij hield een paar tellen lang haar blik vast en keek toen naar de vloer.

'Schat, het spijt me,' zei ze. 'Ik –'

'Je helpt mensen ook. Dat weet ik. Daar heb je over verteld.'

'Je kunt misschien één iemand helpen, maar de rest heeft gloeiend de pest aan je.' Faith was nog nooit zo eerlijk tegenover hem geweest. 'Alle shit die ik over me heen krijg alleen omdat ik mijn werk doe... Weet je hoeveel klootzakken me bij mijn kont hebben gegrepen, aan mijn borsten probeerden te zitten, me bespuugden – recht in mijn gezicht – schuine opmerkingen maakten of dreigden met verkrachting als ik mijn bek niet hield? En daar waren ook mannen in uniform bij, Jer. De broederschap duldt geen zusters.'

Koppig schudde hij zijn hoofd. 'Dat is niet het soort politieman dat ik ga worden.'

Het liefst had ze hem opnieuw recht in zijn gezicht uitgelachen. Hij was zo fucking naïef. 'Niemand denkt dat hij ooit dat soort politieman gaat worden.'

'Kijk je weleens naar het nieuws, mam? Het is niet zonder reden dat mensen de politie haten.'

'Of ik weleens naar het nieuws kijk? Natuurlijk kijk ik naar het nieuws. Iedereen die ik spreek, kijkt naar het nieuws. Waarom denk je dat ze zo de pest aan me hebben? Waarom denk je dat ze me niet vertrouwen? Waarom denk je dat ik ze moet smeken in te zien dat ik probeer te helpen?'

'Daarom wil ik dat werk gaan doen.' Jeremy klonk zo mogelijk nog strijdvaardiger. 'Je kunt het systeem niet van buitenaf veranderen. Ik wil niet de hele dag in een laboratorium zitten. Ik wil het verschil maken.'

'O, dus dat wil je: het verschil maken?' Ze voelde een miniem zweempje opluchting. 'Dat is fantastisch, jongen. Zorg dat je een mooie baan in het bedrijfsleven krijgt, met een vet salaris, dan kun je zo veel mogelijk geld aan wat voor goeie doelen dan ook –'

'Ik ga anderen niet betalen om het werk voor me te doen.'

'O, jezus nog aan toe. Luister nou eens. Jij gaat dat werk niet veranderen. Het werk gaat jou veranderen.'

'Dat weet je niet.'

'Ik ben het levende bewijs!' schreeuwde Faith. 'Weet je waarom ik bureaudienst heb? Niet omdat Will ergens anders een klus had. Het komt doordat die vent – die walgelijke, sadistische vent – vrouwen verminkte. Hij verkrachtte en martelde ze. Ik kan 's avonds niet eens mijn ogen dichtdoen zonder dat ik zie wat hij met hun lichamen deed. Zijn tanden stonden in hun borsten. Hij vilde ze. Hij liet van alles in hun lichaam achter. Hij had niet eens het fatsoen om ze dood te maken. Hij liet ze in hun eentje creperen. Niemand kon ze redden. Ik kon ze niet redden!'

Faiths stem bulderde door het huis. Ze beefde zo hevig dat ze zwaaiend op haar benen voor hem stond.

Jeremy keek weer naar de vloer. Hij beet op zijn lip om het trillen tegen te gaan. Tranen stonden in zijn ogen.

Weer had ze te veel gezegd, maar hij moest de waarheid weten. 'Ik trok het niet meer. Amanda zette me op bureaudienst omdat ik er bijna aan onderdoor ging, oké? Will zegt de hele tijd dat ik PTSS heb, want ik heb zonder meer PTSS. Ik ben kwaad en lichtgeraakt. Ik kan niet slapen. Het enige wat ik wil, is aan deze stomme zaak werken, die me uiteindelijk mijn baan gaat kosten. Dat doet dit werk namelijk met je. Het neemt alles van je af. Alles behalve jóú, schat. Ik vind het niet goed. Ik kan het niet goedvinden. Je mag het niet doen.'

Jeremy bleef naar de vloer kijken.

Nu Faith niet meer schreeuwde, was het doodstil in huis. Ze hoorde boven de droger draaien, het geluid van de druipende kraan in de badkamer, want al riskeerde ze elke dag haar leven om mensen te helpen die haar haatten, een loodgieter kon ze zich niet veroorloven.

'Mam.' Jeremy's stem klonk afgeknepen. 'Waarom heb je me dat niet verteld?'

'Omdat het mijn taak is je te beschermen.' Ze legde haar hand op haar hart omdat het anders uit haar borst zou bonken. 'Alsjeblieft, schat. Laat me je alsjeblieft beschermen.'

Het bleef heel lang stil. Te lang. Haar zoon was rationeel. Hij dacht na, was beschouwend en had een wetenschappelijke instelling. Hij woog alles heel systematisch af, van welke schoenen hij ging kopen tot welke film hij ging zien tot wat hij in een restaurant ging bestellen. Bij Jeremy gebeurde niets spontaan. Niet het afzeggen van dat etentje van 3M. En evenmin de uitspraak dat het zijn droom was om net als zijn moeder, zijn grootmoeder en zijn tante voor het uniform te kiezen.

Heel even stak hoop de kop op bij Faith, maar toen schudde hij langzaam zijn hoofd.

Hij keek haar weer aan. Recht in haar ogen. 'Jij kunt me niet vertellen wat ik met mijn leven moet doen.'

Tranen stroomden over haar gezicht. Ze was hem aan het verliezen. 'Reken maar van wel. Ik heb je op de wereld gezet.'

'Ooit,' zei hij. 'Tweeëntwintig jaar geleden.'

Faith wilde lachen, maar ze was te bang. 'Alsjeblieft, Jeremy.'

Zijn slappe houding verdween. Hij had zijn rug gerecht, zich gepantserd, en keek nu op haar neer. Wat was hij groot. Wanneer was hij zo groot geworden?

'Waarom kap je er niet mee?' vroeg hij.

Op die vraag had ze geen antwoord.

'Als je zo de pest hebt aan je werk, waarom kap je er dan niet mee?'

'Jeremy.' Faith legde haar handen weer op zijn armen. Ze zocht wanhopig naar een uitweg. Ze had haar moeder nog nooit zo hard nodig gehad als nu. 'Het gaat om een grote beslissing. Laten we er verder over praten wanneer oma weer thuis is.'

'Die komt zondag pas,' zei hij. 'Will heeft morgenavond iemand nodig die undercover gaat.'

Faith liet haar handen langs haar zij vallen. Hij bezat in elk geval de arrogantie van een smeris. 'Weet je wel hoelang politiemensen getraind worden voor ze undercover mogen? Psychologische testen, ervaring in het veld, juridische cursussen, al die jaren dat je hard aan de bak moet?'

'Ik studeer aan het Tech, net als Eddie. Ik ken Will nu vijf jaar. Ik ben even oud als die Tommy en Chuck. Ik ben al eens eerder in de Andalusia geweest. Ik weet hoe ik een student aan een bar moet spelen.'

Ze kon slechts haar hoofd schudden. 'Denk je dat het zo gemakkelijk is?'

'Ik heb die opname gehoord, mam. Will kan niet met zijn zoon overweg. Ik weet hoe ik in een hoek moet zitten mokken. Volgens jou is dat een van mijn specialiteiten.' Jeremy sloeg zijn armen over elkaar. 'Zeg maar of ik het mis heb.'

'Je hebt het mis want het gaat om politiewerk. Niets loopt zoals gepland. Mensen zijn gestoord. Ze worden gedreven door dingen die jij niet kunt bevatten.'

'Jij zegt altijd dat je dingen leert door ze te doen.'

'Ik had het over je fucking wasgoed, niet over je leven op het spel zetten.'

'Oké,' zei hij. 'En stel dat ik het niks vind?'

Bij wijze van uitzondering had Faith daar niet meteen een antwoord op.

'Stel dat ik undercover ga, het helemaal niks vind en dat ik dan contact opneem met 3M. Of met Dupont. Of Dow. Die bellen vast terug. Ik ben afgestudeerd in chemische technologie aan een van de meest prestigieuze universiteiten van het land.'

Hij was verdomme veel slimmer dan goed voor hem was.

Gelukkig was Faith nog slimmer. 'Het is niet aan mij, vent. Het is aan Amanda. Wil je dit echt? Dan moet je als een echte kerel bij tante Mandy aankloppen en haar om toestemming vragen.'

Hij grijnsde, want ze was recht in zijn val gelopen. 'Deal.'

16

Will stond voor de gesloten deur van Amanda's kamer naar Faith te kijken, die de gang op en neer liep. Ze maakte rechtsomkeert en kwam weer zijn kant op. Ze mompelde in zichzelf. Haar ogen waren rood en opgezwollen. Haar kleren waren verkreukeld. Zelfs Will zag dat haar haar anders zat dan normaal.

De toestand met Jeremy brak haar op. Faith wilde niet dat haar zoon bij de politie ging, maar ze miste het gezag om hem tegen te houden. Of ze kon achter zijn besluit gaan staan, of ervoor zorgen dat hij de rest van zijn leven een wrok tegen haar koesterde. Met geen van beide opties kon ze leven. Ze had tegen Will gezegd dat ze de vorige avond drie uur lang hysterisch had zitten snikken tegen haar moeder in Las Vegas en dat ze zichzelf ten slotte op Jeremy's hoogslaper in slaap had gehuild.

Wills avond met Sara was minder dramatisch geweest, maar wel pijnlijk. Zoals afgesproken had hij haar zowel de opname met Leighann Park als het onbewerkte audiobestand van zijn lunchgesprek met Mac, Chaz en Richie gestuurd. Sara had alles beluisterd in het vliegtuig, maar toen ze thuiskwam, had ze er niet over willen praten. Ze had de douche nauwelijks gehaald. Ze had zich op het bed laten vallen. Ze was uitgeput geweest van de twee vluchten, kapot van het gesprek met Sloan, hevig getroffen vanwege Leighann Park, en ze had een vette kater gehad omdat ze overdag had gedronken. Dat laatste was iets wat Will moest accepteren. Hij had gedaan alsof het hem niet raakte, maar het zat hem dwars.

Het zat hem behoorlijk dwars.

'Fuck,' mompelde Faith toen ze voor Will bleef staan. 'Hoelang gaat dit duren?'

'Sara vertelt haar alles.' Will keek op zijn horloge. Sara was nu bijna een halfuur op Amanda's kamer. Haar focus op details had ook nadelen. 'Zullen we in de kantine wachten?'

'Nee, ik wil niet toekijken hoe jij twaalf Snickers inhaleert, terwijl ik kamillethee uit een plastic zak knijp.' Faith streek met haar vingers door haar wanordelijke haar. 'Hij zit beneden, Will. Hij zit in de hal te wachten. Hij heeft godbetert een pak aan.'

Ze doelde op Jeremy. Will had hem gezien toen hij het gebouw in liep. De jongen had een keurige scheiding in zijn haar gekamd. Hij zag eruit alsof hij op zijn beurt voor de schoolfoto's wachtte.

'Hij heeft het niet, hè?' zei Faith. 'Hij heeft het gewoon niet in zich.'

Will haalde zijn schouders op, want je wist pas wat je in je had als het erop aankwam. 'Hij wordt echt niet meteen in een patrouillewagen gegooid. Eerst krijgt hij training. Dan kan hij nog altijd weggestuurd worden.'

'Mijn zoon wordt niet weggestuurd van de politieacademie,' zei Faith. 'Hij heeft een universitaire opleiding. Hij is de kleinzoon van Evelyn Mitchell. Als het moet, slepen ze hem er aan zijn haren doorheen.'

Daar had Will niets tegen in te brengen. Faith mocht dan met Will op één hoop worden gegooid, haar moeder hoorde nog steeds bij de adel van het APD.

'Ik kan het niet,' zei ze. 'Praat jij maar.'

Will was van nature geen prater. Hij zocht naar een veilig onderwerp. 'Het was koud vanochtend. Betty rilde helemaal toen ik de honden uitliet. Sara's windhonden hebben jasjes aan. Misschien moet ik –'

Faith keek hem aan alsof hij gek was geworden. 'Nee, stommerd. Daarbinnen. Met Amanda. Jij zult moeten praten. Ik kan het niet.'

Will streek zijn vest glad. 'Geen probleem,' zei hij, hoewel Faith doorgaans degene was die van Amanda een spervuur aan vragen over zich heen kreeg.

De deur ging open. Sara keek verbaasd toen ze hen zag staan, als een stel leerlingen dat zich had misdragen en zich bij de rector moest melden. 'Ik heb haar bijgepraat,' zei ze. 'Ik heb geen idee hoe het gegaan is. Ze had er niet veel op te zeggen.'

'Fuck,' fluisterde Faith. 'Mijn zoon wil zijn leven op het spel zetten. Over twee dagen komt mijn dochter thuis. Mijn huis is een chaos. Mijn bestaan staat op instorten. Ik zie eruit alsof ik met een schep in mijn gezicht ben geslagen. Ik sta op het punt mijn baan te verliezen.'

'Morgen kom ik langs om die bewijswand af te breken,' zei Sara.

'Bedankt. Even afwachten of ik dan nog leef.' Faith griste haar koffertje van de vloer. Met een wanhopige blik op Will liep ze Amanda's kamer in.

Will bleef achter. 'Hoe is het met je hoofdpijn?' vroeg hij aan Sara.

Sara antwoordde niet. Voorzichtig pakte ze zijn gewonde hand. Vanwege de tijdsdruk had ze geen nieuwe hechtingen aangebracht. 'Heb je je antibiotica genomen?'

Hij knikte.

'Ik moet nog wat werk inhalen. Het wordt een latertje.' Ze legde haar hand tegen zijn gezicht. 'Ik heb Faith beloofd dat ik de chattranscripties zal doornemen om te zien of ik namen aan nummers kan koppelen. Behalve dan die van Mason.'

Will klemde zijn kiezen op elkaar. Hij kon het niet uitstaan als ze Masons naam uitsprak. 'Vanavond hebben we ook audio van de bar. Als je die beluistert, wordt je geheugen misschien opgefrist.'

'Nee,' zei ze. 'Ik wil het niet horen als Jeremy je pa noemt.'

Sara raakte zijn wang even aan en liep weg. Ze liet iets droevigs achter. Will wist dat hij haar niet moest volgen. Niet alles kon gladgestreken worden.

'Wilbur!' bulderde Amanda. 'Zonder jou wordt er niet begonnen.'

Hij wachtte tot Sara om de hoek was verdwenen, zette zich schrap en liep rechtstreeks de hel in.

Amanda troonde als een hyena achter haar bureau. Haar klauwen rustten op het leren vloeiblad. Haar rug was kaarsrecht. Met een zekere bloeddorst in haar ogen volgde ze Will op zijn gang door de kamer.

Faith zat ineengezakt als een puber tegenover haar. Haar koffertje stond geopend op de vloer.

Will nam de andere stoel. Hij liet zijn schouders niet hangen.

'Waarom voelt het,' begon Amanda, 'alsof ik de enige mens ben in een Muppet-film?'

Will voelde zich altijd wat ongemakkelijk als ze naar populaire cultuur verwees. 'Ma'am, ik –'

'Waarom geeft dokter Linton, die geen rechercheur is, aan me door welke onderzoeksstappen ze de afgelopen paar dagen heeft gezet in een poging drie onopgeloste misdaden op te lossen die geen van alle binnen het bestek van dit bureau vallen?'

Will deed zijn mond al open, maar Amanda stak haar vinger op.

'Mijn patholoog-anatoom vliegt naar New York. Een van mijn agenten hangt op een countryclub rond. Een andere agent onttrekt zich aan haar taak. En nu word ík geacht van het ene op het andere moment een undercoveroperatie te coördineren waarvoor ik het APD moet inschakelen, om nog maar te zwijgen over het feit dat ik het restant van mijn budget erdoorheen moet jagen voor een onderzoek dat officieel niet eens bij het GBI thuishoort?'

'Het is mijn schuld,' zei Will.

Amanda trok een wenkbrauw op.

'Sara bracht het onder mijn aandacht,' zei hij, 'maar ik heb zelf het besluit genomen er werk van te maken. Ik heb Faith erbij gehaald. Ik liet haar voor mij invallen toen ik eigenlijk voor het fraudeteam moest werken. Het is allemaal aan mij te wijten.'

Sinds hij de kamer was binnengelopen, had Amanda niet één keer met haar ogen geknipperd. 'Dokter Linton wekte de indruk dat zij de enige was die iets te verwijten viel.'

'Dokter Linton vergiste zich.'

'O?' zei Amanda. 'Heb je je contacten bij Dekalb County bespeeld zodat Jack Allen Wright betrapt kon worden met een exemplaar van *Busty Babes* onder zijn matras?'

Will voelde zijn mond droog worden. Sara wist niets van Wright, wat betekende dat Amanda het zelf had ontdekt. Wat betekende dat ze zoals gewoonlijk weer twee stappen op hen voor lag.

Ze was nog niet klaar. 'Heb jij je contacten bij het APD aangeboord zodat je een officieel verhoor kon afnemen bij een twintigjarige vrouw die ontvoerd en zesendertig uur lang verkracht is?'

'Ik heb tegen Donnelly gezegd dat er mogelijk lopende zaken waren die hij zou willen onderzoeken,' zei Will. 'Dit alles begon met het proces in de zaak-Dani Cooper. Er waren overeenkomsten tussen –'

Faith kreunde. 'God nog aan toe, Amanda. Je weet dat we er allebei tot over onze oren in zitten. Wat wil je dat we zeggen?'

Amanda richtte zich als een laserstraal op Faith. 'Nu begeef je je op zeer glad ijs.'

'Hak er maar een gat in,' zei Faith. 'Gooi me maar in het ijswater. Mij maakt het niet uit. Zolang je het maar snel doet.'

Amanda leek bereid aan haar verzoek te voldoen. Will deed zijn mond al open om tussenbeide te komen, maar toen deed Amanda iets wat hij haar zelden zag doen.

Ze bond in.

'Oké.' Ze leunde achterover. 'Wat denken we? Wat weten we? Wat kunnen we bewijzen?'

Wrijvend over zijn kaak keek Will Faith aan. Ze was al even verbluft als hij. Amanda vroeg of ze de zaak met haar wilden doornemen. Will gunde haar geen tijd om op haar schreden terug te keren en nam meteen het woord.

'Wat we denken: Mac McAllister, Chaz Penley, Richie Dougal en misschien twee of drie anderen hebben het al zestien jaar op vrouwen gemunt die ze verkrachten. Ze verdelen het werk zodat niemand van hen met een specifiek slachtoffer in verband kan worden gebracht. Een van hen stalkt haar. Een ander stuurt haar bedreigende berichtjes. Een derde drogeert haar misschien. Een vierde brengt haar ergens naartoe. En weer een ander – die volgens ons de Meester wordt genoemd – verkracht haar. Ze laten de taken rouleren zodat niemand eruit springt. Het is een goed georganiseerde bende. Daardoor konden ze er zo lang mee wegkomen. Je moet ze allemaal bij elkaar vegen om de misdaad te kunnen volgen.'

Nu kwam Faith erin. 'We weten het volgende: Merit Barrowe, Dani Cooper en Leighann Park pasten als slachtoffer alle drie bij de modus operandi van de groep. De overeenkomsten tussen hun zaken zijn te groot om als toeval te worden afgedaan, ook al zit er vijftien jaar tussen. Ze ontvingen alle drie bedreigende berichtjes. Ze werden alle drie gedrogeerd, ontvoerd en verkracht. Na de aanval misten ze alle drie een linkerschoen. Air Jordan. Stella McCartney. Marc Jacobs. Dani kreeg een bericht met de woorden "Dat ben ik". Toen Leighann wakker werd na de verkrachting, stonden de woorden "Dat ben ik" met watervaste zwarte marker op haar linkerborst geschreven.'

Will maakte het verhaal af. 'Wat we kunnen bewijzen: de linkerschoenen worden meegenomen als trofee. Dat is het enige voorwerp dat de drie vrouwen met elkaar verbindt. Verder hebben we niets gevonden.'

Amanda zette haar vingers als een torentje tegen elkaar en liet de informatie bezinken. 'Wat is de link met de verkrachting van dokter Linton?'

'Die is er niet,' zei Will. 'Britt McAllister is wanhopig. Ze wil dat Sara Mac en de clan tegenhoudt. Ze weet wat er gebeurt. Ze denkt dat ze haar zoon ertegen kan beschermen.'

'Wel wat aan de late kant,' zei Amanda. 'Ik heb tegen dokter Linton gezegd dat ze Merit Barrowes onderbroek aan de forensische recherche moet geven. In Georgia is verkrachting na vijftien jaar verjaard, maar dat vervalt als er op DNA getest kan worden. Niet dat het DNA meer is dan feiten verzamelen. Zonder getuigen kan er moeiteloos aangevoerd worden dat de seks met wederzijdse instemming plaatsvond. En dat brengt ons op de dood van Merit. Zelfs met het toxicologisch rapport kun je onmogelijk bewijzen dat ze niet zelf een overdosis heeft genomen. Conclusie: er is geen zaak.'

'De zaak-Leighann Park is ook geen appeltje-eitje,' zei Faith. 'Ze heeft geen enkele herinnering aan wat er gebeurd is. We kunnen DNA van haar jurk of haar schoen halen, maar zelfs dan is er alleen sprake van verkrachting, niet van poging tot moord. Ze is geen geweldige getuige. Dat kan zij niet helpen. Maar juryleden staan vaak snel met hun oordeel klaar. Als ze te mooi is, heeft ze het uitgelokt. Als ze niet mooi genoeg is, dan liegt ze erover om aandacht te krijgen. Als de verkrachter er goed uitziet, zou hij nooit vrouwen tot seks dwingen. Dat alles komt erop neer dat de man vrijuit gaat. In het gunstigste geval bekent hij schuld aan een minder zwaar delict, misschien wordt hij geregistreerd als zedendelinquent, en dan pakt hij zijn leven weer op.'

Nu nam Will het weer over. 'Wat Dani Cooper betreft hebben we nog minder. En we weten vrijwel zeker dat er meer slachtoffers zijn, maar we weten niet wie dat zijn.'

'Hoeveel slachtoffers?' vroeg Amanda. 'Over hoeveel jaar?'

'Minstens drie per jaar over een periode van zestien jaar,' antwoordde Faith.

'Goed,' zei Amanda. 'We hebben het dus niet over individuele wandaden. Dit betreft een samenzwering.'

'RICO?' Will gaf met moeite toe dat dit de achterliggende reden was dat ze Amanda nodig hadden.

Het ging hier om Georgia's wet op Racketeer Influenced and Corrupt Organizations. Oorspronkelijk was RICO bedoeld om op federaal niveau de maffia aan te pakken. Georgia had de definitie verruimd en wat nog belangrijker was: ook zonder het bestaan van een onderneming kon er sprake zijn van fraude en afpersing. Je hoefde alleen maar een patroon van illegaal gedrag aan te tonen. De staat had dit aangegrepen om op Jan en alleman jacht te maken, van accountantsfirma's tot rappers, met uiteenlopend succes.

'Leg eens uit,' zei Amanda.

Will nam het woord. 'Met RICO kan de verjaringstermijn van vijf jaar worden opgerekt tot aan de datum waarop het laatste misdrijf werd ontdekt of tot het laatste misdrijf. De minimumstraf is vijf jaar. Twintig jaar is het maximum.'

Faith pakte het verhaal weer op. 'Tot de basismisdrijven behoort elke daad of elk dreigement met betrekking tot moord, ontvoering, wederrechtelijke vrijheidsberoving, mishandeling, omkoping, belemmering van de rechtsgang, en handel in gevaarlijke drugs.'

'En daar komen Merit Barrowe, Dani Cooper en Leighann Park om de hoek kijken,' zei Amanda. 'Ga door.'

'In 2019 voegde de staat er het dwingen tot prostitutie aan toe,' zei Faith. 'De chattranscripties zouden dat argument kunnen ondersteunen. En als we bij die corrupte filmpjes op de website kunnen komen, dan gaat het over het verspreiden van obsceen materiaal door middel van digitale middelen.'

'Daar moet ik de juristen op zetten, maar ik ben alvast blij met wat ik hoor.' Amanda maakte een aantekening op haar vloeiblad. 'Heeft een van jullie een theorie over hoe de slachtoffers geselecteerd worden?'

De vorige avond hadden ze zich over dezelfde vraag gebogen. Will zei: 'We denken dat Mac McAllister ze uitkiest, maar dat is louter intuïtie. We weten het niet zeker. We hebben geen enkel bewijs.'

'En we weten niet hoe hij ze selecteert,' voegde Faith eraan toe.

'Social media misschien?' opperde Amanda. 'Via zijn zoon? Hoe heet die jongen?'

'Tommy,' zei Will. 'Tommy is samen met Dani Cooper opgegroeid, dus zo werd ze uitgekozen. Chaz Penley heeft een zoon genaamd Chuck, van Tommy's leeftijd. Misschien heeft een van hen Leighann in een bar gezien of bij een campusevenement.'

'En Merit Barrowe?'

'Geen idee,' zei Faith. 'Er volgde geen onderzoek naar die zaak omdat de rechercheur, Eugene Edgerton –'

'Een corrupte smeris was,' vulde Amanda haar aan. 'Heb je je moeder gisteravond nog naar hem gevraagd?'

Nu kreeg Faith iets korzeligs. 'Hoe weet je dat ik gisteravond met mijn moeder heb gepraat?'

Amanda was klaar met inbinden. 'Evelyn is al veertig jaar mijn beste vriendin. Wie denk je dat ze gebeld heeft nadat ze met jou had gesproken? Je mag blij zijn dat ze me niet met een verdovingsgeweer naar je huis heeft gestuurd.'

Faiths neusvleugels trilden, maar ze zei niets.

'Evelyn kende Eugene nog van lang geleden,' zei Amanda. 'Hij ging met vervroegd pensioen. Kocht een huis aan Lake Lanier.'

'Aan het meer?' Will kende het gebied. Op dat moment gingen de huizen daar voor minstens twee miljoen van de hand. 'Dus hij was echt corrupt.'

'Dat kun je wel zeggen.'

'Nog even terug.' Faith had het tegen Amanda. 'Waarom vroeg je naar de manier waarop de slachtoffers werden geselecteerd?'

'Dat is de zwakke schakel in het verhaal. Als we erachter zijn hoe de meisjes werden geselecteerd, brengt dat ons bij de man die de leiding heeft. Als we die eenmaal te pakken hebben, keert hij zich tegen de anderen.' Amanda spreidde haar armen. 'Geloof me nou maar. Ik heb mijn hele leven met machtige mannen te maken gehad. Die storten zich nooit op hun eigen zwaard. Ze proberen iedereen om hen heen neer te sabelen. Is er verder nog iets?'

'Ik heb de laptop van Cam Carmichael en de telefoon van Merit Barrowe,' zei Faith. 'We hebben het digitale onderzoeksteam nodig om de zeven beveiligde bestanden te kraken. Ook staan er op de website een paar corrupte videobestanden. Ik weet niet of die gerepareerd kunnen worden, maar ik ben dan ook geen computerspecialist.'

Amanda gebaarde dat ze door moest gaan.

Faith sloeg haar notitieboekje open op het bureau. 'Ik heb een lijst gemaakt van de dagvaardingen die we moeten aanvragen.'

Amanda liep met haar vinger de lijst langs. 'Het duurt minstens twee weken voor GoDaddy informatie overdraagt over het eigenaarschap van websites. Het Grady doet er zeven dagen over, hooguit. De bankgegevens van Edgerton krijgen we pas na een maand of langer. Dat geldt ook voor de patholoog-anatoom. De bestanden zijn zo oud dat ze ze misschien niet eens meer hebben. Waarom staat Cam Carmichael hier niet bij? We moeten zijn bankafschriften ook inzien. Een aanklacht wegens rijden onder invloed laten verdwijnen is een fluitje van een cent. New York is een dure stad. Hij is er op het allerlaatst naartoe gegaan. Aanbetalingen, nutsbedrijven, zich laten verhuizen naar een andere staat, zijn huurcontract in Atlanta verbreken. Ik betwijfel of een drankzuchtige verkrachter in staat was om er een appeltje voor de dorst op na te houden.'

Faith voegde een nieuwe notitie aan de lijst toe.

'Wat doen die opnamen van beveiligingscamera's hier?' wilde Amanda weten.

'Die zijn van in het huis,' zei Faith. 'Mac heeft in sommige kamers beeld- en geluidsapparatuur geïnstalleerd. Hij gebruikt elektronica om zijn vrouw te mishandelen.'

'Een slaapkamer, een badkamer, een woonkamer en de keuken,' vulde Will haar aan.

'Laat dat maar op de lijst staan, maar we hebben meer nodig dan dit als we een overvalteam naar het huis willen sturen. Het APD is niet de enige instantie in deze staat die niet in botsing wil komen met de muur van het McAllister-geld.' Amanda schoof het notitieboekje weer naar Faith. 'Waar worden de slachtoffers vastgehouden?'

Will keek Faith aan.

Faith keek Will aan.

De zoveelste reden om Amanda erbij te betrekken. De vraag was niet één keer bij hen opgekomen, maar het was een feit dat de vrouwen ontvoerd waren. Dus waren ze ook ergens vastgehouden. Leighann was zesendertig uur kwijt. Bij Merit Barrowe zat er een gat van minstens twee uur in haar tijdlijn. Niemand wist hoe Dani Cooper in het Grady was beland. De gps van Tommy's Mercedes was niet online geweest. De bewakingscamera's op vrijwel iedere straathoek wezen in de verkeerde richting of waren kapot.

'Ik kwam iets tegen toen, eh… toen ik wat onderzoek deed naar dat bedrijf waarvoor Richie Dougal werkt. CMM&A,' zei Faith.

'Heb je dat nagetrokken?' vroeg Amanda.

'Ja, helemaal in m'n eentje,' zei Faith. 'Het bedrijf heeft een kantoortje in een gebouw genaamd de Triple Nickel, bij Buford Highway. Ik heb er een kijkje genomen. Er staat een bureau met een telefoon, verder wat stoelen en aan de achterkant is een deur. Bij de nagelstudio ernaast zeggen ze dat ze er nog nooit iemand hebben gezien, maar Leighann was gedrogeerd. Die heeft niet geschreeuwd. Er is een ingang aan de achterkant. Iemand zou er moeiteloos in en uit kunnen glippen zonder gezien te worden.'

'Heb je er een kijkje genomen?' Amanda laste even een pauze in. 'Zet maar op je lijst, maar we kunnen er geen surveillance op zetten. Daarvoor hebben we geen geld, geen mankracht en voorlopig ook geen juridische rechtvaardiging.'

Al knikkend voegde Faith het aan de lijst toe.

'Laten we ons nog eens over die dreigberichten buigen,' zei Amanda. 'Hoe kwam hij aan hun telefoonnummers?'

Opnieuw keek Will Faith aan, die hem op haar beurt aankeek. Weer iets waarover ze niet hadden nagedacht. De man die de enge berichten had verstuurd, moest op de een of andere manier aan de telefoonnummers van de vrouwen zijn gekomen.

'Ga eens terug naar Merit Barrowe,' zei Amanda. 'Vijftien jaar geleden moest je bij de meeste mobieletelefooncontracten nog per minuut betalen. iPhones waren een zeer dure nieuwigheid. We werkten nog met Blackberries. Als je je nummer moest geven, gaf je dat van je vaste aansluiting.'

'Schreven mensen nog cheques uit?' vroeg Faith. 'Als je in een winkel was, moest je je telefoonnummer opgeven als je met een cheque betaalde. Als er iemand achter je stond, kon die het horen.'

'Een aandachtspunt,' zei Amanda. 'Van dokter Linton hoorde ik dat Leighann Park zich een schapenvacht herinnerde.'

'Die kwam niet voor bij Dani of Merit,' zei Will, 'maar een van beiden stierf voor ze iets kon zeggen en naar de ander is nooit onderzoek gedaan.'

'En het geluid dat Leighann hoorde? Dat mechanische geluid?'

'Luister zelf maar,' zei Faith. 'Ik heb alle audiobestanden op een USB-stick: het verhoor van Leighann, Wills lunch op de countryclub. Ook heb ik de autopsierapporten, de getuigenverklaringen en de onderzoeksaantekeningen gescand. Alles staat klaar. Ik heb alleen nog een zaaknummer nodig voor ik het kan uploaden naar de server.'

'Hopelijk kan ik je er eentje geven,' zei Amanda. 'Ik zal om een heel grote gunst moeten vragen bij het APD om ervoor te zorgen dat vanavond door kan gaan. De zaak van Leighann Park staat volop in de schijnwerpers. De pers heeft zich erop gestort. We mogen geen stap verkeerd zetten.'

Will had gezien dat Faith haar hand tot een vuist balde. Politieke overwegingen waren aan haar niet besteed. Ze dacht aan haar zoon.

Amanda had het ook gezien. 'Wat wil je dat ik met Jeremy doe?'

Faith legde haar pen neer en zakte onderuit op haar stoel. Tranen blonken in haar ogen.

Dit leek Will een goed moment om op te stappen.

Amanda hield hem tegen. 'Zitten blijven.'

Will ging weer zitten. Sniffend veegde Faith met haar hand langs haar neus. Opeens voelde de kamer heel klein.

'Evelyn en ik namen je vroeger mee als we gingen surveilleren,' vertelde Amanda haar. 'Twee vrouwen in een stationcar met een baby in het achterzitje. Niemand die ook maar naar ons keek. We waren onzichtbaar.'

Will hoorde Faith weer sniffen. Het liefst zou hij zelf onzichtbaar zijn.

'Ooit stonden we bij een pandjeshuis te posten,' zei Amanda. 'De verdachte betaalde onder de tafel cash voor gestolen Rolexen. We gaan naar binnen en rekenen de man in. We slepen hem geboeid naar buiten en dan zien we iemand achter in Evs stationcar. Een van de meiden op de hoek moest even met de benen wijd en nam een klant mee naar Evelyns wagen. De auto schudde. En jij sliep door het hele akkefietje heen.'

'Door het hele akkefietje?' zei Faith. 'Lieten jullie hem klaarkomen?'

'Dat was zo gebeurd,' zei Amanda. 'Faith, je bent in dit leven opgegroeid. Weet je nog dat Ev en ik foto's en aanwijzingen op de muur van je slaapkamer prikten?'

Faith schonk Will een waarschuwende blik, alsof hij zomaar het bewijsbord in haar keuken zou noemen.

'Evelyn probeerde je altijd te beschermen, maar je was zo'n nieuwsgierig kind. Ik weet nog dat ze je een keer midden in de nacht op de keukenvloer aantrof, waar je haar dossiers lag te lezen en autopsiefoto's bekeek.' Amanda zweeg even. 'Doet dat je aan Jeremy denken?'

'Ik heb die foto's nooit bekeken.'

'Alleen omdat je er niet tegen kunt,' zei Amanda. 'Maar je las de verslagen wel. Je wilde erbij betrokken zijn. En toen je tegen Evelyn zei dat je bij het APD wilde, brak je haar hart.'

'Ze was trots op me.'

'Ze was doodsbang,' zei Amanda. 'Dat weekend hebben we er bijna een halve kist tequila doorheen gejast.'

Faith veegde met haar vuist haar tranen weg. Will dacht aan de zakdoek in zijn achterzak. Op Amanda's bureau stonden tissues. Hij kon de doos dichter naar Faith toe schuiven. Hij kon haar ook zijn zakdoek aanbieden. Of hij kon stil blijven zitten en proberen te verdwijnen in de nepleren bekleding.

'Je vader bood je vijfduizend dollar als je je studie afmaakte in plaats van bij het APD te gaan,' zei Amanda. 'Weet je dat nog?'

Faith zwaaide met haar hand in Wills richting. 'Moet hij echt hier blijven om dit allemaal te horen?'

Will vond van niet. Hij wilde weer vertrekken, maar Amanda wees hem zijn plaats.

'Wilbur,' zei ze. 'Heb je Faith ooit verteld hoe jij bij het GBI terecht bent gekomen?'

Will wreef over zijn kaak. Nu begreep hij waarom ze wilde dat hij bleef.

'Will heeft het leger geprobeerd. Hij heeft McDonald's geprobeerd. Hij heeft winkeldiefstal geprobeerd. Hij heeft de gevangenis van Atlanta geprobeerd.'

Will voelde Faith naar hem kijken, want hij had haar niets van dat alles verteld omdat het haar niet aanging.

'Ik heb al mijn contacten aangeboord om ervoor te zorgen dat hij bij het GBI terechtkwam,' zei Amanda. 'Politiemensen, rechters, reclasseringsambtenaren, als ik ook maar iemand onder druk kon zetten, dan deed ik dat. Ik weigerde hem het slechte pad op te laten gaan. En ik wilde hem al helemaal niet ergens laten werken waar ik geen oogje op hem kon houden.'

Will keek naar zijn gewonde hand. Het bloed klopte in zijn vingers. Hij vroeg zich af hoelang hij nog antibiotica moest slikken.

'Ik zal je een vraag stellen,' zei Amanda. 'Aan wie zou je Jeremy liever toevertrouwen? Aan Leo Donnelly? Of aan de man die naast je zit?'

Will zag dat Faith ertegen in wilde gaan, maar Amanda had gelijk. Faith kon Jeremy's keuzes niet voor hem maken, maar ze kon hem wel een betere richting op sturen.

'Vanavond in die bar...' zei Faith. 'Hoe gaat dat in zijn werk?'

'We zullen Jeremy als informant behandelen; op die manier is onze aansprakelijkheid gedekt.'

'Fantastisch.'

'Het is papierwerk, Faith. Hij is oud genoeg om zijn handtekening te zetten.'

'Hij vindt het vast niet erg.' Weer streek Faith langs haar ogen. 'Jeremy zei dat hij het misschien niks zou vinden, maar dat gaat niet gebeuren. Het is spannend. Het is gevaarlijk. Hij is tweeëntwintig. Hij denkt niet na over hoe het er over tien jaar uitziet.'

'Hij zit beneden te wachten.' Amanda wierp een blik op haar mobiel en legde hem toen omgekeerd op haar bureau. 'Vertel eens wat je voelt,' zei ze tegen Faith. 'Laat je hem toe in de kudde of duw je hem eruit?'

'Wat ik voel is zoveel dat ik erin verzuip.' Ze wierp haar handen in de lucht. 'Voor de wet is hij volwassen. Ik kan hem niet in zijn kamer opsluiten. En ik ben de laatste die kan bepalen of dit een slecht idee is, want hij is mijn kind en ik ben als de dood om hem te verliezen.'

'Eekhoorns verliezen vijfenzeventig procent van de noten die ze begraven. Zo komen we aan bomen.'

'Vind je dit een goed moment voor een notenmetafoor?'

Amanda zuchtte. 'Neem de laptop en de telefoon mee naar beneden, naar de digitale recherche. Zeg tegen Liz dat ze onmiddellijk aan de slag gaat. Ik bel haar later wel met een zaaknummer. Zeg tegen Caroline dat ze Jeremy naar boven stuurt.'

Faith schoof alles weer in haar koffer. Ze nam de doos tissues van Amanda's bureau, duwde die onder haar arm en liep de deur uit.

Will maakte aanstalten haar te volgen, maar na een blik van Amanda ging hij weer zitten. Hij vermoedde dat hij ook een levensles voor Jeremy ging worden. Hij klemde de stoelleuningen vast. Een scherpe pijn zigzagde door zijn hand.

'Sara heeft me verteld hoe je aan die zere vinger komt,' zei Amanda.

Will lachte. Sara had haar niets verteld.

Met een zucht gaf Amanda haar leugentje toe. 'Hoe is het met Eliza?'

'Op sterven na dood.'

'Dat werd tijd,' zei Amanda. 'Hoe zie je vanavond voor je? Mac, Chaz en Richie zullen er zijn. Wie nog meer?'

'Mason James.' Will vond het bijna even erg om Masons naam uit zijn eigen mond te horen als uit die van Sara. 'Royce Ellison en Bing Forster. Misschien komt Blythe Creedy ook. En dan is er nog een groep die "de aanhang" wordt genoemd, dus in totaal een man of tien, vijftien. Richie noemde alleen voornamen toen hij me uitnodigde. Ik vermoed dat ze zullen doen alsof ze me kennen omdat Mac me als lid van de groep heeft geaccepteerd.'

'Hoeveel mensen hebben we aan onze kant nodig?'

'Ik heb de plattegrond van het gebouw online gevonden. De tent wordt verhuurd voor feestjes,' zei Will. 'De barruimte is groot, zo'n tien bij twintig, met ongeveer twintig bartafels en acht zitjes langs de muur die de bar van het restaurant scheidt. Ik denk dat we minstens drie mensen in de bediening nodig hebben om DNA te verzamelen. Ik wil graag twee mensen bij de voordeur, twee bij de achterdeur en een buiten bij de ingang. Ook moet er iemand in het restaurant zijn, voor het geval ze vanuit de bar daarnaartoe gaan. Achter het gebouw is een overdekte rookruimte. In het ideale geval hebben we daar ook iemand.'

'Tien mensen,' zei Amanda. 'Ik kan me in het restaurant installeren. Op mijn leeftijd ben ik weer onzichtbaar. Die rechercheur die op de zaak-Leighann Park zit, Adam Humphrey. Die moeten we ook paraat hebben. Faith mag het gebouw niet in. Die zit er te dicht bovenop. Ik zet haar wel in het mobiele commandocentrum, met Charlie Reed aan de monitoren. Hij houdt haar wel rustig. Ik kan een paar vrouwen van het fraudeteam halen. Wie nog meer?'

'Aiden Van Zandt staat bij ons in het krijt. Betrouwbare kerel. Het zou mooi zijn om hem erbij te hebben.' Dat laatste zei Will om Faith een plezier te doen. Een paar avonden geleden had Sara de FBI-agent Faiths huis uit zien komen. 'We hebben niet genoeg tijd om afluisterapparatuur te installeren. Wat doen we: bodycams, oortjes, microfoons?'

'De hele handel.' Amanda was al een lijst aan het opstellen. 'Aangezien jij hier het voortouw neemt, aarzel ik om wat mankracht betreft op het APD terug te vallen. Als je hulp nodig hebt, komen ze er echt niet aan rennen. Ik zal een paar van mijn oude meiden uit hun pensioen moeten trekken. Vind je dat goed?'

Will knikte. Hij wist dat Amanda's meiden hun mannetje stonden. 'En Jeremy?'

'We hebben iemand van vlees en bloed nodig die John Trethewey als zijn zoon kan voorstellen,' zei ze. 'Als hij nerveus is of lichtgeraakt of nors of als hij iets stoms doet, is dat geen probleem. Hier komen geen pistolen of messen aan te pas. Niemand kijkt ervan op als een jongen van tweeëntwintig een driftbui krijgt tegenover zijn vader. Of als hij als een zoutzak rondhangt. Hij hoeft alleen maar te zeggen dat hij Eddie heet.'

Will was er minder zeker van. 'Professioneel gezien is het een slecht idee. Hij is Faiths zoon. Ik zal er vooral op gericht zijn hem te beschermen in plaats van informatie te verzamelen. Hij weet niet waar hij mee bezig is. Erger nog: voor hem is het een soort game.'

'Dan zal ik hem snel van dat idee afhelpen,' zei Amanda. 'Je moet weten dat Jeremy dit niet voor de gein doet. Hij probeert zich niet aan zijn verantwoordelijkheden te onttrekken of zich tegen zijn moeder te verzetten. Vorig jaar heeft hij tegen Evelyn gezegd dat hij bij het APD wilde.'

Will vermoedde dat Evelyn deze informatie niet met Faith had gedeeld. 'En?'

'Hij moest Ev beloven dat hij zou wachten tot hij was afgestudeerd. Tegen die tijd zou hij vast geen belangstelling meer hebben, dacht ze.'

'Faith heeft haar belangstelling anders ook nooit verloren.'

'Faith was een alleenstaande moeder van negentien, die voor haar zoontje moest zorgen en zo snel mogelijk het huis van haar ouders uit wilde. Haar prioriteiten lagen elders.'

'Wat zijn Jeremy's prioriteiten?' vroeg Will.

'Dezelfde die jij had. Hij wil het goede doen. Hij wil mensen helpen. Hij wil bewijzen dat hij een man is.'

Will wreef over zijn kaak. Hij had nooit meer dan twee uitdrukkingen op Amanda's gezicht kunnen ontwaren: neerbuigendheid en irritatie. Hij had geen idee wat ze nu dacht. 'Denk je echt dat je Jeremy het GBI in krijgt?'

'Ik heb jou erin gekregen, toch?' Het was duidelijk dat Amanda geen reactie verwachtte. 'Ik ben vergeten Sara de parels te laten zien. Ze heeft een wat lange hals. Ze heeft iets nodig wat de lijn van de boothals doorbreekt. Maar zoals ik al zei: zonder enige druk. Misschien heeft haar moeder iets wat ze mooier vindt.'

Het was alsof Will in een gat in de tijd was gevallen. Ze sprak weer in een taal die hij amper kon volgen.

'Met alles wat je buiten je werk uitspookt, heb je vast geen tijd gehad om je in danslessen te verdiepen.'

Will had zich op YouTube in danslessen verdiept. Vader/dochter, moeder/zoon, bruidegom/zus, bruid/broer, flashmob, striptease. Voor elk wat wils. 'Sara wil absoluut geen vader-dochterdans. Slowen is gewoon een beetje heen en weer zwaaien, dat kan ik wel.'

'Aha.' Amanda plukte een denkbeeldig pluisje van haar bureau.

Will keek naar de bovenkant van haar peper-en-zoutkleurige haar. Hij voelde in zijn hele lijf dat hij iets over het hoofd zag. Zijn boord zat te strak. Hij was gaan zweten.

'Hé, tante Mandy.' Jeremy kwam de kamer binnenlopen met een grote, maffe grijns op zijn gezicht, die Amanda er met één scherpe blik wist af te vegen. 'Ik bedoel directeur... waarnemend directeur, eh... Ms Wagner.'

Zwijgend liet Amanda hem zweten.

Jeremy keek Will hulpzoekend aan, maar Will was hier niet om te helpen. Het minste wat hij voor Faith kon doen, meende hij, was haar zoon de stuipen op het lijf jagen.

'Ma'am,' zei Jeremy. 'Bedankt dat u even tijd voor me hebt. Ik wilde vragen – het is een formeel verzoek – of het goed is dat ik vanavond meedoe aan die undercoveroperatie in de Andalusia.'

Amanda rekte de stilte nog iets verder op en zei toen: 'Vertel eens hoe je dat voor je ziet.'

Jeremy wilde gaan zitten, maar bedacht zich. 'Ik pas in het profiel van Wills zoon. Ik heb de juiste leeftijd. Ik heb min of meer zijn teint. Ik studeer aan Tech. In mijn kinderjaren heb ik goed op mijn moeder en oma gelet. Ik weet dat politiewerk zwaar is. Ik weet dat geen twee operaties dezelfde zijn. Er kan van alles misgaan. Daar moet je op voorbereid zijn. Ik ben erop voorbereid.'

'Ben je ook voorbereid op een gesprek met Tommy McAllister en Chuck Penley?' vroeg Amanda.

Jeremy's zelfvertrouwen zwakte wat af, maar hij hield zich groot.

'Die zullen namelijk met je willen praten,' zei Amanda. 'Dat zou dan de enige reden zijn voor jouw aanwezigheid. Het is een vader-zoonfeestje. De zoons kunnen daar niet als een stelletje zoutzakken rondhangen.'

Jeremy knikte zo heftig dat zijn haar voor zijn ogen viel.

'We maken er een rollenspel van,' zei Amanda. 'Will is Tommy McAllister. Jeremy, jij doet alsof je Eddie Trethewey bent.'

Moeizaam hees Will zich overeind. Hij was zo'n vijftien centimeter langer dan Jeremy en sleepte een kleine twintig extra kilo's aan spieren met zich mee. Will had undercover in gevangenissen gewerkt. Als je vastzat, leerde je de kunst van het geweld. Als je er heel goed in was, hoefde je nooit je vuisten te gebruiken. Je keek je tegenstander op een bepaalde manier aan. Je dwong hem tot overgave, want je houding, je tastbare kracht en je harteloze onverschilligheid ten aanzien van het leven doordrongen hem van het feit dat je eerder een mes in zijn oog stak dan dat je hem liet winnen.

Jeremy's ademsappel dobberde op en neer toen hij naar Will opkeek.

'Klaar?' vroeg Will.

Jeremy knikte.

'Hé, gast.' Will gaf hem een stootje tegen zijn schouder. Nu leende hij een van Chaz' uitspraken. 'Lekkere tieten heeft die serveerster.'

Het lukte Jeremy niet de grijns van zijn gezicht te vegen.

Will hield zichzelf voor dat dit Faiths zoon was, anders had hij zijn schouder een aanmerkelijk hardere stoot gegeven. 'Vind je dat soms grappig?'

Jeremy wierp een blik op Amanda.

'Niet naar haar kijken. Kijk mij aan.' Will torende boven Jeremy uit. 'Tommy McAllister heeft een vrouw verkracht. Die is nu dood. Is dat grappig? Ga je hem uitlachen?'

'Ik was niet –'

'Je hebt de dossiers gelezen die op je moeders tafel lagen. Je hebt gelezen wat er precies met die meisjes is gebeurd. Je hebt sommige opnamen gehoord. Dit is geen game. Drie vrouwen zijn ontvoerd en verkracht. Twee van hen zijn dood. Is dat grappig?'

Jeremy's gezicht was nu krijtwit. '*No, sir.*'

'Ik weet wat je denkt,' zei Will. 'Je zegt tegen jezelf: wanneer het menens is, kan ik het wel, dit is alleen maar oefenen. Maar zo werkt het niet. Je oefent omdat je er dan niet over hoeft na te denken wanneer het menens is.'

Weer knikte Jeremy.

'Tommy McAllister en Chuck Penley gaan echt geen vriendjes met Eddie Trethewey worden omdat ze eenzaam zijn. Ze proberen erachter te komen of je het in je hebt om een vrouw te verkrachten.'

'Oké. Ja.' Jeremy haalde snel even adem. 'Wat gaan ze zeggen?'

'Ze gaan je op de proef stellen. Ze kloten wat met je en proberen je grenzen op te zoeken. En dan zijn tieten nog lang niet het ergste.'

Deze keer grijnsde Jeremy niet.

'Ze beginnen redelijk onschuldig. Ze vallen de serveerster lastig. Als je dat oké vindt, pikken ze er een vrouw aan de bar uit. Ze slaan vunzige taal over haar uit, echt ranzig. *Fucking, sucking, cucking*. Ze letten op je reacties. Hoe je naar ze kijkt. Je hebt nog geen zelfverzekerde uitstraling. Je moet nog aan je woede werken.'

'Woede naar hen toe?'

'Naar mij toe,' zei Will. 'Je vader is een klootzak. Hij respecteert je niet. Hij vindt je een stumper. Daarom haat je hem, maar je wilt ook bewijzen dat hij het mis heeft.'

'Je hebt in Texas iets ergs uitgespookt,' zei Jeremy. 'Je werd beschuldigd van seksueel geweld. Al mijn vrienden thuis weten het. Iedereen weet dat je schuldig bent. Mijn vriendinnetje moest het uitmaken van haar ouders. Je bent naar Atlanta verhuisd zonder het eerst aan mij te vertellen. Mama moet de hele tijd huilen. Ik weet dat ze vanwege het geld niet bij je weggaat, en dat vind ik heel kut, maar zelf wil ik ook niet arm zijn. Dan ben ik mijn auto kwijt, mijn toelage. Waarschijnlijk moet ik stoppen met mijn studie. En dan is mijn leven voorbij. En dat alles omdat jij je pik niet in je broek kon houden.'

Will sloeg zijn blik neer toen Jeremy met zijn vinger in zijn borstkas priemde. De jongen was zo verstandig te stoppen.

'Heb je gisteravond gegoogeld op "Hoe schrijf ik een oorsprongsverhaal"?' vroeg Will.

Jeremy verbleekte, net als Faith wanneer ze betrapt werd. Toch vroeg hij: 'Doet het ertoe? Ik hoef niet eens met ze te praten. Ik zal duidelijk laten merken dat ik er niet voor voel.'

'Leg uit,' zei Amanda.

'Als ze me op de proef stellen, kan ik zeggen dat ze hun bek moeten houden.' Jeremy haalde zijn schouders op. Het gebaar had van Faith kunnen zijn. Dat gold ook voor de logica. 'Ik ben daar niet om beste vriendjes met Tommy en Chuck te worden. Ik ben geen smeris of rechercheur. Ik ga de sleutel niet vinden waarmee de hele zaak wordt opengebroken zodat iedereen achter de tralies verdwijnt. Dat is Wills taak. Ik hoef alleen maar mijn gezicht te laten zien. Zo is het toch, pa?'

De laatste vraag was aan Will gericht. Het gaf hem een ongemakkelijk gevoel. Hij begreep nu waarom Sara er ook moeite mee had gehad.

'Naar buiten, Jeremy, en doe de deur dicht,' zei Amanda.

Will nam weer plaats toen de deur dichtviel. Hij ging niet tegen Amanda zeggen dat de jongen hen bespeeld had, want dat was duidelijk. 'Moet ik tegen Faith zeggen dat hij het doet?'

'Dat doet Evelyn.' Amanda draaide haar telefoon weer naar zich toe en begon te tikken. 'Ze is vannacht van Vegas naar LA gevlogen. Toen is ze omgekeerd en heeft een vliegtuig naar Atlanta gepakt. Vanaf het vliegveld is ze rechtstreeks hiernaartoe gereden. Ze is al in het gebouw.'

'Over een lange nacht gesproken.'

Amanda keek op van haar telefoon. 'Zo zijn moeders.'

17

Will stond bij het mobiele commandocentrum te wachten tot Sara hem terugbelde. Richie Dougal had gezegd dat de mixer om zeven uur begon. Wills plan was om twintig minuten later met Jeremy te verschijnen. Het afgelopen uur had Amanda haar mensen druppelsgewijs ingezet. Een paar oude meiden die eigenlijk al met pensioen waren. Een aantal agenten van Bernice' fraudeteam. Adam Humphrey, de rechercheur van het APD, die aan de zaak-Leighann Park werkte. Ze hadden allemaal de plattegrond van het gebouw bestudeerd, alle in- en uitgangen gemarkeerd, de knelpunten genoteerd, de beste vluchtroutes bekeken, maar nog steeds kon Will het gevoel niet van zich afzetten dat er iets ergs stond te gebeuren.

Jeremy leidde hem alleen maar af. Will moest zich op zijn taak concentreren, maar het enige waaraan hij op dat moment dacht, was dat hij garant moest staan voor de veiligheid van Faiths zoon.

Hij leunde tegen de bus. Het zachte geronk van de generator van de MCC werd gedempt door het lawaai van een laadperron in vol bedrijf. Ze hadden de bus geparkeerd achter een groot winkelpand op twee straten afstand van de Andalusia. Het was een wat afgelegen plek, maar verre van stil. Trucks met oplegger losten hun goederen. Sommige pakhuiswerkers gaapten Will openlijk aan. Hij kon het ze niet kwalijk nemen. In de ogen van de buitenwereld leek hij waarschijnlijk net een pooier die stond te wachten tot hij zijn meiden op een feestje kon afleveren.

Ooit was de MCC daarvoor bedoeld geweest. Het was een omgebouwde feestbus die het GBI bij een drugsdealer had geconfisqueerd en had uitgerust met monitoren en computers zodat ze betrekkelijk comfortabel boeven konden bespioneren. Will had zich weer in zijn patseroutfit gestoken: de strakke jeans met de bloedvlek van zijn gewonde hand, de Dieselaarzen en een nauwsluitend overhemd met een bizarre paisleyprint.

Dat laatste kledingstuk was niet de zoveelste aankoop uit het winkelcentrum, maar was hem ter beschikking gesteld door de bijzondere opsporingsdienst van het GBI. Het paisleypatroon verborg de optische glasvezelkabels die de microfoon in de boord en de pinholecamera in de knoop midden op zijn borst van stroom voorzagen. De kabel kronkelde langs Wills been naar beneden, naar een zender die aan zijn enkel was bevestigd. Wills broek bolde wat op rond het dunne zwarte doosje, wat prima was, maar hij had liever zijn enkelholster gehad met de Sig Sauer Nitron Compact, die hij voor zijn verjaardag van Sara had gekregen.

Zijn telefoon trilde. Will controleerde het lampje van de enkelontvanger om er zeker van te zijn dat de zender uit stond voor hij opnam. Niet elk woord dat over zijn lippen kwam, hoefde in de bus gehoord te worden.

'Alles oké?' vroeg hij aan Sara.

'Nu wel,' antwoordde ze. 'Isabelle heeft een van Tessa's oorbellen in de afvalkoker laten vallen. Ik moest op zoek naar een inbussleutel om de waaierplaat eraf te halen.'

Will bedacht dat dit een van de grootste voordelen was van samenwonen met een loodgietersdochter. Hij luisterde terwijl Sara in de keuken bezig was. Hij hoorde de halsbanden van de honden rinkelen, want het was hun etenstijd. Sara klakte twee keer met haar tong. De windhonden werden rustig. Alleen Betty's halsband rinkelde nog, want Will kon geen nee zeggen en Sara bemoeide zich er nooit mee.

'Hoe is het met Faith?' vroeg ze.

'Niet zo best.' Will keek achterom, naar de bus. De ramen waren verduisterd, maar hij ging ervan uit dat Faith nog steeds verstijfd in de hoek stond, terwijl Charlie Reed afluisterapparatuur op het lichaam van haar zoon aanbracht. Gelukkig kon Jeremy een bril dragen zodat er geen camera in zijn overhemd verstopt hoefde te worden. Het zwarte kunststof montuur paste bij zijn studentikoze uitstraling. De hogeresolutielens in de neusbrug was volkomen onzichtbaar. Het enige probleem was dat hij telkens nerveus het montuur aanraakte. Will kon alleen maar hopen dat het als een tic zou worden opgevat in plaats van dat het de hele zaak zou verraden.

'Hoe is het met je hoofdpijn?' vroeg hij aan Sara.

'Eindelijk weg. Waarschuw me de volgende keer dat ik rustig aan moet doen.'

Will hoopte dat er zich nooit meer een volgende keer zou voordoen.

Moeiteloos prikte ze door zijn zwijgen heen. 'Wil je iets tegen me zeggen?'

Will keek naar een schranklader die een pallet met dozen verplaatste. Hij had in pakhuizen gewerkt om zijn studie te kunnen betalen. Het was slopend werk, maar uiteindelijk had hij een motor kunnen kopen, zich een dak boven zijn hoofd kunnen veroorloven en zich af en toe te buiten kunnen gaan aan een maaltijd die niet uit zijn magnetron kwam. Toen was de vrouw die uiteindelijk zijn eerste echtgenote was geworden weer in de stad neergestreken en had alles wat hij bezat gestolen om haar verslaving te kunnen voeden.

'Ik maak me zorgen om Jeremy,' zei hij. 'Ik begin liever niet met zo'n onbekende factor aan de klus.'

'Er zijn allerlei mensen die een oogje op hem houden.'

'Ja.' Zelfs Will voelde de ongemakkelijke spanning die in het gesprek was geslopen. Hij vond dat hij open kaart moest spelen. 'Ik ben er niet blij mee dat je midden op de dag dronken bent geworden.'

'Meen je dat nou?' Sara lachte. 'Het verbaast me dat je gisteren nog lucht kreeg als het je zo hoog zit.'

Onwillekeurig glimlachte Will. 'Sorry. Ik weet dat het mijn probleem is, waarmee ik zelf moet dealen.'

'We hebben allebei problemen waarmee we moeten dealen.'

Will ving iets treurigs op in haar stem. Hij wist dat ze nu dacht aan wat ze vijftien jaar geleden was kwijtgeraakt. Hij wist ook dat niets van wat hij zei het er beter op maakte.

'Ik ga die chattranscripties maar eens lezen,' zei ze. 'Bel maar als je op weg naar huis bent.'

'Hé,' zei hij. 'Ik vergeet het steeds te zeggen, maar ik hou echt van je.'

'Wat een waanzinnig toeval. Ik hou ook echt van jou.'

Will wachtte tot ze de verbinding had verbroken. Met zijn telefoon nog in zijn hand opende hij de deur van de MCC. Hij knipperde tegen het plotselinge felle licht. Charlie Reed zat achter het bedieningspaneel om de beelden van Jeremy's bril te controleren. Zoals Will al vermoedde, stond Faith verstijfd in de hoek en hield alles nauwlettend in de gaten. Het kwam niet alleen door Jeremy dat ze zo van slag was. Aiden Van Zandt was de camera in zijn cowboyhoed aan het afstellen. Amanda en Evelyn waren in gesprek met Kate Murphy, die samen met hen bij het APD was begonnen. Tegenwoordig werkte Murphy als plaatsvervangend hoofd inlichtingen bij de FBI. Toevallig was ze ook Aidens moeder.

Faith schonk Will een blik vol ongebreidelde paniek toen hij het trapje op kwam.

'Jeremy.' Will wachtte tot de jongen zijn kant op keek. 'Niet de hele tijd aan je bril zitten. Daarmee verraad je jezelf.'

'Sorry.' Jeremy kon het niet helpen en raakte zijn bril opnieuw aan. 'Sorry.'

Will ging voor hem staan. 'Ben je zenuwachtig?'

Hoewel Jeremy knikte, vroeg hij: 'Probeer je me erin te luizen? Zo van: als ik nee zeg, zeg jij dat ik zenuwachtig hoor te zijn, maar als ik ja zeg, zeg jij dat ik dit niet kan?'

Will pakte Jeremy bij zijn schouder om hem te kalmeren. 'Niet te diep doordenken. Ga in je rol zitten. Je bent de boze zoon van een klootzak. Je hebt helemaal geen zin om met die andere klootzakken te kletsen. Oké?'

Jeremy knikte. 'Oké.'

Will pakte een iPhone die Charlie op het paneel had gelegd. Het scherm was niet vergrendeld. De datadienst van het GBI had een digitaal nepprofiel voor Eddie Trethewey aangemaakt.

Hij gaf de telefoon aan Jeremy. 'Deze lijkt precies op je eigen iPhone. De contacten zijn nep, maar elk telefoontje dat je pleegt gaat rechtstreeks naar dit paneel. Dan krijg je Charlie of je moeder aan de lijn, afhankelijk van het contact dat je kiest. E-mail, appjes, die zijn ook allemaal nep, maar als iemand ze leest, dan lijken ze heel normaal. Op de foto's staan allemaal vrouwen. Kies er maar een uit als je vriendin, mocht het ter sprake komen.'

Jeremy's vinger liet een zweetspoor op het scherm achter toen hij eroverheen veegde.

'Als je hulp nodig hebt, klik je snel vijf keer op de zijknop.'

'Zo werkt mijn telefoon ook,' zei Jeremy. 'Alle iPhones, bedoel ik. Als je vijf keer klikt, wordt je gevraagd of je de politie wilt bellen.'

'Deze vraagt niet. Hij maakt direct contact, en de politie is in dit geval je moeder die met een geweer over het parkeerterrein stormt. Duidelijk?'

'Yes, sir.'

'Will?' Charlie hield een pincet omhoog met daarin een micro-oordopje. Het was klein genoeg om in de gehoorgang te passen zonder gezien te worden, maar net niet klein genoeg om naar het trommelvlies op te schuiven. 'Klaar?'

Will probeerde een huivering te onderdrukken toen Charlie het apparaatje inbracht. De kunststof knopjes werden soms warm, maar de geluidskwaliteit was goed. Zo kon hij elk gesprek beluisteren dat Jeremy voerde. Op dat moment hoorde Will alleen zwaar gehijg. Hij keek even naar Faith. Ze moest de jongen in de hand zien te krijgen.

'Kom, vent,' zei ze. 'Even wat frisse lucht happen.'

'Team één heeft zojuist positie ingenomen.' Charlie reed zijn stoel naar de rij monitoren. 'Binnen tien minuten moeten we team twee naar binnen sturen. Het begint druk te worden aan de bar.'

Will keek mee over Charlies schouder. Twaalf schermen toonden twaalf verschillende invalshoeken. Het halve surveillanceteam was al ter plekke.

De drie GBI-agenten die zich als barpersoneel voordeden, waren belast met het verzamelen van glazen, afgedankte servetjes of wat er verder allemaal gebruikt kon worden om DNA-profielen van de Club op te stellen.

Adam Humphrey had zich op een bank bij de voordeur geïnstalleerd. Hij leek er een beetje voor spek en bonen bij te zitten, maar hij was blij dat hij mee mocht doen.

Team één zat aan een hoge tafel voor in de bar. Dona Ross en Vickye Porter waren twee van Amanda's oude meiden. Dona had haar tas zo op tafel gezet dat de verborgen camera op de lange, houten bar was gericht.

Evelyn en Amanda vormden team twee. Ze hadden allebei een verborgen camera in hun tas. Ze zouden positie innemen achter in de bar, vanwaar ze zowel beide ingangen naar de toiletten als de deur naar het rookgedeelte achter het gebouw konden vastleggen.

Buiten zou Aiden aan een van de twee picknicktafels plaatsnemen. De camera in zijn cowboyhoed zou meebewegen met zijn hoofd.

Kate Murphy zou zich in een zitje in het restaurant installeren. De camera in de broche op haar blazer zou iedereen registreren die de bar verliet.

Ze zouden allemaal gebruikmaken van hun telefoon om audio-opnames te maken, maar alleen Jeremy en Will hadden een microfoon en camera op hun lichaam, want alleen Jeremy en Will zouden met de verdachten praten: Mac en Tommy McAllister, Richie Dougal, Chaz en Chuck Penley, Royce Ellison en Mason James.

'Schat.'

Faith stond buiten met Jeremy, maar haar stem klonk fluisterend in Wills oor. Hij zocht op het paneel naar een manier om het geluid uit te zetten. Drie van de volumeknoppen hadden elk een ander label, maar Charlies handschrift ging Will boven de pet.

'Adem eens diep in,' zei Faith.

Will hoorde Jeremy snuiven als een renpaard.

'Vind je het prettiger als ik in mijn auto blijf zitten in plaats van in de bus?' vroeg Faith.

'Jij hoort in de bus te zitten,' zei Jeremy. 'Bovendien zou je dan liegen en toch luisteren.'

'Will is er niet om op je te passen. Snap je dat?'

'Ja.'

Faith haalde haar neus op, wat betekende dat ze weer huilde.

Wanhopig keek Will nogmaals naar de labels. 'Wat zijn dit voor hanenpoten?' vroeg hij aan Charlie.

'Sorry.' Charlie lachte en wees. 'Dat ben jij. De linker is Jeremy. De rechter is Amanda.'

Will draaide aan de middelste knop. Faiths gehuil stierf weg.

'Will?' Charlie had zijn koptelefoon opgezet. 'Staat je zender aan?'

Will bukte zich en zette de schakelaar op het dunne doosje om. 'Test? Test?'

Charlie stelde een paar knoppen af. 'We zijn er klaar voor.'

Amanda klapte in haar handen om aandacht te vragen. 'Goed luisteren, mensen. We moeten vanavond heel voorzichtig te werk gaan.'

Evelyn sprong zogenaamd in de houding. Kate Murphy keek nogal verbijsterd. Het was waarschijnlijk al tientallen jaren geleden dat ze orders had ontvangen.

Amanda vervolgde: 'Will, het is jouw taak om nog dieper in de groep door te dringen. We gaan de zaak vanavond niet openbreken, maar je kunt de oplossing wel wat stappen dichterbij brengen. Als je informatie uit hen los kunt krijgen, is dat meegenomen, maar het gaat nu vooral om het verzamelen van DNA-monsters. Ons belangrijkste doelwit is Mac McAllister, gevolgd door Richie Dougal, en dan komt Chaz Penley. Eventueel kunnen we terugvallen op Tommy McAllister en Chuck Penley, aan wie we DNA kunnen onttrekken voor verwantschapsonderzoek. Zodra we hun profielen hebben, kunnen we die vergelijken met het DNA op de onderbroek van Merit Barrowe. Als we een match hebben, hebben we een startpunt. Begrepen?'

Will knikte. 'Begrepen.'

'Aiden,' zei Amanda. 'Ik wil jou op communicatie. Charlie, sluit hem aan zodat hij mee kan luisteren. Mocht er iets met Jeremy gebeuren, dan ga je als de bliksem die bar binnen. Dat is jouw taak vanavond: je geeft Jeremy dekking. Is dat duidelijk?'

'Yes, ma'am.' Aiden bood Charlie zijn oor. Will zag aan het vertrokken gezicht van de man dat hij de piepkleine oortjes vaker in had gehad. Charlie bracht het dopje in en maakte toen een nieuw label voor het paneel. Ze begonnen het volumeniveau te testen.

Amanda richtte zich tot Kate. 'Jij bent gewapend?'

Will klemde zijn kaken op elkaar. En hij maar denken dat er vanavond geen wapens aan te pas zouden komen.

Kate klopte op haar tasje. 'Gevechtsklaar.'

'Ik heb mijn revolver,' liet Evelyn weten.

'Bewaar je die nog steeds in een Crown Royal-tasje?' vroeg Kate.

Ze moesten allemaal lachen om wat duidelijk een grapje voor ingewijden was.

Amanda was de eerste die stopte met lachen. Ze keek op haar horloge. 'Kate, jij neemt je plek in het restaurant in. Aiden, jij ook. Will en Evelyn, jullie blijven. Charlie, we hebben de bus nodig.'

'Dames.' Op weg naar de deur tikte Aiden zijn cowboyhoed aan.

Charlie bood Kate zijn hand, als een soort escorte. Ze zweefde bijna van het trapje af. Het ontging Will niet dat de vrouw een zekere elegantie bezat. Ze was van Amanda's leeftijd, maar ze leek uit een ander tijdperk te komen.

'Faith?' Amanda dirigeerde haar met een vingerknip weer naar binnen. 'Snel een beetje. We gaan.'

Faith sleepte zich het trapje op. De blik die ze haar moeder schonk, was een pure smeekbede om dit alles te laten ophouden.

Will bestudeerde de livebeelden op de rij monitoren. De ingang aan de buitenkant. Aan de binnenkant. Drie verschillende beelden van drie verschillende agenten die in hun rol van bedienend personeel met drankjes en barhapjes rondrenden. De ruimte was maar halfvol. Mannen en vrouwen in zakentenue stonden te drinken en pinda's in hun mond te schuiven. Will bestudeerde hun gezichten. Nog geen teken van de Club, maar hij had de indruk dat een deel van de aanhang al een plek aan de bar had veroverd. Die waren natuurlijk om zeven uur paraat, precies op tijd. De populaire jongens kwamen altijd iets te laat binnenslenteren.

'Jeremy heeft nog even tijd nodig,' zei Faith tegen Amanda.

Will draaide de volumeknop weer open zodat hij mee kon luisteren. Het enige wat hij hoorde, was Jeremy's zwoegende ademhaling. Wat Faith ook tegen het joch had gezegd, een peptalk was het niet. Jeremy zoog een hap lucht naar binnen en kotste toen alles uit. De spetters weergalmden door Wills hoofd. Hij zette het geluid weer zachter. Amanda kwam erbij en verstelde haar oortje eveneens.

Evelyn hoefde Jeremy niet eens te horen om te weten wat er aan de hand was. 'Je maakt hem zenuwachtig,' zei ze tegen Faith.

Faith veegde langs haar neus. 'Heb jij me bij Leo Donnelly ingedeeld?'

'Hoezo?'

'Toen ik op Moordzaken zat, werd ik toegewezen aan de allerluiste rechercheur van het hele korps.'

'Kwestie van pech,' zei Evelyn, met een knipoog naar Amanda.

'O ja?' zei Faith. 'Of zorgde je ervoor dat ik met een partner zat opgescheept die nooit als eerste ergens naar binnen ging?'

Evelyn veinsde verwarring. 'Waarom zou ik dat doen?'

'Waarom kwam ik bij het GBI terecht toen jij het korps verliet?'

'Kwestie van geluk,' mengde Amanda zich in het gesprek.

'O ja?' herhaalde Faith. 'Of hebben jullie tweetjes al die tijd mijn carrière tot in detail zitten sturen?'

'Hebben we dat gedaan?' vroeg Evelyn, maar niemand nam de moeite om te antwoorden. 'Mandy, ik wacht in de auto op je.'

Faith beet op haar lip, alsof ze anders zou ontploffen. Will had de indruk dat ze even het open tabblad op haar laptop was vergeten, dat in verbinding stond met de gps-tracker die ze op de auto van haar zoon had bevestigd.

'Faith,' zei Amanda. 'Je kunt de hele zaak nog afblazen. Will verzint wel een smoes.'

'Daarvoor is het te laat.' Ze schudde haar hoofd. 'Jeremy komt uiteindelijk bij het APD terecht. Dan kan ik hem niet beschermen. Mijn moeders invloed raakt uiteindelijk ook op. Al haar oude maten gaan met pensioen. De nieuwe jongens haten me vanwege Will.'

'Heb je weleens aan de FBI gedacht?' vroeg Amanda. 'Dan kan Aiden een oogje op hem houden. Die wil je vast graag blij maken.'

Faiths mond viel open. Toen klapte hij weer dicht. En viel weer open. 'Is er dan niets in mijn leven veilig voor jullie fucking bemoeizucht?'

'Niet echt, nee.'

Will draaide het volume van Jeremy's microfoon weer open. Gelukkig was het gekots gestopt. Nu kreeg hij ervan langs van zijn oma.

'...nog afgezien van mijn zwijgen het afgelopen jaar.'

'Yes, ma'am,' zei Jeremy.

'Oké, einde van de preek. Dit is je enige kans, jongen. Je laat zien dat je ballen hebt en anders hou je je bek.'

'Yes, ma'am.'

Will hoorde Jeremy eerst sniffen en toen snuiven, zoals meestal nadat je had overgegeven, wat Will zich nog goed herinnerde van de eerste keer dat hij zelf undercover was gegaan. Hij was toen niet veel ouder geweest dan Jeremy nu. Amanda had niet gezegd dat hij moest laten zien dat hij ballen had, maar ze had hem ondubbelzinnig aan het verstand gebracht dat hij moest stoppen met janken en zijn werk moest doen.

Hij zag iets bewegen op een van de monitoren. Dona had haar tas verplaatst om Richie Dougal te filmen die de bar in kwam lopen. Fronsend keek Richie om zich heen, toen liep hij recht op de bar af en bestelde iets te drinken.

Amanda had het ook gezien. 'Will, jij gaat eerst. Ev en ik wachten vijf minuten om Jeremy en jou de tijd te geven om je te installeren.'

Will verwisselde zijn telefoon voor het apparaat dat Charlie hem aanreikte. Tegen Faith zei hij: 'Jeremy snapt het, hè? Alles gaat straks precies volgens plan. Ik zorg dat je zoon niets overkomt.'

Faith wilde hem kennelijk wanhopig graag geloven, maar bij wijze van uitzondering kreeg ze er geen woord uit.

Will liet haar bij Amanda achter. Charlie passeerde hem toen hij het trapje af liep. Hij gaf Will een ferme knik om hem te laten weten dat hij Faith onder zijn hoede nam. Nog even en de operatie ging van start. Will trof Jeremy achter de bus. De jongen maakte de indruk alsof iemand een touw uit de bovenkant van zijn hoofd had gerukt en alle gewrichten in zijn lichaam strak had getrokken. Will haalde zijn zakdoek tevoorschijn en gaf die aan Jeremy. Er was geen tijd meer voor bangmakerij. Nu moest Jeremy zijn werk doen.

'Alles goed?' vroeg Will.

'Ja hoor, geen probleem. Alles goed.'

Jeremy's stem weergalmde in Wills oor. Gelukkig draaide Charlie het volume van het oortje naar beneden.

'Kun je in een handgeschakelde auto rijden?'

Jeremy knikte.

Will wierp hem de sleutels van zijn Porsche toe. Ze raakten hem midden in zijn borst. Jeremy kon ze op het nippertje opvangen voor ze de grond raakten. Hij keek diep beschaamd, wat niet Wills bedoeling was geweest. Hij liep naar de auto en wachtte tot Jeremy instapte. Vervolgens wachtte hij tot Jeremy had uitgevogeld hoe het portier van het slot ging.

Het duurde even voor ze hun stoelen hadden aangepast. Jeremy moest die van hem naar voren trekken. Will moest de zijne naar achteren schuiven, want Faith had als laatste op de passagiersstoel gezeten en haar benen waren ongeveer zo lang als de poten van een koningspoedel.

Jeremy hield de contactsleutel omhoog, want hij wist niet waar hij die in moest steken.

Will zei: 'Het contact zit –'

'Links.' Jeremy stak de sleutel erin. 'Gesnopen.'

Will luisterde terwijl de motor brullend aansloeg. Zijn zitting trilde toen de uitlaat knalde. 'Ik heb afgelopen zomer een kleine startmotor met extra koppel gemonteerd, vanwege de warme start. Ik wilde liever geen op afstand gemonteerde solenoïde relais gebruiken.'

Jeremy keek hem al net zo aan als Faith had gedaan toen hij haar over het nieuwe onderdeel had verteld. 'Je bent me kwijt, gast.'

'Kom, we gaan.'

Jeremy reed voorzichtig weg. Hij kon inderdaad schakelen, maar de zescilinder had honderdtachtig paarden onder de kap die geen van alle van langzaam hielden. De auto schokte toen hij om het gebouw heen reed. Jeremy tikte de rem aan, toen het gaspedaal, waarop ze zich allebei schrap zetten.

'Ik heb leren autorijden van je tante Amanda,' zei Will.

Toen Jeremy hem aankeek, zag Will in zijn verbeelding Faith naast Charlie in de bus zitten met dezelfde verbaasde blik in haar ogen.

'Ze had een Audi A8 Quattro, met zo'n lange wielbasis. Dat ding was net een tank.'

Jeremy stopte voor rood. 'Ik kan me die auto nog herinneren. Hij was donkergroen.'

'Met geelbruin leer,' zei Will. 'Ze had de stoel zo ver naar voren staan dat het stuur zowat tegen haar borst drukte.'

Jeremy lachte. 'Dat heeft ze nog steeds.'

'De eerste keer dat ik erin reed, vloog ik de stoeprand op. Lekke achterband.' Bij de herinnering brak het zweet Will weer uit. 'Ik kreeg bijna een hartaanval. Ik wist zeker dat ze me ging vermoorden.'

'En deed ze dat?'

'Nee. Ik moest de band verwisselen. En de nieuwe band was voor mijn rekening. Ik heb er een heel jaar over gedaan om haar terug te betalen.'

Het licht sprong op groen, en Jeremy reed de hoofdweg op. 'Ik weet dat het GBI slecht betaalt, maar zelfs mijn moeder kan zich een nieuwe band veroorloven.'

'Ik studeerde nog,' zei Will. 'Amanda probeerde me te rekruteren. Tot die tijd had ik alleen maar op een motor gereden. Ze zei dat ik eerst mijn rijbewijs moest halen voor ik op de politieacademie werd toegelaten.'

Nu lette Jeremy op. Faith waarschijnlijk ook. 'Amanda rekruteert geen agenten. Dat soort werk heeft ze nooit gedaan.'

Will reageerde niet, want hij had gelijk.

Jeremy draaide de parkeerplaats op. In de ramen van de bar flitsten neon reclameborden op. Een waaier van kleurige blauwe, turkooizen en groene veren omlijstte de deur. Uit het leliegras langs de paden staken pauwenbeelden. Ze waren bij de Andalusia Bar and Grill, die volgens de website was genoemd naar de boerderij van Flannery O'Connor, niet naar de autonome regio op het Iberisch Schiereiland.

'Het APD betaalt beter dan het GBI,' zei Jeremy.

'Als je het voor het geld doet, zou ik voor 3M gaan.'

Bijtend op zijn wang reed Jeremy het terrein over op zoek naar een lege plek. 'Moest je dit van mijn moeder zeggen?'

Will wees naar een vrije plek. 'Daar.'

Jeremy parkeerde de auto. Hij keek Will aan. 'Ik red me wel, oké? Je hoeft niet op me te passen.'

Hij was Faiths zoon. Will moest hoe dan ook op hem passen. Maar hij hoefde hem niet te vernederen. Dus knikte hij. 'Prima.'

Will stapte uit en liet zijn blik over het parkeerterrein gaan. Het leek de countryclub wel. Alle auto's waren luxemerken, vooral SUV's. De nummerplaten waren van Fulton en Gwinnett County. Hij zag geen Maserati MC20 in Rosso Vincente, maar Mason zou wel moe zijn aan het eind van de dag. In en uit de lage sportwagen stappen zou een aanslag plegen op zijn rug en knieën.

Hij diepte de GBI-telefoon op uit zijn achterzak. De nepgegevens waren afgestemd op John Trethewey, maar de zijknop was er niet om hulp op te roepen. Na drie keer klikken verscheen het beeld vanaf Jeremy's bril op het scherm. De jongen keek naar beneden toen hij de sleutel in het portier schoof om de Porsche af te sluiten. Vervolgens zag Will zichzelf op zijn telefoon kijken toen Jeremy over het open parkeerterrein op hem afstapte.

Met één druk op de knop klikte Will de livebeelden weg. Hij schoof de telefoon weer in zijn zak toen Jeremy zich bij hem voegde. Samen liepen ze naar de ingang.

Adam Humphrey had zijn arm over de rugleuning van de bank gelegd. Hij keek even naar Will en staarde daarna weer naar de straat. Will wist dat de camera in zijn bril de beelden naar de bus zond. Toen Adam weer zijn kant op keek, gaf Will een bijna onmerkbaar knikje, in de hoop dat het Faith gerust zou stellen.

Hij liet Jeremy de deur openen, want dat was het soort machtsvertoon dat van John Trethewey viel te verwachten. Nu moest hij al het andere uit zijn hoofd zetten – zijn zorgen om Faith en haar zoon, om Amanda, Sara en zelfs om Aiden Van Zandt, want dat was een aardige kerel en gezien Faiths datinggeschiedenis koerste hij op een akelige breuk af – en zich alleen nog richten op zijn rol van hufterige orthopeed die als verkrachtingsverdachte Texas was ontvlucht.

'Richie!' bulderde hij de bar door.

Richie keek eens goed en lachte zijn ongelooflijk witte kronen bloot toen hij hem herkende. 'Jezus, we zijn de enigen hier. Zelfs de aanhang is niet op komen dagen.'

'Eikels,' zei Will. 'Dit is mijn zoon, Eddie.'

'Eddie.' Richie nam Jeremy vluchtig op. 'Aangenaam.'

'Van hetzelfde.' Jeremy's telefoon kwam tevoorschijn. Vervolgens bood hij Richie het topje van zijn hoofd en begon een bericht op te stellen.

Will keek Richie hoofdschuddend aan. Ook Richie schudde zijn hoofd.

'Oké, jongen.' Will sloeg zijn handen om Jeremy's schouders. 'Opzouten. De grote mensen moeten even praten.'

Jeremy slenterde naar de derde tafel vanaf de achterdeur, precies zoals afgesproken. Twee van Bernice' fraudeagenten hadden die plek bezet gehouden, maar nu maakten ze plaats voor hem.

Will schoof op een barkruk naast Richie. Hij zag Jeremy in de spiegel achter de drankflessen. Een andere agent van Bernice deed dienst als serveerster. Ze liep met een vol dienblad achter hem langs.

'Sorry voor mijn zoon,' zei hij tegen Richie. 'Dat heeft hij van zijn moeder.'

'Je hoeft geen sorry te zeggen,' zei Richie. 'Hij is tenminste meegekomen. Mijn dochter vindt me een fascistische seksist. Ze beantwoordt mijn telefoontjes alleen als ze iets van me moet.'

Will hoorde zijn oortje knetteren. Charlie had het volume van Jeremy's microfoon omhooggedraaid. Will keek even snel de bar door. Tien agenten hielden deze tent in de gaten, en dat alles voor één sneue alcoholicus aan de bar. 'Waar is de rest van de clan? Ben ik te laat of te vroeg?'

'Nee, precies goed. Smeerlappen, dat zijn het.' Richie sloeg zijn glas achterover en gebaarde om een nieuw. 'Het wordt steeds moeilijker om ze bij elkaar te krijgen. Niemand geeft tegenwoordig nog om tradities.'

'Toch wel om een paar?' vroeg Will.

Richie schudde zijn hoofd, maar Will wist niet wat hij bedoelde: nu niet of nooit niet.

'Sir?'

Will herkende Louisa Jennings van Bernice' team. De vrouw nam met zorg Richies glas weg en zette er een nieuw glas voor in de plaats. Zo hielden ze in elk geval één DNA-monster over aan deze gigantische verspilling van tijd en middelen.

'Old Pappy, puur,' zei hij.

Louisa zette een glas voor hem neer. De Old Pappy onder de bar was vervangen door Snapple-icetea. Ze schonk hem een stevig glas in.

'Ik dacht dat Blythe ook zou komen,' zei Will.

'Je weet toch wat een opgeilster dat is. Ze zegt dat ze komt, maar dan blijft ze weg. Geen wonder dat Bryce zo verdomd neurotisch is.'

'Begrijpelijk, met Mason die overal rondsnuffelt.'

'Precies.' Richie maakte zich er met een handgebaar af. 'Mason heeft alle vrouwen geneukt. Behalve Britt. Alleen Mac breekt door die ijslaag heen.'

Will griste zijn glas ijsthee van de bar en dronk het in één teug leeg. 'Wie heeft deze tent trouwens uitgekozen? Ik zie alleen maar bankiers en lelijke oude wijven.'

'Mac vindt het een goeie plek. Dicht bij huis.' Richie zwaaide met zijn vingers door de lucht om een derde glas te bestellen, hoewel het niet zijn derde van die avond was. 'Wat vond je gisteren van onze presentatie?'

'Interessant,' zei Will schouderophalend.

'Maar?'

'Ik weet niet of ik spion wil zijn. Of bij Mac onder de plak wil zitten.'

'Niet gek dat je het zo voelt, man.' Richie keek toe terwijl zijn glas met een driedubbele whisky werd gevuld. Will bestelde nog een Snapple. 'Begrijp me niet verkeerd, ik ben blij dat ik een baan heb, maar het is niet makkelijk om met Mac samen te werken. En Britt... je weet wat een kutwijf ze kan zijn.'

'En Chaz?'

'Zolang het geld binnenkomt, is er niks aan de hand.' Deze keer deed Richie het wat rustiger aan en nam een slokje in plaats van een teug. 'Maar ik zal je één ding vertellen – en misschien snap je het – het is een verdomd eenzaam leven na alles wat we hebben meegemaakt. Je mag blij zijn dat je je gezin nog hebt.'

Will trok een wenkbrauw op.

'Al die MeToo-bullshit,' fluisterde Richie op hese toon. 'Ik had nooit gedacht dat ik mijn vrouw zou missen, mijn dochter. Ik heb me twintig jaar lang uit de naad gewerkt om ze een luxeleventje te bezorgen, maar zodra het link wordt, laten ze me allebei in de steek. Geen verjaardagsfeestjes. Geen Thanksgiving. Jezus, straks eet ik mijn kerstdiner nog uit een doos. Van Megan mag ik niet eens op haar afstuderen komen. Ze zegt dat het te gênant zou zijn.'

'Ik heb het niet veel makkelijker,' zei Will. 'Het vrouwtje heeft me nog steeds bij mijn kloten. Ik zeg de hele tijd: "Je hebt er zelf voor gekozen om te blijven, dus dan mag je ook weleens een lach op je gezicht plakken, en anders zoek je maar iemand anders die je onderhoudt." '

'En hoe ging dat erin?'

'Gast,' zei Will. 'In mijn huis gaat niets er meer in.'

Richie lachte bulderend. 'Jezus, er gaat niets boven een lekker warme, natte mond.'

Will hief zijn glas. Hij keek weer naar Jeremy. De jongen was nog steeds in zijn telefoon verdiept. Will wist niet of hij in zijn rol zat of zijn hoofd gebogen probeerde te houden, maar hoe dan ook was hij blij dat Jeremy veilig in de hoek zat.

'Hoe staat het ermee, heren?'

Will had kunnen weten dat Mason James zou klinken als iemand uit een gangsterfilm uit de jaren dertig. Langzaam draaide hij zich om op zijn kruk. Mason droeg jeans en een strak overhemd, net als Will. Toch wist hij op de een of andere manier de indruk te wekken dat hij duizenden dollars meer aan zijn outfit had gespendeerd. Zelfs zijn laarzen zagen er eleganter uit.

'Trethewey,' zei Mason. 'Lang niet gezien.'

Will schudde hem iets steviger de hand dan nodig was. Mason leek het niet te deren. Hij gaf Will een klap op zijn schouder. Hij was bijna even groot als Will, maar een deel van zijn lengte kwam door zijn haar, dat hij van voren zo had gemodelleerd dat het net de punt van een eendenkont leek.

'Wat heb jij zoal uitgevoerd, Johnny-boy? Ik hoorde dat je wat problemen had in Texas.'

'Ik betwijfel of je dat gehoord hebt,' zei Will. 'Het heeft me een smak geld gekost om dat te voorkomen.'

'Uiteraard. Niet verkeerd bedoeld.' Mason sloeg hem weer op zijn schouder. 'Waar ben jij terechtgekomen? Was het niet orthopedie?'

Sara had Will wat tekst gevoerd om Mason in te pakken. 'Heup-, knie- en enkelmontage.'

Het duurde even, maar toen wierp Mason zijn hoofd in zijn nek van het lachen. 'Da's een goeie.'

Will lachte ook, maar hij kon het bijna niet aanzien dat deze sukkel lachte om Sara's grap, die ze nota bene aan hem had moeten uitleggen.

'Jongens, het volgende rondje is voor mij.' Mason haalde zijn *black card* uit een dikke leren portefeuille. 'Maar maak het niet te gek. Het studiegeld komt er weer aan.'

'Alsof jij dat niet kunt betalen, lul.' Chaz Penley had zich bij de groep gevoegd. Hij schudde Wills hand en sloeg hem op zijn arm. 'John. Fijn dat je erbij kunt zijn.'

Will zag een jongere versie van Chaz achter hem staan, een echte Rolf voor hij de Von Trapps verried. 'Jezus, is dat Chuck? Als twee druppels water.'

'Chuck, dit is dokter Trethewey.' Chaz schoof zijn zoon naar Will toe. 'Waar is die jongen van jou?'

'Daar in de hoek, met zijn neus in zijn telefoon.' Will wees naar Jeremy. 'Ga Eddie maar begroeten, Chuck.'

Het was duidelijk dat Chuck zich niet graag door een onbekende liet commanderen, maar hij had al even duidelijk geen zin om zich samen met de afschuwelijke vrienden van zijn vader te bezatten.

'Waar is de aanhang?' vroeg Chaz. 'Wie gaan we vandaag in de zeik nemen?'

'Richie niet,' zei Mason. 'Tenzij iemand het over dat overgekamde haar wil hebben.'

De mannen deelden plaagstootjes uit, maar Will hield zich doof voor hun gelach. Hij keek in de spiegel. Chuck was tegenover Jeremy gaan zitten. Will hoorde hun stemmen via zijn oortje.

'...geen idee waarom hij me mee wilde nemen naar deze stomme tent,' zei Chuck.

'Ik ook niet,' zei Jeremy. 'Ik kan die lul niet uitstaan.'

'Is Tommy hier?'

'Wie is Tommy?'

'Johnny-boy.' Mason sloeg zijn hand weer om Wills schouder, iets waar hij uiteindelijk een gebroken hand aan zou overhouden. 'Hoe is het met de vrouw?'

'Die is beeldschoon,' zei Will, maar alleen om de teleurstelling op Masons gezicht te kunnen zien.

‘Slecht voor mijn bedrijf, maar fijn voor jou, zullen we maar zeggen.’ Mason herpakte zich snel. ‘Vertel eens wat je echt hebt uitgespookt.’

‘Een paar aanbiedingen afgetast.’ Will draaide zich iets om zodat Mason zijn schouder moest loslaten. ‘Ik weet niet of we in Atlanta blijven. De vrouw vindt het hier plezierig, maar Eddie studeert over een paar maanden af. Ik geef de voorkeur aan de westkust.’

‘Met al die woke fuckers.’ Richie slikte zijn woorden half in. ‘Ik zou daar maar wegblijven, John. Die hele staat gaat naar de tering.’

‘Toch verbazingwekkend dat ze erin geslaagd zijn de vierde economie ter wereld te worden.’ Mason knipoogde naar Will. ‘Goede zakenkansen voor mannen zoals wij. Geen verzekering. Boter bij de vis.’

Will vermoedde dat hij het over de bergen poen had die je babyboomers afhandig kon maken.

‘John.’ Richie had zijn hand op Wills arm gelegd. ‘Niet naar hem luisteren. Beter om je kop een tijdje uit beeld te houden. Geloof me nou maar.’

Will schonk hem een ijzige blik. ‘Mijn kop gaat alleen mij aan.’

‘Over wie z’n kop gaat het?’ Eindelijk verscheen Mac ten tonele. Hij deed geen moeite Tommy voor te stellen. Macs zoon liep al naar de tafel achterin. Will herkende de jongen van de foto’s, maar hij zou hem er ook moeiteloos hebben uitgepikt aan de hand van Sara’s beschrijving. Met die arrogant geheven kin vroeg hij bijna nog meer om een dreun dan zijn vader.

‘John.’ Mac schoof op Masons plaats en legde zijn hand op Wills schouder. ‘Knappe jongen heb je. Kamt zijn moeder nog altijd zijn haar?’

Will snoof geërgerd. ‘Ze houdt zijn pik nog altijd vast als hij moet pissen.’

Weer klonk er bulderend gelach.

Will draaide zich om en Macs hand gleed weg. Hij wenkte Louisa. Zijn blik ging naar de spiegel. Tommy was naast Chuck gaan zitten. Suzan, ook lid van het fraudeteam, haalde de gebruikte glazen weg en zette er nieuwe voor in de plaats. Chuck Penleys DNA was veiliggesteld. Nu moesten ze alleen nog monsters van Mac en Mason zien te krijgen.

‘Sorry, gast.’ Jeremy’s gemompel klonk in Wills oortje. ‘Ik heb tegen mijn pa gezegd dat ik over een halfuur pleite ben.’

‘Bestel je een Uber?’ vroeg Tommy. ‘Ik weet een huisfeestje in Brookhaven dat zo ongeveer nu begint.’

‘Geen interesse.’ Jeremy richtte zich weer op zijn telefoon.

Chuck en Tommy keken elkaar aan. Ze waren het niet gewend afgewezen te worden.

‘Sir?’ Louisa stond achter de bar.

‘Ruim deze troep eens op,’ zei Will. ‘En schenk mijn vriend nog eens bij. Pappy voor mij en –’

‘Twee keer Bruichladdich,’ onderbrak Chaz hem. ‘Mason?’

‘Sorry, heren, maar ik moet morgen al vroeg opereren.’

‘Hier net zo,’ zei Mac. ‘Ik kan niet lang blijven. Ik wilde alleen even met John praten.’

Will voelde zijn irritatie opvlammen. Mac en Mason kwamen hier niet weg zonder een DNA-monster achter te laten. ‘Ik weet niet of ik een man die niet drinkt kan vertrouwen,’ zei hij tegen Mac.

Mac keek bevreemd, maar de uitspraak werkte wel. ‘Scotch, alsjeblieft,’ zei hij tegen Louisa. ‘Maar doe er wat water bij.’

Louisa maakte de bestelling in orde. Will keek weer naar het drietal jongens. Jeremy was nog steeds in zijn telefoon verdiept. Het stond Tommy en Chuck duidelijk niet aan. Als tactiek vond Jeremy het waarschijnlijk veiliger om bot te zwijgen, maar Will had woede zien oplaaien om geringere beledigingen.

Hij luisterde terwijl Chuck Jeremy bij het gesprek probeerde te betrekken. ‘Dus je studeert aan Tech,’ zei hij.

‘Yep,’ zei Jeremy.

‘Ken je Bradley Walford?’ vroeg Tommy.

‘Nee,’ antwoordde Jeremy.

Chuck deed een nieuwe poging. ‘Wat studeer je eigenlijk?’

Jeremy zuchtte. ‘Te ingewikkeld om uit te leggen.’

‘John.’ Mac was naast Will komen staan. Hij klemde zijn aangelengde scotch vast. ‘Ik hoop dat we gisteren niet al te hard zijn overgekomen. Chaz heeft de neiging een eind weg te lullen.’

‘Zeg dat wel.’ Will tikte Macs glas aan. ‘Op oude vrienden.’

‘Eh… oké.’ Mac dronk niet. Hij zette het glas weer op de bar. ‘Heb je een momentje?’

Met de rug van zijn hand schoof Will het glas weer naar Mac. ‘Zeker.’

Mac fronste zijn wenkbrauwen. Doorgaans was hij niet degene die zich liet dirigeren. Toch pakte hij de scotch en wenkte Will mee.

Will keek openlijk naar Jeremy toen hij naar achteren liep. Trethewey zou ongetwijfeld zijn zoon in de gaten houden, hem aanmoedigen vrienden te worden met de zonen van de mannen die hem in dienst wilden nemen.

Jeremy keek op van zijn telefoon, maar wendde zijn blik weer snel af.

'Die pa van jou lijkt me best wel een lul,' hoorde Will Chuck via zijn oortje zeggen.

'Hij is niet bést wel een lul,' zei Jeremy. 'Hij ís een lul.'

'Wat heeft-ie gedaan?' vroeg Tommy. 'Kan niet erger zijn dan Richie. Die gast boorde een gat in de muur zodat hij zich kon aftrekken, terwijl zijn patiënten zich omkleedden in de kamer ernaast. Een verpleegster betrapte hem terwijl hij aan het rukken was.'

Chuck moest lachen. 'Net als in *Family Guy*, als Peter naar de ijzerhandel gaat voor een boor.'

Jeremy zweeg. Hij was nog steeds met zijn telefoon bezig.

Will liep langs Amanda en Evelyn. Hun tassen stonden naar de toiletten gericht en naar de deur van het rookgedeelte. Ze keurden Will geen blik waardig.

'John, ik zeg het maar gelijk.' Mac zette zijn glas op de vensterbank. 'Wat je gisteren over Cam zei. Dat je hem de stad uit hebt gehaald. Ik besefte dat ik je nooit fatsoenlijk heb bedankt omdat je je om onze vriend hebt bekommerd.'

Wills hart ging sneller kloppen. Hij had al naar een kans gezocht om Cam ter sprake te brengen. Niettemin haalde hij zijn schouders op, alsof het er niet toe deed. 'Ik heb gewoon gedaan wat gedaan moest worden.'

'Nee, hoor. Eigenlijk had je helemaal niets hoeven doen. Je bent nooit betrokken geweest bij onze...' Mac leek naar het woord te zoeken. '...onze activiteiten.'

'Noemden jullie dat zo?' vroeg Will. 'Ik zou het niet weten, want jullie hebben me er nooit aan laten ruiken.'

'Ik weet niet wat Cam je verteld heeft, maar het was vooral gepraat. Heel veel gepraat. Hij was degene die het in de praktijk bracht, en...' Mac zweeg weer. Ondanks al zijn machtsspelletjes was hij niet erg overtuigend. 'Wat Cam deed was gewetenloos. We hadden geen idee dat hij het fantasietje ook echt in de praktijk bracht.'

'Het fantasietje?' vroeg Will.

'Uiteraard vonden we het allemaal walgelijk toen we erachter kwamen.' Mac pakte zijn glas en nam eindelijk een slok. 'Je denkt weleens dingen, hè? Je krijgt van die ideeën en daar praat je dan over, maar in het echte leven, in werkelijkheid, zou je het nooit in de praktijk brengen.'

'Wat een hoop je's.'

Mac gniffelde wat opgelaten. 'Doorgaans voer ik dit soort gesprekken niet.'

'Je meent het,' zei Will. 'Wie wel?'

Mac sloeg zijn scotch achterover en zette het glas weer op de vensterbank. 'Wat die baan betreft...'

'Ik ben niet geïnteresseerd.'

'Oké, goed.' Mac keek achterom naar de groep.

Will draaide zich ook om, maar hij zag niet naar wie Mac specifiek keek.

'Hoeveel?' vroeg Mac. 'Daar komt het op neer. Wat voor bedrag had je in je hoofd?'

Will zweeg even om te laten bezinken wat Mac wilde zeggen. Cam. Het fantasietje. Het aangeboden werk. Ze probeerden John Trethewey af te kopen. Maar hij moest het Mac hardop horen zeggen. 'Waar heb je het over?'

'Over je zwijgen natuurlijk.'

'Waarover moet ik zwijgen?'

Nu kreeg Mac het benauwd. Weer keek hij naar de bar, waarschijnlijk op zoek naar de man die dit meestal deed. Will keek ook. Chaz? Richie? Mason?

'Zeg op,' zei Mac. 'Wat heeft Cam je precies verteld?'

'Bedoel je de website?' Will zag de arrogantie op Macs gezicht wegsmelten. 'Of dat spelletje dat jullie speelden met die meiden?'

Mac veegde langs zijn mond. 'Oké, dus Cam heeft je het een en ander verteld.'

'Net genoeg om me lekker te maken,' zei Will. 'Jullie hadden het slim voor elkaar. Af en toe een lolletje, terwijl je maten je uit de wind houden. Dat had ik in Texas goed kunnen gebruiken. En daar zou ik nu graag aan willen meedoen.'

'Waarom denk je dat het nog steeds speelt?'

'Ik heb over Tommy's proces gelezen. Je haalt hem erbij, hè? Dat is niet verkeerd. Het heeft een mooi soort symmetrie.' Will keek naar Jeremy. 'Ik wou dat mijn zoon de ballen had om zoiets te doen.'

'Het heeft Tommy nooit aan zelfvertrouwen ontbroken.'

'Misschien heeft hij er te veel van. Hij werd bijna betrapt. Heeft hij zich aan het plan gehouden?'

Weer veegde Mac zijn mond af. 'Ik ben niet in een positie om over iets anders dan geld te praten.'

Will zag dat Mac zijn breekpunt bijna had bereikt. Het ergste wat nu kon gebeuren, was dat een slimmere man het van hem overnam. De enige die in aanmerking kwam, was Chaz Penley. Wat de vuile blikken verklaarde die hij hun kant op wierp. Het was duidelijk dat Chaz voor de verandering Mac vuile handen liet maken. Misschien was de Club niet meer zo hecht als vroeger. Tommy's proces had hun allen de stuipen op het lijf gejaagd.

'Hoeveel denk je dat mijn zwijgen waard is?'

'Iets van... geen idee, ergens halverwege de vijf nullen?'

Wills mond werd droog. Mac McAllister bood hem een half miljoen dollar. 'Wat moet ik met zoveel contanten? Ik kan ze niet naar de bank brengen.'

'Crypto?'

'Rot toch op.'

Mac hield Will tegen voor hij weg kon lopen. 'We kunnen je vanuit het bedrijf betalen.'

Will draaide zich weer om. 'Hoe zou dat in zijn werk gaan?'

'Als salaris,' zei Mac. 'Alles volgens de regels. We halen er belasting af, verzekering, de hele mikmak.' Hij somde federale misdaden op alsof het een boodschappenlijstje was.

'Dus jouw oplossing is het bedrag halveren?'

'Nee, dat bedoelde ik niet,' zei Mac. 'Stel dat we naar de zes nullen gaan. Dan hebben we je binnen een jaar betaald. Een deel ervan in cash om te helpen met de kleine dingetjes. Het grootste deel als salaris, zodat het er op papier brandschoon uitziet. Je kunt vast wel iets bedenken om het sommetje te laten kloppen. Als het erop aankomt, kunnen accountants heel creatief zijn.'

Will had geen idee hoe een miljoen dollar zich in twaalf maanden liet uitbetalen, maar het was niet het soort geld dat je op een balans kon wegmoffelen.

'We blijven in gesprek, oké?' zei Mac.

Will wist als geen ander wanneer iemand de aftocht blies. Mac moest met de groep overleggen. 'Ik word meestal betaald voor mijn tijd.'

Macs grijns verried hem. Hij dacht dat hij Will te pakken had. 'Wat is je uurtarief?'

'Laten we beginnen met vijfentwintigduizend.' Will moest hem zwaar de fout in laten gaan. 'Cash.'

'Dat kan ik regelen.'

'En het papierwerk?' vroeg Will. 'Hoe krijg ik mijn salaris?'

'Ik kan de documenten naar jouw goeddunken laten opstellen,' zei Mac. 'Arbeidsovereenkomst, salaris en belasting, et cetera. Dan noemen we je consultant.'

'Net als Richie?'

Mac trok zijn wenkbrauwen op, maar hij ging het spel niet helemaal weggeven. 'Wat vind je ervan, John? Jij vergeet het geraaskal van onze dronken, depressieve vriend die zo dood als een pier is, en wij geven je een lekker douceurtje om je weer overeind te helpen. Hebben we een deal?'

Will deed alsof hij erover nadacht. De cash was een goed startpunt, maar met geld witwassen via het bedrijf riskeerde Mac een aanklacht wegens commerciële omkoping. Hij droeg fiduciaire verantwoordelijkheid voor het bedrijf. Op dit moment kon Mac nog beweren dat hij gewoon uit zijn nek kletste. Voor een waterdichte zaak moest Will cash in zijn hand hebben en zijn salaris moest naar een nepbankrekening zijn overgemaakt.

'Laten we morgen op de club afspreken,' zei Will. 'We kunnen –'

'Klootzak!' Tommy's stem snerpte in Wills oor.

Hij draaide zich om. Tommy had zo hard geschreeuwd dat de hele bar zich naar hem toekeerde. Zijn gezicht stond verwrongen van woede. 'Je bent een nog grotere lul dan die stomme vader van je,' zei hij tegen Jeremy.

Jeremy haalde zijn schouders op, maar hij was zichtbaar nerveus. 'Bekijk het.'

'Niks bekijk het, stomme lul.'

Will maakte aanstalten om op hen af te stappen, maar Mac legde een hand op zijn arm. 'Laten ze het zelf maar uitvechten.'

'Tom,' zei Chuck. 'Doe eens chill, gast. Hij wou alleen maar –'

'Bemoei je er godverdomme niet mee!' Tommy gaf Chuck een harde duw tegen de tafel. Stoelen vielen om. Glazen braken. Jeremy liet bijna zijn telefoon vallen toen hij wegsprong van de puinhoop. Zijn mond hing open. Hij keek verward, overdonderd, bang en nog erger: volkomen alleen.

'Tyfushond!' Tommy zwaaide zijn vuist naar achteren.

Hij had het niet op Chuck gemunt.

Hij bedreigde Jeremy.

Met vier snelle passen was Will de bar door. Hij liet Tommy met rust, maar pakte Jeremy bij zijn kraag en sleurde hem mee naar de achterdeur, want hij was niet van plan Faiths zoon in elkaar te laten slaan. De avondlucht beet in zijn gezicht. Will ving een vleug sigarettenrook en verschaald bier op. Aiden stond op, zijn vuisten gebald. Met een blik gaf Will hem te kennen dat hij weer moest gaan zitten. Aan een van de picknicktafels zat een stelletje. Ze gingen snel naar binnen toen Will Jeremy zo hard vooruitduwde dat hij struikelde, maar niet zo hard dat hij tegen de grond sloeg.

'Jezus!' Jeremy stopte zijn overhemd weer in zijn broek. 'Will –'

Hij zweeg abrupt, en Will draaide zich om.

Chuck stond in de deuropening naar hen te kijken.

'Wil je me godverdomme met rust laten?' Jeremy bleef aan zijn overhemd trekken. Hij was duidelijk aangeslagen. Maar al even duidelijk probeerde hij in zijn rol te blijven. 'Jezus, pa. What the fuck?'

'Wat ben je toch een zeikerdje.' Will stompte hem tegen zijn borst. 'Ik zei toch dat Tommy Macs zoon is? Wil je je toelage houden? Je auto? Je leventje? Dan verkloot je dit niet voor me.'

De grijns op Chucks gezicht kwam Will bekend voor, maar de jongen was zo verstandig opzij te stappen zodat hij erlangs kon.

Will liet zijn blik door de bar gaan. Amanda en Evelyn zaten nog aan hun tafel. Ze keken allebei op Amanda's telefoon, waarschijnlijk om de livebeelden vanaf Jeremy's bril te volgen.

Mac had zich weer bij de anderen gevoegd. De mannen stonden weer te lachen. Ze maakten grapjes, sloegen elkaar op de schouder. Mac maakte een gebaar naar Will, zo van *Wat doe je eraan?* Chaz wenkte Will, met een grijns op zijn gezicht.

Will ging niet naar hen toe. Hij liep naar het herentoilet. Hij deed de deur dicht en leunde ertegenaan. Hij pakte zijn telefoon en klikte drie keer op de zijknop. Toen zag hij wat Jeremy zag: Chuck Penley, die recht voor hem stond.

'Tot aan je diploma moet je het diplomatiek aanpakken,' zei Chuck.

'Wat een eikel is dat.' Jeremy klonk nog steeds aangeslagen, maar hij deed zijn best. 'Ik red me wel. Hij hoeft zich er niet mee te bemoeien alsof hij mijn moeder is.'

'Echt niet,' zei Chuck, maar erg overtuigd klonk hij niet.

Jeremy keek naar de lege deuropening aan de achterkant van het gebouw. 'Hij is bang om Mac op stang te jagen. Hij geeft alleen om geld.'

'Mac jaag je niet gauw op stang. Die vindt het prachtig ons tegen elkaar op te zetten. Zo zijn ze allemaal.' Chuck haalde een pakje sigaretten uit zijn jaszak. 'Ook eentje?'

Het beeld op het scherm zwaaide heen en weer toen Jeremy zijn hoofd schudde.

Will zag Aiden Van Zandt in de schaduw. De FBI-agent was nog steeds gespannen, klaar om in actie te komen als Jeremy hem nodig had. Het was onduidelijk of Chuck wist dat hij er was. Eén ding was zeker: Faith stond nu in de bus tegen alle monitoren te schreeuwen. Ze zou Jeremy smeken om zijn mond te houden, om weg te lopen en in Wills auto te wachten tot het tijd was om te vertrekken.

Maar Jeremy liep niet weg.

'Wat is zijn probleem eigenlijk?' vroeg hij aan Chuck.

'Van Tom?' Chuck blies rook uit zijn mondhoek. 'Je hebt toch over zijn proces gehoord?'

'Hij heeft dat meisje verkracht.'

'Gast! Naar verluidt!' Chuck had een akelig lachje. 'Dani was oké. Wat uit de hoogte misschien, maar verder was ze oké.'

'Ze is dood.'

'Daar had Tom niks mee te maken.' Chaz blies weer een stoot rook uit. 'Ze reed zijn auto in de prak. Dat was haar eigen schuld.'

Jeremy keek naar de grond. Will zag dat de veter van een van zijn Nikes los was geraakt. De zoom van zijn jeans was gescheurd. Waarschijnlijk kwam Faith nu het parkeerterrein over rennen. Ze zou niet kwaad op Jeremy zijn. Al haar woede zou op Will zijn gericht. Hij had gezegd dat hij voor de veiligheid van haar zoon instond, maar nu had hij hem bij zijn nekvel door een bar meegevoerd en hem buiten achtergelaten met de zoon van een sadist.

'Heeft hij het gedaan?' vroeg Jeremy.

'Haar verkracht?' Chuck nam weer een hijs van zijn sigaret. 'Niet echt. Ik bedoel, Dani werd geneukt door de halve onderbouw, dus het is ook weer niet zo dat haar vagina op slot zat. De hoogste score van de hele buurt.'

'Waren ze aan het daten?'

'Nee, man. Ze had Tom bij de vrienden ingedeeld. Die gast heeft jarenlang blauwe ballen gehad, zo heeft hij zich ingehouden. Het verbaast me dat hij haar niet eerder gepakt heeft.'

'Ja.' Jeremy keek weer naar zijn schoenen. 'Was het een lekker ding?'

'Echt een chickie,' zei Chuck. 'Maar ook een kreng. Net als Britt, zoiets. Volgens mijn pa is er een reddingsschaar voor nodig om de knieën van Britt McAllister uit elkaar te krijgen.'

Jeremy's lach klonk wat geforceerd, vond Will, maar het leek Chuck niet op te vallen.

'Zal ik je iets laten zien?' vroeg hij aan Jeremy.

Jeremy's bril bewoog toen hij zijn schouders ophaalde. 'Best.'

'Tegen niemand zeggen, oké?' Chuck keek hem onderzoekend aan. 'Ik meen het. Dit is echt ranzig.'

Weer haalde Jeremy zijn schouders op. 'Oké.'

Chuck nam een laatste hijs van zijn sigaret en gooide hem op het gras. Hij pakte zijn telefoon, liet zijn vingers over het scherm gaan en hield Jeremy het toestel voor.

Het beeld was op pauze gezet.

Dani Cooper.

Spiernaakt. Haar ogen gesloten. Haar hoofd achterover.

Ze lag op een witte schapenvacht.

'Wie is dat?' vroeg Jeremy.

'Dat stuurde Tom me.' Chuck grijnsde. 'Druk maar op play.'

Jeremy tikte op het scherm.

Will legde zijn hand tegen zijn oor om het goed te horen, maar het was zo stil op het toilet dat hij alles hoorde wat Jeremy ook meekreeg. Het gedempte geluid van huid op huid. Het zachte gekreun. Het ritmische geklets. Het kille gelach. Het was alsof Wills bloed in gemalen glas veranderde. Hij keek op naar het plafond. Er was niets wat hij kon doen.

Faiths zoon keek naar een filmpje waarop Dani Cooper werd verkracht.

18

Faith liep door de keuken alsof ze wegzakte in drijfzand. Ze sloot de jaloezieën tegen de ochtendzon. Weer had ze de hele nacht liggen woelen, draaien, piekeren en huilen. De laatste keer dat ze zo slecht had geslapen was tijdens de voorjaarsvakantie, toen Emma het RS-virus had opgepikt.

Ze bleef staan om te luisteren of ze Jeremy boven hoorde. Hij sliep nog. Het enige geluid kwam van de lekkende kraan op het toilet in de gang. Faith was altijd blij als haar zoon bleef slapen, maar nu was het anders. Ze kon zich niet herinneren wanneer hij voor het laatst op de bank was gaan liggen en zijn hoofd op haar schoot had gelegd. Niet dat Jeremy gehuild had, maar hij had dat wel gewild, en dat gaf haar het gevoel alsof ze in duizend stukken brak.

Het filmpje.

Chuck had maar drie minuten afgespeeld van wat duidelijk een langere opname was. Vanuit het mobiele commandocentrum had Faith ernaar gekeken. Ze had alles gezien door de ogen van haar zoon.

Dani Cooper met haar hoofd achterover, haar lippen van elkaar, haar ogen gesloten, niet in extase maar omdat ze zwaar gedrogeerd was. Haar naakte lichaam stak scherp af tegen de verder kleurloze kamer. De muren waren zwart geverfd. De betonnen vloer was zwart. Het kleed van schapenvacht was helder wit, maar er zaten wel vlekken op. Hier en daar waren de haren tot klonten opgedroogd.

Het gekreun van de jonge vrouw bleef Faith achtervolgen. Dani had tussen waken en slapen in gezweefd. Als ze zich al bewust was geweest van wat er gebeurde, had ze het zich niet meer kunnen herinneren tegen de tijd dat ze bij het Grady was aangekomen – het enige genadige effect van de drug.

De man die haar had ontvoerd, was niet te zien op het filmpje, maar zijn handen kwamen wel in beeld toen hij met haar slappe lichaam bezig was. Hij droeg geen ringen. Geen horloge. Hij had geen opvallende kenmerken, maar het waren de handen van een jonge man, met een gladde huid en wat donkere haartjes op de knokkels. Faith ging ervan uit dat ze van Tommy McAllister waren.

Op het filmpje lachte hij kil, terwijl hij Dani voor de camera in verschillende houdingen legde, haar op haar zij draaide, op haar rug, op haar buik, en ondertussen in- en uitzoomde. Hij behandelde haar niet als een pop, want met een pop zou je voorzichtiger omspringen. Hij floepte haar alle kanten op. Hij duwde en porde, stak zijn vingers in haar mond en tussen haar benen. De camera zoomde in op haar borsten, op haar intieme delen. Toen zette hij het toestel op een statiefje en filmde zichzelf terwijl hij haar verkrachtte.

Faith ging aan de keukentafel zitten. Ze wreef in haar ogen. In de loop van haar politiecarrière had ze meer verdorvenheid gezien dan haar lief was. Het filmpje hoorde zonder meer bij de top vijf van gruwelijkheden waarvan ze getuige was geweest. En nu haar zoon het ook had gezien, ontbrak het haar aan woorden om haar pijn te beschrijven.

Het ergste, dat wat ze het moeilijkst kon accepteren, was dat Jeremy nog steeds bij de politie wilde.

Faith drukte haar voorhoofd tegen het tafelblad. Ze opende haar mond en ademde een paar keer diep in. Het enige wat haar van schreeuwen weerhield, was dat iemand uiteindelijk de prijs ging betalen voor wat haar zoon had moeten zien.

Volgens Amanda's plan zouden twee teams vanuit twee verschillende richtingen toeslaan. Ze noemde het Operatie Domino, want het ene steentje zou het volgende omverduwen, waarna de rest van de stenen hopelijk ook zou omtuimelen.

Will had de leiding over het eerste team. Hij had die middag een lunchafspraak met Mac McAllister in de countryclub. Mac zou vijfentwintigduizend dollar aan contanten meenemen en de arbeidsovereenkomst voor nog eens een miljoen dollar.

Het GBI had de tape al in bezit waarop Mac verklaarde dat de omkoopsom in ruil was voor het zwijgen van John Trethewey. Dat er cash werd overhandigd was al mooi, maar het geboden salaris zou Mac McAllisters lot bezegelen. Zodra het geld op John Tretheweys bankrekening stond, zou Mac gearresteerd worden wegens bankfraude, belastingontduiking, zakelijke omkoping en het witwassen van geld. Hij kon rekenen op vijf tot twintig jaar gevangenisstraf. Natuurlijk zou hij niet vies zijn van een deal om niet achter de tralies te belanden.

En daar kwam het tweede team om de hoek kijken.

Amanda had zonder veel moeite een rechter bereid gevonden om een bevel tot inbeslagname van Chuck Penleys iPhone te ondertekenen. Jeremy's bril had het filmpje met Dani Cooper vastgelegd. En ook Chuck, toen hij tegen Jeremy zei dat Tommy McAllister hem het bestand had gestuurd. Dat bood voldoende juridische gronden om Chucks telefoon nader te onderzoeken.

Zodra het bevelschrift was overhandigd, hoefde je geen genie te zijn om te bedenken dat John Tretheweys zoon naar de politie was gestapt. Chaz Penley zou doodsbang zijn dat de Tretheweys het niet alleen over het filmpje hadden gehad. Hij zou alles op alles zetten om zowel zijn eigen huid als die van zijn zoon te redden.

Nu was het de vraag wie van de mannen als eerste zou doorslaan. Ze hadden maar één onderhandelingstroef achter de hand. Zou Mac de Club opofferen in ruil voor strafvermindering? Zou Chaz hetzelfde doen? Of zouden ze tijdens hun proces hun poot stijf houden, er bergen geld doorheen jassen, hun reputatie vernietigen, hun carrière verliezen, hun gezin, in de hoop dat een jury hen onschuldig zou verklaren?

Wat ze ook besloten, er was geen enkele kans dat de Club de bom zou overleven die elk moment tot ontploffing kon komen. Als Amanda het goed aanpakte, zouden de dominostenen tegen het einde van de week allemaal omdonderen.

Faith was voor beide operaties op een zijspoor gezet, maar ze weigerde van haar plicht af te zien. Ze dwong zichzelf overeind en griste de stapel papier uit de printer. De digitale dienst was er niet in geslaagd de corrupte filmpjes op de chatwebsite te herstellen, maar ze hadden meer geluk gehad met de beveiligde bestanden op Cam Carmichaels computer.

Het waren allemaal pdf's. Cam had screenshots gemaakt van chattranscripties die de dag na Sara's verkrachting gewist waren van de website van de Club. Voor de leden vormden de berichten een soort ontstaansgeschiedenis. Het eerste was van zestien jaar geleden. Anders dan de latere berichten, die hoofdzakelijk waren gepost door 002, 003, 004 en 007, leek de hele groep eraan te hebben bijgedragen.

002: Jullie moeten voorzichtiger zijn, idioten. 005: Wie heeft gezegd dat jij de baas bent? 001: Precies. 003: Waarom zouden we naar jou luisteren? 002: Jullie werden bijna betrapt, stomme debielen. 004: Sorry heren, hier sta ik buiten. 006: Vuile lafaard. 002: En dat ben jij zeker niet? 007: Wat wil je dat we doen? 003: Ik ben altijd in voor een lolletje, maar ik ga niet de bak in, als jullie dat maar weten. 005: Ik ook niet, dus zoek het zelf maar uit, klootzakken.

Faith noteerde de datum. Ze zou Adam Humphrey moeten benaderen om te zien of hij bereid was bij de databank van het APD in te loggen. Dit was bewijs dat Merit Barrowe niet het eerste slachtoffer van de Club was geweest. Uit wat ze had gelezen concludeerde Faith dat de verkrachter van de vrouw bijna betrapt was. Waarschijnlijk was Slachtoffer Zero bevriend geweest met iemand in de groep. De uitgekiende manier waarop ze bij Dani Cooper en Leighann Park hun sporen hadden gewist, wees op weloverwogen planning. De transcripties onthulden hoe ze de oplossing hadden gevonden.

006: We moeten de taken verdelen. 002: Juist. 001: Leg eens uit. 006: Zie het als een geval op de SEH. Haal er specialisten bij. 002: O, de machtige traumachirurg neemt het woord. Serieus, daar gaan we weer. 007: Hou eens op met dat gezeik. 006: Ik probeer een oplossing te bedenken. 003: Oké, je zit er helemaal niet ver naast. 002: Dit moet worden opgedeeld. 006: Dat probeer ik de hele tijd te zeggen.

Faith had haar notitieboekje opengeslagen. Ze zocht de lijst op met haar profielen van de chatgroep. Ze was ervan uitgegaan dat 006 Cam Carmichael was. Hij was de enige traumachirurg van de Club. Ze zette een kruisje bij zijn naam en ging verder met lezen.

005: Heb je weleens bedacht dat sommigen van ons ook graag een keer willen? 001: Sinds wanneer heb jij de ballen om Meester te kunnen zijn? 003: Niet een Meester die ik zou willen zien. 005: We willen allemaal graag kijken, maar sommigen van ons willen ook weleens een natte pik. 006: Dan rouleren we, net als bij een spoedgeval. Iedereen krijgt een beurt. 002: Fuck, hou eens op met dat spoedgedoe. We kunnen allemaal met een scalpel omgaan.007: Hij heeft gelijk. 006: Dan doen we het zo. 002: Wie gaat een rooster opstellen? 007: Wie denk je? 002: Waarom moet ik altijd de roosters opstellen?

Faith liep met haar vinger de profielen langs. Haar vermoeden was dat 002 Mac McAllister was, maar 002 had iets scherps dat ze de vorige avond niet in Macs stem had bespeurd. Ze keek naar het bewijsbord. Chaz Penley leek een goede kandidaat. Vals, boosaardig, georganiseerd. Tijdens de lunch op de countryclub was hij de man van de cijfers geweest, en hij had keihard onderhandeld om John Trethewey binnen te halen.

Wat betekende dat Mac weleens 007 zou kunnen zijn. In latere berichten had hij het over zijn veroveringen, maar Faith begreep nu dat hij daarmee verkrachtingen bedoelde. Ze durfde haar volgende maandsalaris eronder te verwedden dat de corrupte filmpjes op de website van dezelfde orde waren als het filmpje dat Tommy van Dani Cooper had gemaakt. Britt had gezegd dat Tommy steeds meer op zijn vader ging lijken. Kreeg hij les van de man die de Meester werd genoemd?

Faith probeerde het filmpje uit haar hoofd te zetten. Ze richtte zich weer op haar profielen.

Al schrappend concludeerde ze dat Richie Dougal 003 moest zijn. Hij had gezegd dat hij graag keek. De vorige avond had Tommy onthuld dat Richies MeToo-moment kwam toen hij een gat in de muur had geboord om zijn patiëntes te beloeren wanneer ze zich uitkleedden.

Ze zette weer een kruisje op haar lijst.

Royce Ellison of Bing Forster zouden 001 of 005 kunnen zijn. Of misschien zat ze helemaal op het verkeerde spoor, want al deze sadisten klonken als een stel middenkaderfunctionarissen.

002: Zijn er nog taken te verdelen? 005: Meester. Slavenhouder. 006: Jezus, moeten we nu ook nog als een stelletje racisten klinken? 002: We moeten wel politiek correct blijven als we het hebben over het stalken, lastigvallen, ontvoeren, drogeren en verkrachten van jonge vrouwen. 007: Dus dat zijn de taken? 002: We rouleren, en de mannen op de bank mogen kijken. 005: Ik vind het prima. 006: Ja. 001: Ja. 003: Goed. 007: Zodra ik details heb, laat ik jullie weten wie het volgende kwartaal het doelwit is.

Faith moest even bijkomen. Zo gemakkelijk was het dus geweest. Een om te stalken. Een om lastig te vallen. Een om te ontvoeren. Een om te drogeren. En een om te verkrachten. Vijf verschillende mannen. Zeven leden van de Club. Mason had zich er al in een vroeg stadium aan onttrokken, Cam had zichzelf door het hoofd geschoten. Royce en Bing waren de vorige avond niet op de mixer geweest, maar Chuck en Tommy wel. Het was duidelijk dat ze bij de Club werden geïntroduceerd.

En daarmee kwam het hele verhaal neer op wat Britt vier dagen geleden tegen Sara had gezegd.

Ik kan de rest niet tegenhouden, maar ik kan mijn zoon wel redden.

Faith hield het niet voor mogelijk. De vorige avond was Tommy bijna met Jeremy op de vuist gegaan omdat ze het oneens waren geweest over een overtreding tijdens een footballwedstrijd van twee jaar geleden. Hij was opvliegend, kwaad en neigde tot geweld. Hij had zichzelf gefilmd terwijl hij Dani aan het verkrachten was. De beschuldiging dat hij in de onderbouw een meisje had verkracht, was zeer geloofwaardig. Toen hij nog op de basisschool zat, was de politie aan de deur geweest omdat hij de hond van een van de buren had mishandeld.

Het ging niet om het redden van Tommy. Het ging om het redden van iedereen om hem heen.

Faith dwong zichzelf de resterende screenshots te lezen. Het rooster was gepost door 002. Iedere man kreeg een taak toegewezen. Iedere man kreeg de beurt. Vervangers waren niet toegestaan. Het was duidelijk dat 007 de slachtoffers uitkoos. Faith nam de tekst snel door, op zoek naar zijn nummer.

> 007: Heb jullie een bericht gestuurd met foto doelwit. 007: Adres doelwit gestuurd. 007: Telefoonnummer doelwit volgt.

Ze stuurden allemaal dezelfde reactie.

> 001: Ontvangen. 002: Ontvangen. 003: Ontvangen. 005: Ontvangen. 006: Ontvangen.

Mason James viel op door zijn afwezigheid bij dit complot, maar Faith ging ervan uit dat hij de chats had gelezen. 004 had de site acht jaar geleden nog steeds bezocht, toen ze hadden ontdekt dat Cam zichzelf permanent uit de Club had verwijderd.

Faith hoorde een auto op de oprit. Sara had aangeboden te helpen met het verwijderen van het bewijsbord, om te voorkomen dat Emma als een krijsende zeester over de keukenvloer zou tollen als ze zag dat haar Hello Kitty-plakband gebruikt was.

'Hallo?' zei Sara zachtjes terwijl ze de gang door liep. Faith had gezegd dat ze zichzelf moest binnenlaten, om Jeremy niet wakker te maken.

'De keuken.' Faith stapelde de zeven blaadjes op elkaar. Ze legde ze boven op de andere chattranscripties. Ze kon wel een paar dossierdozen gebruiken. Hopelijk kon de digitale dienst iets met de bergen papierwerk doen.

'Goedemorgen.' Sara legde haar tas op het keukenblad. Ze werd als vanzelf weer naar het bewijsbord getrokken. De rode, paarse, roze en gele stroken knutselpapier leken net een mislukt project van een kunstacademiestudent. 'Onderweg heb ik Will gesproken. Hij heeft om één uur een afspraak met Mac op de countryclub.'

Faith zou pas opgelucht zijn als alles voorbij was. 'Nog nieuws over Merit Barrowes onderbroek?'

'Het lab heeft twee verschillende DNA-strengen gevonden. We hebben een monster van Martin Barrowe nodig voor een verwantschapsvergelijking met het vrouwelijke profiel. Het tweede profiel is van een man, onbekend.' Sara keek naar de gele stroken knutselpapier. 'Het kost een heel weekend om het DNA te verwerken van iedereen die gisteravond aanwezig was. Op Mason na. Die heeft geen glas aangeraakt.'

'Is dat ongebruikelijk?'

'Geen idee,' zei Sara. 'Het is lang geleden dat we samen uit zijn geweest.'

Faith merkte Sara's aarzeling toen ze zich met moeite losmaakte van het bewijsbord. Ze zag eruit alsof ze net zo'n onrustige nacht had gehad als zijzelf.

'Will zit er helemaal doorheen vanwege Jeremy,' zei Sara.

'Will heeft precies gedaan wat hij moest doen.' Faith had hem die ochtend al twee keer gesproken. 'Ik kon er bijna mee leven dat Jeremy een pak slaag kreeg, maar zijn bril had kapot kunnen gaan. Dan hadden Tommy en Chuck de elektronica van de camera gezien, en dan zou dit alles voor niets zijn geweest.'

'Ziet Jeremy het ook zo?'

'Ja. Helaas wel.' Faith beet op haar lip. Ze wilde niet weer huilen. 'Hij wil nog steeds bij het korps.'

'Ik kan met hem gaan praten,' bood Sara aan. 'Er zijn andere manieren om van dienst te kunnen zijn. Afgelopen herfst heb ik een forensische cursus gevolgd in Quantico. Ze hebben daar de gaafste speeltjes. Je kent vast wel iemand die hem daar aan een plek kan helpen.'

Faith moest bijna lachen. Quantico betekende de FBI. 'Weet iedereen dat ik met Aiden date?'

Sara hoefde niet te antwoorden. 'Kate Murphy is geweldig.'

'Ze is angstaanjagend.' Faith wist niet goed hoe ze zich moest gedragen in het bijzijn van Aidens moeder. De vrouw was te deskundig, te mooi, te anders dan alles wat Faith ooit zou zijn. 'En nu verander ik van onderwerp. Heb je enig idee welke personen bij de nummers op die chattranscripties horen? Ik weet bijna zeker dat Cam 006 is. Mason is 004. Mac zou 007 kunnen zijn.'

'Dat heb ik er ook uit opgemaakt.' Sara leunde tegen het keukenblad. '002 heeft iets wat hem verraadt. Hij gebruikt de hele tijd een versie van het zinnetje: "Serieus, daar gaan we weer." '

Tot zover Faiths onderzoekstalenten. Ze bladerde de papieren weer door. Haar blik viel op het zinnetje.

007: Die moet eens stevig geneukt worden om haar wat losser te maken. 002: Serieus, daar gaan we weer.

007: Ik wist niet hoe snel ik bij dat krijsende kreng weg moest komen. 002: Serieus, daar gaan we weer.

002: O, de machtige traumachirurg neemt het woord. Serieus, daar gaan we weer. 007: Hou eens op met dat gezeik.

Faith haalde er nog iets uit. '002 is voortdurend 007 aan het afzeiken. Wie heeft de ballen om Mac fucking McAllister af te zeiken?'

'Niemand. Dus Mac is niet 007, of...' Sara haalde haar schouders op. Ze was dezelfde doodlopende weg in geslagen als Faith. 'Ik ben wel iets opgeschoten met het bericht dat naar Merit Barrowe werd verstuurd. Dat lijkt me van Cam afkomstig te zijn.'

Faith zocht de screenshot van Merits telefoon op. Ze las voor: ' "Wie wil je dag opfleuren door je te vertellen hoe mooi je bent? Wie droomt veel meer over jou dan goed voor hem is? Wie is nog iets beschadigder dan alle anderen? Wie verdient het genoegen van jouw gezelschap waarschijnlijk niet? Wie zal een teleurstelling voor je zijn als je ontdekt wie hij is?" '

'Het klinkt wat sneu,' zei Sara. 'Ik ben beschadigd. Ik verdien je gezelschap niet. Je bent vast teleurgesteld als je ontdekt wie ik ben.'

Faith knikte, want nu leek het duidelijk. 'Waarschijnlijk heeft hij het geromantiseerd, heeft hij zichzelf wijsgemaakt dat hij een liefdesbrief schreef in plaats van dat hij haar gewoon stalkte. Dan komt Merit in het Grady binnen en ziet hij van dichtbij de schade die ze hebben aangericht.'

'Sloan Bauer zei dat Cam ontzet reageerde toen ze hem ervan beschuldigde haar verkracht te hebben. Kennelijk heeft hij nooit het verschil willen weten tussen seks en verkrachting.' Sara sloeg haar armen over elkaar. Erg meelevend klonk ze niet. 'Cam probeerde de clan te stoppen door zich met Merits overlijdensverklaring te bemoeien, het autopsierapport mee te nemen en haar onderbroek te bewaren. Toen bood Edgerton hem een makkelijke uitweg.'

'De Glock bood Cam een makkelijke uitweg.' Faith slaakte een diepe zucht. Ze moest een manier vinden om deze beesten te stoppen. 'De naam van dat bedrijf... CMM&A. Zegt die "A" jou iets?'

Sara schudde haar hoofd. 'Alles aan deze zaak is zo frustrerend. Hoewel we heel veel ontdekt hebben, zijn we sinds de eerste avond nog geen steek verder gekomen.'

Faith wist wat ze bedoelde. 'We kunnen niets bewijzen. De Club is al zestien jaar actief, maar op dit moment is Tommy de enige die van verkrachting wordt beschuldigd. En wie weet of dat standhoudt in de rechtszaal? Zijn gezicht staat niet op het filmpje.'

'Laten we het eens doornemen,' zei Sara. 'Wat heb je verder nog voor vragen?'

'Voor dat *zzz-zzz*-geluid dat Leighann Park beschreef hebben we geen verklaring. We weten niet hoe ze aan de telefoonnummers van de slachtoffers komen. Of hoe ze überhaupt geselecteerd worden. Volgens Amanda is dat de sleutel naar degene die de leiding heeft. Als je de Meester met de slachtoffers weet te verbinden, heb je de zaak ontsloten. En dan zijn er nog de schoenen.' Faith wees naar de foto's die ze op de kastjes bij de gootsteen had geplakt. 'Merits Air Jordan Flight 23. Dani's platformsandaal van Stella McCartney. Leighanns fluwelen veterschoen van Marc Jacobs. Iemand is op trofeeën uit. Een jury smult van dat soort shit. Wie de schoen past, is de sjaak.'

Sara bestudeerde de foto's. 'Die dikke hak vind ik prachtig.'

'O?' Faith had geen hakken meer gedragen sinds Emma van haar onderrug een trampoline had gemaakt. 'Dan blijft de schapenvacht over. Leighann beschreef hem toen ze verhoord werd. Hij duikt ook op in dat filmpje met Dani. Zo te zien zat er behoorlijk wat DNA op die vacht. Wat denk jij?'

Sara perste haar lippen op elkaar.

'Heb je het niet gezien? Hij staat op de server.'

Sara schudde haar hoofd. 'Dat wilde ik Will niet nog eens aandoen. En door alles wat er speelt, heb ik de laatste tijd moeite met slapen.'

'Je meent het,' zei Faith. 'Tot deze week dacht ik dat de mededeling dat ik voor mijn veertigste oma zou worden, het ergste nieuws was waarmee Jeremy kon aankomen.'

'Ik vind het zo vreselijk voor je. Ik kan me niet voorstellen hoe gruwelijk gisteravond voor je moet zijn geweest.'

'Ik ben heel blij dat Will erbij was.' Faith veegde langs haar ogen. Ze zei niet dat ze ook blij was geweest met Aidens aanwezigheid. 'Niemand waarschuwt je dat je als moeder negenennegentig procent van de tijd verdoofd rondloopt en je afvraagt wat er in godsnaam gebeurd is.'

Sara keek naar haar handen. Ze was weer aan haar ring aan het draaien. Faith vroeg maar niet waaraan ze dacht, want ze wisten allebei waaraan ze dacht. Sara zou er heel wat voor geven om ook verdoofd te kunnen rondlopen.

Faith ordende wat papieren. Ze maakte nette stapeltjes. Het geluid van druipend water boven maakte de sfeer er niet gemakkelijker op.

'Stuur me maar een foto van je kraan,' zei Sara. 'Dan bestel ik online een leertje.'

'Kun je dat?'

'Ik ben de dochter van een loodgieter.' Nu verscheen er een glimlach op haar gezicht. 'Tessa kan het voor je repareren. Dan maken jullie er een speelafspraakje van voor Emma en Isabelle.'

Als bij toverslag klaarde Faith op. 'Dat zou ze leuk vinden. Ik zou het zelf ook geweldig vinden.'

'Dat is dan geregeld.'

Faith kon de geforceerde vrolijkheid in Sara's stem niet van zich afzetten. Ze moest het vragen. 'Word je er nooit moe van altijd dingen voor anderen glad te strijken?'

Sara schudde haar hoofd, maar ze zei geen nee. Ze bedoelde dat ze er niet over kon praten. Ze gebaarde naar de keuken. 'Waar wil je beginnen?'

Kreunend als een oude vrouw stond Faith op. 'Laten we eerst het bewijsbord doen. Je hoeft niet voorzichtig te zijn. Ik weet nu al dat er verf meekomt als je het plakband eraf trekt.'

Sara was de langste van hen tweeën. Ze begon met de kastjes en peuterde aan de talloze stukjes plakband waarmee het Verband was omlijst.

Wat er met jou is gebeurd. Wat er met Dani is gebeurd. Het is allemaal met elkaar verbonden.

'Niet te geloven dat ik mijn keukenkastjes heb opgeofferd aan een rijke dame die knetterstoned op het toilet haar stomme bek niet kon houden.' Faith trok de rode stroken met Britts toiletuitspraken onder de magneetjes vandaan. 'Ik vraag me trouwens af of Britt echt zo stoned was. Ik weet dat ze huilde, maar misschien was dat wel van opluchting. Misschien heeft ze je van meet af aan in de maling genomen. We geven haar precies wat ze wil. Tommy is beschermd. Waarschijnlijk stopt de Club ermee zodra Mac weg is.'

'Ik weet het niet. Ergens denk ik dat ze zich vergist heeft. Maar ik herinner me haar ook als een van de technisch beste chirurgen die ik ooit heb gezien. Ze wist in elk geval precies hoe ze het mes in me moest zetten.' Met zorg peuterde Sara weer een hoekje plakband los. 'Britt is zo'n vrouw die zegt dat ze beter met mannen kan opschieten, maar in wezen hebben andere vrouwen gewoon de pest aan haar bullshit, terwijl mannen haar graag mogen omdat ze op andere vrouwen schijt.'

Faith was haar hele politiecarrière al met dat soort vrouwen in aanraking gekomen. 'Will zei dat Britt zowel slachtoffer als dader is. Vermoedelijk spreekt hij uit ervaring.'

Sara vertrok haar gezicht toen een groot stuk verf werd afgescheurd. Ze sprak nooit over Wills privéleven en Faith wist dat ze dat ook nu niet ging doen. 'Laten we je vragenlijst nog eens doornemen. Wat denk je van het geluid dat Leighann hoorde?'

Faith klikte een tekening van Emma vast, die een panda of anders een blik zwarte bonen moest voorstellen. 'Het enige *zzt-zzt*-geluid dat ik kan bedenken, komt van een insectendoder.'

Sara staakte haar gepeuter. Ze keek Faith aan. 'Klonk het als "*zzt*" of was het eerder een mechanisch gezoem?'

'Wat bedoel je?'

'Toen ik klein was, kocht mijn vader bij Radio Shack een videocamera van RCA. Er liggen nog altijd honderden VHS-banden bij mijn ouders in het souterrain.'

Ondanks alle treurnis glimlachte Faith. 'Mijn vader had ook zo'n ding.'

'Kun je je het geluid nog herinneren als je in- en uitzoomde?'

Nu wist Faith het weer. Het klonk precies als het geluid dat Leighann had beschreven: een mechanisch *zzt-zzt* wanneer de optische stabilisatie samenwerkte met de autofocus.

'Het filmpje was high-definition, dus ze gebruiken geen VHS,' zei Faith. 'Digitaal is nog beter. De metadata tonen locatie, datum, tijdstip en misschien zelfs de eigenaar van de camera.'

'Als we die schapenvacht te pakken kunnen krijgen, hebben we het DNA van iedereen die er ooit op heeft gelegen.'

'Als,' herhaalde Sara, want deze zaak hing van alsen aan elkaar, zonder dat er schot in zat. 'Heb je op dat filmpje van Dani een soort zoemgeluid gehoord?'

Faith schudde haar hoofd. Het enige wat ze zich herinnerde, was het vreselijke gekreun. 'Ik zat er zo doorheen dat ik niks specifieks heb opgepikt.'

'Je zei toch dat het filmpje op de server staat?' Sara diepte een paar AirPods op uit haar tas.

'Mijn koptelefoon ligt in de woonkamer.' Faith ging aan tafel zitten en opende haar laptop. Ze koppelde Sara's AirPods aan haar Mac. Tegen de tijd dat ze had ingelogd op de server van het GBI, had Sara haar koptelefoon opgehaald.

'Ik wil wel in mijn eentje kijken,' bood Sara aan. 'Je hoeft het niet nog eens te zien.'

Faith wachtte tot Sara zat. Ze klikte het bestand open en zette het geluid harder. Ze deed haar koptelefoon op en klikte op play toen Sara de AirPods had ingedaan.

De tweede keer had het filmpje niets aan gruwelijkheid ingeboet. Het gesol met Dani's armen en benen. Haar lichaam dat werd geschonden. Haar verslapte gezicht omdat ze geen idee had waar ze was of wat er gebeurde.

Faith sloot haar ogen en concentreerde zich op het geluid. Zwaar gehijg. Een man die grinnikte. Beweging. Smakkende lippen. Dani's oppervlakkige ademhaling.

Zzt-zzt.

Faith deed haar ogen open. Ze keek Sara aan. Ze herkenden het geluid allebei. De optische stabilisatie. De autofocus.

Ze zette haar koptelefoon af. Ze hoefde niets meer te horen. Met een tik op de spatiebalk stopte ze het filmpje.

'Faith.' Sara legde haar hand op haar hart. 'Die naaktfoto's van Dani. Die haar ouders te zien kregen. Britt vertelde me dat een van Dani's ex-vriendjes ze op een oude telefoon had gevonden. Ze zei dat ze heel erg waren. Zo erg dat de Coopers met een schikking instemden.'

'Oké.'

'Toen we in de kleedkamer waren,' zei Sara, 'beschreef Britt de foto's. Ze zei dat Dani's ogen gesloten waren, maar dat je haar gezicht kon zien. Ze kneep in haar borsten. Ze spreidde haar schaamlippen. Precies zoals Dani erbij ligt. De foto's waren niet van een schoolvriendje. Ze gebruikten beelden van het filmpje. Kijk maar.'

Faith keek toe terwijl Sara snel heen en weer spoelde langs de verschillende opnamen. Dani had geen motorische controle. Haar handen bleven liggen waar ze werden neergelegd. Op haar borsten. Tussen haar benen. Iedereen met slechts een oppervlakkige kennis van fotobewerking kon het er laten uitzien alsof ze vrijwillig die poses had aangenomen.

'Denk je dat Britt van het bestaan van het filmpje op de hoogte is?' vroeg Faith.

'Ik kan het haar vragen. Over twee uur heeft Mac met Will afgesproken op de club. Ik kan naar haar huis gaan. Misschien wil ze praten.'

'Stel dat Mac jou ziet via de camera's?'

'Will zorgt er wel voor dat hij niet op zijn telefoon kijkt.'

Daar twijfelde Faith niet aan, maar er was één probleem. 'We moeten dit met Amanda overleggen. Ik ga niet weer op eigen houtje dingen doen.'

'Akkoord,' zei Sara. 'Maar dit zou weleens een volgend dominosteentje kunnen zijn. Ik weet zeker dat Britt achter Mac blijft staan wat die aanklachten wegens omkoping betreft, maar als Tommy's leven op het spel staat, laat ze hem vallen. Dan gooit ze Mac voor de leeuwen.'

'Zou jij akkoord gaan met die deal?' vroeg Faith. 'Tommy laten gaan om Mac achter de tralies te krijgen?'

'Nee, Tommy moet ook zitten. Daar valt niet over te onderhandelen.'

Zo simpel was het niet. Faith moest haar uit de droom helpen. 'Er is het systeem zoals jij het graag ziet en er is het systeem zoals het in werkelijkheid is.'

'Dus Britt wint weer?'

Daar had Faith geen antwoord op. Het ging niet alleen om Britt. Tommy McAllister zou zich aan vrouwen blijven vergrijpen tot iemand een manier vond om hem tegen te houden. Helaas zouden er nog veel vrouwen moeten lijden voor het zover was.

Sara dacht duidelijk hetzelfde. Langzaam uitademend liet ze zich onderuitzakken op haar stoel. Ze keek naar het stilgezette beeld van Dani op de laptop. Waarschijnlijk dacht ze aan wat ze Dani drie jaar geleden had beloofd.

Of misschien niet.

Ze ging rechtop zitten en wees naar het scherm. 'Kun je dat deel van het beeld vergroten en verbeteren?'

'Dat stukje rond de moedervlek?'

Sara knikte.

Faith maakte een screenshot en opende die in J-Pixia, een gratis app voor het bewerken van foto's. Ze stelde de filters bij tot de moedervlek donkerder was en Dani's huid iets lichter. Toen besefte ze dat Sara niet naar de moedervlek had gevraagd, maar het litteken wilde zien dat er een paar centimeter onderdoor en overheen liep. Er zat een klein kuiltje in de huid, een soort prikje. De blauwe lijnen van Dani's aderen weken uiteen, als een rivier die om een rots heen stroomde. Faith stelde het kleurenwiel bij tot het litteken roze werd.

Opeens herinnerde ze zich iets van die eerste avond, toen ze het bewijsbord hadden ingericht. 'Zei je niet dat het een oud litteken was, uit Dani's kindertijd?'

Sara antwoordde niet. Ze schudde haar hoofd en keek verward. 'Had Leighann zichtbare littekens?'

'Eh...' Faith doorzocht de stapels documenten tot ze de drie foto's had gevonden die ze van Leighanns borst had gemaakt: close-up, van enige afstand, van opzij.

Sara koos de opname van opzij.

Leighann had haar arm boven haar hoofd getild, zodat de borst duidelijker uitkwam en Faith de woorden kon vastleggen die rond haar tepel waren geschreven. Destijds had Faith geen aandacht geschonken aan het vage litteken op Leighanns linkerzij. Nu zag ze dat de dunne, roze streep zich op een centimeter of vijf onder haar oksel bevond en als een pijl naar haar borst wees.

Dat ben ik.

'Waar is Merits autopsierapport?' vroeg Sara.

Faith had de gefaxte papieren al snel gevonden.

Sara wees naar de drie kruisjes op de schets van het lichaam. Ze zaten op dezelfde plek als het litteken bij Leighann Park. 'De patholoog noemde het een tattoo, maar stel dat het een litteken was? Stel dat Edgerton hem dwong het als een tattoo te beschrijven? Dat zou dan verklaren waarom hij de tekst niet vastlegde.'

'Waarom zou Edgerton dat litteken in een tattoo willen veranderen?'

Sara legde het rapport weer op tafel. De verwarring was uit haar gezicht verdwenen. 'Dit kan niet zijn wat ik denk dat het is.'

‘Wat denk je dat het is?’

Sara keek Faith aan. ‘Na een openhartoperatie heb je een litteken ten gevolge van de mediane sternotomie. De chirurg zaagt je borstbeen open. Later worden de delen weer met staaldraad aan elkaar vastgemaakt en wordt de incisie gesloten. Je houdt er een behoorlijk litteken aan over dat midden over je borst loopt en dat soms wel twintig tot een kleine dertig centimeter lang kan zijn.’

Faith had geen idee welke kant dit op ging. ‘Geen van de slachtoffers heeft een litteken over het midden van de borst.’

‘Oké.’ Sara hield de foto van Leighanns borst omhoog. ‘Dit litteken is van een anterolaterale minithoracotomie. Een dergelijke incisie pas je toe om een ASD of VSD te repareren: een atriumseptumdefect of een ventrikelseptumdefect, een gat tussen de twee bovenste of onderste kamers van het hart.’

Faith keek toe terwijl Sara de lichaamsschets van Merit Barrowes autopsie omhooghield.

Ze wees naar de drie kruisjes. ‘Dezelfde plek: een litteken van een anterolaterale minithoracotomie aan de linkerkant. Waarschijnlijk ook dezelfde procedure.’

Sara keerde de laptop naar Faith toe.

Ze wees naar het litteken onder Dani Coopers moedervlek. ‘Transfemorale toegang voor een hartkatheterisatie aan de linkerkant. Als het ASD klein genoeg is, kun je een speciaal implantaat via de katheter inbrengen. De druk binnen het hart houdt het op zijn plaats tot het weefsel eroverheen groeit.’

Het ging Faith boven de pet. ‘Ik herken veel van die termen, maar van het hele verhaal snap ik niks.’

‘Toen ik in het Grady werkte, deed dokter Nygaard mee aan een klinisch onderzoek van het nationale gezondheidsinstituut naar minimale invasieve hartchirurgie door middel van minithoracotomie met perifere canulatie. Een willekeurige groep patiënten werd in de gelegenheid gesteld om mee te doen. De meeste ouders van vrouwelijke patiëntjes zeiden ja. De resultaten zijn hetzelfde. Het is een cosmetische keuze. Ze hadden liever dat hun dochter opgroeide met een klein litteken aan de zijkant van de borstkas dan met een litteken van ruim vijfentwintig centimeter tussen haar borsten.’

Nu ging er bij Faith een licht op. Ze wachtte tot Sara doorging.

‘Dokter Nygaard is links, net als ik, dus ze ging bij voorkeur aan de linkerkant naar binnen. Al haar coassistenten en assistenten op chirurgie werd de linkerbenadering aangeleerd, tenzij rechts meer voordelen bood. Als ze niet in de operatiekamer waren, volgden ze dokter Nygaard naar de polikliniek. Ze zagen patiënten in de nabehandeling, hielpen met de evaluatie van potentiële kandidaten voor een operatie, leerden met bezorgde ouders omgaan en namen met hen de procedures door.'

Nu begreep Faith het. 'Alle coassistenten en assistenten van dokter Nygaard.'

'Waar moet je altijd je huidige adres en telefoonnummer opgeven?'

'Bij de dokter.'

'Merit, Dani, Leighann. Zo worden de slachtoffers geselecteerd. Mac McAllister werkte aan hun hart.'

19

Sara zat op de bijrijdersstoel van Amanda's Lexus. Ze was in haar eentje. De motor liep zodat de verwarming aan bleef. Frank Sinatra klonk zachtjes door de speakers. Amanda leunde tegen Sara's BMW, die tegenover de Lexus geparkeerd stond, en was aan het bellen, haar hoofd gebogen.

Zo te zien was het een gespannen gesprek.

Ze hield een conferencecall met de plaatsvervangend hoofdofficier van justitie van Fulton County en met het kantoor van de procureur-generaal van de staat. Ze waren een soort undercoveroperatie aan het coördineren. Nog even en Sara zou bij Britt McAllister aankloppen. Deze keer konden ze niet afgaan op Sara's geheugen of op de mogelijkheid dat ze haar herinneringen op een indexkaartje krabbelde. Ze droeg een jagersgroen corduroy jasje met een camera in de knoop op de linkerborstzak en met een microfoon in de rechterrevers. De zender zat in haar zijzak. Amanda was met de juristen een strategie aan het uitwerken omdat ze er zeker van wilde zijn dat alles volgens de regels verliep en de opnamen in de rechtszaal niet werden geweigerd.

Ze wisten niet of Mac de filmpjes van de camera's in het huis bewaarde. Ze wisten niet waar de server zich bevond. Ze hadden geen idee of hij op afstand de drive kon wissen, zoals de beelden van de buitencamera's waren gewist op de avond dat Dani Cooper was gestorven.

Nu begon Amanda tussen de auto's heen en weer te lopen. Ze was geërgerd aan het gebaren, maar als Sara één ding wist over de plaatsvervangend directeur, was het dat ze altijd een uitweg vond.

Maar waarvoor?

Als je bedacht dat Britt hun al heel lang doodlopende eindjes had gevoerd, deden ze nu wel erg veel moeite, dacht Sara onwillekeurig. Britt had het huilend over 'de rest' gehad zonder namen prijs te geven. Ze had Cam genoemd, maar Cam was dood. Ze had hun op het spoor van Merit Barrowe gezet, maar daar konden ze niets mee. Ze had gezegd dat er een verband bestond tussen Sara en Dani Cooper, maar het meest in het oog springende verband was dat ze allebei verkracht waren. Wat hen bovendien verbond met een half miljoen andere Amerikaanse vrouwen op jaarbasis.

Het echte verband was Mac.

Het was nooit Britts bedoeling geweest om Sara op Macs spoor te zetten. Haar jankerige, door drugs veroorzaakte uitbarsting van eerlijkheid op het toilet van de rechtbank was een vergissing geweest. Sindsdien had Britt puin moeten ruimen. In de kleedkamer had ze de naam Merit Barrowe laten vallen. Ze had Cam als verdachte geofferd. Ze had zijn naam en reputatie besmeurd. Alle schuld op een dode schuiven was geen verkeerde strategie, maar Britt wist niet dat Sara het filmpje van Dani had gezien, dat ze de chattranscripties had gelezen, de autopsieverslagen, Cams getuigenverklaring. En vooral was Britt op de een of andere manier vergeten dat Sara een verdomd goede arts was.

Het assistentenprogramma was bedoeld als veelzijdige leerschool in allerlei specialismen, maar in de praktijk leek het opgezet om je geest te vermalen. Lange uren. Laag loon. Geen respect. Bar weinig erkenning. In het eerste jaar rommelde je maar wat aan en deed je je best niemand te doden. Je werd officieel pas assistent als je het tweede jaar haalde. Elk assistentschap was anders, maar alle assistenten doorliepen doorgaans klinische rotatieclusters binnen hun specialisme, bijvoorbeeld op de spoedeisende hulp, op interne geneeskunde, op kindergeneeskunde, psychologie, neurologie of chirurgie. Elk cluster duurde vier tot negen weken, en terwijl je bezig was moest je alles doen, van papieren invullen tot het screenen van patiënten tot het assisteren bij een openhartoperatie.

Tijdens haar eerste cluster onder dokter Nygaard was Sara in de ban geraakt van kinderhartchirurgie. Dat gold ook voor Mac, maar om andere redenen. Bij het opereren van het hart van een jong kind stond er meer op het spel. Tegelijkertijd was het prestigieuzer. Ze hadden er allebei om gevochten om zo vaak mogelijk bij het team van dokter Nygaard te worden ingedeeld. Ze hadden gestreden om de beurs. Die hadden ze allebei aangeboden gekregen. Slechts een van hen was in een positie geweest om het aanbod te kunnen aanvaarden.

En toen had hij het misbruikt voor zijn eigen zieke neigingen.

Sara keek op haar telefoon. Ze had met de ouders van Dani Cooper gesproken. Dani was geboren met een atriumseptumdefect type II, de meest voorkomende soort ASD. Haar medische team had eerst afgewacht of het gat van vijf millimeter zich spontaan zou sluiten. Toen Dani zes was, had ze last gekregen van vermoeidheid en hartritmestoornissen, waarop via de lies een katheter was ingebracht om het gat te dichten.

Dokter Nygaard was de chirurg geweest.

Mac McAllister had geassisteerd.

Faith had de moeder van Leighann Park gebeld. De jonge vrouw was ook ooit behandeld in het Grady. Ze was geboren met een ASD, dat gerepareerd was toen ze op haar zevende symptomen begon te krijgen.

Dokter Nygaard was de chirurg geweest.

Mac McAllister had geassisteerd.

Faith had ook met Martin Barrowe gesproken. Hij was een tiener geweest toen zijn zus stierf, dus hij had met familieleden moeten bellen om achter de waarheid te komen. Merit was geboren met een mitralisklepinsufficiëntie. Er was een kunstring geplaatst om de hartklep te versterken. De operatie had plaatsgevonden in het Grady. Niemand van de familie kon zich herinneren wie de procedure had uitgevoerd, maar ze wisten dat Merit elk jaar naar het ziekenhuis moest om te zien of de ring nog goed functioneerde.

Een dergelijke routinecontrole werd doorgaans gedaan door een assistent.

Rond de tijd dat Merit stierf, was Mac McAllister assistent van dokter Nygaard geweest.

Mac was de sleutel die Amanda zocht om de zaak te openen. Hij had de slachtoffers uitgekozen. Hij had de verkrachting van Merit Barrowe mogelijk gemaakt of er zelf ook aan deelgenomen. Met Leighann had hij het op de lange baan geschoven en gewacht tot na haar twintigste voor hij toesloeg. Hij had Dani waarschijnlijk ook in het vizier gehad, maar dat had Tommy op de een of andere manier verknald. Het was onmogelijk te zeggen hoeveel voormalige patiënten Mac de Meester op zijn lijst met doelwitten had staan. De afgelopen zestien jaar moest hij duizenden baby's en kinderen op hun allerkwetsbaarste momenten onder ogen hebben gehad. Hij had ze gevolgd en had gewacht tot ze oud genoeg waren om zijn zieke fantasieën te bevredigen.

Als patholoog-anatoom had Sara gruwelijke wreedheden gezien, maar als arts, als chirurg, als vrouw die ooit de eer had gehad de harten van talloze kinderen te mogen helen, kon ze Mac McAllister alleen maar beschouwen als een van de verdorvenste lieden die ooit op aarde hadden rondgelopen. Hoe misdadig het was om de relatie tussen arts en patiënt te schenden viel niet in woorden uit te drukken.

Het portier ging open. Amanda had het overleg afgerond. Ze stapte weer in de auto. In plaats van iets te zeggen, stak ze haar hand in Sara's jaszak en haalde het dunne zwarte doosje eruit dat was verbonden met de microfoon en de camerakabels die in de voering verdwenen. Het lampje van de zender was uit, maar toch ontkoppelde ze de verbinding.

'We willen het volgende van Britt,' zei ze. 'Wat weet ze over de Club? Wie zijn de leden? Hoelang zijn ze al actief? Hoe werd Tommy in de Club geïntroduceerd?'

'Ze zal Tommy nooit verraden.'

'Maak haar duidelijk dat Tommy al geen kant meer op kan. We hebben het filmpje van Dani. Geen jury die dat filmpje ziet, zal hem onschuldig verklaren. Het enige wat Britt nog kan doen, is onderhandelen over voorwaarden waarmee ze kan leven. Als ze ons de informatie over Mac en de Club toespeelt, zorgen wij dat haar zoon niet in de gevangenis sterft.'

Sara's maag schoot in een knoop. Wat haar betrof verdiende Tommy het om in de gevangenis te sterven. 'Britt weet dat ik niet gemachtigd ben om haar een juridisch bindende deal aan te bieden.'

'Je bent daar niet om een deal te sluiten. Je bent daar om te helpen,' zei Amanda. 'Maak haar duidelijk dat je haar als vriendin benadert. Laat haar geloven dat je dit voor Tommy's bestwil doet. Je staat aan haar kant. Pak haar hand, luister naar haar, gedraag je meelevend, zelfs begripvol, zodat ze je voldoende vertrouwt om opening van zaken te geven.'

Sara wist niet of ze tot zoveel huichelarij in staat was. 'Wat kan ik haar allemaal vertellen?'

'Zoveel als nodig is om haar aan het praten te krijgen,' zei Amanda. 'Alle andere stukken staan al klaar. De dominostenen gaan vallen. Het gaat er nu om wie erin slaagt opzij te springen.'

'Stel dat Tommy thuis is?'

'Die is op de countryclub aan het golfen met zijn vrienden. Het mobiele commandocentrum staat al op straat, klaar voor Wills klus. Tommy verlaat de club niet zonder dat wij het weten.'

'Britt heeft personeel in huis. Op het terrein.'

'Op zaterdag?' zei Amanda. 'Vanaf acht uur vanochtend staat daar al iemand te posten. Niemand is het huis binnengegaan. Tommy is rond twaalf uur vertrokken. Vijf minuten geleden is Mac weggereden.'

'Oké.' Sara verzweeg dat ze op de opname van Will had gehoord dat Britt maar twee keer per week hulp kreeg. 'En de camera's in het huis? Mac krijgt een seintje als Britt een van de kamers met een camera binnengaat.'

'Ik heb Will opgedragen ervoor te zorgen dat Mac zijn telefoon uitzet. Dat zal niet moeilijk zijn als je bedenkt dat ze allebei ogenschijnlijk in een misdadige transactie zijn verwikkeld.'

Sara zag nog een probleem. 'Die mensen leven van roddel. Zodra Chuck Penleys telefoon in beslag wordt genomen, zul je zien dat iemand Britt belt.'

'Die inbeslagname gebeurt pas nadat jij weer vertrokken bent, en de eerste die Chaz Penley gaat bellen, is zijn advocaat, die beiden op het hart zal drukken om hun lippen stijf op elkaar te houden.' Amanda keerde zich naar Sara toe. 'Mag ik je een advies geven?'

Sara knikte. Dat had ze hard nodig.

'Toen Wilbur klein was, regelde ik met mijn wijkteam dat ze lootjes zouden trekken voor kerstcadeautjes voor het kindertehuis. Natuurlijk trok ik zijn naam. Hij was heel artistiek. Ik kocht zo'n mechanisch tekenspeeltje voor hem waaraan je schudt om je tekening te wissen – zo'n ding met een rode lijst en witte knoppen.'

'Een Etch-A-Sketch.'

'Ja, dat bedoel ik,' zei Amanda. 'Ik zei dat hij onder het tekenen aan alles moest denken wat hem dwarszat. De slechte pleegouders, de jongens die hem pestten, zijn akelige oom en tante, alles en iedereen die hem ooit iets hadden aangedaan. En als hij de tekening af had, hoefde hij maar te schudden om de hele zaak te laten verdwijnen. Dan was het weg. En kon hij het vergeten.'

Sara beet op haar lip. Het verhaal verklaarde veel over Will.

'Mijn advies aan jou is om nu hetzelfde te doen,' zei Amanda. 'Vergeet wat dit persoonlijk voor je betekent. Denk even niet aan Faith en Jeremy en Will en aan wat je vijftien jaar geleden is overkomen. Trek je niks aan van Britts kleingeestigheid en wrok. Schud het allemaal van je af en concentreer je alleen op hoe je Britt McAllister aan onze kant krijgt. Ze is onze beste kans om deze mannen tegen te houden. Zij moet ons de waarheid vertellen. Begrepen?'

Sara knikte. 'Begrepen.'

'Doe het dashboardkastje eens open.'

Sara gehoorzaamde. Er lag maar één ding in: een paarsfluwelen tasje van Crown Royal, maar de kenmerkende vorm van het flesje Canadian whiskey ontbrak. Zodra Sara het pakte, wist ze dat ze een wapen in haar hand hield. Ze trok het goudkleurige trekkoord met de kwastjes los en haalde een revolver met korte loop uit het zakje. Het wapen was klein, iets langer dan een dollarbiljet, en paste perfect in haar hand. Will was de wapenexpert, maar zelfs Sara wist dat de revolver oud was. Hij zag eruit als iets wat Columbo in de zak van zijn regenjas bewaarde.

'Dat was mijn eerste reservewapen. Een Smith and Wesson .38 single action Chief's Special,' zei Amanda. 'Het is hetzelfde model dat Angie Dickinson had toen ze Pepper Anderson speelde in *Police Woman*.'

Sara kwam die dag veel aan de weet over Amanda. Ze klapte de trommel uit. Het wapen was geladen. Een veiligheidspal ontbrak. Je hoefde alleen maar de hamer te spannen en de trekker over te halen. 'Waarom zit hij in een tasje van Crown Royal?' vroeg ze.

'Zo komt er geen pluis bij de slagpin. Toen ik pas begon, werd het ondamesachtig gevonden om een holster te dragen,' zei Amanda. 'Je mag het wapen alleen pakken als je de rust hebt om het te gebruiken.'

Sara wist hoe ze het moest gebruiken, maar betwijfelde of ze de rust ervoor zou hebben. Toch stopte ze de revolver weer in het trekzakje en schoof dat in haar tas. Ze keek op het dashboardklokje.

12.52 uur.

Over acht minuten zou Will Mac treffen.

'Hoe groot schat je de kans dat Mac ook echt naar de gevangenis gaat?' vroeg ze.

'Redelijk groot. En zelfs in het andere geval kost het klauwen met geld om de strijd aan te binden met de staat en de federale overheid. Hij raakt zijn reputatie kwijt en uiteindelijk zal zijn praktijk op de fles gaan. Hij verliest het huis. De auto's. De countryclub. Er is geen betere manier om rijke mensen te grazen te nemen dan door ze arm te maken.'

Sara wist dat er veel ergere dingen waren. 'Dat is allemaal witteboordencriminaliteit. Waarschijnlijk zit hij straks mandjes te vlechten in een halfopen inrichting.'

'Dokter Linton,' zei Amanda. 'Als je dit doet, moet je er helemaal voor gaan.'

Sara keek naar haar handen. Ze frunnikte weer aan haar ring. Ze draaide haar handpalmen naar boven. Ze zou nooit vergeten hoe het had gevoeld om Dani's hart in haar hand te houden. De routekaart aan aderen had haar aan een topografische schets doen denken. Rechterkransslagader. Achterste dalende slagader. Rechter marginale slagader. Linker voorste dalende slagader. Circumflex.

Leighann Park. Merit Barrowe. Dani Cooper.

In zekere zin was Mac er verantwoordelijk voor geweest dat hun hart klopte, maar in plaats van ontzag te hebben voor zijn eigen vermogen om hen te genezen, had hij hen gebrandmerkt om vernietigd te worden.

'Ik ga ervoor,' zei ze tegen Amanda.

'Goed zo.' Amanda sloot de kabeltjes weer op de zender aan. 'Nog één ding. Niet tegen Will zeggen dat je dit doet. Hij moet zich nu op Mac McAllister concentreren, niet op jou.'

'Ik kan niet –'

'Laat ik je maar gauw afhelpen van de gedachte dat jouw morele kompas mij aanstuurt,' zei Amanda. 'Hier deel ik de lakens uit. Will staat onder mijn bevel. Begrepen?'

Sara wist niet wat irritanter was: wat Amanda had gezegd of hoe ze het had gezegd. Toch liet ze zich een vrijpostig 'Yes, ma'am' ontvallen.

Met een draai aan de knop zette Amanda de zender in werking. Ze controleerde of het groene lampje brandde en schoof het geheel toen weer in Sara's jaszak. Voor één persoon was geen commandocentrum nodig. De ontvanger zat in de bekerhouder. Hij had het formaat van een ouderwetse walkietalkie en was met een kabel aan een tabletcomputer verbonden. Amanda hield een koptelefoon tegen haar oor om zich ervan te verzekeren dat alles het deed. Sara keek naar het scherm van de tablet. De camera in de knoop van haar jas toonde Amanda's handen die de tablet vasthielden. De resolutie was scherp, maar ze zou enige afstand van Britt moeten bewaren om het hele gezicht van de vrouw in beeld te krijgen.

'Voorzichtig met de microfoon,' zei Amanda. 'Die is heel gevoelig, dus als je aan je hals krabt of je jas te veel beweegt of hem aanraakt, wat God moge verhoeden, wordt het geluid niet opgepikt.'

Sara bracht haar vingers naar de revers. Ze voelde het piepkleine microfoontje aan het einde van de kabel.

'Ja, dat moet je dus niet doen.' Amanda legde de koptelefoon weg. 'De zender heeft een bereik van driekwart kilometer. Ik sta één straat verderop. Het is altijd druk in het park tegenover het huis van de McAllisters. Ik wil het risico niet lopen dat iemand het APD of Britt belt over een verdachte auto. We moeten een stopwoord bedenken voor het geval je in de problemen zit.'

Sara had via Street View het huis en terrein van de McAllisters bestudeerd. Als ze in moeilijkheden zat, moest Amanda een druk kruispunt oversteken, een weg met veel bochten nemen, het hek aan de voorkant openrammen en ten slotte de oprit op rijden, die de lengte had van een footballveld. Vervolgens zou ze Sara moeten vinden in een huis dat een oppervlakte van zo'n duizend vierkante meter besloeg.

'Luck be a Lady?' stelde Sara voor. 'Strangers in the Night? New York, New York?'

'Als je iets zoekt voor je bruiloftslied, lijkt "Fly Me to the Moon" me de beste keuze.' Amanda had moeiteloos de klassiekers van Frank Sinatra herkend. 'Bij een stopwoord gaat het erom dat je het gemakkelijk in een gesprek kunt verwerken zonder het te laten merken aan de persoon die je een onveilig gevoel bezorgt.'

'Etch-A-Sketch,' zei Sara.

Amanda knikte. 'Als jij zover bent.'

Sara stapte uit. De koude lucht bezorgde haar kippenvel. Het zweet was haar uitgebroken toen Amanda haar had opgedragen het dashboardkastje te openen. Ging ze echt met een geladen wapen het huis van Britt McAllister binnen? Ze was arts. Ze was geen rechercheur.

Wel was ze de enige persoon met wie Britt eventueel zou willen praten.

Sara stapte in haar BMW en startte de motor. Het klokje gaf 12.56 uur aan. Ze hield de camera in haar knoop weg van haar telefoon toen ze Will een duimpje stuurde, want uiteraard had ze hem verteld dat ze dit ging doen. De volgende maand zouden ze trouwen. Ze was niet van plan het soort echtgenote te worden dat loog tegen haar man.

Al snel zond Will een duimpje terug. Ze keek naar de dansende stipjes tot er een stopwatch verscheen. Het aftellen was begonnen. Hij had Mac zover dat hij zijn telefoon had uitgezet.

Sara ademde langzaam uit en reed weg.

Amanda's Lexus volgde op enige afstand toen Sara dieper Buckland in reed. De eerste keer dat ze Atlanta had bezocht, was er in het zakencentrum nog een pornobioscoop geweest, maar nu zag je overal in de Village dure winkels en restaurants die twintig dollar vroegen voor een hamburger. Ze sloeg een zijstraat in, en al snel maakte beton plaats voor weelderige parken, oeroude bomen en uitgestrekte percelen. Andrews Drive. Habersham. Argonne. Veel huizen waren van rond de Eerste Wereldoorlog. Het exclusieve bouwen was tijdens de crisis van de jaren dertig gewoon doorgegaan. In de loop van de jaren had het gebied zich exponentieel uitgebreid. En net als in elke andere willekeurige stad hadden het zwarte en het arme deel van de bevolking plaats moeten maken voor de rijke, witte elite.

Mac en Britt McAllister pasten in alle drie de hokjes. Hun bakstenen Colonial Revival-huis zetelde op een uitgestrekt, glooiend terrein waarop een prachtige tuin was aangelegd. Op de satellietbeelden die Sara had bekeken, had ze een zwembad, een *pool house*, een tennisbaan, een voetbalveldje en een gastenverblijf gezien, plus een parkeerterrein voor ongeveer twintig auto's en een garage met plek voor minstens vijf.

Ze wierp weer een blik in de achteruitkijkspiegel. Amanda parkeerde haar Lexus aan de kant van de weg. Sara reed door. Ze sloeg links af, de straat van de McAllisters in. Ze zag geen andere auto's. Een vrouw en een man liepen achter een kinderwagen. Een tweede stel wandelde met een jonge tiener naar het park. Sara dacht aan haar gesprek met Sloan Bauer in New York. Ze hadden schamper gelachen om mensen die deden alsof verkrachting iets was waar je sterker van werd. Sloan had gezegd dat ze haar man niet zou hebben ontmoet als ze niet verkracht was geweest. Als Sara niet was verkracht, zou ze zeker niet in een schitterende villa in Buckhead zijn beland, maar ze was er even zeker van dat ze dan de vreugde zou hebben gekend van een kind dat in haar lichaam was gegroeid.

Er verscheen een bericht op haar telefoon.

Amanda: Test?

Ze wilde zeker weten dat de microfoon het deed.

Sara zei: 'Scaphoid, lunatum, triquetrum, os pisiforme, trapezium –'

Weer verscheen er een bericht op het scherm.

Amanda: Mooi.

Sara vermoedde dat Amanda geen behoefte had aan de rest van de handwortelbeentjes. Ze vermoedde ook dat ze moest stoppen met dit geklier en moest accepteren dat ze het ging doen.

Ze probeerde niet op de klok te kijken toen ze verder de straat in reed, maar ze kon het tellen in haar hoofd niet stilzetten. Amanda zou er geen seconden maar minuten over doen om bij haar te komen. Eindeloze minuten. En dan was er nog de smeedijzeren poort. En de airbag in Amanda's Lexus die zich zou opblazen als ze door het hek heen wist te breken.

En dan… dan… dan…

Sara reed het begin van de oprit in en stopte naast de intercom. De indrukwekkende poort had aan weerszijden een cursieve M. Sara durfde er niet op te wedden dat die het zouden winnen van Amanda's Lexus, maar hopelijk zou dat gevecht nooit plaatsvinden. Ze deed haar raampje naar beneden en drukte op de knop om naar het huis te bellen. Ze keek rechtstreeks in de camera boven de intercom. In haar verbeelding zag ze Britt in het huis naar haar gezicht op het scherm kijken en zich afvragen of ze moest reageren.

Uiteindelijk kwam Britt tot een besluit. Er klonk een vlaag statisch geruis en toen de vraag: 'Wat kom jij hier doen?'

'Ik moet met je praten.'

'Rot op.'

Het geruis was gestopt. Britt had de verbinding verbroken.

Weer drukte Sara op de knop. Geen reactie. De derde keer hield ze haar vinger er lang genoeg op om duidelijk te maken dat het haar menens was.

Het geruis was terug. 'Wat is er?'

'Wil je Tommy uit de gevangenis houden?'

Britt zweeg. Sara hoorde vrolijke muziek op de achtergrond. Er verstreken enkele seconden. Toen nog een paar. Weer verbrak Britt de verbinding.

Sara klemde het stuur vast. Ze keek naar de hekken. Ze was niet van plan het op te geven. Als het moest, zou ze eroverheen klimmen.

Gelukkig was dat niet nodig. De hekken zwaaiden open.

Sara haalde weer diep adem en gaf gas. Ze reed in een rustig tempo over de slingerende oprit. Er was een vijver. Een brug overspande een schuimend beekje. Ten slotte kwam het huis in zicht. Sara moest toegeven dat het indrukwekkend was. De gedetailleerd afgewerkte veranda bij de voordeur werd ondersteund door marmeren Ionische zuilen, die ook het prachtige driedelige raam op de eerste verdieping leken te schragen. De overdadige modillons waren uit hetzelfde botergele marmer gehouwen. Bovenaan de heuvel eindigde de oprit in een cirkel. Een fontein waarvan het water uit een urn borrelde, diende als middenstuk. Buxushagen omrandden het grindpad. In de verte hoorde Sara een bladblazer, de officieuze stadsvogel van Atlanta.

Britt stond in de deuropening toen Sara uitstapte. Ze was gekleed in sporttenue: een lichtpaarse joggingbroek en bijpassend topje. Verder droeg ze een dikke gouden halsketting, een tennisarmband en haar kanjer van een trouwring. Ze had haar armen over elkaar geslagen. Haar gebruinde huid glom van het zweet. Dat verklaarde de vrolijke muziek. Ongetwijfeld bezat het huis een complete sportzaal. Kennelijk was Britt al even fanatiek op haar lichaam gefocust als destijds op haar studie geneeskunde. Ze had scherp afgetekende biceps. Haar schouders waren gespierd van al die uren op de tennisbaan.

'Hoezo zou Tommy naar de gevangenis gaan?' wilde Britt weten. 'Is dit een of andere misselijke grap?'

Sara besloot de aanval meteen te openen. 'Dacht je echt dat ik niet zou ontdekken dat de foto's die je aan de ouders van Dani Cooper liet zien afkomstig waren van het filmpje dat Tommy had gemaakt?'

Britt zette haar handen in haar zij. 'Ik heb geen idee waar je het over hebt.'

Sara begon het trapje op te lopen.

'Wat doe je?'

'Ik ga dit gesprek niet in je portiek voeren.'

'Ziet dit eruit als een fucking portíék?' Britt wees naar de zuilen. 'Philip Trammel Shutze heeft dit marmer hoogstpersoonlijk uitgekozen in een Italiaanse groeve.'

'Jeetje, wat indrukwekkend.' Sara keek afwachtend naar haar op.

Britt maakte rechtsomkeert en beende het huis in.

Terwijl Sara naar binnen liep, streek ze met haar vingers over een van de marmeren zuilen. De hal was minder imposant dan de buitenkant deed vermoeden. Twee aparte gangen voerden naar de linker- en de rechtervleugel. Een bescheiden trap liep met een boog naar de eerste verdieping. De kroonluchter was modern en te klein voor de ruimte. Het kleed was wit. De muren waren wit. De hardhouten vloeren waren wit gebeitst. De kunst aan de muren bestond uit houtskooltekeningen van vrouwenlichamen op helderwit papier. Alsof je gevangenzat in een sanatorium uit de jaren twintig van de vorige eeuw.

'Heb je het huis zelf ingericht?' vroeg Sara.

'Dit is geen gezelligheidsbezoekje,' zei Britt. 'Over wat voor filmpje heb je het?'

'Het filmpje dat Tommy maakte toen hij Dani Cooper verkrachtte.'

Britts gezicht gaf niets prijs. 'Kun je Tommy's gezicht zien? Bepaalde kenmerken?'

Sara was zo wijs om niet te liegen. Britt had in elk geval stukjes van de film gezien. 'De metadata geven aan waar het is gefilmd, door wie, op welke dag, hoe laat… Alles.'

Britts schouder ging met een ruk omhoog. 'Metadata kunnen vervalst worden. Iedere computerexpert kan dat bevestigen.'

Sara merkte dat Britt niet al te bezorgd was. Ze had te veel geld om bang te hoeven zijn.

'Waarom begon je erover?' vroeg Sara. 'Op het toilet van het gerechtsgebouw. Waarom?'

'Ik ben nergens over begonnen.' Nu dempte Britt haar stem. 'Wat probeer je te bereiken, Sara? Je kunt zelf geen kinderen krijgen en nu probeer je mij mijn zoon af te pakken?'

De beschuldiging deed minder pijn dan de eerste keer. Het viel Sara op dat Britt telkens hetzelfde zei. Misschien was ze minder scherp geworden. Vijftien jaar geleden zou ze haar met duizend beledigingen hebben afgemaakt.

'Nou?' drong Britt aan.

Sara deed haar schoudergebaar na. 'Je hebt gelijk. Ik kan geen kinderen krijgen. Maar ík ben niet degene die Tommy van je afpakt. Dat doet Mac, waar je zelf bij bent.'

'Bullshit,' zei Britt. 'Je bent altijd al jaloers geweest op Mac. Je kunt het niet uitstaan dat hij helemaal zelf bepaalt hoe hij zijn leven inricht.'

'Als iemand zegt dat hij zelf bepaalt hoe hij zijn leven inricht, moet iemand anders er altijd de prijs voor betalen.'

Britt lachte snuivend. 'Heilige Sara en haar boerenwijsheden.'

'Ik heb er nog een, van het GBI,' zei Sara. 'Wat denken we? Wat weten we? Wat kunnen we bewijzen?'

'En?'

Sara zette het uiteen. 'We weten dat Mac lid is van een groep mannen die vrouwen verkrachten. We weten dat het niet centraal gebeurt: ieder heeft een eigen taak. We weten dat de slachtoffers gestalkt worden. Ze krijgen berichtjes die steeds bedreigender worden. Ze worden gefilmd. Hun huizen worden doorzocht. En wanneer het juiste moment is aangebroken, worden ze gedrogeerd. Ontvoerd. Verkracht.'

Britt zag opeens asgrauw, maar ze was als gynaecoloog opgeleid. Ze bleef nog steeds kalm onder druk. 'Waar hoort deze theorie thuis? Bij denken? Weten? Bewijzen?'

'We weten het. We hebben hulp nodig om het te bewijzen. En jij hebt hulp nodig om Tommy uit de gevangenis te houden.'

'Hij staat niet op dat filmpje met Dani.'

'Hoeveel heb je ervan gezien?'

Britt wendde zich af. 'Tommy is onschuldig. Je kunt niets bewijzen.'

'Ik heb één ding geleerd over jury's in strafprocessen: vaak geven ze geen reet om bewijs. De wetenschap erachter of de deskundigen, dat interesseert ze allemaal niet. Ze vertrouwen op hun intuïtie, en als ze dat filmpje zien, worden ze kotsmisselijk.'

'De rechter zal het niet als bewijs toelaten.'

'De rechter zal het wel degelijk toelaten, want de hele zaak berust op dat filmpje.' Sara gaf haar geen tijd om zich te herpakken. 'Hoe denk je dat het komt dat het GBI überhaupt van dat filmpje op de hoogte is?'

Aan Britts verbaasde blik te zien had ze nog niet over die vraag nagedacht.

'Tommy heeft het naar iemand gestuurd. Die iemand keerde zich tegen Tommy. Alleen al het bezit van dat filmpje is een misdaad.' Sara bedacht dat nu het moment was aangebroken om te liegen. 'Het GBI heeft hem een deal aangeboden om tegen Tommy te getuigen. De papieren zijn vanochtend ondertekend. Nog voor het einde van deze dag zit Tommy in de cel.'

Britts hand ging naar haar hals. Die sloeg rood uit. 'Wie is dat?'

'Dat zie je wel wanneer de aanklacht openbaar wordt gemaakt.'

Britt streek over haar hals. Ze dacht na, probeerde de zaak van alle kanten te bekijken. Meestal was Mac degene die dingen regelde. Ze bevond zich op onbekend terrein.

'Deze kant op,' zei ze niettemin.

Sara volgde haar door de lange gang naar de rechtervleugel van het huis. Ze zag een inloopkast, een toiletruimte en een grote bibliotheek met een witleren sofa en leunstoel. Al het persoonlijke ontbrak. Geen familiefoto's of snuisterijen. Geen diploma's of prijzen. De buitengewone netheid was schokkend. Er was geen vuiltje of stofje te bekennen.

Britt liep door de woonkamer met zijn grootbeeld-tv en gestoffeerde banken en stoelen. De keuken had witte kasten en werkbladen van met goud dooraderd Calacatta-marmer. De kranen waren van goud, evenals het deurbeslag van de kasten. In een hoek stond een witleren muurbank. Erachter was een gang die naar de vleugel voerde met wat de hoofdslaapkamer moest zijn. Sara zag een witte bank aan het voeteneinde van het bed. Het beddengoed was wit. De muren waren wit. Het tapijt was wit.

Eigenlijk was alles wat ze van het huis had gezien wit of goud, behalve de boeken in de bibliotheek, de fruitschaal op het keukeneiland en de groene doos tissues ernaast. Zelfs de afdekking van het zwembad was wit, zoals Sara kon zien door de grote ramen die uitkeken op de achtertuin. Zonlicht stroomde naar binnen, zodat alles er nog smettelozer uitzag. Het heldere licht was waarschijnlijk erg nuttig vanwege de verborgen camera's die het open woongedeelte bestreken.

Will had de kamers beschreven die hij op Macs telefoon had gezien. De ruime keuken. De monochromatische woonkamer. De slaapkamer met het hemelbed. De badkamer met twee wc's en een gigantische inloopdouche.

Voor zover Sara wist, was er geen camera in de hal. En evenmin in de lange gangen die vanaf de hal het huis in voerden. Britt had haar meegenomen naar twee van de vier vertrekken die Mac in de gaten kon houden.

Was ze een show aan het opvoeren? Was het een hulpkreet? Verwachtte ze dat Mac na een seintje op zijn telefoon naar huis zou scheuren om haar te redden?

'Laten we hier gaan zitten.' Britt pakte haar leren tennistas van een van de acht kapiteinsstoelen aan het uitgestrekte middeneiland. Ze dumpte de tas op de vloer. Het racket stak naar buiten als het roer van een boot. 'Ik ben te bezweet voor de bank.'

Sara nam de stoel aan de andere kant van het eiland, zodat de camera in de knoop op Britts gezicht was gericht. Ze liet haar tas op het blad vallen. De zware plof waarmee hij neerkwam, herinnerde haar eraan dat Amanda's revolver erin zat. Ze keek even door de achterste gang naar de slaapkamer. Het lampje in de inloopkast brandde en wierp een witte driehoek licht over het uiteinde van de gang. Sara voelde zich opeens buitengewoon slecht op haar gemak. Ze hoopte dat Amanda gelijk had en dat Britt de enige andere persoon in het huis was.

'Hoe kan ik Tommy helpen?' vroeg Britt. 'Hoe moet ik me dat voorstellen?'

Sara dacht weer aan wat Amanda had gezegd, dat ze moest doen alsof ze aan Britts kant stond. Ze dacht ook aan iets wat Faith haar had verteld: als je wilde voorkomen dat een verdachte een advocaat belde, moest je zeggen dat hij of zij een advocaat moest bellen.

'Ga eerst maar met een advocaat praten,' zei ze. 'Heb je eigen geld? Een eigen lopende rekening?'

'Hoezo?'

'Want die advocaat moet voor jóú aan de slag. Niet voor Mac.'

'Oké.' Britt knikte. 'En dan?'

'De advocaat neemt contact op met het GBI om een deal te sluiten. Je ruilt Macs leven in voor dat van Tommy.' Sara zweeg even en voegde er toen aan toe: 'Maar je moet eerlijk zijn. En het moet het soort informatie zijn waardoor Mac achter de tralies belandt.'

'En als Mac er niets mee te maken heeft?'

Onder andere omstandigheden zou Sara in lachen zijn uitgebarsten. Na alles wat er was gebeurd, probeerde Britt hem nog steeds te beschermen. 'Het GBI weet dat Mac erbij betrokken is.'

'Hoe weten ze dat?'

Sara had niets te verliezen. 'Alle verkrachte vrouwen zijn ooit patiënt van Mac geweest.'

'Dat is idioot. Hij opereert alleen kinderen.'

'Wat ik je nu ga vertellen, valt onder zaken die het GBI kan bewijzen,' zei Sara. 'Van alle slachtoffers is vastgesteld dat ze patiënt van Mac zijn geweest. Hij heeft ze behandeld. Mede dankzij hem werd hun leven gered. Toen wachtte hij tot ze volwassen waren en verkrachtte ze.'

Britt keek weg. Eindelijk was er iets door de harde buitenkant heen gebroken. Er kwam een geluid uit haar keel toen ze probeerde te slikken. Tranen stroomden uit haar ogen. Ze nam een tissue uit de doos. Ze schudde haar hoofd. Ze wilde het niet geloven.

'Merit Barrowe was een van Macs patiënten toen hij nog assistent was,' zei Sara. 'Mac had die beurs al toen hij assisteerde bij operaties op Leighann Park en Dani Cooper. Het GBI achterhaalt nu de namen van alle patiënten die hij ooit heeft behandeld en legt die naast alle verkrachtingen waarvan aangifte is gedaan. De lijst wordt steeds langer. Het is gewoon een kwestie van tijd.'

Britt pakte weer een tissue uit de doos. 'En stel dat Mac wil getuigen?'

'Zo werkt het niet,' zei Sara. 'Je gaat niet voor minder. Je gaat altijd voor meer. Mac is de leider.'

'Je vergist je,' zei Britt. 'Mac staat niet bovenaan. Dat is Mason. Mason heeft de leiding.'

Sara was bijna te verbaasd om te reageren. Zonder de chattranscripties zou ze Britt misschien nog geloofd hebben ook. 'Hoe weet je dat het Mason is?'

'Een paar jaar geleden heb ik kort iets met hem gehad. Je weet dat hij graag opschept. Hij heeft me alles verteld. Hoe het begon. Wat ze deden. Ik kan tegen hem getuigen. Dan noem ik datums, namen, bijzonderheden.'

Sara twijfelde niet aan de affaire, maar de man die de leiding had, was sluw en zwijgzaam. Mason was geen van beide. En ze was niet vergeten waar ze zich bevonden. Britt had haar mee naar de keuken genomen omdat ze Mac wilde laten horen wat ze zei. Zo konden ze hun verhalen op elkaar afstemmen.

Sara besloot het spel mee te spelen. 'Wanneer is het begonnen?'

Britt antwoordde niet. Ze reikte naar de fruitschaal en haalde er een Albuterol-inhalator uit. Tijdens zijn assistentschap had Mac last van astma gekregen. Sara had hem talloze keren een pufje zien nemen. Nu keek ze toe terwijl Britt het ding over het blad liet kantelen, net zoals ze zelf aan haar ring frunnikte wanneer ze haar band met Will moest voelen.

Britt was door Mac mishandeld. Ze was door hem gekoeioneerd. Ze had gezien hoe hij haar eigen zoon vergiftigde. Maar het ongelooflijke was dat ze nog steeds naar manieren zocht om hem te beschermen.

Sara gaf haar wat tijd en vroeg toen opnieuw: 'Wanneer is het begonnen?'

'Met Merit Barrowe.' Britt snifte. Haar tranen waren opgelost. 'Daarom noemde ik haar naam, daar in die stoomkamer. Ik wist dat je haar zaak zou gaan uitzoeken. Ik had gehoopt dat je zo bij Mason zou uitkomen.'

Merit Barrowe was niet het eerste slachtoffer geweest. Uit de chattranscripties had Sara opgemaakt dat er minstens één eerdere verkrachting had plaatsgevonden. Ze waren allemaal in paniek geraakt omdat ze bijna betrapt waren.

'Oké,' zei ze. 'Hoe is het begonnen?'

Britt hield de inhalator in haar hand. 'Eerst zagen ze het allemaal als een spel. Ze volgden de meisjes en maakten ze bang. Mason wilde een stap verder gaan. Hij verkrachtte een van de doelwitten. De anderen ontdekten het, maar deden er niets mee. Ze waren kwaad omdat ze het niet hadden kunnen zien.'

Sara merkte haar gebruik van het woord 'doelwit' op. Zo had 007 in de chatgroep de slachtoffers ook genoemd. 'Wat gebeurde er daarna?'

'Mason besloot dat ze het risico moesten spreiden.' Britt klemde de inhalator vast. 'Hij zei dat ze moesten rouleren, net als specialisten op de spoedeisende hulp. Ieder kreeg een eigen specialiteit. Dankzij dat systeem konden ze zichzelf vrijpleiten. Als de een erop werd betrapt dat hij berichtjes aan een meisje stuurde, kon hij niet in verband worden gebracht met degene die haar stalkte. Zo ging het ongeveer.'

Sara beet op haar lip. Weer een gigantische leugen. In de chats had 006 voorgesteld om te rouleren, net als specialisten op de spoedeisende hulp. 002 had hem beschimpt: *de machtige traumachirurg neemt het woord.* Cam Carmichael was de enige traumachirurg van de groep geweest.

'En hoe zat het met Cam?' vroeg ze.

'Cam was een sneu geval. Hij zoop te veel. Hij praatte te veel.' Britt begon de inhalator weer rond te draaien. De kogellager binnenin schraapte langs het metaal. 'Cam vond het leuk om die meiden berichtjes te sturen. Hij dacht dat hij liefdesbrieven aan hen schreef. Hij noemde zichzelf een romanticus. Die gek geloofde echt dat hij op een dag met Sloan Bauer zou trouwen, terwijl iedereen wist dat ze het niet eens verdroeg om in één ruimte met hem te zijn.'

Dat laatste klonk in elk geval geloofwaardig. 'Toen zag Cam Merit in het Grady en besefte hij dat het fout was wat ze deden?'

'Als je zijn verhaal gelooft,' zei Britt. 'Mason moest Cam geld geven zodat hij de stad uit ging. Hij deed dat via een tussenpersoon, eentje uit de aanhang. Een man genaamd John Trethewey.'

Weer een aantoonbare leugen. Ook bewijs dat Britt veel meer wist dan ze aanvankelijk hadden gedacht. 'John, die orthopeed?'

'Cam praatte tegenover hem zijn mond voorbij over wat er speelde. Het enige wat hem de mond kon snoeren, was een Glock.'

'Meer was er niet voor nodig om Cam te laten verdwijnen? Geld?'

'Hij was betrapt op rijden onder invloed,' zei Britt. 'Mason kende via de spoedeisende hulp een rechercheur die dat soort zaken wel wilde regelen. Ze maakten vroeg of laat allemaal gebruik van hem. Behalve Mac. Die had nooit iets met de politie te maken.'

Sara probeerde haar de kant van de waarheid op te sturen. 'Dus Mason verkrachtte de vrouwen, maar Chaz, Richie, Royce, Bing, Cam en Mac deden al het voorbereidende werk? Zoals de meisjes volgen. Hun berichten sturen. Bij hen inbreken. Hen stalken. Hen filmen.'

'Eerst deden ze al die klusjes om beurten, maar na een tijdje hadden ze allemaal hun eigen niche gevonden. Waar het uiteindelijk op neerkwam, was dat vooral Mason de daad verrichtte,' zei Britt, wat een laffe beschrijving van verkrachting was. 'Mac rouleerde nooit. Hij heeft nooit bij iemand ingebroken of iemand gefilmd. Soms stalkte hij hen. Bij wijze van grap. Hij zag het als een lolletje. Meer stelde het voor hem niet voor, een lolletje.'

Sara betwijfelde of de vrouwen die gestalkt werden het zo lollig vonden. 'En?'

'Richie vond het leuk om hen te filmen. Via hun ramen of in hun auto's of in een koffietentje.' Britt leek niet te beseffen dat ze nu uitgebreide informatie gaf over de inhoud van de filmpjes. 'Je weet vast wel waarom het ziekenhuis Richie heeft ontslagen. Het is een walgelijke viezerik.'

Ze waren allemaal walgelijk. 'En Bing en Royce?'

'Bing is er nooit bij betrokken geweest. Royce kapte er al in een vroeg stadium mee. Hij heeft het Mason nooit vergeven dat die achter zijn rug Blythe neukte, en daarom verdween hij uit de clan.' Britt haalde haar schouders op, alsof ze het over iemand had die uit haar tennisteam was gestapt. 'Maar Chaz... Chaz vond het geweldig. Hij zat Ma-Mason altijd op te jutten. Je weet dat Mason gek is op aandacht. Hij liep er altijd over op te scheppen. Je werd al misselijk als je naar hem luisterde.'

Sara deed of ze de verspreking niet gehoord had. Britt had bijna Mac gezegd in plaats van Mason, want ze had het over hem. Haar man was de Meester. Hij was degene die de doelwitten uitkoos. Hij was degene die tientallen vrouwen had verkracht.

'Wie probeerde Tommy erbij te betrekken?' vroeg ze.

Britt zette de inhalator rechtop op het blad. Ze keek Sara aan. 'Mason.'

'En Chuck?'

'Penley?' Hier was Britt niet op bedacht. Ze keek Sara onderzoekend aan. Ze nam het gesprek in gedachten weer door om te zien waar die vraag vandaan was gekomen.

'Het GBI weet heel veel, Britt,' zei Sara. 'Zo laten ze je door de mand vallen. Ze stellen vragen waarop ze het antwoord al weten.'

'Probeer jij me ook door de mand te laten vallen?'

'Ik probeer je te helpen.'

Britt lachte afgemeten. Ze pakte de inhalator weer op. 'Wat wil je verder nog weten? Of bevestigd zien?'

'Wat is er met Dani gebeurd?'

Britt keek naar het plafond. Ze had zich tot nu toe goed gehouden. Ze haalde diep adem en blies de lucht langzaam weer uit. Toen herhaalde ze het proces.

Sara herkende het copingmechanisme. Als ze iets over Dani zei, kon dat nadelig voor Tommy zijn. Britt zou nu meer dan ooit op haar hoede zijn.

'Het toedienen van drugs ligt ingewikkeld en...' Britt hield zich op tijd in. 'Je moet het goed timen.'

Het liefst zou Sara een lijst maken van alle manieren waarop Britt zichzelf erbij lapte. 'Rohypnol en ketamine?' vroeg ze.

Britt keek haar aan met een mengeling van achterdocht en respect. 'Mason werd erbij gehaald om het te verhelpen.'

Het viel Sara op dat ze niet zei wie om hulp had gevraagd. 'Om wat te verhelpen?'

'Er was sprake van ondercorrectie. Ze maakten zich zorgen om hypoventilatie. Ze werd wakker. Er volgde een worsteling. Het ging er hard aan toe. Ze probeerden haar in bedwang te houden, maar Dani wist weg te glippen. Ze stapte in de auto.'

'In Tommy's auto.'

Britt ging niet op de toelichting in. 'Ze reed naar het ziekenhuis en knalde tegen de ambulance op. En toen kwam Heilige Sara als de reddende engel.'

Sara negeerde de steek onder water, maar concentreerde zich op het zorgvuldige taalgebruik van Britt: ondercorrectie, zorgen, in bedwang. Er was een gemakkelijkere manier om te beschrijven wat er was gebeurd. 'Tommy werd bang toen Dani oppervlakkig begon te ademen. Hij stopte met de drugscocktail. Dani werd wakker. Tommy riep om hulp. Dani wist zich hen van het lijf te houden. Iemand sloeg haar met een stomp voorwerp. Toch lukte het haar om te ontsnappen.'

Britt tuitte haar lippen. 'De details weet ik niet. Ik heb het pas achteraf gehoord.'

'Waar werd Dani vastgehouden?'

Britt schudde haar hoofd. 'Ik heb geen idee.'

Sara wist precies waar Tommy Dani naartoe had gebracht. Naar dit mausoleum met zijn witte muren en wit meubilair. Ergens was een schapenvacht vol vlekken. Een digitale camera. Een statief. Professionele belichting. Hier had Mac zijn slachtoffers naartoe gebracht. Hier was Tommy de man geworden die hij nu was.

En Britt had onder ditzelfde dak gewoond, terwijl dit alles gebeurde.

'Heeft het GBI hier genoeg aan voor een deal?' vroeg Britt. 'Ik heb je alles verteld wat ik over Mason weet. Alles wat ze deden. Tommy en Mac deden hooguit zijdelings mee. Mason is de leider. Hij is degene die naar de gevangenis moet.'

Sara was vanaf het begin bang geweest dat het tijdverspilling zou zijn om de waarheid uit Britt McAllister los te krijgen. Britt had zoveel kansen gekregen om zich uit deze waanzin te bevrijden. Telkens weer had ze zich teruggetrokken in de veiligheid van haar giftige leven. Ze was al even verslaafd aan Macs sadisme als aan haar blauwe pilletjes.

'Je was zo'n goede arts,' zei Sara.

Britt keek verrast bij dat compliment.

'Ik weet dat we nooit met elkaar hebben kunnen opschieten, maar ik heb er geen moment aan getwijfeld dat je gaf om je patiënten. Je was altijd zo aardig voor ze. Alleen daarom had ik geen hekel aan je.'

Britt lachte snuivend. 'Reuze bedankt.'

'Het is nog niet te laat,' zei Sara. 'Makkelijk zal het niet zijn, maar je kunt je vak altijd weer oppakken. Je zou vrijwilligerswerk kunnen doen, of reizen, of met kinderen werken, of je PhD halen, of andere vrouwen helpen. Je zou Tommy kunnen laten zien dat zijn moeder respect verdient.'

Britt keek perplex. 'Waar heb je het in godsnaam over?'

'Waarom bescherm je hem altijd?' vroeg Sara. 'Zelfs toen Mac nog maar een coassistentje was, behandelde je hem al als een god. Is zijn ego echt zo kwetsbaar? Zou zijn pik eraf vallen als hij moest toegeven dat hij zich had vergist?'

'Je snapt het niet,' zei Britt. 'Jouw leven is zo nietig vergeleken met het mijne.'

Sara wist waar dit naartoe ging. 'Omdat ik geen moeder ben?'

'Ja,' was het simpele antwoord. 'Alleen een moeder zou het begrijpen.'

'Probeer maar.'

'Ik kan mijn kind niet in de steek laten. Mac heeft al te veel invloed op zijn leven. Tommy aanbidt hem.' Haar stem werd nu harder. 'Als ik bij Mac weg zou gaan, is Tommy voor altijd verloren. En Mac zou al snel een nieuwer, jonger model vinden om mij te vervangen. Al onze vrienden zouden voor Mac en zijn speeltje kiezen. Ik zou eindigen als een opgedroogde oude heks, ergens in mijn eentje, en fucking Mac zou nog altijd De Grote Man zijn.'

'Dat klinkt niet als liefde. Dat klinkt alsof je Mac niet kunt laten winnen.'

'Er is geen verschil,' zei Britt. 'We zijn al tweeëntwintig jaar samen. Het enige wat we nog hebben, is strijd. Hoe kan ik hem pijn doen? Hoe kan hij mij pijn doen?'

Sara wist hoe Mac Britt pijn deed. 'Hij mishandelt je.'

Britt keek verbijsterd. Ze had altijd gedacht dat het een geheim was.

'Zelfs in het Grady zagen mensen de blauwe plekken,' zei Sara. 'Je hebt een gps-tracker op je sleutels, op je auto. Mac volgt elke beweging die je maakt. Je kunt niet eens ademhalen zonder dat hij het weet.'

'Hij weet niet alles.' Britt had een wenkbrauw opgetrokken. Ze had het over wat ze Sara de afgelopen paar dagen had verteld, maar ze was nog steeds zo bang voor Mac dat ze de woorden niet in het zicht van zijn camera's kon uitspreken. 'Niemand weet beter dan jij hoe subtiel Macs werk is. Kinderen en hun ouders zijn afhankelijk van hem. Niemand kan wat Mac kan. De stress is soms ondraaglijk. Als hij af en toe afleiding zoekt met een spelletje, dan weegt dat in de verste verte niet op tegen wat hij de wereld geeft. Ik offer mezelf met alle genoegen voor hem op.'

'Heel veel mensen kunnen wat Mac kan,' zei Sara. 'En zelfs als dat niet zo was, geeft dat hem nog niet het recht jou te mishandelen.'

'Het is geen mishandeling. Het is een dwanghandeling,' zei Britt. 'Bij alles wat Mac doet, telkens als hij me pijn doet, weet ik dat hij eigenlijk wil zeggen dat hij me nog steeds ziet staan. Weet je hoeveel vrouwen van zevenenveertig dat kunnen zeggen over hun man? Mac heeft me altijd zien staan. Hij houdt van me.'

Sara schudde haar hoofd. Voor een dergelijke denkwijze schoten woorden tekort.

'Kijk.' Britt wees naar haar leren tennistas. 'Deze heeft hem tienduizend dollar gekost.'

Sara keek toe terwijl ze het racket eruit trok en achteloos op het werkblad gooide. Op de grip was het Chanel-logo duidelijk zichtbaar.

'Zesduizend, en ik gebruik hem alleen voor de warming-up.' Britt wees naar haar sieraden. 'Deze halsketting heeft achttienduizend gekost. De armband twintig. Ik heb zelf een nieuwe trouwring gekocht. Vierkaraats. Negentigduizend. De ring zelf heeft dertigduizend gekost.'

'Dus Mac foltert je, maar dat geeft niet, want je koopt duur spul voor jezelf dat verder niemand interesseert?'

'Dat interesseert iedereen, Sara. Dat heb jij nooit begrepen. Jij draagt die goedkope ring aan je vinger en je denkt dat je daardoor speciaal bent, maar je komt er snel genoeg achter. Je wordt er ook niet jonger op. Je kunt hem niet terughalen met een strakke gleuf en hoge tieten.' Britt leunde over het werkblad. 'Hoe je hun aandacht trekt en hoe je die vasthoudt, daar draait het spel om. Het huwelijk is een bloedige strijd. Iedereen die het tegendeel beweert, liegt.'

Sara wist dat ze zich vergiste. Zo was haar eerste huwelijk niet geweest. Zo was haar relatie met Will ook niet. 'Je kiest ervoor om er een bloedige strijd van te maken.'

'Weet je hoeveel twintigjarige sletten staan te trappelen om mijn plaats in te nemen? Ze hoeven maar met hun wimpers te knipperen en ik ben weg. Hoeveel maaltijden ik ook oversla of hoe hard ik ook sport, of hoeveel fucking naalden ik ook in mijn gezicht laat steken, tegen de jeugd leg ik het af. Het is een ongelijke strijd.'

'Doe er dan niet aan mee.'

Britts lach was al even hard als haar gezicht. 'Stomme trut. Denk je echt dat dat makkelijk is? Mannen doen maar wat ze willen. Ze behandelen vrouwen als tampons. We zuigen hun woede en misbruik op, en als we te vies zijn door hun slijm, wisselen ze ons in voor een splinternieuw exemplaar.'

'Je hebt het alleen over een bepaald soort man.'

'Ik heb het over álle mannen. Ze nemen en nemen, maar geven jou niets.' Britt hield de inhalator omhoog. 'Weet je hoe vaak ik tegen Mac heb gezegd dat hij zijn stomme kut-Albuterol niet moet laten rondslingeren? Het is het enige wat ik van hem gevraagd heb – echt het enige – en hij doet het gewoonweg niet.'

Britt rukte een van de lades open. Ze wierp de inhalator bij de troep die erin lag. Pennen, wisselgeld, pakjes kauwgom en zuurtjes.

'Als God bestaat,' zei ze, 'dan geeft Hij hem een astma-aanval in zijn auto zodat hij keihard tegen een bus op knalt.'

Sara keek naar de weer gesloten la. Weer was er een puzzelstuk op zijn plek gevallen. Als kinderarts had ze aardig wat Albuterol-recepten uitgeschreven. Het medicijn zorgde voor een droge mond en liet een krijtachtige smaak achter. Ze zei altijd tegen haar patiëntjes dat ze op suikervrije kauwgom moesten kauwen of anders op een zuurtje moesten zuigen. Daarom hadden ze vaak een weeïg zoete adem.

Merit Barrowe had tegen Cam gezegd dat de man die haar had verkracht een zoete adem had gehad, die naar hoestsiroop rook.

Leighann Park had tegen Faith gezegd dat de man die haar had verkracht een zoete adem had gehad, die rook naar Mountain Dew met kersensmaak.

Maar zoals met alles wat Britt had prijsgegeven, konden ze niets doen met deze informatie. Denken en weten waren iets heel anders dan bewijzen.

'Zonde van mijn tijd, dit gesprek,' zei Britt. 'Tommy had niets met dat filmpje te maken. Het is duidelijk een deepfake. Iemand probeert hem erin te luizen. Voor hetzelfde geld ben jij het. Ik zou graag onder ede willen verklaren dat je altijd iets tegen Mac hebt gehad.'

Sara lachte verbaasd. 'De afgelopen twintig minuten heb je bewezen dat je bij allerlei criminele activiteiten betrokken bent geweest. Je wist wanneer de clan van start ging. Je wist van de drugs die werden toegediend. Je kende de inhoud van de stalkfilmpjes. Je wist hoe ze te werk gingen. Je wist wat er met Dani was gebeurd. Je wist dat ze gedrogeerd en geslagen was. Je wist van –'

'Succes in de getuigenbank! De volgende keer laat onze advocaat je er niet zo gemakkelijk mee wegkomen.' Britt griste haar tennistas van de vloer. 'Je bent een jaloers, onvruchtbaar kutwijf.'

Opeens voelde Sara tranen opkomen. Het was vreselijk dat Britt haar nog steeds pijn kon doen.

'Je kunt vertrekken.' Britt opende ritsen op de zakken van haar tas. Ze haalde een tennisschema tevoorschijn. 'Ik moet het rooster voor volgende maand nog doen. Ik moet altijd de roosters opstellen.'

Sara's nekharen gingen overeind staan. De woorden klonken griezelig bekend.

Britt pikte de verandering in haar op. 'Wat is er?'

Sara was sprakeloos. Er klopte iets niet. Ze voelde zich beverig en misselijk.

'Jezus christus.' Britt legde het rooster met een klap op het werkblad. 'Serieus, daar gaan we weer.'

Sara's adem stokte in haar keel. Ze moest zichzelf dwingen om uit te ademen. Hetzelfde zinnetje was herhaaldelijk in de chattranscripties opgedoken. Dan maakte 007 een sarcastische of seksistische opmerking, en 002 reageerde met: 'Serieus, daar gaan we weer.'

Sara stootte weer een hap lucht uit zodat ze kon praten. 'Je zei dat Bing niet betrokken was bij de groep.'

Britt keek op van het rooster. 'En wat dan nog?'

Zeven groepsleden. Zeven nummers in de chattranscripties. Faith had de vraag al eerder gesteld: wie heeft de ballen om Mac fucking McAllister af te zeiken?

Zijn vrouw.

'Jij was het,' zei Sara. 'Jij bent 002 in die chatgroep.'

Britt sperde haar neusvleugels open. 'Wat lul je nou?'

'We hebben de chatwebsite gevonden. Jij hebt geholpen met het opstellen van de regels zodat ze geen risico liepen,' zei Sara. 'Zo wist je Macs aandacht vast te houden. De afgelopen zestien jaar heb je hem geholpen andere vrouwen te verkrachten.'

De spieren van Britts hals stonden strak. 'Ik weet niets van een website.'

'Ja, dat weet je wel,' zei Sara. 'Je postte berichten onder nummer 002. Cam onder 006. Mason was 004. Hij wist wat er aan de hand was, maar het boeide hem niet. Mac was 007. Hij is de Meester. Hij kiest de doelwitten uit. Jij stelt het rooster op. Jij verdeelt de taken. Jij bepaalt de regels. En dit huis, dit gekkenhuis, is de plek waar Mac zichzelf filmt als hij zijn voormalige patiënten neukt.'

Britt verroerde zich niet. Het enige wat haar verried, was de rode blos die vanaf haar borst naar boven kroop. 'Je kunt vertrekken, zei ik.'

'Want anders?' vroeg Sara. 'Bel je dan de politie?'

Britt legde haar hand op het werkblad. 'Je... Je snapt het niet.'

'Omdat ik geen moeder ben?' vroeg Sara. 'Je blijft dat woord maar gebruiken, alsof ik niet heel goed weet wie je bent. Mac is niet de enige sadist in dit huis. Eigenlijk heb jij die vrouwen ook verkracht. Tommy zou niet zijn wie hij nu is als jij niet zo'n beroerde moeder was.'

Britts ijzige buitenkant begon barstjes te vertonen. Haar ogen vulden zich met tranen. Haar lippen trilden. Toen greep ze het tennisracket en zwaaide het in het rond.

'Jezus!' Sara stak haar armen in de lucht om de klap te weren. De rand van het racket sneed in haar linkerpols. Ze hoorde bot kraken, maar ze was te verdoofd om de pijn te voelen.

Britt maakte zich klaar voor een backhand.

Sara tastte naar haar tas, rommelde er met haar rechterhand in rond. Ze had geen tijd om het paarsfluwelen zakje te pakken, maar gebruikte de tas als schild. Het racket ketste af tegen de achterkant. Sara's hoofd zwiepte naar achteren. Haar neus versplinterde. De riem werd uit haar hand gewrongen. De inhoud viel eruit. Het wapen schoot uit het koordzakje en kletterde tegen de hardhouten vloer.

De wereld kwam tot stilstand.

Geen van beiden verroerde zich.

Alleen keek Britt niet naar de revolver. Al haar aandacht was op het dunne zwarte doosje gericht dat uit Sara's jaszak was gevallen. De kabels waren nog verbonden met de contactbusjes. Het groene lampje brandde.

'Wat...' Britt hijgde zo hevig dat ze nauwelijks kon praten. 'Wat is dat?'

Ook Sara hijgde. Het bloed klopte in haar pols. Ze kon haar vingers niet bewegen. Ze kon niet bij het wapen komen. In de verte hoorde ze het geloei van een politiesirene. Amanda bevond zich één straat verderop. Ze moest een kruising nemen. En nog een straat. Dan een poort. Dan de oprit. Dan het huis.

'Het is een zender,' zei Sara. 'De politie heeft je de hele tijd in de gaten gehouden. Het kabeltje gaat naar de camera in deze knoop.'

Met haar ogen volgde Britt Sara's vinger naar de knoop.

'Hoor je de sirene?' Lucht trok piepend door Sara's gebroken neus. Ze nam haar gebroken pols in haar andere hand. Een distale radiusfractuur. De eerste schrik had plaatsgemaakt voor een bijna verlammende pijn. 'Ze kunnen hier elk moment zijn.'

Langzaam liet Britt het tennisracket zakken. Ze keek niet naar Sara. Ze keek recht in de knoopcamera. 'Ik was het. Ik heb Dani geslagen. Ze probeerde te vluchten. Ik joeg haar na tot in de garage, en daar heb ik haar geslagen. Ik ging ervan uit dat ze dood was. Ik heb haar daar laten liggen.'

Sara's hart huiverde toen ze de bekentenis hoorde.

'Het tennisracket ligt nog in de garage. Een Babolat Pure Aero Plus in limoengroen. Ik heb geprobeerd het schoon te maken, maar haar bloed zit nog aangekoekt in de groeven. Mijn DNA zit op de grip. Ik was het.'

Sara had alleen aandacht voor het tennisracket dat Britt vasthield. De vrouw was onvoorspelbaar, ze had geen opties meer. De sirene op Amanda's auto was te ver weg. Dat gold ook voor het wapen op de vloer.

'Mac heeft ze geen van allen iets aangedaan,' zei Britt tegen de camera. 'Voor hem waren ze gewoon een lolletje, iets om de stress mee te verjagen. De meiden wisten niet eens wat er gebeurde. De meesten hebben nooit geklaagd, en als ze dat wel deden, namen ze het geld aan. Het was goed geld. Ze gingen niet naar de politie. Later was er niets met ze aan de hand. Ze waren oké, allemaal.'

Sara beet op haar tong. Geen van hen was oké geweest.

'Ik heb niet alleen de regels bepaald,' zei Britt. 'Ik heb ook de website in het leven geroepen. Ik verdeelde de taken. Ik wist wat ze lekker vonden, wat het best bij ze paste. Ze brachten de meisjes hiernaartoe omdat ik het zei. Ik filmde ze. Ik maakte alle filmpjes. Die staan op de server in het souterrain. Alles is door mij georganiseerd. Ik ben schuldig. Ik aanvaard de volle verantwoordelijkheid.'

De sirene kwam dichterbij.

Britt hoorde het ook. Ze keek naar het tennisracket, maar zwaaide er niet meer mee. Ze legde het weer op het keukenblad.

Toen bukte ze zich en raapte de revolver op.

'Britt!' Sara duwde zich overeind uit haar stoel.

Ze had geen moeite hoeven doen. Britt richtte het wapen niet op haar.

Ze drukte de loop tegen de zijkant van haar hoofd.

'Deze bekentenis is mijn doodsverklaring. Ik zweer dat alles waar is.' Britt sprak nog steeds tegen de camera. 'Tommy, Mac, ik hou van jullie.'

'Leg die revolver neer,' zei Sara. 'Alsjeblieft.'

'Ik wil niet dat mijn jongens dit zien.' Britt deed een stap naar achteren. Toen nog een. Ze trok zich terug in de gang naar de slaapkamer. Weg van Sara's camera. Weg van die van Mac. 'Laat me nu maar gaan, Sara. Laat me gaan.'

Sara peinsde er niet over haar te laten gaan. Britt zou verantwoording moeten afleggen voor haar misdaden. Sara had Dani iets beloofd. Ze had gezworen op het hart van het meisje. Aan de Coopers moest recht worden gedaan. Aan Leighann Park. Aan de familie van Merit Barrowe. Dat verdienden ze allemaal, hoe dan ook. Ze strompelde de gang in. De pijn was zo hevig dat ze door misselijkheid werd bevangen. Het bloed klopte in haar neus. In haar linkerhand had ze helemaal geen gevoel meer. Ze klemde haar pols tegen haar lichaam.

Britt verdween in de inloopkast.

Sara ging achter haar aan. Ze zag Britt midden in de ruimte staan, met het wapen nog steeds tegen de zijkant van haar hoofd. Het kamertje was lichtroze geverfd en had van een tienermeisje kunnen zijn. Een kristallen kroonluchter hing aan het plafond. De kasten waren op maat gemaakt. Tot in de hoeken stond en hing het vol met duizenden dollars aan schoenen en kleren.

Op één gedeelte na.

De inloopkast had een soort bijvertrekje. De schuifdeuren waren open. Zwarte muren. Zwarte vloer. Een smerige schapenvacht. Een digitale camera. Een statief. Professionele belichting.

'Hier gebeurt het.' Britt ging voor de driedelige spiegel staan. Haar hand begon te beven. De loop van de revolver tikte tegen haar schedel. 'Mac wil graag dat ik kijk. Zodat ik me erbij betrokken voel.'

Een luide dreun deed de lucht trillen. Amanda was door de poort aan de voorkant gebroken. Met loeiende sirene scheurde ze de oprit op.

'We delen...' Britt hapte naar adem. 'We delen dit. Dit doet hij alleen met mij.'

Sara keek niet naar Britt, of naar het zwarte kamertje of het vieze kleed. Ze keek naar de rijen schoenen. Het waren geen van alle Louboutins of Jimmy Choos. Het waren sneakers, loafers, teenslippers. Geen paren, alleen linkerschoenen. De plafondlampen waren er als bij een winkeldisplay op gericht. Het waren er bijna vijftig. Sara herkende drie van de foto's op Faiths bewijsbord.

Eén Air Jordan Flight 23.

Eén platformsandaal van Stella McCartney.

Eén fluwelen veterschoen van Marc Jacobs.

'Mijn trofeeën.' Britt klonk trots, blij dat alles nu onthuld was. 'Ik heb ze verzameld. Ik heb dit gedaan. Alles. Hij mag dan andere vrouwen hebben, maar ik ben degene naar wie hij ze brengt. Hij weet dat ik hem zal beschermen. Ik heb hem altijd beschermd.'

Sara kon niet zo snel verwerken wat ze allemaal hoorde. Het enige wat ze wilde, was voorkomen dat Britt de trekker overhaalde. 'Leg dat wapen neer, Britt. Tommy heeft je nog nodig.'

'Probeer me niet te redden, Heilige Sara. Niet na alles wat ik je heb aangedaan.'

'Dat doet er niet toe. We zoeken het allemaal wel uit.'

'Maar jij hebt het nog niet uitgezocht, hè?'

'Nee.' Sara negeerde haar plagerige toon. 'Ik heb het nog niet uitgezocht. Waarom vertel je het me niet?'

'Dat Jack Allen Wright je verkrachtte, kwam door mij.'

De sirene zweeg.

Sara's blik vernauwde zich.

Een soort verdoving maakte zich van haar meester. Haar zintuigen verloren hun scherpte. Het enige wat ze hoorde, was Britts zachte stem.

'Ik wist dat jij die beurs zou krijgen. Ik wilde niet dat je die van Mac afpakte.'

Sara voelde bloed door haar keel glijden.

'Jack was bezeten van je. Ik zag dat hij foto's maakte, dat hij je overal volgde, dingen uit je tas stal, plukken haar van je verzamelde. Het is zo gemakkelijk een man over te halen om de gewelddadige dingen te doen waarvan hij droomt.'

Sara slikte het bloed in.

'Ik zei tegen Jack dat je op hem neerkeek. Dat je elke man in het ziekenhuis neukte, behalve hem. Er was niet veel voor nodig om hem die avond dat zetje te geven. Ik legde de handboeien in zijn kluisje. Ik deed Ipecac in je frisdrank zodat je misselijk werd. Ik deed de deur van het personeelstoilet op slot. Ik plakte de andere hokjes af. Ik vertelde Jack waar je precies zou zijn, bijna op de minuut af. Het was alsof ik een speeltje opwond en in de juiste richting duwde. Hij deed de rest.'

Sara knipperde met haar ogen, en toen was ze weer in dat toilethokje. Met haar polsen vastgeklonken aan de stangen. Haar mond dichtgeplakt. De scherpe lucht van schoonmaakmiddelen. De stank van haar eigen urine. Bloed dat langs haar zij droop, het leven dat dreigde weg te glijden, maar het enige waaraan ze kon denken, was de smaak die was blijven hangen van zijn smerige mond toen hij haar kaken uiteen had geduwd om haar te kussen.

'Het was briljant.' Britts glimlach wist niet van wijken. 'Beter dan ik had kunnen dromen. Hij stak je met een mes, zeg nou zelf. Hij stak je, echt.'

Sara zag wazig van de tranen.

'Denk je soms dat ik een zielig huisvrouwtje ben?' Britt liet het wapen op haar schouder rusten. 'Ik kreeg Jack zover dat hij je verkrachtte. Ik kreeg Edgerton zover dat hij de zaak-Barrowe liet verdwijnen. Ik liet de patholoog zijn rapport wijzigen. Ik gunde Mac zijn lol. Ik beschermde hem. Ik zorgde dat hij die beurs kreeg. Ik heb dit leven voor ons opgebouwd, dit schitterende leven. Ik heb onze prachtige zoon grootgebracht. Ik ben ongelooflijk.'

Sara's knieën begaven het bijna. Ze bezweken onder het gewicht.

'Daarna was je nog bijna gebleven,' vervolgde Britt. 'Maar toen had je die ectopische zwangerschap, en ik dacht: wat een geschenk. Wat een fucking geschenk. Daar komt ze nooit bovenop. Nooit. En ik had gelijk.'

Sara's tanden klapperden. De pijn was verpletterend. Alles wat ze was kwijtgeraakt. De beurs. Haar zorgvuldig geplande toekomst. Haar gevoel van veiligheid. Haar vermogen om volledig te vertrouwen, om onvoorwaardelijk lief te hebben. Haar kinderen – twee meisjes. Tessa zou er drie krijgen. Ze zouden hun kinderen samen opvoeden en dicht bij elkaar wonen, maar niets van dat alles was werkelijkheid geworden, en dat allemaal door Britt McAllister.

'Hoe...' Sara's keel snoerde dicht. 'Hoe kon je zo wreed zijn?'

Britt haalde haar schouders op. 'Dat ben ik nou eenmaal.'

Ze drukte de revolver tegen haar hoofd. Haar vinger haalde de trekker over.

Er gebeurde niets.

Er klonk niet eens een klik.

'Sara!' Amanda was in het huis. Ze rende de gang door. Haar voetstappen weergalmden als tromgeroffel. Ze was de verkeerde kant op gelopen. 'Sara!'

Britt keek naar de revolver om te zien waarom hij niet was afgegaan.

Sara reikte naar de microfoon in haar revers. Ze drukte het kabeltje dicht om het geluid te dempen. 'Trek de hamer met je duim naar achteren.'

Britt trok de hamer naar achteren.

Ze zette het wapen tegen haar hoofd.

Deze keer werkte het wel.

EEN WEEK LATER

Will stond bij zijn gootsteen borden te drogen terwijl Faith afwaste. Het was lekker weer geworden. Van de barbecue kringelde rook omhoog van de laatste restjes smeulende houtskool. Hij keek uit het raam naar Sara en haar zus. Ze zaten aan de buitentafel, ieder met een kind op schoot. Tessa had Isabelle in haar armen. Sara hield Emma vast. Haar neus was gebroken en haar arm zat in het gips, maar toch slaagde ze erin door een bellenblaasstokje te blazen. De meisjes strekten hun handjes uit om de bellen kapot te prikken. Betty ving de missers. Sara's windhonden lagen languit in het gras toe te kijken, te lui om een poot uit te steken.

Hij had nog nooit thuis een barbecue gehouden. Hij had zelfs nog nooit zoveel mensen over de vloer gehad. Jeremy, Aiden, Sara's vader en moeder en haar buitengewoon excentrieke tante waren inmiddels allemaal weer vertrokken. Faith, Tessa en hun kinderen waren blijven hangen. Wat fijn was, maar het bewees weer waarom Will nooit zoveel mensen over de vloer had gehad. Hij hoefde niet van een dokter te horen dat hij introvert was. Hoewel één arts niets liever deed dan hem erop te wijzen.

'Hé,' zei Faith. 'Let eens op. Ik heb bijna geen ruimte meer.'

Will pakte een handvol vorken en legde ze op een stuk keukenpapier. Voor Sara in zijn leven was verschenen, had hij maar twee kommen, twee borden, twee vorken, twee messen en twee lepels gehad. In de loop van het afgelopen jaar had ze daar stiekem spullen aan toegevoegd. De Lintons wisten altijd precies hoe het hoorde aan tafel. Haar vader gebruikte bij elke maaltijd twee vorken. Haar zus draaide er keukenrollen doorheen alsof ze gratis waren. Haar moeder had zich op morele gronden tegen het gebruik van wegwerpservies en -bestek gekeerd.

Niet dat Will klaagde. Ze hadden zich allemaal rond Sara geschaard tijdens haar genezing. De eerste paar dagen weken ze niet van haar zijde. Het was hem weer eens opgevallen hoeveel kracht Sara ontleende aan haar familie.

Faith stootte zijn schouder aan. 'Hoe is het met Sara?'

Hij gaf een stoot terug. 'Moet je haar vragen.'

'Dat heb ik gedaan.' Weer een stoot. 'Ze zei dat ze probeerde ermee in het reine te komen. Ik kan me niet voorstellen hoe. Dat filmpje van Britt was wreed. Wat ze Sara vertelde over Jack Allen Wright... Ik weet niet of ik dat ooit te boven zou komen.'

Will begon het zoveelste bord af te drogen.

'Raar dat het geluid opeens wegviel aan het eind.'

Hij reikte haar het bord weer aan. 'Je hebt wat overgeslagen.'

Met haar duimnagel krabde Faith een veeg ketchup weg. 'Ben je kwaad op Amanda omdat ze Sara naar Britt heeft laten gaan?'

'Dat was Sara's eigen beslissing,' zei Will. 'Achteraf is het makkelijk praten. Amanda zou Sara niet in de buurt van dat huis hebben gelaten als ze had geweten waartoe Britt in staat was. Ik ben alleen maar blij dat het zo is afgelopen.'

'Wat ben je vandaag irritant diplomatiek.' Faith begon aan een nieuw bord. 'Ik ben niet blij met hoe een deel ervan gegaan is. Ik ben doodziek van alle foto's van Britts gebotoxte kop die overal opduiken. Je zou bijna denken dat ze een dode beroemdheid is.'

Will voelde hetzelfde. Voor het eerst in zijn volwassen leven zette hij 's ochtends de tv niet aan. Hij ging alleen online als het niet anders kon.

'Iedereen is alleen maar bezig met Britt-de-gestoorde-bitch,' zei Faith. 'Het boeit ze niet dat er de afgelopen zestien jaar bijna vijftig vrouwen zijn verkracht.'

'Hoe zit het met die lijst?' vroeg Will. Het APD had op Britts laptop een spreadsheet met alle doelwitten aangetroffen, maar ze had uitsluitend initialen gebruikt. 'Zijn er al slachtoffers opgespoord?'

'Dat is lastig vanwege het medische beroepsgeheim. De artsenpraktijken en ziekenhuizen verzetten zich tegen de dagvaardingen. Sommige vrouwen hebben zich uit eigen beweging gemeld, maar ze willen geen verklaring afleggen. Ze zijn doodsbang dat hun namen uitlekken, dat ze doodsbedreigingen krijgen of door verslaggevers worden achtervolgd. Ondertussen geeft de pers geen moer om Leighann Park of de ouders van Dani Cooper. En het is alsof Martin Barrowe niet eens bestaat. Het is Britt voor en Britt na, en dat gaat maar door. Niemand die zoveel roem krijgt toegemeten als een verdorven vrouw.'

Will had het zelf gezien. Britt McAllister stond op de voorpagina van elke website en krant. Er waren verschillende memes van haar in omloop, meestal met een tennisracket. Haar vroegere vriendinnen op de countryclub gaven exclusieve interviews. *Dateline* en *48 Hours* hadden algauw speciale afleveringen aan haar gewijd. Hulu was bezig met een documentaire. Een andere streamingdienst werkte aan een biopic, net als HBO.

Britt had eindelijk een manier gevonden om de mannen in haar leven te overschaduwen.

Gelukkig dreef het rechtssysteem niet op clickbaits en meningen. De opname die Sara had gemaakt plaatste alles in context, maar de wetenschap had uiteindelijk de doorslag gegeven.

Het DNA van Dani en Leighann op de schapenvacht voerde terug naar Mac en Tommy McAllister. Chaz Penleys DNA zat op de muren van de zwarte kamer. Richie Dougalls DNA was aangetroffen op de vloer van de inloopkast. En alsof dat niet genoeg was, stond er een server in het souterrain met meer dan dertig filmpjes. Die was aangesloten op een thuisbioscoop. De Club had het niet gelaten bij het terroriseren van vrouwen. Ze hadden na afloop hun methoden beoordeeld. Sara had het vergeleken met morbiditeits- en mortaliteitsbesprekingen die ze tijdens hun assistentschappen hadden moeten uitzitten.

'Weet je waar ik me ook kwaad om maak?' Faith had inmiddels alle borden afgewassen. Nu begon ze aan de ijscoupes. 'Het APD krijgt alle lof toegezwaaid omdat ze de zaak hebben opengebroken. De commissaris staat als een rockster op het podium. Bij elke persconferentie staat Leo Donnelly achter hem. Wij hebben ons uit de naad gewerkt. We hadden ontslagen kunnen worden. De helft van de verf is van mijn keukenkastjes getrokken. Jeremy heeft zijn nek uitgestoken daar in die bar. Sara is door een maniak aangevallen. Eigenlijk zou het GBI het ererondje moeten lopen.'

Will kon er ook kwaad om worden, maar dat was nu eenmaal de deal die Amanda had gesloten met het kantoor van de procureur-generaal van de staat en de officier van justitie van Fulton County. 'In elk geval wordt Sara's naam erbuiten gehouden.'

'We worden er allemaal buiten gehouden.'

Will keek haar aan. 'Wat heb je ontdekt?'

'Denk je dat het APD me ook maar iets vertelt?' Zelfs Faith kon niet zo goed liegen. Ze had nog steeds haar bronnen. 'Ze hebben niets over Royce Ellison gevonden. Hij was zo slim om er op tijd uit te stappen. Chuck Penley is helemaal doorgeslagen in ruil voor voorwaardelijk. Hij beweert dat hij niets met Dani te maken heeft gehad. Hij ontdekte het pas achteraf, kon zijn ogen niet geloven toen hij dat filmpje zag, er was niets wat hij kon doen, bullshit-bullshit-bullshit.'

'Heeft Chuck verteld wat er met Dani is gebeurd?'

'Tommy werd dronken, kreeg ruzie met Dani en besloot dat hij zijn eigen doelwit uit de lijst ging pakken. Mac en Britt waren die avond uit. Tommy verknalde het met de drugs. In paniek belde hij zijn ouders. Die kwamen thuis en losten zijn probleem op. Min of meer.' Faith haalde haar schouders op. 'Britt loog niet over dat DNA op het tennisracket. Zij heeft Dani geslagen. Maar ze zijn allemaal schuldig aan moord. Mac en Tommy proberen een deal te sluiten om de doodstraf te ontlopen. Hoe dan ook zullen ze waarschijnlijk allebei in de gevangenis sterven.'

Will begon de coupes weg te zetten. Sara had gelijk. Hij had niet genoeg plek op zijn werkblad. 'Heeft Mac Tommy in de Club geïntroduceerd?'

'Over de bijzonderheden is Chuck heel vaag. Hij zegt dat Tommy toevallig de verkrachtingsfilmpjes ontdekte toen hij nog in de onderbouw zat.' Weer haalde Faith haar schouders op. 'Wie weet wat er daarna gebeurde, maar in elk geval vond Tommy het lekker wat hij zag. En Chuck misschien ook. Ik durf er een hoop geld op te zetten dat dit niet de laatste keer is dat die rukker met de politie praat.'

Will ging niet op de weddenschap in. 'En Richie Dougal?'

'Het zal je niet verbazen dat dokter Kijkgraag opeens een aanval van verbale diarree kreeg. In ruil voor informatie over wat er met Leighann is gebeurd, is hij over tien jaar alweer vrij. Richie heeft haar gefilmd. Britt stuurde haar berichtjes. Tommy ontvoerde haar uit de Downlow. Mac verkrachtte haar. Chaz dumpte haar bij haar flatgebouw.' Faith spoelde een kom af. 'Dat was Richies onderhandelingstroef. Hij gaf hun Chaz. Chaz mag twintig jaar zitten.'

Twintig jaar in de bak was een eeuwigheid voor een man als Chaz Penley. 'Nogal riskant om tijdens Tommy's proces achter Leighann Park aan te gaan.'

'Ja, het lijkt wel of die steenrijke, supersuccesvolle gasten erop kicken om gigantische risico's te nemen door met mensen te kloten.'

Ze had alle recht op haar sarcastisch toon. 'Wie heeft die cirkel in Leighanns knieholte getekend?' vroeg Will.

'Dezelfde gek die "Dat ben ik" op haar borst heeft geschreven.' Faith liet het water weglopen. 'Britt schaduwde Leighann om bijzonderheden over haar leven aan de weet te komen. Leighann werd straalbezopen op een feestje. Ging knock-out op een ligstoel bij het zwembad. Britt dook als een White Walker op haar neer.'

'Eerder als de Night King. Die ging over –'

'Hoe dan ook,' zei ze. 'Ze sluiten allemaal deals, dus er komen geen rechtszaken, dus Sara hoeft geen getuigenverklaring af te leggen over dat filmpje. Dus niemand die daarmee aan de haal gaat. En dat is eigenlijk wel mooi, toch?'

Will stapelde de coupes. Zijn pink deed nog pijn van het gevecht dat hij had verloren met de muur in Sara's appartement. 'En Mason?'

'Geen DNA. Geen bewijs. Geen aanklacht.' Faith zette haar hand in haar zij. 'Mason staat geregistreerd als eigenaar van de chatwebsite, maar hij zei dat dat een administratieve fout was. Hij heeft tientallen andere sites voor diensten en producten, die automatisch vernieuwd worden. Het APD laat hem met rust. Ik zal je één ding vertellen: als je op een donzige wolk door het leven wilt zweven, helpt het als je een witte penis hebt.'

'Hebben ze nog naar dat bedrijf gekeken waarvan hij samen met Mac en Chaz eigenaar is?'

'Dat is totaal legitiem. Dat kantoortje bij de Triple Nickel werd gebruikt voor de opslag van medische dossiers. Daarom was het zo goed beveiligd. Ze harkten het geld naar binnen. En die A in de naam, dat was Britt. Haar meisjesnaam was Anslinger.' Faith reikte hem wat kommen aan om weg te zetten. 'Dat bedrijf was haar idee. Zij schreef de pitches voor de artsenpraktijken om ze aan ziekenhuizen en investeerders aan te bieden. Zij ging over de cijfers. Zij koos de praktijken uit die benaderd moesten worden. Zij deelde de taken uit. Jezus, kun je je voorstellen wat er gebeurd zou zijn als Britt haar hersenen had gebruikt voor iets goeds in plaats van iets boosaardigs?'

Britts naam had die van Mason vervangen in het pantheon van namen die Will nooit meer wilde horen. 'Het APD heeft tijdens het onderzoek in de zaak-Dani Cooper het huis van de McAllisters doorzocht. Waarom hebben ze de servers in het souterrain niet gevonden?'

'Volgens het gerechtelijk bevel mocht er alleen naar de recorders van de beveiligingscamera's worden gezocht, en die werden bewaard in een kamer naast de garage. De advocaat van de McAllisters zag erop toe dat ze niet verder rondsnuffelden. De politie mocht niet eens in de buurt van Britts Verkrachtingskast komen.' Met een stuk keukenpapier veegde Faith het aanrecht schoon. 'Ik heb woonwagens gezien die vanwege een zakje marihuana helemaal gesloopt werden na een gerechtelijk bevel. De grondwet is fantastisch als je het je kunt veroorloven.'

Will trok de bestekla open. 'Ik ruim de rest wel op.'

'Geen vork zal achterblijven.' Faith liet een paar vorken in het vakje vallen. Ze keek op naar Will. 'Weet je zeker dat Sara het redt?'

Hij legde de vorken zo neer dat ze allemaal dezelfde kant op wezen. 'En jij? Red jij het wel?'

Normaal zou Faith de vraag hebben teruggekaatst, maar nu leunde ze tegen het aanrecht. 'Ik breng een dochter groot in een wereld waarin ze er zelf de schuld van krijgt als ze gedrogeerd en verkracht wordt, in een staat die haar laat sterven aan een loslatende placenta, en mijn zoon wil werken op een terrein waar een verbijsterend groot aantal van zijn potentiële collega's is beschuldigd van huiselijk geweld, maar toch zijn baan weet te behouden. Dus ja, ik red me wel.'

'Jeremy gaat volgende week toch in Quantico kijken?'

Faith rolde met haar ogen. 'Vorige week zei hij nog dat hij een etentje met 3M had.'

Will legde de lepels op een nette rij. Hij herinnerde zich iets wat Jeremy in Amanda's kamer had gezegd, namelijk dat hij de sleutel niet ging vinden waarmee de hele zaak zou worden opengebroken zodat iedereen achter de tralies zou verdwijnen. Will vond dat de jongen dat wel degelijk had gedaan, maar hij was niet van plan dat tegen Faith te zeggen.

Hij veranderde van onderwerp. 'Zo te zien is Emma blij dat ze weer thuis is.'

Ze snoof. 'Je had haar gisteren moeten zien. De kaas op haar broodje raakte het bord, en toen waren de rapen gaar.'

'Ik weet dat je nog steeds last hebt van de vorige zaak.'

Faith verfrommelde het keukenpapier.

'Schud het van je af,' zei Will. 'Beschouw het maar als een Etch-A-Sketch-tekening. Veeg je hoofd schoon.'

'Waar haal je die wijsheid vandaan?'

Hij was er pas zeer onlangs achter gekomen dat die van Amanda afkomstig was. 'Ik wil alleen maar zeggen dat het soms beter is om dingen los te laten.'

'Over welke dingen heb je het?'

'We hebben de Club opgebroken. Martin Barrowe en Dani's ouders kunnen iets afsluiten. Leighann ziet de mannen die haar misbruikt hebben achter de tralies verdwijnen. Britt heeft zichzelf uit het spel verwijderd.' Toen maakte hij het persoonlijker. 'Als je het verlies neemt, moet je ook de winst nemen. Jeremy is een prima jongen. Emma is slim en grappig. Op Aiden kun je bouwen. Met Sara komt het goed. Amanda stuurt ons het veld weer in. Dat zijn allemaal positieve dingen.'

'Ho.' Ze stak haar handen op alsof ze hem moest tegenhouden. 'Wat ben jij opeens een softie geworden. Kom je straks met zo'n pop aanzetten waarop ik kan aanwijzen waar de lelijke man me pijn heeft gedaan?'

'Jij zegt altijd dat ik meer moet praten.'

'Maar niet als Oprah Winfrey.' Ze smeet de prop op het werkblad. 'Jezus christus. Nog even en ik ga weer melk geven.'

Verdere verwijzingen naar het lactatieproces werden Will bespaard toen de achterdeur openging. Emma en Isabelle glipten de keuken in. Deze keer gilden ze niet, wat een prettige ontwikkeling was. De honden waren zichtbaar moe van de drukke dag. Tessa was de volgende die binnen kwam sjokken, gevolgd door Sara. Haar ogen zochten Will toen ze haar sneakers uittrok. De blauwe plekken onder haar ogen kleurden nu groen. Het blauwe gipsverband van glasvezel moest nog minstens zes weken om haar arm blijven. Haar vingers waren nog steeds opgezwollen. De artsen hadden haar verlovingsring moeten doorknippen.

'Oké, snoes, tijd voor oogjes-dicht.' Faith hees Emma op haar heup. Ondanks al haar geklaag gloeide Faith praktisch van liefde als ze bij haar kinderen was. 'Geef oom Will maar een kusje.'

Will bood haar zijn wang voor een natte smakker. Toen moest Isabelle ook. Hij sloot zich af van het verdere afscheid en keek naar Sara. Ze bewoog zich nu wat ontspannener. De ergste pijn was eindelijk weggetrokken. Ze was de pijnstillers aan het afbouwen die ze in het ziekenhuis voorgeschreven had gekregen, want dat deed je nu eenmaal als je niet worstelde met verslaving.

Ze legde haar goede hand op zijn schouder. 'Tess en Isabelle nemen een kitten.'

'Papa en mama helpen me met de aankoop van het appartement,' voegde Tessa eraan toe. 'We vonden dat het gezin aan uitbreiding toe was.'

'Ik zou eerst de kat maar uit de boom kijken,' zei Faith.

Om de een of andere reden moesten ze allemaal lachen.

Sara glimlachte naar Will.

Will glimlachte terug.

'Oké,' zei Faith. 'Bedankt voor het eten. We gaan ervandoor.'

Er volgden nog meer omhelzingen en afscheidsgroeten, want kennelijk werd een stevige handdruk niet meer op waarde geschat. Sara liep met hen naar de deur voor een laatste afscheidsronde. Will bleef in de keuken. Hij streek het natte keukenpapier glad en legde het over de kraan om te drogen.

'Dank je, liefste.' Sara stond in de deuropening. 'Bedankt voor de geweldige dag. Bedankt dat je om mijn vaders stomme grapjes hebt gelachen. Bedankt dat je alles hebt opgeruimd.'

'Pech van dat gips om je arm. Ik weet hoe dol je bent op afwassen.'

Ze kon een grijns niet onderdrukken. 'En ik weet hoe leuk je het vindt om allemaal mensen om je heen te hebben die verwachten dat je met ze praat.'

Nu lachte hij ook. 'Ik denk dat ik Faiths keukenkastjes maar ga schilderen.'

'Ik denk dat je daar goed aan doet.' Ze knikte naar de woonkamer. 'Kom, dan gaan we op de bank zitten. Ik heb het gehad met al die keukengesprekken.'

Will veegde zijn handen af aan zijn jeans. Ze had het woord 'gesprekken' gebruikt alsof ze aan een echt gesprek toe was. Hij liep de woonkamer in. Sara zat al op de bank. De windhonden lagen in een knoedel op hun kussen. Betty dronk nog water in de keuken. Hij hoorde haar halsband tegen de metalen kom tikken. Na het huwelijk zouden ze het huis gaan verbouwen, maar nu voelde het precies groot genoeg.

'Wil je een kat?' vroeg hij aan Sara.

'Ik wil het liefst een heleboel katten, maar windhonden zijn erop getraind pluizige beesten na te jagen.' Ze nestelde zich tegen de kussens en liet haar arm erop rusten. 'Wil Faith nog steeds weten wat er echt is gebeurd in Britts inloopkast?'

'Volgens mij weet ze dat het geluid niet uit zichzelf wegviel.' Will nam Sara's voeten op zijn schoot toen hij ging zitten. 'Ze vraagt ernaar omdat ze nieuwsgierig is. Niet omdat ze er iets mee wil. Het filmpje is heel geloofwaardig. Britt wist niet hoe de revolver werkte. Ze keek ernaar en ontdekte hoe het moest. Toen schoot ze zichzelf door het hoofd. Het boeit niemand dat de microfoon uitviel. En er wordt niet meer op teruggekomen. Ze gaan allemaal voor een schuldbekentenis en een lagere straf. Jouw deel van het verhaal wordt niet verteld.'

Sara knikte, maar leek niet helemaal opgelucht. ‘Hulp bij zelfdoding is strafbaar in Georgia.’

‘Je hebt Britt alleen verteld hoe een revolver werkt. Ze hoefde zichzelf niet te doden. Ze had het wapen evengoed op jou kunnen richten.’ Hij keek haar aan. Nog steeds stond haar gezicht bedrukt. Dit was ook niet het gesprek dat hij verwachtte. Hierover hadden ze het de hele week al af en aan gehad. ‘Wat zit je verder nog dwars?’

‘Ik vind het vreselijk dat ik me beter voel vanwege wat Britt me verteld heeft.’ Sara keek naar het plafond. Haar borst ging omhoog toen ze diep inademde. ‘Nadat ik verkracht was, was ik heel bang dat ik iets verkeerd had gedaan. Had ik hem in verleiding gebracht? Of met hem geflirt? Of de verkeerde boodschap afgegeven? En ik weet dat dat nergens op slaat. Verkrachting is geen seks. Het is geen intieme relatie. Maar de wetenschap dat Britt de conciërge ertoe had aangezet, dat ze hem zover had gekregen dat hij zich aan me vergreep, neemt iets van dat schuldgevoel weg.’

Het deed Will goed om te weten dat Britt razend zou zijn geweest als ze Sara nu had kunnen horen.

Ze stootte hem aan met haar voet. ‘Vind je het erg dat ik je geen kinderen kan geven?’

‘Nee.’ Hij vond Emma en Isabelle leuk, maar hij vond het ook fijn als ze weer weg waren. ‘Vind je het erg dat mijn hersenen niet op woordspelingen zijn afgestemd?’

‘Ik vind het heerlijk zoals jouw hersenen zijn afgestemd.’ Ze stak haar goede hand naar hem uit zodat hij haar overeind kon helpen. ‘Als Britt McAllister één ding heeft bewezen, is het dat je van het moederschap niet per definitie een beter mens wordt.’

Will was opgegroeid te midden van in de steek gelaten kinderen. Door armoede was een groot deel van hen in overheidsinstellingen beland. Toch waren maar zeer weinig van die moeders zo slecht geweest als Britt. ‘Ga je Tessa nog vertellen wat er echt in die kast is gebeurd?’

‘Het was al moeilijk genoeg om al het andere uit te leggen. Ik wil niet dat mijn familie ooit weer vanwege mij met een noodvaart naar het ziekenhuis moet. Mijn vader en moeder gaan vast nooit meer naar huis.’ Haar ogen vulden zich met tranen. Ze vond het vreselijk om haar familie zo bezorgd te zien. ‘Ik kan Tess de waarheid niet vertellen. Het is niet eerlijk om haar met dat geheim op te zadelen. Ik weet niet eens of het wel eerlijk naar jou toe is.’

‘We hebben afgesproken dat we altijd eerlijk tegenover elkaar zullen zijn.’

‘Heb je Eliza’s trustpapieren gelezen?’

Will wist dat dit het echte gesprek was. Hij wist niet of hij er al klaar voor was. 'Ik heb ze in mijn spraakapp gescand. Bizar om de naam Sara Trent te horen.'

'Wil je dat ik jouw achternaam neem?'

Hij schudde zijn hoofd, want zijn achternaam had nooit iets voor hem betekend. 'Jij hebt die documenten ook gelezen. Wat vind je?'

'Dat ze er verdomd laat mee is om weeskinderen te willen helpen.'

Will hoorde de woede in haar stem. 'Maar?'

'Met zoveel geld kan veel goeds worden gedaan.'

'Zoals?'

'Nou, allereerst zou jij de beslissingen niet hoeven nemen.' Sara vlocht haar vingers door de zijne. Samen hadden ze één paar ongeschonden handen. 'Je zou een toezichthouder voor een bestuur kunnen aanstellen. Die besluit dan hoe kinderen geholpen kunnen worden als ze te oud zijn voor het systeem. Hulp met huisvesting, de universiteit of een beroepsopleiding, een ziekteverzekering, stages, met geld leren omgaan. Het geld zou levens kunnen veranderen. Het zou de vicieuze cirkel van armoede kunnen doorbreken, ze uit de gevangenis kunnen houden. Het zou hun eigen kinderen voorspoed kunnen brengen.'

Will wist dat Sara als kind al had geleerd hoe ze met geld moest omgaan. Het had een reden dat haar zus een opleiding tot vroedvrouw volgde, terwijl ze tegelijkertijd een appartement van driehonderdduizend dollar kocht. 'Wie moet ik daarvoor aanstellen?'

Sara haalde haar schouders op, maar ze had duidelijk al een naam in gedachten. 'Amanda heeft je geholpen je weg in het systeem te vinden. Destijds besefte je het niet, maar ze is er altijd geweest, vanaf het begin. Als alleenstaande vrouwen een kind hadden mogen adopteren, had ze je mee naar huis genomen.'

Betty's nageltjes klikten over de vloer toen ze naar haar satijnen kussen liep. Will keek toe terwijl ze haar gebruikelijke routine afwerkte, een paar rondjes draaide voor ze ging liggen en toen haar snuitje op haar pootjes legde.

'Ik heb mijn wapen in de kluis gelegd voor de kinderen kwamen,' zei hij. 'Daar zag ik Amanda's parels.'

'Zijn ze niet prachtig?' In Sara's stem klonk ontzag door. 'Ik heb nog nooit echte parels in handen gehad. Ze zijn schitterend.'

Will had gezien dat ze niet volmaakt rond waren, maar daar hield het wat hem betrof mee op. 'Wat is het verschil met nepparels?'

‘Blij dat je het vraagt, want ik heb het opgezocht.’ Ze lachte weer. ‘Ze zijn zwaarder. Ze zijn organisch, dus eerst voelen ze koud aan, maar ze worden warm op je huid. Ze hebben een korrelige structuur. Als ze op natuurlijke wijze gevormd worden, scheidt het weekdier heel dunne concentrische laagjes parelmoer af. Je kunt de onregelmatigheden zien. Elke parel is uniek.’

Hij vond het prachtig dat ze altijd alles wilde weten. ‘Ga je ze op de bruiloft dragen?’

‘Dat ben ik wel van plan. Ze passen perfect bij mijn jurk. En Amanda is belangrijk voor jou, dus is ze ook belangrijk voor mij.’ Sara pakte zijn hand. ‘Volgens mij weet ze dat ik het geluid met opzet heb gedempt. Ik had het bijna zelfs even getest bij haar in de auto, voor het gebeurde.’

‘Heeft ze het er weer over gehad?’

‘Nee, maar ze was wel kwaad omdat ik ons stopwoord niet had gebruikt, want een zwaai met een tennisracket naar mijn hoofd was waarschijnlijk niet duidelijk genoeg als teken dat er iets mis was. Toen schonk ze me die blik waaraan je niet kunt zien of ze je gaat vermoorden of een schouderklopje gaat geven.’

Will kende die blik maar al te goed. ‘Ik zat na te denken over onze bruiloft. Ik weet dat jij alles al gepland hebt, maar ik wil ook iets doen.’

‘Het is ónze bruiloft. Je mag doen wat je wilt.’

Dat wist Will zo net nog niet. Hij had niet veel op met de Chiavaristoelen, die twee keer zo duur waren als het klassieke klapstoeltje. ‘Je zei dat je geen eerste dans met je vader wilt doen, maar misschien kun jij met je zus dansen, en dan vraag ik Amanda ten dans.’

Sara keek minder verbaasd dan hij had verwacht. Eerder alsof er eindelijk iets op zijn plaats viel. ‘Ze vraagt de hele tijd naar de bruiloft, want ze wil er deel van uitmaken.’

‘Dat heeft ze verdiend, vind ik.’

‘En ik vind dat je gelijk hebt.’ De glimlach was weer terug. ‘We kunnen Sinatra draaien. “Fly Me to the Moon”.’

‘Springsteen doet een cover van –’

‘Nee,’ zei Sara, en daarmee was die kous af. ‘Ik moet je nog iets vertellen.’

Will hoopte dat het niet over de bruiloft ging.

‘Vorige week zei je tegen Eliza dat je geen familie hebt. Maar Amanda is altijd jouw familie geweest. En nu heb je Tessa, Isabelle, mijn vader en moeder, en mij, het allerbelangrijkste – we zijn nu allemaal ook jouw familie.’

Haar woorden raakten hem op een merkwaardige manier. Hij keek weer naar Betty. Ze krabde nu aan haar oor. Het metalen plaatje klonk als de klepel van een klok.

'Ik heb je verlovingsring naar de juwelier gebracht. Die is over een week klaar, zei ze.'

Sara stak haar opgezwollen hand omhoog. 'Ik maak me meer zorgen om de trouwring die erbij hoort. Misschien moeten we voor de plechtigheid maar een donut gebruiken.'

'Ik heb ook gevraagd of die kras uit het glas verwijderd kan worden.' Will keek weer naar Betty, maar hij voelde Sara's blik. 'Ik weet dat Eliza vol bullshit zit, maar het kan kloppen dat mijn moeder die kras wilde laten verwijderen. Ze was een tiener. Die willen alles volmaakt hebben.'

'Wat zei de juwelier?'

'Dat ik dat waarschijnlijk zelf kon doen. Je maakt een pasta van baksoda en water. Dan neem je een microvezeldoekje en wrijft daar stevige rondjes mee tot de kras weggepoetst is.'

'Jij kunt als geen ander stevige rondjes wrijven.'

Will merkte dat hij te nerveus was voor grapjes. Misschien had hij zelf ook behoefte aan een gesprek. 'Bovendien zei ze dat sommige vrouwen hun verlovingsring na de bruiloft niet meer dragen. Ze dragen dan alleen de trouwring. Vooral als ze veel met hun handen werken.'

Sara pakte zijn hoofd en draaide het naar zich toe. 'Probeer je me iets te vertellen?'

Will wist niet wat hij probeerde te vertellen. 'Je schoenen zijn heel duur. En je draagt allemaal mooie dingen. En dat is fantastisch. Je werkt hard. Je mag zelf weten waaraan je je geld uitgeeft. Maar ik wil niet dat mensen je verlovingsring zien en zich dan afvragen waarom ik niet iets voor je gekocht heb dat je met trots kunt dragen.'

'Ik ben nog nooit zo trots geweest als toen jij je moeders ring aan mijn vinger schoof. Je hart zit in dat glas. Je geschiedenis. Het doet pijn dat ik hem niet kan dragen.' Ze klonk verdomd serieus. 'Will, ik draag geen ring voor andere mensen. Ik draag jouw ring voor jou.'

Hij keek haar aan. De tranen rolden over haar wangen.

Ze zei: 'Weet je wat mijn moeder vijftien jaar geleden zei? Het was de avond van de mixer. Ik had net die beurs aangeboden gekregen. Alles viel op zijn plek. Mijn hele leven had ik in kaart gebracht. Mama zei dat ik niet alles kon plannen. Dat er altijd iets zou veranderen, in goede of in slechte zin.'

Will hield haar hand stevig vast.

'Ze noemde het een grote kans, want verandering laat zien wie je echt bent. En ze had gelijk. Die avond veranderde mijn hele leven. Degene die ik zou worden, was er niet meer. Ik kon uit twee dingen kiezen: ik kon samen met haar verdwijnen, of ik kon vechten voor de stukjes van haar die ertoe deden. Ik zeg niet dat ik dankbaar ben voor die les. Dat ben ik niet. Maar ik ben wel dankbaar omdat ik daardoor de vrouw ben geworden die weet hoe ze van je moet houden.'

Will kreeg een brok in zijn keel. Hij keek naar Betty, die zich weer op haar kussen nestelde. Zijn ogen werden opeens vochtig. 'Je weet dat dit voor altijd is, hè?'

'Dat weet ik.'

DANKWOORD

Zoals altijd gaat mijn dank allereerst uit naar Kate Elton en Victoria Sanders.

Emily Krump gaf me waardevol advies over (onder andere) kinderen en drank. Dank aan het team van VSA, met Diane Dickensheid en mijn makker Bernadette Baker-Baughman. Hilary Zeitz Michael van WME doet fantastisch werk, waarvoor ik haar eeuwig dankbaar ben. Heidi Richter-Ginger en Liz Dawson blijven deskundige kittenhoeders. Ik zou tekortschieten als ik mijn GPP-mensen overal ter wereld niet bedank, want ze zorgen altijd uitstekend voor me, bijvoorbeeld toen ik zei dat ik een fietstochtje door Amsterdam wilde maken, want wat bezielde me, Miranda?

Shane McRoberts, de man van Shanda London, leverde een zeer genereuze bijdrage aan de Writers' Police Academy om haar naam in dit boek te krijgen. Daniel Starer van Research for Writers heeft vol toewijding proberen uit te pluizen aan wie de uitdrukking 'spreek niet vanuit de wond, maar vanuit het litteken' kon worden toegeschreven. Greg Guthrie en Patricia Friedman beantwoordden een aantal juridisch-achtige vragen. Verder ben ik dank verschuldigd aan Dona Robertson en aan de vele actieve en gepensioneerde GBI-agenten die mijn vervelende vragen altijd zo vriendelijk beantwoorden.

Twintig jaar lang heeft dokter David Harper me met buitengewoon veel geduld geholpen om van Sara een echte arts te maken. Het zou een omissie zijn als ik niet heel duidelijk aangaf dat ik een aantal tijdlijnen op de weg naar het beroep van cardiothoracale chirurg heb ingekort, waarbij ik waarschijnlijk heel veel cardiothoracale chirurgen op de kast heb gejaagd, maar bedenk dat dit niet aan David lag. Het was helemaal mijn schuld, want ik was fictie aan het schrijven en moest de vaart in het verhaal houden. Nu we het toch over medische professionals hebben, alle eer voor de gezondheidswerkers die zich er de afgelopen paar jaar doorheen hebben geslagen. Jullie worden zeer gewaardeerd en geapprecieerd, jullie zijn kortom geweldig. O, en uiteraard kan Google niet aan jullie tippen.

De cijfers over verkrachting en mishandeling die in dit boek worden genoemd, zijn afkomstig uit verschillende bronnen, zoals Archives of Sexual Behavior, RAINN, National Intimate Partner and Sexual Violence Survey, de US Centers for Disease Control, en het Amerikaanse ministerie van Justitie. Waar de cijfers uiteenlopen, heb ik gekozen voor een gemiddelde. Ruim veertig procent van de Amerikaanse vrouwen en twintig procent van de mannen hebben in de loop van hun leven met een of andere vorm van seksueel geweld te maken gehad. Minder dan twintig procent van deze gevallen werd aan de politie gemeld, en een nog kleiner percentage leidde tot een rechtszaak. RAINN.org is een goede informatiebron voor slachtoffers en overlevenden die hulp zoeken. Als het onveilig of ongemakkelijk voor je is om de site thuis te bezoeken, is er de plaatselijke bibliotheek, die niet-traceerbare toegang biedt. Wat je ook besluit, weet dat je niet alleen bent.

Ten slotte wil ik mijn vader bedanken, de koppigste figuur die ik ken, en D.A., die moet leven met de op een na koppigste figuur uit mijn familie. Zoals altijd: jij bent mijn hart.